HEYNE <

Das Buch

Die Erde ist in ferner Zukunft unbewohnbar geworden. Die einzige Hoffnung der Menschheit sind drei riesige Weltschiffe – Generationenraumschiffe, die sich ein kosmisches Rennen zum nächsten bewohnbaren Planeten liefern. Im Laufe der langen Reise haben sich die Besatzungen immer weiter auseinanderentwickelt. Als sie plötzlich auf ein Raumschiffwrack treffen, entbrennt ein Konflikt zwischen den drei Schiffen, denn wer die Ressourcen des Wracks kontrolliert, kann das Rennen zur neuen Erde gewinnen. Aber niemand ahnt, was es mit dem toten Schiff wirklich auf sich hat ...

Die Autoren

Hinter dem Pseudonym T. S. Orgel stehen die beiden Brüder Tom und Stephan Orgel. In einem anderen Leben sind sie als Grafikdesigner und Werbetexter beziehungsweise Verlagskaufmann beschäftigt, doch wenn beide zur Feder greifen, geht es in fantastische Welten. Ihr erster gemeinsamer Roman »Orks vs. Zwerge« wurde mit dem Deutschen Phantastik Preis für das beste deutschsprachige Debüt ausgezeichnet. Seitdem haben sie mit den »Blausteinkriegen« und »Terra« noch viele weitere Welten erkundet.

T. S. Orgel im Heyne Verlag:

Orks vs. Zwerge
Orks vs. Zwerge –
 Der Schatz der Ahnen
Orks vs. Zwerge –
 Fluch der Dunkelheit
Die Blausteinkriege –
 Das Erbe von Berun
Die Blausteinkriege –
 Sturm aus dem Süden
Die Blausteinkriege –
 Der verborgene Turm
Das Haus der tausend Welten
Terra
Behemoth

Mehr über die Autoren und ihr Werk auf
diezukunft.de

T. S. ORGEL

BEHEMOTH

ROMAN

Originalausgabe

WILHELM HEYNE VERLAG
MÜNCHEN

*Sollte diese Publikation Links auf Webseiten Dritter enthalten,
so übernehmen wir für deren Inhalte keine Haftung,
da wir uns diese nicht zu eigen machen, sondern lediglich auf deren
Stand zum Zeitpunkt der Erstveröffentlichung verweisen.*

Penguin Random House Verlagsgruppe FSC® N001967

Originalausgabe 5/2021
Redaktion: Catherine Beck
Copyright © 2021 by Thomas & Stephan Orgel
Copyright © 2021 dieser Ausgabe by
Wilhelm Heyne Verlag, München,
in der Penguin Random House Verlagsgruppe GmbH,
Neumarkter Straße 28, 81673 München
Printed in Germany
Umschlaggestaltung: DAS ILLUSTRAT, München,
unter Verwendung von Motiven von Shutterstock.com
(GrandeDuc, freestyle images, Triff)
Gesetzt aus der Fairfield® LT und der Sqwared
Satz: Schaber Datentechnik, Austria
Druck und Bindung: GGP Media GmbH, Pößneck

ISBN: 978-3-453-32113-7

diezukunft.de

*»Eine der Grundregeln des Universums ist,
dass nichts perfekt ist.
Perfektion existiert einfach nicht …
Ohne Fehler würden weder du noch ich existieren.«*

STEPHEN HAWKING

INHALT

BEHEMOTH
9

NAMENSVERZEICHNIS
565

GLOSSAR
568

DANKSAGUNG
572

BEHEMOTH

LEBEN UND TOD

Weltschiff Zheng He
2302

EINE GESELLSCHAFT *kann immer nur dann überleben, wenn Harmonie ihr vorherrschendes Element ist. Unsere Vorfahren haben sie mit einem Uhrwerk verglichen, einem Gebilde höchster Präzision, von Meistern gefertigt, um die Zeit in harmonische Segmente zu unterteilen. Jedes kleine Rädchen an seinem vorherbestimmten Platz. Nur wenn alle ihren Dienst erfüllen, ist der Erfolg garantiert. Eine winzige Störung, ein einziges Staubkorn ist in der Lage, die Harmonie nachhaltig zu zerstören.*

Wir sind die Werkzeuge des Uhrmachers. Die stählernen Pinzetten, die Zangen, und wenn es sein muss, manchmal auch die Hämmer. Unsere Aufgabe ist es, den Schmutz zu entfernen, der sich im Laufe der Jahre unweigerlich ansammelt. Die Harmonie wiederherzustellen, damit das Uhrwerk weiterticken kann, so wie es das seit Tausenden von Jahren tut.

Wir nennen uns Tiger, und der Tiger entscheidet über Leben und Tod.

Mit ausgreifenden Schritten marschierte Laohu den breiten Gang hinunter, der den Huo-Sektor, den größten Wohnbereich auf der *Zheng He*, mit seinen Außenbezirken verband. Das grelle Licht der Deckenbeleuchtung ließ die kantigen Züge des Sicherheitsbeamten hervortreten und verstärkte den Eindruck grimmiger Entschlossenheit in seinem Gesicht. Die Passagiere machten eilig Platz, als sie seine hoch aufgeschossene Gestalt kommen sahen, denn sie wussten, dass man sich einem Tiger besser nicht entgegenstellte, wenn er sich auf der Jagd befand.

Kurze Zeit später stieß Chen aus einem Seitengang dazu. Der athletische junge Tiger war bereits in voller Kampfmontur. Nur sein rasierter Schädel ragte noch ungeschützt aus dem wulstigen Halsschutz hervor. Er reichte Laohu eine Schutzweste, die der sich, ohne langsamer zu werden, über den Kopf streifte. Eilig huschten die Naniten an ihre vorbestimmten Plätze, um sie festzuzurren. Prüfend zog Laohu an den Rändern und streckte die Hand nach der Waffe aus, die Chen ihm als Nächstes entgegenhielt. Mit sicheren Bewegungen überprüfte er ihre Funktion und lud durch. Der diensthabende Kommunikator machte sie über ihre Headsets mit der Lage vertraut und übergab ihnen die volle Einsatzkontrolle. Eilig tauchten die beiden Männer in das weitverzweigte Netz aus Verbindungstunneln ein, die den Grenzbereich zum Jin-Sektor markierten. Der grelle Schein der Leuchtdioden an den Decken wich einem diffusen Dämmerlicht, in dem die Unterschiede zwischen Tag und Nacht zunehmend verschwammen.

Wo der Huo-Sektor von sterilen, nach den Prinzipien des Feng Shui gestalteten Wohnbereichen dominiert wurde, herrschte im Jin-Sektor eine Enge und Hektik, die in Laohus Vorstellung nur mit den Zuständen auf dem Schiff der Gweilo vergleichbar waren. Die Bewohner gehörten zum Großteil den niederen Tierkreiszeichen an. Grobschlächtige Menschen mit breiten Schultern und harten Gesichtern, die von den Strapazen der Arbeiten in den Recyclingfabriken und an den Tag und Nacht brennenden Stahlöfen gezeichnet waren. Die meisten waren im Sternzeichen des Büffels geboren, aber auch zahlreiche Ratten und Schweine tummelten sich in den engen Gängen.

Für diese Menschen gab es nicht jeden Tag eine so spannende Abwechslung. Selbst die Aussicht auf einen negativen Kredit hielt sie nicht davon ab, ihre Arbeit zu unterbrechen, um einen Blick auf das Spektakel an der Sektorengrenze zu werfen. Sie standen so dicht gedrängt vor den Absperrungen, dass die Sicherheitsbeamten alle Hände voll zu tun hatten, die Ordnung aufrechtzuerhalten. Ein untersetzter Sicherheitsbeamter mit den typischen, rot unterlaufenen Augen der Büffel winkte Laohu und Chen eilig durch die Absperrungen und führte sie über einen Seitengang zu einer großen Schleusentür, vor der bereits ein gutes Dutzend schwer bewaffneter Gou in Stellung gegangen war.

Die Sicherheitsbeamten, im Volksmund auch »Hunde des Kriegs« genannt, waren in voller Antiaufstandsmontur erschienen und hatten sich mit schweren Tasern bewaffnet. Sie hatten einen Detonator am Öffnungsmechanismus der Schleusentür angebracht, die laut Angaben des diensthabenden Kommunikators von der anderen Seite blockiert worden war. Als die beiden Tiger eintrafen, sprang der grellrote Zähler auf null. Im nächsten Augenblick ertönte ein dumpfer Schlag.

Als die Schleusentür nach innen aufflog, sprangen die Gou auf und stürmten brüllend und mit hoch erhobenen Schilden los. Laohu wurde kaum langsamer, als er den Durchgang erreichte und den Sicherheitsbeamten in die Außenbezirke des Jin-Sektors folgte.

Baihu, das dienstälteste Mitglied ihrer Einheit, hatte irgendwann mal vermutet, dass die Bewohner der Außenbezirke in einem früheren Leben die Götter erzürnt haben mussten. Wenn man diese Menschen gesehen hatte, konnte man dem alten Tiger kaum widersprechen. In den Außenbezirken lebten diejenigen Passagiere, die aus dem strengen Ausleseprozess der Administration als Verlierer hervorgegangen waren. Sie wurden als Affenmenschen bezeichnet, da sich ihre Nützlichkeit auf dem Schiff aufgrund ihrer minderwertigen Gene meist nur in einfachen Handlangertätigkeiten erschöpfte: Lastenträger, Müllverwerter, Hilfsarbeiter.

Der überfallartige Einsatz der hochtrainierten Gou hatte den Abschaum völlig überrumpelt. Inmitten der Lichtblitze und des Lärms fanden sie keine Gelegenheit für eine geordnete Gegenwehr. Verdächtige Passagiere wurden blitzschnell separiert und verhaftet. Die übrigen Affenmenschen kauerten mit hoch erhobenen Händen an den Wänden der Gänge. Manche von ihnen zeterten und schrien zwar, doch nur die Dümmsten leisteten ernsthaften Widerstand. So wie der stiernackige Kerl, von dessen baumdicken Armen ein halbes Dutzend Sicherheitsbeamte herunterhingen wie Trauben, verzweifelt bemüht, ihn unter Kontrolle zu bringen. Erst die gebündelte Wirkung mehrerer Taser zwang ihn schließlich zu Boden, wo er zitternd und schnaubend fixiert werden konnte. »Verhalten Sie sich kooperativ«, überplärrte eine schwer verständliche Lautsprecherstimme das Geschrei und verstärkte die Panik und das heillose Durcheinander nur noch mehr. »Widerstand ist eine Straftat und wird mit – klick – Verhalten Sie sich kooperativ. Widerstand ist eine Straftat.«

»Verdammte Technik«, knurrte Laohu, während er den Scanner an den massigen Hals des gefällten Riesen legte, um dessen Personaldaten einzulesen. »Das wird von Tag zu Tag schlimmer.«

»Sie gehorchen ohnehin nur einem ordentlichen Taser«, sagte Chen. »Wir könnten eine Menge Kosten sparen, wenn wir die Lautsprecher abbauen und das Material recyceln – und noch mehr, wenn wir einfach die Außenschleusen öffnen und den gesamten Sektor desinfizieren.«

Laohu warf ihm einen Seitenblick zu und rollte mit den Augen. Nach einer kurzen Wartezeit knackte es in seinem Ohr, und die bedächtige Stimme des diensthabenden Kommunikators informierte ihn über Namen, Funktion, Sozialstatus und die wichtigsten Verfehlungen ihres Gefangenen.

Passagier Xutay war das traurige Ergebnis einer verunreinigten Brütungscharge gewesen. Entsprechend der Plansollvorgaben sollte der im Sternzeichen des Büffels geborene Mann ursprünglich in der Metallurgie eingesetzt werden. Da man die Fehlerhaftigkeit der Charge zu spät erkannt hatte, war eine Entsorgung aus rechtlichen Gründen nicht mehr möglich gewesen. Entsprechend der Richtlinien war Xutay deshalb nur neu evaluiert und einer weiteren Verwendung im Hilfssektor zugeführt worden. Seine bisherigen Arbeiten hatten sich auf unregelmäßige Einsätze als Lastenträger beschränkt. In den vergangenen Jahren war er aufgrund geringer Sozialvergehen mehrfach zu Kreditentzug verurteilt worden. Laohu übermittelte einen kurzen Einsatzbericht an den Archivar und ließ den Mann abführen. Über sein weiteres Schicksal musste jetzt die Administration entscheiden. Angesichts seines massiven Widerstands gegen die Verhaftung würde er diesmal wohl kaum mit einem einfachen Kreditentzug davonkommen.

Mit erhobenen Schilden rückten die Sicherheitsbeamten weiter durch die schmalen Gänge vor. Nachdem der erste Widerstand gebrochen war, stießen sie nur noch selten auf Gegenwehr. Die klügeren Bewohner des Bezirks hatten es vorgezogen, sich still und leise in ihre Kabinen zurückzuziehen und so unauffällig wie möglich zu verhalten. Den Verbrechern unter ihnen half das allerdings nicht viel, denn die Implantate in ihren Nacken speicherten nicht nur jede Verfehlung, die sie sich irgendwann einmal in ihrem Leben hatten zuschulden kommen lassen, sondern waren auch darauf ausgelegt, sie an jedem beliebigen Punkt des Raumschiffs mühelos zu orten.

Reihe um Reihe rasselten die Zahlen über Laohus Display: Dieb, Betrüger, Lügner, unkooperatives Verhalten und zersetzendes Verhalten. Die meisten dieser Verfehlungen waren für ihn allerdings nicht von Interesse. Um solche Lappalien kümmerten sich die Gou. Für die Tiger zählten nur die ganz dicken Fische. Die Schwerverbrecher und Terroristen, die sich im Schutz der labyrinthartig aufgebauten Gänge vor dem Zugriff der Administration zu verbergen versuchten.

Die Hunde hatten gute Vorarbeit geleistet und ihren Weg weitgehend abgesichert. Ihr eigentliches Ziel war ein Kabinenkomplex nahe der Außenschotts. Ein wucherndes Barackengeschwür, das aus Sperrmüll und gestohlenen Recyclingmaterialien zusammengezimmert worden war und trotz regelmäßiger Säuberungsaktionen immer wieder nachwuchs. Für Laohu blieb unverständlich, wieso die Administration dieses Konglomerat am Leben ließ. Er hielt so ein Verhalten für äußerst nachlässig, und Nachlässigkeit war eine Eigenschaft, die er mit der Leitung des Schiffs bislang kaum einmal in Verbindung gebracht hatte.

»Gesichert.« Der vorderste Gou hatte sich mit erhobenem Schild direkt vor Laohu um die Biegung des Gangs geschoben. Als er einen Blick zurück über die Schulter warf, zischte etwas durch die Luft, und sein Kopf explodierte in einer Wolke aus Blut und Knochensplittern. Einen Augenblick später stürmte ein Mann mit gezückter Schusswaffe um die Ecke.

Instinktiv schoss Laohus linke Hand nach vorn, krallte sich um den Lauf der Waffe und stieß die Mündung seitlich fort. Ein Schuss löste sich, schrammte haarscharf an seiner Schulter vorbei und schlug Funken sprühend in das Metall der Gangwand ein. Laohu ignorierte das Dröhnen in seinen Ohren, schlug die Rechte in das Gesicht des Angreifers und registrierte mit Genugtuung das Geräusch berstender Knochen. Blitzschnell zog er die Hand zurück, legte sie über den Griff der fixierten Waffe und entriss sie seinem Gegner mit einer einzigen, ruckartigen Bewegung. Gleichzeitig verschaffte er sich mit einem gezielten Tritt genügend Raum, um die eroberte Waffe fallen zu lassen, seinen Taser zu ziehen und den Angreifer mit einer doppelten Ladung außer Gefecht zu setzen. Während der Mann röchelnd in sich zusammensackte, stürzten sich bereits zwei weitere Männer auf ihn.

Laohu schoss auf den ersten Angreifer und wehrte mit dem Unterarm instinktiv den Messerangriff des zweiten ab. Blitzschnell fixierte er den Arm des Mannes, zertrümmerte mit dem Griff seiner Waffe dessen Kehlkopf und entwand ihm das Messer, das er im Brustkorb eines vierten Angreifers versenkte. Dem ungelenken Hieb eines fünften Gegners mit einem Vorschlaghammer wich er geschickt aus und ließ ihn ins Leere laufen. Aus dem Augenwinkel sah er, wie Chen ihn mühelos überwältigte und ihm mit einem Ruck das Genick brach. Schnell scannte er seine Umgebung, stellte fest, dass keine unmittelbare Gefahr mehr bestand, und atmete langsam aus.

Als er den Kopf drehte, sah er ein gutes Dutzend Sicherheitsbeamte, die mit den Waffen im Anschlag im Gang standen und staunend auf das Gemetzel hinunterblickten. Ihr Anführer berührte mit zwei Fingern den Hals und öffnete zischend das Visier seines Schutzhelms. Laohu sah ihn ausdruckslos an. »Gesichert.«

Der Anführer nickte langsam. Mit dem Handrücken wischte er sich den Schweiß von der Stirn, gab sich dann einen Ruck und brüllte ein paar Befehle in sein Headset. Während die Gou hektisch weiterstürmten, gesellte sich Chen zu Laohu und klopfte ihm anerkennend auf die Schulter.

»Gute Arbeit, großer Tiger.«

Laohu nickte abwesend und beugte sich über den Mann, dem er das Messer in die Brust gerammt hatte. Die Gesichtszüge erinnerten ihn schwach an einen Hasen. Das erstaunte ihn, denn Hasen waren eigentlich nicht für Gewalttätigkeiten bekannt. Er ging in die Hocke, scannte den Chip im Nacken des Toten und ließ ihn durch die Archive laufen. Sein Name war Luan. Er war Lagerarbeiter und hatte bei einem schweren Arbeitsunfall die linke Hand verloren. Laohu hob den Arm des Toten und untersuchte ihn. Es waren keine Narben zu erkennen.

»Die haben sich richtig Mühe gegeben«, sagte Chen anerkennend. »Seinen Arzt sollte man sich merken.«

Laohu schüttelte den Kopf. »Er hatte keinen. In der Datenbank existieren keine Einträge über nachgezüchtete Extremitäten. Außerdem wäre sein Kredit viel zu gering für so eine aufwendige Behandlung gewesen.« Er ließ den Arm des Toten fallen und winkte zwei Sanitäter mit einer Bahre heran. Sie stellten die Bahre ab, hievten den Toten hinein und hoben sie wieder an. Laohu hielt sie zurück. Er drehte den Kopf des Toten zur Seite, sodass er die Stelle sehen konnte, wo der Chip implantiert war. Eine blasse Narbe zog sich darüber hinweg. »So ein Zufall«, sagte er.

»Identitätsdiebstahl«, sagte Chen. »Lass mich raten: Der echte Luan hatte seinen Unfall damals wohl nicht überlebt.«

Laohu nickte. »Das ist schon der dritte Fall dieses Jahr. Es nimmt zu.«

»Was bringt sie dazu, so etwas zu tun? Sie haben doch alles, was sie zum Leben brauchen.« Chen sah Laohu fragend an. »Das ist der Einfluss der verdammten Gweilo, nicht wahr? Diese Dummköpfe hören ihre Propagandakanäle und werden davon verrückt.«

Laohu zuckte mit den Schultern. Es war nicht das erste Mal, dass sie so etwas mitbekamen, und in Wahrheit war es auch nicht nur das dritte Mal. Inzwischen war es so oft vorgekommen, dass er aufgehört hatte zu zählen. Je rigoroser der Drachenrat gegen diese Umtriebe vorging, desto mehr solcher Verrückter krochen aus ihren Löchern hervor. Es war, als würde sich etwas in ihren Köpfen gegen ein geordnetes Leben sträuben. Als konnten sie in der Harmonie keinen Frieden finden. Seufzend hob Laohu die selbst gebaute Schusswaffe des ersten Angreifers vom Boden auf und musterte sie. Sie war aus Stahl gegossen worden, vermutlich in einer der Recyclinganlagen. Sie wirkte grobschlächtig und plump und hätte es niemals durch eine Sicherheitsschleuse geschafft. Allein ihr Besitz war schon ein Kapitalverbrechen. Es war der reinste Wahnsinn, so ein gefährliches Ding anzufertigen. Trotzdem hatte es jemand getan. Es schien ihm wichtig genug gewesen zu sein, um das Risiko auf sich zu nehmen.

Laohu warf einen Blick auf den toten Sicherheitsbeamten, dessen Gehirn überall im Gang von den Wänden tropfte. Er fragte sich, wie sie so viele Angreifer hatten übersehen können. Er ging zurück zur Biegung und knipste seinen Strahler an. Aufmerksam leuchtete er in die Dunkelheit unter den Rohren. Er entdeckte das Loch, das eines der Projektile in die Wand geschlagen hatte. Interessiert beugte er sich nach vorn und fuhr mit den Fingern darüber hinweg. Das Metall war dünner, als er erwartet hatte. Er leuchtete noch einmal die Rohre ab und stellte fest, dass sie an dieser Stelle eine andere Farbe hatten als im Rest des Gangs. Schnell winkte er einen Sicherheitsbeamten heran und ließ ihn das Loch mit einem Stahlschneider vergrößern. Als es groß genug war, leuchtete er hinein. Hinter der Wand befand sich ein weiterer Gang.

»Heilige Scheiße«, sagte Chen, als er über Laohus Schulter hinweg in die Öffnung starrte. »Die Affenmenschen haben den Gang abgetrennt. So viel Verschlagenheit hätte ich ihnen gar nicht zugetraut.«

Der Sicherheitsbeamte schnitt weiter, bis die Öffnung groß genug war, um hindurchschlüpfen zu können. Dahinter stießen sie auf ein halbes Dutzend Räume, die mit Tonnen gestohlener Materialien und etlichen selbst gebauten Waffen vollgestopft waren. Außerdem fanden sie eine Art

Labor, in dem unzählige Gerätschaften standen. Mikroskope, Zentrifugen, Inkubatoren und Hunderte Reagenzgläser, in deren trüben Flüssigkeiten schattenhafte Dinge schwammen. Als Laohu eines davon anleuchtete, drehte es sich behäbig zu ihm herum und starrte ihn aus einem grauenhaft entstellten Gesicht an. Ein Gesicht, das halb Mensch und halb Tier war. Einer der Sicherheitsbeamten stieß ein unterdrücktes Würgen aus und stürzte davon. Laohu streckte die Hand aus und klopfte mit dem Knöchel seines Zeigefingers gegen das Glas. Das Ding zuckte zusammen und blinzelte einmal, ehe es wieder zurück in seine Totenstarre verfiel.

»Diese Drecksäcke spielen Gott«, sagte Chen mit Ekel in der Stimme. »Sie haben Menschen gezüchtet.«

»Ja«, sagte Laohu. *Sie haben Gott gespielt.* Er wandte sich zum befehlshabenden Offizier der Gou um. »Wie viele habt ihr gefunden?«

»Gut zwei Dutzend bislang, aber keiner sieht wirklich überlebensfähig aus. Da sind allerdings noch mehr Räume den Gang hinunter. Wir haben noch nicht alle untersucht.«

Laohu nickte. »Zeichnet alles auf und vernichtet es anschließend. Nichts davon darf übrig bleiben.«

Der Offizier salutierte und blieb unschlüssig stehen.

Laohu blickte ihn unwirsch an. »Was?«

Der Offizier verzog das Gesicht. »Da ist noch etwas. Wir … wir haben da noch etwas gefunden.«

Es handelte sich um ein Kinderzimmer. Liebevoll eingerichtet, mit Puppen und selbst gebasteltem Spielzeug. Die Wände waren mit bunten Kreidezeichnungen überzogen, und sogar ein winziges Schaukelpferd hatten sie aufgestellt. In der Mitte des Raums stand ein kleines Mädchen, vielleicht fünf oder sechs Erdenjahre alt. Es trug ein schlichtes, aus Flicken zusammengenähtes Kleid und hielt einen Teddybär in den Armen, dessen Augen aus altchinesischen Kleingeldmünzen gefertigt waren. Für einen Affenmenschen sah es erstaunlich normal aus. Dennoch war da irgendetwas an ihm, das Laohu irritierte. Er konnte es nur noch nicht so recht in Worte fassen.

Die Hunde des Kriegs hatten sich in einem großen Halbkreis aufgestellt, die Waffen im Anschlag, die Gesichter grimmig verzogen. Laohu musste beinahe lachen. Ein Haufen schwer bewaffneter Männer, die tatsächlich ein bisschen so aussahen, als hätten sie Angst vor einem Kind. *Vielleicht haben sie aber auch allen Grund dazu,* dachte er im nächsten Augenblick. Langsam ging er auf das Mädchen zu, das ihn mit großen dunklen Augen anstarrte. Über das Display in seinem Visier plätscherten Zahlenreihen hinunter wie ein lauer Sommerregen. Eine Einblendung informierte ihn schließlich darüber, dass das Mädchen nicht registriert war. Im Jargon der Sicherheitsbeamten wurde so jemand gern als »unbeschriebenes Blatt« bezeichnet, manchmal auch als »Geist«. Ein Scan seiner Physiognomie konnte keine verdächtigen Unregelmäßigkeiten feststellen.

Und trotzdem ...

Nachdenklich strich er sich über das Kinn. »Meinst du, sie ist der Grund für unseren Einsatz?«, hörte er Chen in seinem Rücken sagen. Er zuckte mit den Schultern. Vielleicht war sie das. Vielleicht war sie aber auch nur ein weiterer überflüssiger Affenmensch, der sich zur falschen Zeit am falschen Ort aufhielt. Der diensthabende Kommunikator meldete sich über sein Headset: »Gut gemacht, Tiger.«

Die Administration war mit ihrem Einsatz zufrieden. Er war weitgehend nach Plan verlaufen. Unter den Tigern hatte es keine Verluste zu beklagen gegeben. Lediglich eine Handvoll kleinerer Verletzungen und eine Gehirnerschütterung wurden protokolliert. Der Verlust des Sicherheitsbeamten war bedauerlich, aber im Rahmen der Risikoanalyse einkalkuliert. Die toten Terroristen sollten zunächst eingefroren, untersucht und später der Wiederverwertung zugeführt werden. Die Überlebenden würden den Justiziaren vorgeführt, ihre Besitztümer kollektiviert und ihre Familien in die Umerziehung gesteckt. Dienst nach Vorschrift, wie Chen gern zu sagen pflegte.

»Was ist mit dem Kind?«, fragte Laohu den Kommunikator.

»Wiederverwertung«, antwortete dieser nach einer kurzen Pause, in der er sich mit seinen Vorgesetzten zu beraten schien.

»Wiederverwertung?« Laohu glaubte sich verhört zu haben, doch als der Kommunikator den Befehl bestätigte, runzelte er irritiert die Stirn.

Das biologische Alter des Mädchens betrug etwa fünf bis sechs Jahre, und es besaß ganz offensichtlich ein voll ausgeprägtes Bewusstsein. Normalerweise wäre es höchstens sterilisiert und nach einer umfangreichen Evaluierung in die Gesellschaft eingegliedert worden. Es war schließlich nicht das erste und würde mit Sicherheit auch nicht das letzte Kind gewesen sein, das ohne Genehmigung gezeugt worden war. Das Chaos fand zwar immer irgendeinen Weg, die Harmonie zu stören, doch die Drachennation hatte geeignete Maßnahmen entwickelt, um es zu bändigen. Oder etwa nicht? Die überraschende Entscheidung behagte ihm jedenfalls nicht. Es wäre anders gewesen, wenn das Kind nicht selbstständig lebensfähig gewesen wäre, so wie diese abartigen Dinge in den Reagenzgläsern. Doch ein vollwertiger Mensch in diesem Alter? Das war ...

Chen bemerkte sein Zögern und zeigte perlweiße Zähne. In seine Augen trat ein gefährliches Glitzern. »Ich kann mich gern darum kümmern, wenn du nicht willst.«

Laohu warf ihm einen Seitenblick zu. *Natürlich kannst du das. Du weißt schließlich, was sich gehört.* Chen war jung und eifrig. Wenn der Rat einen Befehl gab, fackelte er nicht lange. Er wollte schließlich noch vorankommen und irgendwann den Platz seines großen Bruders einnehmen. Die negativen Seiten dieser Position waren ihm noch völlig fremd. Er kannte die langen Nächte noch nicht, in denen man sich schlaflos wälzte, weil das schlechte Gewissen einen nicht zur Ruhe kommen ließ. Es gab zwar geeignete Mittel gegen Schlaflosigkeit, aber ihre Einnahme wurde genauestens protokolliert. Wenn man zu viel konsumierte, fiel man irgendwann auf. Dann war es nicht mehr weit bis zur Evaluierung. Und selbst wenn man die irgendwie überstand, blieb immer ein kleiner Makel kleben. Ein Vermerk in der Akte, der selbst einem hochdekorierten Veteranen irgendwann das Genick brechen konnte. Laohu atmete tief durch und straffte die Schultern. Noch war es allerdings nicht so weit. Noch besaß der alte Tiger seine Krallen, und er war durchaus in der Lage, sie zu gebrauchen. »Wegtreten«, sagte er, ohne den Blick von dem Kind zu nehmen. »Ich kümmere mich um das hier.«

Chen sah ihn einen Augenblick lang kritisch an. Doch dann nickte er und verließ den Raum. Die Hunde des Kriegs folgten ihm gehorsam.

Laohu wartete geduldig ab, bis er mit dem Kind allein war. Nachdenklich studierte er seine Züge. Sie waren ebenmäßig. Vielleicht eine winzige Spur zu perfekt. Echsenartig? Konnte schon sein. Gut möglich, dass es im Zeichen der Schlange geboren war. Man konnte das in diesem Alter noch nicht so genau sagen. Doch was immer es auch war, er hatte seine Befehle. Langsam ging er in die Hocke und streckte die Hand aus. Er drehte die Fläche nach oben, und nach kurzem Zögern legte das Kind seine Hand hinein. Sie war unglaublich winzig und zerbrechlich.

Der Tiger entscheidet über Leben und Tod.

154 JAHRE ZUVOR

Mars
2148

DIE PILOTIN DES ORBITALSHUTTLES lehnte sich vor und sah durch die Panzerglasscheibe ihres Cockpits hinab auf die narbige Oberfläche des Mars, die sich gleichförmig unter ihr drehte. Der rote Planet war nicht rot. Aus einer Entfernung von wenigen Tausend Kilometern war er eher schmutzig-braun, ocker und kaum bemerkenswert, wenn man nicht genau hinsah. Doch der Mars veränderte sich. Das gewaltige Tiefland der Nordhalbkugel war jetzt von flachen Seen schlammigen Wassers überzogen, die es noch vor wenigen Jahrzehnten nicht gegeben hatte. Hier und dort spiegelte sich die Sonne darin. Auf den Ebenen erstreckten sich über Hunderte Kilometer regelmäßig aufgereihte, braungrüne Kreise, wo automatische Algenfarmen Sauerstoff und Nahrungsmittel zugleich produzierten, während in anderen Regionen unregelmäßige Krater von früheren Terraformingversuchen zeugten. Darüber hinweg zogen Schleier von weißen und sandig-braunen Wolken, die sich immer wieder in heftigen Staubstürmen oder Platzregen über die unfertig wirkende Landschaft ergossen. Passierte das Shuttle dagegen die Nachtseite, glitzerten dort Dutzende Lichtfunken in der Dunkelheit, Spuren von Städten und verstreuten Siedlungen, von Landungspads und vereinzelten Straßen, die sich wie Spinnfäden über die nächtliche Landschaft zogen. Und dann, kurz bevor das Shuttle erneut auf die Tagseite des Planeten zurückkehrte, war für einen kurzen Moment das wohl Wundervollste und zugleich Wertvollste an dieser neuen Aussicht auf den ehemals toten Planeten zu sehen: ein hauchzarter, bläulicher Schimmer, der der Krümmung der nachtschwarzen Kugel folgte. Wesentlich feiner noch als die ohnehin zerbrechlich wirkende Hülle der Erde, doch unverkennbar eine Atmosphäre, die der Mars seit Jahrmillionen nicht mehr besessen hatte. Dann verblasste der Schimmer wieder, und das Shuttle glitt erneut über die Dämmerungsgrenze hinaus. Inzwischen hatte es sich auf wenige Hundert Kilometer genähert, und jetzt waren einzelne Merkmale seiner Oberfläche deutlicher zu erkennen. Die Minen in der Äquatorialzone waren als weitläufige, narbige Schuttfelder und Industriekomplexe zu sehen. Es gab keine Vegetation auf dem Mars, die die Bodenschätze verborgen hielt – die riesigen Förderfahrzeuge der Konzerne fraßen die Oberfläche wie gewaltige Herden langsam ziehender Urtiere und hinterließen wenig mehr als zermahlenes Gestein und tiefe Fahrrinnen, die die Staubstürme schnell wieder verbargen.

Die stählernen Herden ließen nur die tiefsten der Krater aus, und hier, wo im Schatten der Wände Eis gefunden werden konnte, entstanden Oasen aus sich zögerlich ausbreitendem Grün, das sich immer und immer wieder durch die Staubschichten kämpfte, wuchs und mehr und mehr Gestein für sich eroberte. Viele der Flecken waren Überbleibsel aus Terraformingversuchen der frühen Besiedlungsphase, die der lebensfeindlichen Umwelt trotzten und langsam, aber hartnäckig eigene Ökosysteme bildeten.

Olympus Mons kam am Horizont in Sicht, der höchste Vulkan des Sonnensystems, eine gewaltige höckrige Narbe, die sich bis über die junge Atmosphäre erhob. Selbst aus dieser Höhe waren die Tagebau- und Minenkomplexe der Tarsis-Bergbaugesellschaften gut zu erkennen, die sich in das wertvolle Vulkangestein fraßen. Das nördliche Tiefland mochte sich darauf vorbereiten, zu einem Meer zu werden, das den erwachenden Planeten mit Nahrung versorgen würde. Hier jedoch wurde das gefördert, weshalb die Menschen den Mars wirklich in Besitz genommen hatte: Mineralien und Edelmetalle, die auf der Erde nach mehr als zweitausend Jahren Raubbau nur noch schwierig zu finden waren. Auf dem Mars lag der Reichtum noch buchstäblich auf der Straße. Es brauchte nur Leute, die ihn aufhoben. Und die dafür in Kauf nahmen, ihr Leben in Druckanzügen und unter Helmen zu verbringen. Menschen, die bereit waren, dafür zu sterben.

Das Shuttle trat jetzt in die Atmosphäre ein. Es war deutlich langsamer geworden, und jetzt registrierten die Stabilisatoren erste ernsthafte Reibung der Atmosphäre. Das Shuttle ließ die Tharsisregion hinter sich und schoss weiter nach Osten, in Richtung der Valles Marineris, der gigantischen Grabenbrüche des Mars. Dort unten befanden sich die größten Städte des Mars, tief in die Felswände gegraben, um ihre Bewohner vor der Strahlung zu schützen. Sie waren einer der ersten Orte des Planeten, an denen Vegetation gewachsen war, tief genug, um es heute schon Menschen zu ermöglichen, sich ohne Druckanzüge unter freiem Himmel aufzuhalten. Zivilisation – und neben der Erde vermutlich der einzige Ort des Sonnensystems, an dem Menschen je würden leben können. Falls sie nicht auch diese zweite Chance versauten.

Die Pilotin überprüfte die Instrumente, bevor sie sich erneut der Landschaft zuwandte, die unter ihnen vorüberzog. Hunderte und Aberhunderte Kilometer kahler, rötlich brauner Wüste rasten unter ihnen vorbei, jetzt zerklüftet von gewaltigen Rissen und bodenlos erscheinenden Schluchten. Tatsächlich waren die schroffen Canyons bis zu 5000 Meter tief: Das *Labyrinth der Nacht* wurde diese Region seit ihrer Entdeckung durch Erd-Teleskope poetisch genannt.

Niemand war hier oben unterwegs. Die Luft war zu dünn zum Atmen, und keine Pflanze gedieh in diesen eisigen Höhen, schutzlos der kosmischen Strahlung ausgesetzt. Und das Gelände selbst war zu zerrissen für die Minenfahrzeuge und zu unwegsam für Siedlungen in den Canyons. Niemand ... in diesem Augenblick entdeckte sie eine Staubfahne, die aus einem der breiteren Canyons aufstieg, und das Licht der späten Sonne blitzte kurz auf einer Glasfläche.

So gut wie niemand, korrigierte sie sich im Stillen. Es gab immer Verzweifelte, Abenteurer, Glücksritter und vermutlich auch Gesetzlose, die sich ins Labyrinth der Nacht vorwagten, einige auf der Suche nach Bodenschätzen, an die die großen Minenkonzerne nicht herankamen, andere wegen der Hoffnung auf große Entdeckungen oder auf der Jagd nach Hirngespinsten, und manche der unwegsamen Einsamkeit wegen, in der sie selbst den elektronischen Augen der Satelliten verborgen blieben. Menschen waren schon seltsam. Mit ein wenig Disziplin und Einsatz konnte sich jeder seinen Platz in der Welt verdienen, und doch zog es einige immer weiter hinaus in die unbequeme, unwirtliche und vor allem einsame Wildnis jenseits der Zivilisation.

Die Pilotin warf einen letzten Blick hinab auf die Staubwolke, bevor jene hinter den Steilwänden verschwand. Dann leitete sie den letzten Teil des Sinkflugs ein, der sie Tausende Meter tiefer hinab auf den Grund der größten Täler brachte, ins Herz der erblühenden Mars-Zivilisation.

PROSPEKTOREN

*Valles Marineris,
Westliches Canyonsystem, Mars
2148*

Oren sah durch die staubige, zerkratzte Scheibe des Rovers hinauf zum graublauen Marshimmel, bis das winzige Shuttle hinter dem Kamm der nächsten Canyonwand verschwunden war. Es war das einzige Zeichen von Zivilisation gewesen, das sie seit Stunden gesehen hatten, und bereits jetzt ging ihm die stumme Einsamkeit hier draußen auf die Nerven. Und dabei war er nicht einmal allein, und es war alles andere als still.

Migual, sein Fahrer, nickte im Takt der Musik, die seit Stunden aus dem Soundsystem des Rovers dröhnte. Oren hatte zwar die Geräusche filternden Kopfhörer eingeschaltet, aber das Wummern der Bässe drang als Vibration immer noch zu ihm durch. »Bitte, Migual. Kannst du das endlich mal leiser machen? Ich krieg langsam Magenschmerzen davon.« Er klopfte sich auf den Atmosphärenanzug, dessen Front sich leicht, aber doch sichtbar über seinem Bauch spannte. Das sollte in einem inaktiven Anzug eigentlich nicht so sein.

Der Fahrer sah über die Schulter und grinste. »Ach komm, Oren. Das ist bester Mariner-Synthry. Klassiker! Was willst du denn stattdessen hören? Eine Rede der Präsidentin?« Er lachte, und Oren verzog das Gesicht. Miguals Vorliebe für Mariner-Oldies hing ihm nach vierzehn Stunden Fahrt zwar gehörig zum Hals raus, doch das war kein Vergleich zu den berüchtigten Reden, die die Präsidentin der Tharsis-Föderation gern und überaus häufig hielt.

»Gibt's nicht irgendwas dazwischen?«

»Jede Menge! Aber fürs Erste ist das dran. Ich hab das neue Album von denen noch nie ganz gehört. Das genieße ich jetzt!« Migual grinste breit und konzentrierte sich wieder auf die steinige, markierungslose Strecke vor ihnen, die nur auf dem HUD so etwas wie eine Wegführung aufwies.

Hyunki, der dürre Mariner, der auf dem Beifahrersitz neben Migual lag, gestikulierte in Richtung Wegfinder und erklärte etwas im eigentümlichen Kauderwelsch der Mariner, das Oren so gut verstand wie Kanto. Er konnte kein Kanto. Es war schon erstaunlich, in welcher Geschwindigkeit sich hier draußen alles änderte. Die Mariner, wie sich die auf der Oberfläche geborenen Einwohner der *Valles Marineri* selbst nannten, waren langgliedrig und hager und wirkten mit ihren großen Köpfen mehr wie Aliens als Menschen. Ihre Sprache hatte sich in weniger als hundert Jahren zu einem komplett eigenständigen Gemisch aus Dutzenden Erdensprachen entwickelt, das außerhalb des Mars bereits eigene Übersetzer brauchte. Und sie zelebrierten ihre Eigenständigkeit mit einem grimmigen Stolz.

Er verdrehte die Augen, atmete tief durch und sah seine Frau an, die ihm gegenüber im geräumigen Heck des Rovers saß. Venta Chitru lag mit geschlossenen Augen in ihrem Gyrositz und schien zu schlafen, doch das kaum merkliche Lächeln um ihre Mundwinkel verriet Oren, dass sie sehr wohl zugehört hatte. Und vermutlich wusste sie auch, dass er sie in diesem Augenblick ansah. Diese Frau war schon immer schlauer gewesen als er, und sie schien immer zu wissen, was er gerade tat und dachte. »Mig macht das nur, um dich zu ärgern. Das weißt du doch«, sagte Venta, ohne die Augen zu öffnen.

Oren schnaubte. »Und ich rege mich nur auf, weil er das erwartet. Das hält ihn bei Laune.«

»Na sicher.« Ventas Lächeln wurde breiter, und sie schlug die Augen auf. Wie alle Marsianer war sie blass, doch sie war für eine Mariner zu klein, und ihre dunklen Augen und die gestutzten Locken verrieten ihre Wurzeln irgendwo im weiteren Äquatorbereich der Erde. Sie hatte einmal geäußert, dass sie auf die Arabische Halbinsel tippte, aber sicher war sie sich nicht, und einem Gentest hatte sie sich immer verweigert. Ihre Eltern stammten vom Mond. Also vom Erdmond, und sie selbst war wie er auf der Orbitalstation über dem Mars geboren. Eine von inzwischen Tausenden *Spacern*, und Venta beließ es mit Stolz dabei. Oren war es egal, woher sie kam, solange diese Augen ihn ansahen, wenn sie sich öffneten.

Venta ließ einen Monitor von der Decke herabfahren und musterte die Bilder der Außenkameras, die darauf erschienen. »Da draußen sieht es aus wie vor 150 Jahren. Nichts als Dreck, Staub und Felsen.«

Oren nickte. Schotter und Geröll türmten sich in endlosen Halden vor ihnen, aufgefüllt mit festgebackenem Sand und feinem, ockerfarbenem Staub, der in der dünnen Luft immer wieder aufstob und in langen Schleiern davongetrieben wurde oder in Staubteufeln vor ihnen über die Piste tanzte. Eine dichtere Fahne hing hinter ihrem

Rover und versperrte den Außenkameras die Sicht. Hier oben, weitab der Siedlungen, war der Mars tot wie eh und je. »Ich glaube nicht, dass wir jemals eine Atmosphäre aufbauen, die hier oben etwas ändert.« Er deutete auf die Statistiken am Rand des Monitors. »7218 Meter über null. Da wächst auch auf der Erde nichts.«

»Oi«, schaltete sich der Mariner ein. »*Daangra*. Sicher wächst was hier oben. Nur nicht hier auf dem Fels, sondern«, er schob in einer seltsamen Geste die Hände untereinander und grinste, wobei er bemerkenswert künstliche Zähne zeigte, »unten. Im Boden. Wir sind hier nicht auf der Erde. Mars hat eigene Gesetze, *shi de*? Ich werde zeigen.«

Oren warf seiner Frau einen fragenden Blick zu. »Das sollte nicht möglich sein, oder?«

Sie wandte den Blick nicht vom Monitor. »Das Einzige, was wir über den Mars wissen, ist, dass wir immer noch überhaupt nichts wissen.«

»Das sagst du immer.«

»Weil es wahr ist. Wir haben eine vage Ahnung, was unten in den Valles liegt, und an den Seen, wo sich die Luft und die Siedler sammeln, aber abseits davon …?« Sie hob die Schultern. »Die Wissenschaftler haben komplexe Bakterien gefunden, die wir sicher nicht eingeschleppt haben. Wir wissen einfach zu wenig.« Sie stutzte, runzelte die Stirn und positionierte eine Kamera neu. »Ist es das da, Hyunki? Dieser Einschnitt?«

Der dürre Mariner sah nach oben auf seinen eigenen Monitor und nickte. »*Shi de*. Dort oben ist unser Camp. Es ist nicht mehr weit.«

Oren ließ den Monitor nicht aus den Augen. Der steinige Hang endete rechts von ihnen wie schon seit Stunden am Fuß einer Felswand, die sich schroff über ihnen erhob. Der Wind von Jahrmillionen und der Regen einiger Jahrzehnte hatten ein scharfes Linienmuster in sie gegraben, doch der Ursprung dieser Wand, dieses Labyrinths aus Hunderten großer und kleinerer Canyons, lag nicht im Wetter. Das *Labyrinth der Nacht* verdankte seine tiefen Schluchten denselben Urgewalten, die auch die Grabenbrüche der Valles Marineris erschaffen hatten. Satelliten im Marsorbit hatten in den letzten fünfzig Jahren fast jedes dieser Täler kartiert und auf der Suche nach Rohstoffen bis tief in den Untergrund durchleuchtet, doch noch immer hatte die meisten der trostlosen Einschnitte nie ein Mensch betreten.

»Einladend.«

Hyunki ging nicht darauf ein. Er deutete auf eine Unterbrechung in der Schluchtenwand, die auf einen weiteren Nebencanyon hinwies. »Vielversprechende Stelle, dort oben. Wir haben im letzten Jahr neue Karten von SentinatCorp gekauft. Dort oben liegt Platin und einiges andere. Nicht genug für die Großen, aber mehr als genug für uns. Außerdem Lavaröhren. Ideal zum Abbau, seht ihr?« Er tippte auf den Monitor, und jetzt konnte auch Oren erkennen, dass das, was er vorher für einen Schatten gehalten hatte, eine dunkle Öffnung in der Canyonwand war. »Es ist eine ziemlich dichte Röhre. Einfach zu versiegeln, gut für Basis. Arbeiten ohne Druckanzug ist leichter, *shi de*?«

Oren musste zugeben, dass das stimmte. Er kannte die harten Arbeitsbedingungen der Prospektoren in den Schürfercamps. Das Beste, was einem passieren konnte, war die Arbeit in einem unter Druck gesetzten Abschnitt der Hunderte Kilometer langen Lavaröhren. Glücklicherweise war genau dort auch eine Menge zu holen, wenn man wusste, wonach man suchte. Er konnte verstehen, warum die Mariner sich diesen Abschnitt ausgesucht hatten.

»Und dort drinnen habt ihr das Schiff gefunden?« Venta sah skeptisch aus.

»Wie ich gesagt habe, *Taitai*. Zumindest halb. Es hat die Wand durchschlagen und ragt in die Röhre.« Der Mariner zuckte mit den Schultern.

Oren verzog das Gesicht. Er konnte die Skepsis seiner Frau nachvollziehen. Das meiste Gestein hier war Vulkangestein. Ein Schiff, das mit Absturz-Geschwindigkeit auf der Marsoberfläche auftraf, wäre mit ziemlicher Sicherheit in einem hässlichen Feuerball in tausend Fetzen gerissen worden. Irgendwas an dieser Geschichte stimmte nicht. Doch sie hatten keine Wahl. Wracks waren Bergungsgut und gehörten dem Finder, solange niemand sonst Anspruch darauf erhob. Was im Regelfall einer der großen Konzerne war, deren Schiffe den Mars anflogen, doch dazu musste erst einmal zweifelsfrei festgestellt werden, welchem Konzern der Schrotthaufen gehörte. In den vergangenen hundert Jahren hatten Hunderte Schiffe den Mars angeflogen – und ein Haufen davon hatte den Anflug nicht überlebt. Dass eines der großen, kommerziellen Schiffe verschollen ging, war so gut wie nie der Fall. Soweit Oren wusste, gab es noch genau drei Frachter, deren Verbleib ungeklärt war, und keiner davon war in dieser Region heruntergekommen. Anders sah es mit den kleinen, privaten Schiffen aus. Um die vergangene Jahrhundertwende hatte ein regelrechter Run auf den Mars eingesetzt, als klar wurde, dass das Terraforming funktionierte. Und es war erstaunlich, wie viele Orbitalshuttle und Kurzstreckentransporter sich umrüsten ließen, um zumindest einen Flug bis ins gelobte Land zu überstehen. Noch erstaunlicher war, wie viele Menschen bereit gewesen waren, dieses Risiko auf sich zu nehmen, um in fliegenden Blechdosen selbst zum Mars zu schippern oder sich für Wucherpreise von Schleuserunternehmen hinbringen und über dem noch immer unwirtlichen Planeten abwerfen zu lassen. Diese Auswandererwelle hatte Tausende Menschen das Leben gekostet. Und sie hatte niemanden davon abgehalten. Niemand wusste genau, wie viele der Siedlerexpeditionen auf dem Anflug verloren gegangen waren und wie viele die Landung nicht überlebt hatten, oder die darauffolgenden Tage, wenn es nicht gelungen war, Kontakt zu den Marsbehörden aufzunehmen. Immer wieder stolperten Prospektoren über undichte Landungscontainer, in denen entkräftete Familien erstickt oder verhungert waren, und bis heute spürten Satelliten immer wieder die Reste von abgestürzten Schiffen oder verlassenen Camps auf. Ein unentdecktes Wrack eines Landungsschiffs war, egal, in welchem Zustand, eine Goldgrube für jeden Prospektor, der einen Finderanspruch geltend machen konnte. Und deshalb hatten die Prospektoren sie geholt. Als vereidigte Prüfer der Tharsis-Föderation war es ihre Aufgabe, Funde zu sichern, Claims zu prüfen und Ansprüche rechtskräftig zu bestätigen. Und wenn die Mariner tatsächlich gefunden hatten, was sie behaupteten, dann gönnte Oren ihnen den Fund. Außerdem war die Provision aus dem Anteil, der der Föderation zustand, auch nicht zu verachten.

»Na gut.« Oren zuckte mit den Schultern. »Sehen wir uns das Ding an, und dann ladet ihr uns zum Essen ein.«

Migual schnaubte. »Glaubst du wirklich, dass die Jungs etwas Besseres im Kühlschrank haben als wir, Oren?«

»Wir haben Bohneneintopf mit InVi-Kobe und eine Kiste Rockhammer. Zur Feier des Tages. Falls es etwas zu feiern gibt.« Der Mariner hob vielsagend die Brauen und grinste.

»Das ist tatsächlich besser!« Migual sah verblüfft in den Rückspiegel, und Hyunkis Grinsen wurde breiter.

»Also gut. Gehen wir's an, bevor es dunkel wird.« Migual folgte den Anweisungen des Mariners und ließ den Rover einer kaum sichtbaren Spur über das steiler werdende Geröllfeld folgen. Oren spürte die Stabilisatoren des Fahrzeugs fauchen, und Migual pfiff leise durch die Zähne. »Und hier seid ihr ernsthaft hochgefahren?«

Hyunki winkte ab. »Nicht zuerst. Aber ist nur ein kurzes Stück bis zur Garage, dann wird es eben. Besser als laufen.«

»Hm«, machte Migual. »Das denken aber nicht alle, oder? Irgendein Grund, warum ihr so seltsam parkt?«

Orens Blick wanderte wieder auf den Monitor. Vor ihnen, kurz unterhalb der Öffnung, stand ein weiterer Rover, in einem schier unmöglich steilen Winkel unterhalb der Canyonwand abgestellt. Es war ein älteres, vierrädriges Modell, kleiner als ihr eigener und in deutlich schlechterem Zustand. Der Wind auf dem Mars mochte nicht viel Kraft haben, doch die häufigen Staubstürme hatten die Farbe beinahe vollständig von der Außenhaut dieses Fahrzeugs gescheuert, und Oren gelang es nicht, die kaum sichtbare Kennung zu entziffern.

Das schmale Gesicht des Mariners wurde finster, und er richtete sich in seinem Sitz auf, ein eigenwillig langgliedriger Mann, dem man plötzlich deutlich ansah, dass er zu den auf dem Mars Geborenen gehörte. Er starrte auf den Bildschirm. »Der gehört nicht zu uns.«

Oren sah Venta an. »Zu wem dann?«

»Konkurrenz?«

»Wie meinst du das – Konkurrenz?«, fragte Migual über das Heulen der Servomotoren hinweg. Dann drosselte er die Fahrt, und der Rover kam ruckend zum Stehen.

»Andere Prospektoren«, antwortete Hyunki düster. »Wir haben vor einer Woche Spuren gesehen. Dachten, sie wären weiter nach Westen gefahren.«

»Also kein freundlicher Nachbarschaftsbesuch?« Oren zoomte das Bild des fremden Rovers heran. Aus der Nähe waren die Kreise einer Schleifmaschine auf dem Metall zu erkennen. Kein Wunder, dass die Kennung unleserlich war.

Hyunki klickte mit der Zunge, ein Laut, den viele Mariner verwendeten, um Besorgnis auszudrücken. »Unten in den Valles habt ihr vielleicht freundliche Nachbarn, *pinju*. Hier oben? Hier bringt man sich Freunde mit. Und schläft mit Auge offen.«

Oren nickte. Wenn er ehrlich war, hatte er nichts anderes erwartet. Der Mars war auf dem Weg, eine zweite zivilisierte Welt der Menschheit zu werden. Aber so weit war es noch nicht. Im Moment war der größte Teil des Planeten noch unzivilisiertes Grenzland, nur ohne die Wildnis und die Ureinwohner. Die Gesetzlosen allerdings waren da. Deshalb gab es Leute wie sie.

Venta hatte augenscheinlich die gleichen Gedanken. Sie löste einen Magnetkoffer von der Wand und entnahm ihm drei Handfeuerwaffen. Sie überprüfte den Ladestand und schob eine davon über den Tisch.

Oren verzog das Gesicht. »Bist du sicher? Die Dinger machen mehr Ärger, als sie …«

»Worauf willst du warten?«, unterbrach ihn Venta, »Die Marschalls? Wir sind ValleyTec, wir sind das offizielle Gesetz hier draußen.«

»Mig ist Bergbautechniker und ich Cyberhistoriker, wenn ich dich daran erinnern darf, Liebste.«

»Ihr sollt auch nur dekorativ bedrohlich aussehen, wenn's nötig ist«, entgegnete Venta. Sie lächelte breit und klippte die Waffe an den Oberschenkel ihres Druckanzugs. »Überlasst den Rest mir. Und lasst die Finger von der Sicherung. Verstanden, Mig?«

»Du bist die Chefin, Chefin.« Der Fahrer kletterte aus seinem Sitz, zuckte mit den Schultern und nahm eine der übrigen Waffen vom Tisch.

Seufzend griff Oren nach der letzten. Mit wenigen Handgriffen hatten sie ihre Helme übergestülpt und gesichert, bevor Venta die Schleuse aktivierte.

Der Druckanzug zog sich um Orens Gliedmaßen zusammen, noch während er den Rover verließ. Die Atmosphäre des Mars war in dieser Höhe so dünn, dass sie ohne die Nanofiber-Anzüge das Bewusstsein verloren hätten, noch bevor die eisige Kälte sie umbringen würde. Selbst einhundert Jahre beinahe rücksichtslosen Terraformings hatten in dieser Höhe kaum einen Schleier hinterlassen, und der Himmel hatte den seltsam blauvioletten Ton, der die Grenze zum All ankündigte. Zu einem anderen Zeitpunkt hätte Oren diesen Anblick bewundert, doch jetzt hatte er nicht mehr als einen flüchtigen Blick dafür übrig. Stattdessen umrundete er den fremden Rover. Es befand sich niemand im Inneren, so viel hatte ein schneller Scan ihrer eigenen Bordinstrumente gezeigt. Außerdem stand die äußere Schleusentür des Fahrzeugs offen. Das war geradezu fahrlässig schlampig. Also hatte es jemand ziemlich eilig gehabt. Oren strich mit dem Handschuh über den Lack. Er hatte recht gehabt. Man hatte die Kennung des Fahrzeugs tatsächlich absichtlich abgeschliffen. Die

Kreise der Schleifmaschine waren von Nahem gut genug zu erkennen, und vermutlich war der nachlässig aufgetragene Farbüberzug eine Nanopaste, die die alte Kiste für Radar und Satelliten fast unsichtbar machte. Nicht allzu ungewöhnlich, doch das ungute Gefühl nahm zu. Er schielte durch die Windschutzscheibe. Das düstere Innere des Fahrzeugs war unaufgeräumt und im Vergleich zu ihrem Dienstfahrzeug äußerst spartanisch. Er glaubte, vier Sitze zu erkennen, doch sicher war er sich nicht. Er aktivierte die Bordfrequenz und teilte seine Beobachtung mit. Dann zögerte er. »Wie viele von euch sind dort drin, Hyunki?«

Die Stimme des Mariners klang etwas blechern in seinem Helm. »Zwei. Rajani und Sam. Die anderen sind bestimmt noch nicht zurück.«

Oren nickte. »Und wie weit drin ist das Lager?«

»Etwa einhundert Meter. Dort war die günstigste Stelle für das Siegel, und …«

Venta unterbrach Hyunki mit einer knappen Geste. »Ich glaube nicht, dass sie uns schon bemerkt haben. Die Luft hier trägt nicht genug Schall, und wenn sie nicht gerade eine Wache oder 'ne Kamera aufgestellt haben, haben sie uns vermutlich auch noch nicht gesehen. Und bis jetzt schießt niemand. Ich halte das für ein gutes Zeichen.« Sie zog ihre Waffe und stapfte die wenigen Meter hinauf bis an den Rand der Tunnelöffnung. »Nope. Keine Wache«, verkündete sie gleich darauf trocken.

Oren stellte fest, dass er die Luft angehalten hatte. »Kannst du das bitte lassen? Was, wenn jemand auf dich geschossen hätte?«

Venta schüttelte den Kopf, auch wenn die Bewegung in ihrem Helm kaum zu sehen war. »Vier Leute, und sie haben noch nicht einmal eine Alarmanlage an ihrem Rover aktiviert. Wie Leute, die Geld genug für eine Sicherungsdrohne übrig haben, sieht die Karre auch nicht aus, und vier Leute sind für einen schnellen Raubzug, der sich lohnen soll, ohnehin schon zu wenig. Sie können es sich gar nicht leisten, jemanden als Wache zu verschwenden.«

»Ich schätze, sie hat recht«, warf Migual ein. »Ich denke, sie rechnen hier draußen am Arsch der Welt genauso wenig mit Besuch wie die Prospektoren.«

»Klopf, klopf«, sagte Venta. Sie löste die Kameradrohne von ihrem Helm und warf sie in den dunklen Tunnel.

Am oberen Rand von Orens Helmdisplay flammte das Bild der Drohnenkamera auf. Gleich darauf verwandelte es sich in ein thermografisches Bild, als Venta das kaum handflächengroße Flugobjekt in den Tunnel dirigierte. Die Ansicht war verwaschen, kontrast-, vor allem aber farblos. »Siehst du? Niemand da.« Venta klang unbekümmert, doch er kannte seine Frau gut genug, um die Anspannung in ihrer Stimme zu hören.

»Dann los.« Mit einer Geste wischte er das Bild der Drohne von seinem Display und aktivierte seine eigene Kamera. Schweigend betraten sie den Tunnel. Die alte Magmaröhre war groß genug, um selbst einen großen Rover problemlos hineinfahren zu lassen, und der Staub auf dem Boden zeigte neben zahlreichen Stiefelspuren auch die Abdrücke breiter Reifen. Die Röhre war Millionen von Jahren alt, doch die beinahe nicht vorhandene Atmosphäre des Planeten hatte schon wenige Schritte weit im Inneren kaum noch Erosionsspuren hinterlassen. Bizarre Tropfen einst flüssigen Gesteins hingen hier und da von Wänden und Decke. Nur gelegentlich hatte der Rover der Prospektoren einige davon zerstört, und ihre Trümmer lagen wie Teile geborstener Gefäße oder fremdartiger Statuen auf dem Felsboden. Vorsichtig tasteten sie sich voran. Die computerunterstützten Helmdisplays zeigten zwar so viel des Bodens wie möglich, doch es war trotzdem immer noch leicht, einen der messerscharfen Splitter zu übersehen und sich die Wade aufzuschneiden. Die Druckanzüge waren robust, aber Vulkanglas war härter als Stahl.

»Irgendetwas stimmt ganz sicher nicht.«

Oren zuckte zusammen. Hyunki hatte zwar leise gesprochen, trotzdem brauchte er einen Moment, bis ihm klar wurde, dass der Mariner auf einer gesicherten Frequenz sprach, die außerhalb seines Helms nicht zu hören war. »Wir haben hier Lichter installiert. Unser zweiter Rover müsste jeden Moment vor uns auftauchen. Spätestens dort. Wir haben da eine Werkstatt aufgebaut.«

»Das kann ich bestätigen«, klang Miguals Stimme in seinem Helm. Der Fahrer bückte sich und hob einen Gegenstand hoch, den Oren im Nicht-Licht der HUD-Ansicht als Multischrauber erkannte. »Niemand geht mit diesen Dingern so um. Die kosten geradezu unverschämt viel.«

Hyunki knurrte etwas Unverständliches und ging schneller. Nur wenige Meter später tauchte der Umriss eines klobigen alten Rovers vor ihnen auf. Dieses Modell war noch älter als das am Eingang der Röhre; eine ehemalige vollautomatische Lastenraupe, die jemand erst nachträglich mit einer Fahrerkabine ausgestattet hatte. Der Eigenbau war umso offensichtlicher, da die Versorgungseinheiten wie Sauerstoff- und Drucktanks mit groben Schweißnähten an die Kabine geheftet waren. Das Fahrzeug verfügte nicht einmal über eine Schleuse und war augenscheinlich alt genug, um noch aus den frühen Tagen der Marsbesiedlung zu stammen. Vermutlich würde sich dafür sogar ein Sammler finden lassen.

Mit einem unterdrückten Fluch stapfte Hyunki auf das Fahrzeug zu. Jemand hatte die Tür offen gelassen. Und jetzt, da Oren genauer hinsah, konnte er erkennen, dass jemand die Kabine durchwühlt hatte. Nahm er zumindest an. Der Mariner öffnete eine Klappe an der Seite des Rovers und holte ein abgegriffenes Nagelschussgerät heraus. Dann winkte er die anderen vorwärts.

Als sie den Rover passiert hatten, entdeckte Oren zum ersten Mal Licht. Es kam von einem trüben Flecken Kunststofffolie, das einige Dutzend Schritte vor ihnen im Gang zu schweben schien.

»Das Siegel«, erklärte der Mariner.

»Sieht ziemlich düster aus«, murmelte Migual. »Soll das so sein?«

»Wir haben es aus Solarfolie geschweißt«, erwiderte Hyunki mit einem säuerlichen Unterton. Oren bemerkte, wie sie alle instinktiv flüsterten. »Wenn wir uns ein richtiges Siegel leisten könnten, würden wir wohl kaum einen Schrotthaufen wie den hier fahren, oder?« Oren musste zugeben, dass da etwas dran war. »Blockiert das meiste Licht, ist aber robuster als der Billigmist, den sie dir unten im Valley andrehen. Und auf Transparenz ist hier oben gepfiffen, *shi de*?« Er schulterte die Nagelpistole, doch Venta hielt ihn zurück.

Erneut warf sie ihre Drohne in die Luft, und mit einem gedämpften Sirren schoss die kleine Maschine davon, auf das leuchtende Rechteck zu. Das Bild, das ihre Kamera auf die Helmdisplays warf, war nicht sonderlich aufschlussreich. Der Kunststoff des Siegelfensters war zerkratzt und beinahe blind, und mehr als einige Schemen und die Anwesenheit von mindestens vier Lichtquellen war nicht zu erahnen. Die Drohne folgte Ventas Befehlen und schwebte nach rechts, wo ihre LEDs eine improvisierte Schleusenkammer beleuchteten. Venta musterte sie skeptisch. »Das sieht nicht sehr sicher aus.«

»Es hält und erledigt seine Aufgabe. Und es ist der einzige Eingang«, erklärte der Mariner knapp.

»Und wir haben keine Möglichkeit zu sehen, was im Inneren passiert?«

»Wenn ihr kein Loch schneiden wollt – nein.«

»Ich würde das nicht tun, Venta. Der Abschnitt dahinter steht unter Druck, und …« Migual stockte und verstummte. »Weißt du natürlich«, murmelte er dann.

Venta warf ihm einen düsteren Blick zu und würdigte ihn keiner Antwort. Stattdessen drehte sie sich zu Oren um, und vermutlich konnte nur er die Besorgnis in ihrer Miene erkennen. »Das heißt, wenn wir dort reingehen, tun wir das blind?«

»Blind, aber zumindest nicht angekündigt.« Oren warf dem Mariner einen prüfenden Blick zu.

Hyunki zuckte nur mit den Schultern. »Wir haben keine Kamera an der Tür angebracht, falls du das meinst. Für die anderen kann ich aber nicht reden.«

»Falls die einen Schnüffler installiert haben, wird's nicht besser, wenn wir warten«, warf Venta ein. Sie überprüfte nochmals ihre Waffe. »Wir gehen zusammen.«

Niemand widersprach. Sie drängten sich in die enge Kunststoffschleuse, und Oren war sich schmerzlich bewusst, dass sie ein hervorragendes Ziel abgaben, falls jemand die innere Schleusentür im Visier hatte. Dann war ein leises Bing zu hören, und Migual entriegelte so schnell es ging die innere Schleusenklappe und schob sie beiseite. Für einen Moment blendete das einfallende Licht, bevor sich Orens Visier verdunkelte. Er stolperte nach links weg aus der Kammer, was vermutlich wenig elegant aussah. Aber immerhin schoss ihn niemand sofort über den Haufen. Ein Stapel zusammengebauter Transportkisten tauchte vor ihm auf, und er duckte sich dahinter. Über Funk hörte er das angespannte Atmen der anderen, und erst nach einigen Atemzügen wurde ihm klar, dass niemand auf ihn schoss. Oder überhaupt schoss.

»Ich hatte mit einem etwas wärmeren Empfang gerechnet«, sagte Venta in seinem Ohr.

»Ich halte es für ein gutes Zeichen, nicht tot zu sein«, warf Migual ein. »Kann es sein, dass hier niemand ist?«

Oren sah vorsichtig hinter seinem Kistenstapel hervor. Keine drei Schritte von ihm entfernt entdeckte er einen Standstrahler. Er lag auf dem Boden und leuchtete vor allem die Decke an. »Wie groß ist eure Blase hier, Hyunki?«

»Ich weiß es nicht genau. Als ich gefahren bin, nur etwa dreißig Meter lang. Groß genug fürs Lager. Aber Rajani und Sam wollten sehen, ob sie hinter dem Wrack eine passende Stelle finden, um die Versiegelung zu erweitern. Dann wären es mindestens fünfzig Meter. Nicht viel mehr. Mehr schaffen unsere Kompressoren nicht.« Der Mariner sah, wie Venta aufstand, und schob sich hinter ihr her. Kurz darauf fluchte er in den Funk.

»Niemand zu sehen«, stellte Venta fest. »Aber die haben ganz schön gehaust hier.« Oren stand auf und sah, wie seine Frau im flackernden Licht eines Flutlichts irgendein zerstörtes elektronisches Gerät betrachtete, bevor sie es vorsichtig wieder ablegte. »Was haben die getrieben?«

Oren schloss auf, die Faust immer noch um den Griff seiner Waffe verkrampft. Dass sich hier das Lager der Prospektoren befunden hatte, war nicht zu übersehen. Eine

Art Feldküche war an einer Seite aufgestellt, mehrere Feldbetten standen an der gegenüberliegenden Wand, und eine transportable Duscheinheit war etwas entfernt im Schatten der Strahler aufgebaut. Zahlreiche Vorratskisten hatten wohl ursprünglich ordentlich aufgeschichtet an einer Wand gestanden. Jetzt allerdings waren sie umgeworfen und ihr Inhalt über den unebenen, schwarzen Felsboden verstreut. Alles war von schwarzgrauem Staub bedeckt, der im Schein der wenigen noch funktionierenden Lampen glitzerte wie gemahlenes Glas. Vorsichtig hob Oren einen Klappstuhl auf, der aussah, als hätte ihn jemand benutzt, um damit das Vulkanglas zu zertrümmern. »Zumindest haben sich deine Leute gewehrt«, murmelte er.

Hyunki betrachtete verwirrt den umgestoßenen Esstisch. Die Platte wies fingerdicke Löcher auf. Vielleicht hatte jemand dahinter Deckung gesucht? »Aber wo sind sie?«

Migual und Oren wechselten einen Blick. »Bei eurem Wrack«, sagte der Fahrer. »Hier ist nichts, was Deckung bietet, nicht so wie ein Haufen Metallschrott, der einen kompletten Absturz überlebt hat.«

Venta war bereits zum selben Schluss gekommen. Die winzige Drohne war schon wieder in der Luft und schickte jetzt ihre Aufnahme erneut auf ihre Helmdisplays, als sie in die Dunkelheit am anderen Ende des Lagers sirrte. Oren hockte sich hin und konzentrierte sich auf das Bild. Kisten. Stapel von Lagerkisten, in die teilweise Dinge eingefüllt waren, die Oren im Vorbeiflug nicht identifizieren konnte. Die Drohne passierte auf ihrem Weg in die Dunkelheit mehrere zerstörte Strahler, doch nach wie vor nahm sie weder Bewegungen, geschweige denn Lebenszeichen auf. Venta ließ die Drohne inzwischen ein Suchmuster fliegen, um mehr Bodenfläche abzusuchen, aber außer Staub, Stein und gelegentlichen Arbeitsspuren blieb das Bild leer. Umso überraschender tauchte das Gesicht im Bildausschnitt auf, und Oren zuckte mit einem leisen Fluch zusammen. Venta stoppte die Drohne und setzte sie ein kleines Stück zurück. Erneut erschien das Gesicht, grau in der Nachtsicht der Kamera. Oren blinzelte und versuchte sich zusammenzureißen. Es war tatsächlich keinerlei Farbe in den Zügen zu erkennen, was nur bedeuten konnte, dass der Mann, dem dieses Gesicht gehörte, tot war. Lange genug, um dieselbe Temperatur wie der Stein zu haben. Mindestens einen Tag also.

»Ich kenn' den *Baskuda* nicht«, sagte Hyunki düster, noch bevor jemand fragte.

Die Drohne verließ abermals das Gesicht, stieg auf und schwebte langsam im Kreis, und jetzt konnte Oren erkennen, was sich hinter dem Mann befand. Das, was er für eine der Tunnelwände gehalten hatte, war in Wirklichkeit die Seite eines Objekts, das nahezu den kompletten Gang blockierte. Und es ähnelte nichts, was Oren je gesehen hatte.

»Das ist es?« fragte er leise. Erst dann bemerkte er, dass seine Stimme plötzlich belegt war.

»Das ist ... was genau ist das?«, warf Migual ein.

»Konzentriert euch.« Venta räusperte sich. »Die wichtigere Frage ist immer noch: Wo sind die Leute?«

»Und warum liegt dort ein Toter?«, fügte der Mariner hinzu.

»Das auch.« Mit einer Handbewegung rief Venta die Drohne zurück. »Wir gehen nachsehen.«

»Ich ...« Migual schluckte hörbar. »Sollten wir nicht vielleicht besser erst einmal Meldung machen?«

Oren zögerte, doch Venta klang bestimmt: »Vergiss es. Kein Empfang hier drin, und wir kehren nicht um. Wir müssen wissen, was hier passiert ist. Was mit den Leuten passiert ist.« Sie klinkte die Drohne wieder in ihren Helm und schaltete das Licht ihres Anzugs ein. »Seid einfach auf alles gefasst.« Entschlossen hob sie die Waffe und ging in die Dunkelheit.

DAS OBJEKT

Mars
2148

»SEID AUF ALLES GEFASST«, hatte Venta gesagt. Oren war darauf gefasst gewesen, von einem oder auch drei Prospektor-Wegelagerern angefallen und beschossen zu werden, sich eine Kugel zu fangen, vielleicht auch darauf, über einen weiteren Toten zu stolpern. Worauf er nicht vorbereitet gewesen war, war der Anblick des Objekts. *Des Schiffs*, versuchte ein Teil von ihm zu korrigieren, doch es schien, als sei er nicht fähig, vollkommen zu verstehen, was er sah. Das Objekt, beharrte ein anderer Teil seines Verstands. Die einzigen Lichtquellen in diesem Teil des Tunnels waren die Lichter ihrer Anzüge und das der Drohne, die jetzt über das Objekt wanderten, während die vier Menschen stumm zu begreifen versuchten, was sich vor ihnen befand.

Das ... *Objekt* hatte aus ihrem Blickwinkel die grobe Form eines Keils. Die Spitze war tief in die rechte Seitenwand des Tunnels gegraben, während das breitere Ende – Oren nannte es instinktiv Heck – beinahe dreißig Meter weiter links in einem Felssturz verschwand. Die Tunnelwände waren geborsten, von Rissen überzogen und sahen generell aus wie etwas, in das ein Raumschiff eingeschlagen war. Beinahe am Rande registrierte Oren, dass die Hitze enorm gewesen sein musste. Hier und dort war das Vulkanglas erneut geschmolzen und in dunkel glitzernden Spritzern über den Boden und die Wände des Objekts selbst versprüht, wo es wieder erstarrt war. Oren stellte fest, dass er sich selbst ablenkte und verzögerte, sich das Objekt selbst anzusehen. Es war kein Schiff irgendeiner Art, die er je außerhalb von HoloSims gesehen hatte. Kein Frachter, kein selbst zusammengeschweißtes Kolonieschiff aus Containern und einem nachinstallierten Henley-Fusionsantrieb, aber auch kein militärischer Kampfraumer oder eine Sonde. Nach allem, was er wusste, sahen nicht einmal interplanetare Trägerraketen auch nur entfernt so aus. Entweder dieses Ding hier war ein Schiff mit einer Tarntechnologie, von der er noch nie gehört hatte, oder … etwas ganz anderes. Ein Schweißtropfen rann ihm über die Wange, und er hatte das dringende Bedürfnis, sich zu kratzen. »Hyunki, wie lange liegt das hier schon, sagtest du?«, fragte er. Seine Stimme klang zu laut in seinen Ohren.

»Nach unseren ersten Tests mehr als zwanzig Jahre«, sagte der Mariner. Er klang abgelenkt, und wer wollte es ihm verdenken? »Einundzwanzig Jahre sind die ältesten Satellitenaufnahmen, die wir von hier finden konnten. Da ist der Einsturz schon zu sehen.«

»Man sieht das Ding von außen?«, hakte Oren ungläubig nach. Sein Blick wanderte über die Oberfläche. Man hätte es selbst für einen Felsen halten können oder einen fremdartigen Kristallauswuchs, wäre da nicht die stumpfgraue Oberfläche gewesen, jener Ton, den jede Stahloberfläche annahm, wenn sie lange genug kosmischer Strahlung ausgesetzt war. Das heißt, überall dort, wo nicht die enorme Hitze eines Atmosphäreneintritts die Außenhaut des Objekts verfärbt und geschwärzt hatte. Zögerlich trat Oren näher heran. Er streckte die Hand aus, zögerte jedoch. Er hatte bereits mehr als ein abgestürztes Raumschiff gesehen. Und wann immer sie nicht vollständig verbrannt waren, gab es irgendeine Art Hitzeschild. Aber hier? Statt das Metall zu berühren, hockte er sich hin und betrachtete den Boden genauer. Graues Pulver bedeckte den nachtschwarzen Fels rund um das Objekt, an manchen Stellen mehr als eine Handbreit tief. Er nahm etwas davon zwischen die Fingerspitzen seines Handschuhs und zerrieb es. Der Stoff war weit pudriger als Grafit und hing fedrig in der Luft, bevor er in einer feinen Staubfahne glitzernd davonschwebte.

»*Mejo*«, entgegnete der Mariner. »Nein. Nicht sehen. Man sieht aber den Felssturz, der ihn verbirgt. Ist ein gewaltiger Riss, Meister. Der hat uns erst auf diese Stelle hier aufmerksam gemacht. Ich hab 'nen Riecher für so was.«

Hiyunki stand hinter Venta und sah unsicher auf den Toten hinab, den sie gerade sorgfältig inspizierte.

»Und du bist sicher, dass es ein Schiff ist? Nicht eine von den Wasserstoffraketen, mit denen sie im letzten Jahrhundert den Mars beschossen haben?«

»Ist ein Schiff«, sagte Hyunki bestimmt. »Auf der anderen Seite ist ein Eingang. Das ist keine Rakete. Vielleicht ein Tarnschiff? Militär?«

»Wenn das hier Tarntechnologie ist, habe ich davon noch nie etwas gehört«, sagte Oren und richtete sich wieder auf. »Vor allem habe ich keine Ahnung, wer vor 20 Jahren schon so eine Technik hatte. Jemand auf dem Mars sicher nicht. Und ich glaube, ich kenne jeden Schiffstyp, der jemals den Sprung von der Erde gemacht hat. Nichts davon würde einen Einschlag durch massiven Fels in diesem Zustand überstehen.«

Venta sah auf und blickte ihn erwartungsvoll an. »Und? Das heißt?«

Oren sah zwischen den anderen hin und her. »Ich habe keine Ahnung!« Er hob ratlos die Schultern. Dann deutete er auf den Toten. »Und der da?«

»Da geht's mir wie dir. Ich habe keine Ahnung. Er ist lange genug tot, um keine eigene Körpertemperatur mehr zu haben. Sagt der Scan. Kurz genug, um noch nicht sichtbar zu verwesen. Darüber hinaus? Ich bin kein Sanitäter.« Sie stand auf. »Keine Löcher, soweit ich sehen kann. Sieht aber auch nicht erstickt aus. Davon abgesehen sind die Luftwerte hier drin okay.« Letzteres sah Oren in seinem Helmdisplay selbst.

»Das heißt, wir wissen nicht, warum er tot ist?«

»Viren, Bakterien, flüchtige Strahlung, Schlaganfall – such dir was aus, Schatz. Letztendlich Herzstillstand«, sagte Venta trocken. »Ich schlage vor, dass niemand von uns den Helm abnimmt, solange wir nicht mehr wissen.«

»In Ordnung, der Kerl ist tot. Fein. Einer weniger.« Migual wirkte so unruhig, wie Oren sich fühlte. »Aber was ist jetzt mit dem ganzen Rest?«

Venta warf ihm einen Blick zu. »Ich weiß genauso viel wie du«, schnappte sie. »Wir wissen alle so viel wie du. Keine Ahnung. Vielleicht sind sie hinter diesem Ding.« Sie deutete mit ihrer Waffe auf das fremdartige Objekt. »Vielleicht auch drin. Dazu müsste man nachsehen. Hyunki«, sie drehte sich um. »Wie kommt man dahinter?«

Das Schlucken des Mariners war deutlich aus den Helmlautsprechern zu hören, doch der dünne Mann nickte und bedeutete ihnen, ihm zu folgen. Dort, wo sich die

Spitze des Objekts in die rechte Seitenwand des Tunnels gebohrt hatte, lehnte eine kurze Klappleiter am Metall, und Schleifspuren im Staub deuteten darauf hin, dass dieser Weg schon öfter begangen worden war. Venta bedeutete ihnen, stumm zu warten, bevor sie so leise wie möglich die Stufen hinaufstieg und auf das Schiff kletterte. Noch bevor sie den Durchstieg unter der Tunneldecke erreichen konnte, ertönte das scharfe Krachen eines Schusses, und ein Querschläger surrte über ihren Köpfen davon, wie ein sehr zorniges Insekt. Sofort ließ sich Venta fallen und fluchte so unflätig, wie Oren seine Frau noch nie gehört hatte. »Dieser *Sha Bi* schießt scharf!« Sie fluchte erneut. »He, offizielle ValleyTec-Abordnung hier! Wenn du nicht sofort aufhörst zu feuern, sorge ich dafür, dass du in den Orbit geschossen wirst. Ohne Druckanzug!«

»ValleyTec?«, antwortete eine Frauenstimme von irgendwo hinter dem Schiff. Sie war unnatürlich hoch und am Rande der Panik. Es klang nicht nach der gesunden Seite des Randes. »Ich scheiß auf euch, *Tinguen*! Ihr kriegt mich alle nicht. Keiner von euch!« Die Unsichtbare feuerte erneut, und Vulkanglassplitter regneten von der Höhlendecke.

»Korrektur – diese *Sha Bi*! Ich schieße diese *Sha Bi* ins All. Hör auf zu feuern, verdammt noch mal!« Oren sah, wie sich Venta herumwälzte und ihre eigene Waffe hob, doch Hyunkis Ruf ließ sie zögern.

»Halt! Nicht schießen! Stopp! Sam! Sam, ich bin's, *kso*!« Der Mariner ließ alle Vorsicht fahren und kletterte hastig die Leiter hinauf, so schnell es sein klobiger Anzug zuließ. »Schießen Sie nicht, *Taitai*! Das ist Sam! Sie gehört zu uns!«

Der nächste Schuss blieb aus. »Hyunki?« In die Stimme der Unsichtbaren mischte sich Unglaube. »Hyunki! Verdammt, hol mich hier raus!«

»Das haben wir vor! Wenn du aufhörst zu schießen, Sam!«

»Entschuldige! Entschuldigt! Ich ... entschuldigt!« Jetzt klang die Stimme erstickt, und Oren hatte plötzlich das untrügliche Gefühl, dass die Unbekannte in Tränen ausgebrochen war.

»Ich dachte, ihr ...«

Ja, sie schluchzte.

»Holt mich hier raus! Bitte!«

Hyunki war inzwischen oben angekommen, und Oren folgte ihm. Venta kniete inzwischen auf dem Schiff. Sie hatte ihre Waffe noch immer nicht gesenkt. Der Mariner schob sich an ihr vorbei und verschwand auf der anderen Seite, noch während Oren die letzten Sprossen erklomm.

»Das Licht!« Die Panik war so heftig in die Stimme der Frau zurückgekehrt, dass er zusammenzuckte. »Ihr müsst das *ksokko* Licht löschen!«

»Was?« Oren zog sich nach oben und fing den Blick seiner Frau auf. Sie verstand offensichtlich genauso wenig wie er.

»Das Licht!«

Im Schein ihrer Anzuglampen konnte er jetzt eine Frau erkennen, die zwischen den Steintrümmern am Boden des Tunnels lag. Sie trug einen älteren Druckanzug, ihr Helm war jedoch nirgendwo zu sehen. Genauso wenig wie ihr Bein unterhalb des linken Knies. Und es sah nicht so aus, als hätte sie jemals eine Prothese getragen. Auch die Blutlache unter ihr sprach nicht dafür. Immerhin hatte ihr Anzug Loch und Wunde gleichermaßen verschlossen, was sicherlich auch der Grund dafür war, dass sie noch lebte.

Hyunki hatte sie inzwischen erreicht und versuchte, sie zu untersuchen, doch die Frau wehrte sich fieberhaft. »Das verdammte Licht lockt sie an!«, wiederholte sie mit sich überschlagender Stimme und schlug nach den Scheinwerfern an Hyunkis Anzug. »Mach es endlich aus, *Pije*!«

»Ich habe keine Ahnung, wovon sie redet«, murmelte Venta. »Aber irgendwer hat ihr ein Bein genommen. Ich schätze, sie hat ihre Gründe.« Sie murmelte einen Befehl, und die Lichter ihres Anzugs erloschen.

»Was ich mich vor allem frage: Wo ist es? Also ... das Bein.« Oren folgte dem Beispiel seiner Frau, bevor er hinter ihr auf der anderen Seite des Schiffs hinabrutschte. Die Nachtsichtfunktion seines Helms schaltete sich ein und tauchte erneut alles in kontrastarmes Grau.

Venta schüttelte den Kopf. »Nein. Die Frage ist: Wo sind die hin, die das Bein haben?«

»Was ist das ständig mit dem Bein?«, mischte sich Migual über den Helmlautsprecher ein. »Was ist bei euch da drüben los?«

»Erklär ich dir später«, entgegnete Venta knapp. »Mach deine Lichter aus und geh in Deckung. Behalt die Gegend im Auge.«

»Jemand klaut hier Beine«, fügte Oren hinzu. »Also pass gut auf deine auf.«

Venta warf ihm einen Blick zu, den Oren sich nur zu gut vorstellen konnte, auch wenn ihr Visier im Nachsichtmodus undurchsichtig schien. Dann wandte sie sich ab. »Hyunki, mach, was sie sagt. Du bist eine verdammte Zielscheibe!«

Endlich sah der Mariner auf. »Oh.« Im nächsten Augenblick schalteten sich auch seine Lichter ab, und Dunkelheit fiel über den Tunnel hinter dem Objekt, bevor sich Orens Helmkamera automatisch anpasste.

»Bring mich weg hier, Hyunki«, wimmerte die Frau namens Sam leise. »Bring mich weg!«

Oren beachtete sie nicht. Argwöhnisch musterte er die Umgebung. Keine zehn Meter hinter dem Objekt hatte jemand den Schutt beiseitegeräumt und eine zweite Druckwand aus Siegelfolie errichtet. Direkt davor lag eine weitere Gestalt. Er ging darauf zu, die Waffe so fest in der Faust, dass seine Finger zu schmerzen begannen. Der Druckanzug dieser Figur war ebenso alt und ausgebessert wie der des ersten Toten, doch im Gegensatz zu jenem wies der zweite durchaus sichtbare Wunden auf. Falls man die drei faustgroßen Löcher in seinem Rücken so nennen wollte. Oren schniefte unwillkürlich. Widerstrebend hockte er sich hin, packte die Leiche am Arm und zerrte an ihr, bis sie schlaff auf den Rücken rollte. Die Austrittslöcher waren noch größer, und was immer sie verursacht hatte, es hatte die Fähigkeit des Anzugs, Risse automatisch zu versiegeln, gründlich zerstört. Oren schniefte erneut. Irgendwas brannte in seiner Nase, und plötzlich war sein Hals ganz eng, und er war sich nicht sicher, ob er sich nicht einfach in seinen Helm übergeben würde. Also atmete er flach, konzentrierte sich auf das, was er sah, und nicht auf das, was es bedeutete. Das Blut unter dem Toten war noch nicht ganz geronnen, stellenweise jedoch bereits angetrocknet. Eine kurze Anpassung der Optik seines Helms bestätigte ihm, dass auch dieser Tote genug Zeit gehabt hatte, fast vollständig auszukühlen. Er vergrößerte das Bild der Wunden. Sie ähnelten nichts, was er je gesehen hatte: glatt wie mit einem Laser geschnitten, doch vollständig ohne die typischen Verbrennungen. Gerade so, als habe jemand einfach mit einem kreisrunden Werkzeug große Stücke des Mannes ausgestanzt. Er schluckte, dann machte er eine Aufnahme vom Gesicht des Toten und versuchte dabei, dessen trübe, weit aufgerissene Augen zu ignorieren. Er schickte das Bild an die anderen. »Ich vermute, dass du den auch nicht kennst, Hyunki«, sagte er leise.

Der Mariner antwortete knapp. »Nie gesehen.«

»Dachte ich mir.« Orens Blick wanderte unwillkürlich zurück zu den Wunden. »Wir sollten nicht hier sein.«

»Dieses Ding sollte nicht hier sein«, gab Venta zurück.

Oren wandte sich um. Diese Seite des Objekts sah ziemlich genau so aus wie die andere, und er konnte verstehen, warum es die Prospektoren für ein Schiff gehalten hatten. Es war kein Schiff, das er jemals gesehen hatte, aber ja, auch er wurde das Gefühl nicht los, dass sie recht hatten. Er schluckte erneut und stand auf. Langsam ging er auf das … Schiff zu, dessen Oberfläche sich im farblosen Bild der Nachtsichtoptik kaum vom Vulkangestein der Umgebung unterschied. Auch das war seltsam. Stahl – sogar alter Stahl – sah nicht so aus. Nicht in der Nachtsicht, vermutlich nicht einmal nach einem Atmosphärenbrand und dem Einschlag in eine Felswand. Und dann entdeckte er das Licht. Es war lediglich ein Glimmen, so schwach, dass er wahrscheinlich nur im Nachtsichtmodus überhaupt zu erkennen war. Vorsichtig ging Oren darauf zu. Es war eine Linie auf der Oberfläche des Schiffs. Sie zog sich schräg über die Wand nach oben, haarfein, gerade genug, um den Spalt zu erkennen, wenn Licht hindurchfiel. Er wies seinen Anzug an, die Ansicht zu optimieren, und im nächsten Moment konnte er die Umrisse einer Luke deutlich erkennen. Für einen Moment war Oren verwirrt über ihre Ausrichtung, bevor ihm aufging, dass das Schiff ziemlich sicher nicht in seiner beabsichtigten Landeposition lag. Misstrauisch folgte sein Blick den Linien der Luke. Jemand hatte sie beschossen, vermutlich mit einem Hochleistungslaser. Das ergab Sinn. Handlaser waren einfach zu beschaffen und wurden gern als universelles Werkzeug mitgeführt. Oder als Waffe. Auf kurze Entfernung schnitten sie nicht nur Metall, sondern auch Druckanzüge und Fleisch. Einige Handbreit weiter hatte einer der Schüsse den Verschluss der Luke mit ihrem Rand verschmolzen. Oren zögerte. War das zufällig oder absichtlich geschehen? Schwer zu sagen. Zögerlich streckte er eine Hand aus und streifte mit den Fingerspitzen über die Oberfläche. Obwohl er dicke Handschuh trug, meinte er, ein Vibrieren, ein Summen zu spüren. Und aus irgendeinem Grund war er sich in diesem Augenblick sicher, dass er diese Luke öffnen musste.

»Oren?«

Er reagierte nicht auf Venta. Hastig tastete er die Taschen seines VacSuits ab und zerrte schließlich eine Druckspange hervor. Die Druckluftpresse wurde normalerweise zum Lösen von Blockaden in Rovermechaniken genutzt, die im allgegenwärtigen Staub und Schutt der Marsoberfläche quasi jederzeit auftreten konnten. Oren zwängte ihr Ende in den Spalt und aktivierte die Spange. Als sich das CO_2 der Patrone durch die Mechanik zwängte und die Spange spreizte, zischte es dumpf. Irgendwas stöhnte, dann gab der verschweißte Punkt mit einem hörbaren Knacken nach, und die Luke glitt beiseite.

»Oren, was soll das? Wir brauchen deine Hilfe hier.«

»Einen Moment.« Er drehte sich nicht um, sondern zog sich hinauf und starrte in die entstehende Öffnung. Licht strahlte ihm entgegen und blendete ihn für einen Sekundenbruchteil, bevor der Sonnenschutz des Helms die Intensität verringerte. Oren blinzelte die tanzenden Funken weg. Direkt innerhalb der Öffnung lag ein weiterer Körper. Eine der Lampen am Druckanzug der Gestalt leuchtete in seine Richtung. Die andere war zusammen mit einem Stück Schulter und dem rechten Arm des Mannes verschwunden. Ein weiterer Mann. Also kein Mitglied von Hyunkis Trupp. Er streckte den Arm aus und stieß den Toten an. Der kippte nach hinten über, schlug auf und glitt auf einer schiefen Oberfläche tiefer ins Innere, wobei der Lichtstrahl seiner Lampe gespenstisch über unebene Wände tanzte. Oren starrte. Das Innere des Schiffs sah noch seltsamer aus als sein Äußeres. Es hatte eine Schleuse, einen kurzen Gang, der sich daran anschloss, und eine weitere Öffnung, die vielleicht eine Schleuse war. Der Tote war hindurchgefallen, und seine Lampe beleuchtete jetzt einen Raum, den Oren von hier aus nicht einsehen konnte. So weit, so normal. Aber die Winkel waren falsch, die Linien. Nichts davon war so angeordnet, wie es der Fall gewesen wäre, wenn sich Menschen darin hätten bewegen sollen, nichts wirkte auch nur entfernt bekannt. Und das war bei einem schlichten Stück Gang bemerkenswert. Er streckte eine Hand aus und berührte eine der Wände im Inneren. Durch den Handschuh war er sich nicht sicher – aber selbst die Oberfläche fühlte sich falsch an. Nicht massiv, obwohl sie hart wie Stahl war. Anders. Nicht … menschlich. Die Außenmikros registrierten ein Geräusch aus dem Inneren, ein Sirren, wie von …

Eine Bewegung ließ Oren zurückzucken. Er verlor den Halt und fiel zurück auf den Felsboden. Im selben Moment schoss etwas über ihm aus der Öffnung, bremste, verharrte in der Luft und rotierte langsam, so als würde es zögern. Oder die Umgebung scannen. Das Objekt war eine schlichte perfekte Kugel, die lediglich von zwei ringförmigen Vertiefungen umlaufen wurde, einer waagerechten und einer die erste kreuzenden senkrechten. Oren konnte seltsamerweise keinerlei weitere Merkmale wie Antriebsaggregate, Kameras oder Ähnliches entdecken. Es wirkte, als würde ein stumpf-grauer, übergroßer Basketball reglos in der Luft hängen.

Er rührte keinen Finger. Was ihm natürlich nichts brachte, wenn das Ding auch nur nach Wärmesignaturen ... Sam unterdrückte einen Schmerzenslaut nur sehr unzureichend, als Venta ihr aufhalf, und die fremdartige Kugel drehte sich ohne Hast um und glitt in ihre Richtung davon.

Fuck! Oren riss die Waffe hoch, betätigte den Abzug, doch nichts passierte. »Venta, Achtung! Etwas ...« Er brüllte in sein Helmmikro, während er fieberhaft nach der Waffensicherung tastete. Er löste sie, zielte erneut – und feuerte über die Drohne hinweg. Er schoss ein zweites Mal, dieses Mal links vorbei, und fluchte. Venta hatte sich umgedreht und im Aufblitzen seiner Schüsse das schwebende Objekt entdeckt, fluchte ebenfalls und schien nach ihrer Waffe greifen zu wollen. Die Prospektorin, die an ihrem Arm hing, behinderte sie jedoch, und als die Frau im nächsten Moment ebenfalls erkannte, was auf sie zukam, und zu schreien begann, blieb Venta nichts anderes übrig, als loszulassen. Jetzt endlich hatte sie die Hände frei. Sie riss ihre Pistole hoch und schoss, einmal, zweimal, dann schaltete sie um und feuerte eine kurze

Salve, doch die Geschosse aus der leichten Waffe schienen keinerlei Wirkung zu zeigen. Auch Oren hatte inzwischen zwei Schüsse landen können, doch die fremdartige Drohne schwankte noch nicht mal. Sie hielt nur weiter direkt auf Venta zu, die ihrerseits ihr restliches Magazin auf die Drohne entleerte, ohne die geringste erkennbare Änderung zu erzielen. Fluchend clippte sie die Waffe an ihr Bein, packte die Verwundete und zerrte sie ohne Rücksicht in Richtung Schiffswand. Oren konnte sehen, dass sie keine Chance hatte. Aber es war nicht Ventas Art, sich davon beeindrucken zu lassen. Die Frau war so starrsinnig, wie sie mitfühlend war. Er schickte der Drohne die letzten drei Schüsse hinterher, von denen wenigstens einer traf. Folgenlos. Kalt vor Furcht ließ er die nutzlose Waffe fallen und lief los. Venta hatte die Verletzte zur Wand des Flugobjekts geschleift und versuchte, sie in einen Spalt unter der Seitenwand des Flugobjekts zu schieben.

Kurz bevor das Flugobjekt Venta erreichte, tauchte Hyunki auf. »Geh beiseite, *Taitai!*«, bellte er und rammte die schwere Nagelpistole direkt in die Unterseite der Drohne. Ventas Waffe war dazu da, sich im Notfall gegen Menschen zu wehren, die vielleicht noch einen Druckanzug trugen. Das Werkzeug in den Händen des Mariners dagegen wurde genutzt, handlange Nägel in Vulkangestein zu treiben. Als Hyunki in rascher Folge drei Titanstahlstifte in den Bauch der Drohne feuerte, zeigte das durchaus Wirkung. Irgendwas am leisen Fluggeräusch des Dings änderte sich. Dann blieb es in der Luft stehen, sackte plötzlich ab, und bevor Hyunki reagieren konnte, drückte es das Werkzeug in seiner Hand beiseite und rammte seine Brust mit genügend Wucht, um ihn rückwärts stolpern zu lassen. Er glitt auf dem losen Geröll aus, und vermutlich rettete ihm das das Leben, denn in diesem Moment schnappte eine Öffnung an der Drohne auf, und etwas wie eine Teleskopstange schnellte daraus hervor, verfehlte ihn nur knapp und schlug mit einem Dröhnen gegen die Wand des Schiffs. Im nächsten Moment verschwand die Stange wieder, und das Flugobjekt richtete sich erneut auf Hyunki aus, als Venta sich dagegenwarf. Oren stieß einen Strom von Flüchen aus, doch er erreichte die Drohne nicht vor seiner Frau. Wieder schwankte die Drohne, aber auf dem Mars war Ventas Gewicht zu gering, um nennenswerte Wucht zu entwickeln. Sie prallte von dem Flugkörper ab und wurde beiseitegestoßen, wo sie gleichfalls auf dem Geröll aufschlug und in Orens Richtung rollte. Die Drohne beachtete sie nicht weiter und drehte sich wieder Hyunki zu, der fluchend versuchte, auf die Füße zu kommen. Bevor er allerdings festen Stand finden konnte, schnellte erneut die Stange aus dem Objekt, und dieses Mal traf sie die Brust des Mariners mit solcher Wucht, dass sie aus seinem Rücken wieder austrat. Oren konnte nicht genau sehen, was vor sich ging, da Venta gerade jetzt auf die Füße fand und ihm den Blick versperrte. Mit einem Aufschrei wollte sie sich erneut auf die Drohne werfen, doch jetzt hatte er sie erreicht und riss sie so fest zurück, wie er konnte. Was immer die Drohne mit Hyunki tat – es hinterließ faustgroße Löcher in seinem leblosen Körper. Soeben hatte sie ein drittes Loch gestanzt, und jetzt konnte man erkennen, dass die entfernten Stücke des Mariners im Inneren der Drohne verschwanden. Der Würgereflex brandete vollkommen unerwartet in Oren auf, Watte legte sich über seine Ohren, und im nächsten Moment schoss ihm beißend saures Erbrochenes in Mund und Nase, über seine

Lippen und direkt vor ihm gegen das Visier seines Helms. Panik stieg in ihm auf, obwohl die Selbstreinigungsfunktion des Druckanzugs beinahe sofort ansprang. Von irgendwo, wie durch mehrere Lagen Dämmmaterial, hörte er Venta unartikuliert fluchen. Keuchend saugte er den Atem ein, schmeckte mehr Erbrochenes, würgte erneut und zerrte am Verschluss seines Helms. Venta schrie ihn an, doch das war ihm egal. Die Frau, Sam, trug ebenfalls keinen Helm und lebte. Endlich gab der Verschluss nach, und er riss sich den Helm herunter, gerade rechtzeitig, bevor der Rest seines Mageninhalts in einem zweiten Schwall aus ihm herausschoss. Dann packte ihn jemand am Arm und zerrte ihn zurück auf die Füße. »Wir müssen hier raus!«

Oren nickte benommen und saugte die eisige, dünne Luft des versiegelten Raums ein. Venta zerrte weiterhin an ihm, und er stolperte rückwärts. Der Schrei einer Frau gellte in seinen Ohren und riss abrupt ab. Seine Frau fluchte erneut. »Migual! Wir sitzen hier hinten fest! Du ...«

»Ich komme!«, kam Miguals Stimme aus dem Lautsprecher des Anzugs.

»Nein! Lauf ins Lager! Das sind Prospektoren, die haben garantiert irgendwo eine Handvoll Praxit-Minen!«

»Was?«

Oren spuckte sauren Speichel aus und wischte sich das Wasser aus den Augen. »EMP!«, krächzte er. »Sie meint einen elektromagnetischen Puls!«

»Was zum Teufel geht bei euch da drüben vor?«

»Frag einfach nicht! Lauf!«

»Du bist die Boss, Boss.«

»Und wir?« Oren sah zurück. Im schwachen Widerschein des Lichts, das aus der Schiffsluke drang, konnte er immer noch die Drohne erkennen, die zwischen ihnen und dem einzig erkennbaren Weg über das Schiff schwebte. Und über Sam, deren Wimmern jetzt nicht nur durch die Lautsprecher zu ihnen drang. »Wir kommen da nicht raus!«

»Wir könnten uns durch die Siegelfolie schneiden«, sagte Venta leise, bevor sie sich selbst unterbrach. »Doppellagiges Titangewebe. Selbst wenn du deinen Helm wiederfindest, kommen wir da nicht schnell genug durch.«

»Aber wohin dann?«

»Rein.« Venta drehte sich um und lief die wenigen Schritte zur offenen Luke. Ohne zu zögern, sprang sie hoch und zog sich kopfüber ins Innere. Oren konnte sich gerade noch davon abhalten, laut zu fluchen. Aber was blieb ihm übrig, als ihr zu folgen? Erneut zog er sich zur Öffnung hinauf und blinzelte, als ihn der einsame Scheinwerferstrahl des Leichnams ungedämpft in die Augen traf. Dann folgte er Venta ins Innere. Für einen Augenblick fiel er, um gleich darauf schwer auf dem leblosen Körper aufzuprallen, über den Boden zu rutschen und schließlich an einer Wand liegen zu bleiben. Er schob sich an ihr hinauf und konnte ein Stöhnen nicht unterdrücken. Eine neuerliche Welle der Übelkeit stieg in ihm auf, nur überlagert vom Schmerz des Aufpralls. Er sah zurück und zwinkerte heftig, als er plötzlich das Gefühl hatte, die Schwerkraft würde in zwei Richtungen gleichzeitig an ihm ziehen. Wieder blinzelte er. Die Öffnung, durch die sie gekommen waren, schien zugleich schräg über und vor ihm zu sein. Er schluckte die Säure mühsam hinunter. Venta war bereits wieder auf den Beinen und tastete fahrig den wulstigen Rand am Ende des Zugangsschachts ab. »Das muss eine Schleuse sein. Aber ich habe keine Ahnung, wie sie funktioniert. Was ist das alles hier?«

»Ich habe keine Ahnung.« Oren glaubte, eine Bewegung vor der Eingangsöffnung gesehen zu haben. »Aber wir können nicht hierbleiben.« Er wischte sich übers Gesicht und merkte nur beiläufig, dass er das überhaupt nur konnte, weil er keinen Helm trug. Das Ding lag unerreichbar weit weg, irgendwo dort draußen. Unsicher musterte er die beiden Gänge, die von dieser Kammer abgingen. »Hier lang.« Kurz entschlossen packte er Venta am Ärmel und zog sie in den linken Tunnel, der ins Heck dieses Dings führen musste. Ihre Stiefel polterten viel zu laut. Der Gang war, wie der Raum zuvor, auf eine Art unregelmäßig, die gleichermaßen technisch wirkte und an natürlich gewachsene Strukturen erinnerte. Mal meinte Oren, Wabenstrukturen zu erkennen, oder Kabel, die Adern gleich knapp unter einer porösen Oberfläche verliefen. Dann wieder glitt der Strahl seiner Lampen über Formen, die an kristalline Polyeder erinnerten und ohne erkennbares Muster ineinander verschachtelt waren. Im tanzenden Licht schimmerten die Oberflächen matt anthrazit wie stumpfes Blei, und er hätte nicht mit Sicherheit sagen können, ob sich die Formen nicht von einem auf den nächsten Augenblick änderten.

Auch dieser Gang war nicht lang, nur einige Dutzend Schritte. Nischen gingen zu beiden Seiten von ihm ab, und Oren war sich ziemlich sicher, dass sie weitere Schleusen oder Türen enthielten, ohne dass er im Vorbeihasten irgendeinen Öffnungsmechanismus entdecken konnte. Dann öffnete sich der Tunnel in einen weiteren, größeren Raum, vollgestopft mit Einrichtung, deren Zweck er nicht erkennen konnte. Klar, das eine mochte eine Arbeitsfläche sein, anderes ein Schrank oder Spind oder ein ihm völlig unbekanntes Gerät, doch nichts davon glich auch nur entfernt Dingen, die er wirklich einordnen konnte. Abgesehen vielleicht von dem Haufen Quader, der wie in eine der Raumecken geworfen wirkte. Zwei oder drei der Quader wirkten aufgebrochen. Vermutlich handelte es sich also um Kisten, die der Aufprall der Landung durch die Gegend geworfen hatte. Dafür allerdings wies der Raum insgesamt erstaunlich wenige Schäden auf. Andererseits – woher sollte er eigentlich wissen, wie es hier auszusehen hatte? Wenn es danach ging, konnte der ganze Raum genauso gut vollständig ausgebrannt sein!

»Was jetzt?« Ventas gepresste Stimme riss ihn wieder in die Gegenwart zurück.

»Ich habe keine Ahnung! Ich hab so was noch nie gesehen!«

»Ich glaube, niemand hat das.« Sie atmete tief durch, und es klang wie ein schweres Seufzen. »Es ist ein Raum, und wir brauchen Deckung. Wenn uns dieses Ding findet, sind wir erledigt. Du bist der mit den zwei Doktortiteln. Fang an zu denken!«

Als ob das so einfach wäre! Oren ballte die Hände zu Fäusten, schmerzhaft genug, um die Nanokarbonversteifung seines Anzugs anspringen zu lassen, die versuchte, seine Finger zu schützen. Auch das konnte das Zittern nicht vollständig unterdrücken – aber es half. Ein wenig. Für einen winzigen Moment spielte er mit dem Gedanken, sich von seinem MedSet einen Dämpfer verpassen zu lassen. Aber Watte im Kopf war vermutlich nicht das, was ihnen jetzt weiterhalf. Er verwarf die Idee. Was war das Problem hier? Abgesehen davon, dass dieses Schiff nicht menschlichen Ursprungs zu sein schien, natürlich.

Er ließ das Licht seiner Lampen über das zerklüftete Innere wandern und musterte kurz den Wulst rund um die Türöffnung. Vielleicht gab es einen Mechanismus, irgendwelche Schotts zu bedienen, doch mangels Schaltern war die Frage müßig. Und selbst wenn – abgesehen von der Drohne schien hier alles tot zu sein. Er verfluchte sich dafür, seinen Helm verloren zu haben. Hastig fingerte er seine Displaybrille aus der Brusttasche und aktivierte die Anzeigen. Nichts. Keine Spur von ... nein, das war nicht richtig. Oren justierte die Anzeigen nach. Es gab keine Leitungen, die eine erkennbare Energiesignatur abgaben. Dafür schien der komplette Raum und seine gesamte Einrichtung einen kaum merklichen Stromfluss zu enthalten. Trotzdem – auch das war nichts, das ihnen weiterhalf. *Kisten. Vielleicht können wir damit den Eingang ver...* Nein. Es war zweifelhaft, ob die Kisten die Drohne irgendwie aufhalten konnten, und sie zu bewegen war das beste Mittel, um zu verraten, wo sie sich befanden.

Andererseits schien die Optik des Dings nicht sonderlich gut. Immerhin hatte es ihn ignoriert, als er seine Lichter ausgeschaltet hatte. Stattdessen hatte es äußerst empfindlich auf Geräusche reagiert. »Deine Kameradrohne! Schick sie raus. Vielleicht können wir das Ding so lange genug ablenken, damit Migual das EMP zünden kann!«

Venta starrte ihn an. »Hoffen wir, dass du recht hast.« Sie ließ die winzige Drohne erneut aufsteigen und lenkte sie durch den Gang nach draußen. Gleich darauf konnte Oren ihr Sirren nicht mehr hören. »Siehst du sie?«

Venta zuckte zurück, stolperte beinahe und fluchte leise. »Das Ding ist im Eingang und hat meine Drohne erwischt, bevor ich ausweichen konnte. Ich glaube, es weiß, dass wir hier sind.«

»Jetzt auf jeden Fall.« Oren fühle erneut Panik in sich aufsteigen. Hastig stolperte er durch den Raum. Ein Riss in einer der Wände zog seine Aufmerksamkeit auf sich. Er klemmte seine Finger hinein und zog. Das Wandpaneel ließ sich ohne größeren Widerstand lösen und glitt beiseite, um einen schmalen, spindartigen Hohlraum freizugeben. Vielleicht ... er warf einen Blick auf seine Frau. Nein. Möglicherweise würde er hineinpassen. Venta jedoch war größer und deutlich stämmiger als er, und es war auf den ersten Blick zu erkennen, dass sie sich nie dorthinein zwängen könnte. Verbissen sah er sich weiter um. Vor einer nahen Wand stand ein großer Quader, etwa hüfthoch und sicher zweimal so lang wie er. Und jetzt, da er das Gebilde genauer betrachtete, erinnerte es ihn an einen großen, steinernen Sarkophag, wie er ihn in einer alten Dokumentation gesehen hatte. Der Kasten war, wie alles hier, grauschwarz, matt schimmernd und wies abgerundete, beinahe organische Kanten auf. Er meinte sogar, eine hauchfeine Einkerbung erkennen zu können, die einer Naht gleich um ihren oberen Rand zu laufen schien. Vielleicht ...

Er packte den vermeintlichen Deckel und schob. Zu seiner größten Verblüffung glitt die Abdeckung beinahe ohne Widerstand beiseite. Gleichzeitig senkte sich die dem Raum zugewandte Seite etwas ab und gab einen großen, schmucklosen Hohlraum frei. Beinahe verblüfft stellte Oren fest, dass in seinem Inneren kein mumifizierter Leichnam oder Ähnliches auf sie wartete, und für einen winzigen Moment war er beinahe enttäuscht. Dann jedoch riss er sich zusammen. Der Hohlraum war definitiv groß genug. »Venta, hier rein!«

»Auf keinen Fall!« Seine Frau starrte auf die Öffnung der Kiste.

»Willst du diskutieren? Wir haben keine Zeit, was anderes zu finden!«

»Schon – aber du ...«

»Ich passe in den Schrank«, Oren wedelte in Richtung der noch immer offenen Spindklappe, »aber nicht mehr hier mit hinein. Jetzt leg dich hin!«

Venta zögerte noch immer.

»Jetzt mach schon! Ist ja nicht für immer. Nur bis Migual den EMP zündet!« Oren stieß sie vorwärts, und endlich ließ sich Venta auf alle viere fallen. »Ich hasse enge Räume!«

»Ich weiß. Mach hin!« Oren schob sie vollends in die Öffnung und packte den Deckel. »Ich hol dich raus, so schnell es geht!«

»Versprochen?«

Oren grinste seine Frau an und wurde sich beinahe im selben Moment darüber bewusst, dass das von unten kommende Licht der Anzuglampen seine Miene in eine Grimasse verwandelte. »Versprochen.«

Der Deckel schloss sich über Venta, und im selben Moment meinte er, im Durchgangstunnel eine Bewegung wahrzunehmen. Ohne Zögern erreichte er in zwei Sätzen den Spind und quetschte sich hinein. Für einen kurzen, angstvollen Moment schien sich der steife Verschlussring für den Helm zu verkanten, dann jedoch gab der Anzug nach, und Oren gelang es, die Spindtür gerade noch rechtzeitig zu sich heranzuziehen, bevor das Surren der fremden Drohne hörbar wurde. Hastig löschte er das Licht. Für einen langen Moment stand er in vollkommener Finsternis, und sein abgehackter Atem kam ihm selbst viel zu laut vor. Immerhin orientierte sich das Ding an Geräuschen, und er hatte keine Ahnung, woran ...

Ein Licht flammte auf. Es war ein trüber violetter Schein, kaum der Rede wert, doch immerhin reichte er, um die Umrisse im Raum zu beleuchten. Wider besseres Wissen lehnte sich Oren vorsichtig vor und versuchte, mehr durch den Türspalt zu erkennen. Das Licht kam nicht von einem Beleuchtungskörper in der Decke. Es fiel aus einer Öffnung in der gegenüberliegenden Wand, über der die Drohne jetzt schwebte. Aus ihrem Inneren senkte sich ein Tubus, durch den im nächsten Moment Dinge in die Öffnung glitten, die Oren nicht genau erkennen konnte. Dennoch glaubte er zu wissen, was es war. Der intensive Geruch von Blut hing in der Luft und erregte seinen Würgereiz erneut. Hastig versuchte er, sich nur auf das zu konzentrieren, was er sah. *Das Ding nimmt Proben!* Aber wofür?

Er hatte den Gedanken noch nicht beendet, als sich unter das leise Surren der Drohne ein weiteres, leises Geräusch legte, ein dumpfes Summen am unteren Rand dessen, was er gerade noch wahrnehmen konnte. Vermutlich nahm er es sogar mehr über die Vibration des Anzugs wahr. Und dann nahm die Intensität des Lichts zu. Es war immer noch seltsam dunkel, beinahe violett, doch gleichzeitig ließ es ihn mehr und mehr vom Raum erkennen, bevor ihm klar wurde, dass mehr und mehr Lichter erschienen, die wie Adern oder Leiterbahnen in den Wänden aufglommen und über die Oberflächen wanderten. Leises Klicken kam auf, wie von antiken Relais, und durch den schmalen Spalt konnte er erahnen, dass sich Fächer und Klappen in den Wänden öffneten, aus denen mehr Licht fiel. Seltsame Gerätschaften fuhren heraus. Ein neuerliches, höheres Summen setzte ein, näher bei ihm, und Oren wagte es nach einem Moment, die Tür seines Spinds eine Winzigkeit weiter zu öffnen. Auch die Wände rund um sein Versteck hatten jetzt zu leuchten begonnen, doch das neue Geräusch kam aus Richtung des Sockels, in dem Venta versteckt war. Und im selben Maß, wie es anwuchs, kroch kaltes Grauen seinen Rücken hinauf.

Er musste geschrien haben. Ohne zu wissen, wie er dort hingekommen war, stand er plötzlich neben dem Behälter und zerrte an dessen Abdeckung. Doch was sich kurz zuvor noch leicht hatte verschieben lassen, rührte sich jetzt nicht mehr. Oren brüllte, ohne es so richtig zu merken. Vage wurde ihm klar, dass ein Teil der Schreie aus dem Behälter kam. Das Surren der Drohne veränderte sich, und Oren bemerkte nur am Rand, dass sich das Flugobjekt jetzt ihm zuwandte. Es war ihm egal. Alles, was zählte, war, dass er Venta aus dieser Kiste befreite, deren Oberfläche jetzt von einem komplizierten Geflecht ständig wechselnder Lichtbahnen durchzogen war. Das Summen ließ seine Zähne vibrieren, und dieselbe Vibration erfasste auch seine Haut, wo sie mit der seltsamen leuchtenden Oberfläche in Kontakt kam. Die Drohne war jetzt hinter ihm, und Oren zerrte in einem letzten, verzweifelten Versuch an Ventas Gefängnis. Das Licht im Raum ging in einem gleißenden Blitz auf. Im selben Moment durchfuhr ein scharfer Schmerz seine Schulter, und das Summen riss abrupt ab. Fast gleichzeitig verschwand das Leuchten, und Oren war in so totale Dunkelheit gehüllt, dass er für einen Moment glaubte, erblindet zu sein. Der Schmerz in seiner Schulter war heiß und bohrend, erfüllte die Finsternis mit roten Schleiern und goldenen Funken, schmeckte nach Blut, und noch während er über dem Behälter zusammensackte, schlug irgendetwas hinter ihm krachend auf. Oren rollte sich zur Seite, glitt aus und an der Kiste hinab. Er war nicht mal sicher, ob es wirklich so dunkel war oder ob der Schmerz ihn in die Finsternis schob. Er konnte das Licht seiner Anzuglampen nicht mehr sehen. Die Panik überrollte ihn wie eine glühende Woge, schlug über ihm zusammen, riss ihn fort und ließ ihn in einen bodenlosen Abgrund sinken.

KOPFSCHMERZEN

Weltschiff Zheng He
2302

»DAS MÄDCHEN«, sagte Chen.
Der Gefangene hob den Blick. Echte Sorge lag darin.
»Geht es ihr gut?«
»Ich stelle hier die Fragen.« Chen versetzte dem Gefangenen eine Ohrfeige, die dessen Kinn herumriss und Blut durch den Raum spritzen ließ. »Wer ist sie?«
Der Gefangene krümmte sich zusammen und stöhnte vor Schmerzen. »Sie ... Haos Tochter. Sie ist Haos Tochter.«
»Wer ist Hao?« Chen wusste natürlich, wer Hao war. Die anwesenden Tiger wussten es alle, denn sie kannten ja seine Akte. Hao war ein Arbeiter aus dem Recyclingsektor, der mit Ziegen-Genen geboren war. Eine Menge verschenktes Potenzial, wie Laohu fand. Dummerweise hatte der Mann sich mit Leuten abgegeben, die schlecht für seinen Kredit waren, und war Schritt für Schritt weiter in die Außenbezirke abgerutscht. Etliche Vorstrafen wegen Agitation und Sabotage hatten schließlich dazu geführt, dass er im Verlauf ihres Einsatzes vor wenigen Stunden ums Leben gekommen war. Der Gefangene log. Hao war sterilisiert, so wie jeder vorbestrafte Verbrecher. Chen verpasste dem Gefangenen eine weitere Ohrfeige, die ihn rück-

lings zu Boden stürzen ließ. Da der Gefangene mit den Händen auf dem Rücken auf einen Stuhl gefesselt war, konnte er sich nicht auffangen und zog sich eine blutende Platzwunde am Hinterkopf zu.

Sie hatten natürlich auch andere Mittel, ihn zum Reden zu bringen. Drogen, holografische Manipulationen oder Gehirnscans. Doch darum ging es ihnen nicht. Befragungen dieser Art galten in erster Linie als Wesenstest für die anwesenden Tiger. Die Jüngeren sollten dabei Härte erlernen, während sie unter den Älteren den Zusammenhalt stärkten. Denn kaum etwas ging über eine gemeinsame Folter mit anschließendem Besäufnis. Alkohol war auf der *Zheng He* zwar streng limitiert, aber für Tiger galten andere Gesetze. Und da der Alkohol nach Befragungen dieser Art in besonders breiten Strömen floss, reagierten sie wie Pawlowsche Hunde darauf. Jeder wollte der Härteste und Gemeinste sein, um sich nur ja ein besonders großes Stück vom Kuchen zu verdienen.

Früher war Laohu immer der Gemeinste gewesen. Unter den Tigern war er als besonders gewissenhafter Befrager berüchtigt, von dessen reichhaltigem Befragungsschatz die Jüngeren gern profitiert hatten. Doch irgendetwas hatte sich geändert. Vor allem an diesem Tag war er nicht ganz bei der Sache. Immer wieder schweiften seine Gedanken ab. Blieben an den großen dunklen Augen des Mädchens hängen, das sie in den Außenbezirken gefunden hatten. Sie hatten ihn aufmerksam gemustert. Nicht ängstlich oder voller Ehrfurcht, so wie die Augen aller anderen Passagiere auf dem Schiff, sondern mit dem Interesse eines Forschers, der ein zappelndes Insekt vom Boden aufhob.

Laut Statistik existierten zwischen fünfzigtausend und hunderttausend verschiedene Insektenarten in den einzelnen Sektoren des Raumschiffs. Laohu fühlte sich wie eines davon. »Alles in Ordnung?«, fragte Chen, und Laohu stellte fest, dass ihn alle anstarrten.

»Wie bitte?«

»Baihu fragt, ob wir einige historische Befragungstechniken an ihm vorführen dürfen. Die Gelegenheit bietet sich doch an.«

»Oh, ja. Natürlich.« Geistesabwesend strich sich Laohu durch die Haare.

Er wusste nicht so genau, wann sich die Dinge geändert hatten. Früher waren da heldenhafte Einsätze gewesen. Die Lianhua-Aufstände, die ein korrupter Politiker angezettelt hatte, als sie ihn mit der Hand in den Nahrungsmittelreserven erwischt hatten. Ein schwerer Verstoß gegen die Gesetze der Drachennation, der durch den Einsatz der Tiger gerade noch rechtzeitig vereitelt worden war. Oder der Blumenmann aus dem Mù-Sektor, ein kannibalischer Mörder, dessen blutiger Tod auf dem Landedeck die Zuschauer zu spontanen Freudenrufen hingerissen hatte. Die Menschen brauchten Helden, auf die sie stolz sein konnten, und die Tiger hatten ihnen allen Grund dafür geboten.

Damals war ein Tiger noch ein angesehenes Mitglied der Besatzung gewesen. Jeder junge Mann, der die unvorstellbar harten Aufnahmeprüfungen erfolgreich durchlaufen hatte, konnte sich der Bewunderung aller Passagiere sicher sein, noch bevor er jemals eine eigene Heldentat vollbracht hatte. So weit eilte ihm der Ruf der Eliteeinheit voraus.

Die Blicke der Bewunderung waren mit der Zeit seltener geworden – wenn man sie denn überhaupt noch irgendwo sah. Die Aufgaben der Tiger hatten sich unmerklich, doch unaufhaltsam gewandelt. Von den ruhmreichen Taten früherer Jahre war wenig übrig geblieben.

Immer öfter sah man dagegen Furcht in den Augen der Passagiere, wenn sie es mit einem Tiger zu tun bekamen. Wann war Laohu das letzte Mal so etwas wie Dankbarkeit entgegengebracht worden? Wann hatte ihm das letzte Mal ein Passagier einen Drink ausgegeben? In den zurückliegenden Jahren war es jedenfalls nicht mehr oft vorgekommen. Und wenn doch, dann nicht ohne Hintergedanken. Die stille Hoffnung, beim nächsten Einsatz übersehen zu werden oder irgendwann einmal von einem Hinweis profitieren zu können.

Vielleicht hatte sich aber auch gar nicht so viel geändert. Nur dass er älter geworden war. Die Zeit veränderte den Blick auf die Dinge. Er hatte ein bisschen was über die Geschichte der Drachennation gelesen. Mehr als das, was man im Unterricht im Allgemeinen so mitbekam. Die Geschichte ihres seltsamen Landes hatte sich von Anfang an gewandelt. Über Jahrtausende hinweg waren ganze Heerscharen von Archivaren damit beschäftigt gewesen, sie nach den Wünschen des jeweils herrschenden Kaisers umzuschreiben. Hatte ein Kaiser einmal Großes vollbracht, dann war es das Bestreben seines Nachfolgers gewesen, diese Leistung zu relativieren und im schlimmsten Fall gleich ganz aus den Geschichtsbüchern zu tilgen. Niemals durfte ein Kaiser größer gewesen sein als seine Nachfolger. Und niemals durfte ein Kaiser sein Gesicht verlieren. Aus Fehlern lernte man nicht, man machte sie einfach ungeschehen.

Ein Nachteil des Alterns war, dass man sich über solche Dinge viel zu viele Gedanken machte. Chen machte sich solche Gedanken noch nicht. In seinen Augen brannte das Feuer, das irgendwann einmal auch in Laohus Augen gebrannt hatte. Chen war wie ein junger Kaiser, der sich daranmachte, seinen Teil zur Fortschreibung der Geschichte zu leisten. Seine Schreiber scharrten bereits mit den Füßen, um das Alte aus den Büchern zu tilgen.

Als er am nächsten Morgen erwachte, konnte sich Laohu nur noch verschwommen an die zurückliegenden Stunden erinnern. Es war Alkohol geflossen. Eine gewaltige Menge Alkohol. Natürlich hatten sie auch Drogen konsumiert. Mehr, als gut für sie war. Es musste irgendjemanden ein Vermögen gekostet haben, doch das interessierte die Tiger nicht. Sie waren die Elite der Elite. Ihnen standen alle Privilegien zu, die sie bekommen konnten. Selbst Halluzinogene, die auf dem Raumschiff eigentlich streng verboten waren. Es existierte sogar ein Gesetz, das genau solche Dinge für die Tiger regelte. »Auf diesem Schiff sind dem Gesetz nach alle Menschen gleich, und die Tiger sind das Gesetz«, hatte Baihu lallend erklärt, nachdem er die ersten Runden ausgegeben hatte. Als dienstältestem Tiger oblagen ihm die Organisationspflichten ihrer Siegesfeiern. Er hatte den Alkohol und die Drogen besorgt, und als der Abend weiter fortgeschritten war, hatte er zu referieren begonnen, so wie immer, wenn er betrunken war. Jeder von ihnen ging anders mit dem Rausch um. Laohu glaubte, dass die Drogen ihren wahren Charakter zum Vorschein brachten. Yong wurde mit jeder Stunde lauter und schriller, während Shixin seine rührselige Seite zeigte und jeden umarmte, der nicht schnell genug auf den Bäumen war. Der stiernackige Quan fing irgendwann an, wüste Beleidigungen auszustoßen und sich mit Chen anzulegen, der die darauffolgende Prügelei in den meisten Fällen allerdings gewann.

Laohu wurde in letzter Zeit immer ganz melancholisch zumute, was ihm wie eine riesige Verschwendung erschien. Denn eigentlich sollten die Drogen ja das Leben verschönern. Stattdessen kehrten sie unschöne Erinnerungen unter der Decke hervor, die nach seinem Ermessen besser verschüttet blieben. Die einzige Art, solche Erinnerungen wieder in das Unterbewusstsein zurückzudrängen, war weiterzutrinken, bis man sich an gar nichts mehr erinnerte. Bis all die kleinen und großen Sünden in einer dicken Schicht wattigen Nebels erstickt wurden. Der Preis, den Laohu dafür am nächsten Morgen zahlen musste, war umso höher. Immerhin war er diesmal in seinem eigenen Bett erwacht und schien vorher sogar noch in der Lage gewesen zu sein, sich des größten Teils seiner Kampfmontur zu entledigen.

In seinem Kopf hämmerte eine ganze Batterie von Bordgeschützen, und als er sich stöhnend aufrichtete, vollführte die Welt einen Salto, dem sein Magen nicht folgen konnte. Er spürte bittere Galle aufsteigen und presste sich die Hand vor den Mund. Nur mit Mühe gelang es ihm, aus dem Bett zu klettern und die Nasszelle zu erreichen, wo er sich geräuschvoll in die Dusche übergab. Er erbrach sich noch ein weiteres halbes Dutzend Mal, bis sein Magen endgültig leer gepumpt war. Auf dem Bildschirm im Nebenraum startete der Morgenappell, und die Kinder des Blumenchors stimmten fröhlich ihre Ode an den Drachen an.

Großer Drache, mächtiger Drache.
Feuer speiend fegst du deine Feinde hinweg ...

Stöhnend schaltete Laohu die Dusche an und spülte das traurige Ergebnis seiner Siegesfeier in den Abfluss. Dann zog er sich das Hemd über den Kopf und ließ das kochend heiße Wasser einige Minuten über seinen narbenzerfurchten Körper laufen. Sein Kreditkonto hätte die Entfernung der Narben zwar mühelos zugelassen, doch als Tiger trug er seine Verletzungen wie Orden zur Schau. Er lehnte die Stirn gegen die Wand und schloss die Augen. Einen Moment später schlug er sie wieder auf, denn die Dinge, die er sah, machten ihm Angst.

Als er fertig war, humpelte er zurück in die Kabine und warf sich rücklings auf das Bett. Eine Weile starrte er die Decke an und setzte sich dann wieder auf, um sein Knie zu betasten. Es war geschwollen und rot und von einem pochenden Schmerz durchzogen, der selbst das Hämmern in seinem Schädel übertönte. Er humpelte zurück in die Nasszelle, öffnete den Schrank über dem Waschbecken und entnahm ihm eine Injektionsnadel. Er setzte sich auf die Toilette, hielt die Nadel seitlich gegen sein Knie und drückte den winzigen Knopf am Ende. Als die Schmerzen langsam verebbten, stemmte er sich ächzend in die Höhe, mixte sich einen Cocktail aus Schmerzmitteln und Schlaftabletten und kippte ihn mit einem Schluck Wasser hinunter.

Er schlief beinahe zwölf Stunden durch und hätte mit Sicherheit auch noch den Abendappell verpasst, wenn sein Diener Ning ihn nicht geweckt hätte. Ning drehte die Lautstärke hoch, bis die enthusiastische Stimme der Sprecherin die gesamte Kabine erfüllte.

Mit überschäumender Energie berichtete sie von den Ergebnissen der Bildungsstudie und den unglaublichen

Fortschritten in der Synthetisierung geschmackloser Lebensmittel. Über den Einsatz der Spezialeinheiten verlor sie dagegen kein Wort. Als sie freudestrahlend zum nächsten belanglosen Thema überging, schaltete Laohu mit einer Geste den Bildschirm ab und ließ sich seufzend zurück in die Kissen fallen. Unter dem Druck seines Körpers ordneten sich die Naniten in der Matratze summend neu, sodass er ein ganzes Stück weiter darin versank.

»Sie wollen das nicht sehen?«, fragte Ning.

»Ich kenne das bereits. Alles ist ganz fantastisch, unsere Jugend wird jeden Tag ein bisschen klüger, die Gweilo sind der Feind, und irgendwie geht es immer gleich ums Ganze – selbst wenn es sich nur um die Neujustierung der FoodFabber handelt.«

»Wir leben in glücklichen Zeiten«, sagte Ning, während er mit spitzen Fingern die über den Boden verstreuten Kleidungsstücke aufsammelte. Kopfschüttelnd ließ er den Blick durch den Raum schweifen. »Im Frieden kann so wohl nichts einen Mann als Demut und bescheidne Stille kleiden; doch bläst des Krieges Wetter euch ins Ohr, dann ahmt den Tiger nach in seinem Tun ...«

Angestrengt rieb sich Laohu die Schläfe. »Was ist das?«

»Heinrich der Fünfte.«

»Ein Gweilo?«

»Ein Gweilo-König sogar.«

»Was hat er mit uns Tigern zu schaffen?«

»Er konnte sich vermutlich genauso heldenhaft besaufen.« Ning warf die Kleidung in einen Wäschesack und stellte ihn neben die Tür. Dann fuhr er die Jalousien hoch, um das Licht eines neuen künstlichen Tages in die Kabine hineinzulassen. »Haben Sie von den Unruhen im Jin-Sektor gehört, Laohu?«

Unwirsch blinzelte Laohu in das beeindruckende Bergpanorama von Huang Shan, das sein Diener als Hintergrundkulisse ausgewählt hatte. Die grellen Sonnenstrahlen schmerzten in seinen Augen. »Es gab Unruhen? Wer sagt denn so was?«

»Die Leute.«

»Für meinen Geschmack reden die Leute meistens zu viel, Ning.«

»Das sage ich ja auch immer, aber der erschossene Sicherheitsbeamte war zufällig der Bruder einer Bekannten.«

»Wenn es stimmen würde, hätten wir im Morgenappell ganz sicher etwas darüber erfahren.«

»Ihr Vater war ebenfalls Sicherheitsbeamter. Er ist bei einem ähnlichen, niemals stattgefundenen Einsatz ums Leben gekommen. Es ist nicht gut für die Seele, wenn man nicht angemessen trauern kann.«

»Die Leute reden zu viel«, wiederholte Laohu etwas lahm. Mühsam stemmte er sich aus dem Bett und ließ sich von seinem Diener eine frische Hose reichen. Mit einer Handbewegung überwies er ihm eine Handvoll Kredits. »Weißt du was? Gönn dir doch mal einen freien Tag.«

»Vielen Dank, aber das kann ich mir nicht leisten. Sie haben den Takt beschleunigt.«

»Schon wieder?«

»Das dritte Mal schon diesen Monat.«

»Hm«, machte Laohu, weil er nicht so recht wusste, was er darauf entgegnen sollte. Tatsächlich waren Kreditprobleme für einen Mann in seiner Position normalerweise kein Thema. Man hatte sie auf dem Konto, und sie wurden nicht weniger, egal, was man auch anstellte. »Die Administration wird wohl ihre Gründe haben. Es ist ja für uns alle nicht leicht.«

»Das sage ich auch immer.« Ning hob den Wäschesack auf und warf ihn sich über die Schulter. »Sie wissen ja, dass meine Frau und ich endlich die Genehmigung erhalten haben, Nachwuchs zu produzieren. Da müssen wir unsere Kredits halt ein bisschen mehr zusammenhalten. Wir wollen ihr schließlich auch einen hübschen Namen beantragen. Wir schwanken noch zwischen Shuilian oder Shenmi oder vielleicht auch Yingua.«

»Yingua? Das klingt hübsch. Es passt auch ganz gut zu Ihren Genen.«

Ning nickte. »Sie haben recht. Ich denke darüber nach. Soll ich das Abendessen auf der Terrasse servieren?«

»Nein, danke.« Angewidert schüttelte Laohu den Kopf. »Heute lieber vielleicht noch kein Essen.«

NÄHTE UND FLICKEN

Weltschiff Tereschkowa
2302

So grease up your baby for the ball on the hill
Polish them rockets now and swallow those pills
And say oohhh, Space Lord mother ...

»He, Rangi, bist du taub? Mach die Musik leiser und geh zehn Meter nach links. Setz mir einen zweiten Scheinwerfer auf den Schrotthaufen. Ich kann nichts sehen!«
Der Oldie wurde leiser, und die Entschuldigung des Rigpiloten kam blechern aus dem einzigen noch funktionierenden Lautsprecher ihres Exosuits. Das kleine Shuttle-Rig tuckerte gehorsam einige Schritte nach links. Natürlich war hier draußen nichts davon zu hören, doch Helen wusste, dass es tuckerte. Das war im Übrigen kein gutes Zeichen. Irgendwas im Triebwerk des Dings lief nicht rund, und sie hatte bis jetzt noch nicht herausgefunden, was. Das bedeutete wahrscheinlich, dass sie das Teil nach dieser Schicht doch bei Willard im Hangar abgeben mussten. Ungern, weil es wiederum bedeutete, dass ihnen die Stromversorgung in ihrem Wohncontainer fehlen würde, aber was sollte man tun.
»Alles in Ordnung, Helen? Ich wäre dann so weit.«

Helen blinzelte und konzentrierte sich wieder auf die Gegenwart. Die Scheinwerfer des Rigs beleuchteten die narbige Außenhaut des gewaltigen Generationenraumschiffs *Tereschkowa* und jetzt einen langen Riss in der Außenhaut des Ringsegments, der anscheinend erst an einem früheren Flicken stehen geblieben war. Das grelle Licht ließ die Schatten der Risskante gut hervortreten, sodass es ihr ein Leichtes war, dem Verlauf der Beschädigung zu folgen. Dieser Riss selbst war nicht dramatisch. Es gab hier keinerlei tragende Teile, und unter ihm lagen noch zwei weitere Schichten der stählernen Außenhaut, bevor der innere Wartungsraum des Weltzylinders begann. Sie folgte dem Riss über die beinahe endlos scheinende, stumpfgraue Oberfläche, die viel zu schnell außerhalb der Lichtkegel des Rigs in der ewigen Dunkelheit verschwand. Nur gelegentlich beleuchteten Scheinwerfer die Hülle des gigantischen Generationenschiffs. Früher einmal mussten es Tausende mehr gewesen sein, doch das war vor Helens Geburt gewesen, und heute wurden nur noch die Lichter in der Nähe interessanter Elemente des Schiffs gewartet: Schleusen, Wartungsluken, Antennen, diese Dinge eben. Es gab keinen vernünftigen Grund, den Rest auszuleuchten – niemand hier draußen bekam ihn zu sehen. Das machte das Auffinden von Schäden zwar schwieriger, aber so war das eben.

Nach nicht einmal zehn Metern endete der Riss an einer benachbarten Rumpfplatte, und Helen stieß unwillkürlich einen erleichterten Seufzer aus. Es gab wenig Schlimmeres als einen Riss, der es schaffte, sich über Dutzende Meter auszubreiten, bevor die Warnsensoren Alarm schlugen.

»Hab ihn, *Musch*. Bleib da stehen. Das dauert nur ein paar Minuten.«

»Kein Problem. Lass dir Zeit, Schatz. Ich werd' mich nicht langweilen.«

Helen quittierte den Kommentar mit einem Brummen. Vermutlich würde Rangi das tatsächlich nicht. Im Moment sah sich ihr Mann in jeder freien Minute eine der Trid-Sims an, die er vor zwei Wochen bei Willard gegen einen fast unbenutzten Messumsetzer aus einer der beschädigten Antennen getauscht hatte. Weiß die Schwärze, woher Willard das Zeug organisiert hatte, aber Rangi sog die uralten Sendungen auf wie ein Schwamm. »Du weißt schon, dass wir hier arbeiten? Es wäre mir recht, wenn du ein wenig Aufmerksamkeit für mich erübrigen könntest.«

»Entspann dich, *Schyna*. Wir haben alle Zeit der Welt«, gab Rangi leichthin zurück. Vier Magnetseile schossen aus der Unterseite des Rigs und saugten sich auf der Oberfläche des Riesenschiffs fest.

Helen konnte ihren Einschlag durch die Stiefel spüren. Mit einem dumpf grollenden Beben zog sich das Rig auf die Stahlhaut und heftete sich fest, bevor Rangi die Triebwerke abstellte. »Das heißt, ich hab alle Zeit der Welt. Du hast noch eine Stunde und siebzehn Minuten Sauerstoff.«

Helen sah auf die ausgewaschen wirkende Anzeige auf ihrem Ärmel. Das kam ungefähr hin. Plusminus ein paar Minuten, wenn es nach den Informationen des Exosuits ging. Das Teil zeigte vermutlich schon seit Jahren nichts Genaues mehr an. Aber es war dicht und erledigte seine Arbeit. Sie nahm zwei Schweißcrawler aus den Halterungen des Anzugs, setzte sie auf den Beginn des Risses und verband sie mit den Materialschläuchen. Surrend erwachten die kleinen Roboter zum Leben und krochen auf dem Riss in Richtung des blendenden Rigs. »Also gut, Jayne und Wash sind auf dem Weg. Sieht gut aus. Kannst du sie im Blick behalten?«

»Mhm«, Rangi klang, als habe er den Mund voll. »Kein Problem, ich werde die Racker nicht aus den Augen lassen.«

»Das will ich dir geraten haben. Sonst siehst du zu, wie wir Willard für einen neuen bezahlen. Falls sein Fabber überhaupt noch einen ausspuckt.« Der 3-D-Fabrikator des Hangars schien in der letzten Zeit mehr Schwierigkeiten zu machen als sonst. Vermutlich müsste er komplett gewartet und neu kalibriert werden, doch Helen war sich nicht sicher, dass das überhaupt noch jemand von Willards Leuten beherrschte. Und jemanden von einer anderen Ebene anzuheuern konnte sich als unbezahlbar herausstellen.

»Reg dich ab, *Schyna*. Sie sind angeleint. Was soll schon passieren?«

Gut, damit hatte Rangi vermutlich recht. Es gab nichts, was hier draußen passierte, sah man von den ewig gleichen Wartungsarbeiten ab. Es gab nichts hier, was das Schiff beeinträchtigte, nichts, was die ewige Dunkelheit hier im Nirgendwo weitab jeder Sonne störte. Dinge geschahen hier in Abständen von Millionen von Jahren, und keines davon, wenn die *Tereschkowa* zufällig vorbeikam. Helen drehte sich mit dem Rücken zu Rangis Strahlern und sah hinauf in die ewige Finsternis zwischen den Sternen. Sie machte diese Arbeit seit fast dreißig Jahren, doch noch immer hatte sie sich an diesem Anblick nicht sattgesehen. Sah man von den Scheinwerfern der *Tereschkowa* ab, gab es hier draußen nichts, absolut nichts, das den Anblick auf die Milchstraße und Milliarden anderer Galaxien verstellte. Nichts bewegte sich hier. Sie erschauerte und wusste selbst nicht, warum. Gut, das gewaltige, unglaubliche Nichts voller Lichtfunken schien von rechts nach links an ihr vorüberzuziehen, doch das war eine Illusion, die die Rotation des Schiffs hervorrief. Immer neue Sternbilder gingen auf und verschwanden. Nur wenige davon waren den Menschen bekannt, und nicht eines sah noch aus, wie es die Menschen auf der Erde sahen, fast zehn Lichtjahre und mehr als einhundert Reisejahre hinter ihnen. Nicht dass es eine Rolle spielte. Niemand von ihnen hatte die Sternzeichen der Erde gesehen, und die Welt, auf die sie still zustrebten, hatte ihre eigenen. Aber es war fraglich, ob Helen diese Welt noch sehen würde. Es war ohnehin fraglich, ob die marode Blechdose, in der sie durchs All reisten, die letzten 30 Jahre, die noch vor ihnen lagen, durchstehen würde. Ein Warnsignal flammte in ihrem Helmdisplay auf, und Helen riss den Blick los, um Jayne wieder in seine Spur zu setzen. Der Schweißcrawler war wieder mal vom Weg abgekommen. Missmutig drehte sie an den Justierrädchen des Roboters. Das passierte zunehmend häufiger, und die Frage war, ob sich noch ein Ersatz auftreiben ließe. Rangi hatte sie erst gestern darauf hingewiesen, dass es im Bug, in der Oberstadt der *Tereschkowa*, sicherlich noch genug funktionierende Fabber gab. Und vermutlich hatte ein Schweißroboter, der dafür sorgte, dass die alte Dose nicht auseinanderbrach, genügend Priorität, um eine Anfrage zu stellen. Doch dafür würde sie mit Lucia reden müssen. Und dazu war sie noch nicht bereit. Nicht, solange Jayne seinen Job noch tat.

Sie richtete sich erneut auf, winkte Rangi zu und sah wieder hinaus in die brillantenfunkelnde Schwärze. Es war ein Anblick, der so gut wie niemandem auf der *Tereschkowa* vergönnt war. Nicht so. Es gab einige wenige Fenster, zerkratzte, meterdicke Stahlglas-Bullaugen, durch die man einige der hellsten Sterne erkennen konnte. Gerüchten zufolge gab es im Bug richtige Fenster, große, polierte Panoramascheiben, durch die man die große Schwärze sah, und hoffentlich eines Tages die neue Sonne und die neue Welt. Was an diesen Gerüchten dran war, wusste sie nicht. Niemand hatte Zugang zum Bug, wenn die Offiziere ihn nicht einluden. Und das passierte so gut wie nie. Sie sah in Richtung der Spitze des Schiffs, die im Moment dorthin zeigte, wo sie hergekommen waren, zur alten Welt, zur Erde. Rangi fand daran vermutlich etwas philosophisch Tiefschürfendes. Jene, die über sie herrschten, flogen rückwärts gewandt. Sie dagegen hatte es nicht wirklich mit unnützem Wälzen von Fragen. Der Bug war tabu. Und sosehr es sie reizte, nach hinten zu gehen, so klar war ihr, dass man sie hinaus in die Schwärze werfen würde, wenn man sie erwischte. Das dort hinten flickten andere. Sie atmete tief durch, schmeckte die metallische Luft ihres Anzugs und wandte sich ab. Einige Meter entfernt ragte eine alte Antenne aus der Außenhaut. Sie war verbogen und hatte irgendwann im Lauf der Reise zumindest einen Treffer abbekommen, vielleicht nur einige einsame Staubkörner. Wenn man mit beinahe einem Zehntel der Lichtgeschwindigkeit gegen Staubkörner prallte, hinterließen sogar diese ordentliche Krater, bevor sie verglühten. Die alte Schüssel wies gleich mehrere ansehnliche Löcher auf. Vermutlich war sie schon lange abgeschaltet worden. Selbst die unwichtigste Hilfsantenne auf der *Tereschkowa* war zehnfach redundant vorhanden – wie alles andere auch. Versuchsweise rüttelte sie an der Antenne. Nichts bewegte sich. Vermutlich waren sämtliche Gelenke mit Eis verkrustet. Das war hier außen häufiger, als man früher angenommen hatte. Dann stutzte sie. Am Fuß der Antennenanlage glimmte ein schwaches grünes Licht. Helen runzelte die Stirn. Zögernd presste sie einen Finger auf das Licht, und eine Klappe schwang auf, hinter der ein Holoscreen flackernd zum Leben erwachte. Verblüfft stieß sie die Luft aus.

»Ist was?«, erkundigte sich Rangi prompt.

Helen sah zurück, dorthin, wo die grellen Lichtkegel die Schweißcrawler überwachten. »Nein. Ich ...« Sie räusperte sich. »Ich glaube, ich habe mir schon wieder was eingefangen.«

Rangi schwieg einen Moment. »Ja, schon möglich«, antwortete er dann. »Der Luftrecycler in D126 spinnt schon wieder.« Dann schnaufte er. »Das ist sterbenslangweilig hier. Ich mach mal 'ne Runde Musik an, in Ordnung?« Es knackte in der Verbindung, dann begann übergangslos irgendeine antike Metalband zu spielen. Anscheinend hatte Rangi verstanden.

Helen tippte einen mehrstelligen Code in ihr Unterarmdisplay, und der Lärm verstummte. Stattdessen meldete sich Rangi wieder. »... du da, Helen?«

»Bin ich, ja, ich ...«

»Verschlüsselte Frequenz? Du weißt, dass wir das nur in Notfällen benutzen sollen, ja? Was ist so wichtig, dass du ...«

»Halt die Klappe«, unterbrach ihn Helen. »Ich glaube, das ist wichtig genug. Die Antenne hier ist in Betrieb, wusstest du das?«

»Was?«

Rangi schwieg einen Augenblick, und Helen stellte sich vor, wie er eilig seinen Computer durchsuchte. »Das kann nicht sein. Hier ist nichts verzeichnet. Die nächste aktive Antenne ist von hier aus fünfzig Meter heckwärts, etwa dreißig Meter in Drehrichtung.«

»Tja. Die hier hat aber ein aktives Holodisplay.«

»Verarsch mich, *Taitai*. Kein Mensch hat seit dreißig Jahren ein Antennen-Holodisplay gesehen. *Gavno*, ich hab selbst erst einmal eins gesehen!«

Das stimmte. Die Displays, die früher in jede erdenkliche Oberfläche eingelassen gewesen sein mussten, hatten sich schon im ersten Drittel des Flugs als viel zu fehleranfällig herausgestellt, und man war wenig später dazu übergegangen, alles mit Knöpfen und Schaltern auszustatten. Es gab zwar vereinzelte Touchscreens, doch ihre Herstellung überforderte inzwischen die Reste ihrer Reserven. Man kam mit dem aus, was man hatte. Oder man verwendete mechanische Schalter, so wie in grauer Vorzeit. »Ich hab keinen Grund, dich zu verarschen, *Musch*«, gab sie zurück. Instinktiv hatte sie die Stimme gesenkt, auch wenn sie sicher war, dass sie auf diesem Kanal niemand abhörte. »Hast du eine Bedienungsanleitung für das Ding?«

»Kommt«. Einen Moment später tauchte eine Schemazeichnung des Holofelds in ihrem Helmdisplay auf. Eines der Privilegien der Reparatur-Teams: Man bekam direkten Zugriff auf jede erdenkliche Risszeichnung und Blaupause, die für dieses Schiff je gefertigt worden war, und wenn es nur in der vagen Hoffnung war, dass jemand herausfand, wie man mit knappen Mitteln doch noch einen weiteren Schalter improvisieren konnte. »Holodisplay, was?«, murmelte Rangi aufgeregt. »Hast du eine Ahnung, was das wert ist, wenn wir es bergen können? Für das Ding muss uns Willard das komplette Rig generalüberholen. Und dann schuldet er uns immer noch was!«

»Du hast nicht richtig zugehört«, unterbrach Helen. Sie tippte versuchsweise auf das Display, und einige der

Zahlen auf dem Display änderten sich. Mit einem spürbaren Rumpeln erwachte die alte Anlage und drehte sich widerstrebend. Helen stoppte die Bewegung und bewegte eine andere Anzeige. Zahlen tickten langsam aufwärts, bis sie schließlich stehen blieben. Sie runzelte die Stirn. Dann, nach kurzem Zögern, nestelte sie ein altes Kabel aus einer der Taschen ihres Anzugs und stöpselte es in eine Buchse direkt unterhalb des Displays.

»Wie hast du das gerade gemeint – ich hätte nicht zugehört?«, erkundigte sich Rangi vorsichtig.

»Ich meine ...«, sagte Helen langsam und verschob einen weiteren Regler auf dem Holodisplay. Das statische Rauschen wurde lauter. »... dass du zuhören sollst.« Eine weitere Geste, und das Rauschen veränderte sich, bis andere Laute hörbar wurden. Stimmen. Zwei Stimmen. »*Kso!* Siehst du? Beziehungsweise hörst du?«

Rangi schwieg erstaunlich lange. »Das ist Kanto. Mondchinesisch. Oder es klingt zumindest so ähnlich«, sagte er schließlich. Es war beinahe eine Frage.

Helen lauschte. »Du sprichst doch gar kein Kanto.«

»Ich nicht. Aber ein paar von den Hydrowerkern auf Ebene C sprechen das. Wenn sie nicht wollen, dass man sie versteht.«

Helen sah über die Schulter in Richtung des Rigs. »Was hast du mit den Hydrowerkern zu tun?«

»Na ja ... ich ...«

»Vergiss es. Ich bin mir ziemlich sicher, dass das nicht die Hydrowerker sind, die wir hören.« Helen sah in die Sterne, die unermüdlich über ihr vorbeizogen. Einen Augenblick später wurde das Rauschen stärker, und die Stimmen gingen darin unter. Helen rührte sich nicht.

»Wer soll es denn sonst gewesen sein?«

Rangi klang ehrlich ratlos, doch Helen antwortete nicht. Sie starrte in die Sterne hinauf, ohne auch nur einmal zu blinzeln. Das Rauschen schwoll an und ebbte wieder ab, und noch immer wartete sie. Und dann mischten sich erneut Stimmen darunter. Sie waren fremdartig, hatten einen ungewohnten Sprechrhythmus, und Helen verstand kein Wort. Und doch trieben sie ihr einen Schauer über den Rücken. »Die *Zheng*«, sagte sie leise. »Die *Zheng He*. Sie ist da draußen.« Dann schüttelte sie ihre Starre ab. Unbeholfen hantierte sie an den Bedienelementen des Holodisplays. Einmal verlor sie die Stimmen im Rauschen beinahe, nur um sie wiederzufinden, kurz bevor der Zylinder ihres eigenen Schiffs weit genug rotierte, um die Quelle der Stimmen im Funkschatten verschwinden zu lassen.

»Was genau machst du da? Wir müssen einen Riss reparieren!«

Helen schnaubte. »Scheiß auf den Riss. Hilf mir lieber zu rechnen.«

Zwei weitere Male kamen die Stimmen wieder aus dem Lautsprecher, und zweimal verebbten sie erneut, bis Helen schließlich ein Ergebnis im Helmdisplay hatte. Etwas mehr als 800 000 Kilometer. »Das kommt von weniger als einer Million Kilometer vor uns«, stellte Helen fest. Sogar ihr fiel auf, dass sie ein wenig atemlos klang. »Die sind immer noch da draußen. Wir sind nicht die Einzigen.«

»Ja«, stellte Rangi fest. »Und sie klingen aufgeregt.«

Helen hatte dasselbe Gefühl. Dennoch schnaubte sie. »Woher willst du wissen, wie es klingt, wenn die aufgeregt sind?« Sie gab sich einen Ruck und wischte über das Display, das prompt verschwand. Mit ihm verstummten auch die fremden Stimmen. »Lösch die Kamerafeeds. Das hier bleibt unter uns.«

Rangi zögerte kurz. »Du willst die Antenne nicht melden? Oder die Tatsache, dass die Zheng noch da sind?«

»Nein«, sagte Helen entschlossen und schüttelte den Kopf, obwohl ihr bewusst war, dass Rangi sie nicht sehen konnte. »Ich muss nachdenken. Wie wahrscheinlich ist es, dass von denen im Bug niemand weiß, was wir gerade gehört haben?«

Das Schweigen aus dem Rig sprach Bände. Aus ihrem Lautsprecher kam lediglich das Geräusch, das darauf hindeutete, dass sich Rangi nachdenklich den Vollbart kratzte.

»Eben«, sagte sie schließlich. Ich bin mir sicher, dass ihre Antennen besser sind als das Ding. Sie können es unmöglich nicht wissen. Und ich glaube nicht, dass wir irgendetwas davon haben, wenn sie wissen, dass wir es wissen.«

»Selbst wenn wir keine Ahnung haben, was *es* ist?«, warf Rangi ein.

»Selbst dann. Eine Aufnahme wäre schnell gefertigt und übersetzt, wenn wir ein Modul auftreiben. Ich will nicht wissen, was ich nicht wissen darf.«

Das war eine Lüge. Helen wusste es, und Rangi wusste es auch. Sie sah abermals hinauf in das Band der Milchstraße über ihr. Und jetzt fiel ihr auch auf, was sie die ganze Zeit beunruhigt hatte, ohne dass sie es benennen konnte. Etwas am Winkel stimmte nicht. »Hm«, machte sie. »Rangi, hab ich einen Knick in der Optik, oder haben wir den Kurs geändert?«

»Ich hab mich nicht bewegt«, gab ihr Mann trotzig zurück.

»Nicht wir.« Helen verdrehte die Augen. »Die *Tresch*.« Niemand mehr sagte *Tereschkowa*. Manchmal fragte sich Helen, warum man den riesigen Schriftzug auf der Außenhaut überhaupt noch erneuerte. »Wir fliegen in die falsche Richtung, oder? Prüf das mal.« Sie löste den Blick nicht von den Sternen.

Wenige Augenblicke später meldete sich Rangi zurück. Er schnalzte mit der Zunge. »Wir haben tatsächlich den Kurs geändert«, stellte er fest, und so etwas wie Unglauben schwang in seiner Stimme mit. »Nicht viel, aber wir fliegen in eine andere Richtung. Warum das denn?«

»Keine Ahnung. Aber es erklärt die ganzen neuen Risse.« Helen seufzte. »Das muss ja reißen, wenn die Idioten unter vollem Bremsschub die Richtung ändern!«

Für einen Moment schwiegen sie beide. Abwesend sah Helen zu, wie Wash schon wieder von seinem vorgegebenen Weg abkam. Dann räusperte sich Rangi, wie immer, wenn er etwas sagen wollte, sich jedoch nicht sicher war, ob es nicht dumm wäre. »Aber hast du vorhin nicht gerade gesagt, dass die *Zheng He* vor uns fliegt?«

Helen hob den Kopf. »Das heißt – wir fliegen den Chinesen hinterher.«

»Warum?«

»Weil ich wette, dass wir nicht die Ersten sind, die den Chinesen zuhören. Die im Bug wissen, dass sie da sind. Und sie wissen, wohin die *Zheng He* will.«

Erneut räusperte sich ihr Mann. »Ist das nicht riskant? Ich meine, wenn wir die Flugroute verlassen, wohin wollen wir dann?«

»Ich habe nicht die geringste Ahnung. Aber es muss wichtig genug sein, um das komplette Schiff zu riskieren.«

»Hm«, machte Rangi. »Oder niemand hat eine Ahnung davon, wie es um dieses Ding hier wirklich steht.«

Helen starrte auf die Schweißroboter hinab, dann korrigierte sie erneut Washs Weg. »Kein Wort, *Musch*. Zu niemandem. Ich bin sicher, dass der Bug was dagegen hat, dass irgendjemand was von alldem hier weiß.« Nachdenklich stapfte sie hinter den Schweißrobotern her. »Wenn wir hier fertig sind, gehen wir rein, und alles ist so wie immer.«

»Du willst das also ignorieren?«

Helen schnaubte. »Das hab ich nicht gesagt.«

»Ah«, machte ihr Mann. »Also wie immer.«

Aber nichts war wie immer. Darüber war Helen sich klar.

AUFBRUCH

Zhao Raumhafen, Valles Marineris, Mars
2198

»FÜNFZIG JAHRE«, SAGTE MIGUAL, den Blick zum Himmel über dem Mars gerichtet, der inzwischen auch in dieser Höhe bläulich schimmerte. Hier oben, am oberen Canyonrand über den blühenden Schluchten des Mars, war die Atmosphäre noch immer zu dünn und eisig, um sie zu atmen oder es ohne Druckanzüge auszuhalten, doch selbst hier war das milchige Grau einem neuen Blau gewichen, das deutlich den Erfolg von eineinhalb Jahrhunderten Terraforming verkündete. Nicht dass sie an diesem Tag Anzüge benötigt hätten. Polymerglasscheiben von beinahe dreißig Zentimeter Dicke trennten Orens voll klimatisiertes Büro im obersten Stockwerk des DevNa-Chintru Towers, der den neuen Raumhafen der Valles überragte. Die geringere Schwerkraft des Mars hatte schwindelerregende Bauformen ermöglicht, und der fehlende Winddruck der Atmosphäre würde hier oben noch auf Jahrzehnte eine Massivbauweise unnötig machen. Daher bestand die Spitze dieses Bauwerks beinahe vollständig aus Glas und bot den beiden Männern im Penthouse einen ungehinderten Ausblick. Weit unter ihnen lag der riesige Komplex der Hangaranlagen, Landeplätze für Shuttles und Lastraketen und das komplizierte Geflecht von Leitungen für Treibstoffe und Energie. Der Mansoor-Raumhafen war inzwischen der zweitgrößte auf dem Mars und verzeichnete wöchentlich mehrere Starts und Landungen – was zum Teil auch daran lag, dass der Mars inzwischen von der größten Raumwerft des Sonnensystems umkreist wurde. In den Raumdocks auf Deimos gingen mittlerweile mehr als ein Drittel aller Schiffe in Betrieb, und in ihnen hatte in den vergangenen zwanzig Jahren das größte Unternehmen der Menschheit seinen Anfang gefunden. Eine Unternehmung, die heute einen Meilenstein erreichte.

»Fünfzig Jahre«, wiederholte Migual nach einem langen Moment. Er löste den Blick noch immer nicht vom Himmel, auch wenn dort mit bloßem Auge im Moment nichts zu sehen war. »Ich hätte nie erwartet, mal hier zu stehen.«

»Das hat auch niemand erwarten können.« Oren sah nur kurz auf, bevor er sich wieder seiner Arbeit zuwandte. Für die Aussicht hatte er überhaupt keinen Blick übrig. Er saß hinter seinem Schreibtisch und sichtete endlose Kolonnen von Zahlen im Display der Tischplatte, so, wie er es schon Dutzende Male zuvor getan hatte. So, wie es Dutzende von Angestellten zuvor getan hatten, aber Oren überließ nichts allein den Augen von Leuten, die nicht er selbst waren. »Aber ja, ich gebe zu, wir sind weitergekommen, als ich je gedacht hätte.« Er seufzte, wischte die Zahlen vom Bildschirm und sah auf. Man sah keinem von beiden die über einhundert Jahre an. Gentherapie und Partikelaugmentation hatten dafür gesorgt, dass sie wie Männer in den späten Sechzigern wirkten, doch wenn Oren spät in der Nacht in den Spiegel sah, war er sich sicher, dass das nicht für seine Augen galt. Seine Augen waren alt, müde und traurig. Augen, die trotz aller Eingriffe und Therapien verbraucht waren von endlosen Jahren Recherche auf unzähligen Bildschirmen. Von vergossenen und unvergossenen Tränen. Zumindest bildete er sich das ein.»Aber nicht weit genug. Nicht schnell genug.« Normalerweise sparte sich Migual bei diesem Thema jeden Kommentar. Heute jedoch war kein normaler Tag. Und so riss er endlich den Blick vom Firmament los und sah Oren an. Vorwurfsvoll – und vermutlich hatte er jedes Recht dazu.»Hör auf. Oren, verschon uns wenigstens heute damit. Für alle Welt – alle Welten – ist heute dein großer Tag des Triumphs. Mars, Erde, Mond – sie wären heute alle nicht das, was sie sind – nicht ohne dich.«

»Ohne uns«, warf Oren ein. Er kämpfte kurz mit der Versuchung, die Zahlenkolonnen erneut aufzurufen, rang den Impuls jedoch nieder und stand schwerfällig auf. Ja, er mochte auf dem Mars nur ein Drittel dessen wiegen, was er auf der Erde hätte, doch inzwischen lebte er so lange hier, dass das keine Rolle mehr spielte. Seine Muskeln und Knochen hatten sich angepasst, so sehr, dass die Erde ihn vermutlich einfach zerbrechen, zerquetschen würde. Nicht dass er vorhatte, jemals dorthin zurückzukehren.

»Ach komm«, gab Migual zurück.»Wir wissen beide, dass mein Anteil nur gering war. Sogar ich verdanke dir alles, also sei gefälligst mal ein wenig stolz.«

»Dafür, dass du nichts getan hast, hast du aber genommen, was du bekommen hast.« Oren machte sich nicht die Mühe, den Spott in seiner Stimme zu verbergen. Dafür kannten sie sich viel zu lange.

Migual zuckte lediglich mit den Schultern.»Ich bin auch nur ein schwacher Mensch. Verlange nicht, dazu nein zu sagen, wenn man mir anbietet, der zweitreichste Mensch des Mars zu werden.«

Oren grinste schwach. »Siehst du, und mir macht es nichts aus, ein wenig abzugeben. Es spielt keine Rolle. Das dort oben spielt eine Rolle.« Er griff nach seinem Spazierstock, einem altertümlichen Gerät aus Holz von der Erde, dem ein Stück eines der ersten Mars-Rover als Knauf diente. Beiläufig deutete er mit dem Stock in Richtung Himmel. »Die einzige, die entscheidende Rolle. Dieser Moment, auf den die gesamte Menschheit seit Jahrtausenden hingearbeitet hat, der große Aufbruch und damit das nächste Kapitel der Menschheit. Wir verlassen unsere Kinderstube und nehmen endlich unseren Platz auf der Bühne unserer Galaxis ein, und ...« Er unterbrach sich, als ihm der Atem knapp wurde. »Was meinst du – zu viel?«

»Nein, schon in Ordnung. Ich denke, für diesen Anlass kann es gar nicht zu viel sein. Leg an Pathos rein, was du hast. Man wird dich auf ewig mit jedem Wort zitieren. Der nächste große Schritt für die Menschheit und so. Das Überschreiten der letzten Grenze, in Weiten, die noch nie ein Mensch zuvor ...« Migual ließ die Worte in der Luft hängen und grinste. »Aber du kannst aufhören. Ich hör's mir nachher mit dem Rest der Menschheit an.« Er wiederholte sein Schulterzucken, wandelte es in ein unbehagliches Rekeln um und öffnete schließlich den Knopf seines formalen Anzugs. Oren konnte ihn verstehen. Da konnte man Tausende von Kredits für individuell gedruckte oder gar maßgeschneiderte Anzüge ausgeben, aber an einem solchen Tag kniffen sie trotzdem grundsätzlich. Oren stützte sich schwer auf seinen Gehstock und trat neben seinen alten Freund. Mit einer Geste ließ er den Himmel vor dem Panoramafenster verschwinden. Dunkelheit fiel wie ein schweres, samtenes Tuch über sie und machte von einem Augenblick auf den nächsten die staubig-helle Oberfläche des roten Planeten vergessen. Der Mars war immer noch zu sehen, jetzt jedoch als sanft geschwungener Kugelausschnitt, über dessen rostroter Oberfläche ein schwach blauer Schleier hing, in dem Wolken über die Oberfläche zogen und hier und da vereinzelte grüne Flächen freigaben. Auf der Nordhalbkugel und in den Valles Marineris schimmerten ausgedehnte Wasserflächen, auch wenn sie nur wenige Dutzend Meter tief waren. Insgesamt war der einst tote Planet mit den Bildern von vor 150 Jahren nicht mehr zu vergleichen. Das eigentlich Interessante an diesem Bild war jedoch nicht der Hintergrund, sondern das, was sich direkt vor der Kamera abspielte. Sofern »direkt davor« der richtige Ausdruck für eine Orbitalkamera war, die die kompletten Deimos-Raumwerften einfangen konnte. Der kleinere der Monde des Mars war nicht mehr allein – und irgendwie war auch das Orens Schuld. Einst nur ein kaum sichtbares Pünktchen am Nachthimmel über dem Mars, überstrahlte er heute seinen Bruder Phobos um ein Vielfaches. Ein Großteil seiner Oberfläche war überzogen von den weitläufigen Anlagen der größten Raumwerften des Sonnensystems, gebaut nur aus einem einzigen Grund: Orens Vision. Zugegeben einer Vision, die er an die gesamte Menschheit verkauft hatte und aus der drei Gründe geworden waren. Drei gewaltige, gigantische Raumschiffe, die sich im ewigen Licht der Werftlichter wie schimmernde Projektile ausnahmen, die neben Deimos schwebten, gehalten von einem filigranen Netzwerk aus Kabeln, Zuleitungen und Liftanlagen. Schwärme von Drohnen hielten sie unverrückbar in ihren Miniaturorbits um den Mond, während in diesem Augenblick Dutzende Zulieferschiffe noch immer letzte Ladungen an Bord brachten, Passagiere ins Innere und Bauarbeitercrews hinausbeförderten. Es waren Weltschiffe – der Wirklichkeit gewordene, fast dreihundert Jahre alte Traum der Menschheit: Raumschiffe, die groß genug waren, eine ganze Zivilisation hinaus ins All zu bringen und ihr eine dauerhafte Heimat unter den Sternen zu bieten, bis sie eines fernen Tages ein zweites Sonnensystem besiedeln konnte. Noch vor einhundert Jahren hatte man über den fernen Bau eines dieser Schiffe spekuliert, doch Orens Vision hatte hier nicht haltgemacht, und das Ergebnis dieses Traums waren diese drei Schiffe. Sie standen nicht nur symbolisch für die drei Kräfte im Sonnensystem – tatsächlich war jedes von ihnen von einem der bewohnten Himmelskörper in Auftrag gegeben, um Teil des gemeinsamen großen Abenteuers zu werden, mit dem die Menschheit ihren nächsten Fußabdruck im All hinterlassen würde. Vor allem aber, darüber war sich Oren im Klaren, aus typisch menschlichen, kleinlichen Beweggründen. Weder Mond noch Erde oder Mars hatten den Gedanken ertragen, hinter den anderen zurückzustehen und ihnen den Vortritt und Ruhm zu überlassen. Genau genommen hatte er genau darauf spekuliert. Immerhin hatte er sie alle gebraucht: das Wissen und die Forschungseinrichtungen der Erde, die Ressourcen und die Umwelttechnologien des Mars, die Fusionsenergie und den Erfindungsreichtum des Monds. Und natürlich war ihm klar gewesen, dass die drei Mächte sich niemals auf ein Schiff einigen würden. Und was er niemals vor einem Finanzierungskomitee hätte rechtfertigen können, war ganz von allein geschehen: Man hatte drei Schiffe in Auftrag gegeben, redundante Systeme für ein unmögliches Unterfangen.

Sie waren auf den ersten Blick baugleich. Jedes rund zwei Kilometer lang und mit einer zentralen Trommel versehen, die mehr als 500 Meter Durchmesser hatte, jeweils fast zweieinhalb Quadratkilometer Landfläche unter künstlichen, zentralen Sonnen. Und doch waren sie auch äußerlich auf den ersten Blick zu unterscheiden. Das goldene Schiff der Erde. Natürlich golden, ganz im Sinne der Hybris, die die alte Welt noch immer in allem vor sich hertrug, selbst jetzt, wo kaum noch ein Drittel ihrer Fläche bewohnbar war. Natürlich gab es tausend pseudowissenschaftliche Ausreden für diese Oberflächengestaltung. In Wahrheit ging es allerdings bei dieser Gestaltung, ebenso wie bei der Teilnahme überhaupt, ziemlich wahrscheinlich nur um eines: es zu tun, weil man es konnte. Auch wenn der Name des Schiffs jetzt noch verdeckt war, wusste Oren natürlich, wie es heißen würde. Die größte Supermacht der Erde hatte sich durchgesetzt und das Schiff nach einem ihrer größten Entdecker benannt, Admiral *Zheng He*, der in seiner eigenen Zeit mit den gewaltigsten Schiffen zur Eroberung des Unbekannten aufgebrochen war. Oren konnte so viel Ehrlichkeit würdigen: Die Entscheidung war geradezu symbolisch für die gesamte Geschichte der Menschheit.

Natürlich hatte man das Schiff der autonomen Mondregierung daraufhin in Silber und Chrom gestaltet. Vordergründig, um der traditionellen Symbolfarbe des Monds Rechnung zu tragen, aber letztendlich wohl zumindest zum Teil aus Kostengründen. Nicht dass der Mond sich dieses Schiff nicht leisten konnte – ohne die Helium-3-Reserven des Monds würde keines dieser Schiffe das Sonnensystem verlassen. Aber Sparsamkeit war die zweite Natur des Monds geworden, und man verwendete dort ungern Dinge, die sich nicht bewährt hatten oder die keinen Zweit- oder Drittnutzen aufwiesen. Deshalb würde ihr Schiff auch, im Gegensatz zur genetisch optimierten, bis aufs Äußerste spezialisierten Besatzung der *Zheng He*, vor allem mit einer bunten Auswahl von abenteuerlustigen Auswanderern aus der Mondbevölkerung besiedelt werden. Es waren vor allem Nachkommen der Russen, Araber, Chinesen und Inder, die heute die Mehrheit der »Mooner« bildeten und die das taten, was Mondleute nachweislich am besten konnten: improvisieren und ohne Sonnenlicht auf engstem Raum überleben. Auf Erde und Mars spottete man über dieses Schiff, doch Oren teilte den Spott nicht. Am Ende mochte es genau diese Mentalität sein, die nötig war, um die Besatzung der *Tereschkowa* die jahrhundertelange Reise geistig gesund überstehen zu lassen. Diesen speziellen Faktor konnte schließlich niemand vorhersagen, und schon deshalb hielten es Orens Experten für sinnvoll, drei Schiffe zu entsenden. Das Gefühl der Einsamkeit war in früheren Jahrhunderten schon für Seereisende der Erde ein Problem gewesen, und das immerhin geborgen in der Sicherheit des kleinen blauen Planeten. Dort draußen, jenseits der Grenzen des Sonnensystems, mochte allein sie sich schon als tödlich erweisen.

Das dritte Schiff glänzte im Licht der Werftscheinwerfer leuchtend rot. Natürlich. Es war, das gab Oren zu, reichlich klischeebehaftet – aber offiziell sprach man natürlich von Symbolik. Rot war nun mal die Farbe des Mars, und zumindest jetzt sollte sie deutlich hervorstechen und nicht nur den Planeten an sich repräsentieren, sondern auch dessen Kampfeswillen. Denn was wollte man sich vormachen – es war unausgesprochen, und doch war es jedem klar: Es würde ein Wettkampf werden, ein Wettkampf der Kulturen, der Systeme, der Ansichten, ein Wettkampf der Technik ebenso wie des Geists der Pioniere, die an diesem Tag ins All aufbrechen würden. Das System, für das sich der Mars entschieden hatte, war wiederum typisch. Auf dem Mars spielte man auf Zeit. Der Planet verfügte über die beste Technik, die man in diesem Sonnensystem kaufen konnte. Alles auf dem Mars war auf Innovation ausgelegt – und alles darauf, Zeit zu überbrücken, bis irgendwann in einer fernen Zukunft die eigenen Kindeskinder profitieren konnten. Wenn dieses Schiff in rund 150 Jahren sein Ziel erreichen würde, würde man auf dem Mars noch immer nicht ohne zusätzlichen Sauerstoff wandeln können. Und auf dem roten Schiff würden zehntausend Marsianer aus ihrem Kälteschlaf erwachen und einen neuen Planeten im Licht einer fremden Sonne betreten. Nur wenige Besatzungsmitglieder würden bis dahin wach bleiben, und auch das immer nur für kurze Wachen von wenigen Jahren. Ressourcen schonen war das Stichwort. Es war einfacher, 200 Leute für 150 Jahre zu versorgen, als Tausende.

Oren stellte fest, dass er das rote Schiff näher herangezoomt hatte, und winkte das Bild zurück in die Totale. Migual räusperte sich. Endlich riss er den Blick von der Kuppel los, ging zu einem altmodischen Holzkabinett und öffnete die Abdeckung. »Möchtest du auch noch was trinken, bevor du deine große Rede hältst? Einen ...« Er musterte eine Flasche mit rehbraunem Inhalt und pfiff leise. »Das Zeug hier ist aber nicht vom Mars, oder? Erde?«

Oren zuckte beiläufig mit den Schultern. »Erde. Eine Region, nach der sie hier oben Neuschottland in den

Outflow Channels benannt haben. Angeblich wurde dort der beste Whisky der Welt gemacht. Kannst es gern probieren.«

Migual betrachtete die Flasche abschätzend, öffnete den Verschluss und roch vorsichtig am Inhalt, bevor er sie wieder zurückstellte. »Nein, lass mal. Ich überlasse dir die Ehre, mir nachher die letzten Gehirnzellen totzuquatschen. Ich bin ein einfacher Mann, mir genügt ein einfaches Bier.« Er griff sich eine eisgekühlte Bierflasche und öffnete sie mit den Zähnen. »Was meinst du, wie sie auf den Namen reagieren werden?«

»Ich gehe davon aus, dass Tausende sofort versuchen werden, irgendetwas im Hypernet über Venta Chitru zu finden.« Oren nahm sich ebenfalls ein Bier und prostete Migual zu.

»Und sie finden?«

Oren zuckte erneut mit den Schultern. »Die Wahrheit. Dass Venta meine erste Frau war, Registrierungsbeamtin von ValleyTec, die '48 in den oberen Valles das extrasolare Schiff gefunden hat und in einem Felssturz ums Leben gekommen ist.« Er nahm sich ebenfalls ein Bier und öffnete es. »ValleyTec mag es vergessen haben, aber so steht's in ihren Unterlagen, wenn man nur ordentlich genug nachsieht.«

Migual sah ihn zweifelnd an. »Und ihre Leiche?«

»Sie wurde in einer privaten Zeremonie eingeäschert und die Asche auf ihren eigenen Wunsch im Orbit verstreut. Das war damals ohnehin beliebt.«

»Ich weiß.« Migual schniefte. »War ich dabei?«

»Natürlich.« Oren nickte. Abwesend sah er auf einen Bilderrahmen, der auf einen stummen Befehl hin von einem der zahlreichen Prominentenfotos in diesem Raum zu einem Porträt Ventas wechselte. »Du bist einer ihrer ältesten Freunde. Wir waren damals alle erschüttert.«

»Hm.« Migual betrachtete das Porträt nachdenklich, und Oren kam in den Sinn, dass der Freund schon seit einigen Jahrzehnten kein Bild von Venta mehr gesehen haben mochte. Kaum jemand erinnerte sich noch an sie. Bis auf ihn. »Und du meinst nicht, dass jemand Fragen stellen wird, warum du die teuerste Unternehmung des Mars nach einer vollkommen Unbekannten benennst?«

»Es ist der Wille des exzentrischen alten Mannes, der all das erst möglich gemacht hat und mehr Geld besitzt als der Rest des Planeten zusammen.« Oren lachte leise auf. »Natürlich werden sie fragen. Aber sie werden es nicht ändern, und am Ende werden sie es akzeptieren.«

Migual sah ihn nachdenklich an. »Als Nächstes eröffnest du mir, dass du dich auch auf Eis legen lässt, um mit hinauszufliegen.«

Oren ließ sich Zeit mit seiner Antwort. Steifbeinig ging er zur Bar, stellte das Bier beiseite und goss sich behutsam einen Whisky ein. Das erforderte Zeit und Gefühl. Die geringe Schwerkraft auf dem Mars verzieh keine hastigen Bewegungen. »Ich habe mit dem Gedanken gespielt«, gab er schließlich zu. »Aber der gebrechliche alte Mann, der tiefgekühlt und heimlich dabei sein muss, nur um seiner nichts ahnenden Crew am Ende der Reise zum ersten Mal ihren eigentlichen Sinn zu erklären … das funktioniert nicht mal in Trid-Filmen. Und ich hab diesen Film gesehen.« Er roch an seinem Glas. Der scharfe Duft von Alkohol stieg ihm tief in die Nase, vermischte sich mit dem Geruch nach Schokolade, Orangenessenz und einem Hauch von Kaminfeuer. Alles Zutaten, die auf dem Mars nur als künstlich hergestellter Abklatsch von Dingen existierten, die auf der Erde alltäglich waren. Dingen, die sein Geld kaufen konnte und die doch auf dem Mars immer fremd sein würden. Er spürte, wie ihm der Alkohol zu Kopf stieg, und er trank noch einen Schluck. »Nein, ich bleibe hier unten. Vermutlich würde mich schon der Start vom Mars umbringen, noch bevor ich Deimos erreicht habe. Meine Zeit ist vorbei, und ich habe genug dazu beigetragen, dass wir Luytens Stern eines Tages erreichen und die Wahrheit erfahren. Ich bin müde, Mig. Ich habe ein neues Zeitalter eingeläutet. Das sollte für ein Leben reichen, oder? Ich glaube, egal, wie viel ich tue, es wird nie genug sein. Ich könnte noch weitere hundert Jahre leben, oder auch zweihundert, und es wäre immer noch nicht genug.«

»Du bist heute ziemlich düster drauf, oder?«

»Nachdenklich. Nur nachdenklich. Und vielleicht ein wenig wehmütig.«

»Sagte der Mann, der der Welt nicht nur den Hyperfusionsantrieb geschenkt hat ...«

»Der Name war deine Idee, und ich habe ihn nicht erfunden. Nur nachgebaut. Mehr musste ich gar nicht tun«, warf Oren ein, doch Migual winkte ab. »Ich hab den Namen doch auch nur aus einem alten Trid geklaut. Ich wundere mich immer noch, dass uns niemand verklagt hat.« Er kicherte. »Du hast der Welt nicht nur den Antrieb geschenkt, der es uns möglich macht, das ganze Sonnensystem und darüber hinaus zu bereisen. Denk an all das andere Zeug. Die Trägheitsdämpfer, die Antigrav-Drohnen und die Schwerkraftgeneratoren. Die Fabber. Meine Güte, Oren, du hast das Hungerproblem der Welt gelöst! Von dir stammen die Gewebedrucker. Dank dir können wir verlorene Gliedmaßen regenerieren und im Grunde ewig leben. Dank dir ist das Terraforming des Mars so weit wie sonst in 300 Jahren nicht. Und ohne dich wüssten die Menschen nichts von der Welt, die um Luytens Stern kreist und auf sie wartet.« Er deutete mit seiner Flasche rings um sie und hinauf zur Projektion, in der noch immer die drei gigantischen Schiffe neben Daimos zu sehen waren. »Nichts von alledem hier gäbe es. Also hör schon wieder auf, tiefzustapeln.«

Oren verdrehte die Augen. »Nichts davon habe ich gelöst, nichts geschaffen. Das weißt du. Es ist uns in den Schoß gefallen, und der Preis war trotzdem zu hoch. Dieses verdammte Schiff hat vielleicht der Welt viel gegeben – aber nicht genug, um auszugleichen, was es mir genommen hat. Reden wir gar nicht von dem, was es auf der Erde angerichtet hat.«

Migual wirkte kurz, als wolle er etwas sagen, besann sich dann jedoch eines Besseren und nippte stattdessen an seiner Flasche.

Oren atmete tief durch. »Ich glaube, es ist einfach genug. Vielleicht sollte ich – *kann* ich jetzt eine Pause machen. Die Welt darf jetzt mal ohne mich auskommen. Ich kann einfach nicht *alles* tun. Das, was ich geschaffen habe, ist vielleicht nicht genug, aber ein weiser Mann – oder zumindest jemand, der besser mit griffigen Plattitüden umgehen konnte als ich – hat mal gesagt, dass das letztendlich die Geschichte der Menschheit ist, ein Grundgesetz: Wir können einfach nicht alles schaffen, was wir wollen. Wir können nie genug tun. Und oft ist es nur die heimliche Angst vor diesem unweigerlichen Versagen, die uns dazu antreibt, doch immer noch ein wenig vom Unmöglichen zu schaffen, selbst wenn wir unser Ziel nie erreichen.«

Migual betrachtete sein Bier. Das holografische Rockhammer-Logo auf der Flasche reflektierte das Bild der drei Raumschiffe über ihnen. »Möglich. Ich zum Beispiel schaffe es nie, so viel zu trinken, wie ich gern würde.« Er nickte und sah auf. »Das heißt, du hast die Suche endlich aufgegeben?«

Oren schnaubte ein trauriges Lachen. »Nein. Aber andere werden sie jetzt für mich fortsetzen. Ich schätze ...«

Ein melodischer Signalton unterbrach ihn. Auf einen Wink Orens erschien das Hologramm seiner Assistentin im Raum. Sie grüßte Migual mit einem knappen Nicken und wandte sich Oren zu. Irys war das Abbild seiner älteren Tochter Sarra, die inzwischen seine Geschäfte im Orbit der Erde führte, eine hochgewachsene, herbe junge Frau in makelloser Uniform der vereinigten Marsrepubliken. Sie trug ein altmodisches Tablet im Arm, so als sei sie bereit, sich Notizen zu machen, was bei einer virtuellen Assistenz natürlich vollkommen unnötig war. »Ich soll dich daran erinnern, dass deine Rede in genau 15 Minuten beginnt – und daran, dass du zuvor noch das Badezimmer aufsuchen wolltest.« Sie musterte Oren kritisch, genauso, wie es Sarra immer getan hatte. »Und du solltest die Knöpfe deines Anzugs schließen. Nach aktuellen Schätzungen werden dir etwa 16 Milliarden Menschen zusehen, und du willst einen guten Eindruck machen.«

Oren seufzte, sah an sich hinab und stellte dann das Glas beiseite. »Danke dir.«

»Außerdem stehen Esra und Jasne im Foyer. Sie möchten bei deinem Auftritt bei dir sein.«

Migual drehte sich um und sah ihn an. »Wissen deine Kinder eigentlich von ihr? Von Venta?«

Auf eine neuerliche Geste Orens verschwand das Hologramm der Assistentin. Er schnaufte. »Warum, glaubst du, arbeitet Sarra auf dem Mond? Ihre Mutter hat es ihr gesagt. Sie nimmt es mir bis heute übel, dass ich auch dann noch nach ihr gesucht habe, als ich schon mit ihrer Mutter verheiratet war. Damit muss ich leben. Jasne weiß es auch, aber es ist ihr egal – und Esra«, er hob die Schultern und ließ sie wieder fallen. »Keine Ahnung. Wahrscheinlich hat Jasne es ihm gesagt. Wir haben nie darüber gesprochen.«

»Du musst zugeben, dass es auf andere vermutlich mehr als nur ein wenig besessen wirkt«, warf Migual ein. »Du hattest ein neues Leben nach ihr.« Oren fiel auf, dass der Freund vermied, Ventas Namen auszusprechen. »Aber du hast nie abgeschlossen.«

»Wie hätte ich das tun können? Wir haben sie nie gefunden.«

Migual schniefte und stellte die Flasche ab. »Immerhin hat es dich nicht gehindert, eine neue Frau zu finden und ihr drei Kinder zu machen.« Er hob die Hände, um etwaige Einwände zu ersticken, doch Oren sah keinen Grund, ihm zu widersprechen. »Ich weiß, 50 Jahre sind eine lange Zeit. Aber andere hätten es schon lange auf sich beruhen lassen.«

»Das kann man nur tun, wenn es keine Hoffnung mehr gibt, schätze ich.« Oren begann, die altmodischen Knöpfe seines Anzugs zu schließen. »Und ich bin mir sicher, dass wir etwas übersehen haben. Den Piloten zum Beispiel. Wir haben ihn nie gefunden.«

»Die Pilotengeschichte schon wieder. Ich bleibe dabei – der ist irgendwo draußen in der Wüste verschwunden, und irgendwann wird jemand seine Knochen – oder sein Exoskelett oder was auch immer – ausgraben. Oder es gab nie einen. Der EMP hat zu viel gegrillt. Wer weiß – am Ende sogar den nicht existierenden Piloten. Ich schätze, das werden wir nie erfahren.«

»Aber es gab Venta, und sie ist ebenfalls verschwunden. Die Antwort, mein Freund, liegt irgendwo da draußen bei Luytens Stern. Dort, wo immer das Schiff herkam. Und eines Tages wird sie jemand finden. Zumindest dafür habe ich gesorgt.« Oren schloss den letzten Knopf und deutete hinauf auf die Projektion. »Irys«, sagte er in den Raum hinein, »blende mir bitte einen Countdown ein.« Eine Zahlenfolge erschien in der Luft und verkündete, dass ihm noch neun Minuten blieben. »Und sende mir bitte Jasne und Esra hinauf.« Er wandte sich um und straffte die Schultern. »Also gut, Mig. Lass uns noch einmal Geschichte machen und diese Show auf den Weg bringen.«

»Und du bist sicher, dass du mich hier haben willst, wenn du diese Namen-Sache deinen Kindern vorsetzt?«

Oren verzog das Gesicht. Der Geschmack des Whiskys lag immer noch in seinem Mund, und plötzlich empfand er ihn als unangenehm. »Ich schätze, es ist kein Fehler, dabei nicht allein zu sein.«

Migual sah nach oben und vergrößerte mit einem Wink das Bild des roten Mars-Schiffs erneut. Oren meinte, den Schwarm Drohnen ahnen zu können, die neben dem Bug im Raum hingen, bereit, auf sein Kommando den Namen des Schiffs in seine Lackierung zu brennen. Dann wiegte er den Kopf, nahm sich ein weiteres Bier aus der Kühlung und ließ sich auf ein antikes Sofa auf der anderen Seite des Raums fallen. »Und ich schätze, es wäre nicht nett, dich damit allein zu lassen. Allein sind wir schon viel zu lange. Also mach dein Ding. Ich bleib einfach hier drüben sitzen.«

EINE GROSSARTIGE ERNTE

Weltschiff Zheng He
2302

LAOHU WAR IN DEMSELBEN JAHR GEBOREN, in dem die Drachennation den Kometenschwarm durchflogen hatte. Die Geschichtsbücher berichteten von schweren Beschädigungen der Außenhülle und einigen Hundert Toten. In der alten Zeit auf der Erde hatte ein Kometenschwarm noch als gutes Zeichen gegolten, doch die Lage hatte sich geändert. Die meisten Götter waren viele Millionen Kilometer hinter ihnen zurückgeblieben. Nur eine Handvoll war ihnen hinaus in den Weltraum gefolgt.

Laohu war im Zeichen des Feuers geboren, und das hatte ebenfalls einmal als gutes Zeichen gegolten. Sein leiblicher Vater war ein hochdekorierter Tiger gewesen und seine Mutter eine künstliche Gebärapparatur im Mù-Sektor. Gemeinsam mit vier Geschwistern hatte er die Sicherheitsakademie besucht und das Auswahlverfahren zur Aufnahme in die Tigereinheit durchlaufen. Nur Laohu und sein älterer Bruder Sammo, der drei Minuten vor ihm auf die Welt geholt worden war, hatten die Abschlussprüfungen bestanden. Die übrigen Geschwister waren irgendwann im Verlauf ihrer Ausbildung durchgefallen und hatten Laufbahnen *in der Administration eingeschlagen. Sie waren in andere Sektoren versetzt worden, und Laohu bekam sie nur noch selten zu Gesicht. Der Drachenrat hatte familiäre Bindungen schon immer mit gewissem Argwohn betrachtet. In früheren Zeiten hatten sie viel zu oft zu Gefälligkeiten geführt, die nicht selten in Korruption endeten. Was solche Dinge für die Sicherheit des Schiffs bedeuteten, konnte jeder sehen, der einen Blick auf das Schiff der Gweilo warf, das einige Meilen entfernt neben ihnen durch das Weltall flog. Eine funktionierende Schiffsgemeinschaft basierte auf klaren Strukturen und festen Regeln, nicht auf verwandtschaftlichen Beziehungen, hatte Baihu einmal gesagt. Nur so konnte das Uhrwerk fehlerfrei arbeiten.*

Die beiden Brüder hatten dennoch eine enge Bindung entwickelt und zusammengehalten wie Pech und Schwefel. Wenn es so etwas wie eine richtige Familie in Laohus Leben gegeben hatte, dann war das Sammo gewesen. Später war noch ihr jüngerer Bruder Chen dazugekommen, der aus derselben Charge gestammt hatte und nur einige Jahre nach ihnen auf die Welt geholt worden war. Er wurde von denselben Zieheltern versorgt, doch das Verhältnis zu ihm war schon immer angespannt gewesen. Der jüngere Tiger hatte von Anfang an Ambitionen auf den Posten des leitenden Sicherheitsbeamten gehegt, den zu diesem Zeitpunkt Sammo innehatte. Als der im Verlauf eines Übungseinsatzes vor vier Jahren die Sicherheitsleine nicht richtig verankert hatte und in den Weltraum davongetrieben war, hatte sich das Verhältnis zwischen Laohu und Chen noch weiter abgekühlt. Laohu hatte die Position seines toten Bruders übernommen, und Chen war all seinen Ambitionen zum Trotz nicht weiter in der Hierarchie aufgestiegen.

Die Tigereinheit war der Arm des Gesetzes auf der Zheng He. Sie setzte den Willen der Schiffsgemeinschaft durch und stellte die Harmonie wieder her, wenn das Chaos die Oberhand zu erlangen drohte. Sie waren nur wenige, doch sie waren die Elite. Speziell ausgebildete Sicherheitsbeamte, die mit übermenschlichen Fähigkeiten ausgestattet waren. Ihren Ursprung hatten sie in Wuhan, dem Ort, wo alles begonnen hatte. Dort, wo die ersten genetisch modifizierten Menschen erschaffen worden waren.

Während andere Nationen sich ängstlich der Zukunft verschlossen hatten, hatte die Drachennation die Gelegenheit beim Schopf gepackt und innerhalb weniger Jahre einen Quantensprung hingelegt. Die Drachen hatten erkannt, dass der Mensch dazu bestimmt war, sich weiter zu entwickeln, als es jemals für möglich gehalten worden war. Als ihnen der Schlüssel dazu in die Hände gefallen war, hatten sie nicht gezögert. Das Ergebnis hatte selbst ihre kühnsten Träume übertroffen. Die Drachennation hatte sich mit Lichtgeschwindigkeit in die Zukunft katapultiert. Die Zukunft war nach dem chinesischen Kalender ausgerichtet worden. Zu Beginn hatte es dagegen Widerstand gegeben. Internationale Stellen hatten dagegen protestiert, und einige Dissidenten hatten rebelliert. Der Drachenrat – damals noch Nationaler Volkskongress genannt – hatte das allerdings einkalkuliert. Der Drachenrat kontrollierte das Geschehen auf dem Schiff.

Die halbe Nacht wälzte sich Laohu mit schweren Gedanken, ehe er in den frühen Morgenstunden endlich zur Ruhe kam. Er schlief zwei Stunden und erwachte durch die misstönenden Klänge des Morgenappells, dessen enthusiastische Sprecherin auch an diesem Tag nichts über die Geschehnisse im Jin-Sektor verlauten ließ. Dafür verstärkte ihre plärrende Stimme erfolgreich seine Migräne, die von Woche zu Woche schlimmer wiederzukehren schien.

Ächzend stemmte er sich aus dem Bett und humpelte in die Nasszelle. Er duschte ausgiebig, massierte anschließend das schmerzende Knie und zog sich an. Schlaftrunken fand er seinen Weg hinaus in den Garten, wo Ning ihn mit einer dampfenden Tasse Tee und einem fröhlichen Redeschwall begrüßte.

Als leitender Sicherheitsbeamter genoss Laohu eine Anzahl Privilegien, die ihn weit über den Großteil seiner Mitpassagiere hinaushoben. Neben seiner privaten Kabine besaß er einen winzigen Garten mit künstlichem Firmament, in den er sich zurückziehen konnte, um sich von der Verantwortung seiner Aufgaben zu erholen. Er war sogar berechtigt, Obst und Gemüse darin anzubauen, besaß für diese Tätigkeit allerdings weder die Geduld noch den notwendigen grünen Daumen – was angesichts seiner Profession nicht besonders verwunderlich war. Obwohl die Lehrmeister gern betonten, wie wichtig Gartenarbeit für das Seelenheil wäre, war seines Wissens Baihu der einzige Tiger, der sich mit dieser lästigen Plackerei abgab.

Die Pflichten der Pflanzenpflege hatte bereitwillig sein Diener übernommen, dessen Talent, aus diesem winzigen Flecken Erde die köstlichsten Früchte hervorzuziehen, beinahe schon an Zauberei grenzte. Weil er außerdem auch ein Meister in der Zubereitung traditioneller Speisen war, sah Laohu großzügig über die Tatsache hinweg, dass der dickliche Mann einen Teil seiner Ernte heimlich auf dem Schwarzmarkt im Jin-Sektor verkaufte.

Als er sich an dem niedrigen Tischchen auf der Holzterrasse niederließ, sendete die künstliche Sonne gerade ihre ersten zaghaften Strahlen über den Horizont. Eine

Brise frisch gefilterter Luft ließ die Blätter an den Büschen rascheln. Ning goss den Tee ein, und Laohu beobachtete seine konzentrierten und sicheren Handbewegungen. Er nahm die liebevoll neben die Tasse drapierte Yangtao in die Hand und schnupperte daran.

»Eine großartige Ernte«, sagte Ning mit Blick auf die grünlich-braune Frucht. »Das Wetter hat es dieses Jahr besonders gut mit uns gemeint. Viel Regen. Und Sonne rund um die Uhr.« Als Laohu irritiert zum künstlichen Horizont hinaufsah, fügte er erklärend hinzu: »Ich habe die Sprinkleranlage neu justiert und ein wenig mit den Kelvinwerten experimentiert. Die Standardeinstellungen waren unter aller Sau. Wer auch immer das verbrochen hat, sollte sich vor der Administration verantworten.«

Laohu grinste. Es amüsierte ihn immer wieder aufs Neue, welche Prioritäten Ning in seinem Leben setzte und dass mit Abstand das Essen an erster Stelle kam, während die Gartenarbeit gleich danach folgte. »Wir könnten hier einfach alles niederreißen und eine HoloSim einbauen. Die meisten anderen haben das so gemacht. Es erscheint mir recht praktisch. Es würde dir diese ganze lästige Arbeit ersparen.«

»Und Ihnen die Yangtao«, entgegnete Ning mit einem drohenden Unterton.

Laohu betrachtete die pelzige Frucht, deren Geruch allein ihm schon das Wasser im Mund zusammenlaufen ließ. Jede war ein bisschen anders als die vorhergehende. Die eine süßer, die andere saurer, und jede besaß ein unverwechselbares Aroma. Die FoodFabber leisteten anständige Arbeit, aber am Ende schmeckte alles irgendwie nur nach Algen. Er würde die Yangtao schon sehr vermissen, wenn sie nicht mehr Teil seines Frühstücks wäre.

»Oh, haben Sie eigentlich schon die Gerüchte über den Geist gehört?«, fragte Ning im Plauderton. »Der Geist, der im Jin-Sektor sein Unwesen treiben soll?«

»Ein Geist?« Laohu runzelte die Stirn. Es war schon seltsam, dass solche alten Geschichten selbst in diesen Zeiten nicht aussterben wollten. Noch dazu in einem Raumschiff, das von den aufgeklärtesten Wissenschaftlern und Technikern gebaut worden war, die jemals geboren worden waren. Auf der anderen Seite hatte sich in der Drachennation ja schon immer alles irgendwie um Mythologie, Feng Shui und Tierkreiszeichen gedreht. Also war es nicht weiter verwunderlich, wenn auch die Geister die beschwerliche Reise durch den Weltraum auf sich nahmen.

»Es soll ein Kind sein, und es heißt, dass es hinter einer Wand haust und die Menschen im Schlaf verfolgt.«

Laohu fühlte Magensäure seinen Hals hinaufsteigen. Behutsam legte er die Yangtao zurück auf den Tisch. »Wer hat dir das erzählt?«

Ning zuckte mit den Schultern. »Irgendjemand.«

Laohu nickte. Er hatte sich beinahe schon gedacht, dass es irgendjemand gewesen sein musste, doch dieser Jemand besaß wie immer keinen Namen. Für so eine gewaltige Plaudertasche blieb Ning immer erstaunlich vage, wenn es darum ging, die Herkunft aufgeschnappter Gerüchte zu verraten.

Wie in einem Theaterstück zog in diesem Augenblick eine Wolke vor die künstliche Sonne. Ning sah in den Himmel und stemmte die Hände in die Hüften. »Na so was, da habe ich wohl die falschen Koordinaten eingegeben. Das Wetter sollte erst heute Nachmittag umschlagen. Ich werde den Algorithmus noch mal überarbeiten müssen.«

Wie versehentlich stieß Laohu gegen die Yangtao und ließ sie zur anderen Seite des Tischs hinüberrollen, wo sie von Ning geschickt aufgefangen wurde, ehe sie zu Boden fallen konnte. Nicht einmal für den Bruchteil einer Sekunde unterbrach er dabei seinen Redeschwall. Beiläufig nahm er ein kleines Messer zur Hand und schnitt die süße Frucht kunstvoll in zwei Hälften und die zwei Hälften in Würfel, die er liebevoll auf einer Schale drapierte.

»Hier, essen Sie die, Herr Laohu. Sie enthält wertvolle Vitamine und Mineralstoffe.«

»Ich brauche keine zusätzlichen Vitamine. Der Fabber ist sehr gut eingestellt.«

»Ja, um Vitamine mit Algengeschmack zu produzieren. Das Einzige, was dieser Fabber ohne Algengeschmack auswirft, sind vermutlich Algen.«

»Es gibt eine Algenoption?«

»Essen Sie einfach Ihre Yangtao, Herr Laohu.«

Laohu fragte sich nicht zum ersten Mal, ob sein Diener möglicherweise nicht halb so unbedarft war, wie er immer vorgab.

Ning war im Zeichen des Schweins geboren, was ihm die idealen Eigenschaften eines Dieners verlieh. Liebenswürdig, fleißig und verantwortungsvoll, allerdings auch mit einer schlichten Gemütseinstellung und dem Hang zu Geschwätzigkeit. Die Klonung von Schweingeborenen war jedenfalls eine erprobte Sache. Der erste künstlich erschaffene Mensch gehörte zu dieser Klasse. Schweingeborene wurden in allen Sektoren beschäftigt, ohne dass sie verschärfte Sicherheitsprüfungen über sich ergehen lassen mussten. Laohu dachte an die unzähligen Male, wo die Tiger eine Lagebesprechung abgehalten hatten und ein Schweingeborener unauffällig wie ein Schatten die

Getränke serviert und Akten verteilt hatte. Die Techniken der Hirnforschung waren weit entwickelt, doch so hundertprozentig wusste immer noch keiner, was in einem Kopf wirklich vor sich ging. Vor allem, wenn es niemanden so wirklich interessierte.

»Wollen Sie das Frühstück ebenfalls im Garten einnehmen?«, fragte Ning.

Laohu sah nachdenklich zu ihm hoch. »Warum machst du das eigentlich?«

Ning runzelte die Stirn. »Lieber doch drinnen? Soll ich die Kabine herrichten?«

»Nein, ich meine das alles hier. Warum räumst du mir hinterher und wäschst meine stinkende Kleidung? Hast du dir das wirklich ausgesucht?«

Ning blickte ihn irritiert an. Man sah ihm an, dass ihn diese Frage überrumpelt hatte. Da es allerdings unhöflich gewesen wäre, sie nicht zu beantworten, warf er einen schnellen Blick zur Tür – vermutlich aus einem uralten Fluchtinstinkt – und räusperte sich. »Es ist eine besondere Ehre, dem Drachenvolk auf diesem Weg zu dienen, Herr Laohu.«

»Du bist ein Schweingeborener. Du bist geboren worden, um zu dienen. Was hat das mit Ehre zu tun?«

»Wir alle wurden geboren, um zu dienen.«

»Ich nicht. Ich bin ein Tiger. Ich bin mein eigener Herr.«

Nings dickes Gesicht verzog sich zu einem Lächeln. »Natürlich sind Sie das.«

Laohu warf ihm erneut einen scharfen Blick zu. Seiner Ausbildung verdankte er zwar die Fähigkeit, in kleinsten Regungen seines Gegenübers eine Lüge zu erkennen, doch falls Ning sich in diesem Augenblick über ihn lustig machte, wusste er das ziemlich gut zu verbergen. Laohu kniff die Augen zusammen und rieb sich die Schläfen. »Im Garten«, sagte er gequält.

»Wie bitte?«

»Das Frühstück. Ich esse im Garten.«

Sechs Stunden später wurden die am Einsatz beteiligten Sicherheitsbeamten zur Lagebesprechung in die Halle der Militärischen Tapferkeit einberufen, einem Kabinenkomplex, der keinen Steinwurf vom Regierungssitz des Drachenrats entfernt lag. Lob wurde verteilt und an einigen Stellen auch Tadel. Ein Offizier der Guo hatte sich wegen seines getöteten Untergebenen zu rechtfertigen, und zwei Administratoren mussten die unzureichenden Absperrmaßnahmen erklären. Der anwesende Vertreter der Administration empfahl eine Evaluierung des Offiziers und einen kleinen Vermerk in den Akten der Administratoren. Im Anschluss wurde ein Komitee gebildet, das den längst überfälligen Abriss der illegalen Barackensiedlung im Jin-Sektor koordinieren sollte, damit so ein Desaster auf keinen Fall mehr vorkäme. Falls doch, würde der verantwortliche Sektorbevollmächtigte jedenfalls persönlich dafür geradestehen.

Nachdem die Formalitäten erledigt waren, verließen die Gou den Raum, und eine Reihe hochrangiger Administratoren nahm ihren Platz ein. Unter ihnen überraschenderweise auch Li Yun, die leitende Sekretärin des Drachenrats, deren tatsächlicher Einfluss auf dem Schiff weit größer war als ihr nomineller Rang. Ihr Sekretariat koordinierte die Kommunikation zwischen dem Rat und den Passagieren, was im Endeffekt nichts anderes bedeutete, als dass jede Akte auf dem Schiff über ihren Schreibtisch wandern musste. Die hagere Sekretärin galt als brillante Denkerin, deren untrügliches Gedächtnis es mit jedem Archivar aufnehmen konnte. Ihr stechender Blick glitt über die Anwesenden hinweg, und Laohu hatte das unangenehme Gefühl, dass er eine ganze Weile länger auf ihm ruhte als auf allen anderen.

Li Yuns Anwesenheit auf der Passagierebene konnte eine Menge Gründe haben. In den meisten Fällen kümmerte sie sich um dringliche Probleme, die der Drachenrat so schnell wie möglich aus dem Weg geräumt haben wollte. Vielleicht war Laohu ja selbst das Problem. Vielleicht hatten sie etwas bemerkt. Er hatte von Fällen gehört, in denen Passagieren ohne Begründung sämtliche Kredits entzogen worden waren. Einige waren in die äußeren Sektoren versetzt worden, andere hatten weniger Glück gehabt. Der Fachbegriff dafür lautete Evaluierung, was ein viel zu freundliches Wort für einen sehr hässlichen Prozess war.

Laohu bemerkte, dass er krampfhaft sein wundes Knie umklammert hielt. Er zwang sich, den Griff zu lösen und seine Muskulatur zu entspannen. Er erwiderte Li Yuns strengen Blick mit ausdrucksloser Miene. Nach einigen atemlosen Augenblicken war der Kelch aber auch schon an ihm vorübergezogen – weiter zum nächsten Tiger, um vielleicht auch mitten in dessen Seele hineinzublicken.

»Die folgende Unterhaltung unterliegt der höchsten Geheimhaltungsstufe«, sagte die grauhaarige Sekretärin, während sie bedächtig auf die Mitte des Raums zuhielt. Sie hatte die Hände hinter dem Rücken verschränkt und hielt sich sehr gerade. Für ihr Alter wirkte sie noch immer ausgesprochen athletisch und durchsetzungsfähig. Sie musste die Stimme nicht heben, um sich der uneingeschränkten Aufmerksamkeit aller Anwesenden sicher zu sein. »Kein

Wort wird diesen Raum verlassen. Über die Konsequenzen einer Zuwiderhandlung muss ich euch nicht weiter belehren. Sie sind euch allen bekannt. Dies nur, um der Form Genüge zu tun.« Sie hob die Hand und zauberte mit einer wischenden Bewegung das Hologramm eines länglichen, schwarzen Objekts in die Luft. Es war eine stark verkleinerte Ansicht. Wenn Laohu die Zahlen richtig interpretierte, die über sein Display rasselten, musste dieser Klotz in Wirklichkeit aber mehrere Hundert Meter lang sein – und einige bemerkenswerte Besonderheiten aufweisen, die alle Anwesenden im Raum auf einen Schlag hellhörig machten.

Unwillkürlich hielt Laohu den Atem an.

NOCH MEHR GERÜCHTE

Weltschiff Zheng He

DIE GERÜCHTE ÜBER DEN KOMETEN waren so stetig durch die Ebenen der *Zheng He* gesickert wie Regen, der langsam ein Schilfdach durchweichte. Jedenfalls stellte sich Laohu das in etwa so vor. Er kannte echten Regen nur aus Erzählungen und Simulationen und wusste nicht, wie er sich in Wirklichkeit anfühlte. War er so warm auf der Haut wie eine Dusche? Schmerzte er, wenn man ihm zu lange Zeit ungeschützt ausgesetzt war? Wäre er tatsächlich in der Lage, die Haut ihres Raumschiffs zu durchdringen, so wie Gerüchte? Dem Drachenrat war ihre gefährliche Kraft bewusst. Gerüchte befeuerten die Fantasie, aber sie schürten auch Ängste. Gerüchte waren der kleine schwarze Punkt inmitten der Ordnung des Yin. Das winzige Stück Chaos, das unaufhaltsam größer wurde, wenn man es nicht genau im Auge behielt.

Laohu hatte von den Gerüchten durch seinen Diener erfahren, dessen Kochkünste ähnlich ausgeprägt waren wie sein Mitteilungsbedürfnis. Ning hatte zum Frühstück süße Mondkuchen gebacken, eine Spezialität aus dem alten China, die mit einer leckeren Paste aus Lotussamen und Datteln gefüllt war und normalerweise nur zu besonderen Anlässen serviert wurde. Die hängenden Gärten hatten schon lange keine Datteln mehr hervorgebracht, doch dem dicken Mann war es irgendwie gelungen, eine neue Quelle aufzutun. Es hatte irgendetwas mit dem Haushälter eines Administrators zu tun, der jemanden in der Küche der Administration kannte, der wiederum Kontakt zu einem Administrator in der Schreibstube eines hochrangigen Militärs hatte. Dieselbe Quelle hatte ihm offenbar auch von dem zylinderförmigen Objekt erzählt, das sie seit einigen Wochen schon beobachteten. C/2302U1, wie es offiziell bezeichnet wurde, war ein etwa zwanzig Kilometer langer, interstellarer Komet mit bemerkenswerten Eigenschaften. Seine Erscheinung hatte nicht nur allerhand Gerüchte befeuert, sondern auch eine eigenartige Entwicklung ausgelöst, die den kleinen schwarzen Punkt inmitten des Yin auf der *Zheng He* noch ein Stückchen weiter hatte anwachsen lassen: Der Drachenrat hatte nämlich Kontakt zu den anderen Schiffen aufgenommen.

Beinahe schon 130 Jahre waren die *Zheng He*, die *Tereschkowa* und die *Venta Chitru* nun schon nebenher durchs Weltall geflogen. In früheren Jahren hatte es noch regen Austausch untereinander gegeben. Güter waren ausgetauscht worden, Erfahrungen und vor allem auch Wissen. Doch die Lebensvorstellungen hatten sich rasend schnell auseinanderentwickelt.

Während die Drachennation sich weiterentwickelt und die Perfektionierung des Menschen vorangetrieben hatte, waren die zwei anderen langsam, aber sicher hinter ihr zurückgeblieben. Die *Venta Chitru*, das Totenschiff, wie es auf der *Zheng He* genannt wurde, hatte sich freiwillig für diesen Weg entschieden, denn der Großteil ihrer Passagiere lag in Kryokammern im künstlichen Schlaf gefangen und wartete darauf, am Ziel der Reise wieder aufgetaut zu werden. Lediglich eine Rumpfmannschaft von gerade einmal zweihundert Männern und Frauen sorgte dafür, dass das Raumschiff am Leben blieb.

Noch schlimmer hatte es allerdings das Teufelsschiff getroffen, das im Laufe der Zeit vollständig im Chaos versunken war und sich im Vergleich mit seinen beiden Begleitern sogar um Jahre, wenn nicht sogar Jahrzehnte zurückentwickelt hatte. Um eine Kontaminierung mit dem schädlichen Virus der Zersetzung zu verhindern, hatte sich die Drachennation vor einigen Jahren schließlich zu dem schwerwiegenden Schritt entschlossen, den Kontakt zum Teufelsschiff weitgehend abzubrechen. Der Warenverkehr zwischen den beiden Schiffen war infolgedessen unterbunden und der Austausch von Informationen auf das notwendige Minimum beschränkt worden. Letztendlich war sogar der bloße Kontakt zwischen den Passagieren unter Strafe gestellt worden.

»Da ist jedenfalls dieses Ding«, sagte Ning, aus dessen losem Mundwerk ein Wasserfall weiterer Gerüchte sprudelte. »Es schwimmt durch das All wie eine abgesoffene Dschunke. Unsere Navigatoren sind beunruhigt, weil sie so etwas noch nicht gesehen haben.« Laohu legte das Essbesteck zur Seite und warf seinem Diener einen strafenden Blick zu, der diesen nicht im Geringsten zu beeindrucken schien. Er schaufelte Laohu noch eine Portion Mondkuchen auf den Teller und goss frischen Tee nach. »Am Anfang halten sie es für einen Kometen, doch es sieht beim besten Willen nicht danach aus. Und es fliegt auch überhaupt nicht so. Also informieren sie die Archivare, die wiederum in ihren Archiven graben und Berichte über ein Objekt mit dem unaussprechlichen Namen 1I/'Oumuamua finden, das im Herbst 2017 in nicht einmal vierundzwanzig Millionen Kilometer Entfernung die Erde passiert hatte. Mit damaligen Messmethoden war es nicht möglich gewesen, seine tatsächlichen Ausmaße genau zu bestimmen, geschweige denn Gewicht und Material. Deshalb hatten sich damals auch die wildesten Gerüchte darum gerankt. Inzwischen sind wir zum Glück ein ganzes Stück weitergekommen. Die Sensoren haben unser Objekt, das dem damaligen verblüffend ähnlich sieht, recht genau erfasst und festgestellt, dass es zum Großteil aus Metall besteht. Aus einer ganzen Menge seltener Legierungen sogar, die auf unserem Raumschiff so begehrt sind wie Wasser in der Tanami-Wüste.«

»In der Tanami-Wüste?«

»In Australien. Sie wissen schon, Herr Laohu. Die Region, die sie damals mit Atombomben eingeebnet hatten, wegen der Viren.«

»Wer zum Teufel sollte dort denn noch Wasser benötigen?«

Ning dachte darüber nach. »Sie haben recht, Herr Laohu, der Vergleich ist schlecht gewählt. Aber ich rede hier ja ohnehin nur über einen hypothetischen Fall. Ich will ja schließlich keine Gerüchte verbreiten.«

»Natürlich nicht. Entschuldige bitte. Fahr fort.«

»Sämtliche Techniker lecken sich jedenfalls die Finger nach diesem prächtigen Fang. Aber das ist ja noch längst nicht alles. Die entscheidende Information, die unsere Fantasie beflügelt, ist nämlich die, dass dieses Ding innen hohl ist! Nicht wie bei einem Käse, in dem sich zufällig Löcher gebildet haben, weil die darin enthaltenen Milchsäurebakterien Kohlendioxid ausbilden, sondern auf eine strukturierte und geordnete Weise, wie die Waben in einem Bienenstock.«

»Das ist allerdings erstaunlich – zumal ich mich ernsthaft frage, woher du weißt, wie die Löcher in einem Käse entstehen.«

»Hauswirtschaftsschule«, sagte Ning mit einem Lächeln. »Die Ausbildung meiner Art verläuft ein wenig anders als Ihre. Noch einen Mondkuchen, Herr Laohu? Wo war ich stehen geblieben? Ach ja: Die Sache ist so brisant, dass sich schließlich sogar das Sekretariat des Drachenrats ihrer annimmt. Es lässt die Administration unzählige Berechnungen durchführen und Tausende Theorien aufstellen. Es lässt die Archivare Überstunden fahren und sämtliche verfügbaren Dokumente durchwühlen. Es will ganz sichergehen, dass es keinem Irrtum aufgesessen ist. Aber am Ende besteht kein Zweifel. Alle Untersuchungen kommen zu demselben Ergebnis: Objekt C/2xxx U1 ist keine Laune der Natur. Jemand hat es erbaut.«

»Unglaublich.«

»Aber wahr. Ein fliegender Schatz, über den wir gerade zur rechten Zeit gestolpert sind. Eine unglaubliche Entdeckung, die wir nur zu gern für uns behalten würden.«

»Was aber leider nicht klappt.«

Ning nickte. »Die Sensoren der anderen Schiffe haben es ebenfalls erfasst.«

»Das war zu erwarten.«

»Die sind ja auch nicht so dumm, wie sie aussehen. Aber statt ihr Wissen für sich zu behalten, öffnen sie eilig die alten Kanäle und versuchen, Kontakt zu uns aufzunehmen. Jedenfalls das Totenschiff. Es hat dafür extra einen diplomatischen Kanal geöffnet – die Lèng sind sehr auf die Form bedacht.«

»Die Gweilo nicht so sehr, nehme ich an.«

»Die scheren sich einen Scheißdreck um die Konventionen. Sie sind aber auch nicht so klug, ihre Entdeckung zu verschweigen. Sie funken das Totenschiff an, und sie funken uns an. Sie funken jeden verdammten Sonnenfleck zwischen Mars und Alpha Centauri an. Sie versuchen sogar, dieses Ding selbst zu kontaktieren, in der Hoffnung irgendein Lebenszeichen zu empfangen. Jedenfalls schwirren die Funksprüche nur so zwischen den Schiffen hin und her, und das bleibt natürlich unseren Lauschern nicht verborgen. Und die kontaktieren die Techniker und die wiederum die Administration. Die wendet sich an das Sekretariat, und das informiert den Drachenrat, der vor Empörung regelrecht explodiert. Sie haben versucht, Kontakt mit dem fremden Schiff aufzunehmen, ohne uns zu fragen – das ist ein schwerer Bruch der Konventionen und ein diplomatischer Affront. Und wenn es ein Volk gibt, das Wert auf Konventionen und Etikette legt, dann unseres. Es könnte ja einer sein Gesicht verlieren, nicht wahr? Noch einen Mondkuchen?«

»Nein, danke.« Laohu hob die Serviette auf und tupfte sich sorgfältig den Mund ab. Er warf die Serviette zurück auf den Teller und streckte das wunde Bein aus. *Etikette und das Gesicht wahren*, dachte er, während er sein Knie massierte. Ja, das waren Dinge, mit denen sich die Drachennation tatsächlich gut auskannte. Immer darauf bedacht, den schmalen Pfad zwischen Yin und Yang nicht zu verlassen. Völlig im Gegensatz zu den anderen Nationen, die diesen Pfad schon vor langer Zeit verlassen hatten. Die Verhaltensweisen der Lèng waren zwar noch halbwegs nachvollziehbar, aber die wirre Gedankenwelt der Gweilo blieb selbst Laohu ein Rätsel. Und das, obwohl er mit den dunklen Seiten des Yin durchaus vertraut war. Mit diesem unwiderstehlichen Reiz des Unbekannten und dem zerstörerischen Potenzial, das ihm innewohnte. Er hatte es schließlich oft genug im Keim erstickt.

Eine Sache am Älterwerden war, dass man immer mehr ins Nachdenken geriet. Laohu wusste nicht, ob das gut oder schlecht war. Wahrscheinlich ein bisschen von beidem. Wenn man früher in einen Einsatz gegangen war, hatte man sich nur Gedanken über den Ablauf gemacht. Was für Waffen man verwendete, welche Strategie die sinnvollste war. Jetzt war es meistens so, dass man sich den Kopf darüber zerbrach, wie man unbeschadet wieder zurückkam. Hatte er sich jemals Gedanken über mögliche Verletzungen gemacht? Er konnte sich nicht erinnern. Damals hatte er sich noch für unverwundbar gehalten. Damals hatte er sich auch noch nicht gefragt, ob es das Richtige war, was er tat. Ob er wirklich immer auf der richtigen Seite stand. »Damals«, das klang so weit weg. Dabei war es noch gar nicht so weit her gewesen.

Wann es sich geändert hatte? Er wusste es nicht mehr so genau. Die Knieverletzung könnte so ein Punkt gewesen sein, der ihm die eigene Sterblichkeit zum ersten Mal richtig bewusst gemacht hatte. Oder der Tag, an dem sie den Tu-Sektor in Brand gesetzt hatten.

Ein schlechtes Gewissen hielt einen allerdings kaum davon ab, weiter schlechte Dinge zu tun, nicht wahr? Es führte häufig nur dazu, dass man in der Nacht kein Auge mehr zubekam und seinen Frust noch mehr an anderen ausließ. Ein schlechtes Gewissen konnte die Lage sogar viel schlimmer machen. Die Frage war nur, wie weit man zu gehen bereit war, um die Illusion aufrechtzuerhalten.

Irgendwo musste eine unsichtbare Grenze liegen. Ein Kind zu töten, zum Beispiel. Nichts auf der Welt rechtfertigte den Mord an einem Kind. Doch selbst diese Grenze war in der Geschichte schon unzählige Male überschritten worden. War man erst einmal so weit gekommen, dann gab es vermutlich kein Zurück mehr. Dann hielt man die Illusion bis zum Ende aufrecht. Oder man setzte dem Ganzen ein Ende. Nur brachten diesen Mut die wenigsten auf.

»Kennen Sie den Rikugi-Park?«, fragte Ning ganz beiläufig, während er den Tisch abräumte. »Dort steht auf einer Halbinsel ein kleines Teehaus. Der Tee stammt zwar nur aus dem Fabber, aber die Aussicht ist grandios. Ein Freund von mir ist dort gelegentlich zu Besuch. Ein sehr zivilisierter Mann. Er liebt den Geschmack der Yangtao genauso wie Sie.«

»Vermutlich ist er auch kein Freund von Algenfraß.«

»Vermutlich nicht.« Ning lächelte. »Er ist Ihnen recht ähnlich. Er hat ebenfalls eine Ausbildung zum Sicherheitsbeamten durchlaufen und hat mir einmal erzählt, dass er von den Geistern seiner Vergangenheit verfolgt wird. Er ist aber nicht vor ihnen geflohen, sondern hat sich ihnen gestellt. Er hat ihnen zugehört. Er kennt einige interessante Geschichten. Sie sollten sich unbedingt mal mit ihm unterhalten.«

»Ein Mann sollte selbst mit seinen Geistern fertig werden können.«

Ning zuckte mit den Schultern. »Es kommt auf ihre Zahl an, nicht wahr? Manchmal nehmen sie überhand und lassen sich nicht mehr von allein vertreiben. Dann benötigt man die Hilfe von anderen. Es muss doch irgendwann einmal ein Ende haben, das alles.«

Nachdenklich massierte sich Laohu das Knie. »Warum erzählst du mir das?«

»Ich weiß nicht. Weil ich Sie für einen anständigen Menschen halte.«

Laohu lachte. »Ich bin ein Tiger.«

»Dann eben Ihr Patriotismus. Sie sind ein Teil dieses Volks. Sie sehen doch, dass es leidet.«

Laohu runzelte die Stirn. »Ich weiß nicht, wovon du redest.«

»Sehen Sie sich doch um!«

»Sei still!« Abrupt erhob sich Laohu von seinem Platz und lief zurück in die Kabine. Es gab nichts, was er mit irgendjemandem zu besprechen hatte. Er hatte seine Pflicht zu erfüllen und sonst nichts. Alles andere war Sache der Administration. Diese Menschen waren dafür ausgebildet worden. Sie wussten sehr viel besser als er, was gut für die Drachennation war. Es gab keinen Grund, sich in ihre Arbeit einzumischen.

Keinen einzigen.

SCHWARZE SCHATTEN

Weltschiff Tereschkowa
2302

HELEN VERSUCHTE, SICH EINEN WEG durch den Hangar zu bahnen, ohne von Willard entdeckt zu werden, und das war nicht so einfach, wie man meinen sollte. Was die Hangars der *Tereschkowa* anging, war es hier geradezu leer. Natürlich wimmelte es auch hier von Menschen, doch da Vierzehn noch in Betrieb war, war der Zutritt streng begrenzt. Hangar Vierzehn war einer von zwanzig, über die die *Tresch* einst verfügt hatte. Lediglich neun waren noch in Betrieb, der Rest war irgendwann stillgelegt worden, zuletzt vor zwei Jahren Nummer Sieben, als sich das äußere Schott verklemmt hatte. Fast eine Tonne heißen Hydrauliköls waren in die Halle geschossen und hatten drei Arbeiter das Leben gekostet. Niemand hatte sich danach die Mühe gemacht, das Tor wieder in Betrieb zu nehmen. Stattdessen hatte man es zugeschweißt und die fünf noch verbliebenen Shuttle-Rigs im Inneren der Halle für Ersatzteile zerlegt. Heute wurde Sieben von fast einhundert Menschen bewohnt und beherbergte das Lazarett für Abschnitt D, etwa in der Mitte des Schiffs. Vierzehn dagegen befand sich fast am Ende des Schiffs, dort, wo man das unablässige Dröhnen der gewaltigen Triebwerke hören konnte. Dieser Hangar verfügte noch über drei der ursprünglich zehn Shuttles, und die Schweißgeräte der Wartungstruppe machten selten Pause. Das Hangarteam von Vierzehn bestand aus etwa zwei Dutzend Leuten, die zusammen mit ihren Familien das Privileg genossen, in den alten Werkstätten und Lagerräumen, den Containern und ausgemusterten Shuttles der Halle zu leben. Natürlich nicht unentgeltlich. Willard Kang, der Hangarmeister, führte ein hartes Regiment. Es stand in seiner Verantwortung, die Shuttles einsatzbereit zu halten und Teams zu stellen, die die Außeneinsätze absolvieren konnten. Er schonte seine eigene Familie nicht, und noch viel weniger Nachsicht hatte er mit den restlichen Bewohnern seines kleinen Reichs. Entweder man hatte etwas beizutragen, oder man konnte, wenn es nach ihm ging, versuchen, irgendwo in den Slums der Trommel zu überleben. Platz war kostbar, und Kang hatte nichts zu verschenken.

Helen und Rangi trugen ihren Teil zu Hangar Vierzehn und dem Fortbestand des Schiffs bei. Gute Piloten waren selten und eingespielte Teams, die Rigflüge auf die Außenhaut machen konnten und erfahren genug waren, im All im Anzug zu arbeiten, noch seltener. Das gab ihnen das Recht, die *Maru*, ihr Rig, und einen kompletten Flugcontainer für sich selbst zu bewohnen, sofern sie es instand hielten. Energie stellte das Schiff kostenlos zur Verfügung, Wartungsarbeiten an den Triebwerken und der Hülle waren Sache der Hangarmechaniker. Die *Tereschkowa* war mehr denn je auf funktionierende Shuttles angewiesen. Soweit Helen wusste, waren noch etwa siebzig der ursprünglich 160 Shuttles in grundsätzlich funktionstüchtigem Zustand. Allerdings galten fünfzig davon als Zielreserve, aufbewahrt für den Tag, an dem das Generationenschiff in den Orbit seines Zielplaneten einschwenken würde. Doch nach allem, was sie gehört hatte, reichten die Piloten ohnehin gerade so, um die verbliebenen Schiffe zu bestücken. Niemand sprach es laut aus, aber die *Tereschkowa* war in einem erschreckenden Zustand. Und sie hatte noch mehr als zwei Jahrzehnte vor sich.

»Helen! Hast du etwas von den Vorratslieferungen gehört? Sie hätten schon gestern kommen sollen!«

Sie riss sich aus ihren Betrachtungen und sah sich um. Malika Kamane stand im Eingang der Werkstatt, die sie mit ihren vier Kindern, zwei Eheleuten und drei Enkeln teilte. Die schwarze Mechanikerin war um die fünfzig, also vielleicht zehn Jahre älter als sie selbst, einen Kopf größer und sicherlich fünfzig Kilo schwerer. Sie konnte eine Antriebsspule ohne Hilfe in ein Gehäuse heben und aus jedem Dreck einen annehmbaren Eintopf kochen. Im Moment jedoch sah sie besorgt aus. Und wer in Vierzehn besorgt war, neigte dazu, in Helens Richtung zu sehen. Sie seufzte. »Nein, *Tena*. Ich war heute Morgen schon bei Willard, und er hat versprochen, sich darum zu kümmern. Aber du weißt, wie er ist. Solange sein Kühlschrank voll ist, wird nicht viel passieren. Besser, du schickst eines der Mädchen.« Sie zögerte, dann zuckte sie mit den Schultern. »Sie soll ihnen ausrichten, dass ich ihnen sonst Rangi schicke. Sie haben die Wahl.« Rangi als Druckmittel einzusetzen, das tat sie nicht gern. Nicht, weil ihr die Händler in der Trommel leidtaten. Ihr Mann hasste es, auf seine Größe reduziert zu werden und als Abschreckung zu dienen. Aber er war nun mal deutlich größer als alle anderen in Vierzehn, und jeder wusste, dass er die Hälfte seiner mehr als vierzig Lebensjahre als Leibwächter des Hangarmeisters von Zehn gearbeitet hatte. Es war nichts, worüber er gern sprach, und nichts, woran ihn Helen gern erinnerte. Andererseits – wenn sein Ruf dafür sorgte, dass die Kinder von Vierzehn zu essen bekamen, konnte der große Ochse ruhig etwas leiden.

Malika schien ihre Gedanken lesen zu können, denn sie verzog das Gesicht. »Ich möchte das nicht tun, Kleine«, sagte sie leise. »Vielleicht gehe ich selbst, und …«

Helen winkte ab. »Wenn ihr ihn erwähnt, gibt es vielleicht gar keinen Ärger. Also nutz es aus. Außerdem musst du mir das Problem in der Navigationsdüse zwei an der *Maru* lösen. Das ist ein Scheißgefühl, wenn das Ding nicht zuverlässig ist. Ich hab keine Lust, ins All davonzutreiben, und Willard reißt dir den Kopf ab, wenn du uns verlierst.«

Die Mechanikerin nickte. »Ich komme nachher rüber und schau's mir noch mal an. Vielleicht fällt mir was ein. Und danach gibt es Eintopf bei mir.« Sie wandte sich ab und packte eines der Kinder, das gerade an ihr vorbei aus der Unterkunft rennen wollte.

Helen wandte sich ab und sah kurz hinauf zur riesigen Panoramascheibe, die hoch oben an der Wand eingebaut war und einen ungehinderten Ausblick über den gesamten Hangar bot. Die alten Polymerglasscheiben waren vom Staub und Rauch der Schweißgeräte vieler Jahrzehnte getrübt, doch sie glaubte, hinter einer davon die bullige Gestalt Willards erahnen zu können. Der Hangarmeister hatte gern sein Reich im Blick und stand oft dort oben in seinem Palast. Von dort hatte er seine Untertanen im Blick. Außerdem schien er die geradezu feudale Pose zu genießen. Sie nickte, mehr automatisch und aus Gewohnheit als aus Ehrerbietung, in Richtung Fenster und schob sich an drei Männern der Schneidcrew vorbei. Seit vier

Tagen zerlegten sie ein Rig, das Willard wer weiß wo aufgetrieben hatte. Das meiste der Elektronik würde auf dem Markt landen, aber es war zu hoffen, dass sie vernünftig genug waren, die Steuerdüsenteile in Lager zu schaffen. Sie zögerte kurz, bevor sie einem der Cutter auf den Rücken tippte. »Alexy, kannst du bitte mit Malika die Ersatzteilliste für die *Maru* abklären? Wir können wirklich ein paar Teile gebrauchen.«

Der junge Mann schob seine Schweißerbrille auf die Stirn, wischte sich über das von irgendeinem Ausschlag vernarbte Gesicht und nickte zögernd. »Meister Willard hat nichts davon gesagt, aber …«

»Du weißt selbst, dass sich Willard darauf verlässt, dass ihr mitdenkt. Die *Maru* ist ein Rig, an dem er Geld verdient. Wir schaffen ihm mehr ran, als er an den paar Teilen auf dem Markt verdient. Also haben wir erste Wahl, richtig?«

Alexy zögerte. »Richtig«, sagte er dann. »Ich sehe zu, was ich machen kann.« Er senkte die Stimme. »Aber wenn wir nicht bald neue Rationen bekommen, verkaufe ich die Scheiße an die Pilzfarmer, und Willard kann von mir aus in die Schwärze gehen. Helen, wir haben Hunger. Alle haben Hunger. Rede mit Willard!«

Helen kniff die Augen zusammen. Es fühlte sich an wie Kopfschmerzen, auch wenn sie wusste, dass es lediglich Stress war. »Ich habe mit ihm geredet. Habt Geduld.«

Alexy schnaubte. Er deutete auf die Cutterin einige Schritte entfernt. »Sag das Urumi und ihren Kindern.« Mit einem Seitenblick auf die Panoramascheibe murmelte er: »Wir sind bereit, mit Trofim zu reden, wenn du es nicht machst.«

Helen rieb sich weiter das Auge, bevor sie seufzte. »Seid ihr? Ihr wisst doch nicht mal, wie ihr sie erreicht. Und wenn ihr es versucht, steckt euch Willard persönlich in die Verwerter und Urumi und die Kinder gleich mit. Willst du das verantworten? Träum weiter, Kind. Wir haben nur ein wenig Hunger. Aber das ändert sich wieder. Das tut es immer.« Sie atmete tief durch, bevor sie sich einen Ruck gab. »Pass auf, ich bin dran. Aber du kannst mir tatsächlich helfen: Legt mir was von der Elektronik beiseite. Seht zu, dass ihr an einen intakten Gyrostabilisator kommt. Ich weiß, wer einen brauchen kann, und ich denke, ich kriege genug Rationen dafür.«

Etwas in Alexys Augen leuchtete auf, und er grinste breit. »Was hältst du vom 218er Sicherungskasten? Der ist noch drin!«

»Und Willard weiß das.« Sie schüttelte den Kopf. »Das Ding war mit Sicherheit Teil des Deals, und er wird jede Sicherung wollen, egal, ob ganz oder durchgebrannt. Lasst bloß die Finger davon! Beschafft mir einfach den Stabilisator und lasst mich machen. Habt ein wenig Vertrauen. Und Geduld.« Sie klopfte ihm auf die Schulter und ließ ihn stehen. Der Junge hatte recht. Irgendetwas war nicht in Ordnung. Aber das musste sie ihm nicht sagen. Trotzdem musste wohl irgendjemand etwas tun. Wenn die Hitzköpfe tatsächlich auf die Idee kamen, nach Trofim zu suchen, würde das unweigerlich die Marschalls auf den Plan rufen. Und niemand außerhalb von Vierzehn würde eine Träne vergießen, wenn das ein paar Esser weniger zur Folge hatte. Sie umrundete einen weiteren Wohncontainer und erreichte die Rollbahn, auf der die *Maru* geparkt war. Egal, wie gut sie es warteten, auch diesem Rig sah man inzwischen den Zahn der Zeit an. Auch die Bemalung aus polynesischen Ornamenten, mit denen Rangi ihr Shuttle verziert hatte, konnten nicht darüber hinwegtäuschen, dass es inzwischen mehr als ein Jahrhundert in Betrieb war.

Geduld setzte voraus, dass man Zeit hatte. Und seit beinahe einem Monat wurde sie das Gefühl nicht los, dass ihnen die Zeit ausging. Nicht nur die Lebensmittel, nicht nur die Ersatzteile, nicht nur Medikamente und Shuttles. Irgendetwas hatte sich geändert, und es war nicht nur die Richtung, in die sie flogen.

Es war nicht verborgen geblieben. Natürlich nicht, auch wenn Rangi und sie hartnäckig schwiegen, wenn sie danach gefragt wurden. Es gab Fenster in der Trommel, und es gab noch immer Leute, die aus den Sternen ablesen konnten, dass ihre Richtung nicht stimmte. Es gab Gerüchte. Die Marschalls waren angespannter, Strafen selbst für kleinere Vergehen wurden härter als ohnehin schon. Selbst das Geräusch der Triebwerke war ein anderes geworden, und das war etwas, das niemandem in der Trommel entging. Das Geräusch der riesigen Strahltriebwerke der *Tereschkowa* war das, was alles Leben in der Trommel untermalte, seit vor mehr als zwei Jahrzehnten das große Bremsmanöver eingeleitet worden war. Niemand nahm es mehr wahr – und ausnahmslos jeder hatte inzwischen bemerkt, dass es sich geändert hatte. Nicht viel, aber zusammen mit den Gerüchten, dass die großen Steuerdüsen in den vergangenen Wochen mehrfach gezündet hatten, machte es die Menschen unsicher. Und Gerüchte, Unsicherheit und zu viele Menschen mit zu wenig zu Essen – das war eine Mischung, die Helen eine Gänsehaut über die Arme trieb.

»Wie sieht's aus? Glück gehabt?« Rangi sprang vom Dach der *Maru* und landete direkt vor ihr. Sie fuhr zurück, und ihr Mann lachte sein raues, kehliges Lachen.

»Was ist los – träumst du?« Breit grinsend versuchte er, sie in den Arm zu nehmen.

Helen knurrte einen Fluch, entwand sich seiner Umarmung und boxte ihm in die Rippen. »Lass es bleiben, *Baji*. Nein, ich hab kein Glück gehabt. Auf dem Markt ist nichts mehr zu finden, und der Kerl vom Liftmarkt sagt, dass auch in Ebene D nichts mehr zu kriegen ist. Er könnte sich auf B umhören, aber das kostet uns allein zwanzig Sicherungen extra.«

Rangis Miene verdüsterte sich. »Verdammt. Für zwanzig Sicherungen hätte ich das Ding vor 'nem Jahr hier kaufen können. Weiß Willard davon?«

Helen zuckte mit den Schultern. »Ich hab's ihm nicht gesagt. Er kann nichts dagegen tun, dass du so ein derart riesiger Ochse bist, dass du in keinen normalen VacSuit passt. Und es gehört garantiert zu den Sachen, die er nicht hören will.«

»Aber es ist in seinem Sinne, wenn ich einen passenden Anzug habe. Ich kann nicht raus, solange ich …«

»Es ändert sich einfach nichts. Du fliegst weiter, ich schweiße.« Ein Lächeln kroch in ihre Mundwinkel. »Meine Schweißnähte sind sowieso besser als deine.«

Ihr Mann grunzte. »Als ob du selbst was schweißt. Jayne und Wash …«

»Apropos Wash«, unterbrach Helen und griff in ihre Tasche. »Immerhin war ich nicht ganz umsonst unterwegs. Ich habe einen Steuerchip bekommen. Gehört zu einer Schnüfflerspinne, aber ich denke, du kriegst das passend, oder?«

Rangis Miene erhellte sich sichtlich. »Der kleine Kerl wird dir ewig dankbar sein.«

»Ja, ist recht. Er schläft trotzdem nicht in meinem Bett.«

»Das erklärst du ihm selbst.«

»Hm ...« Helen zog den Laut lang genug, um Rangi aufhorchen zu lassen. »Dazu müsstest du mich schon überreden. Völlig unabhängig davon – hast du schon geduscht?« Rangi beäugte betont auffällig ihren Hintern. »Jetzt, wo du mich daran erinnerst – ich dachte, wir sollten besser Wasserrationen sparen ...«

Helen sah an ihm hinauf. »Du meinst: zusammen duschen«, sagte sie trocken.

»Zusammen duschen«, bestätigte ihr Mann ebenso nüchtern. Er betätigte den Öffner der Schleuse.

Helen, die bereits nach dem Reißverschluss ihres Overalls gegriffen hatte, hielt inne. »Was zum ...?«

Die Gestalt, die im Halbdunkel des Rigs saß, legte einen Finger auf den Mund und stieß ein leises Zischen aus.

»Wir müssen uns unterhalten«, sagte sie eindringlich.

Rangi holte tief Luft, doch Helen legte ihm eine Hand auf den Arm. »Warte.« Sie musterte die Gestalt. »Du hast genau zehn Sekunden, uns zu sagen, wer du bist und was du willst, bevor Rangi dich hier rauswirft – und vermutlich an den nächsten Container heftet. Sprich.«

Als die Gestalt sich vorbeugte und ihr Gesicht ins Licht hielt, zuckte sie zusammen. »Aoatea Hopper, Ebene B. Hallo Mutter. Hallo Rangi. Keine Sorge, das ist kein Höflichkeitsbesuch. Ich werde nur dafür bezahlt, eine Nachricht zu überbringen. Trofim will euch sprechen. Wegen der Kursänderung.« Sie faltete die Hände vor sich auf der Tischplatte und sah Helen erwartungsvoll an.

Helen blinzelte. Sie musterte die zierliche junge Frau, die noch kleiner war als sie selbst. Ihre Haut war so dunkel, dass sie vor allem ihre Augen und die Reflektoren auf ihrem Overall sehen konnte. Das hatte sie von ihrem Großvater. Tatsächlich wiesen die Markierungen ihre Tochter als jemanden von Ebene B aus.« »Du hast einen weiten Weg auf dich genommen, um ein *Nein* zu kassieren, Dawn«, stellte sie fest. »Du siehst dünn aus«, fügte sie dann hinzu. »Wann hast du das letzte Mal gegessen?«

»Ich heiße Aoatea, Mum.« Die junge Frau zuckte mit den Schultern und blieb einfach weiter mit verschränkten Händen sitzen. »Und ich werde essen, wenn ich zurück bin. Aber das soll nicht dein Problem sein, Helen. Trofim sorgt für mich. Das ist das Risiko wert.«

»Für dich vielleicht. Aber warum sollten wir uns mit dem Anführer des Untergrunds treffen? Soweit ich weiß, begeht jeder, der sich mit ihm abgibt, Hochverrat. Was bringt also irgendjemanden auf den Gedanken, dass wir an so etwas Interesse haben könnten.«

Die junge Frau wiegte den Kopf. »Trofim meint, dass ihr vielleicht mit irgendwem über das reden wollt, was ihr da draußen gehört habt. Und mit den Offizieren habt ihr bisher nicht gesprochen.«

»Und woher willst du das wissen?«

Rangi räusperte sich. Dann schob er sie einen Schritt in den Raum hinein und schloss die Luke. »Es könnte sein«, murmelte er und hatte den Anstand, etwas verlegen zu klingen, »dass ich das mal geäußert habe.«

Helen drehte sich um und starrte zu ihm hinauf. »Du hast was?«

Das breite Gesicht trug eindeutig einen schuldbewussten Ausdruck. Behäbig zuckte er mit den Schultern. »Komm, jeder weiß, dass sich die Flugrichtung geändert hat. Dass sie ständig korrigieren. Was wär' ich für ein Pilot, wenn ich das nicht merken würde. Und wenn die im Bug dann so tun, als wäre nichts, dann stimmt irgendwas nicht, oder?

Außerdem haben wir das Erdschiff gehört.« Er warf seiner Tochter einen Blick zu, doch jene sah ausdruckslos zurück. Es war offensichtlich, dass sie sich nicht einmischen wollte.

»Wir haben *etwas* gehört«, warf Helen düster ein. »Wir haben keine Ahnung, was es war.«

Ihr Mann seufzte. »Das meine ich. Wir haben keine Ahnung. Aber die im Bug wissen etwas und sagen nichts. Willst du nicht wissen, worum es geht?«

»Nein«, sagte Helen aufgebracht. »Nein, will ich nicht!«

»Doch«, sagte Rangi. »Willst du.« Er schob sie bestimmt an den Tisch und drehte ihr seinen durchgesessenen Stuhl hin, bevor er sich am FoodFabber zu schaffen machte. »Also hab ich vielleicht mit jemandem gesprochen, die jemanden kennt, der uns vielleicht etwas sagen kann.« Leise fluchend malträtierte er für einen Moment die Tasten, die vom jahrhundertelangen Gebrauch abgegriffen und ohne Markierungen waren. Schließlich sickerte ein dunkles Gebräu in zwei bereitgestellte Tassen, und der Hüne brummte zufrieden. »Ich wollte ja eigentlich erst die Hydrowerker fragen. Aber was hätte ich sagen sollen? Ich kann's ihnen ja schlecht vorsprechen.« Er hielt seiner Tochter eine der Tassen hin.

Aoatea sah das Getränk düster an. »Ich will nichts von euch. Ich sag doch, Trofim sorgt für mich.«

»Das mag sein.« Rangi zuckte mit den Schultern und stellte die Tasse vor ihr ab. »Aber hattest du heute schon Frühstück?«

Seine Tochter starrte ihn an.

»Ich meine bloß, es ist schon beinahe Abend«. Er trank einen Schluck. »Schmeckt furchtbar, ich weiß. Aber es füllt den Magen.«

Aoatea nahm das Getränk entgegen, nippte daran und verzog kaum merklich das Gesicht. »Ihr braucht ein Aufnahmegerät«, stellte sie fest.

»Wir brauchen eine Menge hier«, blaffte Helen zurück. »Ein Aufnahmegerät steht jedenfalls nicht weit oben auf der Liste.«

»Trofim möchte sich das anhören. Und wenn ihr ihn nicht mit rausnehmen wollt, braucht ihr eine Aufnahme.«

»Wer sagt, dass wir ihm überhaupt helfen wollen?«

Die junge Frau sah sie einen Moment lang ernst an, bevor sie seufzte. »Würden fünfzig Rationsbarren laut genug sprechen?«

Helen musterte ihre Tochter genauer. Sie war sehnig, hager sogar, aber das galt fast für alle hier in der Trommel. Essen war rar und die Arbeit hart für alle. Sie hatte die dunkle Haut ihres indischstämmigen Großvaters, so, wie ihn Helen von alten Trids kannte. Doch darüber lag eine ungesunde Blässe, als würde sie nur selten in das Licht der zentralen Sonnenlichtbänder kommen. Vor allem aber hatte sie schwielige Hände, die ihre zierliche Gestalt Lügen straften. Aoatea arbeitete schwer für ihre Rationen. »Fünfzig Barren?«

»Fünfzig.« Aoatea nickte ernst. »Und fang gar nicht erst an zu handeln. Das ist das Limit, das ich anbieten darf. Ich könnte handeln, doch seien wir ehrlich, Mum. Darauf haben wir doch beide keine Lust. Ihr braucht das Essen, Trofim braucht die Informationen, und ich möchte wieder gehen. Alles vermutlich so schnell wie möglich. Was sagt ihr?«

Rangi lehnte sich vor und raunte Helen ins Ohr: »Das reicht für mindestens zwei Wochen, für den ganzen Hangar.«

Rationsbarren waren das, wovon jeder in der Trommel lebte, sah man von dem ab, was man im Sumpf am Fuß der Trommel fangen konnte. Jeder Barren war etwa armlang und bestand aus einem harten, milchigen Gelee, das aus einer Mischung von genmodifizierten Algen und Bakterien bestand und so gut wie alles an Vitaminen, Proteinen, Fetten, Mineralien, Zucker und Sonstigem enthielt, was ein Mensch zum Leben brauchte. Pur waren die Dinger quasi ungenießbar, aber das war auch nicht ihr Zweck. Sie waren der Rohstoff, aus dem die Nahrungsfabrikatoren, die FoodFabber, mithilfe von Farb- und Geschmacksstoffen so ziemlich jedes erdenkliche Lebensmittel druckten. Vom Süßigkeitenriegel bis zum Steak – im Grunde bestand alles Essbare auf der *Tereschkowa* aus diesem Zeug. Und alles nicht Essbare verschwand in den Recyclern, die die Nährlösung für die Zuchttanks auf Deck C produzierten.

»Schon ...« Helens Hals schien plötzlich zu eng. Sie räusperte sich. »Schon möglich.« Sie nahm abwesend die Tasse entgegen, die ihr ihr Mann hinhielt, und trank einen Schluck. Es schmeckte nach angebranntem Abwasser. Das, was der FoodFabber seit einer Weile unter Kaffee verstand. »Aber es ist nicht damit getan, dass wir das aufnehmen. Ich will wissen, was gesagt wird. Fünfzig Rationsbarren und einen Übersetzer. Dann reden wir über eine Aufnahme.« Sie starrte Aoatea herausfordernd an. Für einen Moment hielt ihre Tochter ihren Blick fest. Dann streckte sie eine Hand aus und griff nach Helens Arm. Abschätzig musterte sie das abgestoßene Unterarmdisplay auf Helens Ärmel. »Damit wird das nichts. Du hast immer noch nichts Besseres als dieses alte Teil?«

»Entschuldige, dass wir nicht so gut ausgestattet sind wie die Admiralität.« Helen wollte ihren Arm wegziehen, doch Aoatea hielt sie fest.

»Ich weiß. Wir arbeiten alle, womit wir können. Aber wenn du einen Übersetzer willst, dann nicht mit dem Ding.« Sie griff in eine Tasche ihres Overalls und zog ein schwarzes Armdisplay hervor, das sie über den Tisch schob, während sie Helens Arm losließ.

Helen starrte auf das Display. Es war neuer und schlanker als ihr eigenes und wies kaum nennenswerte Kratzer auf. »Das«, sie sah auf, »ist ein Marschall-Armband. Woher ...«

Aoatea winkte ab. »Spielt das eine Rolle? Ihr solltet euch nicht damit erwischen lassen. Aber dir wird schon was einfallen. Um Ausreden warst du ja noch nie verlegen.«

Helen holte tief Luft, aber ihre Tochter ließ sie nicht zu Wort kommen. »Das Wichtigste ist«, Aoatea aktivierte das Display, bevor sie ihren eigenen Ärmel hochschob und ihr eigenes einschaltete, »dass darauf läuft, was ihr braucht. Eine Aufnahmesoftware«, sie schob etwas auf ihrem Display in die Richtung des Tisches, und das Marschallgerät blinkte auf, »und ein ... Moment ... ein Übersetzer.« Eine erneute Geste, und abermals blinkte das Gerät auf dem Tisch. »Ich kann euch nicht garantieren, dass er viel taugt. Ehrlich gesagt wissen wir nicht genau, wie viel sich die Sprache der Leute von der *Zheng He* von früher unterscheidet. Aber ihr ... Dad«, sie nickte in Rangis Richtung, »sagte, es klingt wie Kanto. Also müsste die Software halbwegs damit zurechtkommen. Also, sind wir im Geschäft?«

Helen betrachtete immer noch das Armdisplay des Marschalls. Es war nicht nur einfach das. Sie hatte die Männer, die für den Bug arbeiteten, oft genug aus der Nähe gesehen. Die meisten Armdisplays der Typen waren in keinem wesentlich besseren Zustand als ihr eigenes, und die schwarze Farbe dieser Dinger war oft genug nachträglich aufgemalt. Das hier – sie hatte nicht einmal gedacht, dass es noch Fabber gab, die so etwas herstellen konnten. Langsam hob sie den Kopf. »Wen hast du dafür getötet?«

Aoatea sah sie ausdruckslos an. Dann schlich sich ein kaum sichtbares Lächeln in ihr Gesicht. »Niemanden. Es gibt noch einige Lagerräume im Heck, in denen man genug von diesem Zeug finden kann. Man muss nur wissen, wo. Und wir wissen es. Der Einschlag hat nicht alles zerstört.«

Der Einschlag. Das große Unglück, das die *Tereschkowa* vor fast zwei Jahrzehnten getroffen hatte. Ein Felsbrocken hatte das Schiff getroffen, mehr als die Hälfte der Laderäume vom Rumpf gerissen und die Verstrebungen des Schiffs weit genug verbogen, damit die Trommel zum Stillstand gekommen war.

»Sind wir im Geschäft?«, wiederholte Aoatea, und dieses Mal nickte Helen zögerlich.

»Wir brauchen die Hälfte der Rationen sofort.«

»Zehn«, entgegnete Aoatea. »Zehn sofort, und ihr liefert uns eine Aufnahme.«

»Ich ...«

Die junge Frau stand auf, trank den Rest des Gebräus aus ihrer Tasse und stellte sie auf dem Tisch ab. Dann hob sie eine Tasche auf, die im Schatten zu ihren Füßen gestanden hatte. »Wie gesagt, ich feilsche nicht, Mum. Ich habe schlicht und einfach nicht mehr mitgebracht. Betrachtet das Armdisplay als Geschenk und sorgt dafür, dass ihr satt werdet.« Sie nickte Rangi zu. »Schön, dich mal wieder gesehen zu haben, Dad. Grüß bitte Urumi und Alexy von mir. Oh, und noch etwas ...« Sie tippte auf ihr eigenes Display, und das Gerät auf dem Tisch flackerte ein drittes Mal. »Ein verschlüsseltes Signal. Damit erreicht ihr mich, wenn ihr so weit seid.« Erneut tippte sie etwas, und der Kragen ihres Overalls leuchtete auf. Ein Schimmer zog über ihr Gesicht. Und obwohl sie noch immer vor Helen stand, konnte die plötzlich keine Gesichtszüge mehr erkennen. Sie waren noch immer da, aber jetzt schien der Blick einfach an ihnen abzugleiten. »Trofim zählt auf euch«, sagte Aoatea leise, und selbst ihre Stimme klang verändert. »Also lasst mich nicht wieder hängen. Beeilt euch.«

Mit diesen Worten verschwand sie in der Schleuse und ließ Helen und Rangi zurück.

Helen sah schweigend auf den Tisch, auf dem das Armdisplay und die Tasche zurückgeblieben waren. Gedanken trudelten durch ihren Kopf, ohne dass sich einer festsetzen konnte. Trofim. Wenn es in einer so beengten Welt wie dieser so etwas wie einen meistgesuchten Mann geben konnte, dann war es der legendäre Trofim. Niemand schien genau zu wissen, wer er war, doch jedes Kind wusste, was er war: der Mann, der geschworen hatte, den Admiral aus dem Bug zu vertreiben und eine Regierung des Volks einzusetzen. So, wie es früher einmal gewesen war. Der Mann, dessen Versprechungen ihre einzige Tochter gefolgt war, nachdem Helen sich geweigert hatte, gegen die Marschalls aufzubegehren. Helen hatte gehofft, dass sie diese Idiotie aufgegeben hatte und irgendwo auf Deck B oder C einer Arbeit nachging und ihr Leben lebte. Aber anscheinend nicht. Anscheinend steckte sie tiefer drin als je zuvor ...

»Helen«, sagte Rangi nach einem langen und sehr stillen Moment.

Sie rührte sich nicht.

»Weißt du, ich dachte, das wäre einfach das Sinnvollste. Irgendwer sollte das wissen. Irgendjemand hat vielleicht Antworten. Und wenn das bedeutet, dass wir Aoatea wiedersehen ...«

Endlich hob Helen den Blick. »Du bist ein Idiot, Rangi, weißt du das? Wie kannst du dich mit Trofim einlassen? Wie kannst du zulassen, dass sie sich wegen diesem Mann in Gefahr bringt? Wieso unterstützt du das auch noch? Wenn das irgendwer – *irgendwer* mitbekommt, sind wir tot. Alle! Das ist Hochverrat!« Sie fröstelte.

Rangi hielt ihrem Blick stand und verschränkte die baumstammdicken Arme. »Dann bekommt es halt niemand mit. Helen, irgendwas geht da draußen vor, und die im Bug strengen dafür das Schiff so sehr an, dass es mehr Risse bekommt, als wir beheben können. Aoatea hat nämlich recht – wir sind sowieso tot, wenn wir nichts tun. Es ist nur eine Frage der Zeit, bis das hier alles auseinanderbricht. Vermutlich sind wir die letzte Generation, die auf diesem Schiff lebt, wenn nicht jetzt etwas passiert. Und wenn du ehrlich zu dir bist, dann weißt du das. Außerdem weißt du auch, dass es unmöglich ist, ihr etwas zu verbieten. Sie ist erwachsen, Helen. Und sie ist *deine* Tochter. Sie lebt ihr Leben ohnehin ohne uns so, wie sie es für richtig hält. Und wenn wir ihr zuhören, dann hört sie vielleicht auch irgendwann wieder uns zu. Wenn wir alle noch genug Zeit dafür haben.« Er nickte zur Tasche auf dem Tisch. »Im schlimmsten Fall sterben wir wenigstens mit vollem Magen. Und im besten – wer weiß.«

Helen starrte ihn an. Sie wollte etwas sagen, ihm widersprechen. Aber aus irgendeinem Grund kam nichts aus ihrem Mund. Schließlich knurrte sie nur und trank den Becher vor ihr aus. »Sie nennt sich jetzt also Aoatea.«

Rangi zuckte linkisch die Schultern. »Genau das bedeutet ihr Name.«

»Er bedeutet Dawn. Morgendämmerung. So haben wir sie genannt! Was ist daran auszusetzen?«

»Es ist ihre Entscheidung, Helen. Wenn sie damit ihre Vorfahren ehren will, wer bin ich, ihr zu widersprechen?«

»Deine Vorfahren.«

»Deine, meine, was soll's. Wir kommen alle vom Mond. Ihr muss es gefallen, nicht dir.« Er schniefte. »Außerdem: Besser, sie hat den Namen von meiner Seite und das Gesicht von deiner als umgekehrt, oder?«

Helen starte ihren Mann düster an. Dann griff sie nach dem Armdisplay auf dem Tisch und warf es Rangi zu. »Kümmer dich wenigstens darum, dass es nicht so verdammt neu aussieht.«

Sie packte die Tasche und drängte sich rüde an ihrem Mann vorbei in die Schleuse. »Ich bring das hier besser zu Malika. Stell bitte nicht noch mehr Mist an, während ich weg bin.«

VERRÄTER

Weltschiff Zheng He

LAOHU HATTE DIE BEIDEN MÄNNER auf den ersten Blick bemerkt, als er in die schmale Gasse abgebogen war. Sie waren ja auch kaum zu übersehen gewesen. Sie trugen schlichte, dunkle Monturen und bewegten sich auf die selbstbewusste Art von Kriegern, die von ihren eigenen Fähigkeiten vollkommen überzeugt waren. Außerdem trugen sie weite Jacken, weil sich Waffen darunter besser verbergen ließen, und ihre Augen lagen hinter dunklen Sonnenbrillen verborgen. Genauso gut hätten sie sich Namensschilder mit dem Schriftzug des Büros für Innere Angelegenheiten an die Brust heften können.

Laohu verlangsamte das Tempo. Er hatte diesen Weg als morgendliche Laufroute ausgewählt, weil zwischen den steilen Wohnschluchten eine vergleichsweise angenehme Ruhe herrschte. In diesem Augenblick stand er in der verlassenen Gasse allerdings mehr oder weniger auf dem Präsentierteller. Beim Anblick der beiden Sicherheitsbeamten überfiel ihn ein Gefühl der Beklemmung. Ganz automatisch fragte er sich, was er falsch gemacht haben mochte, um das Misstrauen des Büros zu wecken. Für einen kurzen Augenblick überlegte er sogar, sich auf die Männer zu stürzen und sie auszuschalten, ehe sie auch nur daran denken konnten, von ihren verborgenen Waffen Gebrauch zu machen. Er zweifelte nicht daran, als Sieger aus diesem Konflikt hervorzugehen. Doch was auch immer sie von ihm wollten – wenn er ihnen grundlos die Kehle aus dem Hals riss, würde es ihm schwerfallen, eine passende Erklärung dafür zu finden. Also blieb er stehen und wartete ungeduldig ab, bis die Beamten an ihn herangetreten waren.

Sie baten ihn höflich, aber bestimmt, sie zu einem schwarzen Wagen zu begleiten, der am anderen Ende der Gasse auf sie wartete. Mit einem Zischen öffnete sich die hintere Seitentür, und nach einer gründlichen Leibesvisitation wurde er aufgefordert einzusteigen.

»Entschuldige die Umstände, Laohu.« Die Stimme von Sekretärin Li Yun klang tatsächlich aufrichtig. Sie trug aufwendig gefertigte, traditionelle Han-Kleidung, die ihren athletischen Körper vorteilhaft zur Geltung brachte. Selbst von Nahem wirkten ihre Gesichtszüge beinahe makellos. Die winzigen Lachfältchen um ihre Augen und das graue Haar hatte sie vermutlich nur als modische Accessoires behalten, und natürlich, um ihren hohen Rang in der Schiffshierarchie zu unterstreichen. »Als Tiger bist du solche Kontrollen vermutlich nicht gewohnt.«

»Eigentlich schon. Normalerweise befinde ich mich dabei allerdings am anderen Ende der Waffe.«

Sie lachte. »Ein Perspektivwechsel kann manchmal recht erfrischend sein, nicht wahr?« Sie beugte sich nach vorn und öffnete einen kleinen Bordkühlschrank, dem sie ein Fläschchen Baijiu und zwei schmale Gläser entnahm. Sie schenkte das teure Getränk großzügig ein und streckte Laohu eines der Gläser entgegen. »Wie kommt es, dass du so früh schon auf den Beinen bist? Hat dich die Aufregung nicht zur Ruhe kommen lassen?«

»Eigentlich nicht. Ich laufe hier beinahe jeden Morgen um diese Zeit entlang.«

»Ich verstehe. Aufregung ist einem Tiger vermutlich ohnehin fremd. Der Gedanke gilt immer zuerst der körperlichen Ertüchtigung. Für alles andere bleibt keine Zeit.«

»Ich habe durchaus in den Morgenstunden auch immer etwas Freiraum. Ich nutze ihn meistens, um im Simulationsraum meine Nahkampftechniken zu perfektionieren.«

»Es ist gut, die freie Zeit so sinnvoll wie möglich zu nutzen.« Lächelnd nippte Li Yun an ihrem Getränk. »Dann kommt man nicht auf dumme Gedanken. Das ist der Grund, warum auf diesem Schiff auch jeder Passagier einer geregelten Tätigkeit nachgehen sollte – weißt du eigentlich, wer die blutigsten Aufstände in der Geschichte der Menschheit angezettelt hat? Ich meine die wirklich schlimmen Konflikte, die Tausende, manchmal sogar Millionen das Leben gekostet haben? Studenten, Laohu. Aber nicht, weil sie besonders gebildet oder klug gewesen sind, sondern weil sie einfach zu viel Zeit besaßen. Langeweile bringt wirklich die dümmsten Ideen hervor. Ein Lastenträger zieht sich nach einem anstrengenden Arbeitstag erschöpft in seine Kabine zurück und verdient sich ein paar Kredits extra, indem er die empfohlenen Holos schaut oder an der Keno-Verlosung teilnimmt. Der hat gar keine Zeit für irgendwelchen Unfug.« Sie legte Laohu vertraulich die Hand auf den Arm. »Deiner Akte habe ich entnommen, dass du keine Holos schaust und häufig die Morgenappelle versäumst. In drei Wochen finden die Wahlen statt. Möchtest du dir denn gar nicht anhören, was die Kandidaten zu sagen haben?«

Laohu zuckte mit den Schultern. »Ich interessiere mich nicht für Politik. Alle Kandidaten sind verdiente Mitglieder des Drachenrats. Ihre Kredits sind über alle Zweifel erhaben. Die Passagiere werden die richtige Wahl treffen. Sie können gar nicht falsch entscheiden.«

Li Yun kniff die Augen zusammen. Für einen kurzen Moment taxierte sie Laohu mit einem merkwürdigen Blick, so als würde sie aus seiner Äußerung nicht ganz schlau. Doch im nächsten Augenblick gruben sich schon wieder ihre freundlichen Lachfältchen ins Gesicht. »Ich bin ja froh, dass wir über so viele fähige Kandidaten verfügen. Vor allem jetzt, wo die Ressourcen knapp werden und die Bürger so viele Fragen stellen. Ich will ehrlich zu dir sein, Laohu: Der Erfolg unserer Mission ist von allergrößter Wichtigkeit für die Drachennation. Es hängt eine Menge davon ab. Mehr, als du ahnst. Deshalb hat der Drachenrat auch eine Vereinbarung mit der *Venta Chitru* getroffen. Wir werden mit ihnen zusammen das fremde Raumschiff erkunden. Ich will, dass du darauf vorbereitet bist. Möglicherweise werden sie andere Ansichten haben als wir. Ansichten, die dich irritieren und vielleicht sogar abschrecken können. Sie sind ein sehr seltsames Volk. Du solltest deshalb auch immer daran denken, wem deine Loyalität gilt.«

Sie passierten das Mittagstor zur Shui-Ebene, in der die höhere Administration und der Drachenrat residierten. Das Fahrzeug zuckelte im Schneckentempo weiter, vorbei an schwer bewaffneten Wachtposten, die ihnen grimmig hinterherblickten. Li Yun beugte sich zum Fahrer vor und bedeutete ihm, in eine Nebenstraße abzubiegen. Sie wandte sich wieder zu Laohu um. »Es wäre falsch zu behaupten, dass in der Drachennation alles perfekt läuft. Nicht nur die *Tereschkowa* leidet unter schwindenden Rohstoffreserven. Auch wir müssen unsere Vorräte rationieren, wo es vertretbar ist. Wir haben besser gewirtschaftet als die an-

deren, deshalb können wir uns immer noch eine Flotte leisten, die uns einen strategischen Vorteil verschafft. Es gibt allerdings Menschen, die uns sabotieren wollen. Du hast sie gesehen, die Affenmenschen in den Außenbezirken. Du hast gegen sie gekämpft. Sie sind aber nur die Handlanger für andere, die weit gefährlicher sind.«
»Wer sind diese anderen?«
»Mächte, die unsere stolze Nation zerstören wollen. Ich will es nicht beschönigen. Wir befinden uns bereits mitten in einem Krieg. Einem Krieg, der im Geheimen geführt wird, aber jederzeit in einen offenen Konflikt umschlagen kann. In solchen Momenten ist es umso wichtiger zu wissen, auf welcher Seite wir stehen.« Li Yun beugte sich wieder nach vorn und tippte dem Fahrer auf die Schulter. Der Fahrer ließ ihr Fahrzeug am Straßenrand vor einem unscheinbaren Gebäude ausrollen, das mehr einem Lagerhaus ähnelte als einem Administrationsgebäude. Der Eingang wurde von zwei in Zivil gekleideten Sicherheitsbeamten des Sekretariats bewacht. Sie tasteten Laohu schnell und präzise ab, ehe sie ihn passieren ließen.

Das Innere des Gebäudes bestand aus einer einzigen leeren Halle, deren Dach von einem guten halben Dutzend stählerner Pfeiler gestützt wurde. In der Mitte der Halle stand ein Stuhl, auf dem jemand festgebunden war. Jemand anders stand daneben. Als er sich umwandte, erkannte Laohu, dass es Chen war. »Guten Morgen, Laohu.« Ein blutdurstiger Ausdruck lag auf dem Gesicht des jungen Tigers.

Laohu kannte ihn von den zahlreichen Verhören, die sie gemeinsam geleitet hatten. Chen hatte diese Arbeit von Anfang an eine Menge Spaß gemacht – deutlich zu viel für seinen Geschmack. Er blickte an seinem Bruder vorbei auf die Gestalt des Gefesselten, dessen Kinn auf die Brust gesunken war. Er war wohl schon eine Zeit lang verhört worden, denn der Stuhl stand in einer kleinen Pfütze aus Blut. Normalerweise hätte das Laohu nicht sonderlich beeindruckt, doch die Gestalt kam ihm vage bekannt vor. Als der Gefesselte stöhnend das Kinn hob, fuhr ihm ein eisiger Schauer über den Rücken.

»Ning!«

»Du wirkst überrascht«, sagte Chen. In seinen Augen lag ein mordlüsternes Glitzern.

»Allerdings. Was hat das zu bedeuten?«

»Sag du es uns.«

Laohu starrte ihn wütend an. Er musste sich schwer zusammenreißen, seinem kleinen Bruder für diese Worte nicht die Kehle aus dem Hals zu reißen. Einen Augenblick lang starten sich die beiden Tiger wortlos an, ehe Li Yun eine Hand auf Chens Schulter legte und sich sein Gesicht zu einem breiten Grinsen verzog.

»War nur Spaß.« Beiläufig legte er zwei Finger unter das Kinn von Laohus Diener und hob es an. Der Blick aus Nings blutunterlaufenen Augen versetzte Laohu einen Stich. »Sieh mal, wen wir hier haben, Ning. Dein Arbeitgeber möchte sicher gleich mal ein ernsthaftes Wörtchen mit dir reden.«

Li Yun stieß einen Seufzer aus. Sie verschränkte die Hände hinter dem Rücken und schüttelte den Kopf. »Wie ich bereits sagte, Laohu: Wir befinden uns in einem Krieg. Du kannst keinem Menschen mehr vertrauen. Die Wurzeln des Verrats reichen tief.«

»Aber wir werden sie alle finden«, Chen drehte Nings Kinn in seine Richtung und grinste ihn böse an, »und sie eine nach der anderen ausreißen.«

»Was hat er getan?«, fragte Laohu mit rauer Stimme. Er konnte einfach nicht glauben, dass sein Diener ein Verräter war. Nicht der dicke Ning, der keiner Fliege was zuleide tun konnte – dessen Gene es gar nicht zuließen, auch nur irgendeinen bösen Gedanken zu fassen.

»Er hat Informationen an den Feind verkauft«, sagte Li Yun. »Verstehst du nun, um was es geht?«

Laohu atmete tief durch. »Es geht ums Ganze«, murmelte er ganz automatisch.

Denn es war schon immer ums Ganze gegangen. Schon seit dem Tag, an dem er geboren wurde. Immer hatte da der unsichtbare Feind gelauert, der unter allen Umständen bekämpft werden musste. Ein monströses Monster, das sich im Dunkeln versteckte, um gelegentlich mal die Krallen auszustrecken, wenn keiner der guten Menschen auf dem Raumschiff damit rechnete. Nur dass diese Krallen schon viel zu oft in Gestalt irgendwelcher bedauernswerter Passagiere erschienen waren, die von den Tigern mühelos eingefangen und öffentlichkeitswirksam zur Rechenschaft gezogen wurden. Dabei hatten sie kaum etwas von Monstern an sich gehabt, sondern eher wie Bauernopfer gewirkt. Zunächst hatte Laohu sich darüber keine Gedanken gemacht, doch irgendwann hatte sich die Lage eben verändert.

»Es geht ums Ganze«, sagte Li Yun. »Wir recht du hast. Deshalb müssen wir zusammenhalten und dürfen unsere Aufgaben keinen Augenblick vernachlässigen.«

Laohu nickte und schaute zu Ning. »Was wird aus ihm?«

»Na was wohl?« Chen versetzte seinem Diener einen Schlag, der dessen Kopf herumriss und ihn Blut spucken ließ. Ein winziger Blutspritzer landete vorn auf Laohus Montur, und Chen sah ihn erwartungsvoll an. Er ahnte vermutlich, dass ihm der Umgang mit seinem Diener nicht gefiel. Aus diesem Grund schlug er gleich noch einmal zu. Laohu zwang sich, keine Regung zu zeigen. Er konnte ohnehin nichts mehr für Ning tun. So lauteten nun einmal die Regeln: Wenn der Tiger erst mal die Zähne in sein Opfer geschlagen hatte, ließ er nicht mehr los. »Wie habt ihr ihn enttarnt?«, fragte er, an Li Yun gewandt.

»Mit Glück. Manchmal sind es lediglich Zufälle, die einen zum Ziel führen. Zunächst sind wir auf ihn aufmerksam geworden, weil er die Yangtao aus deinem Garten auf dem Schwarzmarkt verkauft hat. Wir haben ihn auf die Beobachtungsliste gesetzt und sind dadurch über seinen Verrat gestolpert. Die Einzelheiten müssen dich nicht interessieren, aber er hat alles gestanden. Ich dachte mir, dass du darüber in Kenntnis gesetzt werden willst.«

»Das ist sehr zuvorkommend.«

»Jetzt bleibt uns nur noch eine Sache zu tun.«

»Die Wurzel auszureißen«, sagte Chen.

»Er hat eine Familie«, sagte Laohu.

»Seltsam, nicht wahr?« Li Yun lächelte. Gedankenverloren strich sie sich über die Haare. »Dass dieses archaische Konstrukt aus der Urzeit sich immer noch so hartnäckig hält. Selbst du sprichst noch davon, obwohl du nach modernen Maßstäben erzogen worden bist.«

»Gewohnheiten sterben eben nur langsam«, sagte Chen. »Nicht wahr, Bruderherz?«

Laohu nickte. »Der Mensch ist eben immer noch ein Tier.«

Li Yun warf ihm einen seltsamen Blick zu. »Gib mir deine Waffe, Chen.« Sie streckte den Arm aus, und Chen zog seine Waffe vom Gürtel und legte sie mit dem Griff voran in ihre Hand. Sie wandte sich zu Laohu um und übergab ihm die Waffe. »Dieser Mann hat dich hintergangen. Er hat dein Vertrauen missbraucht und deine Ehre beschmutzt. Ich finde es dir gegenüber nur gerecht, wenn du die Sache wieder in Ordnung bringst.«

Laohu beäugte die Waffe wie ein giftiges Tier. Er fragte sich, ob das ein Loyalitätstest sein sollte oder eine Erniedrigung. Vielleicht war Li Yun aber auch so überzeugt von ihrer Sache, dass sie tatsächlich glaubte, ihm einen Gefallen zu tun. Gott, wie er dieses Leben hasste.

Nur mühsam widerstand er dem Drang, das Magazin in die Gesichter seiner beiden Gegenüber zu entladen. Aber was hätte das für einen Sinn gehabt? Erstens war die Waffe mit Sicherheit so kalibriert, dass sie sich nicht gegen ihren Eigentümer richten ließ, und zweitens hätte Laohu nichts dadurch gewonnen. Die zwei Wachhunde vor der Tür waren mit Sicherheit nicht die einzigen Beamten in der Gegend. Er würde kaum das Gebäude lebend verlassen können, geschweige denn die Ebene. Und danach? Sollte er sich im Recyclingsektor zwischen Müllbergen verstecken und seinen Lebensunterhalt mit dem Ausschlachten alter Siliziumplatinen und illegalen Faustkämpfen bestreiten? Immer mit der Angst im Nacken, eines Tages eingefangen und zu Tode gefoltert zu werden? Noch nie war ein Tiger aus dem Dienst desertiert. Und wenn es doch geschehen sollte, dann würden die anderen auf jeden Fall dafür sorgen, dass es kein zweites Mal geschah.

Er hatte natürlich auch die Wahl, einfach nicht zu schießen. Doch das würde als Zeichen von Schwäche ausgelegt werden. Erfüllte er dagegen seine Pflicht, wäre das ein weiterer Schritt über die unsichtbare Grenze. Li Yun wusste das. Sie wollte, dass er diesen Schritt ging. Die Frage war nur, ob es überhaupt noch einen Unterschied machte. »Ning«, sagte er mit belegter Stimme. »Sieh mich an.«

Mühsam hob Ning den Kopf. Sein Gesicht war furchtbar zerschlagen, die Nase mehrfach gebrochen, und in seinem Mund fehlten etliche Zähne. Der Anblick war entsetzlich, obwohl er für Laohu grundsätzlich nicht neu war.

»Verzeihen Sie mir, Herr Laohu. Ich wollte Sie nicht in diese unangenehme Lage bringen.«

»Du hättest besser dich selbst nicht in diese Lage gebracht.«

»Ja, das war dumm von mir. Ich bitte um Entschuldigung. Sie waren immer ein guter Dienstherr. Ich habe Ihr Verständnis nicht verdient.«

»Schon gut. Manchmal laufen die Dinge eben anders als gedacht.«

»Wären Sie so freundlich, meiner Frau zu sagen, dass ich nicht mehr nach Hause komme?«

»Du kennst die Regeln. Du weißt, dass ich das nicht kann.«

Ning nickte traurig. »Ich weiß. Es tut mir leid.«

»Schließ die Augen.« Laohu wusste nicht, warum er die Worte aussprach, aber irgendetwas sagte ihm, dass es richtig war. Er hoffte, dass Ning sie verstand. Und er hoffte, dass sein Diener irgendeine Art von Trost darin fand – falls das in so einem Augenblick überhaupt möglich war. »Stell dir etwas Schönes vor, Ning. Den Rikugi-Park zum Beispiel. Die kleine Halbinsel mit dem Teehaus darauf. Du hast mal gesagt, dass sie besonders im Herbst einen Besuch wert ist. Vielleicht hast du recht.« Langsam hob er die Waffe.

VERSCHWÖRUNGEN

Weltschiff Zheng He

LAOHU STAND UNTER DER DUSCHE und ließ das Wasser über seinen Kopf laufen. Es war eiskalt, aber er spürte es kaum. Ning hatte eine Frau. Laohu kannte nicht einmal ihren Namen. Er wusste nur, dass sie die Erlaubnis hatten, ein gemeinsames Kind zu zeugen. Einen genetisch modifizierten Zellhaufen, der in den Reproduktionshallen darauf wartete, auf die Welt geholt zu werden. Der nun vergeblich wartete, weil sein Vater irgendwo in der Shui-Ebene in einem gottverlassenen Lagerhaus auf einem Stuhl saß und ein Loch im Kopf hatte. Dabei wäre er mit Sicherheit ein guter Vater gewesen. Er hatte all die Fähigkeiten besessen, die man einem Kind beibringen sollte. Nicht, wie man anderen Leuten die Kehle herausriss, sondern, wie man kochte und einen Garten bepflanzte und auf die richtige Art eine Yangtao zerteilte.

Laohu versuchte, den Gedanken zu verdrängen, doch es wollte ihm einfach nicht gelingen. Er schaltete das Wasser aus, trocknete sich ab und humpelte hinaus auf die Terrasse. Der künstliche Horizont zeigte einen Vollmond, der den Garten in magisches Dämmerlicht tauchte. Laohu ließ sich am Tisch nieder und öffnete mit einer Handbewegung die Informationsdatenbanken der Administration.

Er rief Nings Akte auf und scrollte sich durch die größtenteils belanglosen Einträge. Das Einzige, was ihm seltsam vorkam, war die unverhältnismäßig hohe Zahl an unkommentierten Löschungen. Tatsächlich war sie so groß, dass es schon verdächtig wirkte. Normalerweise kam so eine Häufung nur bei Sicherheitsbeamten oder Passagieren vor, die einen gewissen Einfluss im Sekretariat besaßen. Einem normalen Passagier waren solche Privilegien in den meisten Fällen verwehrt. Ein oder zwei dieser Löschungen stammten von Laohu selbst, der seinem Diener in gelegentlichen Anflügen von Großzügigkeit den einen oder anderen Gefallen getan hatte, doch die restlichen Löschungen waren ihm ein Rätsel. Er versuchte, die Löschprotokolle zu öffnen, doch der Zugriff wurde ihm verwehrt.

Nachdenklich blickte er über den Garten hinweg. Er öffnete die Datenbanken erneut und suchte darin nach Einträgen zu Heinrich dem Fünften. Nach einer Weile schloss er sie wieder und stand auf. Er ging zurück in die Kabine und zog sich an.

Der Rikugi-Park war in diesen frühen Stunden noch weitgehend menschenleer. Eine Handvoll Reinigungskräfte fegte die Wege, und auf einer Wiese übte sich eine Gruppe alter Frauen in der Kunst des Thai Chi.

Alte Menschen schliefen nicht mehr so viel wie die jungen. Laohu hatte in letzter Zeit ebenfalls Probleme mit dem Schlafen gehabt. Es gab zwar Medikamente dagegen, doch die wirkten sich negativ auf den Gesundheitsstatus aus. Laohus Aktivitätsanalyse empfahl ihm Klangschalentherapie und Stressvermeidung. Sie war vermutlich nicht für den Lebenswandel eines Tigers konzipiert, dessen Hauptaktivitäten darin bestanden, Terroristen die Kehlköpfe zu zertrümmern.

Er setzte sich in das kleine Teehaus auf der Halbinsel in der Mitte des Parks und beobachtete die alten Frauen bei der Einübung ihres faszinierenden Zeitlupentanzes. Ihre Choreografie war schlicht, aber hübsch anzusehen. Sogar die Straßenkehrer unterbrachen ihre Arbeit eine Weile, um das Schauspiel zu bewundern, bis der Vorarbeiter sie irgendwann wieder an ihre Pflichten erinnerte.

Sie hatten Glück, in so einem friedlichen Umfeld ihrer Beschäftigung nachgehen zu dürfen. So wie die alten Frauen Glück hatten, diesen Park für ihre Übungen nutzen zu können. Vermutlich handelte es sich um besonders verdiente Passagiere – ehemalige Mitarbeiterinnen im Sekretariat oder einer Sicherheitsbehörde. Die meisten anderen Passagiere hatten nicht so viel Glück. Entweder hausten sie in den Außenbezirken oder hatten schlicht keine Zeit für einen Ausflug in die Parks. Der soziale Kredit tickte unaufhörlich gegen null. Das blecherne Geräusch, das den Verlust eines wertvollen Punkts signalisierte, bestimmte unbarmherzig den Takt ihres Lebens. Baihu hatte diesen schrecklichen Ton als die Türglocke zur Vorhölle bezeichnet.

Der Tee aus dem Fabber war eine Spur zu bitter eingestellt. Allerdings war er in hübschen Tassen angerichtet, und die Aussicht auf den Park war einfach atemberaubend. Das allein rechtfertigte beinahe schon die hohen Kreditkosten. Um sieben Uhr betraten zwei Männer in grauen Zhifu das Teehaus und ließen sich direkt neben dem Eingang nieder. Ihre kahlen Quadratschädel waren an diesem Ort so fehl am Platz wie Alligatoren auf einem

Kinderspielplatz. Laohu sah ihnen die Sicherheitsbeamten schon auf hundert Meter Entfernung an. Er hatte zunächst auf Angestellte des Sekretariats getippt, aber ihre Unbeholfenheit bei der Bestellung ließ auf eine weniger kultivierte Abteilung schließen.

Einige Minuten später trat ein weiterer Mann unter das Dach, dessen Erscheinungsbild eine Menge Autorität ausstrahlte. Er besaß scharfe Gesichtszüge, kurz geschnittenes Haupthaar mit ausrasierten Seiten und den selbstbewussten Gang eines Kriegers. Er hatte die mittleren Jahre bereits überschritten, aber seine Statur ließ darauf schließen, dass er sich eisern in Form hielt. Laohu tippte auf Pferdegene. Der Mann ließ sich am Nachbartisch nieder und bestellte einen Tee ohne Beilage. Er wartete geduldig, bis die Bedienung wieder verschwunden war, ehe er das Wort an Laohu richtete.

»Schöne Aussicht, nicht wahr? Das ist die Silhouette von Tokyo, wenn ich mich nicht irre.«

»Das Gelände ist dem originalen Rikugi-Park nachempfunden«, sagte Laohu. »Einem Wandelgarten aus der Edo-Zeit des alten Japan.«

Der Mann nickte anerkennend. »Ich schätze die Erhabenheit dieser Kultur. Ein Jammer, dass so wenig von ihr übrig geblieben ist. Haben Sie japanische Vorfahren?«

»Sagen Sie es mir.«

Der Mann lächelte. »Michael Hong«, sagte er und hob seine Tasse.

Der Name »Michael« war äußerst ungewöhnlich auf der *Zheng He*. Westliche Sitten hatten keinen guten Stand unter den Kindern der Drachen. Michael Hong trug allerdings einen Nachnamen und konnte sich diese Exzentrik wohl leisten. Nachnamen besaßen nämlich nur die direkten Nachfahren des ursprünglichen Expeditionsteams. Auch wenn ihr Einfluss über die Jahre hinweg abgenommen hatte, so wie in früheren Zeiten der Einfluss von japanischen Samuraifamilien oder europäischen Adelsgeschlechtern, umgab sie immer noch die Aura des Elitären. Was allerdings nicht bedeutete, dass man so einem Menschen in irgendeiner Weise besonders vertrauen konnte. Immerhin hatten auch die Adelshäuser des Altertums ihre Macht auf einer langen Reihe von Raubzügen und blutigen Auseinandersetzungen begründet. Der Nachname Hong war dagegen ein gutes Zeichen. Rot stand in der Farbenlehre für Glück und das Leben. Laohu hob ebenfalls die Tasse und nickte Michael Hong zu.

Sie tauschten ein paar Höflichkeiten aus, während die Straßenkehrer sich zielgerichtet durch den Park arbeiteten und die alten Frauen lachend und schwatzend ihre Sachen zusammenpackten und sich auf den Weg zurück in die Tristesse ihrer Sektoren machten. Michael Hong wirkte gebildet und höflich und wusste sehr genau über die Ereignisse im Jin-Sektor Bescheid. Er ging nicht ins Detail, ließ aber recht schnell durchblicken, dass es sich bei ihm um einen hochrangigen Militär handelte, der offenbar direkten Zugriff auf Laohus Akte besaß.

Angesichts der entspannten Atmosphäre handelte es sich also nicht direkt um ein Verhör, aber dennoch um ein bisschen mehr als nur eine zufällige Begegnung eines Beamten des Sicherheitsstabs mit einem in die Jahre gekommenen Tiger. Einem Tiger, der nicht mehr so genau wusste, auf welcher Seite er stand.

»Wie ich gehört habe, hast du dich verdient gemacht, Laohu.« Michael Hong plauderte, als wären ihm diese Informationen beim Einkauf in der Backstube zugetragen worden. Laohu vermutete allerdings, dass die Höflichkeiten damit beendet wurden und der eigentliche Grund ihres Aufeinandertreffens eingeläutet werden sollte. »Ein sehr beeindruckender Kredit, muss ich sagen.«

»Ich gebe mir Mühe, meinen produktiven Beitrag zum Erhalt der Drachennation zu leisten.«

»Natürlich. Daran habe ich überhaupt keinen Zweifel. Deine Loyalität ist über alle Zweifel erhaben.« Michael Hong nippte an seinem Tee. »Ehrlich gesagt ist dein Score so makellos, dass einige Revisoren darauf aufmerksam geworden sind. Man vermutete sogar schon eine Systemstörung.«

Laohu erwiderte seinen Blick äußerlich ungerührt. »Eine Störung ist unmöglich. Die Administration erlaubt keine Fehler.«

»Jaja.« Michael Hong machte eine wegwerfende Handbewegung. »Du hast natürlich recht, Laohu. Die Drachennation ist perfekt.«

Laohu versuchte in der Miene seines Gegenübers einen Hauch Ironie zu erkennen, aber Michael Hong gab sich keine Blöße. Es war wie beim Brettspiel. Jeder schob seine Steine ein Stück über das Feld und wartete darauf, dass der andere den ersten Fehler machte.

»Dutzende Orden, Belobigungen und Beförderungen.« Aus Michael Hongs Stimme sprach ehrliche Anerkennung. »Du hast alles erreicht, was ein Mann mit deinen Genen im Leben erreichen kann. Selbst das Verwundetenabzeichen am Band, falls man sich darauf etwas einbilden möchte. Du wurdest schwer am Knie verletzt?«

Laohu erstarrte. In seiner Akte mochte vieles stehen, doch diese eine Information mit Sicherheit nicht. Dafür hatte er nämlich selbst gesorgt. Andernfalls wäre er schon längst kein Sicherheitsbeamter mehr, sondern höchstens noch ein ausgemustertes Wrack, das seinen kargen Kredit als Türsteher in einer schäbigen Bar in den Außensektoren aufbesserte. Schlagartig bildete sich ein dicker Knoten in seinem Magen. Der Drang, sein Knie zu massieren, wurde beinahe unwiderstehlich. »Eine unwesentliche Verletzung.«

»Mehrfache Knochenbrüche und ein Kreuzbandabriss. So etwas nenne ich nicht gerade unwesentlich.«

»Für einen Tiger schon.«

»Es gab Komplikationen, soweit ich weiß.«

Laohu kniff die Augen zusammen. Er wusste nicht, wie viel seinem Gegenüber tatsächlich bekannt war. Vielleicht fischte er ja nur im Trüben. Doch allein die Tatsache, dass er Laohu direkt auf diese Sache ansprach, war schon beunruhigend genug.

Natürlich hatte es Komplikationen gegeben. Eine ganze Menge sogar. Das Knie war mehrmals aufgeschnitten worden, ehe alles wieder am richtigen Platz gesessen hatte. Sein Gesundheitsstatus war immer weiter in den Keller gerauscht. Eine Evaluierung war unausweichlich geworden. Für Laohus Karriere hätte es das unweigerliche Ende bedeutet, und jeder andere Tiger hätte sich diesem Schicksal kampflos ergeben müssen. Doch er hatte Glück gehabt. Ning hatte ihm die nötigen Kontakte vermittelt. Einen Gefallen für einen Gefallen für einen weiteren Gefallen. Das Resultat war eine winzige Änderung in den Akteneinträgen gewesen, die für ihn allerdings alles bedeutet hatte. Das Leben spielte sich auf einem schmalen Grat in der Mitte zwischen Yin und Yang ab. Man musste immerzu aufpassen, nicht auf einer Seite herunterzustürzen.

»Warum erzählen Sie mir das?«

»Ich möchte nur sichergehen, dass wir uns auf demselben Stand befinden. Ist dir bekannt, wer sonst noch von deiner Verletzung weiß?«

»Wer?«

»Sekretärin Li Yun. Du hast mit ihr geredet. Was für einen Eindruck macht sie auf dich?«

Laohu kniff die Augen zu Schlitzen zusammen. Er wusste, dass man so eine simple Frage niemals auf die leichte Schulter nehmen durfte. Die Antwort konnte mehr über den Antwortenden selbst aussagen als über das Objekt des Gesprächs. Er warf einen Blick zu den zwei Sicherheitsbeamten an der Tür. »Li Yun scheint eine sehr zielstrebige Frau zu sein.«

Michael Hong nickte. »Zielstrebigkeit ist eine nützliche Eigenschaft – solange die Richtung stimmt. In letzter Zeit haben nicht wenige auf diesem Schiff allerdings den Eindruck gewonnen, dass die Navigatoren die Kompassnadel aus dem Auge verloren haben. Verstehst du, was ich damit meine, Laohu?«

Laohu verstand. Wie sollte er es auch nicht? Für einen Tiger war es schließlich unmöglich, diese Dinge zu übersehen. Es knackte und knarzte überall auf dem Schiff. Die Sektoren wurden gegängelt, wo es nur ging. Es herrschte Rohstoffknappheit, doch das war nur der Tropfen, der das Fass zum Überlaufen brachte. Die Menschen begannen, gegen das strenge Regiment auf dem Schiff aufzubegehren und ihre Unzufriedenheit immer öfter zu zeigen. Sie fingen an, dem Wort der Drachen zu misstrauen. Die Tiger rückten von Tag zu Tag häufiger aus. Oft genug nicht mehr nur gegen Verbrecher und Terroristen, sondern gegen ganz normale Passagiere, die einfach nur das Falsche gesagt hatten.

Eines der Privilegien eines Tigers war die Einsicht in zahlreiche Ereignisse auf dem Schiff, von denen sonst kaum jemand etwas bemerkte. Man betrat Ebenen, zu denen nur wenigen Passagieren der Zutritt erlaubt war, und sah Dinge, die kaum einer zu Gesicht bekam. Man sah das geschäftige Gewusel auf den Recyclingmärkten, die noble Eleganz in den oberen Sektoren und das himmelschreiende Elend in den Außensektoren. Man hörte das Herz des Schiffs schlagen, die gigantischen Triebwerke, die es mit Tausenden Kilometern in der Stunde durch die Unendlichkeit katapultierten. Man sah die unzähligen kleinen und großen Narben, die der lange Flug in dem stählernen Körper hinterließ, und die Risse in der Fassade, die mit jedem Jahr länger und tiefer wurden. Ja, es knackte und knarzte gewaltig in den Eingeweiden, und Laohu verstand es nur zu gut. »Ich verstehe«, sagte er und nickte.

»Das ist gut.« Michael Hong stellte die Teetasse behutsam vor sich ab und schob ein handtellergroßes goldenes Kärtchen über die Tischplatte. Auf der Oberfläche prangte neben dem allgegenwärtigen Drachen das Symbol der Schatzkammer. »Ich weiß, dass dir Kredits nicht viel bedeuten, aber du wirst schon eine Verwendung hierfür finden.«

»Warum?«

»Sieh es als Geschenk.«

»Niemand macht einfach so Geschenke.«

»In früheren Zeiten schon. In besseren Zeiten.«

»In früheren Zeiten herrschten Krieg und Hunger. Fünfzig Millionen Menschen wurden durch die Seuche dahingerafft. Waren das die besseren Zeiten, von denen Sie sprechen?«

»Es kommt auf die Sichtweise an.« Michael Hong nippte an seinem Tee und warf einen nachdenklichen Blick über den Park. »Weißt du, wen Li Yun ursprünglich für die Sicherheitsleitung der Geheimmission ausgewählt hatte, Laohu?«

»Vermutlich nicht mich, wenn Sie so fragen.«

»Das ist richtig. Sie hat Chen ausgewählt.«

»Er ist ... ebenfalls sehr zielstrebig.«

»Er ist ein psychopathischer Mörder.«

Laohu zuckte mit den Schultern. »Sind wir das nicht alle? Dafür wurden wir schließlich ausgebildet.«

Michael Hong setzte zu einer Entgegnung an, als sich zwei Männer in der traditionellen Hanfu-Tracht von Sekretariatsangestellten dem Teehaus näherten. Einer der beiden schlecht verkleideten Sicherheitsbeamten erhob sich von seinem Platz neben der Tür und verwehrte ihnen höflich, aber bestimmt den Zutritt. Nach einigem Hin und Her traten die Sekretariatsangestellten murrend den Rückzug an. Michael Hong blickte ihnen hinterher. »Im Tu-Sektor wurden unter Chens Einsatzleitung zwei Dutzend Menschen kaltblütig erschossen«, sagte er nach einer Weile. »Im Recyclingsektor hatte das Sekretariat die Verhaftung streikender Arbeiter angeordnet. Als sich einige Männer widersetzten, hat Chen sie eigenhändig gefoltert, bis sie die irrsinnigsten Geständnisse unterschrieben. Er hat ganze Familien einsperren und unzählige Menschen auf Nimmerwiedersehen verschwinden lassen. Seine Vorgehensweise geht weit über das hinaus, was man selbst unter euch Tigern als angemessen ansieht.«

»Ich verstehe«, sagte Laohu.

»Das ist gut. Wir haben nämlich alle Hebel in Bewegung gesetzt, um dich zum Sicherheitsleiter dieser Mission zu machen.«

»Ich verstehe. Darf ich Ihnen eine Frage stellen, Michael Hong?«

»Natürlich.«

»Warum ich?«

»Weil du von unserer Hilfe genauso profitierst wie wir von deiner.«

»Das meine ich nicht.«

Michael Hong sah ihn forschend an. Er hob die Teetasse an den Mund, nahm einen Schluck und stellte die Tasse wieder ab. »Du besitzt einen seltenen Sinn für Gerechtigkeit – trotz deiner Erziehung. Das Militär hat Respekt vor dieser Eigenschaft. Wir könnten viel mehr von solchen Männern gebrauchen. Dummerweise gibt es aber nur wenige.«

»Vielleicht werde ich einfach nur alt und weichherzig.«

»Das mag ein Grund sein.« Michael Hong lächelte. »Es ist aber noch etwas anderes. Es gibt Menschen, die eine weit höhere Meinung von dir haben, als du glaubst.«

»Niemand hält besonders viel von mir.«

»Manche schon.«

Laohu runzelte die Stirn. »Essen Sie zufällig gern Mondkuchen?«

»Wie bitte?«

»Nichts. Wie kann ich sicher sein, dass Sie mich nicht hintergehen?«

»Das kannst du nicht. Es ist allerdings nicht gerade so, als hättest du irgendeine Wahl.«

»Man hat immer die Wahl.«

»Ich weiß, dass das alles ein bisschen viel auf einmal ist. Aber es ist ein einmaliges Angebot, das nicht wiederkommt. Denk darüber nach. Schlaf wenigstens eine Nacht darüber.«

»Ich verstehe. Ist das alles?«

»Das ist alles, Laohu. Ich danke dir für deine Zeit.«

SEKTOR A

HELEN RECHNETE JEDEN TAG DAMIT, dass plötzlich Marschalls vor ihnen stehen würden, die Hand auf den Waffen an ihren Gürteln, um sie in den Verhörtrakt im Bug zu schleppen.

Was blödsinnig war, denn vermutlich würde man sie einfach nur in die Hangarschleuse bringen, dort zusammenschlagen und, nachdem sie alles ausgekotzt hätte, was sie wusste, einfach in den nächsten Recycler werfen.

Natürlich – dem Gesetz nach würde das nicht passieren. Die *Tereschkowa* war eine Republik mit strengen Gesetzen, die so etwas unmöglich machten. Selbst der Admiral stand der Regierung des Weltschiffs nur übergangsweise vor, bis die aktuelle Krise überstanden war. Zugegeben, eine Krise, die jetzt seit 18 Jahren bestand und auf absehbare Zeit keine Aussicht auf Besserung bot.

Jedenfalls: Die Marschalls waren pragmatisch – und sie selbst nicht wichtig genug für eine protokollgerechte Behandlung oder gar einen Schauprozess. Es war einfach so. Wer sich mit flüchtigen Aufrührern wie Trofim einließ, brauchte nicht mit viel mehr rechnen, als vorzeitig als Dünger in den Hydrofarmen zu landen. Schließlich landeten sie am Ende alle dort. Es war nur eine Frage der Zeit.

Tatsächlich passierte nichts. Niemand hatte gefragt, woher sie die zusätzlichen Rationen organisiert hatte. Willard mochte zwar vermuten, dass sie bei einem der Arbeitsgänge außen auf dem Schiff etwas gefunden und nicht, wie es üblich war, ihm verkauft hatten. Andererseits – es gab keinen Vertrag, der ihnen das verbot. Und da die Rationen seinem Hangar zugutekamen, behielt er seinen Ärger wohlweislich für sich und ließ sich nichts anmerken. Es vergingen vier Tage, bevor Helen begann, sich vorsichtig zu entspannen. Die Sensoren hatten einen weiteren Riss in ihrem Wartungsabschnitt entdeckt.

»Mich wundert, dass wir noch nicht komplett auseinandergefallen sind«, brummte Rangi lakonisch. Er koppelte die armdicken Energiekabel von der *Maru* und überprüfte die Daten, die auf seinem Armdisplay aufliefen. »Bei den Steuermanövern der letzten Tage habe ich fast damit gerechnet.«

»Da bist du nicht der Einzige.« Helen aktivierte einige Schaltungen, und ihr Wohncontainer löste sich zischend vom Rig. Sie deutete mit ihrem Multitool in Richtung des inneren Hangarsiegels. »Willard hat die Cutter angewiesen, den kompletten Müll aus dem Tor zu räumen. Scheint so, als will da jemand schnell zumachen können.«

Rangi nickte. »Zumindest sind wir dann auf der Innenseite.«

»Das bringt uns dann auch nicht viel. Wir verhungern hier drin, statt zu ersticken. Auch schön.«

»Deswegen fliegen wir raus und machen den Mist weg.« Der Große setzte gerade dazu an, die Klammern zu lösen, die die *Maru* fest auf dem Hangarboden fixierten, als beide Displays zeitgleich zu zirpen begannen. Er warf einen Blick darauf. »Willard?«

Helen nickte mit zusammengezogenen Brauen und nahm den Anruf an. »Wir sind so gut wie fertig, Boss. Fünf Minuten. Alle Systeme sind …«

»Ihr könnt den Start abbrechen.«

Helen und ihr Mann wechselten einen Blick. Das flaue Gefühl kehrte in Helens Magen zurück und biss sich fest. »Der Riss schweißt sich nicht von selbst, Willard. Ihr habt ihn als Kategorie drei einge…«

»Ich sagte, ihr sollt abbrechen!«, gab der Hangarmeister scharf zurück. »Ihr habt die Order, eure Ärsche in Richtung Bug zu bewegen. Ebene A.« Sein Gesicht war auf dem zerkratzten Monitor von Helens Armdisplay schlecht zu erkennen, doch es wirkte noch roter als sonst. »Die Anweisung kommt von ganz oben.«

Helen schluckte, dann räusperte sie sich. »Und warum das?«

»Ich habe keine verdammte Ahnung«, knurrte Willard. »Aber ich führe ein ordentliches Haus. Ich will keinen Ärger. Wenn ihr irgendwas angestellt habt, das auf mich zurückfällt, zieh' ich euch persönlich die Haut ab und lass' sie euch selbst in den Recycler werfen, klar?«

»Klar. Und wer kümmert sich um den Riss?« Helen starrte das Bild des teigigen Mannes auf ihrem Display an.

»Wen interessiert's? Die da oben offensichtlich nicht. Es muss warten. Bewegt euch!« Willard unterbrach die Verbindung, und Helen sah ihren Mann mit gehobenen Brauen an.

»Was meinst du?«

»Ich weiß nicht, was ich meinen soll«, sagte Rangi langsam und legte einen Schalter um. Die Halteklammern schlossen sich wieder. »Aber wenn der Bug sagt, dass wir kommen sollen, können wir uns schlecht verweigern, oder?«

»Manchmal geht mir deine Arschruhe auf den Geist.« Helen wusste nicht genau, warum, aber irgendwie ärgerte sie sich plötzlich über die scheinbare Emotionslosigkeit ihres Mannes. Was natürlich unsinnig war. Sie verzog das Gesicht, schloss eines der Stromkabel wieder an das Rig und wischte sich die Hände am VacSuit ab.

»Ich weiß. Aber genau deshalb hast du mich geheiratet, *Schyna*.«

»Ich erinnere mich an zwei oder drei Gründe, aber der war nicht dabei. Kommst du?«

Rangi musterte seine Frau, die lediglich ihren vielfach geflickten VacSuit trug. »So?«

Sie zuckte mit den Schultern. »Sie wollen, dass wir sofort erscheinen, also müssen sie damit leben, dass ich mich nicht erst für sie fein mache.«

Ihr Mann nickte. Dann sah er sie nachdenklich an. »Meinst du, irgendwer ahnt was?«

Helen strich unbewusst mit den Fingerspitzen über ihr Armdisplay, bevor sie kaum merklich den Kopf schüttelte. »Ich denke nicht. Glaub nicht, dass sie Theater spielen würden. Ein Trupp Marschalls, der uns zu den nächsten Recyclern eskortiert, und das wär's. Gehen wir nachsehen, was sie wollen.« Sie legte den Hebel um, der die Verbindung zwischen *Maru* und dem Wohncontainer wieder schloss, und ging in Richtung Ausgang. Hinter den getönten Panoramafenstern von Willards Büro meinte sie den Schemen des alten Mannes zu sehen. Entschlossen straffte sie die Schultern.

»Meintest du einen Trupp Marschalls wie den da?«, fragte Rangi hinter ihr, als sie das innere Tor erreichten, das den Hangar von der eigentlichen Kammer trennte. Zwei Männer in schwarzen VacSuits standen gelangweilt im Inneren des Durchgangs. Militärische VacSuits mit Gelpanzerung, von denen sich die nachträglich aufgesprühte Farbe bereits wieder ablöste. *Schlampige Arbeit.* Helen blinzelte irritiert, als ihr dieser Gedanke bewusst wurde. »Zu wenige«, sagte sie leise. »Sie wissen ja, dass du mitkommst. Sie hätten mehr geschickt. Bärtchen hat ja nicht mal eine Waffe.«

»Hm.« Rangi neben ihr musterte den linken der beiden, der einen dünnen Oberlippenbart spazieren trug. Auch er schien nicht beeindruckt vom Elektrostab, der am Gürtel des Mannes hing. Sein etwas älterer, dunkelhäutigerer Partner dagegen hatte eine kurze, schwere Pistole in einem Holster am Oberschenkel. Immerhin. »Wenn sie uns tot sehen wollen, sind wir immer noch tot«, stellte er leise fest.

Helen zuckte mit den Schultern. »Um was wetten wir, dass es das nicht ist?« Sie lächelte schmal und ging auf die beiden Männer zu, sodass ihrem Mann nichts anderes übrig blieb, als ihr zu folgen. »Hoi, *Sahti*, wartet ihr auf uns?«

Der Ältere sah von seinem Armdisplay auf und wischte weg, was immer er sich angesehen hatte, als er sie entdeckte. »Die Piloten von Vierzehn?«

Helen sah demonstrativ hinauf zur riesigen, etwas verblichenen Kennzahl über dem Hangartor, und nickte dann. »Ich denke schon. Was können wir für die Admiralität tun?«

»Ich glaub nicht, dass euch das ...« Der Schnurrbärtige verstummte unter dem düsteren Seitenblick des zweiten Marschalls, bevor jener sich wieder Helen zuwandte. »Ihr werdet zu gegebener Zeit erfahren, worum es geht. Fürs Erste sind wir dafür zuständig, dass ihr heil und zügig oben ankommt.«

Helen warf Rangi einen schnellen Blick zu. Der schürzte beeindruckt die Lippen und wiederholte lautlos »*zu gegebener Zeit*«. Sie nickte. »Hat das etwas mit den Kurswechseln zu tun?« Die beiden Marschalls wechselten einen alarmierten Blick, doch Helen winkte nur ab. »Was denn nun? Das hat nun inzwischen wirklich jeder hier mitbekommen.«

»Na ja, wir …«

Dieses Mal gelang es dem Älteren nur mit sichtlicher Mühe, sich davon abzuhalten, dem Bärtigen eine Ohrfeige zu verpassen. »Das ist eine Information, die wir nicht bestätigen können. Folgt uns bitte.«

»So eilig?«

Der Ältere drehte sich um und trat hinaus auf den Vorplatz des Hangars.

»Ihr solltet uns folgen«, erklärte der Bärtige beflissen. »Der Admiral wartet nicht gern.«

»Der Admiral«, sagte Rangi langsam, wie um sicherzugehen. »Wartet. Auf uns.«

Der Bärtige musterte den Maori, der über ihm aufragte, und verzog das Gesicht geringschätzig. »Das habe ich gesagt, oder? Auch wenn ich keine Ahnung habe, warum.«

Der Admiral war ein Mann, der für seine eigentümliche Jovialität wie auch für seinen Jähzorn berüchtigt war. Helen hatte ihn noch nie persönlich gesehen, aber sein Gesicht war ihr bestens bekannt. Jeder kannte die seltsam glatten und doch charismatischen Züge des Admirals, der sich nur zu gern bei seiner Besatzung, wie er die Bewohner der Trommel zu nennen pflegte, meldete. Persönliche Ansprachen erfolgten in schönster Regelmäßigkeit über jeden Großbildschirm, den das Schiff zu bieten hatte, und tatsächlich hatte er noch immer eine gewisse Anhängerschaft, selbst unter den Leuten, die in den Barracken der unteren Ebenen lebten. Er war der Mann, der die *Tereschkowa* vor dem kompletten Zusammenbruch bewahrt hatte, als vor achtzehn Jahren die künstliche Schwerkraft ausgefallen war und das Schiff beinahe zugrunde gegangen wäre. Eigentlich lebten sie nur seinetwegen noch. Wobei ihn das vermutlich nicht einmal interessierte.

Sie folgten den beiden Marschalls aus dem Hangar hinaus auf den Blauen Markt. Beinahe sofort umschloss sie der so charakteristische Geruch der Trommel, eine Mischung aus den Ausdünstungen von Tausenden von Menschen, die auf engstem Raum lebten, von Garküchen, Reinigungsmitteln und Schmierfetten, von Luft, die bereits tausend Mal zu oft durch alte Lüftungsschächte rotiert war, von Ausscheidung von Menschen und Tieren, von allgegenwärtigem Rost und ein leiser Hauch des morastigen Sees, der sich knapp hundert Meter unter ihnen am Boden der Trommel erstreckte. Es war ein See, der dort nicht hingehörte. Andererseits war auf der *Tereschkowa* nichts dort, wo es hingehörte. Als ein Felsbrocken von der Größe eines Transportshuttles vor 18 Jahren die *Tereschkowa* gestreift und einen gewaltigen Teil der Lagerdecks aus dem Schiff gerissen hatte, war die Rotation der Trommel ausgefallen, und die künstliche Schwerkraft hatte kurz darauf vollständig versagt. Es folgte der Große Sturz. Zuerst war das Wasser aus den Seen und Brunnen geschossen und hatte sich in gewaltigen Sturzbächen in Richtung Heck ergossen. Es hatte alles und jeden mitgerissen, der sich in diesem Moment im Freien befunden hatte. Dreitausend Menschen hatten den Tod gefunden, über tausend weitere folgten ihnen, zerschmettert in ihren

Wohnungen oder zermalmt von den Erdmassen, die sich von den Wänden der Hauptröhre lösten und ebenfalls in Richtung Heck fielen. Denn von diesem Moment an war der Bremsdruck der gewaltigen Triebwerke die einzige Quelle der Schwerkraft, und was einst das Heck eines fast zwei Kilometer langen Schiffs gewesen war, bildete jetzt den Boden eines unvorstellbar gewaltigen Turms, der noch immer auf sein fernes Ziel zustürzte. Aber die *Tereschkowa* war nicht gefallen. Sie hatten nicht aufgegeben. Das folgende Chaos hatte die Ordnung des Schiffs beiseitegefegt, doch als der Admiral die Führung übernommen hatte, hatten die Überlebenden auf den Trägern und Streben und Trennwänden der Trommel aus den Trümmern ein neues Leben errichtet. Eine dieser Behelfssiedlungen befand sich direkt vor Hangar 14. Der Hauptträger, der die Mittelachse der Trommel stützen sollte, war hier an die zweihundert Meter breit, und in den vergangenen Jahrzehnten war hier aus Schrottteilen und Kunststoffwänden, die die wenigen noch funktionierenden 3-D-Drucker ausgespuckt hatten, eine Siedlung entstanden, die heute vermutlich fast zweitausend Menschen beherbergte. Direkt vor dem Hangartor lag der Blaue Markt, benannt nach den Markierungen, die der Träger einst gehabt hatte. Ein buntes Sammelsurium aus dünnwandigen Plasstahlunterständen, Folienzelten und unregelmäßigen 3-D-Platten wurde vom Geschrei der Händler erfüllt, von den Klängen von Straßenmusikern und dem Trubel eines Markttags, der beinahe darüber hinwegtäuschte, dass es viel zu wenig gab, das angeboten werden konnte. Von den FoodFabbern, die die Katastrophe überlebt hatten, war nur noch ein Bruchteil in Betrieb. Der größte Teil war inzwischen zu Ersatzteilen verarbeitet worden. Auf den übrigen Trägern waren zwar Gärten und GrowVats angelegt, und im sumpfigen See unter ihnen wurden Fische, Algen und Capybaras gezüchtet, doch auch das war kaum genug, die Bewohner der Trommel zu versorgen. Es wäre schon knapp genug gewesen, wenn der Bug nicht regelmäßige Tribute gefordert hätte. So jedoch …

Die Menge der abgerissenen Menschen auf dem Markt teilte sich vor den beiden Marschalls, ohne dass ein Wort notwendig gewesen wäre, und Helen wurde bewusst, dass unzählige Blicke auf ihr und Rangi lagen. Eine Vielzahl unterschiedlicher Blicke: verängstigte, neugierige, misstrauische, düstere. Es war nie ein gutes Zeichen, mit den Marschalls zu tun zu haben, und noch schlechter war es in der Regel, wenn sie jemanden irgendwo hinbrachten. Dass Helen und ihr Mann keine Fesseln trugen, verstärkte das Misstrauen eher noch. Die beiden Marschalls verschwendeten ihrerseits keinen Blick auf die Menge. Niemand, der nicht in einem Recycler enden wollte, stellte sich ernstlich einem der Männer des Admirals entgegen. Und niemand verbündete sich mit ihnen. Noch während Helen und ihr Mann zwischen ihnen hindurchgingen, wurden Gerüchte geboren, und noch konnte niemand sagen, in welche Richtung sie sich entwickeln würden. Helen nickte einem Kind zu, das kaum älter als vier sein konnte. Der Junge, von dem sie, wenn sie sich richtig erinnerte, erst vor einer Woche eine Schale frisches Pilzragout gekauft hatte, duckte sich eilig hinter eine Trennwand. So schnell wuchs Misstrauen.

Der Weg zur Achse erschien ihr ewig zu dauern, doch schließlich kam die zentrale Plattform in Sicht. Sie war nachträglich errichtet worden, an der Stelle, an der die drei Hauptstreben des Abschnitts zusammenliefen. Ursprünglich hatte die Achse vor allem den Lichtbändern gedient, die das Schiff von vorn bis hinten durchzogen und für künstliches Sonnenlicht sorgten, das die Siedlungen und Parks auf der Innenseite der Trommel erleuchtete, für Tag und Nacht sorgte und Pflanzen und Menschen am Leben erhielt. Auch heute noch erfüllte sie ihren eigentlichen Zweck, doch jetzt waren die drei Lifte die wichtigste Verbindung zwischen den sechs Ebenen, zwischen Bug und Heck – zwischen Oben und Unten.

Und wie es aussah, war der Zugang zur Liftplattform heute gesperrt. Mindestens ein halbes Dutzend Marschalls mit Schusswaffen und Elektrostöcken waren an den Aufstiegen zur Plattform postiert und verwehrten den Zivilisten nahezu ausnahmslos den Zutritt.

»Schusswaffen«, murmelte Rangi möglichst unbeteiligt. »Fast jeder. Ungewöhnlich.«

Helen nickte, ohne ihn anzusehen. »Ist irgendwas vorgefallen?«, fragte sie stattdessen bei ihren Begleitern nach.

Der Bärtige zuckte mit den Schultern. »Soweit ich weiß, nicht. Und wir sorgen dafür, dass es so bleibt, richtig, Kovlow?« Die letzten Worte waren an einen der Marschalls an der Absperrung vor ihnen gerichtet.

Der Mann las ungerührt die Armdisplays der beiden Marschalls aus und zuckte mit den Schultern. »So oder so, Kamerad. Aber ich fürchte fast, dass niemand versucht, uns Ärger zu machen. Fast ein bisschen schade.« Er sah Helen prüfend an, bevor sein Blick zu Rangi wanderte, der hinter ihr aufragte.

Der große Mann grinste freundlich und breitete die riesigen Hände aus. »Kein Ärger von meiner Seite, *Sahti*. Ich wär' gar nicht hier, wenn der Admiral nicht nach uns gefragt hätte. Geht mich alles nix an.«

Kovlow musterte ihn misstrauisch. »Nach so was wie dir hat der Admiral gefragt?«

»Die Piloten der Vierzehn«, sagte Helen schnell. »Vielleicht kannst ja du uns verraten, was wir oben sollen.«

Der Mann zuckte mit den Schultern, ohne den Blick von Rangi zu nehmen. »Keine Ahnung, aber dann habt ihr wohl noch mal Glück gehabt. Ihr seid die Letzten, die heute nach oben dürfen. Ab sofort gilt Ausgangssperre.«

»Ausgangssperre?« Helen stockte, doch ihr Mann schob sie unauffällig weiter und grinste den Marschall weiterhin an. »Wie ...?«

Der Marschall wandte sich von ihnen ab und einem Streit zu, der jetzt hinter ihnen ausbrach. Helen blieb nichts anderes übrig, als ihren Begleitern vor die Lifttore zu folgen, die einige Schritte weiter in die gewaltige Mittelsäule eingelassen waren. Die beiden Marschalls bedeuteten ihnen zu warten, und die Enge in Helens Hals nahm zu. Vielleicht ging es tatsächlich nicht um sie. Aber aus irgendeinem Grund beruhigte sie das nicht.

Der Bärtige nestelte eine Dose mit NarcPads aus der Brust seines VacSuits und klebte sich eines davon umständlich auf den Hals. Sein Partner warf ihm einen düsteren Blick zu und wandte sich ab, die Daumen betont gelassen in den Gurt um seine Hüften gehakt. Jetzt konnte Helen zum ersten Mal die Anzeige auf seiner Brust richtig lesen. Verblüffenderweise zeigte sie keine Nummer, sondern einen Namen. »Marschall Batra? Von den Batras auf Ebene B?«

Der Marschall zuckte kaum merklich zusammen, dann nickte er zögerlich. »Nicht dass es dich etwas angeht.«

Helen schüttelte eilig den Kopf. »Tut es nicht. Ist nur so, dass ich eine Judy Batra von B kenne. Sie arbeitet Filter auf. Luftfilter, Wasserfilter, Fabberfilter, diese Sachen. Altes Chandni-Familiengeschäft. Verwandtschaft von Ihnen?« Batra starrte sie an, bis Helen die Hände hob. »Ich frag ja nur. Sind meines Wissens alles feine Leute, die Batras, mehr wollte ich gar nicht damit sagen. Hören Sie, Marschall, wie hat der Kerl das gerade gemeint mit der Ausgangssperre?«

Der Marschall starrte noch einen Moment weiter. Dann räusperte er sich, und seine Haltung schien sich um eine Winzigkeit zu lockern. »Ich denke, das werdet ihr alles oben erfahren. Und ihr könnt dem Admiral danken, denn hier unten wird's bald ungemütlich.« Er nickte in Richtung Lifttor und schob Helen voran. Widerstrebend betrat sie den containergroßen Raum. Helen dachte unwillkürlich an die Zeit vor dem Stillstand der Trommel zurück. Damals hatten sich die Lifte waagrecht bewegt, und in der annähernden Schwerelosigkeit des Trommelzentrums wurde man lediglich durch die Beschleunigung der Lifte sanft in die verschlissenen Kunststoffsitze der Kapsel gedrückt, während vor dem Stahlglas-Panoramafenster die Siedlungen an den Wänden der Trommel an einem vorbeiglitten. Heute waren die Sitze verschwunden, und man stand in einer hohen Kapsel auf einem nachträglich eingezogenen Boden, dort, wo einst die Rückwand der Liftkabine gewesen war. Das Panoramafenster war noch immer da und gab den Blick auf die zerklüftete Metallwand frei, an der jetzt behelfsmäßige Behausungen wie Vogelnester klebten. Wobei viele Nischen tatsächlich von Vögeln bewohnt waren. Sie gehörten zu den Überlebenden des Großen Sturzes. Ursprünglich dazu da, die Insekten in den zahlreichen Brunnen und Teichen der Trommel einzudämmen und bei den Bewohnern des Schiffs für Seelenfrieden zu sorgen, ergänzten sie heute vor allem den Speiseplan der Leute. Und schissen alles voll. Mit einem Rucken machte sich der Lift rumpelnd auf den Weg nach oben. Magnetschienen hätten ihn eigentlich mühelos emporgleiten lassen sollen, doch auch das gehörte längst der Vergangenheit an.

Helen sah auf die weit entfernte Wand, die nach unten zu gleiten schien, und schüttelte den Kopf. »Ungemütlich werden? Sie haben nie hier unten gelebt, oder? Ebene B ist der Himmel gegen hier unten.«

Batra vermied es, sie anzusehen. Er starrte ebenfalls aus dem Fenster. »Täuscht euch nicht. B ist weit entfernt davon, der Himmel zu sein.«

»Meiner Erfahrung nach ist der Himmel ein tiefes schwarzes Loch, das sich einen Scheiß um unser Wohl schert.« Rangi legte Helen seine schwere Hand auf den Nacken, und Helen bemerkte erst jetzt, wie angespannt ihre Schultern waren.

Der Marschall wiegte nachdenklich den Kopf. »Gut, wenn man es so betrachtet, beschreibt das B ganz gut.«

Helen riss den Blick von der Aussicht los und warf ihm einen Seitenblick zu, doch Batra nahm sich jetzt sichtlich zusammen und straffte die Schultern. Brüsk wandte er sich ab und ging auf die andere Seite des Lifts, wo sich sein Kumpan leise mit einem Trio weiterer Marschalls unterhielt.

Es dauerte eine halbe Ewigkeit, bis ihr Aufzug auf Ebene A ankam. Zweimal hatte der Lift gestoppt, um weitere Passagiere aufzunehmen, zweimal war er ruckend und stöhnend wieder angefahren, bis er sie schließlich neunhundert Meter über ihrem Zuhause ausgespuckt hatte.

Helen war noch nie auf Ebene A gewesen. Auch hier war alles auf den ehemaligen Stützen der Trommel errichtet, doch im Gegensatz zu den unteren Ebenen waren die Schäden hier beim Großen Sturz nur gering gewesen. Natürlich. Immerhin war alles von hier weggefallen. Also hatte man die Fabber dieser Sektion genutzt, um ordentliche Behausungen zu drucken und eine strukturierte Siedlung zu schaffen, die jetzt die Marschalls beherbergte und jenen Raum bot, die die Offiziere des Admirals für wichtig oder wenigstens notwendig erachteten. Ein Schwarm Drohnen sirrte vorbei und fächerte hoch über ihren Köpfen auf, und Helens Blick folgte ihnen. Die Flugkörper glitten in einem eleganten Halbkreis über den zentralen Platz und stiegen zwischen den Gebäuden auf, die aus zehn und mehr Stockwerken bestanden, deren Polymerglasfenster in der schwächer werdenden Sonne glänzten. Unglaublich viel Platz für rund dreihundert Marschalls, Techniker und Servicepersonal. Es gab keine genauen Zahlen, doch man nahm an, dass etwa eintausend Menschen hier oben lebten, vielleicht auch etwas mehr, doch im Vergleich zu den Tausenden, die sich auf den Ebenen unter ihnen drängten, geradezu unanständig wenige. Sie sah sich um. Es war sauber hier, und es schien heller zu sein. Sie atmete durch. Selbst die Luft roch sauberer als unten, wo Rauch und der Geruch nach Morast, Algen und Schimmel, nach Schmieröl und Abwasser so allgegenwärtig war, dass Helen erst jetzt klar wurde, wie wenig sie von reiner Luft wusste. Sie nahm einen weiteren Zug, und Wut stieg in ihr auf, Wut darüber, dass diese Luft den Leuten am Boden der Trommel verwehrt blieb. Stattdessen hatten sie Mücken, Gestank und viel zu wenige Rationen. Sie atmete ein drittes

Mal durch, und plötzlich lag erneut Rangis Hand auf ihrer Schulter.

»Mach langsam«, murmelte er gedämpft. »Zu viel Sauerstoff macht wirr im Kopf.« Er nickte in Richtung der restlichen Passagiere.

Die meisten trugen einen Gesichtsausdruck, in dem Verwirrung, Neugier und Furcht miteinander rangen, so intensiv, wie sie es eben noch selbst gespürt hatte. Wie es aussah, war fast niemand von ihnen je zuvor hier oben gewesen.

»Mari Komarowa«, sagte Rangi leise, und Helen folgte seinem Blick. Mari war Ende dreißig, untersetzt und trug einen beachtlichen Bauch in ihrem VacSuit umher, der sie ein wenig schwanger wirken ließ. Nur dass sie schon immer so aussah, seit Helen sie kannte. Sie war eine der Pilotinnen von Ebene C, und da die kleine Frau neben ihr einen passenden Overall trug, handelte es sich vermutlich um ihre Co-Pilotin. Helen runzelte die Stirn. Ein wenig weiter rechts begrüßte ein Kerl in einem zerschlissenen Flugoverall einen anderen Mann, dessen VacSuitrücken das handgemalte Bild einer geflügelten Schlange trug. »Piloten«, sagte sie mehr zu sich selbst. »Ein ganzer Haufen davon.«

Sie konnte aus dem Augenwinkel sehen, wie Rangi nickte. »Eine Menge Piloten. Kal von Hangar elf habe ich auch schon entdeckt«, raunte der Maori. »Aber nicht nur Piloten. Siehst du die junge Frau dort mit den kurzen weißen Haaren? Bionisches C120-Auge? Sie ist Mechanikerin in Hangar C. Ich war mal bei ihr, Fabberteile eintauschen. Wenn sich irgendwer mit den Dingern auskennt, dann sie.«

Helen musterte die Weißhaarige kurz und ließ dann den Blick über die zahlreichen Marschalls gleiten, die den Platz unauffällig, jedoch gut sichtbar einrahmten. »Was bei aller Schwärze wird das hier?«

»Kann ich dir immer noch nicht sagen«, murmelte ihr Mann. »Aber ich vermute, dass unser unsichtbarer Freund das jetzt gern sehen würde. Hey, sieh mal«, ergänzte er lauter und nickte zwei Marschalls zu, die sich soeben an ihnen vorbeischoben. »Die haben sogar ein Buffet aufgebaut! Meine Güte, ich weiß nicht mal, wann ich das letzte Mal eins gesehen habe.« Er grinste breit und marschierte in Richtung der Tische am Ende des Platzes.

Helen folgte ihrem Mann langsamer. Sie zählte etwa drei Dutzend Leute, die nicht zu den Marschalls gehörten; etwas mehr als die Hälfte davon kannte sie. Die meisten hatten einen ähnlich verwirrten Ausdruck im Gesicht und unterhielten sich in kleinen Gruppen. Offensichtlich hatte noch niemand eine Ahnung, warum man sie hergebracht hatte. Die Marschalls, die den Platz umgaben, wirkten nicht direkt bedrohlich, aber ihr entging nicht, dass sie strategisch genug platziert waren, um jede Art von Aufruhr unter den Leuten – oder einen Fluchtversuch – schnell zu unterbinden. Sie waren vielleicht keine Gefangenen – aber mit ziemlicher Sicherheit auch keine Gäste. Abwesend strichen ihre Finger über ihr Armdisplay. Rangi hatte es großzügig mit einer Stahlbürste bearbeitet, schlampig lackiert und sogar Risse in das Deckglas gemacht, auch wenn Helen der Meinung gewesen war, dass ihr Mann damit etwas übertrieben hatte. Für einen Moment spielte sie mit dem Gedanken, das hier tatsächlich aufzunehmen. Aber dafür hatte sie das Equipment nicht bekommen – und wer sagte ihr, dass die Marschalls hier nicht jede Aufnahme überwachten? Widerstrebend schloss sie die Schutzhülle auf ihrem Ärmel. Vielleicht bekam sie nur eine Chance, und es wäre dumm, sie für das hier zu verschwenden.

»Ah, ich sehe, dass die Letzten unserer Gäste eingetroffen sind. Das ist fabelhaft.«

Wer um Himmels willen verwendete noch das Wort fabelhaft? Helen drehte sich um. Ein hagerer Mann betrat den Platz in Begleitung zweier Adjutanten und einer eigenen kleinen Eskorte von Marschalls. Er trug eine makellos schwarze Uniform mit Rangabzeichen, die Helen nicht einordnen konnte, einen struppigen Backenbart zum glatt rasierten Schädel. Außerdem hatte er ein Holopad auf dem Arm und schien die Gesichter der Anwesenden mit etwas darauf zu vergleichen. »Und ich freue mich zu sehen, dass Sie es vollständig geschafft haben.« Er sah auf, und nichts in seinem Gesicht deutete auf wie auch immer geartete Freude hin. »Ich bin mir sicher, dass Sie alle darauf brennen zu erfahren, weshalb der Admiral sie hergebeten hat. Nun, wir werden Sie nicht länger auf die Folter spannen. Heute nicht. Wenn Sie mir folgen würden?« Er machte eine ausladende Geste in Richtung einer Tür direkt hinter ihm, und die Menschen mit den fragenden Gesichtern folgten zögernd seiner Einladung.

Hinter der Tür wartete ein großer, weitgehend leerer Raum auf sie, in dem man ein paar Reihen schlichter Kunststoffstühle aufgestellt hatte. Ein Holopult dominierte das hintere Ende des Raums, und der Hagere nahm jetzt daneben Aufstellung. Mit steinerner Miene wartete er, bis auch die letzte der Zivilisten Platz genommen hatte.

»Bürger«, begann er dann, »ich darf mich Ihnen kurz vorstellen: Mein Name ist Victor Tamek, Kommandant des 2. Bataillons des Marschallservice und Leiter dieser Operation. Wie Ihnen vielleicht nicht entgangen ist, steht unser Schiff in letzter Zeit unter erhöhtem Stress, der uns alle vor neue Herausforderungen stellt. Wir wissen, dass es Gerüchte gibt, dass wir unsere Flugbahn geändert haben, obwohl das Ziel unserer Reise noch fast zwei Jahrzehnte Flugzeit entfernt liegt. Ich kann Ihnen allen an dieser Stelle mitteilen: Ja, das entspricht der Wahrheit, und nein, das ist nicht auf einen Fehler oder Unglücksfall zurückzuführen.« Erwartungsgemäß machte sich erstauntes Raunen in den Reihen der Anwesenden breit, und Tamek wartete einige Augenblicke, bevor er die Hand hob. »Der Grund dafür ist vielmehr, dass unsere Langstreckenscanner vor einigen Wochen die Signale eines vor uns im Raum fliegenden Objekts aufgefangen haben, dessen Flugbahn und Geschwindigkeit es uns ermöglichen, auf Parallelkurs zu gehen.«

Das Raunen wuchs erneut an, und Helen runzelte die Stirn. Signale. Das klang unerwartet … aktiv.

Rangi lehnte sich zu ihr herüber. »Kann es sein, dass die Zheng dieselben Scanner haben wie wir? Das wäre ein guter Grund für ihre Aufregung, oder?«

Helen nickte abwesend. Sie beobachtete die Reaktionen der übrigen Zuhörer. Die meisten wirkten wie vor den Kopf geschlagen, andere nickten grimmig vor sich hin. Vor allem die Schweißercrews der Wartungsshuttles. Mari Komarowa zum Beispiel wirkte nicht sonderlich überrascht. Natürlich. Jede Außencrew im Einsatz musste gemerkt haben, dass die Kursänderung kein Versehen war. Dafür waren die Schübe der Steuerdüsen zu koordiniert. Wieder andere aktivierten unauffällig ihre Armdisplays. Sie hob den Kopf und sah sich um. Die Marschalls hatten entlang der Wände des Saals Aufstellung genommen und ließen die Zivilisten nicht aus den Augen. Vielleicht war es eine gute Idee gewesen, keine Aufnahme zu starten. Sie verschränkte demonstrativ die Arme.

Der Kommandant schien das ähnlich zu sehen. »Ich denke, ich muss Sie nicht gesondert darauf hinweisen, dass alles, was Sie hier in diesem Raum hören und sehen, der strengsten Geheimhaltung unterliegt. Mit entsprechenden Konsequenzen bei Zuwiderhandlung. Wir wissen zum derzeitigen Zeitpunkt nicht, was auf uns zukommt, und wie Ihnen allen bewusst sein dürfte, hängt beim momentanen Zustand unseres Schiffs unser aller Existenz am seidenen Faden. Die Admiralität und der Marschallservice halten unsere gemeinsame Heimat nur mit Disziplin zusammen, und ...«

»Und ich dachte, es sind wir und unsere Schweißnähte«, murmelte Rangi vor sich hin. Helen gab ihm im Stillen recht. Die Schweißnähte waren für die normalen Bewohner der *Tereschkowa* vermutlich wichtiger als die Marschalls.

»... ist das Letzte, was wir jetzt brauchen, eine Panik. Um es gleich klarzustellen: Wenn irgendjemand etwas hiervon nach außen sickern lässt, werde ich ihn persönlich in den Recycler stecken. Klar?« Er sah sich im Raum um und nickte. »Nachdem das besprochen wäre, kommen wir zum interessanten Teil. Unsere Kurskorrekturen sind beinahe abgeschlossen, und wir befinden uns in diesem Moment in der finalen Phase des Anflugs. Das Objekt ist rund zwanzig Kilometer lang und hat einen mittleren Durchmesser von drei Kilometern, wobei es eine exzentrische Rotation aufweist. Aus den Beobachtungsdaten hatten wir zunächst geschlossen, dass es sich um einen Kometen handelt, und ich brauche Ihnen vermutlich nicht zu sagen, dass uns eine Aufstockung unserer

Vorräte an Rohstoffen und vor allem Wasser mehr als willkommen wäre. Also hat der Admiral beschlossen, dass die Kurskorrektur im Sinne unserer Gemeinschaft ist. Die Nahbereichsscanner haben jedoch inzwischen etwas anderes ergeben.« Tamek ließ eine Kunstpause, doch dieses Mal unterbrach ihn niemand. Mit einer dramatischen Geste aktivierte er das Holopult und zog das schimmernde Abbild eines zigarrenförmigen Objekts aus dem Boden. Es schlingerte gemächlich um gleich mehrere Achsen, überschlug sich und trudelte rotierend neben dem Kommandanten durch die Luft. »Objekt 153 ist kein Komet. Wir wissen nicht genau, was es ist, aber es ist künstlich.«

Der Lärmpegel schwoll augenblicklich an, und mehrere Menschen sprangen von ihren Stühlen auf. Tamek hielt sie nicht davon ab, und Helen wurde das Gefühl nicht los, dass er diesen Augenblick auskostete.

»Hm«, machte Rangi leise neben ihr und biss in ein Brötchen, das er vom Buffet mitgebracht hatte. »Ich bin mir ziemlich sicher, dass ich von einem zwanzig Kilometer langen Schiff gehört hätte, das vor uns das Sol-System verlassen hat.«

»Halt die Klappe.« Irgendetwas lag plötzlich in Helens Magengrube. »Du weißt, was das heißt?«

»Jupp. Dass das Ding vermutlich nicht aus unserem Sonnensystem ist. Und dass die Zheng das inzwischen auch wissen.« Rangis Worte klangen noch immer leichthin, doch er hatte die Stimme gesenkt. »Ich wette, deswegen waren die so aufgeregt.«

Helen atmete tief durch und sah ihn düster an. »Das Ding ist nicht menschlich! Wie kannst du so ruhig bleiben?«

Ihr Mann zuckte mit den Schultern. »Deswegen fliegen wir doch hier, oder? Weil was aus dieser Richtung zu uns kam. Und ich wette, er lügt. Die wissen genau, was es ist.«

Bevor sie antworten konnte, flammte hinter dem Bild des Objekts ein weiteres auf, und erst jetzt wurde Helen bewusst, dass die gesamte Rückwand des Raums ein Trid-Display war – auf dem jetzt eine Gestalt auftauchte, die ihnen den Rücken zukehrte. Dennoch wusste sie wie jeder andere auf diesem Schiff genau, wer dort stand. Der Admiral auf dem Trid-Schirm wartete, bis der Aufruhr im Raum verebbte und einer erwartungsvollen Stille Platz machte. Erst dann wandte er sich gelassen um und musterte die Versammelten. Er trug einen aufwendigen, schwarz-goldenen VacSuit, der zumindest auf dem Trid wie Leder wirkte, und hatte das mit einer altmodischen Pilotenjacke kombiniert. Sein jugendliches Gesicht wurde von ungewöhnlich langem Haar eingerahmt, das ihm fast bis zum Kinn reichte, und sein Lächeln schien unbekümmert, offen – und vielleicht eine Spur zu ebenmäßig.

Er wirkte kaum älter als Mitte zwanzig, obwohl es kein Geheimnis war, dass er das bereits getan hatte, als er vor fast zwei Jahrzehnten die Führung der *Tresch* übernommen hatte. *An sich gerissen*, korrigierte sich Helen im Stillen. Er war da gewesen, nachdem das Schiff einen Großteil seiner Rechnerbanken und Prozessoreinheiten verloren hatte, und mit ihnen CATRON, die zentrale AI, die nahezu jeden der Prozesse auf der *Tereschkowa* gesteuert hatte. Als also niemand genau wusste, was zu tun war, geschweige denn wie die Hälfte der Sachen eigentlich ohne AI funktionierte, war er da gewesen, ein etwas eigenwilliger, jedoch brillanter, junger Mann, der bis dahin wohl ein Schattendasein in irgendeinem der Programmierzimmer oder Archive gefristet hatte. Und er hatte auf fast alles eine Antwort gehabt. Also hatten sich die Leute an ihn gewandt. Ihm seine Aufgabe nahezu aufgedrängt, und er hatte die Chance ergriffen. Seitdem schien er nicht mehr gealtert – zumindest, soweit man den Trids und Holos Glauben schenken konnte, denn ihr war nicht bekannt, dass ihn irgendjemand aus der unteren Trommel je persönlich gesehen hatte.

»Wenn ich um Ruhe bitten dürfte«, sagte er genau in dem Moment, als auch noch der Letzte schwieg. Seine Stimme klang gut gelaunt wie immer. »Danke, meine Freunde. Bitte setzen Sie sich wieder. Ich weiß, Sie alle haben Fragen. Das ist gut so.« Er lächelte, und zu Helens Verblüffung wirkte dieses Lächeln echt. »Genau deshalb habe ich genau Sie zu diesem Treffen beordert. Weil Sie Fragen stellen. Fragen, die ich mir auch stelle, und hoffentlich Fragen, die mir selbst nicht eingefallen sind. Ich möchte nämlich Antworten auf meine Fragen. Sie nicht?« Er wartete kurz die Reaktionen seiner Zuhörer ab. Als die erste geraunte Zustimmung aufkam und hier und dort jemand nickte, wurde sein Lächeln breiter. »Und diese Antworten werden wir gemeinsam finden. Ich weiß, wir alle machen seit einigen Jahren eine schwere Zeit durch. Seit diese unsägliche Katastrophe uns getroffen hat. Unser aller Leben hängt am seidenen Faden – oder besser: Es liegt in den Händen von Menschen wie mir und Ihnen. Wir sind alles, was all die Menschen, die uns lieb und teuer sind, vom sicheren Tod im unbarmherzigen, kalten All trennt.« Sein Lächeln erlosch, und sein Gesicht wurde dunkler, so als hätte jemand das Licht gedimmt. »Aber

Sie können Ihre Arbeit nicht machen, wenn uns die Rohstoffe ausgehen. So kurz vor dem Ziel, und doch sind unsere Aussichten, es zu erreichen, geringer denn je. Und da«, die Stimme des Admirals wurde lauter, und erst jetzt wurde Helen klar, dass irgendjemand mit der Übertragungstechnik spielte. Und das vermutlich auch beim Licht getan hatte. »Genau da schickt uns … der Himmel, sozusagen, eine Lösung für unsere Probleme. Er schickt uns einen Berg voller Rohstoffe. Gut, wir wissen nicht genau, was er uns im Einzelnen schickt, aber es sind Rohstoffe. Und Sie, teure Crewmitglieder, können jetzt Ihren Teil zum Wohl unseres großen Schiffs beitragen. Der Kommandant versicherte mir, dass Sie genau die Leute sind, die wir jetzt brauchen. Sie dürfen sich also ab sofort als ein Teil einer wichtigen Spezialeinheit fühlen. Aber«, er ließ eine neuerliche Kunstpause und hob dramatisch die Hand, noch bevor das aufkommende Murmeln der Versammelten lauter werden konnte. Helen und Rangi wechselten einen Blick, und der große Mann verschränkte die Arme. Er tat das meist, wenn er nervös war und seine Hände nicht beschäftigen konnte.

»Wir haben ein Problem«, fuhr der Admiral fort. »Oder zwei. Genau genommen sind es zwei Probleme. Wie Sie wissen …« Er unterbrach sich und wandte sich jemandem zu, den das Trid nicht erfasste. »Die Leute wissen doch noch davon, oder? Gut. Ja, in Ordnung.« Mit einem Nicken wandte er sich wieder der Trid-Kamera und damit seinem Publikum zu. »Wie einige von Ihnen sicherlich noch wissen, ist die *Tresch* nicht allein hier draußen. Bedauerlicherweise. Wie wir erfahren haben, existieren die beiden Schwesterschiffe noch immer. Und sie sind uns vielleicht nicht zu Hilfe gekommen, als wir sie gebraucht hätten – aber dafür haben sie es jetzt auf die Rohstoffe abgesehen, die wir entdeckt haben. Sie sind auf dem Weg, uns unsere Entdeckung streitig zu machen. Das heißt, wir müssen schnell handeln. Wir müssen *jetzt* handeln!« Der Admiral lehnte sich vor und starrte direkt in die Kamera. Für einen Moment hatte die Aufnahme Mühe, sich scharf zu stellen, als der Kopf des Admirals in den Raum zu ragen schien. »Und mit jetzt meine ich: sofort! Wie man mir mitteilt, hat zumindest das Schiff der Zheng bereits ein Shuttle abgesetzt. Sie dürfen uns nicht zuvorkommen! Deshalb hat Kommandant Tamek einhundert meiner besten Marshalls zusammengestellt, um Ihnen als Begleitschutz zu dienen. Sie errichten einen Brückenkopf und verhelfen unserem Schiff zu den Rohstoffen, die uns zustehen. Betrachten Sie sich als Gesandtschaft unseres glorreichen Schiffs. Ich gratuliere Ihnen allen zur Beförderung. Es liegt an Ihnen, den Fortbestand unseres Schiffs und das Gelingen des letzten Abschnitts unserer Reise zu sichern. Aber ich bin mir sicher, dass Sie alle sich dessen in diesem Augenblick bereits bewusst sind und alles in Ihrer Macht Stehende tun werden. Was auch immer das sein mag. Ich vertraue voll und ganz auf Sie und Ihren Willen, mir zu … zu helfen, der *Tereschkowa* zu dienen. Machen Sie uns Ehre!« Er nickte Tamek zu, der steif neben dem Holopult stand und jetzt salutierte. »Machen Sie weiter, Kommandant. Es ist Ihre Operation. Und Ihnen allen noch einen erfolgreichen Tag.« Der Admiral ließ ein letztes, breites Lächeln aufblitzen und verschwand.

Im nächsten Moment brandete Lärm auf. Einige der Anwesenden sprangen von ihren Stühlen auf, andere begannen, hitzig zu debattieren, wieder andere wandten sich an den Kommandanten oder an den nächststehenden Marschall.

Helen dagegen saß vollkommen ruhig. Sie spürte, wie ihre Wangen brannten und etwas ihre Kehle eng werden ließ, und für einen Moment war sie sich sicher, dass ihre Knie zittern würden, wenn sie jetzt aufstand. Sie schluckte mehrmals und stellte fest, dass das Licht dunkler geworden zu sein schien. Möglicherweise ...

Rangis schwielige Hand lag plötzlich schwer auf ihrem Nacken und drückte sanft, aber bestimmt zu. »Vergiss nicht zu atmen, ja?«

»Er ...« Sie schluckte erneut. Ihr Mund war auf einmal völlig ausgedörrt. »Er hat uns gerade für einen Kampfeinsatz rekrutiert!«

»Hat er nicht«, widersprach ihr Mann ruhig. »Uns braucht er dafür, seine Leute zu fliegen.« Er nickte mit dem Kinn in den Raum hinein. »Ich hab's doch gesagt. Eine Menge Piloten. Das heißt, er hat keine eigenen. Oder nicht genug. Wir sind wertvoller für ihn als seine Marschalls. Die werden 'nen Dreck tun und uns gefährden. Pass auf.«

Vorn am Pult hatte sich der Kommandant inzwischen umgedreht, und eine Reihe Marschalls hatte sich zwischen ihn und die aufgeregte Menge geschoben. »Sie haben den Admiral gehört!«, hallte seine verstärkte Stimme durch den Raum. »Sie alle sind eingeteilt worden, das Objekt zu untersuchen und meinen Leuten dabei im Rahmen Ihrer Fähigkeiten zu helfen, das Objekt für uns in Besitz zu nehmen. Wir vertrauen dabei auf Ihre uneingeschränkte Kooperation.«

»Er vertraut darauf.« Helen sah sich um und schnaubte. Die Marschalls am Rande des Raums hatten jetzt ausnahmslos die Hände an den Waffen. »Natürlich«, murmelte sie, »vollkommen uneingeschränkt.«

Rangi nickte. »Eine Menge Vertrauen in diesem Raum.« Eine der Frauen in der vorderen Reihe, eine korpulente Endvierzigerin, die einen Overall mit der Kennung eines Foodlabors auf Ebene B trug, protestierte lautstark und versuchte, sich an den Marschalls vorbeizudrängen, bis einer der Männer sie einfach niederschlug. Das Murren wurde lauter, doch die Platzwunde auf der Stirn der Frau schien den Willen der Übrigen zu dämpfen, allzu sehr zu protestieren.

Rangi beugte sich zu ihr herüber. »Ich weiß nicht, was diese Leute haben«, sagte er leise. »Aber wenn da draußen tatsächlich ein Schiff ist, das keine Menschen gebaut haben, dann würde ich das schon gern sehen.«

Helen atmete tief durch. »Weil du ein Idiot bist«, flüsterte sie zurück. »Wir sollten uns raushalten.«

Rangi verzog das Gesicht. »Ich fürchte, dafür ist es zu spät. ›Alles in Ihrer Macht Stehende.‹ Ich wette, das hat er auch den Marschalls gesagt. Und ich glaube nicht, dass die ihre Waffen umsonst dabeihaben.«

»Aber du hast sowieso nicht vor, dich rauszuhalten.« Sie zog eine Braue hoch. »Und du hast lauter Krümel im Bart.«

»Für später.« Rangi zuckte mit den Schultern und wischte sich über das struppige Kinn. »Wie es aussieht, haben wir gar nicht die Wahl, uns rauszuhalten. Zweitens: Wenn die *Tresch* weiterhin in diesem Tempo zerfällt, stirbt dieses Schiff noch vor uns. Und wir mit ihm. Und wenn das unsere Chance ist, an Material zu kommen, dann sollten wir das nutzen, oder? Außerdem«, er betrachtete das Objekt, dessen Abbild sich noch immer hinter dem Kommandanten drehte, »wenn das wirklich ein Alien-Schiff ist, dann will ich das mit eigenen Augen sehen. Du nicht?«

Helen starrte ihn an, dann das Objekt. »Ich weiß nicht...«

Rangi lachte leise. »Doch. Du weißt das. Du hast, wie wir alle, dein ganzes Leben lang nur diese Trommel gesehen, innen und außen. Du willst das genauso wie ich.«

LETZTE VORBEREITUNGEN

Weltschiff Zheng He

DER ERSTE BLICK AUF DIE HANGAREBENE hatte immer etwas Ehrfurchtgebietendes an sich. Zuerst war da diese weitläufige Halle mit ihren gewaltigen Fensterfronten und dem futuristischen Design. Eine riesige Kuppel spannte sich wie eine Glocke darüber. Direkt darunter befand sich eine mächtige Statue. Ein goldener Drache, der sich um den Stamm eines Ginkgobaums wand. Aufwendig produzierte Hologramme informierten den historisch interessierten Besucher darüber, dass es sich dabei um Ao Guang handelte, den Drachenkaiser des östlichen Meers, der den Regen brachte. Die Statue war aus echtem Gold gegossen. Sie war die Gabe einer einflussreichen Industriellenfamilie gewesen, die beinahe vierzig Prozent zum Bau der Besucherebene beigesteuert hatte. Der Großteil der umgebenden Bereiche war mit Teehäusern, Restaurants und Spielhallen angefüllt, um die zahlreichen Passagiere zu unterhalten, die sich täglich vor den gewaltigen Fensterfronten drängten. Sie wollten einen Blick auf die Flaggschiffe der *Zheng He* werfen, die unten in den Montagehallen gewartet wurden.

Ungewöhnlich viele Besucher drängten sich an diesem Morgen vor den hohen Scheiben, hinter denen die Umrisse von vier gewaltigen Zerstörern der Shayú-Klasse aufragten. Ihr Lack glänzte strahlend weiß im Licht Tausender Scheinwerfer, und auf ihren Rümpfen prangte unübersehbar die rotgoldene Flagge der Drachennation. Perfekt in Szene gesetzt, um in den Alben der begeistert holografierenden Menge verewigt oder im Rahmen obligatorischer Schulbesuche patriotisch besungen zu werden. Sogar das Holoteam des Morgenappells war angerückt. Die enthusiastische Stimme der Moderatorin übertönte selbst das hundertstimmige Gemurmel der Menge, als sie während der Verkündung ihrer weltbewegenden Neuigkeiten zu neuer Höchstform auflief.

Durch die zahlreichen Risse und Löcher im Gefüge des Drachenratswar nun endgültig hindurchgesickert, dass in den nächsten Tagen mehrere Raumschiffe zu einem unbekannten Ziel aufbrechen würden. Der Administration war schließlich nichts anderes mehr übrig geblieben, als endlich mit der Wahrheit herauszurücken, wenn sie die Reaktionen der Passagiere noch irgendwie positiv beeinflussen wollte. Dementsprechend überschwänglich fielen die Berichte der Moderatorin aus.

Bis vor Kurzem hätte Laohu ihren überschäumenden Patriotismus noch ignoriert, doch an diesem Morgen hätte er ihr am liebsten den Hals umgedreht. Er war froh, als ihn ein Sicherheitsbeamter an der Schlange vorbeiwinkte und er dem anarchischen Treiben auf den Besucherdecks endlich entkommen konnte.

Als er in die Dunkelheit der Zubringertunnel eintauchte, umfing ihn wohltuende Stille. Die Luft fühlte sich angenehm kühl an, und er saugte den erfrischenden Sauerstoff tief ein.

Das Klima auf den Hangardecks war an die Bedürfnisse der Raumschiffe angepasst, nicht an die der zahlreichen Arbeiter, die wie Bienen in einem Stock um die mächtigen Maschinen herumschwirrten. Die meisten trugen dicke Thermomonturen, weil die Temperaturen teilweise weit unter zehn Grad fallen konnten. Laohu machte die Kälte nichts aus, denn seine Gene verliehen ihm eine gewisse Resistenz dagegen. Eine Zeit lang blieb er regungslos stehen und genoss die eisige Stille, bis ein kleines Transportfahrzeug lautlos neben ihm hielt und ihn zu seinem eigentlichen Ziel brachte, das einige Minuten Fahrzeit von dem Trubel entfernt lag.

Nur den wenigsten Passagieren der *Zheng He* war bekannt, dass die vier Kampfschiffe der Shayú-Klasse für eine Mission wie den Flug zu einem fremden Raumschiff völlig ungeeignet waren. Zwei von ihnen waren nach Laohus Kenntnis noch nicht einmal voll einsatzfähig. Das Einzige, was sich an ihnen auf dem neuesten Stand befand, war der glänzende Lack. Alle anderen Teile, und darunter vor allem die wartungsintensiven Triebwerke, waren über die Jahre den zunehmenden Sparmaßnahmen zum Opfer gefallen. Da allerdings der schöne Schein gewahrt bleiben musste, wurde geputzt und poliert und geschraubt, was das Zeug hielt. Auch das eine Maßnahme, über die sich Laohu bis vor wenigen Tagen noch keinerlei Gedanken gemacht hatte.

Das eigentliche Gefährt ihrer Reise stand dagegen in einem unscheinbaren Hangar, zu dem nur eine Handvoll auserlesener Menschen Zutritt hatte. Das geschäftige Treiben vor den Besucherdecks sollte lediglich der Ablenkung dienen und potenzielle Störer und Saboteure auf eine falsche Fähre locken. Selbst Laohu erfuhr erst im letzten Augenblick von dieser Finte.

Die Vorbereitungen fanden unter größten Sicherheitsvorkehrungen statt. Die beteiligten Techniker waren handverlesen und verfügten über die höchsten Kreditwerte. Während der Arbeiten lebten sie in streng abgeschirmten Sammelunterkünften direkt am Hangar. Das Sekretariat unternahm alle Anstrengungen, so wenig wie möglich nach außen dringen zu lassen, doch die Gerüchte ließen sich nicht eindämmen. Sie sickerten bereits durch alle Ebenen.

Immer mehr gefährliche Gerüchte hatten in den letzten Tagen die Runde gemacht. Von einem Gweilo-Überfall war die Rede und von Umsturzversuchen. Manche vermuteten sogar, dass die *Zheng He* auseinanderbrechen würde und der Drachenrat seine Flucht vorbereitete. Die Sicherheitsbeamten hatten alle Hände voll zu tun, die Gerüchte zu zerstreuen und die schlimmsten Aufrührer in Gewahrsam zu nehmen. Im Jin-Sektor wurde ein halbes Dutzend Arbeiter verhaftet, weil sie ganz offen zum Aufstand aufgerufen hatten. Ein Forscher im Mù-Sektor musste sich einer Evaluierung unterziehen lassen, da er auf einem illegalen Kanal vertrauliche Informationen verbreitet hatte.

Laohu kannte die Vorgehensweise. Mehr als einmal hatte er selbst solche Operationen durchgeführt. Der Delinquent wurde nicht offiziell verhaftet, sondern verschwand, ohne eine einzige Spur zu hinterlassen, in den Eingeweiden der Bürokratie. Erst einige Wochen später schickte man ihn unter strengsten Schweigeauflagen wieder zurück in seinen Sektor. Die Zeit dazwischen füllte der Geist seiner Mitpassagiere mit den abstrusesten Fantasien, die weitaus schrecklicher ausfielen als die Schilderung schlimmster Folter.

Die Methode des »Bestrafe einen, erziehe Hunderte« barg allerdings immer auch einen gewissen Unsicherheitsfaktor. Denn unter hundert gut erzogenen Bürgern fand sich immer irgendwo einer, der sich widersetzte, den die Beiwohnung einer Bestrafung erst so richtig zur Rebellion anstachelte. Zum Glück handelte es sich bei solchen Personen meistens nur um seltsame Einzelgänger, die sich leicht isolieren und aus der Gemeinschaft ausschließen ließen. Der Großteil der Passagiere hatte es sich auf dem schmalen Grat zwischen Yin und Yang recht gut eingerichtet und hasste nichts mehr als Störenfriede, die ihr vertrautes Umfeld durcheinanderwirbelten. Meistens übernahmen sie die Isolierung dieser Störenfriede mit Begeisterung selbst.

Bei der *Shenzou* handelte es sich um eine robuste Korvette der Jiangdao-Klasse, deren Äußeres weit weniger ehrfurchtgebietend ausfiel als die schicken Silhouetten der hochglanzlackierten Zerstörer. Sie war weder lackiert noch mit dem Banner der Drachennation bemalt. Alles an ihr war auf reine Zweckmäßigkeit ausgerichtet. Auf überflüssigen Schnickschnack wurde vollständig verzichtet. Später würde man sie im Rahmen der Propagandashow ohnehin rechnergestützt aufhübschen oder gleich ganz auf Archivmaterial zurückgreifen.

Die Korvette wurde im sogenannten Symbiontmodus geflogen. Einer Technik, die die geistigen Fähigkeiten zweier speziell ausgebildeter Navigatoren miteinander verknüpfte und dadurch jeder künstlich generierten AI haushoch überlegen war. Als Laohu durch die hintere Schleuse in den Laderaum stieg, saßen die Navigatoren bereits im Cockpit und synchronisierten über eine Nanitenverbindung ihre Steuerung. Der restliche Raum war mit zahlreichen Messgeräten zugestellt, die von einem halben Dutzend Technikern bedient wurden. Der befehlshabende Techniker salutierte und übergab Laohu die Inventarprotokolle.

Er machte einen fähigen Eindruck und scheute sich nicht, auf Schwachstellen und Mängel hinzuweisen, die den Verlauf der Mission gefährden konnten. Gemeinsam gingen sie die Liste der geladenen Ausrüstungsgegenstände durch, die in Laohus Zuständigkeitsbereich fielen. Für die Technik des Raumschiffs waren die Navigatoren zuständig, die ihn mit knappem Kopfnicken zur Kenntnis nahmen. Die beiden Männer sahen beinahe identisch aus und unterschieden sich eigentlich nur durch die Farbe ihrer Kampfmonturen.

Navigatoren stammten beinahe ausschließlich aus denselben Chargen. Sie wuchsen gemeinsam auf, lernten gemeinsam und flogen irgendwann auch gemeinsam. Ihre Verbundenheit ging so weit, dass sie häufig sogar fast zu selben Zeit starben. Laohu war nur ein einziges Navigatorenduo bekannt, das unterschiedlichen Geschlechts war. Der offiziellen Erzählung zufolge hatte es sich dabei um ein Liebespaar gehandelt, das eines Tages gemeinschaftlich ohne Druckanzug in den Weltraum ausgestiegen war, nachdem bei einem der Partner ein unheilbarer Gehirntumor festgestellt worden war. Inzwischen bezweifelte Laohu diese Version der Geschichte, denn sie war zu romantisch, um wirklich wahr zu sein. Außerdem hatte Ning in einer seiner geschwätzigen Launen nebenbei fallen gelassen, dass es sich Gerüchten zufolge um einen erweiterten Suizid aufgrund eines Eifersuchtsdramas gehandelt hatte.

Als die Ausrüstung zu Laohus Zufriedenheit verladen und gesichert worden war, unterzeichnete er die Protokolle und gab sie dem leitenden Techniker zurück. Ein anderer Techniker, dessen Gesichtszüge Laohu vage bekannt vorkamen, befestigte eine Reihe Kontrollchips an seiner Montur. Als sich niemand in ihrer unmittelbaren Nähe aufhielt, beugte er sich vertrauensvoll nach vorn und richtete Grüße von General Hong aus. Er warf einen Blick über die Schulter. »Wie lautet deine Entscheidung, Laohu? Nimmst du unser Angebot an?«

»Richte dem General aus, dass ich durchaus positiv gestimmt bin.«

»Gut.« Der Techniker klopfte lächelnd vorn auf Laohus Montur. »Wir haben ein paar Extras installiert. Ein Kontrollchip, der dir Zugang zu den Navigationsinstrumenten erlaubt. Du musst nur diesen Mechanismus hier aktivieren und dich dann an den Steuerstrang andocken. Noch irgendwelche Fragen?«

»Könntet ihr nicht einfach die *Shenzhou* mitsamt der Sekretärin darin in die Luft jagen?«

»Glaubst du, dass wir diese Möglichkeit nicht schon selbst in Betracht gezogen haben? Aber es ist beinahe unmöglich, unbemerkt entsprechende Mittel an Bord zu schmuggeln. Außerdem würde eine Sprengung viel zu viel Aufsehen erregen. Wir kennen noch nicht alle unserer Feinde. Wir wollen sie nicht zu früh aus der Reserve locken. Eine Schlacht ist schnell geschlagen, doch für einen Krieg braucht es einen langen Atem.«

»Ich hoffe, dass ihr genauso gut Krieg führt, wie ihr Sprüche klopft.«

»Wir geben uns alle Mühe.« Der Techniker klopfte noch einmal vorn auf Laohus Montur. »Jedenfalls hast du jetzt volle Administratorenrechte für die *Shenzhou*. Über diesen roten Chip hier solltest du außerdem direkten Kontakt zur Admiralität aufnehmen können.«
»Ich sollte?«
Der Techniker zuckte mit den Schultern und grinste. »Nichts ist hundertprozentig. Falls es nicht klappen sollte, dann weißt du, dass wir den Krieg verloren haben und verhaftet oder getötet worden sind.«
»Ich hoffe Letzteres.«
»Wie bitte?«
»Weil ihr unter Folter ganz sicher meinen Namen verraten würdet. Ich weiß das, weil ich oft genug dabei gewesen bin.«
Der Techniker sah Laohu mit großen Augen an. Das Grinsen in seinem Gesicht war wie eingefroren. Nach einer Weile nickte er. »Ja, du hast vermutlich ganz recht.«

Als das Schiff startbereit war, wurden die Passagiere von Sekretärin Li Yun an Bord begrüßt. Ihr kleines Team bestand neben ihr selbst aus den sieben besten Männern der Tigereinheit, einem Wissenschaftler und einem Techniker, der gleichzeitig als Medic ausgebildet war.
Li Yun blickte ernsthaft in die Runde. »Was, glaubt ihr, erwartet der Drachenrat von dieser Mission?«
»Dass sie ein voller Erfolg wird«, sagte Laohu.
»Und was verstehst du darunter?«
»Ich verstehe darunter, dass wir am Leben bleiben.«
Li Yun lächelte. »Der Drachenrat möchte, dass wir vollgepackt bis unter das Dach mit Alien-Gerätschaften nach Hause zurückkehren und damit die Größe unserer Nation beweisen.«

»Glauben Sie wirklich, dass es Aliens sind?«, fragte Chen.

»Was soll es sonst sein?«

»Vielleicht eine Falle der Gweilo.«

»Eine ziemlich große Falle, findest du nicht?«

»Den Gweilo ist alles zuzutrauen.«

»Die Chancen stehen viel höher, dass du dich in einer HoloSim verloren hast und das alles hier nur ein Traum ist«, sagte Baihu. »Du wärst nicht der Erste, dem so etwas passiert.«

Chen starrte ihn erschrocken an. »Wirklich?«

»Tigern ist es verboten, HoloSims zum Privatvergnügen zu verwenden«, sagte Laohu.

»Oh«, sagte Chen und wirkte noch irritierter als zuvor. »Da hast du natürlich recht.«

»Spaß beiseite«, sagte Li Yun. »Wir haben uns auf alle Eventualitäten vorbereitet. Natürlich auch auf eine Intrige der Gweilo. Der Drachenrat hat meinem Vorschlag zugestimmt, die Mission im Rahmen der diplomatischen Mission gemeinsam mit den Passagieren der *Venta Chitru* in Angriff zu nehmen. Sie werden ebenfalls einen Transporter schicken, der sich unserem anschließt.«

Diese Nachricht beunruhigte vor allem Chen, der in jedem Gweilo einen Feind sah, egal ob er von der *Tereschkowa* oder der *Venta Chitru* stammte. Die Erziehung hatte bei ihm ganze Arbeit geleistet. In seiner Vorstellung waren sie mörderische Bestien, wenn nicht sogar Dämonen. Der Ausbildungsplan der Sicherheitsbeamten enthielt etliche Lektionen über den Umgang mit den Gweilo, die sich letzten Endes damit zusammenfassen ließen, ihnen schnellstmöglich eine Kugel durch den Kopf zu jagen, ehe sie auf die Idee kamen, einen aufzufressen. Laohu sah die Sache zwar entspannter, traute ihnen aber dennoch nicht über den Weg.

»In Ordnung«, sagte Li Yun, als alle Fragen geklärt waren. »Ich gehe fest davon aus, dass wir morgen um diese Zeit bereits wieder zurück sind.«

DER SCHLAFENDE RIESE

»ICH VERSTEHE NICHT, wieso wir nicht unser eigenes Shuttle nehmen können«, knurrte Rangi mürrisch. Der junge Kerl neben ihm sah ihn verständnislos an. Er trug den militärischen VacSuit eines Marschalls, hatte Haut, die beinahe so schwarz wie der Anzug wirkte, und war ihnen als Co-Pilot zugeteilt worden. Doch noch vor dem Anlassen der Maschinen war Helen klar gewesen, dass er das Cockpit nur aus Trainingssimulationen und Trockenübungen kannte. Es waren die vielen Kleinigkeiten. Niemand, der einmal mit einem Shuttle wirklich draußen gewesen war, versuchte zum Beispiel, die Gravitationsspulen bereits im Hangar zu aktivieren. Wenn die Dinger im Stand gegen den Abbremsandruck des Schiffs arbeiteten, kotzte man sich schneller den Helm voll, als man »Scheiße« sagen konnte. Rangi hatte schnell genug den Saft abgedreht und ihm dann unauffällig die Kontrolle über sein Steuerpult entzogen. Auch etwas, das jemand mit echter Flugerfahrung gemerkt hätte. Das erklärte, warum sie die Piloten der Wartungscrews brauchten. »Das hier ist ein brandneues XGR-Shuttle. Quasi unbenutzt und mit taktischer Ausrüstung. Es ist jeder der Schrottmühlen in den unteren Hangars überlegen!«

Rangi warf dem Jungen einen amüsierten Seitenblick zu. »Es ist nicht fabrikneu, sondern über hundert Jahre alt und hat noch nie abgehoben und das All gesehen«, brummte er und riss eine vergessene Schutzfolie von einem Teil des Armaturenbretts. »So wie ich das sehe, wissen wir nicht mal, ob wir es aus der Schleuse schaffen, ohne dass uns plötzlich der Saft ausgeht oder wir explodieren.«

Helen, die direkt hinter Rangi auf einem Technikersitz saß, konnte das plötzliche Aufflackern von Unsicherheit im Gesicht des Jungen sehen.

»Die ›Schrottmühlen‹ da unten, wie meine *Maru*, bringen uns dagegen seit Jahrzehnten sicher rein und raus. Die haben so einen Firlefanz wie das hier schon seit Ewigkeiten nicht mehr.« Er griff an die Decke und riss den stromlinienförmig designten HUD-Helm über sich mit einem Ruck aus der Verankerung und warf ihn nach hinten. »Der Mist zeigt beim ersten schnellen Bremsmanöver nur noch Unfug an. Und das komplette Ding neu starten kannst du draußen nicht.« Er schnitt den Protest des Jungen mit einer Handbewegung ab. »Ein Tipp, Kleiner: Lern, deine Augen zu benutzen. Und Instrumente zu lesen. Und schaff dir eine davon an.« Er zog seine Displaybrille aus der Brusttasche und schob sie sich auf die Nase. »Sind wir fertig, *Schyna?*«

Helen sah durch das Fenster der Schott-Tür in den angekoppelten Truppencontainer. Es war ein Modell, das es in den Hangars der übrigen Ebenen ebenfalls schon seit Jahrzehnten nicht mehr gab. Die druckdämpfenden Sitze waren begehrte Schwarzmarktware, und die Notfallmedikamente, die jeder der vierzehn Sitze bei Bedarf automatisch injizieren konnte, waren bereits seit einem halben Jahrhundert gestohlen und aufgebraucht. Dort hinten wirkten sie brandneu, so, als wären sie noch originalverpackt gewesen. Gerade schnallte sich der letzte der zehn Marschalls umständlich an, und die beiden Zivilisten, ein Mann der Ebene B und die weißhaarige Mechanikerin von C, sahen aus, als würden sie sich übergeben wollen, bevor Rangi die Triebwerke überhaupt gezündet hatte. Sie warf der Marschall-Offizierin, die ihr gegenüber auf dem zweiten Technikersitz saß, einen Blick zu, den diese düster erwiderte, dann klopfte sie ihrem Mann auf die Schulter. »Sieht gut aus. Kann losgehen.«

»Ich gebe hier die Befehle«, knurrte die Offizierin dazwischen. Die Anzeige auf ihrem Helm wies sie als Leutnant Jameson aus. Sie sah aus wie Mitte zwanzig und hielt sich steif wie ein Stock. Wesentlich mehr hatte Helen in der vergangenen halben Stunde nicht über sie in Erfahrung gebracht.

»Klar.« Helen lächelte sie an und deutete auf eine Anzeige über dem Cockpitfenster. »Wir haben Startbefehl von der Flugüberwachung. Wie lautet Ihrer?«

Leutnant Jameson starrte sie für einen Moment an, bevor sie den Kopf drehte und die Anzeige musterte, mit der sie offensichtlich bis jetzt nichts hatte anfangen können. »Dann startet gefälligst«, sagte sie dann barsch.

Helen nickte. »Du hast die Chefin gehört. Kann losgehen.« Sie konnte Rangis Gesicht von hier aus nicht sehen, aber sie wusste einfach, dass es unbewegt wie das einer Statue sein würde.

Er legte den Schalter für die interne Kommunikation um. »Meine Damen und Herren, ich begrüße Sie zu Ihrem vermutlich ersten Flug ins All. Der Start, die künstliche Schwerkraft, so ziemlich jedes Flugmanöver, die ungehinderte Aussicht auf die Große Leere und der Gedanke, dass uns nicht einmal eine Armlänge Blech davon trennen, und eigentlich alles andere könnten plötzliche Übelkeit hervorrufen. Öffnen Sie nicht Ihre Helme, wenn Sie sich übergeben müssen. Ihre Nachbarn werden es Ihnen danken, und Ihre Anzüge kommen damit zurecht. Wir starten in drei ... zwei ... eins ...«

Rangi zündete die Triebwerke und fuhr die Regler hoch. Seine riesigen Hände huschten über die Schalter und Monitore, stellten hier Regler nach und korrigierten dort Werte, ohne dass er überhaupt hinsah. Für einige Momente versuchte sein Co-Pilot, ihm zu helfen, doch Rangi wischte seine Hände beiseite. »Lass mal, Kleiner. Wir machen das Ding noch nicht gleich hier im Hangar kaputt. Konzentrier dich bitte auf deinen Magen.« Das Shuttle stieg mit einem sanften Zittern auf, schwankte kurz zur Seite und wurde mit einem leisen Fluch von Rangi wieder eingefangen. »Ich hab's ernst gemeint«, warnte er den Jungen, der plötzlich um eine deutliche Spur blasser war. »Kotz nach unten in den Anzug. Der entsorgt das. Wenn du dir auf die Helmscheibe spuckst, bist du für den Rest des Flugs blind. Denn auf machst du das Ding hier im Cockpit nicht, das schwör ich dir.«

Helen sah auf das Licht über seinem Kopf. »Du hast die Kommunikation noch offen«, sagte sie.

»Ah.« Rangi nickte gleichmütig. »Umso besser. Das gilt ja auch für alle. Und los geht's.«

Vor ihnen glitten die gewaltigen Hangartore auseinander und gaben den Blick auf das große, samtschwarze Nichts frei. Es war ein Anblick, der Helen jedes Mal wieder den Atem raubte, die Erkenntnis, die man im Inneren der *Tereschkowa* so erfolgreich verdrängen konnte: dass sie umschlossen waren von ewigem, schweigendem, ungerührtem

Nichts, einem endlosen Universum, dem es egal war, ob sie dort in ihrer Blechdose lebten oder nicht.

Dieses plötzliche ungeschönte Erkennen, wie winzig das alte Weltschiff war und um wie viel unbedeutender man selbst im Vergleich dazu. Es gab nichts, was einen Menschen darauf vorbereiten konnte. Lautlos glitten die drei anderen Shuttles neben ihnen aus der Schleuse, jedes eine zerbrechliche Blase aus Atemluft, gehüllt in wenig mehr als einen Hauch schimmernder Aluminiumfolie, voll mit winzigen Zellkolonien, die sich in genau diesem Moment ihrer Unwichtigkeit bewusst wurden. Helen atmete tief durch, biss die Zähne zusammen und wartete, bis der Anflug von Vertigo vorbei war, der sie immer erfasste, wenn sie die vorgegaukelte Sicherheit des Schiffsinneren verließ. Hinter ihr übergab sich jemand geräuschvoll und ließ über Funk alle daran teilhaben.

Sie schaltete auf die Cockpitfrequenz und drückte Rangi die Schulter, auch wenn sie das mehr zur eigenen Beruhigung tat. Sie verließ das Schiff schon seit vielen Jahren und konnte sich nicht einmal ansatzweise vorstellen, wie es für die Anderen sein musste, die diesen Moment zum ersten Mal erlebten.

Das Shuttle glitt aus dem Bereich des Hangars, und langsam kam unter ihnen die majestätische Wölbung der Außenseite des Schiffs in Sicht, nur sporadisch erhellt von Lichtern auf seiner Oberfläche. Gerade genug, um seine gewaltigen Ausmaße erahnen zu können. Die vier Shuttles reihten sich zu einer leuchtenden Perlenschnur, die über die Oberfläche glitt, bis sie sich hinter den vier anderen einreihte, die aus dem zweiten Hangar des A-Decks gekommen waren. Statusmeldungen der übrigen Shuttles kamen der Reihe nach bei ihnen an, und schließlich gab

Rangis Co-Pilot sein etwas atemloses »Okay«. Koordinaten gingen auf dem Hauptschirm der Piloten ein.

»Also gut, Kleiner. Ich überlasse dir die Ehre.« Rangi deutete auf dem Schirm und nickte seinem Co-Piloten zu. »Soweit ich weiß, ist dies das erste Mal seit mehr als siebzig Jahren, dass ein Shuttle die direkte Umlaufbahn um die *Tresch* verlässt. Ich hoffe nur, dass es das wert ist.«

Der Co-Pilot hob den Blick. Er war jetzt deutlich blasser, aber immerhin hatte er sich nicht übergeben, und Helen empfand fast so etwas wie Mitgefühl für ihn. »Leutnant?«

»Jetzt machen Sie schon, Niresh«, knurrte die Offizierin gereizt. Der junge Mann wischte zögerlich über das Display, und die neuen Anweisungen loggten im Bordcomputer ein. Gehorsam schwenkte das Shuttle vom Schiff weg, und neben den Koordinaten tauchte eine Entfernungsangabe auf, die sich immer schneller änderte, als die Shuttles Geschwindigkeit aufnahmen. Knappe einhundertfünfzig Kilometer. Das war kaum mehr als ein Steinwurf, aber dennoch das erste Mal, dass die Triebwerke wirklich verwendet wurden. Helen starrte an Rangi vorbei aus dem Cockpitfenster, während die Kilometerzahlen abnahmen. Abgesehen von den Lichtfunken der übrigen Shuttles stand nur das unvorstellbar majestätische Band der Milchstraße vor ihnen und vermittelte ein Gefühl der Leere, das selbst sie nicht kaltließ.

»Dieser erhebende Moment ruft nach angemessener Untermalung«, stellte Rangi fest und aktivierte sein Armdisplay. Synthesizerklänge waberten durch das Cockpit, kurz darauf begann jemand zu singen.

»Schalten Sie diesen Krach aus.«

»Was?« Rangi wandte sich in seinem Sitz um. »Krach? Das ist klassische Musik! Fast 250 Jahre alt! Two Thousand Light ...«

»Es ist mir vollkommen egal!«, unterbrach ihn die Kommandeurin der Marschalls unwirsch. »Halten Sie Funkstille, Mann!«

»Ich hatte nicht vor, das ins All zu übertragen«, wandte der Maori ein, doch die düstere Miene der Offizierin hielt ihn davon ab weiterzusprechen. Mit einem leisen Seufzen deaktivierte er sein Display wieder, und sie legten die nächsten Minuten in völligem Schweigen zurück. Stumm beobachtete Helen die junge Frau neben sich. Mehrfach schien diese auf etwas zu lauschen, das niemand außer ihr hören konnte. Das ergab Sinn – vermutlich verwendeten die Offiziere eine andere Frequenz. Was immer sie hörte, veranlasste sie augenscheinlich dazu, das Magazin der Waffe auf ihrem Schoß mehr als einmal zu prüfen, auch wenn selbst Helen erkennen konnte, dass es voll und gesichert war.

»Erwarten wir Ärger?«, fragte sie schließlich leise.

Leutnant Jameson stellte ihr nervöses Fummeln ein und bedeckte die Anzeige der Waffe mit der Hand. »Wir sind auf alles vorbereitet.«

»Das mag für Sie gelten, junge Frau«, warf Rangi über die Schulter. »Aber ich wüsste gern, ob ich mir irgendwelche Sorgen um diese fliegende Dose hier machen muss. Im Moment bin ich nicht so vorbereitet wie Sie, fürchte ich.«

Jameson schwieg für einen Moment, der lang genug war, um in Helen das Gefühl zu erhärten, dass irgendjemand mithörte und die Offizierin auf Anweisungen wartete. »Nach unseren Informationen ist das Schiff der Zheng in Position. Sie haben bereits einen Scout abgesetzt, und es ist zu erwarten, dass sie weitere Shuttles entsenden, um uns das Bergerecht streitig zu machen. Also bleiben Sie wachsam«, sagte sie schließlich.

»Zheng-Shuttles.« Rangi ließ die Displays nicht aus dem Blick. »Sind die bewaffnet?«

Wieder dauerte es einen Moment. »Wir wissen es nicht«, gab Jameson schließlich zu. »Es ist möglich.«

»Ah«, machte Rangi. Dann drehte er sich halb in seinem Sitz um. »Sind *wir* bewaffnet? Ich weiß, dass unsere Wartungsshuttles keine Waffensysteme haben, aber ich weiß, dass sie im System vorgesehen sind. Was ist mit diesem Ding hier? Kann es zurückschießen?«

Jameson lauschte erneut auf die Stimme in ihrem Kopf. »Das liegt nicht in Ihrem Zuständigkeitsbereich. Sie haben dieses Shuttle nur zu fliegen«, sagte sie dann. »Sollte eine entsprechende Situation eintreten, so hat ihr Co-Pilot entsprechende Instruktionen erhalten.«

»Sie hätten ruhig auch einfach ›Ja‹ sagen können. Hätte mir gereicht«, brummte Rangi. »Ich hoffe nur, ihr wisst, was ihr da macht.«

Helen sah erneut auf die Anzeige. Noch etwa zwanzig Kilometer. Rangi drosselte bereits wieder die Geschwindigkeit. Der Marker des fremden Objekts auf dem Hauptschirm wuchs sekündlich an. Sie riss den Blick vom Monitor los und starrte wieder aus dem Fenster. Und jetzt glaubte sie zum ersten Mal, etwas sehen zu können. Es war nicht mehr als ein Schatten voraus, ein kaum sichtbares Loch im sonst von Sternen übersäten Himmel, doch mit jeder verstreichenden Sekunde verschwanden mehr und mehr Sterne, verschluckt vom wachsenden Schatten. »Woah. Seht euch das an. Was zur Schwärze ist das?« Rangi tippte sich gegen den Helm, und erst jetzt wurde sich Helen darüber bewusst, dass sie nicht ihren eigenen Helm trug, sondern einen Militärhelm, den die Marschalls ihr geliehen hatten. Und im Gegensatz zum alten, vielfach geflickten Modell der *Maru* war dieser hier so gut wie neu. Was bedeutete, dass er Optionen hatte, die in ihrem eigenen vermutlich schon vor ihrer Geburt ausgefallen waren. Mit einer Geste holte sie das Menü auf ihr HUD und überflog die Optionen. Hier. Vergrößerung. Das war eine der Sachen, die sie schon immer hatte ausprobieren wollen. Mit einem kurzen Befehl rief sie das Bild des Objekts auf ihr Visierdisplay und zoomte hinein. Im nächsten Moment war aus dem Schatten vor der Milchstraße etwas beinahe Greifbares geworden. Sie stieß ein verblüfftes Husten aus. Was gerade noch wie ein unförmiger, sich träge überschlagender Felsbrocken gewirkt hatte, wies jetzt deutlich künstliche Ecken und Kanten auf. Davon abgesehen war selbst auf diese Entfernung gut zu erkennen, dass dieses Objekt schon wesentlich bessere Zeiten gesehen haben musste. Kleinere und größere Krater überzogen seine Oberfläche, und hier und dort deutete ein seltsamer Abbruch darauf hin, dass Teile der Außenhaut verloren gegangen waren. Wobei – was wusste sie schon von nicht menschlichen Schiffen. Vielleicht war das alles auch genauso beabsichtigt.

»Ich glaube, das Ding ist nicht immer durch den interplanetaren Raum geflogen«, sagte Rangi leise. »Seht euch das an.« Er betätigte einige Felder auf dem Hauptdisplay, und das Bild in Helens Helm konzentrierte sich auf einen anderen Teil des Schiffs, der gerade ins Sichtfeld rotierte. Das zeitgleiche scharfe Einatmen der beiden Marschalls machte klar, dass sie dasselbe sahen. Ein Teil des Schiffs fehlte. Wenn die ursprüngliche Schätzung seiner Länge stimmte, musste das Loch fast einen Kilometer Breite haben und beinahe bis ins Zentrum reichen. »Sieht aus, als wären sie mit 'nem kleinen Mond zusammengestoßen.«

»Sieht aus wie das Heck der *Tresch*, wenn du mich fragst«, gab Helen leise zurück.

»Die *Tresch* sieht *so* aus?« Der junge Co-Pilot drehte sich halb um, und der Ausdruck in seinem Gesicht rief fast so etwas wie Mitleid in ihr hervor.

»Nä«, sagte Rangi. »Wir haben nur einen Streifschuss am Hintern bekommen. Hat uns die halbe Ladung gekostet, aber wir fliegen wenigstens noch. Das hier ist ein Volltreffer. Zumindest fast. Erklärt, warum das Ding tot aussieht und durch die Gegend taumelt wie ein angeschossenes Wasserschwein.«

»Das macht es einfacher für uns«, warf die Offizierin barsch ein. »Für den Fall, dass dieses Objekt tatsächlich ein Wrack ist, haben wir den Befehl, es im Namen der Admiralität in Besitz zu nehmen.«

Rangi schnaubte und ließ mit einer Geste das Bild von ihren Visieren verschwinden. »Es ist ein Wrack. Ein zwanzig Kilometer langes Wrack, und nur die Schwärze weiß, woher es stammt.« Er sah sich um. »Und wir werden dieses Ding, auf dem Wer-weiß-was ist, für den Herrn Admiral in Besitz nehmen, Jameson? Ich würde sagen, wir haben schon Glück, wenn uns nichts in Staub verwandelt, bevor wir es erreicht haben.« Er grinste breit. »Wussten Sie, dass die *Tresch* über automatische Bordgeschütze verfügt, die anfliegende Gesteinsbrocken pulverisieren können, selbst wenn die größer sind als dieses Shuttle?«

Die junge Offizierin hielt Rangis Blick stand, was ihr Helen hoch anrechnete. »Das hat nicht sonderlich gut funktioniert, oder?«, fragte sie knapp zurück.

»Es hat *einmal* nicht geklappt. Nicht vollständig. Wollen sie die Logeinträge sehen, wie viele Dreckklumpen uns *nicht* getroffen haben?«

Helen lehnte sich vor und unterbrach damit den Blickkontakt der beiden. »Rangi, konzentrier dich.« Sie deutete auf den Schirm, auf dem das Objekt inzwischen auch ohne Vergrößerung gut zu erkennen war. »Und sag Bescheid, wenn du irgendwelche Aktivitäten siehst. Bevor wir abgeschossen werden.«

Ihr Mann schnaubte erneut und ließ sich schwer in den Sitz fallen. »Ich weiß nicht mal, wonach ich sehen sollte, *Schyna*. Wir wissen nichts über dieses Ding!«

Ein Com-Signal flammte auf, und die Offizierin nahm das Gespräch an. Das schmale Gesicht Tameks erschien auf dem Comdisplay. Er schien auf dem Co-Piloten-Sitz seines Shuttles zu sitzen. »Sie haben dieses Loch gesehen? Das ist unser Ziel. Halten Sie mindestens einen halben Kilometer Abstand voneinander und bleiben Sie wachsam.«

»Waffensysteme, Kommandant?«, fragte Jameson mechanisch.

»Negativ. Aktivieren Sie nichts davon. Wir gehen das Risiko nicht ein, als Bedrohung angesehen zu werden.«

»Bedrohung, Kommandant? Von wem?«

Tamek schien sie direkt anzustarren, auch wenn Helen wusste, dass er nur auf die Displays in seinem Cockpit sah. »Das wissen wir nicht.«

»Was hab ich gesagt«, murmelte Rangi in seinen Bart.

»Aber wir haben zwei Schiffe mit Shuttlesignatur geortet. Wir können die Signaturen noch nicht eindeutig zuordnen, aber mein Pilot sagt, dass ihre Flugbahnen darauf hindeuteten, dass es sich um Begleitschiffe der Zheng handelt. Vielleicht auch der Venta.«

Helen spürte den Schwall Hitze, der in ihr aufstieg, noch bevor Rangi losprustete. »Der was?«

»Der Marsianer, *Sahti*, die *Venta Chitru*«, warf eine Stimme aus dem Off ein.

Der Kommandant sah deutlich irritiert nach links, wo außerhalb des Winkels seiner Kamera die Pilotin seines Shuttles sitzen musste. »Halten Sie den Mund!«, schnappte er. Im selben Moment flammte ein zweites Bild im Cockpit auf. Das nachtschwarze Gesicht eines Mannes im Piloten-VacSuit eines Sektor-C-Hangars tauchte auf. »Oder Sie fliegen selbst, Kommandant? Laut Protokoll bin ich verpflichtet, jede unmittelbare Gefahr für andere Mannschaften unverzüglich weiterzugeben. Und ein Shuttle der *Venta Chitru* würde ich als solche ...« Das Bild des Piloten verschwand mitten im Satz, und der Kommandant starrte düster in seine Kamera. »Das, was unsere Instrumente erfassen konnten, könnte tatsächlich auf ein Schiff aus dem Bestand der *Venta* hinweisen. Beide Shuttles sind im Scannerschatten des vorderen Teils des Objekts verschwunden.«

»Kommandant?«, warf jemand aus einem der anderen Shuttles ein. »Welches Ende ist das?«

Tameks Bild blinzelte irritiert. »Sie erhalten genaue Daten. Bis dahin gilt weiterhin: Steuern sie das große Loch an. Alle Schiffe halten sich auf dieser Seite des Objekts. Vermeiden Sie, von den fremden Shuttles erfasst zu werden, und halten Sie nach einem geeigneten Landeplatz Ausschau. Im Übrigen befolgen Sie die Befehle der Ihnen zugeteilten Offiziere.« Der Kommandant beendete die Übertragung, und Helen sah erneut aus dem Cockpitfenster. Rangi hatte das Shuttle inzwischen abgebremst, und das Schiff hatte die Rotation nahezu der des Objekts angeglichen. Auf dem taktischen Display konnte Helen die übrigen sieben Schiffe und das riesige Objekt erkennen. Von den angeblichen beiden anderen Shuttles war nichts zu sehen. Ihre Gedanken rasten. *Nicht nur die Zheng He. Venta Chitru! Das heißt, das dritte der Schwesternschiffe existierte ebenfalls noch. Und es muss sich in unmittelbarer Nähe befinden.* Für einen Moment verfluchte sie sich selbst. Warum waren Rangi oder sie selbst nicht auf die Idee gekommen, das All nach weiteren Objekten zu scannen? Dann hätten sie das dritte Schiff vielleicht schon … Sie atmete tief durch. Nein. Warum hätten sie? Bis vor wenigen Tagen waren die beiden Schwesternschiffe der *Tereschkowa* bloße, alte Legenden gewesen, die sich schon seit Jahren niemand mehr erzählte. Ja, sie kannte die Geschichten über die drei Schiffe auf dem Weg zu Luytens Stern. Ihr Vater hatte gern davon erzählt, als sie in den Plantagen von Sektor D aufgewachsen war, lange vor dem Großen Sturz. Aber auch da hatte es schon ein halbes Jahrhundert keinen Kontakt mehr zu den anderen Schiffen gegeben. Sie seien von den Instrumenten verschwunden, hieß es. Es gab nur noch die *Tereschkowa* und das ferne Ziel. Helen hatte zudem in der Schule von den drei Schiffen gelernt, was die Bordarchive hergaben. Das Mondschiff, das Erdschiff und das Marsschiff, die zum ewigen Wettflug zu einer neuen Erde aufgebrochen waren. Die Verbesserungen, die die Forscher der *Tereschkowa* am Antrieb vorgenommen hatten, um schneller als die anderen am Ziel zu sein. Die Entbehrungen, die das Volk in der Trommel auf sich nahm, damit sie dieses Rennen um die neue Erde für sich entscheiden konnten. Und wie die beiden anderen Schiffe hinter der *Tereschkowa* zurückgeblieben und im All verschollen waren. Und trotzdem gab es jetzt da draußen Shuttles mit den Signaturen *beider* Schwesternschiffe? Für einen Moment zweifelte Helen an dieser Geschichte. Andererseits ... sie hatte die Stimmen selbst gehört. Unauffällig musterte sie das angespannte Gesicht der Offizierin. Vielleicht sollte sie lieber an anderen Geschichten zweifeln.

»Wir beginnen mit dem Landeanflug, Kleiner.« Rangi deutete auf etwas, das Helen nicht sehen konnte. Vermutlich eine Einspielung in seiner Helmnavigation. Jedenfalls nickte sein Co-Pilot.

»Verlass dich nicht auf den Autopiloten der Shuttles hier«, er tippte einige Befehle in die Luft und ergriff dann das Steuer. »Die Programmierung dieser Dinger ist überfordert, wenn irgendetwas Unvorhergesehenes passiert. Und das ganze Ding dort vorn ist unvorhergesehen.«

»Sollte das nicht irgendjemand beheben?«, fragte Niresh verwirrt.

Rangi lachte kurz auf, als er das Fahrzeug in eine sanfte Kurve schwang. »Ja, das sollte vielleicht jemand. Ich bezweifle aber, dass sich noch irgendjemand damit auskennt. Vielleicht habt ihr Marschalls ja noch einen wirklich guten Programmierer. Da, wo wir herkommen, gibt es Leute, die das hier warten können, und Leute wie mich, die es fliegen.« Die Oberfläche des Objekts war jetzt so nah, dass Helen langsam Details mit bloßem Auge erkennen konnte. Inzwischen füllte es die gesamte Aussicht aus, und erst jetzt, als die acht Shuttles wie an einer Perlenschnur in das riesige Loch hinabschwebten, bekam Helen ein Gefühl für die wahren Ausmaße. Allein dieses Loch war beinahe so groß wie die komplette Trommel der *Tereschkowa*, und abseits der verbogenen Träger und Streben und den geborstenen Resten der Hülle, die den Rand der Beschädigung bildeten, wirkte der Großteil des Gebildes unvorstellbar massiv. Die anderen Shuttles schalteten nacheinander die Außenbeleuchtung ein, und Rangi folgte ihrem Beispiel, doch alles, was die gleißenden Strahler bewirkten, war, dass das Objekt noch gigantischer wirkte, als das Spiel von Licht und Schatten die vernarbte Oberfläche deutlicher hervortreten und zugleich weniger wirklich werden ließ. Die Formen waren eindeutig geometrisch und gleichzeitig seltsam fremd, kristallinen Strukturen gleich, die Waben oder Hexagone erahnen ließen, winzig hier, weit größer als das ganze Transportschiff dort. Rangi knurrte und steuerte das Shuttle ein Stück von einem Träger weg, der in den freien Raum ragte. Das Trümmerteil wirkte vielleicht wie ein Stück Draht, das aus der Oberfläche des Objekts ragte, doch Helen konnte sehen, dass es in Wirklichkeit reichen würde, das komplette Shuttle zu durchtrennen, falls man dagegenflog. »Ich halte das für keine gute Idee, Leutnant«, sagte er düster. »Selbst wenn wir dort drin einen Landeplatz finden – so wie es hier aussieht, verstopfen uns Tonnen von geschmolzenem Stahl, oder was immer das dort draußen ist, jeden Weg.«

»Siehe doch den Behemoth«, murmelte Niresh mit bebender Stimme, »den ich mit dir gemacht habe. Siehe doch, seine Kraft ist in seinen Lenden, und seine Stärke in den Muskeln seines Bauches ...«

Rangi warf ihm einen Seitenblick zu. »Keine Ahnung, wovon du redest, aber das hier ist ein gewaltiger Bauchschuss, wenn du mich fragst.«

Der Co-Pilot reagierte nicht. Er starrte nach draußen, wo die Scheinwerfer jetzt über eine bizarre Landschaft wanderten, wo geschmolzenes Material zu reglosen Bächen erstarrt war, und murmelte weiter vor sich hin. »Seine Knochen sind wie eherne Röhren, seine Gebeine wie eiserne Stäbe. Er ist das erste der Werke Gottes; jener, der ihn gemacht hat, gab ihm sein Schwert.«

»Oh, ernsthaft, Kleiner? Jetzt ist keine Zeit für Gedichte.« Rangi steuerte das Rig weiter von der Wand weg.

Helen musste allerdings zugeben, dass Niresh nicht ganz unrecht hatte. Die geborstenen Teile dort draußen wirkten wirklich ein wenig wie Knochen, die aus einer schweren Wunde ragten. Sie riss ihren Blick los und sah durch die Verbindungstür in den Passagierraum und die erschütterten Gesichter der Marschalls, die an ihr vorbei ebenfalls nach draußen starrten.

Die Com-Verbindung erwachte erneut, und Tameks Stimme gab den Befehl zum Abstieg.

»Fürs Protokoll«, sagte Rangi, noch während seine Finger über die Bedienelemente huschten und das Shuttle zu sinken begann, »ich habe da wirklich, wirklich ein ganz mieses Gefühl.«

»Zur Kenntnis genommen«, stellte Jameson fest. Sie prüfte erneut die Einstellungen ihrer Waffe, »und ignoriert. Der Kommandant ist der Ansicht, dass wir auf diese Weise am besten den Blicken der Feinde verborgen bleiben.«

»Moment mal.« Rangi hob die Stimme. »Wen genau meinen Sie mit ›*Feinden*‹?«

Jameson steckte die Waffe ein und sah sie an. »Die Zheng und die Ven, natürlich.«

»Aber ...« Helen sah Jameson alarmiert an. »Wieso gehen Sie davon aus, dass sie uns feindlich gesinnt sind?«

Die junge Frau erwiderte ihren Blick ungerührt. »Erwarten Sie etwas anderes? Die haben unser Flehen nach Hilfe ignoriert, als uns die große Katastrophe ereilt hat.

Wir aber haben auch ohne sie überlebt und bewiesen, dass wir stärker sind, als sie dachten. Jetzt aber sind sie hier, wo es etwas für sie zu holen gibt. Ich glaube nicht, dass die den Fehler ein zweites Mal machen.«

»Vor 18 Jahren waren Sie noch ein Kind, oder? Woher wollen Sie wissen, wie es damals lief?«

Jameson schnaubte abfällig. »Ich war alt genug. Vor allem aber war der Admiral selbst dabei. Und wir werden denselben Fehler wie damals mit Sicherheit nicht wiederholen. Wir verlassen uns nicht auf ihre guten Absichten. Auch die werden die Ressourcen brauchen, die hier zu holen sind. Wenn sie sich gegenseitig bekriegen – gut für uns. Falls die aber eine Allianz haben, so hat der Admiral angeordnet, uns auf einen Krieg einzustellen. Wir werden diesen Konflikt für uns entscheiden und dieses Objekt für den Admiral in Besitz nehmen.«

»Für die Bürger der *Tresch*«, korrigierte Rangi beinahe automatisch, während er den Blick nicht von seinen Anzeigen nahm und ihr Shuttle hinter den anderen her ins Innere des Kraters manövrierte.

»Natürlich.« Helen musste es Jameson lassen – sie nahm die Richtigstellung an, ohne auch nur mit der Wimper zu zucken. »Also stellen wir uns auf einen Konflikt ein und etablieren einen Brückenkopf.«

»Am Boden eines Lochs«, warf Rangi ein.

»Nur eine Richtung zu bewachen«, gab Jameson zurück.

»Sie haben militärische Erfahrung?«

»Du meinst, ob ich bei den Marschalls gewesen bin?« Er klopfte auf die Brust seines VacSuits. »Ich bin schneller über eure Uniformen rausgewachsen, als sie mich einziehen konnten, fürchte ich. Ich war immer Pi…« Er unterbrach sich mit einem Fluch, als eines der anderen

Shuttles plötzlich so dicht vor ihnen auftauchte, dass er das Steuer herumreißen musste, um nicht zu kollidieren. Schlingernd und mehrfach rotierend, scherte ihr Rig aus, und Rangi gelang es nur mit Mühe, es kurz vor einer Wand von zerborstenen Trägern wieder einzufangen. »Welcher Arsch fliegt diesen Eimer dort?« Er wendete mit äußerster Vorsicht und ließ die Strahler über den Boden unter ihnen streichen, bis er eine freie Stelle entdeckt hatte. »Ich war immer Pilot. Aber mehr muss man auch nicht sein, um zu wissen, dass man am Boden eines Lochs keine Chance hat auszuweichen, wenn jemand von oben hineinscheißt«, beendete er seinen Satz. »Ich hab den Großteil meines Lebens in Sektor D verbracht, und Sie können sich nicht vorstellen, was da alles von oben kommt, meine Liebe. Also, fürs Protokoll«, er aktivierte eine Aufnahme des Shuttle-Comsystems und lehnte sich in Richtung einer der Kameras, »ich halte das für eine richtige Scheißidee.« Er setzte das Shuttle sanft auf. »Passt auf da draußen. Die Schwerkraft von dem Ding ist lächerlich.«

Der Com-Schirm erwachte erneut zum Leben. Doch statt des Kommandanten erschien das Bild des Admirals. Er lächelte in die Kameras. »Kommandant Tamek hat mich darüber informiert, dass Sie vollständig und ohne Widerstand oder bedauernswerte Verluste auf dem Objekt gelandet sind. Das werten wir hier in der Admiralität als ein ausgesprochen positives Zeichen. Ich möchte Ihnen allen dazu gratulieren und Sie gleichzeitig ermahnen!« Er sah ernst vom Bildschirm herab, und Helen vermutete, dass seine Pause seinen folgenden Worten Gewicht verleihen sollte. »Bedenken Sie alle: Wenn Sie gleich Ihre Schiffe verlassen, so wird dies ein historischer Moment sein! Sie sind die ersten Menschen, denen es vergönnt ist, ihren Fuß auf einen nicht irdischen Flugkörper zu setzen. Sie betreten als Erste überhaupt ein nicht menschliches Konstrukt, und selbst wenn es Ihre Bestimmung sein sollte, dort aus zwingenden Umständen Ihr Leben zum Wohle unseres glorreichen Schiffs zu lassen, so kann Ihnen doch niemand mehr Ihren Platz in der Geschichte nehmen! Bedenken Sie: Das wird ein kleiner, oder zumindest technisch unkomplizierter Schritt für Sie – also Sie als einzelne, unbedeutende Menschen, aber ein großartiger für uns.« Der Admiral zögerte kurz, und sein Lächeln flackerte für einen Moment, bevor es mit Macht zurückkehrte. »Ich meine für uns alle auf der *Tresch*. Für die Menschheit. Also, Mitmenschen, nehmt mit Stolz eure nächste Aufgabe wahr und dieses Stück Land im Namen der Treschari in Besitz!«

»Der was?«, fragte Rangi argwöhnisch dazwischen.

Jameson zischte, doch Niresh lehnte sich zu dem Maori. »Treschari. Das Volk der *Tresch*. Der Admiral war der Ansicht, dass wir die alten Erdvölker hinter uns lassen sollten.«

»Unsere Vorfahren stammen vom Mond der Erde«, warf Rangi ein.

»Und nur wenige Generationen weiter zurück von der Erde. Und niemand, auch nicht die Kinder unserer Kinder, werden diesen Mond wiedersehen. Also hat das noch irgendeine Bedeutung?«

»Ruhe!«, zischte die Offizierin gereizt.

Der Admiral hatte noch weitergesprochen, doch Helen hatte seine letzten zwei Sätze verpasst. Seine Miene war plötzlich eine düstere Maske der Entschlossenheit. »… bedenkt, dass die Zheng keine Gnade walten lassen werden. Also werden wir das auch nicht tun. Nicht den Zheng gegenüber und nicht denen unter Ihnen, die einen Rückzug oder etwas anderes als den Kampf bis auf den letzten Atemzug erwägen. Lassen Sie sich das eine, die einzige, Warnung sein.« Fast ohne merklichen Übergang war das Lächeln des Mannes zurückgekehrt, und der unvermittelte Wechsel ließ Helens Nacken kribbeln. »Die selbstverständlich nicht notwendig ist, da sich niemand von Ihnen seiner Aufgabe entziehen wird. Dessen bin ich mir sicher. Lang lebe die *Tresch*!«

Noch bevor der Admiral mit einem Winken vom Schirm verschwunden war, funkelte Jameson den jungen Co-Piloten an. »Wir sind hier nicht zum Vergnügen, also sparen Sie sich Ihre Trid-Sim-Sprüche, sonst haben Sie schneller eine Disziplinarstrafe am Hals, als Ihnen lieb ist, Niresh.« Sie aktivierte die Magnetstiefel ihres Anzugs, löste den Gurt und schaltete das interne Comsystem des Rigs wieder ein. »Ihr habt den Admiral gehört. Raus mit euch und antreten! Niresh, öffnen Sie die Luke.«

»Das heißt immer noch Schleuse«, murmelte Rangi trocken und deutete auf einen Schalter. »Dann wünsch ich Ihnen viel Vergnügen«, fügte er lauter hinzu. »War mir eine Freude, mit Ihnen fliegen zu dürfen, Jameson.«

»Ihre Scherze werden Ihnen noch vergehen, Pilot.« Sie wandte sich zu Helen um. »Folgen Sie mir.«

Helen drückte ein letztes Mal die Schulter ihres Mannes und schob sich ebenfalls aus ihrem Sitz. Automatisch prüfte sie den Sitz ihres Helms und atmete tief die sterile Luft der Schiffsversorgung ein, bevor sie den Sauerstoffschlauch löste und auf Anzugversorgung umschaltete. Die Luft der VacSuit-Tanks dieses Shuttles schmeckte anders, deutlicher nach Kunststoff und Metall, dafür weniger nach wiederaufbereiteten Filtern und alter Wäsche.

Die Scrubber schienen nahezu neu zu sein, was bedeutete, dass diese Tanks wahrscheinlich für fast zwölf Stunden reichen würden, bis der Sauerstoffvorrat für die ständig aufbereitete Luft zur Neige gehen würde. Die alten Tanks der *Maru* hielten gerade mal etwas mehr als fünf Stunden. Helen nahm sich vor, diesen Tank zu behalten, wenn es sich einrichten ließ. Sie konnten Ersatz dringend gebrauchen. Falls sie zurückkamen. Sie war kurz davor, eine nicht menschliche Struktur zu betreten, und niemand konnte sagen, was dort auf sie wartete. Helen atmete tief durch und hatte gleichzeitig das Gefühl, nicht genug Sauerstoff zu bekommen. Sie zwinkerte einen Schweißtropfen beiseite, der ihr unvermittelt aus der Braue rann, und aktivierte die Helmlüftung. Alle verfügbaren Instrumente zeigten an, dass das hier nichts als ein toter Felsklumpen war. Beziehungsweise ein riesiger Berg Metallschrott. Oder aus was immer dieses Objekt bestand. Es war schwierig zu sagen. Mit der Hälfte der Messdaten konnte niemand etwas anfangen, und Helen fragte sich, warum das keinen außer ihr zu stören schien. Die Marschalls überprüften ein letztes Mal ihre Waffen und schienen miteinander über einen Kanal zu scherzen, den Helen nicht hörte. Bevor sie jedoch fragen konnte, tippte ihr jemand auf den Arm. Es war die weißhaarige Mechanikerin aus Hangar 11, und sie schien Helen eine Frage zu stellen. Durch die beiden Helme hindurch war nichts davon zu verstehen. Auf dem Display ihres Anzugs stand Lang, und wenn Helen ihr Aussehen richtig einschätzte, schienen ihre Vorfahren vor allem aus Nordeuropa zu kommen. Also dem auf der Erde, nicht dem Mond dieses anderen Planeten. Glaubte sie zumindest. Außerdem schien sie jünger, als Helen bisher geschätzt hatte. Möglicherweise erst Ende zwanzig. Frau Lang schien inzwischen das Problem erfasst zu haben, denn sie verdrehte das gesunde Auge, deutete mit einem verkniffenen Lächeln auf Helens Arm und schob eine Information von ihrem Display auf Helens. »Besser? Ich gebe Ihnen gleich die richtige Frequenz ...?«

»Helen«, sagte Helen. »Helen Hopper. Schweißerin aus Hangar vierzehn.« Auf den Blick der Weißhaarigen hin verdrehte sie die Augen. »Ich weiß. Ist aber der Name meines Mannes. Meinen mochte ich noch weniger.«

Die andere nickte verständig und hielt ihr eine Hand hin. »Assa Lang, von den Langs auf Ebene C. Fabber-Mechanikerin. Wenn der FoodFabber in Hangar vierzehn noch läuft, bin wahrscheinlich ich daran schuld.« Sie schüttelte Helens Hand. »Ich habe von dir gehört. Ihr schweißt draußen, du und dein Mann, oder?«

Helen nickte. Sie deutete auf den Packsack zu ihren Füßen, der zwei fabberneue Crawler enthielt. Vor ihnen hatten sich die Marschalls in zwei ordentlichen Reihen aufgestellt, und Leutnant Jameson aktivierte soeben die Pumpen, die die Luft aus dem Inneren der Kabine saugten.

»Ich war noch nie draußen«, sagte Assa. Sie versuchte vermutlich, locker zu klingen, doch Helen hörte die Anspannung deutlich. »Muss ... muss ich irgendwas beachten?«

»Magnetstiefel aktiviert lassen. Und sieh nicht nach oben. Vertrau mir – die Versuchung ist da, aber lass es. Erst mal.«

Vor ihnen setzte ein Rumpeln ein, und das Schott begann sich zu öffnen.

»Und lass den Helm auf. Immer. Du kannst alles da drin ignorieren außer den beiden Anzeigen unten links. Außen

Energiestand, innen deine Luft. Wenn einer der beiden Balken weg ist, hast du noch drei Minuten, bis du tot bist. Das war's eigentlich auch schon.« Assa sah sie misstrauisch an, und Helen konnte sehen, wie ihr bionisches Auge zoomte. Sie schüttelte den Kopf. »Ich mach keine Scherze. Wenn es um den Anzug und das All geht, machen wir keine Witze. Das dort draußen versteht noch weniger Spaß als die Marschalls. Es gibt noch ein paar Dinge mehr, eigentlich sogar noch viel mehr, aber das ist das Wichtigste. Oh ...« Helen unterbrach sich selbst. Sie nahm einen Karabiner vom Gürtel, spulte das zugehörige Kabel ein Stück von seiner Trommel ab und hakte sich bei Assa ein. »Und nach Möglichkeit immer doppelt sichern.«

Mit dumpfem Klopfen, das jetzt in der luftleeren Kabine nur noch durch die Stiefel zu ihnen drang, setzte die Hauptluke des Containers auf dem Boden auf, und die Marschalls marschierten hinaus. Die hintersten beiden winkten Helen und Assa vorwärts, und mit einem letzten Blick auf Rangi im Cockpit setzte sie sich in Bewegung. Am Rand der Rampe zögerte sie kurz. Magnetstiefel waren gut und schön, solange man tatsächlich auf Metall stand. Was aber, wenn dieses Objekt ... Sie sah die grün und rot blinkenden Lichter der Marschalls vor ihnen und atmete erleichtert durch. Aus was immer dieses Schiff bestand – es enthielt genug magnetisierbares Material, um die Stiefel haften zu lassen. Gleichzeitig bemerkte sie den vertrauten Zug der fast völligen Schwerelosigkeit. Oder besser: das Fehlen der Schwerkraft. Der Kerl hinter ihr gab ihr einen nicht allzu sanften Stoß in den Rücken, und sie schüttelte die Zögerlichkeit ab. »Komm, Assa.« Sie zog die andere den letzten, entscheidenden Schritt von der Rampe und auf die Oberfläche des Objekts. Ihr Fuß setzte erstaunlich weich auf, und Helen sah hinab. Ihre Stiefelsohle versank beinahe komplett in feinem Staub, der im Licht ihrer Anzuglampe grau schimmerte und hier und dort von glitzernden Partikeln durchzogen schien. Wo die Stiefel auftrafen, erhoben sich feine Schwaden und wirbelten träge davon. So lange, bis der Elektromagnet des Stiefels ansprang. In diesem Moment fiel die Wolke in sich zusammen und bildete einen Block um den Stiefel, der sich erst mit dem nächsten Schritt löste. Helens Brauen zogen sich ohne ihr Zutun zusammen.

»Magnetischer Staub«, stellte Assa neben ihr fest. Sie versuchte erfolglos, ihren Fuß vom Boden zu zerren.

»Press die Zehen fest auf den Boden«, sagte Helen. »Das löst den Magneten. Denk dran. Ferse – Fest. Zehen – Gehen.« Sie tippte auf ihr Armdisplay. »Du wolltest mir die offene Frequenz geben.«

Assa zwang sich sichtlich in die Wirklichkeit zurück und nickte. Eine Geste, und in Helens Helmdisplay tauchte der Dateneingang auf. Sie aktivierte den Kanal, und augenblicklich kehrten die Atemgeräusche des knappen Dutzends Marschalls zurück. Einige keuchten, irgendjemand davon kurz vor dem Hyperventilieren. Jemand anderes würgte, wieder jemand fluchte, und wenn sie sich nicht ganz täuschte, murmelte eine der Stimmen ein Gebet. Für einen Moment war sie versucht, den Männern zu helfen. Andererseits – sie hatte nicht darum gebeten, hier zu sein. Sollten die Idioten auch etwas von diesem Gefühl abbekommen. Während Leutnant Jameson noch darum kämpfte, ihren Trupp in den Griff zu bekommen, sah Helen sich um. Die Fläche am Boden des Kraters war übersät mit gigantischen Haufen aus verbogenem Schrott und Schutt, und dennoch bot sie genügend freien Platz, um sogar dem Doppelten an Shuttles Platz zu bieten. Die acht kleinen Schiffe waren nichts als winzige Inseln aus Licht in einer tiefschwarzen, fremdartigen Landschaft, egal, wie kraftvoll ihre Scheinwerfer auch sein mochten.

Assa berührte sie am Arm. »Ich kenne mich damit nicht aus, aber ... kommt es mir nur so vor, oder ist es dunkler, als es sein sollte?«

Helen schaltete sich für den allgemeinen Kanal stumm. »Eigentlich ist das normal, wenn viel Licht an ist. Es hindert uns, die Sterne zu sehen.« Sie stapften den Marschalls hinterher, und Helen ließ den Lichtkegel ihrer Lampe über den Boden wandern. »Aber du hast trotzdem recht«, fügte sie nach einigen Schritten hinzu. »Dieser Staub hier schluckt ziemlich viel Licht.«

»Großartig. Als ob es nicht schon unheimlich genug wäre.«

Helen nickte vor sich hin und fröstelte.

Während sich die Marschalls und ihre zivilen Begleiter noch sammelten, schwebten die ersten Mapperdrohnen lautlos durch den Krater. Lediglich die weißen Wölkchen ihrer Strahltriebwerke schwebten als gefrierende Flocken über den Menschen durch die Dunkelheit. Die Marschalls hielten die Gespräche auf ein Minimum beschränkt, als sie sich auf der freien Fläche zwischen den Shuttles sammelten, doch Helen war sich ziemlich sicher, dass nicht nur Disziplin der Grund dafür war. Dieser Ort hatte etwas Urtümliches, Altes an sich, das einen dazu verleitete, die Stimme zu senken.

Zwei Techniker, die Helen flüchtig von Ebene C kannte, waren mit der Auswertungssoftware der Mapper beschäftigt, und Helen und Assa gesellten sich zu ihnen. Man hatte ihnen tatsächlich einen Holoprojektor zur Verfügung gestellt, und selbst die gedrückte Stimmung hier am Grunde des Kraters konnte ihre fast kindliche Begeisterung darüber nicht gänzlich ersticken. Nach allem, was Helen mitbekam, kannten die beiden dieses Gerät nur vom Hörensagen. Langsam baute sich über dem Projektor ein halb transparentes Bild aus einem verwirrenden Netz auf, das von Minute zu Minute komplexer wurde. Den Blicken der Marschall-Offiziere, die sich um sie versammelten, nach zu urteilen: zu komplex. Seufzend lehnte sich Helen schließlich über einen der Techniker vor und vergrößerte das Bild, entfernte hier nutzlose Datenfragmente und Muster und fügte an anderen Stellen Markierungen hinzu, bis endlich nur noch ein immer noch verschachteltes Netz aus Gängen und Hohlräumen übrig blieb. Dann trat sie zurück, und erst jetzt wurde ihr klar, dass beinahe alle Augen auf ihr ruhten. Linkisch hob sie die Schultern. »Entschuldigung, aber ich konnte das nicht mehr mit ansehen. Die Mapper zeichnen alles auf, was sich erfassen lässt. Sie sind für natürliche Formationen des Zielplaneten gedacht. Oberflächen, die gelegentliche Höhle. Mit Schiffen kommen sie nicht gut klar.«

Kommandant Tamek musterte sie abschätzig. »Und woher wissen Sie das alles?«

»Ich habe die Anleitung gelesen.« Helen hielt seinem Blick stand. »Wir haben vor ein paar Jahren eine der Drohnen aus einem defekten Shuttle-Rig geborgen und dachten, man könnte sie als Fehlersucher für die *Tresch* verwenden. Aber sie sind einfach nicht dafür gemacht. Die Hälfte des Materials können ihre Sensoren nicht durchdringen«, sie deutete auf einige große, helle Flecken im Hologramm,« und an anderen Stellen kartieren sie so viele Hohlräume, dass die Daten nutzlos sind. Aber für eine grobe Karte reicht's.« Helen zeigte auf das Gitternetz aus Gängen, das jetzt übrig war. »Wobei es uns nicht viel hilft. Darf ich?« Als niemand widersprach, drehte und vergrößerte sie das Bild weiter, bis sich im unteren Zentrum einige Konturen abhoben. »Das hier sind die acht Shuttles.« Sie markierte die winzigen Strukturen mit Leuchtpunkten. »Und wenn Sie auf die Durchgänge achten, können Sie feststellen, dass die Mapper nicht mehr als zehn oder zwanzig Meter erfassen, bevor die Daten lückenhaft werden. Aus was immer diese Wände sind – sie haben etwas dagegen, durchleuchtet zu werden. Sie werden sich vorher entscheiden müssen, wohin Sie gehen wollen.«

»Und die werden nicht nur blind, sondern auch taub reingehen«, warf Rangis Stimme direkt in ihrem Ohr ein. Sie konnte auf dem Display sehen, dass er ihren privaten Kanal verwendete. »Wir können hier so gut wie kein Signal empfangen, das von außerhalb dieses Lochs kommt. Irgendwas hier drin schluckt jedes Signal von draußen genauso wie das, was wir selbst senden. Wir haben sogar von Rig zu Rig schon Datenverluste.«

Der Kommandant betrachtete das Bild nachdenklich, bevor er sichtlich die Schultern straffte. »Können Sie das bestätigen?« Die Techniker nickten zögerlich, und Tamek wandte sich Helen zu. »Wie's aussieht, wissen Sie tatsächlich, wovon Sie reden. Dann sind Sie ab jetzt fürs Kartenlesen zuständig. Lassen Sie sich die Steuerung für so 'nen Mapper geben, und sorgen Sie dafür, dass wir die richtigen Daten reinbekommen. Leutnant Jameson, Ihr Trupp übernimmt die Führung für Gruppe B.« Er deutete auf einen der größeren Gänge, der einige Dutzend Meter links von ihnen begann.«Tarkani, sie übernehmen Gruppe A, Gruppe C geht mit mir, Lazarew nimmt Gruppe D. Gruppe E sichert den Perimeter und kümmert sich darum, dass wir die verdammte Verbindung zur *Tresch* zurückbekommen. Ihr alle kennt eure Aufgaben. Findet heraus, was dieser Ort ist, findet alles, was danach aussieht, als könnten wir oder unsere Fabber es gebrauchen. Rohstoffe, Technologie – alles. Und haltet Augen und Ohren offen nach Feindkontakt, ganz besonders nach den Trupps der Zheng und der Ven. Neutralisiert sie, wenn möglich dauerhaft. Das hier ist unsere Beute, und wir lassen sie uns nicht von irgendwelchen Drecksäcken abnehmen, verstanden?«

Der Zustimmungschor brandete so laut aus ihren Lautsprechern, dass Helen zusammenzuckte und Rangis gleichzeitiges Fluchen beinahe vollständig übertönte. Neben Helen stand Leutnant Jameson stocksteif. »Das wirst du bereuen«, fauchte die Marschall-Offizierin über einen privaten Kanal. Noch bevor Helen etwas erwidern konnte, schloss sie den Kanal wieder und wies ihr neues Kommando zum Abmarsch an. Helen konnte sehen, wie Assa in ihrem Helm den Kopf schüttelte. Ihr bionisches Auge schien für einen Moment im Widerschein der Scheinwerfer zu glühen. »Hat sie gerade wirklich gesagt, dass du das bereuen wirst? Sie sieht 'ne Menge Trids, oder?«

Helen zog eine Braue hoch. »Du hast sie belauscht?«

»Belauscht?« Assa schnaubte. »Ich hab' kein Wort gehört.« Sie seufzte und überprüfte ihr Gepäck. Dann sah sie auf. »Dieses Auge hier macht nicht nur hässliche Kopfschmerzen, es kann auch nützlich sein.« Sie klopfte gegen ihren Helm. »Lippen lesen. Aber pssst.«

»Kopfschmerzen?«

»Der Luftzug in diesem Scheißhelm. Frag nicht. Habe ich schon erwähnt, dass ich mich nicht freiwillig gemeldet habe?«

»Tut mir leid.«

»Warum? Bist du schuld daran?« Assa wandte sich ab und warf drei Miniatur-Drohnen nach oben, die sich über ihr zum Dreieck anordneten. Dann schloss sie sich den Marschalls an, die jetzt in Richtung des Tunnels aufbrachen.

Helen hob ihre Tasche auf und aktivierte erneut die Verbindung zu Rangi. »Du hast es gehört? Ich soll mit reingehen.«

Das Schnaufen ihres Mannes kam deutlich über die Lautsprecher. »Weil du mal wieder unbedingt anderen ihre Arbeit erklären musstest. Du weißt, wie ich das hasse.«

»Willst du jetzt ...«

»Ich will gar nichts«, unterbrach Rangi und seufzte. »Hilft ja nichts. Bitte pass auf dich auf. Ich habe keine Ahnung, wie lange die Datenverbindung hält, wenn uns nichts Schlaues einfällt. Also mach nichts Dummes da drin.«

»Du klingst wie meine Mutter.«

»Deine Mutter war eine sehr kluge Frau, *Schyna*. Ich fühle mich also geehrt.«

»Idiot. Ich liebe dich auch. Bis später.« In Helens Helmdisplay blinkte ein Symbol auf und informierte sie, dass eine der Mapperdrohnen jetzt mit ihrem Anzug verbunden war. Mit einem eisigen Knoten im Magen schloss sie zu ihrem Trupp auf.

Es brauchte eine Weile, bis sie den Tunneleingang erreicht hatten. Der Boden war mit Schutt übersät und von Rissen durchzogen, die erst zu sehen waren, kurz bevor man sie erreichte. Einer der Marschalls an der Spitze des Zugs brach durch ein sich plötzlich auftuendes Loch, doch dank der fast nicht existenten Schwerkraft verschwand er nicht in der Tiefe, sondern wurde von seinen Kameraden beiseitegezerrt. Während die Marschalls sich fluchend einen Weg um die marode Stelle suchten, blieb Assa stehen und begutachtete das Hindernis, bevor sie etwas vom Boden aufhob.

»Was?«

Die Technikerin sah auf und warf Helen dann einen kleinen Brocken zu. »Hast du eine Ahnung, was das ist?«

Helen musterte den Klumpen, der auf den ersten Blick wie geschwärzte, teilweise geschmolzene Eisenschlacke wirkte. Noch während sie ihn drehte, zerfiel das Stück jedoch in ihrem Handschuh zu grobkörnigem, stumpfgrauem Sand. Sie zögerte. »Hat ein wenig was von Fabbergranulat. Nur nicht richtig verbacken.«

»Es ist keins, aber ja, das dachte ich auch zuerst. Allerdings ist das Zeug magnetisch und wärmer, als es sein sollte.« Assa klopfte sich die Hände ab und trat vom Loch zurück. Helen konnte sehen, wie die losen Bröckchen ihren Magnetstiefeln für einen halben Schritt folgten.

Sie stutzte. »Wärmer? Wie viel wärmer genau?«

»Nicht viel. Wir sollten etwa 270 Grad unter null haben, richtig?« Helen nickte, und die Technikerin deutete auf die Minidrohnen, die geschäftig über ihrem Helm kreisten. »Aber meine Hilfsaugen sagen mir, dass wir hier eine konstante Oberflächentemperatur von minus 263 Grad haben. In vollkommener Dunkelheit.«

»Und das heißt?«

Assa zuckte mit den Schultern. »Ich schätze, das sollen wir herausfinden, oder?«

Helen sah erneut auf die Krümel auf ihrem Handschuh. Fabbersand. Wenn das Zeug tatsächlich geeignet war, dann wäre das immerhin ein Anfang. Ein ziemlich grandioser Anfang sogar.

Die Kletterei endete schließlich am dunkel gähnenden Eingang, den Helen als Beginn eines Tunnels identifiziert hatte. Die Männer blieben stehen, und Helen stieß unwillkürlich einen leisen Pfiff aus. Dass der Tunnel groß war, hatte sie auf dem Mapperhologramm sehen können. Aber was es bedeutete, das wurde ihr erst hier klar. Das Licht ihrer Scheinwerfer reichte nicht aus, um auszuleuchten, wohin der Tunnel führte, ja nicht mal, um die Decke zu erreichen. Die Schwärze saugte das Licht einfach auf, und Helen hatte das Gefühl, dass ein Hunger darin lag. So als ob sich im Dunkel etwas rührte. Etwas, dessen Interesse sie erregten.

Auf einen leisen Befehl hin marschierte der Trupp in die Dunkelheit.

INYANGA

BEHÄBIG SCHWEBTE DIE *SHENZHOU* durch den Weltraum. Die Bewegungen der zwei Navigatoren, die sich vorn im Cockpit über Nanitenstränge mit den Steuerungseinheiten verbunden hatten, waren konzentriert und routiniert, ihre Anweisungen knapp und emotionslos. Völlig ausreichend, um das winzige Raumschiff sicher auf ihr Ziel zuzusteuern. Als Navigatoren der Drachenflotte besaßen sie einen überragenden räumlichen Sehsinn und konnten innerhalb von Sekundenbruchteilen selbst komplizierteste Positionsberechnungen anstellen. Aus Redundanzgründen arbeiteten sie immer zu zweit, was sie im Laufe der Zeit zu einer symbiotischen Einheit formte.

Hinter ihnen im Transportraum saßen in zwei gegenüberliegenden Sitzreihen, mit den Rücken zur Außenwand, die hochgerüsteten Sicherheitsbeamten der Tigereinheit. Die Gesichter zur Mitte gerichtet, unterhielten sie sich leise miteinander, starrten blicklos ins Leere oder überprüften wiederholt die Funktionsfähigkeit ihrer Waffen.

Laohu saß gegenüber von Chen, der auf seinen von Naniten überzogenen Handschuh hinunterblickte. Jedes Mal, wenn er die Hand zur Faust ballte und wieder öffnete, wimmelten die Naniten wie ein Schwarm aufgeschreckter Bienen um seine Finger herum und formten sich zu furchterregenden spitzen Krallen. Als er Laohus Blicke bemerkte, sah er grinsend auf.

Auf dem Transporter war er der Nächste in der Rangfolge nach Laohu, und er wusste das nur zu gut. Sein jüngerer Bruder war ein äußerst vielversprechender Tiger geworden, der mit überragender Genetik ausgestattet war. Er besaß genau die richtige Mischung aus Aggressivität und Verschlagenheit, die es ihm ermöglichte, in der Hierarchie der Tiger weit aufzusteigen. Er wartete nur noch auf den geeigneten Augenblick, Laohu von dessen Posten zu stoßen. Er besaß das Potenzial dazu – und ganz sicher die Brutalität. Er erinnerte Laohu an sein jüngeres Ich.

Früher hatte er sich über solche Dinge nur selten den Kopf zerbrochen, aber je älter – je schwächer – er wurde, desto häufiger drehten sich seine Gedanken um den Tag seines Abtritts. Die Drachennation war ein seltsames Gebilde. Eine Mutation aus unausrottbaren archaischen Traditionen und dem unbedingten Glauben an ihre Überlegenheit, in der einzig die Gene und die dadurch ermöglichten Leistungen den Stand in der Gesellschaft bestimmten.

Der Fokus auf das System der Genetischen Meritokratie hatte seine Wurzeln tief in der Kultur des Drachenvolks, das schon vor Tausenden von Jahren zu Zeiten der Sui- und Song-Dynastien im großen Rahmen Leistungstests eingeführt hatte, um höhere Posten in der Administration effektiv zu besetzen. Nach den schweren Erschütterungen des frühen zwanzigsten Jahrhunderts war dieses System vom Erfolg des Tüchtigen wiederbelebt und an die Erfordernisse einer modernen Welt angepasst worden. Ausgehend von der Ära Deng hatte die Drachennation damit begonnen, ein System hochkompetitiver Tests, von den Grundschulen über Hochschulen bis hin zu offiziellen Stellen, zu entwickeln, um die Besten der Besten aus dem Volk der Drachen für ihre zukünftige Bestimmung herauszufiltern. Bereits in Grundschulen waren modernste Leistungstests abgehalten worden, die in weiterführenden Schulen und schließlich in allen nur erdenklichen Lebensbereichen Einzug gefunden hatten. Die Besten der Besten hatten alle Mittel und die Lehrer erhalten, die notwendig waren, um im Wettbewerb der Nationen bestehen zu können.

Die neuen ökonomischen Möglichkeiten des einundzwanzigsten Jahrhunderts, insbesondere die Entwicklung der Computertechnologie, hatten der Drachennation erlaubt, sich in rasender Geschwindigkeit von einer größtenteils landwirtschaftlich geprägten Gesellschaft hin zu einer urbanen Wissensgesellschaft weiterzuentwickeln und gleichzeitig die lang vernachlässigte Identifikation mit dem Großen Drachen zu erneuern. Die Ära Deng hatte den Beginn des Goldenen Zeitalters der Drachennation bezeichnet, die bis zu den Ereignissen rund um die Marsexpedition zur führenden Weltmacht angewachsen war.

Als sich mit Fortschreiten des Zeitalters der künstlichen Intelligenz die Waagschalen erneut zur anderen Seite zu neigen begonnen hatten, war der Drachenrat – damals noch Nationaler Volkskongress genannt – an einem ungewöhnlich milden Frühlingstag zusammengekommen, um den Beginn der Großen Humangenetischen Transformation zu beschließen. Mithilfe dieser unglaublichen Kampagne sollte die Übermacht des Westens im Bereich der künstlichen Intelligenz gebrochen werden. Allerdings ohne das eigene Volk unter das Joch unberechenbarer Computer zu zwingen, so wie es den westlichen Nationen damals ergangen war.

Die Große Transformation hatte in Wuhan in der zentralchinesischen Provinz Hubei unter Leitung von Doktor Li Fang ihren Anfang genommen, deren überragende Kenntnisse im Bereich der Humangenetik bereits in Australien zu unglaublichen Erfolgen geführt hatten. Ungeachtet einiger unvermeidlicher Rückschläge hatte sich die Kampagne zu einem Erfolg entwickelt, den sich der Volkskongress selbst in seinen kühnsten Träumen nicht hatte ausmalen können.

Bürger Feng Zhi war der erste offiziell eingetragene Hybrid gewesen, dem die Drachennation volle Bürgerrechte zugestanden hatte. Feng Zhi war entsprechend des Tierkreiszeichenkalenders im Sternzeichen des Schweins geboren und erfreute sich bis zu seinem viel zu frühen Ableben infolge fortgesetzt depressiver Episoden größter Berühmtheit und Ehrerbietung. Entsprechend seiner genetischen Bestimmung hatte er im Ministerium für Landwirtschaft eine Verwendung als Saaldiener gefunden und sich in der Ausübung seiner Tätigkeit durch außerordentlichen Fleiß, Hingabe und Zuverlässigkeit ausgezeichnet. Sein Leichnam war einbalsamiert und in einem eigens für ihn errichteten Mausoleum am südlichen Rand des Tian'anmen-Platzes bestattet worden. Nach Feng Zhi war unter anderem auch die Forschungseinrichtung benannt worden, in der nur wenige Jahre später die Geburt des ersten Tigers verkündet werden konnte.

»Glaubst du, es gelingt uns, einen von ihnen zu stellen und mit bloßer Hand zu töten?«, riss Chens Stimme Laohu aus seinen Gedanken.

Laohu runzelte die Stirn und schüttelte den Kopf. »Bislang wurde kein Zeichen für fremdes Leben auf diesem Schiff gefunden. Die Navigatoren gehen davon aus, dass es sich nur um eine leere Hülle handelt. Ein Totenschiff. Ich glaube nicht, dass wir auf Außerirdische treffen werden.«

»Das meine ich nicht.« Chens Mund verzog sich zu einem spöttischen Grinsen. Seine Hand öffnete sich, und die Naniten formten sich erneut zu Krallen. »Ich rede von den Gweilo. Ich möchte mit eigenen Augen sehen, ob sie wirklich seelenlose Dämonen sind, wie man sich erzählt, oder ob sie ein Herz besitzen, so wie wir ...« Seine Hand fuhr durch die Luft, wie die Kralle eines Tigers.

Laohu schnaufte und sah wieder nach vorn zum Cockpit, wo hinter den sich unablässig bewegenden Händen der Navigatoren langsam ein gewaltiger Schatten im Sichtfeld auftauchte und unablässig größer wurde.

»Noch sechzig Kilometer«, war die monotone Stimme des linken Navigators zu vernehmen.

»Alle Triebwerke störungsfrei«, entgegnete die Stimme des rechten Navigators. Seine Hände bewegten sich in komplizierten Mustern durch die Luft. Die daran hängenden Naniten summten einen leisen Takt. »Zielobjekt auf Sieben.«

»Kursanpassung«, sagte der linke Navigator.

Der Transporter vollführte einen leichten Schwenk, und schlagartig füllte das fremde Objekt beinahe die Hälfte ihres Sichtfelds aus.

Was Laohu zunächst für zerklüftetes Gestein gehalten hatte, entpuppte sich als eine gewaltige künstliche Oberfläche voller Ecken und Kanten, Öffnungen und seltsamer

Aufbauten, die an Gerüste oder Geschütztürme erinnerten. Sämtliche Gespräche verstummten, und es wurde totenstill im Transporter. Nur die monotone Stimme des linken Navigators zählte weiter die Kilometer herunter.

Der Anblick des fremden Raumschiffs war atemberaubend, gleichzeitig ungeheuer fremd und seltsam vertraut. Je näher sie kamen, desto mehr Details waren zu erkennen. Immer deutlicher waren die Schäden an der Außenhülle sichtbar. Unzählige kleine und große Krater, die vermutlich von Kometen stammten, die im Laufe der Zeit auf dem Raumschiff aufgeschlagen sind. Baumdicke Streben waren verformt, zerbrochen und halb aus ihren Befestigungen herausgerissen. Die zahlreichen Zerstörungen deuteten darauf hin, dass dieses Gebilde schon seit ewigen Zeiten nicht mehr repariert worden war.

Der Transporter flog einen Bogen, und das fremde Schiff verschwand wieder aus ihrem Sichtfeld. Ein leises Piepen ertönte irgendwo auf dem Armaturenfeld. Die Hände des rechten Navigators schrieben erneut komplizierte Muster in die Luft, und vor seinen Augen erschien ein winziger, rot pulsierender Punkt.

»Die Sensoren haben ein unbekanntes Flugobjekt erfasst. Es nähert sich mit hoher Geschwindigkeit.«

»Kontaktaufnahme?« Die Stimme des linken Navigators.

»Negativ.«

Im Transporterraum entstand spürbare Unruhe. Die Sicherheitsbeamten umklammerten ihre Waffen, und die Naniten auf ihren Armen raschelten leise, während sie ihre Position anpassten. Laohu starrte gebannt auf den pulsierenden roten Punkt, der sich ihnen langsam näherte.

»Keine Reaktion.« Die Stimme des rechten Navigators.

»Waffensysteme aktivieren«, sagte der linke Navigator.
Ein elektrisches Surren war zu vernehmen, dann die Geräusche schwerer Gerätschaften, die irgendwo außerhalb des Transporters einrasteten.
»In Position«, sagte der rechte Navigator.
»Ziel erfassen.«
Wieder ein elektrisches Surren.
»Ziel erfasst.«
»Was zum Teufel ist das?«, murmelte einer der Sicherheitsbeamten. Baihu, wenn Laohu die Stimme richtig erkannt hatte. Er brachte ihn mit einer Geste zum Schweigen. Er konnte es nicht gebrauchen, wenn nervöse Äußerungen die Harmonie störten. Trotzdem befiel auch ihn ein flaues Gefühl. Er war es nicht gewohnt, die Kontrolle an andere abzugeben. In solchen Situationen fühlte er sich nutzlos und ausgeliefert. Er brannte darauf, etwas zu unternehmen, auch wenn er nur zu gut wusste, dass er beim besten Willen nichts tun konnte. Die Navigatoren waren für solche Einsätze geboren und ausgebildet worden. Sie waren die Besten für eine solche Situation, und er musste warten, bis seine Zeit gekommen war. Er blickte auf und sah in Chens grinsendes Gesicht.

Es gab das Gerücht, dass Tiger die Angst ihrer Gegner riechen konnten. Aus eigener Erfahrung wusste Laohu, dass das nicht stimmte. Tiger waren nur verdammt gut darin, selbst die kleinste Geste ihres Gegenübers zu interpretieren. Laohu blickte an sich herab und sah, dass seine Hand unbewusst das linke Knie knetete. Er zwang sich, die Finger zu entspannen und tief und gleichmäßig durchzuatmen.

»Unbekanntes Flugobjekt befindet sich in Reichweite der Geschütze«, sagte der rechte Navigator.

Der linke Navigator nickte. »Ich habe die Freigabe der Administration erhalten. Fertig machen zum Feuern. In zehn ... neun ...«
Laohus Augen verengten sich zu schmalen Schlitzen.
»Acht ... sieben ...«
»Geschwindigkeit und Kurs unverändert.«
»Sechs ... fünf ... «
»Ich empfange ein Signal.«
»Vier ... drei ... zwei ...«
»Das internationale Begrüßungszeichen. Sie drehen ab und gehen längsseits.«
»Feuersequenz abbrechen«, sagte der linke Navigator so emotionslos, als hätte er sich mit seinem Nebensitzer über den Geschmack eines dampfenden Tellers Feng Tiao ausgetauscht.
»Feuersequenz abgebrochen«, bestätigte der rechte Navigator und beschrieb eine Handvoll Muster in der Luft. »Es handelt sich um die *Inyanga*, den Raumkreuzer der *Venta Chitru*. Sie senden Grüße und freuen sich, unsere Bekanntschaft machen zu dürfen.«
Der linke Navigator warf ihm einen kurzen Seitenblick zu, die einzige Gefühlsregung, die Laohu während des gesamten Flugs an ihm erkennen konnte, und wandte sich wieder seinen Konsolen zu. »Kommunikationskanal öffnen. Bereit machen zum Datentransfer. Sag ihnen, dass sie ihre Geschwindigkeit synchronisieren sollen, damit sie uns nicht noch mal zu nahe kommen.«
Zischend stieß Laohu die Luft aus. Die Lèng waren entweder völlig naiv, oder ihre Navigationsinstrumente hatten versagt. Vielleicht war ihnen aber auch gar nicht bewusst gewesen, in welche Gefahr sie sich mit ihrer unbedarften Annäherung gebracht hatten. Irgendeiner im Raum mur-

melte etwas von »Tiefkühlgehirnen«. Laohu konnte dieser Einschätzung kaum widersprechen.

Kurz darauf erschien in der Luft vor den beiden Navigatoren das Gesicht einer erstaunlich asiatisch aussehenden Frau. Sie war mittelalt und trug einen altmodischen Kurzhaarschnitt. Ihre dunklen Augen blickten ernst, und ihre strengen Gesichtszüge zeigten Zeichen starker Anspannung. Sie stellte sich als Kapitänin Meg Tiali vor und war allem Anschein nach gleichzeitig leitende Navigatorin und Kommunikatorin der *Inyanga*. Ihre Doppelfunktion war vermutlich dem begrenzten Potenzial aktivierten Menschenmaterials geschuldet. Während die Schiffe der Drachenflotte bis auf wenige Ausnahmen von zwei gleichrangigen Navigatoren gesteuert wurden, verfügten die Lèng über einen einzelnen, höchstrangigen Kapitän, dessen Entscheidungen für die restliche Besatzung bindend waren. Die brenzlige Situation vor wenigen Minuten schien zu bestätigen, dass dieser Mangel an Redundanzen ein strategischer Nachteil war.

Als offizielle Vertreterin des Drachenrats übernahm zum Glück Li Yun die Kommunikation mit der Kapitänin, denn Laohu hätte sie sicherlich weniger freundlich begrüßt. Li Yuns einschmeichelnde Worte verfehlten jedenfalls nicht ihre Wirkung. Schon nach kurzer Zeit wich die Anspannung in Tialis Gesicht einem erleichterten Lächeln. Wenig später war sie schon bereit, sich der Hierarchie der Drachennation unterzuordnen und die Befehlsgewalt an die Navigatoren der *Shenzhou* zu übergeben. Nach Abschluss des Datentransfers, den die Navigatoren ausnutzten, um die Datenbanken der *Inyanga* auszuspähen, gingen die Schiffe in Konvoi-Modus und setzten den Flug gemeinsam fort.

Erneut wurde es totenstill im Transporter, nur gelegentlich unterbrochen durch die gemurmelten Anweisungen der Navigatoren und die leisen Signale ihrer Sensoren. Mit der *Inyanga* im Schlepptau flogen sie in deutlich verringertem Tempo weiter. Die Minuten zogen sich quälend langsam dahin, während sich ihr kleiner Konvoi dem fremden Raumschiff näherte. Stück für Stück schälte sich aus dem Schatten des toten Ungetüms eine Struktur heraus die entfernt an ein weit aufgerissenes Maul erinnerte. Eine gigantische quadratische Öffnung mit zackigen Spitzen an der oberen und unteren Seite, die den Eindruck von Zähnen vermittelten. Je näher sie kamen, desto mehr wurde die ungeheure Größe dieser Öffnung im Vergleich zu ihrem Raumschiff offenbar.

EIN WISPERN IM DUNKELN

»VERDAMMTER MIST – DIESER ORT sorgt dafür, dass meine Augenhöhle juckt.« Assa hatte erneut einen privaten Kanal geöffnet und nutzte ihn im Lauf der vergangenen Viertelstunde vor allem dazu, unverständlich vor sich hin zu fluchen. Über den offenen Kanal des Teams waren anfangs ähnliche gemurmelte Lautäußerungen der übrigen Leute gekommen, doch Jameson hatte sie scharf unterbunden, und seitdem herrschte weitgehend düsteres Schweigen.

Helen seufzte. »Und was genau bedeutet das?«

»Dass es juckt«, knurrte Assa gereizt. »Und ich habe keine Möglichkeit, etwas dagegen zu tun. Weil ich einen Scheiß-Helm aufhabe. Ich habe keine Ahnung, wie du das stundenlang aushältst.«

»Na ja, es gibt da diesen kleinen Scheuerschwamm im Helm. Du kannst ihn ausfahren und dir damit an der Nase oder wo immer es juckt ...«

»Ich muss mein verdammtes Auge dafür rausnehmen«, warf Assa trocken ein, und Helen verstummte.

»Sorry«, sagte sie nach einer Weile. »Ich vergesse immer ...«

»Hör auf, um Entschuldigung zu bitten. Der Mann, der uns alle hier rübergeschickt hat, müsste das tun – und er wird es garantiert nicht.«

»Der Admiral?«

»Nein, Cosco Jarowitz von Ebene C, der es für eine gute Idee hielt, mich überall als die beste Fabber-Mechanikerin anzupreisen!« Sie seufzte. »Natürlich der Admiral. Würden die uns nicht so knapp an Ersatzteilen halten, dass wir jeden Mist immer und immer wieder zusammenflicken müssen, hätte ich mir keine Batteriesäure ins Auge gekippt.«

»Batteriesäure«, echote Helen tonlos.

»Hm-hm. Direkt auf die Pupille. Kann ich im Rückblick nicht empfehlen. Und was sagen die Arschlöcher dann, als ich mich auf dem Boden winde und ein Hilfsmediziner mit einem Löffel mein verdammtes Auge rausholt? ›Egal, dann holen wir einen neuen aus dem Lager. Da liegen noch Hunderte.‹ Hunderte! Auf der kompletten *Tresch* existieren noch einunddreißig funktionierende Fabber. Und dann erfahre ich, dass es Hunderte gibt!«

»Scheiße«, murmelte Helen und war sich selbst nicht sicher, ob sie die Sache mit der Säure oder aber die Information zu den Fabbern meinte. Vermutlich beides.

»Das kannst du laut sagen. Jedenfalls hat mir jemand, der mir noch einen Gefallen schuldete, die Pläne für mein neues Auge hier besorgt und das Ding gedruckt. Es hat seine Macken – aber es ist besser als gar keins. Außer, wenn es juckt wie gerade jetzt. Dann vermutlich nicht. Sag mal, täuscht mich das, oder hat sich die Form dieses Gangs hier verändert?«

»Was?« Helen sah auf die Mapperkarte, doch das Hologramm war zu ungenau, um sich sicher zu sein. »Er ist immer noch groß und führt geradeaus.«

»Ja.« Etwas an Assas Ton ließ sie aufhorchen. »Aber ich hätte schwören können, dass er dort, wo wir reingekommen sind, sechsseitig war. So eine Bienenwabenform, wie Fabberkristalle.«

Helen starrte in die Dunkelheit, die nach wie vor die Decke und einen Großteil der Wände verbarg. Sie tippte auf ihrem Armdisplay herum, um mehr Kontrast aus der Optik des Helms zu holen, doch die seltsamen Oberflächen weigerten sich hartnäckig, mehr preiszugeben. »Und?«

»Auf jeden Fall ist er nicht mehr sechsseitig.« Assa winkte, und ihre drei Drohnen kehrten zu ihr zurück. »Und er geht nicht nur geradeaus. Leutnant Jameson?« Sie hatte den Kanal des Teams geöffnet. »Vor uns liegt ein Gang, den die Mapperdrohne nicht erfasst hat. Zweigt nach links ab.«

Helen sah auf die Karte. Das bedeutete, dass dieser neue Gang von der Längsachse des Objekts abwich, auch wenn sie sich nicht erklären konnte, wie der Mapper ihn übersehen konnte. »Wie lang?«

»Keine Ahnung. Ich lasse meine Mädchen nicht allzu weit von mir weg. Der Empfang wird hier drin extrem schnell schlechter. Wir sind – wie weit? Ein paar Hundert Meter? – in dieses Ding hier gegangen, und ich bekomme keine Signale von den Shuttles mehr rein. Du?«

Helen schüttelte den Kopf. Unter den ungeduldigen Blicken der Marschalls machte sie erneut die Mapperdrohne fertig und ließ sie aufsteigen. »Irgendwas stimmt hier nicht.« Sie projizierte die neue Karte auf die Displays des Trupps. Dann legte sie das alte Bild darüber. Die Unterschiede waren so deutlich, dass sie selbst kaum glauben konnte, dass die Drohne denselben Bereich gescannt hatte. »Ich verstehe es nicht genau – ich vermute, was immer die Kommunikation hier blockiert, bringt auch die Mapper durcheinander.« Helen war sich ziemlich sicher, dass ein Störsignal keine vollkommen anderen Räume vorspiegeln konnte, doch andorerseits waren sie nicht mehr auf der *Tresch* und wie sich dieses Ding woanders verhielt – wer konnte das schon wissen. Jameson schnaubte. »Das heißt, wir können uns nicht auf dein Spielzeug verlassen. Fantastisch.« Sie wandte sich Assa zu. »Dann führst du uns jetzt. Wohin?«

Die Weißhaarige warf Helen einen unsicheren Blick zu. »Woher soll ich das ...« Sie fing Jamesons Blick auf und räusperte sich. »In Ordnung. Unser Gang hier verläuft in etwa auf der Längsachse der Behemoth in Richtung des Zentrums, während die Abzweigung ...«

»Der was?« Leutnant Jameson sah sie befremdet an.

»Behemoth. Ich mochte das kleine Gedicht des Piloten. Oder haben Sie einen besseren Namen?«

»Ich glaube nicht, dass es bei Ihnen liegt, diesem Ort hier einen Namen zu geben.«

»Na ja, ich kann ja schlecht immer nur von ›diesem Ding hier‹ reden, oder?«

»Weiter mit der Erklärung!«

Assa schnaufte, dann deutete sie auf die Holokarte. »Jedenfalls – die Abzweigung liegt der Richtung, aus der wir gekommen sind, also dem Loch in ... diesem Ding hier, direkt gegenüber. Wenn es geradeaus weitergeht. So tief, wie wir sind, sind wir vielleicht 500 Meter von der Außenseite entfernt. Aber wenn ihr mich fragt, dann würde ich Richtung Zentrum gehen. Wenn es hier irgendetwas Interessantes gibt, dann ist dort die Wahrscheinlichkeit höher.« Sie hob die Schultern. »Außerdem ist es einfacher, sich nicht zu verlaufen, solange wir auf dem Weg bleiben, oder?«

»Wir sind in einem kleinen Klumpen Schrott im All. Wie sehr kann man sich wohl hier verlaufen?«

Assa erwiderte Jamesons Blick, dann hob sie die Brauen und deutete auf die sich immer noch überlagernden Holokarten. »Klein ist relativ. Wenn man nicht weiß, wo man ist, kann man sich auch in einem stockfinsteren Zimmer verlaufen. Das ist ein beeindruckendes, zwanzig Kilometer langes Labyrinth, und wir wissen noch nicht mal, welches von diesen Bildern hier stimmt. Wie Helen schon gesagt hat: Die Mapper sind hierfür nicht gemacht. Und niemand von uns hat wirklich Erfahrung mit den Dingern. Ist ja nicht so, als würden wir sie auf der *Tresch* oft brauchen.«

Jameson schien auf einer anderen Frequenz mit irgendjemandem zu kommunizieren, denn ihre Lippen bewegten sich kurz, ohne dass Helen etwas hören konnte. Dann nickte sie, und bei ihren nächsten Worten war sie wieder deutlich zu hören. »Es ist im Sinne der Admiralität, wenn wir die Abzweigung erkunden. Wir können es uns nicht leisten, einen so großen Zugang unbeachtet zu lassen, solange wir nicht wissen, was uns hier erwartet. Ganz besonders, wenn wir Konkurrenz haben. Wir untersuchen zuerst diesen Gang.«

»Aber ...« Der Marschall neben ihr sprach nicht weiter, als Jameson ihn scharf ansah.

»Das ist keine Diskussion. Das ist ein Befehl.«

Es knackte an Helens Ohr, und Assa sagte leise: »Dafür, dass sie nicht diskutieren will, erklärt sie aber viel.«

Helen aktivierte ebenfalls den privaten Kanal, während Jameson ihre Leute neu einteilte. Sie wandte sich unauffällig ab und gab vor, interessiert die Wand zu mustern. »Mit wem hat sie gerade geredet?«

»Ich kann Lippen lesen, nicht Gedanken«, gab Assa zurück. »Aber sie sagte, sie habe einen vielversprechenden Gang gefunden.«

»Das klingt anders als ihr Statement gerade.«

»Ja, sie redet viel, dafür, dass sie nichts sagt.«

»Nein, ich meine, es klingt, als gäbe es einen anderen Plan als den offiziellen.«

Assa schnaubte belustigt. »Alles andere würde mich verblüffen. Aber immerhin hat überhaupt jemand einen. Ich war mir nicht so sicher.«

Die Abzweigung tauchte nur wenige Dutzend Schritte weiter im Licht ihrer Scheinwerfer auf – ein Tunneleingang, groß genug, um ein Shuttle hindurchrollen zu können. Vermutlich hätte Rangi sogar versucht, die *Maru* hineinzufliegen. Jameson wies ihre Marschalls an, eine Verteidigungsposition einzunehmen, bevor sie drei Leute aussandte, um den abzweigenden Tunnel in Augenschein zu nehmen. Helen und Assa zogen sich an eine der Wände zurück, um in der Zwischenzeit Proben zu nehmen. Auch hier bestand die Wand aus schwarzem, stumpfem Material, das in starker Vergrößerung eine poröse, wabenförmige Struktur aufwies.

»Ich verstehe es nicht.« Helen ließ das Detailbild vor ihrem Helmdisplay rotieren. »Wenn ich nicht genau wüsste, was du aufgenommen hast, wäre ich sicher, dass dieses Zeug aus einem Fabber stammt.«

Assa nickte. »Einem besseren, als wir haben, aber ja. Das ist ein hocheffektives Muster. Ich glaube nicht, dass wir mit unseren etwas so Präzises, so Komplexes hinbekommen, aber andererseits haben wir auch nur noch besseren Schrott zur Verfügung.« Sie sah auf und löschte den Strahler, der das Wandsegment beleuchtete. »Ich finde die Idee faszinierend, dass jemand ein Schiff wie dieses hier komplett aus einem Fabber ...«

Helen achtete nicht mehr auf ihre Worte. Stattdessen löschte sie ihre eigenen Anzuglampen. Ein Schauer plötzlicher Gänsehaut überlief sie.

»Was zur Schwärze …?« Der Bereich der Wand, den die Anzugscheinwerfer gerade noch beleuchtet hatten, war nicht schwarz. Es schien, zumindest für einen Augenblick, als würde die Wand von innen leuchten. Fast hätte sie den Schimmer für ein Nachglühen der Helligkeit in ihren eigenen Augen gehalten, doch zum einen filterte ihr Helm Blendeffekte weitgehend aus, und zum anderen war sie sich sicher, dass beinahe unsichtbare Wellen über die Wand liefen und dabei – kaum merklich – die Farbe änderten, ehe sie ausliefen und verblassten. »Hast du das gesehen?«, fragte sie leise.

»Ich bin mir nicht sicher«, antwortete Assa ebenso leise, beinahe ehrfürchtig. »Nicht sicher, *was* ich gesehen habe.«

Helen atmete vorsichtig durch. Dann schaltete sie einen Scheinwerfer auf ihrem Handrücken an und beleuchtete erneut die Wand. Im Licht dieser Lampe erschien die Wand nichtssagend anthrazitfarben, ein stumpfes, dunkles Grau wie Asche. Vorsichtig schabte sie über die Oberfläche, die unter einer dünnen Staubschicht hart wie Keramik schien. Erneut löschte sie das Licht, und wieder schien die Wand hier nachzuglimmen. Lichtspuren liefen über die Oberfläche, bevor sie schwächer wurden und ein weiteres Mal verschwanden.

Assa starrte die Wand an. »Die Oberfläche ist ein ganzes Grad wärmer als der Bereich daneben«, stellte sie dann leise fest und richtete sich auf. »Was immer das ist – es absorbiert Energie.«

»*Irgendwas hier drin schluckt jedes Signal von draußen, genauso wie das, was wir selbst senden.*« Das hatte Rangi doch gesagt. Helen nickte langsam. »Im gesamten Spektrum. Deshalb bekommen wir keine Kommunikation. Das ist nicht normal für Fabbersand, oder?«

»Ich arbeite fast mein ganzes Leben mit Fabbern, aber so was seh' ich zum ersten Mal.« Die Technikerin schob etwas von dem dunkelgrauen Sand in einen Probenbeutel. »Aber mir fallen auf Anhieb drei oder fünf Sachen ein, die ich damit ausprobieren möchte.«

Helen rieb sich abwesend die Arme, auch wenn das durch den Anzug ziemlich sinnlos war. »Sagen wir mal so – wenn sich dieses Zeug als Fabbersand eignet, dann haben wir zumindest in dieser Hinsicht keine Probleme mehr.«

Assa sah auf. »Ich bin mir nicht sicher, ob wir Dinge wollen, die Energie so effektiv absorbieren. Dazu wüsste ich gern erst, was damit passiert. Und warum es passiert.«

Helen setzte zu einer Antwort an, runzelte dann jedoch die Stirn. *Wenn dieser Ort Energie so effektiv absorbiert, dass er selbst Licht schluckt, und wenn wir selbst auf so kurze Entfernung keinen Kontakt zu den Shuttles herstellen können – wie hat dann der Admiral zu uns gesprochen?*

Erneut öffnete sie den Mund, doch in diesem Moment meldete sich die Vorhut der Marschalls leicht verrauscht auf dem allgemeinen Kanal. »Leutnant, Sie sollten sich das ansehen«, erklärte einer der Männer, und so was wie Ehrfurcht schwang in seiner Stimme mit.

»Machen Sie gefälligst korrekt Meldung! Worum handelt es sich?«, entgegnete die Truppführerin leicht gereizt.

Ein erneutes Knacken im Kanal. »Kann ich noch nicht genau sagen, *Laoban*«, kam die Antwort, noch immer ohne sich um Etikette zu scheren. »Aber ich glaube, das wollen Sie sehen.«

»Dreihundert Meter dem Gang folgen. Können Sie nicht verfehlen«, warf der zweite Scout ein. Seine Stimme klang ein wenig verzerrt, jedoch nicht minder beeindruckt.

Jameson schwieg einen Moment, doch Helen konnte deutlich sehen, wie sich ihre Faust mehrmals öffnete und schloss. »Wir rücken ab«, sagte sie dann knapp. Sie deutete auf einen ihrer Männer. »Sie da. Zwei Mann bleiben bei Ihnen. Halten Sie diesen Posten und informieren Sie den Rest, sobald Sie eine Möglichkeit erhalten, Kommandant Tamek zu erreichen. Der Rest mit mir.«

Sie machte einige Gesten in Richtung ihrer Leute, die Helen jedoch nicht entschlüsseln konnte, dann bedeutete sie den Zivilisten, ihr zu folgen. Helen schulterte ihr Gepäck und warf einen letzten Blick auf die Wand, die jetzt wieder in stumpfem Grau aufragte. Für einen winzigen Moment hatte sie das Gefühl, als bewege ein Lufthauch den Staub auf der Oberfläche der Wand, doch hier draußen gab es keinen Wind, keine Atmosphäre, in der es einen Luftzug geben konnte. Das Flackern der Scheinwerfer machte es unmöglich, irgendwas Genaueres zu erkennen, und schließlich wandte Helen sich ab.

Vermutlich hatten sie tatsächlich nur dreihundert Meter zurückgelegt, doch in der unwirklichen, lautlosen Schwärze des Tunnels kam Helen der schweigende Marsch wie eine halbe Ewigkeit vor. Noch immer konnte sie die genauen Dimensionen des Gangs nicht abschätzen. Der Mapper behauptete auch im dritten Durchflug steif und fest, dass der Tunneldurchmesser etwas über zwanzig Meter betrug, doch abgesehen vom Boden und der linken Wand, an der sie sich instinktiv hielten, konnte sie nichts erkennen, nicht einmal, wenn sie den starken Schein ihres Handstrahlers auf die gegenüberliegende Tunnelwand richtete. Das Licht schien einfach zu verschwinden, ohne auch nur auf die geringste Oberfläche zu treffen, die es hätte reflektieren können. Genauso gut könnte sich die undurchdringliche Schwärze bis in alle Ewigkeit erstrecken. Das Ganze fühlte sich – falsch an, und in Helens Magen wuchs langsam, aber stetig ein eisiger Klumpen. Schließlich kam ein Ende des Tunnels in Sicht, zuerst weniger durch irgendeine Änderung im Gang zu erkennen als durch die Lichter, die vor ihnen in der Dunkelheit glommen. *Anzugscheinwerfer, die ihren Strahl hier ohne Atmosphäre über Kilometer werfen sollten, und ihr Licht ist auf nur 50 Meter kaum noch zu erkennen.* Helen stellte fest, dass sich ihr Hals verengte, und schluckte. Einige Meter weiter, und es schien, als endete der Tunnel direkt dort, wo die Männer der Vorhut standen, doch schon wenige Schritte weiter revidierte Helen diesen Eindruck. Bei genauerem Hinsehen entdeckte sie den Spalt, der die Mitte dieser Wand senkrecht teilte.

»Sieht aus, als wäre das ein Tor, Laoban«, stellte einer der Marschalls fest. Helen gab ihm im Stillen recht. Sie konnte sehen, wie sich Jameson zurücklehnte, um bis ganz nach oben zu sehen.

»Gibt es eine Möglichkeit, das zu öffnen?«, fragte die Offizierin dann.

Die Marschalls wechselten ratlose Blicke. »Na ja«, stellte einer von ihnen zögerlich fest, »wir könnten eine Sprengladung platzieren und ...«

»Keine gute Idee«, hörte Helen sich sagen. Als sich Jameson ihr zuwandte, hob sie entschuldigend die Hände. »Ist wie bei der *Tresch* – wenn's ein Loch gibt und dahinter Atmosphäre ist, strömt der ganze Mist aus, und wir stehen in einem Orkan, der uns alles um die Ohren haut.«

Jameson zögerte, dann nickte sie knapp. »Einspruch akzeptiert. Haben wir eine Möglichkeit, das zu überprüfen? Ihre Drohne?«

Helen rief die letzten Daten auf und schüttelte den Kopf. »Nicht, bevor wir durch diese Wand kommen. Das wenige, was wir dadurch empfangen, ist widersprüchlich.« Mit einem Wisch schob sie die Daten auf die Helmdisplays der anderen. »Hier. Im Grunde kann fast alles dahinter sein. Irgendetwas ist da, aber was ...« Sie schüttelte den Kopf. Dann nahm sie ihren Rucksack ab und holte einen der Crawler heraus. »Aber wir können ein Loch bohren.«

»Du hältst das für eine gute Idee?«, fragte Assa über den privaten Kanal.

Helen senkte den Kopf und schaltete um, während sie den Crawler bereit machte. »Ich halte es für eine bessere Idee, als die komplette Energie einer Sprengladung auf diese Wand zu schicken.«

»So gesehen ...«

»Wenn du eine bessere Idee hast – jetzt wäre ein guter Zeitpunkt. Ansonsten nimm alles auf – wir sollten das dokumentieren.«

»Ich ...« Assa zögerte, dann seufzte sie. »In Ordnung.«

Helen straffte die Schultern, hob den Crawler an die Wand und setzte ihn ab. Mit einem Ruck klammerte sich das krabbenähnliche Gebilde auf der nur scheinbar glatten Oberfläche fest, und in seinem Bauch flammte eine Schweißflamme auf. Die Reaktion folgte prompt und so deutlich, dass ein Raunen durch die Reihen der Marschalls ging, als schillernde Farben über die Oberfläche des Tors zu laufen begannen, in konzentrischen Kreisen, die, Wellen auf einer Teichoberfläche gleich, über das Portal und bis zu den Wänden liefen und sich sogar dort noch fortsetzten. Immerhin zeigte die Schweißflamme Wirkung. Helen war sich gar nicht so sicher gewesen, doch die beinahe weiße Flamme des Schweißcrawlers fraß sich unerbittlich durch die Oberfläche und hinterließ ein leuchtendes Rinnsal glühender Flüssigkeit. Und während die Marschalls um sie herum noch über das Farbfeuerwerk diskutierten, das über die Oberfläche des Tors huschte, durchstieß die Flamme schließlich das Material. Noch bevor irgendetwas entweichen konnte, presste sich der Crawler automatisch auf die Öffnung und versiegelte sie. »Wir sind durch«, verkündete Helen und richtete sich auf. »Vierundzwanzig Zentimeter Wandstärke. Dahinter scheint sich ein größerer Hohlraum mit einer Spur von Atmosphäre zu befinden.«

»Ein wenig dünn für ein Schott dieser Größe, meinst du nicht?«, warf Assa ein.

»Keine Ahnung. Dazu weiß ich zu wenig über dieses Material. Es könnte genauso gut dreimal so dick sein wie benötigt.« Sie musterte die Messdaten, die der Crawler lieferte. »Zumindest haben wir keinerlei Spannungen in der Oberfläche. Das schafft Stahl nicht. Ich meine, es könnte ...«

Jameson schob einen der Marschalls beiseite. »Was heißt Atmosphäre?«, fragte sie unwirsch.

Helen unterbrach sich. »Stickstoff, hauptsächlich. Ein Haufen Ammoniak. Ein Haufen Chemie, den ich nicht verstehe. Assa?« Sie schob die Daten auf Assas Helmdisplay.

Die Fabbertechnikerin überflog sie. »Schwefel, Methan, Argon – ein Haufen davon – Wasserstoff, Kohlenmonoxid, Kohlendioxid, Ethan, Propan ...« Sie pfiff leise. »Ich würde dort drin zumindest nicht versuchen, Luft zu holen. Aber ich würde es gern in Flaschen abfüllen. Wenn davon mehr da wäre.«

»Das heißt, hinter dieser Wand befindet sich keine Atemluft?«

»Assa drehte sich um und sah sie an.»Na ja, ich würde sagen: Kommt drauf an.«

»Worauf?«

»Was man atmet. Wenn man Wert auf Sauerstoff legt – dann eher weniger.«

Irgendeiner der Marschalls war unvorsichtig genug gewesen, den Teamkanal nicht stummzuschalten. Sein Kichern würde sicherlich Konsequenzen haben.

»Das heißt«, wiederholte Jameson, »das da drin ist keine für Menschen geeignete Atmosphäre?«

Helen blinzelte. »Nein? Nein, ist es nicht. Wie kommen Sie darauf? Aber selbst wenn, also auch wenn wir Sauerstoff hätten und uns die Hälfte von dem Zeug nicht die Lunge wegbrennen würde – der Druck ist zu niedrig. Atmosphäre ist eigentlich übertrieben. Etwa ein Tausendstel von dem, was wir in der *Tereschkowa* haben. Ich empfehle also, die Helme besser noch aufzubehalten.«

»Aber wenn ich es richtig verstanden habe, sind es in dieser Richtung nur noch einhundert Meter bis zur Außenseite?«

»Ein paar mehr oder weniger, aber ja.« Helen warf einen schnellen Blick auf die letzte Mapperaufnahme. »So in etwa.«

»Gut.« Jameson deutete auf das Tor. »Dann setzt eine Notschleuse auf und öffnet das Ding.«

Helen zögerte. »Ich dachte, wir überprüfen nur, ob dieser Seitengang eine Gefahr für die Mission darstellt.«

»Genau das tun wir.« Leutnant Jameson schob Helen beiseite, und zwei der Marschalls begannen, eine Nanopolymerplane auszupacken, die sich selbstständig zu einer Kunststoffschleuse aufblasen würde.

Assa trat neben Helen und verschränkte die Arme, so gut es ging. »Hältst du das für eine gute Idee?«

»Fangfrage?« Helen warf ihr einen Seitenblick zu.
»Ich hätte erst eine Drohne durch das Loch geschickt.« Die Weißhaarige zuckte mit den Schultern. »Aber ich schätze, Frau Leutnant hat es nicht so mit Vorsicht.«
Sie hat es eilig. Der Gedanke kam Helen unvermittelt, doch sie war sich ziemlich sicher, dass sie recht damit hatte. Sie nickte langsam. »Kann es sein, dass sie uns nicht alles verraten hat? Ich meine, worum es bei diesem Ausflug eigentlich geht?«

»Fällt die Scheiße immer Richtung Deck D? Ich wäre enttäuscht, wenn es nicht so wäre. Würde mein ganzes Weltbild durcheinanderbringen.« Assa starrte in die Dunkelheit hinter der winzigen Insel aus Licht, die ihr Trupp bildete. »Ich bin mir wirklich sicher, dass sich dort hinten etwas bewegt hat«, murmelte sie. »Mein Auge juckt wie verrückt.«

»Es juckt, wenn du eine Vorahnung hast?«

»Vorahnung?« Assa machte ein abfälliges Geräusch. »Es juckt, wenn meine Drohnen Daten liefern, die es nicht interpretieren kann. Dann läuft der Prozessor da drin heiß. Verdammt, das reicht jetzt.« Assa stieß einen leisen Fluch aus, und im nächsten Moment schwirrten die Miniaturdrohnen heran und hefteten sich wieder an den Helm der Mechanikerin.

»Ich weiß nicht. Ich glaube, dass sich irgendetwas bewegt hat, aber ich kann beim besten Willen nicht erkennen, was.«

Die Dunkelheit war nahezu vollkommen, doch jetzt, als sich Helen darauf konzentrierte, meinte sie ebenfalls, irgendeine Bewegung auszumachen. Helen atmete tief durch. Sie schaltete die Außenmikrofone ein und erhöhte ihre Empfindlichkeit. Über das Rumoren der Marschalls, das sich über ihre Stiefel übertrug, meinte sie, noch etwas anderes zu hören; ein Rascheln oder Rieseln, ein Wispern im Dunkeln wie von Sand, den man langsam aus einem Glasgefäß goss. Das leise Grauen, das sie für einen Moment erfolgreich verdrängt hatte, kehrte zurück und legte eine Hand um ihren Nacken.

BEHEMOTH

LANGSAM VERSTAND LAOHU, warum die anderen dem unbekannten Objekt diesen Namen verliehen hatten. Der Behemoth war eine Sagengestalt der westlichen Kultur. Er hatte darüber gelesen. Gewaltig groß und gefährlich, vielleicht ein Nilpferd, wie verschiedene Forscher vermutet hatten. Die Menschen des Altertums hatten ihm magische Eigenschaften zugeschrieben. So wie früher einem Krokodil oder dem versteinerten Schädel eines Sauriers, den sie für die Überreste von Drachen gehalten hatten.

Im Simulator hatte Laohu die Projektion eines dieser seltsamen Tiere aufgerufen, wie es völlig regungslos in einem Wasserloch gestanden hatte, das Maul mit den hauerartigen Zähnen gähnend weit aufgerissen und die Augen geschlossen. Ein Krokodil war herangeschwommen, vermutlich auf der Suche nach leichter Beute. Als es ganz nah gekommen war, war das Nilpferd urplötzlich zum Leben erwacht und hatte den Eindringling attackiert. Von einem Augenblick auf den nächsten hatte es sich in eine todbringende Bestie verwandelt und das mehr als fünf Meter lange Krokodil, eine Millionen Jahre alte Mordmaschine, geschnappt und mühelos durch die Luft geschleudert. Einfach so, ohne auch nur die geringste Anstrengung. Als ihre Raumschiffe langsam von der Dunkelheit verschluckt wurden, hatte Laohu den Eindruck, selbst das Krokodil zu sein, das ahnungslos mitten in das weit aufgerissene Maul eines Behemoth hineinschwamm.

Für einen Augenblick wurden sie vollständig von der Dunkelheit verschluckt. Dann schalteten die Navigatoren die Scheinwerfer ein und ließen sie in berechneten Bahnen über die Wände streichen. Auch hier fanden sich wieder unzählige Krater, Zeugen eines jahrhundertelangen Bombardements durch große und kleine Meteoriten. An einem unförmigen Objekt blieben die Scheinwerfer ein Stück länger kleben. Es erinnerte an eine hausgroße Spinne, die sich mit grotesk verdrehten Beinen an der Wand festgeklammert hatte. Ihr aufgeplatzter Schädel konnte irgendwann einmal eine Pilotenkanzel gewesen sein, doch ehe Laohu Genaueres feststellen konnte, war der Lichtstrahl bereits zum nächsten Objekt weitergehuscht.

»Es ist unglaublich«, sagte die Kapitänin der *Inyanga* mit kaum verhohlener Begeisterung in ihrer durch die Übertragung verzerrten Stimme. »Die Spuren einer fremden Zivilisation.«

Nach kurzer Orientierung flogen die Schiffe direkt auf eine der Wände zu, in deren Oberfläche verhältnismäßig wenige Krater zu erkennen waren. Die Navigatoren drosselten die Geschwindigkeit und versetzten die *Shenzhou* in Rotation. Die Wand rutschte nach unten aus dem Sichtfeld fort, bis sie sich schräg unter ihnen befand. Im Licht der Scheinwerfer waren Muster erkennbar, die früher einmal vielleicht Parkpositionen für Raumschiffe markiert haben konnten. Die Navigatoren steuerten direkt auf eines dieser Muster zu und leiteten die Landesequenz ein.

»Sind Sie sicher, dass wir das tun sollten?«, meldete sich Kapitänin Tiali besorgt zu Wort.

»Der Drachenrat hat soeben die Genehmigung zum selbstständigen Andocken erteilt«, sagte Li Yun im beruhigenden Ton eines mitfühlenden Mütterchens. »Selbstverständlich steht es Ihnen frei, in Ihrem Raumschiff zu bleiben ...«

Kapitänin Tiali verzog das Gesicht und versank eine Zeit lang in Schweigen. Laohu vermutete, dass sie mit ihrer E.V.A. kommunizierte, einer Art elektronischem Symbionten, der den Lèng einen Großteil ihrer Denkarbeit abnahm. Gerüchten zufolge waren die Lèng ohne seine Unterstützung so hilflos wie Neugeborene. Einige Wissenschaftler der Drachennation gingen sogar davon aus, dass ihre höheren Gehirnfunktionen, insbesondere das Langzeitgedächtnis und die Bereiche, die für logisches Denken zuständig waren, aufgrund ihrer elektronischen Prothese stark unterentwickelt waren. Eine Vorstellung, die in Laohu Mitleid erweckte, denn die Versenkung in komplexe Denkprozesse war eine Beschäftigung, die für das persönliche Wohlbefinden von essenzieller Bedeutung war.

»Also gut«, sagte Kapitänin Tiali nach einer Weile. »Wir stellen ebenfalls ein Landungsteam zusammen.« Vermutlich hatte ihre E.V.A. entschieden, dass es verdammt dumm wäre, den Drachen sämtliche potenziellen Ressourcen auf dem fremden Schiff zu überlassen. Eine Erkenntnis, die selbst einem unterentwickelten Affenmenschen auf der *Zheng He* ohne die Hilfe eines Computers gekommen wäre. Immerhin waren diese Ressourcen ja der Grund, warum sie überhaupt hergekommen waren.

»Wunderbar. Sie haben zehn Minuten.« Li Yun warf Laohu einen Blick zu, und Laohu nickte.

»Alle Mann bereit machen zum Ausstieg!« Eine leichte Muskelanspannung veranlasste Laohus Naniten dazu, ihn

sanft aus seinem Sitz in die Luft zu schieben. Schnell streckte er die Hand nach dem nächsten Haltegriff aus und schwang sich in Position. Die anderen Tiger folgten seinem Beispiel und postierten sich rund um den Ausstieg. Leises Surren begleitete die Versiegelung ihrer Helme und die Fixierung der Waffen. Als sie bereit waren, blickte Laohu über die Schulter zurück zu den Navigatoren und hob den Daumen. »Alle Mann in Position.«
Der zweite Navigator nickte und erteilte die Freigabe zum Ausstieg.

Noch während sich die Schleuse zischend öffnete, schlängelten sich die Tiger elegant durch die enge Öffnung hinaus in die Dunkelheit. Da der Boden unter dem Raumschiff aus metallischen Materialien bestand, konnten die Naniten an ihren Schuhen Kontakt herstellen und eine sichere Lauffläche ermöglichen. Schnell, aber ohne Hast strebten sie in einem Halbkreis rund um den Transporter auseinander und sicherten die Umgebung nach allen Seiten ab.

Das Licht der Bordscheinwerfer erhellte nur einen winzigen Bereich um den Transporter, sodass Laohu nach einem kurzen Rundumblick sein Visier auf Nachtsicht umschaltete. Es flackerte kurz, und dann verwandelte sich die Welt vor seinen Augen in unterschiedlichste Schattierungen von Grau. Aufmerksam nahm er die Umgebung in sich auf. Der Lauf seiner Waffe folgte der Bewegung seines Kopfs. Er ließ sich Zeit, blickte lieber zweimal in die gleiche Richtung, um ganz sicherzugehen, dass er nichts übersah. Um ihn herum war es totenstill. Das einzige Geräusch, das er in diesem Augenblick wahrnahm, war sein gleichmäßiger Atem.

Das Gefühl, beinahe schutzlos inmitten des weit aufgerissenen Mauls dieses Kolosses zu stehen, schnürte ihm für einen Augenblick die Kehle zu. Es war nicht so sehr die schiere Größe des Raumschiffs, sondern die Tatsache, dass es von einer fremden, vermutlich sogar weit überlegenen Zivilisation gebaut worden war. Für einen Menschen, der sich zeit seines Lebens als die Krone der Schöpfung betrachtet hatte, war das eine schwer zu schluckende Erkenntnis.

Aus der Nähe betrachtet waren die zahlreichen Schäden noch viel deutlicher zu erkennen als durch die Augen der Bordkameras. Der Boden war ein einziges Trümmerfeld, in dem Krater an Krater von einem unablässigen Bombardement aus dem Weltraum zeugten. Eine große Zahl undefinierbarer Trümmerhaufen klebte an den Wänden, von denen einige früher einmal Raumschiffe gewesen sein konnten. Laohu hatte den Eindruck, dass nicht alle Krater in ihren zerfurchten Oberflächen von Meteoriten stammten. Er unterdrückte das Gefühl der Unruhe, das sich in seiner Magengegend breitmachte, und erteilte die Freigabe zum Ausladen der Ausrüstung.

Dass er zunächst nur mit leichtem Gepäck marschieren wollte, riss die beiden Techniker ihrer Expedition allerdings zu lautstarken Unmutsäußerungen hin. Doktor Feng und Hao hätten am liebsten gleich den kompletten Laderaum ausgeräumt, um so viele Messungen wie möglich starten zu können. Da die Sicherheit allerdings in Laohus Händen lag, fügten sie sich schließlich knurrend in ihr Schicksal. Trotzdem führten sie immer noch so eine große Menge an Ausrüstung mit, dass sie unter den Bedingungen von Schwerkraft kaum einen Meter weit gekommen wären. Als sie mit ihren Vorbereitungen fertig waren, stellte

Laohu die Gruppe in Marschformation auf und ließ sich sicherheitshalber noch einmal von den Navigatoren die Zielkoordinaten bestätigen.

Ihr Marsch durch die Dunkelheit verlief wieder in völligem Schweigen. Zu fremdartig und erschlagend war ihre Umgebung, als dass sie in passende Worte hätte gefasst werden können. Jedes Mal, wenn ihre Scheinwerfer ein Stück weiter in die Dunkelheit voraushuschten, entdeckten sie ein neues rätselhaftes Detail in der zerklüfteten Oberfläche. Hin und wieder hatte Laohu sogar den Eindruck, dass sie sich unmerklich veränderte, schrieb diese Beobachtung allerdings seiner überbordenden Fantasie zu. Nach einer Weile entdeckte er vor ihnen eine Reihe winziger Lichtpunkte, die sich zuckend und tanzend ihrer Position näherten. Er ließ die Tiger ausschwärmen und die Scheinwerfer löschen. Dann schaltete er wieder auf Nachtsicht um.

Hinter den Lichtpunkten schälten sich die Umrisse menschlicher Körper aus der Dunkelheit. Die Sensoren identifizierten sie als Passagiere der *Venta Chitru*. Sie bewegten sich so sorglos und unvorsichtig voran, dass es schon beinahe an Leichtsinn grenzte – vielleicht handelte es sich aber auch um eine geschickt aufgebaute Falle. Nachdenklich kaute Laohu auf seiner Unterlippe herum. Er ließ den Blick durch den Raum schweifen und entschied sich schließlich für die logischere Möglichkeit: dass die Lèng tatsächlich so leichtsinnig waren. Geduldig wartete er ab, bis sie nahe genug herangekommen waren, und schaltete dann seinen Scheinwerfer ein.

Die Lèng blieben wie angewurzelt stehen. Ihre Scheinwerfer zuckten hektisch durch die Luft. Laohu hätte sich nicht gewundert, wenn sie in Panik auseinandergestoben wären. Schnell öffnete er den diplomatischen Kanal und gab sich zu erkennen.

Nach einer kurzen Pause hob der vorderste Lèng schließlich zögerlich die Hand und erwiderte den Gruß. Er war deutlich kleiner als ein Tiger, gerade mal einen Meter siebzig oder achtzig groß. Trotz des unförmigen Raumanzugs war gut zu erkennen, dass er vergleichsweise schmal gebaut war. Laohu hob den Scheinwerfer ein Stück höher und leuchtete ihm ins Gesicht.

Es war die Kapitänin der *Inyanga*. Sie blinzelte geblendet, und er richtete den Strahl seines Scheinwerfers wieder auf den Boden.

»Ich freue mich, Sie persönlich kennenzulernen«, sagte Kapitänin Tiali, nachdem sie die Frequenz ihrer Headsets angeglichen hatten. »Das ist ... das ist das erste Mal seit über fünfzig Jahren, nicht wahr?« Erwartungsvoll lächelte sie ihn an.

Laohu erwiderte schweigend ihren Blick. Was sollte er auch sagen? Er war kein Diplomat. Nicht mal ein Kommunikator. Außerdem war es völlig egal, seit wie vielen Jahren sich die Passagiere der beiden Raumschiffe nicht mehr persönlich begegnet waren. Für ihn spielte es keine Rolle.

Nach einem unbehaglichen Moment des Schweigens drängte sich Li Yun an ihm vorbei und deutete eine Verbeugung an. »Sie müssen ihn entschuldigen, Kapitänin Tiali. Er ist nur ein Sicherheitsbeamter. Diplomatische Gepflogenheiten sind ihm nicht bekannt. Ich bin übrigens Li Yun. Wir haben bereits vorhin auf dem Schiff miteinander gesprochen. Ich bin ebenfalls sehr erfreut, Ihre persönliche Bekanntschaft zu machen. Ich freue mich außerordentlich über die Zusammenarbeit unserer beiden Nationen.«

Kapitänin Tiali erwiderte mit sichtlicher Erleichterung den Gruß der Sekretärin und wandte sich nach einem letzten abschätzenden Blick auf Laohu den diplomatischen Gepflogenheiten zu, die so einer bedeutsamen Begegnung angemessen zu sein schienen. Li Yun überreichte ihr eine hässliche Drachenstatue, und Tiali nahm sie höflich entgegen, auch wenn Laohu eine gewisse Irritation in ihrem Blick zu erkennen glaubte. Nachdem sie das unpassende Geschenk sicher in ihrem Gepäck verstaut hatte, stellte sie ihre Crewmitglieder vor. Das Team bestand aus einem Wissenschaftler, zwei Technikern und einem Sicherheitsbeamten, deren Namen Laohu alle gleich wieder vergaß. Nach einem kurzen Gespräch einigten sich die beiden Parteien darauf, die nähere Umgebung gemeinsam zu durchkämmen und einen Einstieg in das Innere des Raumschiffs zu suchen.

Die Sensoren der *Shenzhou* hatten am Ende des Hangars eine Art Schleusentor erfasst, auf das sie sich nun langsam zubewegten. Sein Umfang war so groß, dass ihre Scheinwerfer es kaum vollständig erfassen konnten. Beinahe in der Mitte entdeckten sie ein etwa mannshohes Loch mit gezackten Rändern, das aussah, als hätte sich jemand mit Gewalt von innen nach außen hindurchgegraben. Nachdem die Tiger die Umgebung gesichert hatten, steuerte Laohu direkt darauf zu.

Vorsichtig streckte er die Hand aus und fuhr mit den Fingerspitzen über die ausgefransten Ränder. Die Naniten auf seinen Handschuhen übermittelten den Eindruck scharfkantigen Metalls. Er beugte sich in die Öffnung hinein und leuchtete in das Innere. Eine große Halle tat sich vor ihm auf, in der die Konturen gewaltiger, maschinenartiger Gebilde träge im Raum schwebten. Sie waren nur undeutlich zu erkennen, da irgendeine Art von feinem Staub die Sicht behinderte. Nur mühsam bahnte sich der Lichtstrahl seinen Weg durch die schimmernden Partikel bis zur anderen Seite, wo Laohu eine weitere Schleusentür entdeckte.

Nach einer Weile angestrengten Starrens wandte er sich um. »Chen und Baihu folgen mir, die anderen warten auf mein Zeichen. Vorsicht beim Einstieg. Das Metall ist messerscharf.« Er deutete auf den gezackten Rand des Lochs, dann löste er die Nanitenverbindung seiner Schuhe und stieß sich vom Boden ab. Vorsichtig zog er sich durch die Öffnung hindurch, stellte auf der anderen Seite Kontakt mit dem Boden her und wartete, bis Chen und Baihu ebenfalls hindurchgeschwebt kamen. Als sie sich vergewissert hatten, dass in der Halle keine unliebsame Überraschung auf sie wartete, funkte Laohu die *Shenzhou* an und informierte sie über ihre Entdeckung. Die rapide abnehmende Qualität seiner Funkverbindung beunruhigte ihn. Er rief den Umgebungsscanner auf sein Display, doch die Sensoren zeigten nur ein wirres Durcheinander aus undefinierbaren Punkten.

»Das ist seltsam«, sagte Hao, der angestrengt auf seine Messgeräte starrte. »Es sieht so aus, als würde ein Großteil der Wellen absorbiert.«

»Bei uns das Gleiche«, sagte der Techniker der Lèng, ein dicklicher, nervöser Mann, den die Kapitänin mit dem ozeanischen Namen Sipho vorgestellt hatte. Er hätte Haos Bruder sein können, was Laohu zu der Vermutung hinriss, dass sich die Gene von Technikern grundsätzlich stark ähnelten. »Es kann an der Struktur dieses Raumschiffs liegen oder an dem Staub in der Luft. Meine E.V.A. warnt vor einem völligen Abbruch der Verbindung, wenn wir weitergehen.«

»Könnt ihr noch selbstständig denken, wenn euer künstliches Gehirn ausfällt?«, fragte Laohu.

»Natürlich«, sagte Kapitänin Tiali. »Wir sind ja schließlich keine Tiere.«

Laohu warf ihr einen scharfen Blick zu. »Wir gehen weiter«, entschied er und wandte sich um.

Die maschinenartigen Gebilde, die überall in der Halle in der Luft schwebten, waren aus unzähligen sechseckigen Elementen zusammengesetzt, die ihnen eine gewisse Ähnlichkeit mit Bienenwaben verliehen. Laohu versuchte sich vorzustellen, zu welchem Zweck sie gebaut worden waren. Er hatte zwar den Eindruck, als würden wichtige Teile fehlen, um sie voll funktionsfähig zu machen, dennoch behielt er sie argwöhnisch im Auge, während sie die Halle durchquerten.

Die Schleuse am gegenüberliegenden Ende der Halle war ebenfalls verschlossen. Laohu scannte ihre Oberfläche und versuchte, einen Öffnungsmechanismus zu finden. Nach einer Weile gab er seine fruchtlosen Bemühungen auf und entschied, das Tor aufschneiden zu lassen. Er rief Quan zu sich, und der Riese zog eine Metallsäge aus dem Gepäck und setzte sie auf dem Metall auf. Kurz bevor er sie starten konnte, hielt Kapitänin Tiali ihn auf.

»Warten Sie!«

Quan blickte Laohu fragend an, der nach kurzem Zögern die Hand hob und ihm bedeutete, aus dem Weg zu gehen.

Die Kapitänin trat an den beiden Tigern vorbei zu einer kleinen Ausbuchtung, die sich etwa in Augenhöhe direkt neben der Schleuse befand. In der Ausbuchtung befand sich eine Art Griff. Tiali legte die Hand um den Griff und drehte ihn langsam im Uhrzeigersinn. Zunächst geschah nichts, doch nach einigen Umdrehungen sackte die Schleusentür ein Stück nach innen.

Laohu warf ihr einen erstaunten Blick zu. »Woher wussten Sie das?«

Sie zuckte mit den Schultern. »Ich wusste es nicht. Ich hatte nur so ein Gefühl.«

Laohu runzelte die Stirn. Nie im Leben hätte er gedacht, dass es in diesem Raumschiff einen ähnlichen Öffnungsmechanismus geben konnte wie in ihren eigenen. Dass er nicht zumindest nachgesehen hatte, ärgerte ihn.

Eine Handvoll weiterer Drehungen löste die Verriegelung der Schleusentür, und mit einiger Mühe gelang es ihnen schließlich, sie ganz aufzustemmen. Ein langer, röhrenförmiger Gang tat sich vor ihnen auf. Er besaß sechs Seiten, so wie die Gebilde in der Halle. Sie sahen aus, als wären sie grob aus schwarzem Basaltgestein herausgemeißelt worden. Laohu kamen die kilometerlangen Lavaröhren in den Sinn, die auf der Erde gelegentlich in vulkanisch aktiven Regionen auftraten. Auch in dem Gang schwebte der Staub dick in der Luft.

Kapitänin Tialis Scheinwerfer huschte über die Wände. »Sehen Sie sich das an.«

»Ich sehe nichts.«

»Passen Sie auf.« Sie knipste das Licht aus. »Sehen Sie es jetzt? Es leuchtet.«

Erstaunt sah sich Laohu um. Tatsächlich hatten die Wände dort, wo der Strahl des Scheinwerfers sie getroffen hatte, einen kaum sichtbar helleren Farbton angenommen, der nun langsam verblasste.»Fluoreszierend.«

»Was kann das bedeuten?«

Laohu zuckte mit den Schultern. Er warf einen Blick über die Schulter zu Doktor Feng, der ebenfalls mit den Schultern zuckte.»Tatsächlich handelt es sich wohl eher um eine Art Phosphoreszenz. Ein fotophysikalischer Prozess. Es ist gut vorstellbar, dass diese Wände aus kristallinen Strukturen bestehen. Das Leuchten muss nicht unbedingt eine Bedeutung haben.«

»Es ist jedenfalls wunderschön«, sagte Tiali.

»Das ist zumindest schon mal etwas«, sagte Laohu.

Sie kamen durch zwei weitere Hallen, in denen noch mehr dieser maschinenartigen Gebilde schwebten, und außerdem zahlreiche basaltartige Klumpen, die zu glimmen begannen, sobald sie von den Strahlen ihrer Scheinwerfer getroffen wurden. Sie durchquerten die zweite Halle und liefen auf der anderen Seite eine breite Rampe hinauf. Die dahinterliegende Halle war so enorm groß, dass sie kaum noch nach menschlichen Maßstäben beurteilt werden konnte. Das Licht ihrer Scheinwerfer verlor sich schnell in der Dunkelheit, doch wo immer es auf eines der zahlreichen in der Luft schwebenden Objekte traf, hinterließ es matt phosphoreszierende Spuren. Nach einer Weile zog sich ein ganzes Gitternetz aus Leuchtstreifen über ihre Umgebung hinweg und erhellte eine bizarre Landschaft aus schwarzer, basaltartiger Masse und gigantischen, rätselhaften Apparaturen. Manche waren so groß wie Fahrzeuge, andere wie Häuser oder sogar ganze Raumschiffe. Sie waren durch unzählige Rohre oder Streben miteinander verbunden und erweckten den Eindruck eines einzigen, zusammenhängenden Organismus.

Sie bezogen am oberen Ende der Rampe Stellung und beobachteten das gigantische Gebilde. Als die Leuchtstreifen langsam verblassten, lief Laohu vorsichtig in die Halle hinein. Auf einer Plattform unterhalb einer hausgroßen Apparatur blieb er stehen und winkte die anderen zu sich. Während die Tiger weiterhin ihre Umgebung im Auge behielten, begannen die Techniker und Wissenschaftler damit, ihre Messgeräte aufzubauen.

Die fünf Männer zeigten dabei deutlich weniger Zurückhaltung als die Tiger und teilten voller Begeisterung ihre Gedanken über die Entdeckungen. Schon nach kurzer Zeit arbeiteten sie so perfekt aufeinander abgestimmt, als wären sie aus derselben Petrischale gekrochen.

»Was meinen Sie, was der Zweck dieser Halle gewesen ist?«, fragte Doktor Pinalo seine Kollegen.

»Eine Fabrikhalle«, sagte Doktor Feng. »Ein Antriebsmodul. Vielleicht auch eine Art Werkstatt. Die Strukturen sind nicht völlig unbekannt. Sehen Sie sich die Anordnung dieser Rohre an.« Sein Scheinwerfer hinterließ eine leuchtende Spur auf der Oberfläche eines komplexen Objekts, das entfernte Ähnlichkeit mit einem übergroßen Fabber aufwies. »Wir würden das ganz ähnlich bauen.«

»Sie meinen, das könnte menschengemacht sein?«

»Ich meine, dass die Außerirdischen diese Rohre möglicherweise ganz ähnlich anbringen würden wie wir. Alles andere wäre Spekulation, lieber Kollege.«

»Aber durchaus im Rahmen der Möglichkeiten.«

»Dem kann ich nicht widersprechen.«

WARTEN

»Diese Warterei geht mir wirklich auf die Nerven.« Rangi biss ein Stück von seinem Brötchen ab, verzog das Gesicht und tippte auf das Armaturenbrett. »Nein, das ist es nicht. Es ist die Tatsache, dass ich keine Musik dabei hören darf. Oder wenigstens einen Trid dazu schauen.« Er drehte sich halb um und sah über die Schulter zu Niresh, der in einem der hinteren Cockpitsitze saß und auf einem DatPad irgendwelche Schemata studierte, die verdächtig nach einer Bedienungsanleitung aussahen. »Warum dürfen wir keine Musik hören? Hat das irgendeinen Sinn?«

»Es ist ein Befehl. Absolute Stille und auf Anweisungen warten«, sagte er in einem Ton, dem deutlich anzuhören war, dass er es nicht zum ersten Mal sagte. Und auch nicht zum fünften.

»Ja, so weit habe ich das verstanden. Aber es ist so still, dass ich mich denken höre. Das macht mich nervös. Und nervöse Menschen machen Fehler.«

Der junge Co-Pilot sah jetzt doch auf. »Was für einen Fehler könntest du denn machen? Wir sollen nur still hier sitzen.«

»Du hast keine Vorstellung davon, wie viele Fehler schon durch Aussitzen und Nichtstun gemacht wurden«, gab Rangi zurück. »Die Geschichte ist voll davon.« Er seufzte, biss erneut von seinem Brötchen ab und lehnte sich mit einem Seufzen zurück. »Wie lange bist du schon bei den Marschalls? Zwei Jahre? Drei?«

Niresh sah verwirrt auf. »Zwei. Also ... fast.«

»Und warum?«

Der junge Mann blinzelte und senkte sein DatPad. »Warum? Weil – die Admiralität hat Marschalls gesucht, und ich ...« Er zögerte. »Sie zahlen gut. In Rationen. Mehr, als man essen kann, und ich habe drei kleinere Schwestern und einen Bruder. Ich tu, was ich kann.«

»Anständige Piloten für den Admiral bewachen? Schon mal jemanden erschossen? Oder zu den Recyclern begleitet?« Rangi sah aus dem Fenster. Die unnatürliche Finsternis dieses Orts schien sich geradezu um die kleine Insel aus Flutlicht zu sammeln, in der die Shuttles standen. Dort draußen rührte sich nichts, und doch hatte er das Gefühl, dass sie beobachtet wurden.

»Was? Nein!« Niresh klang empört, nein, beinahe entsetzt. Und Rangi war sich ziemlich sicher, dass er das nicht spielte. Er wandte den Blick vom Fenster ab. »Aber du bist bereit, das zu tun.«

Der Blick des jungen Marschalls war unstet. »Ich bin ...« Er räusperte sich tatsächlich. »Natürlich. Das gehört zu meinen Aufgaben.«

»Klar«, sagte Rangi. »Auch ein Brötchen?«

»Was?« Niresh starrte auf das etwas zerdrückte Gebäckstück, das Rangi ihm jetzt hinhielt.

»Na komm. Ist nicht giftig oder so. Ist vom Buffet von heute Morgen. Ich weiß, dass ihr so was in der Kaserne nicht kriegt. Das ist richtig gebacken, nicht aus dem Fabber. Das kriegen die Dinger nicht hin.« Als Niresh keine Anstalten machte zuzugreifen, zuckte er mit den Schultern und legte das Gebäck auf die Lehne des Sitzes neben sich. »Woher stammst du? Ebene B, richtig?« Auf Nireshs Blick hin zuckte er mit den Schultern. »Niresh. Der Name klingt nach Chandni. Nach Ebene B. Welche Familie?«

»Batra?« Der Marschall war sich offenbar nicht sicher, worauf Rangi hinauswollte.

»Ah.« Rangi riss ein Stück seines eigenen Brötchens ab und warf es sich in den Mund. »Passt. Die Filter-Batras. Wir verdanken euch eine Menge frischer Luft, hab ich gehört. Und davon kriegt man die Familie nicht satt?«

Niresh wich Rangis Blick aus. »Na ja. Wir sind viele, und …«

»Oh, sag nichts, lass mich raten!« Von einem auf den nächsten Augenblick grinste Rangi breit. »Mit Filtern kann man niemanden beeindrucken, auf den oder die man so richtig steht. Eine Marschall-Uniform dagegen, und eigener Sold – da sieht das Leben anders aus, richtig?«

Der junge Mann sah ihn für einen Moment befremdet an. Dann schüttelte er langsam den Kopf. »Eigentlich wollte ich nur fliegen. Sehen, wie's draußen aussieht. Hab einen der Simulatoren im Datenzentrum auf B geschlagen, und irgendjemand hat das aufgezeichnet und – na ja. Sie haben mich die Ausbildung machen lassen.«

Rangi starrte ihn an. »Okay«, sagte er dann. »Auch gut. Vielleicht auch besser, wenn du keiner der Idioten bist, der seine Lover mit 'ner Uniform beeindrucken will. Ich find das ja immer etwas seltsam. Das heißt … Moment. Die haben dich in nicht mal zwei Jahren zum Piloten ausgebildet? Wie das? Und – versteh mich nicht falsch, aber ich bin mir sicher, dass ich wüsste, wenn die Marschalls außerhalb der *Tresch* viele Übungsflüge machen würden. Das ist aber ganz sicher nicht der Fall.«

»Das nicht, aber die Ebene A hat hervorragende Simulatoren und die besten Ausbilder.«

»Oha. Simulatoren!« Rangi schürzte angemessen beeindruckt die Lippen. »Und Ausbilder, die nicht fliegen. Nichts für ungut, *Sahti*, aber wenn du wirklich fliegen lernen willst, dann such dir eine Wartungscrew. Nachteil: Du musst auf die schicke schwarze Ausrüstung verzichten. Vorteil: Du kommst mal raus. Und musst niemanden in den Recycler bringen.« Der riesige Pilot streckte sich und seufzte erneut. »Meine Güte, ist das langweilig. Lass uns doch mal hören, was der Rest so treibt.« Er biss erneut ab und aktivierte den allgemeinen Kommunikationskanal.

Niresh richtete sich auf. »Wir sollen absolute Comstille halten!«

»Ich sage ja auch nichts. Ich höre. Das ist ein gewaltiger Unterschied«, gab Rangi mit vollem Mund zurück. Er schluckte. »Hörst du das?«

Der junge Pilot runzelte die Stirn. »Was genau?«

»Nichts. Absolut gar nichts.«

»Ja ... das ist die Bedeutung von Comstille.«

Rangi winkte ab. »Das ist Unsinn. Und als echter Pilot wüsstest du das. Wenn du draußen auf der Außenhaut der *Tresch* bist, hörst du auf einem offenen Kanal immer etwas. Störungen, Knistern, Hintergrundrauschen, das Brummen ferner Pulsare. Die Anlagen der Shuttles sind Mist, was das Ausfiltern von Störungen angeht. Ehrlich – die Hälfte der Zeit bekommst du Datenfetzen von anderen Frequenzen rein. Hier aber«, er schob mit theatralischer Geste den Lautsprecherregler bis auf Anschlag, »nichts. Keinen Mucks. Wir könnten auch an einem Proteinbarren lauschen.« Er fuhr den Regler wieder zurück. »Comstille ist hier vollkommen unsinnig. Nichts, was sich weiter weg befindet als die anderen Shuttles, kommt zu uns durch. So viel wissen wir doch schon. Dieses Ding hier, dein Behemoth, scheint alle Signale außerhalb des direkten Nahbereichs zu schlucken. Aber weißt du, was daran eigentlich interessant ist?« Er sah Niresh erwartungsvoll an. Als der nur verständnislos zurücksah, verdrehte Rangi die Augen. »Wir hören auch die übrigen Shuttles nicht. Aber irgendjemand bespricht mit Sicherheit irgendwas. Das heißt, sie verwenden eine andere Frequenz.«

»Und?«

»Was – und?« Er verdrehte die Augen. »Hast du keine Lust herauszufinden, worüber sie reden?« Rangi streckte die Hand nach den Steuerelementen der Bordkommunikation aus. Dann jedoch zögerte er und drehte sich ganz zu seinem Co-Piloten um. »Sag mal, wenn kein Signal auch nur aus diesem Loch hier gelangt – wie hat uns dann die Übertragung des Admirals erreicht?«

Nireshs Miene wandelte sich geradezu amüsant schnell von unwirsch über verwirrt zu nachdenklich. »Ein … Verstärker?«

»Nope«, Rangi hielt seinen Blick. »Selbst wenn die dort oben inzwischen einen Relais-Sender installiert haben sollten – was nicht so klingt –, der Befehl an Gruppe E, den Kontakt zur *Tereschkowa* wiederherzustellen, erfolgte *nach* der Ansprache des Admirals.«

»Ich …« Niresh zögerte. »Ehrlich?«

»Ehrlich.« Rangi schob sich den Rest des Brötchens in den Mund und wischte sich die Hände ab. »Willst du das Log ansehen?«

»Nein, schon gut, ich …« Der junge Marschall rang sichtlich um Worte. »Ich denke, die Shuttles der Admiralität haben einfach fortschrittlichere Technik als die Wartungsshuttles. Technik, die nicht jedem zugänglich ist. Der Admiral wird einen Weg haben ...« Er ließ den Satz unbeendet, als ihn Rangi mit hochgezogenen Brauen anstarrte.

Rangi wartete, bis der Junge fertig war, bevor er den Kopf schüttelte. »Glaub mir, dieses Boot hier hat keinerlei Zaubertechnik eingebaut. Hätte es das, müsste kein Relais gebaut werden.«

»Aber wie kann dann der Admiral ...?«

»Das«, unterbrach ihn Rangi, »ist die große Frage. Lass uns mal nachsehen.« Er beugte sich erneut vor, rief einige Subroutinen auf seiner Konsole auf, die nichts mit den üblichen Bedienelementen der Touchscreens zu tun hatten, und gab unter den misstrauischen Blicken Nireshs eine Handvoll Befehle auf seinem Armdisplay ein. »Keine Zauberei, Junge. Keine Angst. Ich habe mir nur die Version der Kommunikationssoftware angesehen. Das ist ganz alter Mist. Die Jungs auf Ebene B haben da seit Jahren bessere Lösungen. Nein.« Er lehnte sich zurück. »Hier gibt es keine geheimen Subroutinen. Hier gibt es aber noch eine Lücke, die uns genau anzeigt, auf welchen Frequenzen jemand spricht.« Er tippte erneut etwas auf seinem Armdisplay, und auf dem Monitor tauchte eine Reihe Zahlen auf. Nur eine Handvoll davon waren hervorgehoben. »Siehst du das? Die vier hier und die zwei dort, das sind private Kanäle. Die benutzen nur zwei, hier, die hier drei und die dort vier Leute. Privatgespräche. So viel zur absoluten Comstille, was? Aber die hier«, er tippte auf eine lange Zahlenreihe, »die wird von einem Dutzend Leute verwendet. Das ist die, die wir uns anhören wollen.«

»Ich will gar nichts«, warf Niresh ein. »Das ist mit Sicherheit nicht erlaubt!«

Rangi wiegte den Kopf. »Na ja. Ansichtssache, schätze ich. Es ist nicht verboten – oder hast du einen entsprechenden Befehl bekommen?«

Niresh zögerte, und Rangi hielt einen Finger über sein Display. »Im Moment bist du als einziger Marschall der diensthabende und verantwortliche Offizier auf diesem Shuttle, Junge. Es ist also deine Entscheidung, ob du darüber informiert sein willst, was die übrigen Offiziere beschließen.«

»Na ja …«

»Da – du hast ja gesagt«, stellte Rangi fest und tippte auf das Display, noch bevor der junge Marschall seinen Satz beenden konnte.

»… ordern Sie Gruppen A, C und D umgehend zurück. Sie sollen Kameras und autonome Wachdrohnen an strategisch wichtig erscheinenden Punkten nach eigenem Ermessen setzen, damit wir nicht von ungebetenem Besuch überrascht werden, aber ich will die Leute abmarschbereit. Was Leutnant Jameson entdeckt hat, scheint im Moment am vielversprechendsten«, stellte eine Rangi unbekannte weibliche Stimme fest.

»Reicht uns ›vielversprechend‹ denn?«, warf eine männliche ein.

»Kommandant Tamek«, flüsterte Niresh, beinahe ehrfürchtig.

Rangi nickte. »Du kannst normal sprechen. Wir können ohnehin nur mithören. Kennst du die andere?«

Niresh schüttelte den Kopf.

»Es ist im Moment unsere beste Option, solange Trupp E nicht die Oberfläche umrundet hat. Und bei der Größe dieses Dings kann das noch ein paar Stunden dauern, wenn wir Pech haben. Jameson dagegen scheint in wenigen Minuten bis auf rund hundert Meter heran zu sein«, gab die Frauenstimme zurück.

Trupp E tut was? Rangi runzelte die Stirn. *Kommunikationsaufnahme scheint doch nicht erste Priorität zu haben. Und Jameson ist heran an was genau?*

»Schon. Aber was, wenn es sich trotzdem als Sackgasse herausstellt? Wir können es uns nicht leisten, alles auf eine Karte zu setzen, solange wir keine Bestätigung haben, und ...«

»Wir können es uns nicht leisten, zögerlich zu sein und die eine Chance zu vertun, die wir haben, Kommandant. Meinetwegen lassen Sie noch ein paar Leute mit Drohnen weiter nach einer Alternative suchen, aber was ich gesehen habe, reicht mir. Uns läuft die Zeit davon.«

Rangi starrte mit offenem Mund auf das Comdisplay, bevor er sich erneut zu Niresh umdrehte. »Hab ich was an den Ohren, oder ist das gerade seine Hochdurchlaucht, der Admiral?«

Der junge Pilot starrte ihn wortlos an, und sein Gesicht nahm einen aschenen Farbton an.

Rangi pfiff leise durch seine Zahnlücke. »Das erklärt zumindest, warum er so klar zu hören war. Aber was bei aller Schwärze hat er hier zu suchen? Irgend 'ne Idee?«

»Ich ...«

»Nee, ich auch nicht. Irgendwas stinkt hier ganz gewaltig. Aber wo ist er dann?« Seine Finger flogen über die Displays, und nacheinander tauchten Bilder sämtlicher Außenkameras des Rigs auf und gewährten ihnen einen Rundblick auf den Krater und die übrigen Rigs in ihrem Kreis aus Flutlichtscheinwerfern.

Tamek hatte inzwischen irgendwelche Einwände gebracht, doch Rangi hatte nicht zugehört. Seine Gedanken rasten. Warum war der Admiral selbst hier? Gut, es erklärte, warum so viele Marschalls an dieser Expedition teilnahmen – aber was wollte er hier, was er sich nicht bequem auf einem Holoscreen auf der *Tresch* hätte ansehen können?

»Kommandant! Tamek, Tamek! Sag mal, muss ich dir erst eine Kugel in den Mund schießen, damit du mal ...« Der Admiral atmete hörbar durch und fuhr eindringlich fort: »Mein lieber Tamek, wir haben nicht die Zeit, das nochmals zu diskutieren. Wir haben diese eine Chance. Aber nur, solange die glauben, uns geht es nur um dieses Stück Alien-Schrott hier. Das wird sie aber nicht hindern, Verstärkung zu holen. Besonders die Zheng nicht. Weiß CATRON, wie viele hübsche kleine Kriegsraumschiffe die in diesem Moment fertig machen, um sich diesen Brocken hier unter die schmutzigen Nägel zu reißen? Und wir müssen bereits weg sein, bevor die hier sind, verstanden?« War seine Stimme am Anfang noch ruhig gewesen, steigerte sie sich von Wort zu Wort in ihrer Lautstärke. »Also krieg endlich deinen Arsch hoch und sieh zu, dass deine Idioten es nicht versauen! Ich will alle Leute einsatzbereit. Es ist mir vollkommen egal, wie viele du verheizen musst – Ich will dieses Shuttle!«

»Admiral. Herr!«, warf die Frauenstimme ein und klang zu gleichen Teilen beschwichtigend und alarmiert. »War der Plan bisher nicht, dass wir die Zheng so weit wie möglich umgehen, um keine Konfrontation auszulösen? Ich denke nicht ...«

Ein Schuss knallte, kaum durch die Comsoftware ausgefiltert, und Niresh zuckte zusammen.

»Nein, Sie denken nicht, meine Liebe. Das ist das Problem!« Das Zischen des Generals übertönte die Schmerzenslaute der Frau. Rangi und Niresh sahen sich verständnislos an. »Ich habe einen Befehl gegeben, und ich erwarte von meinen Offizieren zumindest so viel Intelligenz, um zu verstehen, dass es einen Plan gibt – und einen Zeitplan. Ich bin derjenige mit dem Plan, und Zweifel daran werden nicht geduldet. Es steht zu viel auf dem Spiel, und nur damit das endgültig klar ist: Niemand hier ist unentbehrlich, wenn das dem Plan entgegensteht.«

Eine winzige Pause entstand. »Ach herrje«, sagte er dann. »So ist sie jetzt natürlich nutzlos und ein Hindernis. Und auch das steht dem Plan entgegen.« Ein zweiter Schuss knallte, und das Wimmern verstummte schlagartig. Der Admiral holte tief Luft, und plötzlich lag wieder die vertraute Jovialität in seiner Stimme. »Also gut, Freunde, genug getrödelt, wir haben noch einen großen Tag vor uns und sollten uns besser auf den Weg machen. Vielleicht kann mir ja einer von euch freundlicherweise mit diesem Helm hier helfen?«

Rangi blinzelte. Dann schloss er den Mund. »Ich hab ja geahnt, dass der Typ nicht alle Muttern im Kasten hat, aber ...«

»Hat er gerade jemanden erschossen?«, flüsterte Niresh entgeistert.

»Ich weiß so viel wie du«, murmelte Rangi abwesend. Er zoomte die Bilder der verschiedenen Shuttles heran und studierte sie eindringlich. »Aber ich finde seine Stimmungsschwankungen echt bedenklich. Sein Anzug sollte ihm schon lange etwas verabreicht haben. Da!« Er tippte auf eines der Bilder auf dem Monitor. »Shuttle 5.«

»Was?«

»Was ich mir gedacht habe. Der Kerl ist hier.« Er zoomte das Bild heran. »Siehst du die vier Bewaffneten rund um das Ding?«

»Ja, schon, aber ...«

»Haben wir irgendwelche Bewaffneten vor dem Shuttle stehen?« Rangi warf einen Seitenblick auf die Waffe an Nireshs Gürtel. »Du bist meine Wache hier, Kleiner. Und so sieht das auch bei den anderen aus. Bis auf Nummer 5.«

»Vermutlich ist Kommandant Tamek dort drin. Natürlich wird das besser bewacht als der Rest.«

»Guter Ansatz, aber ...« Rangi zoomte ein anderes Bild heran und deutete auf das Rig des Shuttles. »Sieh genau hin. Wer, meinst du, ist das dort?« Er vergrößerte die Fenster, bis die Leute im Inneren der Kanzel zu erkennen waren.

Niresh starrte auf das markante Gesicht des Kommandanten, der irgendetwas sagte, das das Com nicht übertrug. Rangi nickte, wischte das Bild Tameks beiseite und vergrößerte das Shuttle Nummer 5. Die Wachleute gaben soeben ihre eher nachlässige Haltung auf, als sich jetzt die Schleuse des Rigs öffnete und mehr Männer heraustraten, zwischen sich eine Gestalt, die sich auf den ersten Blick nicht von den übrigen schwarz Gepanzerten unterschied. Die Art jedoch, wie die übrigen sie nervös umschwärmten und nach allen Seiten zugleich abzusichern versuchten, sprach Bände.

»Aber ...« Niresh starrte noch immer ungläubig auf die Kamerabilder. »Was macht der Admiral hier?«

»Du brauchst noch 'ne Weile, oder, *Sahti*?« Rangi seufzte. »Wenn ich das richtig sehe, leitet unser großer Führer den epochalen Erkundungseinsatz höchstselbst. Nur dass es kein Erkundungseinsatz ist, sondern ein Kriegszug.«

»Aber warum weiß ich nichts davon?«

Rangi sah seinen Co-Piloten an. Niresh wirkte plötzlich noch viel jünger, als er ihn bislang geschätzt hatte. Vermutlich war Junge beim Großen Fall noch nicht mal geboren gewesen. Das heißt, er kannte gar nichts anderes als die Ordnung nach der Katastrophe und mit ihr den Admiral als unerschütterliche Konstante in der Führung der Menschheit. Er seufzte. »Weil du ein kleiner Pilot bist, Niresh Batra, ein Chandni von Ebene B, und keiner von den harten Jungs mit den großen Waffen da draußen«, sagte er nüchtern. »Du bist nur hier, um aufzupassen, dass ich keine Dummheiten mache. Und vielleicht 'n bisschen, um dir was abzuschauen. Also warum sollte dir jemand irgendwas über irgendwas erzählen? Sie geben dir doch noch nicht mal eine richtige Waffe.« Rangi sah aus dem Fenster. Weitere Marschalls sammelten sich vor dem Shuttle des Admirals. »Und du hast deine Frage falsch formuliert. Interessanter ist doch: *Wovon* haben sie dir nichts gesagt? Oder uns, um genau zu sein.«

Niresh runzelte die Stirn. »Ein Shuttle«, murmelte er zögerlich. »Der Admiral will ein Shuttle. Aber ... warum? Er kann doch jedes dort draußen haben. Er muss es nur sagen.«

»Es sei denn, es ist keines von unseren Shuttles«, ergänzte Rangi. Die beiden Männer sahen sich an. Dann blinzelte der große Mann erneut. »Und wenn ich davon ausgehe, dass sie in diesem Schrotthaufen noch kein Alien-Shuttle gefunden haben, ist die Auswahl nicht groß, oder?«

»Sie meinen das der Zheng ... oder der Ven?« Nireshs Frage war nicht wirklich eine. Sein dunkles Gesicht schien auf einmal um mehrere Grade heller. »Aber wie wollen sie die finden? Dieses Objekt ist gigantisch. Und wozu?«

»Es gibt wirklich eine Menge Warums in dieser Geschichte, oder?« Rangi richtete sich auf, wischte die Krü-

mel von seinem Anzug und gab eine Nummer auf seinem Armdisplay ein.»Helen? Helen, bist du da?«
Nichts. Lediglich das Schweigen des riesigen Schiffs antwortete ihm. Nervös kratzte er sich den Bart, bemerkte es und rieb sich stattdessen die Hände.»Ich wüsste zu gern, was dieser Leutnant gemeldet hat, aber ...« Entschlossen rief er einige Daten auf seinem Schirm auf, starrte sie an und ertappte sich schließlich dabei, grimmig zu nicken.»Es klingt zwar völlig bescheuert, aber wenn ich mir die Zahlen ansehe, fällt mir nichts Besseres ein. Hier. Das ist der Scan der Behemoth, den ich beim Anflug gemacht habe. Nur grob, aber Länge, Breite und ein Teil der Struktur von unserer Seite stimmt. Die Rückseite fehlt natürlich, aber egal.« Rangi ließ das Bild als Hologramm über dem Steuerpult entstehen.»Schau, das sind wir. Unsere Anflugbahn und hier das Loch, in dem wir gelandet sind. Das Ding hier hat, ein paar Dutzend Meter hin oder her, an dieser Stelle etwa zwei Kilometer Durchmesser. Wir sind gut einen Kilometer tief drin. Es wundert mich gar nicht, dass wir keinen Kontakt zur *Tresch* haben. Wir hätten ein Shuttle als Relais draußen lassen sollen. Aber mich fragt ja keiner.« Mit einem Wink fügte er zwei neue Linien hinzu.»Du weißt doch noch, dass Tamek vorhin beim Anflug von zwei weiteren Schiffen und deren Flugbahnen geredet hat, die sein Pilot aufgezeichnet hat. Das Schöne ist, dass all unsere Shuttles hier zur besseren Koordination alle Flugdaten in einer gemeinsamen Datenbank zusammenfassen.« Ein weiteres Winken ließ die Linien verlängern, bis sie auf die Behemoth trafen: Auf der Rückseite des Objekts, beinahe auf Höhe des Kraters.»Na sieh dir das an. Da bin ich ja mal verblüfft. Wir sind hier nur knapp einen Kilometer von denen entfernt, wenn

man durch die Mitte geht. Das ist gar nicht so weit, was? Und Jameson ist angeblich schon fast dort.« *Und damit Helen.* An einer Stelle, an die der Admiral eine kleine Armee *von Marschalls sendet. Fuck.* Rangi fluchte stumm. »Die wollen tatsächlich eines der Shuttles. Und ich glaub nicht, dass sie darum handeln wollen.«

Niresh lehnte sich vor und starrte gebannt auf das Hologramm. »Das kann nicht alles sein«, sagte er dann zögerlich. »Würden sie nur ein Shuttle wollen, wäre der Admiral nicht selbst hier, oder?«

Rangi kratzte sich den Bart. »Du hast recht«, sagte er dann. »Da ist noch irgendwas, was wir nicht sehen.« Er starrte aus dem Fenster in die alles verschlingende Dunkelheit. »Also außer dem ganzen anderen Mist, den wir nicht sehen können.«

ERSTSCHLAG

DIE MARSCHALLS WAREN AUSGESCHWÄRMT und hatten einen Perimeter abgesteckt, den sie zu sichern versuchten, soweit das in diesem völlig unbekannten, fremdartigen Territorium möglich war. Helen kannte sich nicht wirklich damit aus, doch aus ihrer Sicht stellten sie sich dabei nicht besser an als die Truppen in den alten Trids, die Rangi sich unablässig zu Gemüte führte, wann immer er Zeit hatte. Aber um fair zu sein, es gab auf der *Tresch* vermutlich nicht viel Gelegenheit, das zu trainieren. Die Marschalls kontrollierten nahezu jeden Winkel des Weltschiffs, und riesige nachtschwarze Hallen voller unbekannter Hindernisse waren vermutlich schwer zu finden und besaßen keine hohe Priorität im Ausbildungsplan. *Zwischen dem Drangsalieren der eigenen Bevölkerung und gelegentlichen Plünderungen von ärmlichen Unterkünften bleibt wenig Zeit für das Üben von Dingen, die man mitten im All sowieso nie braucht*, dachte Helen bitter.

»Sieht aus wie das heroische Fußvolk in einem Horror-Trid«, sagte Assa neben ihr trocken. Sie deutete in Richtung zweier Marschalls, die sich gegenseitig Deckung gaben. »Seht euch das an. Ich glaube, die stellen tatsächlich die Formation der Eingangsszene von *Space Force – Scavengers* nach.« Sie schnaubte belustigt, während sie einem dünnen Techniker half, eine Reihe Messgeräte aufzubauen. Der Mann hatte sich bisher abseitsgehalten, doch jetzt hatte Jameson ihm befohlen, einen Personenschild zur Verteidigung aufzustellen, und augenscheinlich war keiner der Marschalls in der Lage, einen Stirlinggenerator aufzustellen. Ohne Generator jedoch war der Personenschild nicht einsetzbar. Also fasste Assa notgedrungen mit an. Leise fluchend tippte sie auf dem Bedienfeld der alten Batterie herum. »Habt ihr nichts noch Älteres auftreiben können? Ich seh's schon kommen: Wir schalten das Ding ein, und uns fliegt hier alles um die Ohren.«

»Radionuklidbatterien explodieren nicht«, fauchte der Techniker ungehalten.

Assa sah auf, und ihr bionisches Auge flackerte für einen Moment unstet. »Weiß ich selbst, Klugscheißer. Aber mit Curium verstrahlt zu werden ist auch nicht meine Vorstellung von einem ruhigen Lebensabend. Also lass mich hier meine Arbeit machen, okay?«

Helen betrachtete erneut die Anzeigen auf ihrem HUD. Seit sie das Portal durchschritten hatten, flackerten häufige Störungen über das Display und machten ein ordentliches Arbeiten damit fast unmöglich. Was letztendlich auch egal war, denn was es anzeigte, war ohnehin unzuverlässig. Frustriert schaltete sie die Anzeige ab. Noch immer liefen Wellen fluoreszierenden Lichts von der Stelle des Portals weg, an der sie ihren Durchgang geschnitten hatten, um die Behelfsschleuse zu installieren. Sie war sich nicht sicher, dass das gut war. Genau genommen war sie sich fast sicher, dass das nicht gut war. Diese Wand hatte eine Menge Energie aus dem Schweißvorgang aufgenommen, und noch immer verteilte sie sie irgendwohin. Und sie hätte zu gern gewusst, wohin. Andererseits – vielleicht war es auch nur der riesige Raum, der an ihren Nerven nagte. *Na sicher. Wir sind in etwas, das wie ein gewaltiges, Verstand sprengendes Raumschiff einer nicht menschlichen Art aussieht. Vermutlich, weil es genau das ist. Und mein größtes Problem sind die Dimensionen des Raums, in dem ich mich gerade befinde. Ich war auch schon mal besser darin, mir etwas vorzumachen.* Tatsächlich war diese Halle hier zwar beachtlich, aber in Anbetracht der Ausmaße der Behemoth – *jetzt fange ich auch schon mit diesem Quatsch an* – vermutlich eher ein gewöhnlicher Laderaum. Die Mapperdrohne lieferte ebenfalls widersprüchliche Daten, doch wenn sie nicht alles täuschte, hatte diese Halle hier größere Ausmaße als die Ballsporthalle von Deck C und war vollgestopft mit Ladungscontainern und fremdartigen Maschinen, die vermutlich irgendwie auf dem Boden verankert waren und aus den Wänden ragten. Was die Schwerkraft anging, hatte sich jedenfalls nichts geändert. Die allgegenwärtige Finsternis schluckte jedoch nach wie vor das Licht und ließ sie in einer winzigen, trüb erhellten Insel aus Licht zurück, umgeben von den schwach phosphoreszierenden Spuren, die die Anzugscheinwerfer auf Boden und undefinierbaren Formen in der Nähe zurückließen. Und noch immer prickelten die Haare in ihrem Nacken, so als würde sie irgendetwas beobachten.

»Ha! Ich hab's dir doch gesagt. Dieses Ding hier gehört in diesen Schlitz!«, rief Assa hinter ihr ihr triumphierend.

»Dieses ›Ding‹ ist eine Relaiskarte, und sie gehört garantiert nicht dort rein!«, protestierte der Techniker empört. »Das ergibt nicht mal Sinn!«

»Pfff.« Assa winkte ab und legte sich halb unter das klobige Gerät. »Schon mal versucht, einen FoodFabber zu reparieren? Die Hälfte in diesen Dingern ergibt keinen Sinn. Und ich bin für ihre Wartung zuständig! Und hast du in den letzten zehn Tagen mal was gegessen? Wenn ja, dann darfst du nämlich vermutlich mir Danke sagen ... Wie heißt du eigentlich, Kerl?«

Der Techniker starrte sie düster an. »Kirill Park.«

»Ah. C-Ebene? Da gibt's 'ne Menge Parks. Meine erste Freundin war eine Park.« Assa hebelte mit Gewalt etwas aus dem Inneren einer Wartungsklappe am Generator und ließ es achtlos neben sich fallen. »Na ja, eigentlich meine zweite, aber die erste, mit der ich ... so! Ich glaube, ich hab's, Kirill Park. Dann lass das Ding mal an.«

Der Techniker verschränkte die Arme und sah auf sie herab. »Ich bin mir sicher, dass das so nicht geht! Wir müssten die Kabel ...«

»Wird schon nicht explodieren«, gab Assa grinsend zurück. »Natürlich ist das nicht für die Ewigkeit gedacht. Aber Jameson will ihren Schild jetzt sofort, nicht erst in einem Monat.« Sie schob sich unter dem Apparat hervor und nahm selbst einige Eingaben am Bedienfeld des Reaktors vor. Mit einem Summen sprang der Generator an. Das Grinsen der Mechanikerin wurde breiter.

»Was hab ich gesagt?« Sie gab einen Code auf ihrem Armdisplay ein. Die ausgelegten Schildemitter aktivierten sich, und ein schwaches Schimmern in der Luft über ihnen wies darauf hin, dass sich der Schild aufzubauen begann. Durch die Lichtspurenreste der Anzugscheinwerfer war Helen sich nicht sicher, doch es kam ihr so vor, als würde auch der Boden um die Emitter schimmern.

»Leutnant Jameson – Durchgang gesichert!«, vermeldete Park über den Teamkanal.

»Erste Verstärkungseinheit trifft in drei Minuten ein«, meldete beinahe im selben Moment einer der anderen Marschalls.

»In Ordnung«, verkündete Jameson. »Dann beziehe Position. Wir sollten vorbereitet sein, wenn wir Besuch bekommen.«

»Ja, definitiv *Space Force Scavengers*«, sagte Assa lakonisch. »Das war ein fast wörtliches Zitat. Ich vermute, wir kennen jetzt einen ihrer Ausbildungsfilme.«

»Sind in *Space Force* nicht alle gestorben?«

»Du hast ihn gesehen?«

»Zwangsweise. Mein Mann steht auf diese Trids.«

»Dein Mann hat Geschmack«, stellte Assa fest.

Helen zuckte mit den Schultern. »Ich weiß. Nur nicht, was Trids angeht.« Sie massierte sich abwesend die Hände. »Warum sind wir hier? Warum habe ich das Gefühl, dass die Leute hier viel mehr wissen als wir? Auf wen warten wir?« Sie musterte die Schneckenspuren der Lichter auf den Formen, die in der Dunkelheit aufragten. »Oder auf was?«

Die Marschalls hatten sich hinter irgendwelchen Objekten verteilt, die Helen immer noch nicht einordnen konnte, und löschten einer nach dem anderen ihre Lichter.

Sie folgten ihrem Beispiel, und bald waren nur noch die verblassenden Schneckenspuren und das sanfte Glühen der Schildemitter zu sehen.

»Vielleicht ...« Assa zögerte. Sie flüsterte unwillkürlich, obwohl das über Com vollkommen unnötig war. Helen verstand das Bedürfnis. »Vielleicht hat es was mit den anderen Shuttles zu tun, die das hier angeflogen haben. Die von den Zheng.«

Helen starrte in die Finsternis. »Nach einem diplomatischen Treffen sieht mir das hier aber nicht aus.«

»Hinterhalt«, stellte Assa fest.

»Aber warum sollten wir ihnen einen Hinterhalt stellen? Wir kennen sie nicht mal.«

»*Wir* nicht.« Assa betonte das erste Wort. »Aber wie du schon gesagt hast – die sagen uns hier nicht alles. Woher wissen wir, dass irgendetwas von dem stimmt, was uns erzählt wurde?«

Sie sahen sich an.

»Ich glaube, ich möchte gleich nicht hier sein«, sagte Assa dann.

»Ich wollte noch nie hier sein«. Helen tippte Park auf die Schulter und hielt ihm ihr Armdisplay hin. Einen Moment später wählte sich der Techniker in ihre Frequenz ein. »Ich weiß nicht, wie du das siehst, aber wir denken, wir sollten den Marschalls aus dem Weg gehen. Wenn uns wirklich Gefahr droht, möchte ich nicht in der Schusslinie sein.«

»Aber ...«, die Stimme des Technikers klang verwirrt, »wenn wir hier in Gefahr sind, wäre der sicherste Ort dann nicht direkt hinter den Marschalls?«

Assa schnaubte sarkastisch. »Wenn es hier einen Angriff gibt – was meinst du, in welche Richtung dann geschossen wird?«

»Na ja, ich ...«

Helen schaltete die Bildfrequenzen ihres Helmdisplays durch, bis sie ein Graustufenbild fand, das ihr zumindest eine ungefähre Ahnung ihrer Umgebung gab. »Zwanzig Meter rechts von uns ist ein Kasten an der Wand. Sieht ein wenig aus wie eine Bewässerungspumpe, und dahinter scheint ein Hohlraum zu sein. Oder hat jemand von euch eine bessere Idee?«

»Sollten wir uns wirklich so weit von Jameson wegbewegen?«

Assa drehte sich zu Park um. »Ich fürchte, wir können hier nicht weit genug von ihr weg sein.«

»Aber sie ist unsere kommandierende Offizierin«, gab er zu bedenken.

»Ja, und damit Ziel Nummer eins jedes Gegners, sobald das auffällt. Du kannst natürlich machen, was du willst, aber ich gehe in Deckung. Wenn sie uns brauchen, werden sie sich schon melden.«

Helen war inzwischen zu dem Kasten marschiert. Auch aus der Nähe wurde sie den Gedanken nicht los, dass ihr die Formen vage bekannt vorkamen. Natürlich konnte das täuschen. Eventuell gab es einfach nur eine begrenzte Anzahl Möglichkeiten, wie eine Maschine in einer einfachen, eckigen Kiste aussehen konnte. Aus der Nähe betrachtet war die Lücke sogar größer als gedacht. Helen schob sich hinein und ließ sich auf den Boden sinken. Assa und Park folgten ihrem Beispiel.

»Ich weiß nicht, wie es euch geht, aber ich finde es schon ein wenig absurd. Wir haben seit über fünfzig Jahren keine anderen Menschen mehr gesehen als uns, die wir in einem zerfallenden Haufen Schrott durchs All fallen, und das Erste, was uns einfällt, wenn wir endlich anderen Leuten begegnen, ist, ihnen einen Hinterhalt zu stellen? Vermutlich, um sie alle umzubringen. Ich denke nicht, dass Jameson einfach hervorspringen und ›Überraschung!‹ rufen will.«

»Und das Ganze auf und wegen einem zerfallenden Haufen Schrott, der durchs All fällt«, ergänzte Assa sarkastisch.

»Ja, genau mein Humor.«

»Ich denke nicht, dass es ungerechtfertigt ist«, stellte Park leise fest. »Wenn wir tatsächlich auf die Zheng treffen sollten, wird uns nur ein Erstschlag retten.«

»Was?« Assa drehte sich um und sah den Mann neben ihr an.

Der Techniker zuckte mit den Schultern. »Ihr kennt die Geschichte. Sie haben uns beim Großen Sturz die Hilfe verweigert. Ihr Ziel war es, uns tot zu sehen. Und schon davor waren sie uns alles andere als freundlich gesinnt. Meine Mutter hat erzählt, dass die Zheng schon in ihrer Jugend in völliger Barbarei versunken sein müssen. Ihr Vater war Rigpilot von Ebene B und ist dreimal zum Handeln zur Zheng geflogen. Er hat ihr erzählt, dass die sich schon damals rituell mit ihren Haustieren vermischt haben. Angeblich, um deren Kräfte zu erhalten. Und sie leben in Stämmen, die ihr jeweiliges Totemtier verehren.« Abscheu lag deutlich in seiner Stimme. »Wir können nur raten, wie weit sie inzwischen in der Barbarei versunken sind.«

»Hm«, machte Helen. Sie zog die Brauen hoch, auch wenn ihr klar war, dass sie in der Dunkelheit niemand sehen konnte. »Und du bist sicher, dass dich deine Ma nicht auf den Arm genommen hat?«

»Na ja, ganz abwegig ist es nicht«, murmelte Assa. »Angeblich gibt's im Sumpf unten in E einen Stamm von Capybara-Menschen.«

»Es ist nur eine Familie, sie heißen Johnson, und ja, sie sind schon ein paar Jahre zu lange unter sich. Aber sie paaren sich nicht mit den Wasserschweinen.« Helen kicherte wider Willen leise. »Wobei man auf den ersten Blick schon auf die Idee kommen könnte. Aber der Punkt ist: Ich glaube nicht, dass die Zheng so degeneriert sind. Die Johnsons könnten jedenfalls nicht hier rüberfliegen oder einen ordentlichen Comverkehr aufrechterhalten, und mit HUDs wären sie überfordert. Glaubt nicht alles, was euch die Admiralität weismachen will.«

»Woher weißt du, dass die Zheng 'nen Comverkehr haben?«, fragte Assa.

Helen biss sich auf die Zunge. »Wenn sie mit 'nem Shuttle hier rüberfliegen, müssen sie auch das Com bedienen können. Was is'n das für 'ne Frage?«

»Na ja, ich ...«

Park unterbrach sie mit einem Zischen, und im selben Moment kam eine geflüsterte Meldung über den Teamkanal. Irgendeiner der Marschalls hatte etwas gesehen. Licht.

»Kannst du was erkennen?«

Assa schüttelte den Kopf. »Der Nachteil von guter Deckung: schlechte Aussicht.«

Knappe Ansagen wurden zwischen den Marschalls gewechselt, vor allem Zahlen von Lichtkegeln und darum, wann Verstärkung eintreffen würde. Jede Minute, wie es schien.

»Wäre echt schön zu wissen, wer oder was das dort drüben ist«, raunte Assa.

Helen blinzelte. Unauffällig schob sie die Abdeckung von ihrem Armdisplay und aktivierte eine abgespeicherte Frequenz. Jene Frequenz, die sich ihr vor der vergessenen Antenne auf der Außenseite der *Tereschkowa* ins Gedächtnis eingebrannt hatte. Stimmen füllten ihren Helm so plötzlich, dass sie zusammenzuckte. Eilig regelte sie die Lautstärke bis auf ein Wispern herab. Kanto. Oder etwas, das so ähnlich klang. Also tatsächlich die Zheng. Dann würde es sich jetzt wohl zeigen, was Trofims Spielzeug taugte. Sie aktivierte das Übersetzungsprogramm, und die Stimmen traten in den Hintergrund, um von beinahe gleich klingenden überlagert zu werden, die das Programm aus ihnen emulierte. Diese neuen Stimmen verstand sie jedoch.

»Was meinen Sie, was der Zweck dieser Halle gewesen ist?«, erkundigte sich eine Stimme in Helens Ohr.

»Eine Fabrikhalle, ein Antriebsmodul, vielleicht auch eine Werkstatt«, entgegnete eine andere. »Die Strukturen sind nicht völlig unbekannt. Sehen Sie sich die Anordnung der Rohre an.« Eine dritte Stimme gab inzwischen Anweisungen, irgendwelche Gerätschaften aufzubauen, deren Namen Helen nicht kannte, von der sie aber annahm, dass es sich um Messgeräte handelte. Oder aber Verteidigungsanlagen. Letztendlich hatte sie keine Ahnung.

Assa lehnte sich weiter aus der Deckung hervor. »Also entweder haben die Zheng größere Shuttles als wir, oder wir haben etwas übersehen«, sagte sie. »Das sind mehr als zehn Lampen. Definitiv. Sind ganz schön hektisch.«

Sie sind keine Soldaten. Helen lauschte auf die fremden Stimmen, die sich in Erstaunen und Begeisterung ergingen. *Das sind Zivilisten wie wir. Techniker. Sie untersuchen dieses Schiff, so wie wir. Wenn wir nicht gerade Hinterhalte legen.* »Etwas stimmt hier nicht«, sagte sie, sodass nur Assa und Park sie hören konnten. »Das da ist kein Angriffstrupp. Wieso reden wir nicht mit ihnen?«

Assa drehte sich um. »Woher willst du das wissen?«

Für einen Moment zögerte Helen. Dann packte sie Assas Handgelenk, stellte das Armdisplay der Mechanikerin auf Empfang und schob eine Kopie der Übersetzungssoftware hinüber.

»Was bei der ...«

»Hör zu!« Sie tippte den Frequenzcode auf das Display der anderen.

»... meinen Sie, warum dieses Material phosphoresziert?«, fragte eine Frauenstimme, überlagert von der automatischen Übersetzung.

»Ich weiß es nicht, aber ich werde veranlassen, dass genügend Proben genommen werden.« Die Männerstimme klang beinahe so begeistert und ehrfürchtig wie die eines Kinds, das zum Namensfest sein eigenes Zimmer bekam. »Diese Eigenschaft ist auf jeden Fall faszinierend. Ob es sich so als Rohmaterial für die Fabrikatoren eignet, müssen wir sehen.«

Assa sah Helen schweigend an, doch durch das Grau der Nachtsichteinstellung konnte Helen ihr Gesicht nicht sehen. »Das ist ein Expeditionsteam. Sie nehmen Proben«, murmelte Assa. »Wie wir.«

Park schnaubte. »Wenn sie das tun, dann sicher nur, um eine militärische Nutzung zu prüfen.«

Assa drehte sich um. »Wie bist du denn drauf?«

»Ich hab es vor dem Abflug gehört«, flüsterte Park eindringlich. »Der Geheimdienst der Marschalls hat herausbekommen, dass die Zheng hier eine Basis errichten wollen, von der aus sie das gesamte Schiff und seine Rohstoffe kontrollieren. Der Plan ist, sie daran zu hindern. Deswegen hat die Admiralität auch so viele Männer geschickt. Wer zuerst eine Basis errichtet, gewinnt die Herrschaft über das Wrack.«

»Leutnant Tarkani mit Trupp D zur Stelle«, meldete sich eine Stimme über den Einsatzkanal der Marschalls. Jameson bestätigte, und weitere Marschalls traten einer nach dem anderen durch die Schleuse und verteilten sich lautlos im Raum. Auf ein Zeichen von Jameson hin rückten die Marschalls vor, huschten von Deckung zu Deckung, in der Nachtsicht im Grunde nur durch die Bewegung zu erkennen.

Helen schloss die Augen und atmete tief durch. Dann öffnete sie den Teamkanal. »Leutnant Jameson, wenn ich einen Einwand bringen dürft…«

»Nein, wer auch immer du bist. Ich sagte: absolute Com…«

»Ich weiß. Helen Hopper hier. Hören Sie, Leutnant. Ich glaube, das dort vorn sind keine Soldaten, sondern Wissenschaftler der Zheng. Ich finde, wir sollten mit ihnen reden! Vielleicht …«

»Die Zheng haben keine ›Wissenschaftler‹.« Jameson sprach das Wort mit deutlich hörbarer Abscheu aus. »Sie sind degenerierte, tiergesichtige Mörder, die Argumenten vernünftiger Menschen nicht mal zugänglich wären, wenn sie fähig wären, unsere Sprache zu verstehen.«

»Aber …«

»Hopper, verschwinden Sie sofort aus diesem Kanal, oder ich schwöre bei der Schwärze, dass Sie im Recycler landen, wenn ich noch einen Ton von Ihnen höre. An alle – halten Sie Comdisziplin und machen Sie sich bereit, zuzuschlagen.«

Helen hatte schon den Mund geöffnet, doch dann schaltete sie den Teamkanal stumm. »Das ist nicht in Ordnung«, sagte sie, mehr zu sich selbst.

»Einen Scheiß ist das in Ordnung!« Assa neben ihr grunzte und schlug sich gegen den Helm. »Au Kacke, das tut weh.«

»Was treibst du da?«

Assa grunzte erneut, winkte mit der Rechten in ihre Richtung, und ein Tridfeed erschien in einer Ecke ihres Helmdisplays. Mit einem Moment Verzögerung erkannte Helen die Live-Aufnahmen einer Drohnenkamera. Sie war verzerrt und von Störungen durchsetzt, doch was sie sah, war klar. Raumanzüge mit fremden Kennzeichnungen, in denen Menschen steckten, die nicht auf der *Tereschkowa* geboren waren. Sie brauchte noch etwas länger und einen ausgesucht düsteren Fluch von Assa, damit ihr klar wurde, dass sie einfach nur vor sich hin starrte. Andere Menschen.

Es gab wirklich noch andere Menschen. Sie waren nicht allein! Das Bild der Drohne glitchte erneut, begleitet von einem weiteren Grunzen Assas. Dann erhob es sich, und das Miniaturfluggerät schoss rückwärts von der Gruppe weg. So gut wie keine Waffen. Vielleicht dreizehn oder vierzehn Leute. Sie hatte nicht wirklich ein Auge dafür, wer Soldat war, wenn derjenige nicht gerade eine Marschall-Uniform trug. Auf jeden Fall hatten die meisten dort Messgeräte und Ähnliches als Gepäck.« Die Drohne sirrte um irgendein Hindernis, und das Bild verschwand in Dunkelheit. Gleich darauf grunzte Assa ein letztes Mal und atmete keuchend durch. »Erinnert mich daran, das hier drin nie wieder zu versuchen«, krächzte sie zwischen den Atemzügen. »Ich bin mir fast sicher, dass die Salzsäure weniger wehtat. Auf keinen Fall ist das ein Angriffstrupp.«

»Aber ... vielleicht kommen die Übrigen noch?«, warf Park ein.

»Na sicher. Und sie schicken zuerst Zivilisten vor. Als Schild oder was?«

»Kann doch sein.«

»Assa hat recht«, sagte Helen. »Du redest Scheiße. Und wir sind der Hinterhalt.« Sie atmete tief durch, dann aktivierte sie erneut die Teamfrequenz. »Feuer!«

HINTERHALT

HAO UND DER LÈNG-TECHNIKER WAREN gerade dabei gewesen, einen Verstärker aufzustellen, der es ihnen ermöglichen sollte, wieder Kontakt mit ihren Raumschiffen aufzunehmen, als nur wenige Handbreit über ihren Köpfen ein wahrer Kugelhagel auf die Wände einprasselte. Im Vakuum hörten sie die Geräusche nicht, aber als ein Splitter Shixins Anzug durchschlug, wurden sie sich der Gefahr bewusst, in der sie schwebten. Shixin trug zum Glück nur einen Kratzer davon, und sein Anzug versiegelte sich in Sekundenbruchteilen von selbst.

Während Laohu die Nanitenverbindung seiner Schuhe löste und sich vom Boden abdrückte, um hinter einem fliegenden Basaltbrocken in Deckung zu gehen, schossen ihm mehrere Gedanken gleichzeitig durch den Kopf. Wer waren ihre Angreifer? Ein Sicherheitsmechanismus, den sie durch ihr Eindringen ausgelöst hatten? Außerirdische oder etwas völlig anderes? Und wieso zum Teufel war er nur so leichtsinnig gewesen, ohne ausreichend funktionierende Sensoren weiterzugehen? In seinem Headset hörte er Baihus laute Flüche und die ängstlichen Rufe der Lèng, die wie ein Hühnerhaufen auseinanderstoben. Dann meldete Chen Kontakt, und er sah aus dem Augenwinkel seine Waffe aufblitzen. Er schätzte die ungefähre Richtung ein und schickte ebenfalls einige Schüsse hinterher, bis das gegnerische Feuer verebbte. Er gab den Befehl, sämtliche Scheinwerfer auszuschalten und die Köpfe einzuziehen, dann rief er den Umgebungsscanner auf sein Display. Er brauchte eine Weile, um aus dem ganzen Durcheinander von undefinierbaren Punkten ihre Gegner herauszufiltern, doch nach kurzer Suche hatte er sie erfasst.

Ihrer Signatur nach zu schließen, handelte es sich weniger um Aliens als um ganz normale Menschen, die, nachdem ihre Ziele in der Dunkelheit verschwunden waren, ziemlich verwirrt wirkten. Ihre Scheinwerfer huschten ziellos über die Wände und hinterließen matt glimmende Streifen auf der Oberfläche. Der Ausrüstung nach zu schließen, handelte es sich um Passagiere der *Tereschkowa*. Er gab ihre Koordinaten an die anderen Tiger weiter und legte auf den Vordersten an. »Da hast du deine verdammten Gweilo, Chen. Ich hoffe, du bist zufrieden.« Er gab zwei Schüsse auf sein Ziel ab und sah noch, wie es getroffen davongeschleudert wurde, ehe ein wütender Kugelhagel ihn zwang, den Kopf wieder einzuziehen. Rund um ihn zersplitterte die schwarze Basaltmasse in tausend Teile, die wie winzige Dolche durch den Raum davonschossen. Er zog sich noch ein Stück weiter hinter die Maschine zurück und wartete ab, bis die Wut der Gweilo erlahmte.

Die anderen Tiger hatten in der Zwischenzeit ebenfalls Stellung bezogen und erwiderten das Feuer mit gut gezielten Einzelschüssen. Eine Weile hielt das die Gweilo zwar davon ab, noch näher heranzukommen, doch sie ließen sich auch nicht entmutigen. Immer wieder blitzte es irgendwo in der Dunkelheit auf, und im nächsten Augenblick flogen ihnen die Basaltsplitter um die Ohren.

»Jemand verletzt?«, fragte Laohu, als die nächste Angriffswelle erlahmt war.

»Nur ein paar Kratzer«, sagte Chen. »Nichts, womit die Anzüge nicht fertig würden.«

»Und bei euch, Kapitänin Tiali?«

»Mein Sicherheitschef, Whetu, wurde am Arm getroffen aber wir haben das Loch geflickt. Wer ist das? Wer zum Teufel schießt da auf uns?«

»Gweilo.«

»Wer?«

»Die Verbrecher von der *Tereschkowa*. Wie es aussieht, sind sie gleich mit einer ganzen Armee angerückt.«

»Aber wir haben doch eine Abmachung.«

»Und sie halten sich nicht daran.« Laohu zuckte mit den Schultern, ehe ihm einfiel, dass Tiali diese Geste nicht sehen konnte. »Hatten Sie denn etwas anderes erwartet?«

Die Kapitänin schwieg eine Weile, ehe sie antwortete. »Ich dachte, wir sitzen alle im selben Boot.«

Laohu lachte. Die Naivität der Kapitänin amüsierte ihn.

»Wir sitzen in drei völlig verschiedenen Booten und wissen noch nicht einmal genau, wohin unsere Reise überhaupt geht.«

»Für den da hinten jedenfalls nirgendwohin«, mischte sich Chen ungefragt in die Unterhaltung ein. Die wütende Antwort der Gweilo hielt diesmal eine ganze Weile an und zwang sie, ihre Position aufzugeben und sich ein ganzes Stück zurückzuziehen. »Da drüben kommen immer mehr von diesen Dreckssäcken aus ihren Löchern hervorgekrochen«, knurrte Chen, während er erneut in Position ging und sein nächstes Ziel ins Visier nahm. »Wie es aussieht, sind die für einen richtigen Krieg ausgerüstet.«

»Ist es nicht genau das, was du wolltest?« Laohus Umgebungsscanner hatte inzwischen Dutzende Ziele identifiziert, die beinahe die gesamte gegenüberliegende Hälfte der Halle besetzt hielten und von Minute zu Minute mehr wurden. Da der einzige bekannte Ausgang genau in ihrer Schusslinie lag, blieben ihnen nicht mehr viele Möglichkeiten zum Rückzug. Die nächste Feuerpause nutzte Laohu, um sich ein Stück zurückfallen zu lassen und einen anderen Weg zu finden. Er fand eine schmale Schleuse, die allerdings keinen erkennbaren Öffnungsmechanismus hatte. Er funkte Quan an, und der Riese stieß sich kraftvoll von der Maschine ab, hinter der er in Deckung gegangen war, und schoss auf ihn zu. Etwa auf halber Strecke wurde er allerdings von einem herumfliegenden Splitter getroffen und gegen die nächste Wand geschleudert. Laohu stieß einen Fluch aus. Einen Moment blieb es still in seinem Headset, doch dann dröhnte der donnernde Bass des Riesen in seinen Ohren.

»Alles in Ordnung. Kleinigkeit. Die Panzerung hat das meiste abgefangen.« Ächzend stieß er sich von der Wand ab und flog weiter. Als er endlich bei Laohu angekommen war, verzog er das Gesicht zu einem blutigen Grinsen. »Hab mir nur auf die Zunge gebissen.«

Laohu klopfte dem Riesen erleichtert auf die Schulter. »Dann redest du vielleicht nicht mehr so viel Blödsinn.« Er deutete auf die Schleusentür. »Ich brauche deine Säge. Setz den Schnitt am besten hier oben an und zieh ihn direkt nach unten.«

Quan nickte, zog die Säge aus ihrer Nanitenhalterung und setzte sie behutsam an. Bei dem Gerät handelte es sich um eines dieser Modelle, mit denen die Sicherheitsbeamten auf der *Zheng He* mühelos verschweißte Schleusentüren auffräsen konnten. Aufgrund ihrer Eigenschaft, selbst die Außenhülle ihres Raumschiffs durchdringen zu können, war sie der höchsten Sicherheitsstufe zugeordnet worden und durfte nur von speziell ausgebildeten Sicherheitsbeamten bedient werden. Laohu zweifelte nicht daran, dass sie auch mit dem Metall des fremden Raumschiffs fertigwerden konnte. Zunächst schien sie ihre Aufgabe auch mühelos zu erfüllen, doch als sie die ersten Zentimeter eingedrungen war, stieß sie auf Widerstand. Für einen Augenblick sah es so aus, als würde sich das Metall um die Säge herum aufwölben, um dann wie von einem Staubsauger von ihr aufgesaugt zu werden. Schlagartig raste die Temperaturanzeige in die Höhe. Laohu wollte noch eine Warnung ausstoßen, doch im nächsten Moment bockte die Maschine, wurde Quan beinahe aus den Händen gerissen und erstarb. Fassungslos blickte er auf das Gerät hinunter. »Was zum Teufel war das?«

»Ich habe keine Ahnung. Versuch es gleich noch mal.«

Quan schüttelte den Kopf. »Keine Chance. Wenn ich sie jetzt noch mal anschalte, fliegt sie uns um die Ohren.«

»Uns fliegen noch ganz andere Sachen um die Ohren.« Laohu wandte sich um.

Der unkoordinierte Angriff der Gweilo war zum Glück ins Stocken geraten. Von der Mannstärke her waren sie ihnen zwar zehn zu eins überlegen, doch die solide Verteidigungslinie der Tiger konnten sie nicht überwinden. Nachdem sie die ersten heftigen Verluste eingefahren hatten, verlegten sie sich nun auf vereinzelte Störaktionen, in der Hoffnung, irgendwo eine Lücke in den Reihen der Verteidiger aufzusprengen. Unter anderen Umständen hätte Laohu vielleicht einen Durchbruch befohlen, aber dummerweise war ihm die Verantwortung für Zivilisten übertragen worden, die dem Stress dieser Situation nicht gewachsen waren. Ein Durchbruch wäre sicherlich nur unter hohen Verlusten durchzuführen, was seine Möglichkeiten in diesem Augenblick stark einschränkte. Er konnte auf Zeit spielen, doch das war vermutlich auch die Strategie der Gweilo, die möglicherweise auf Nachschub warteten. Ein Luxus, den Laohu sich nicht leisten konnte. Die Navigatoren der *Shenzhou* würden wohl erst in einigen Stunden unruhig werden, wenn sie überhaupt keine Nachrichten mehr von ihnen empfingen.

Erneut prasselte ein Kugelregen auf sie nieder, und sie hatten Mühe, die Köpfe weit genug einzuziehen, um nicht getroffen zu werden. Tialis Stimme war über den offenen Kommunikationskanal zu hören. Sie versuchte, Kontakt mit dem Gegner aufzunehmen.

»Geben Sie sich keine Mühe. Die wollen nicht mit Ihnen reden.«

»Was wollen sie dann?«

»Uns umbringen, vermutlich.«

»Aber warum?«

»Weil sie es können. Es sind Gweilo, man kann ihnen nicht trauen.«

»Wir sind auch Gweilo.«

»Deshalb vertraue ich euch ja ebenfalls nicht.«

»Herzlichen Dank auch.«

»Neuer Angriff auf zwei Uhr!«, war Chens freudig erregte Stimme in Laohus Ohr zu vernehmen. Der junge Tiger war inzwischen ganz in seinem Element. Immerhin war gerade sein größter Wunsch in Erfüllung gegangen, Gweilo zu töten. Laohu hob die Waffe und feuerte eine Handvoll Schüsse in die angegebene Richtung ab.

Das Feuergefecht hatte die Wände der Halle in ein Meer aus phosphoreszierenden Streifen verwandelt. Es war ein atemberaubender Anblick, der nur durch die Gruppe wild um sich schießender Gweilo getrübt wurde, die sich laut brüllend – jedenfalls nahm Laohu das an, denn hören konnte er sie ja nicht – ihrer Position näherten. Sie waren in ein Sammelsurium aus zusammengestückelten Anzügen gekleidet und sahen aus, als hätten sie sich auf einem Schrottplatz ausgerüstet. In Anbetracht des Zustands ihres Raumschiffs war diese Überlegung vermutlich gar nicht so weit hergeholt.

Die vordersten zwei wurden von den Tigern unschädlich gemacht, ehe sie sich vor der wütenden Antwort der Angreifer in Sicherheit bringen mussten. Wieder einige Meter Raumverlust, dachte Laohu, während er dem dritten Angreifer eine Kugel verpasste, die ihn quer durch die Halle zurück in die Reihen seiner Freunde katapultierte. Die restlichen Angreifer zogen daraufhin die Schwänze ein und suchten ihr Heil in der Flucht. Laohu machte eine kurze Bestandsaufnahme.

Drei leicht Verletzte und ein Armdurchschuss bei Yong. Die Blutung war zum Glück aber vom Anzug gestoppt worden. Eine Reihe Zahlen rasselte über Laohus Display. Sauerstoffvorräte, Munition, Treibstoff für die Steuerungsdüsen der Anzüge. »Ausreichend«, murmelte er. Die Frage war nur, wie lange. »Alles in Ordnung bei euch?«, fragte er die Kapitänin der *Inyanga*.

»Zwei meiner Männer sind noch dort drüben.« Tiali deutete auf einen etwas abseits schwebenden Maschinenhaufen, dem sich wild schießend eine Horde Gweilo näherte. »Wir müssen sie da rausholen!«

»Negativ«, sagte Laohu mit Blick auf die anrückende Übermacht. »Die kommen da nicht mehr raus. Schreiben Sie die beiden besser ab.«

»Ich soll was?« Tialis überschnappende Stimme ließ beinahe seine Trommelfelle platzen. »Sie sind doch keine Bürostühle, du Arschloch!«

Laohu runzelte die Stirn und wollte schon zur Frage ansetzen, was ein Bürostuhl sei, als Tiali sich kraftvoll von der Wand abstieß und quer durch den Raum in Richtung ihrer bedrängten Kameraden davonschoss. Laohu stieß einen lauten Fluch aus. Langsam begann ihm die Kontrolle zu entgleiten. Er spürte förmlich Chens lauernde Blicke im Rücken. Der junge Tiger würde sich die Hände reiben, wenn die Kapitänin der *Inyanga* zu Schaden käme. Hastig überprüfte er den Ladezustand seiner Waffe und stieß sich nach einem kurzen Rundumblick ebenfalls von der Wand ab.

Tiali befand sich bereits auf halber Strecke zu dem Maschinenhaufen, hinter dem sich ihre Crewmitglieder verschanzt hatten. Die Dunkelheit um sie herum wurde von einem halben Dutzend Lichtkegel zerschnitten. Zum Glück schienen die Gweilo aber keine Nachtsichtgeräte zu besitzen, sodass sie lediglich auf gut Glück in den Raum feuerten. Doch auch ein blindes Huhn fand gelegentlich mal ein Korn. Vor allem, wenn gleich eine ganze Schar davon ankam.

Um die Hühnerschar zu zerstreuen, gab Laohu eine Handvoll Schüsse in ihre Richtung ab. Einen Augenblick später erloschen fünf der Lichtkegel, während der sechste ziellos durch den Raum davontrudelte. Der Rest verlegte sich darauf, Laohus Feuer zu erwidern. Seine Sensoren meldeten ein wildes Durcheinander aus sich rasch nähernden Objekten, denen er mit knapper Not entkam, indem er sämtliche Steuerungsdüsen seines Anzugs auf einmal aktivierte. Immerhin hatte Tiali durch seine Aktion genügend Zeit gewonnen, um unbeschadet den Maschinenhaufen zu erreichen.

»Zufrieden?«, funkte er sie mit zornbebender Stimme an. »Haben Sie auch schon eine Idee, was Sie jetzt machen wollen?«

»Whetu wurde an der Schulter verletzt«, entgegnete die Kapitänin, ohne auf sein Geschimpfe einzugehen. »Ich habe keine Ahnung, wie schlimm es ist. Ohne E.V.A. kann ich seine Körperwerte nicht ermitteln. Ich verpasse ihm eine Ladung Schmerzmittel. Doktor Pinalo ist zum Glück nichts passiert.«

Als Laohu ihre Position erreichte, bremste er scharf ab, um nicht auf den Maschinenhaufen aufzuprallen und sich dabei alle Knochen zu brechen. Trotzdem presste ihm die Vollbremsung noch sämtliche Luft aus der Lunge, und er stieß ein gequältes Stöhnen aus, während er sich schnell in eine günstigere Schussposition hangelte.

Die Gweilo hatten ihre Strategie geändert und die Angriffsformation weiter aufgefächert. Außerdem begannen sie damit, ihre Scheinwerfer in unregelmäßigen Abständen auszuschalten, um weniger leichte Ziele zu bieten. Laohu musste anerkennen, dass sie viel schneller dazulernten, als er gedacht hätte. Ihm blieb vermutlich nicht mehr viel Zeit, bis sie endgültig in die Zange genommen werden würden.

»Machen Sie sich bereit zum Abflug«, knurrte er und funkte Chen an. »Ich benötige Feuerschutz. Wir tauchen nach unten ab. Haltet sie lange genug beschäftigt, bis wir dort drüben unter den Röhren sind. Verstanden?« Anstelle einer Bestätigung blieb es in seinem Ohr beängstigend still. Hastig überprüfte er die Funktion seines Headsets, konnte aber keine Störung feststellen. Er überprüfte die Frequenz und funkte Chen erneut an. Doch auch diesmal blieb eine Antwort aus.

»Was ist los?«, fragte Tiali.

»Sie antworten nicht.«

»Warten Sie, ich versuche es auch mal.« Einen kurzen Augenblick herrschte Stille, dann meldete sich die Kapitänin erneut zu Wort. »Kein Kontakt. Was ist da drüben los?«

Laohu warf einen Blick über die Schulter zurück zur Verteidigungslinie der Tiger. »Vielleicht blockieren die Gweilo unsere Kommunikation.« *Und vielleicht bedeutet das unser Todesurteil.* Er sprach es nicht aus, doch Tialis Gesichtsausdruck ließ darauf schließen, dass sie den gleichen Gedanken hatte.

CHAOS

NIEMAND HATTE HELENS KOMMANDO infrage gestellt. Warum auch? Der erste der Marschalls eröffnete das Feuer, und die anderen folgten instinktiv seinem Beispiel. Scheinwerfer flammten auf, glitten über Wände und Maschinen, hinterließen leuchtende Spuren und fanden ihre Ziele. Geschosse folgten ihnen.

Helen zog den Kopf ein. »Ich hasse Hinterhalte«, murmelte sie düster. Vereinzeltes Gegenfeuer war zu sehen, deutlich zu erkennen am Aufblitzen des Mündungsfeuers. Ein Querschläger spritzte viel zu nah an ihnen vorbei.

»Ach ja?« Assas Stimme troff vor Sarkasmus. »Und ich hasse es, erschossen zu werden! Ich meine, es ist nicht so, als hätte ich das schon mal ausprobiert – aber ich will heute echt nicht damit anfangen. Meine Frau bringt mich um, wenn ich mich erschießen lasse!«

Park hatte sich neben ihnen zusammengerollt und wimmerte vor sich hin. Helen verdrehte die Augen. Vor ihnen hatten Jameson und der andere Leutnant inzwischen ihre Leute zum Vorrücken beordert, und unter ihrem heftigen Beschuss schienen die Zheng weiter ins Innere der Halle zurückzuweichen.

»Und was haben wir jetzt damit gewonnen?«

»Ausgang.«

»Was?«

Helen deutete auf die Schleuse, durch die sie gekommen waren. »Wir verabschieden uns jetzt nach draußen. Wir sind Zivilisten – lass das die Helden in Schwarz erledigen.« Sie tippte Park auf die Schulter. »Na komm, wir gehen.«

»Was?«, der Mann klang hysterisch. »Nein! Ich bleib hier! Seit wann bestimmst du, was ich mache?«

»Weißt du was? Das stimmt.« Sie klopfte ihm auf den Helm und stand auf. »Warum sollte es mich kümmern, was aus dir wird.«

Assa sah auf ihn hinab. Dann hob sie die Hände. »Sie hat recht. Bleib ruhig hier und lass dich erschießen. Vielleicht fressen dich die Tiermenschen sogar. Verschafft uns einen Vorsprung!« Sie hastete in Richtung Notschleuse, und Helen folgte ihr, wobei sie versuchte, das Gefecht hinter ihnen ebenso zu ignorieren wie den schmerzhaften Druck auf ihrer Blase. »Entschuldige«, keuchte sie im Laufen. »Ich hab da, glaube ich, einen Fehler gemacht. Ich weiß nicht, ob das irgendwas gebracht hat, außer Jameson gewaltig anzupissen. Das ziemlich sicher.«

»Ehrlich, das hat sie verdient. Also drück ich mal ein Auge zu.« Assa lachte abgehackt und fluchte gleich darauf. »Verdammt, mein Auge bringt mich gleich um. Irgendwas hier drin ...« Sie stockte. »Scheiße, sieh dir den Generator an!«

Helen wurde unwillkürlich langsamer. Der Boden rings um den Schildgenerator leuchtete. Er glimmte nicht nur wie das Nachglühen der Lichtspuren – er leuchtete buchstäblich von innen heraus. Wellen liefen über ihn, doch das Material schien nicht damit nachzukommen, die Energie zu verteilen, und so wurde das Leuchten von Welle zu Welle intensiver.

»Ist das gut?«, fragte Assa, die gleichermaßen langsamer geworden war.

»Kann ich mir nicht vorstellen.« Helen schluckte. »Wir sollten machen, dass wir ...« Weitere Marschalls tauchten direkt in der Schleuse auf und fächerten um den Generator herum aus. Rufe der Verwunderung wurden laut, dann jedoch schienen sie die Lage des Feuergefechts zu erfassen. Hastig stellten einige von ihnen zwei Koffer auf, aus denen sich binnen weniger Augenblicke zwei schwere Standgeschütze entfalteten. Zumindest war sich Helen fast sicher, weil die Objekte jenem Geschütz, das sie in einem vergessenen Container unten im Sumpf gefunden hatten, sehr ähnlich sahen. Nur eben beinahe neu. »Du da!« Ein Kerl in taktischer Rüstung deutete auf sie, und Helen erkannte, dass der Mann die Abzeichen eines Generals trug. »Wie ist der Status hier?«

»Scheiße, das ist Tamek«, murmelte Assa.

Helen schluckte. »Zheng, Kommandant. Zheng sind hier aufgetaucht, und Leutnant Jameson führt einen Angriff, um sie ... zurückzudrängen. Denke ich.«

Der General schien sich erst jetzt die Zeit zu nehmen, sie zu mustern. »Sie sind eine der Hilfskräfte, richtig?«

Helen brummte zustimmend, doch Tamek ging gar nicht darauf ein. »In Ordnung. Woher kamen die Zheng?«

»Was?« Helen starrte ihn für einen Moment an. Dann hob sie die Hand und deutete in die ungefähre Richtung. »Von dort drüben, irgendwo von hinter diesem Ding, das aussieht wie ein geschmolzener Atmosphärengenerator.«

Tamek sah in die Dunkelheit. Der Kampf tobte inzwischen ein ganzes Stück weiter weg, nachdem die Marschalls die Zheng tiefer in die Halle gedrängt hatten. »Irgendwo ist nicht genug. Sie zeigen mir, von wo genau. Wir haben keine Zeit zu verlieren.«

Helen spürte leise Panik in sich aufsteigen. Es war, als hätte sie Insekten in ihrem Anzug. »Kommandant, wir sind nur Mechaniker. Ich denke, Sie wenden sich besser an Leutnant Jameson, und …«

»Ich glaube nicht, dass ich Sie nach einer Meinung gefragt habe«, fiel ihr der Kommandant ins Wort. »Jameson hat zu tun. Sie zeigen uns jetzt den Weg.« Hinter ihm traten weitere Marschalls durch die Schleuse und mit ihnen jemand in einer Panzerung, deren Ränder jemand vergoldet hatte. Helen, die bereits zu einer Entgegnung angesetzt hatte, stockte, als Tamek sich umwandte und salutierte. Seine Adjutanten taten es ihm nach.

»Ist das, wer ich denke, dass es ist?«, murmelte Assa in ihrem Ohr.

Der goldene Mann sah sich um. »Wie ich sehe, haben wir alles im Griff, Victor? Schön, schön.« Er beugte sich vor und betrachtete interessiert die Spuren, die die Scheinwerfer auf Boden und Wänden hinterlassen hatten. »Das ist faszinierend, das Ganze, nicht? Dieses Leuchten! Was meinen Sie, hat es zu bedeuten?« Er richtete sich auf und wandte sich Helen zu. »Zivilist – wir haben euch doch mitgenommen, damit ihr uns erklärt, was das hier alles ist. Was meinst du?«

»Ich …« Helen schluckte erneut, während Assa ein »*Oh, Kacke!*« in ihr Ohr keuchte. »Wir glauben, dass dieses Objekt hier die Energie absorbiert, die wir mitbringen.« Als eine Spur Geschosse weit über ihren Köpfen einschlug, zuckte sie zusammen. Als keine weiteren folgten, sah sie auf und deutete auf das Glühen, das die Treffer an der

Wand hinterlassen hatten. Sanfte, konzentrische Kreise gingen von ihnen aus. »Jede Energie.«

»Das ist wirklich der Admiral, oder?«, kam Assas aufgeregte Stimme über den privaten Kanal.

»Interessant.« Der Admiral klang geradezu erschreckend ruhig, ganz so, als würde nicht wenige Dutzend Meter entfernt ein Feuergefecht stattfinden. »Warum tut es das?«

»Ich habe nicht die geringste Ahnung, Admiral, Sir«, sagte Helen vorsichtig. Die Panik hatte jetzt ihren Hals erreicht, und sie war sich sicher, erstickt zu klingen. »Aber könnten wir das in Deckung besprechen?«

Der Admiral betrachtete die Feldemitter vor seinen Füßen, dann trat er einen Schritt zurück, tiefer in die Schutzzone um den Generator hinein. »Natürlich. Entschuldige meine Unhöflichkeit ... wie heißt du eigentlich?«

»Hopper«, krächzte Helen. »Helen Hopper. Ich bin hier, weil Sie ... ich bin Schweißerin ...«

»Ja, schon gut. Ich bin mir sicher, irgendjemand hatte einen guten Grund, genau dich mitzunehmen, Helen Hopper. Genau wie die anderen Leute dort.« Er winkte in die Richtung von Assa und Park. »Aber ich habe euch bei etwas viel Wichtigerem unterbrochen. Du wolltest dem Kommandanten gerade erklären, woher die Zheng gekommen sind. Das hat natürlich Vorrang.«

»Ich bin mir nicht sicher ...«

»Das solltest du aber, Helen Hopper«, unterbrach sie der Admiral. »Leute, die sich vollkommen sicher sind, was sie tun. Die brauche ich jetzt um mich. Also – woher?«

»Ich glaube, Assa hier kann Ihnen Genaueres sagen, Sir«, mischte sich Park ein und schob sich an Helen vorbei. »Kirill Park, Sir!« Er salutierte und deutete auf Assa. »Sie hat Erkundungsdrohnen. Ich habe die Übertragungen gesehen, Sir, und bin mir sicher, dass darauf der Durchgang war, aus dem die Zheng gekommen sind.«

»Halt einfach die Fresse, Park!«, blaffte Assa über den privaten Kanal.

»Ist das so?« Der Admiral drehte sich zu ihr um und musterte sie. »Hervorragend! In diesem Fall könnt ihr uns sicherlich führen. Also hopp, solange Jameson und ihre Leute unsere neuen Freunde beschäftigen.«

Helen zögerte. »Sir, ich …«

»Ich bitte euch höflich, Helen Hopper«, unterbrach der Admiral sie erneut, und irgendetwas in seiner Stimme ließ sie verstummen. Die Panik saß ihr inzwischen fest im Nacken. »Ich kann es aber auch anders formulieren.« Sein Handschuh lag auf dem Griff einer Pistole, die an seinen Anzug geclippt war.

Helen warf einen Blick auf die Bewaffneten, die sich um ihn geschart hatten. Alle trugen Kampfpanzerungen, die nur in der Farbe den VacSuits der übrigen Marschalls glichen.

»Ja«, sagte Assa und legte ihr die Hand auf den Arm. »Das ist überzeugend, Admiral. Kein Grund für andere Formulierungen. Helen, kommst du?«

»Ja? Ja.« Helen drehte sich um und schaltete gleichzeitig auf den privaten Kanal, den ihr Assa soeben ins Armdisplay geschickt hatte. »Was soll das?«

»Hast du gehört, wie der klingt? Ich fand den schon auf der *Tresch* immer seltsam, aber grad hab ich das Gefühl, das Letzte, was wir wollen, ist, ihm zu widersprechen.« Ihre nächsten Worte kamen über den allgemeinen Kanal. »Admiral, wir müssten allerdings den Schutz des Schildgenerators verlassen, und in der derzeitigen Situation …«

»Wisst ihr, das trifft sich gut«, warf der Admiral unbekümmert ein. »Um die derzeitige Situation zu beheben, müssen wir den Schild ohnehin zurücklassen. Aber dafür kann er uns Rückendeckung geben und dort drüben aufräumen. Zwei Fliegen mit einer Klappe nennt man das wohl. Victor, lass die Geschütze anwerfen.« Er marschierte an Helen und Assa vorbei und sah demonstrativ auf sein Armdisplay. »Wir haben heute noch viel vor.«

»Was wird mit Leutnant Jameson, Sir? Wollten wir sie nicht mitnehmen?«

Der Admiral klappte sein Armdisplay zu und drehte sich nicht um. »Pläne ändern sich. Und Leutnant Jameson hat sich bereit erklärt, für unsere Sache bis zum letzten Atemzug loyal zu kämpfen.«

»Hat sie?«

»Sie ist auf der *Tresch* geboren, oder?«

»Trids«, sagte Assa in Helens Ohr. »Zu viele schlechte Trids.«

»Wenn sie die Geschütze einsetzen, sind die Zheng Geschichte«, sagte Helen, während sie sich widerwillig hinter dem Admiral einreihte.

»Daran können wir jetzt wohl nicht viel machen, oder?«

»Na ja, wir könnten es ihnen sagen«, gab Helen zurück.

»Mit ihnen reden? Dem Feind helfen?«

»Können sie der Feind sein, wenn wir sie noch gar nicht kennen?«

»Das ist 'ne mächtig schwere Frage, weißt du das?« Assa warf einen Blick zurück, wo jetzt zwei Marschalls die Geschütze bemannten.

»Also?«

»Kriegst du das hin?«

»Das kommt darauf an. Kannst du den Schild abschalten?«

Assa schnaubte. »Ob ich was kann?«
»Den Schild abschalten.«
»Nein! Natürlich nicht! Dafür hab ich keine Codes!« Die Leibgarde des Admirals führte sie inzwischen in die Dunkelheit zwischen den schlafenden Maschinen. Die Fabber-Mechanikerin klappte unauffällig ihr Armdisplay auf. »Aber ich kann den Generator kurz aussetzen lassen.«
»Was?«
»Ich hab die Relaiskarte in den falschen Schlitz gesteckt. Das war vielleicht keine so gute Idee, im Rückblick.« Sie kicherte trocken, dann grunzte sie erneut vor Schmerz.
»Immer noch dein Auge?«
Assa schüttelte den Kopf. »Ich hab eine Drohne dort gelassen. Na los. Mach deinen Anruf, ehe mir der Kopf platzt.«

KONTAKT

DIE GWEILO RÜCKTEN JETZT BEINAHE von allen Seiten gleichzeitig vor, und es war nur noch eine Frage der Zeit, bis ein verirrter Schuss sein Ziel fand. Zumindest waren Tiali und selbst Whetu mit seiner verletzten Schulter ganz passable Schützen, sodass es ihnen gelang, die Angreifer ein ums andere Mal erfolgreich zurückzuschlagen. »Man sollte das Fell des Tigers eben nicht verteilen, bevor er erlegt ist«, knurrte Laohu, nachdem er den nächsten leichtsinnigen Gweilo erwischt hatte.

»Das Fell des Bären«, sagte Tiali. »Der Spruch handelt von Bären.«

»Wie dem auch sei.«

Tiali seufzte und fügte nach einem Moment hinzu: »Es tut mir leid, Laohu.«

»Dass Sie mich in diese Situation gebracht haben?«

»Dass ich Sie ein Arschloch genannt habe.«

»Schon gut. Ich wurde ausgebildet, um ein Arschloch zu sein – um für andere die Drecksarbeit zu erledigen.« Es fiel ihm erstaunlich leicht, diese Wahrheit vor den Lèng auszusprechen. Vermutlich war das auf die Besonderheit der Umstände zurückzuführen. Manche Menschen wurden im Augenblick der Lebensgefahr furchtbar sentimental. So wie Laohus älterer Bruder, kurz bevor er damals in der Weite des Weltalls verschwunden war. Er seufzte.

»Deshalb hat ein Tiger ja auch keine Freunde.«

»Laohu ...«

Er hob die Hand. »Nein, bieten Sie mir jetzt bloß nicht Ihre Freundschaft an.«

»Um Gottes willen, nein. So etwas würde ich niemals tun. Ich wollte Ihnen nur sagen, dass ich angefunkt werde.«

»Was? Von wem?«

»Die internationale Frequenz. Es kommt von der *Tereschkowa*. Eine verschlüsselte Nachricht.«

»Nur an Sie?« Laohu runzelte die Stirn.

»Nicht direkt. Eigentlich an jeden, der mithört. Nicht sonderlich subtil. Sie sagen, dass sie Passagiere der *Tereschkowa* sind und mit dem, was hier passiert, absolut nicht einverstanden sind.«

»Dann sollen sie halt damit aufhören.«

»Das habe ich ihnen auch gesagt, aber es ist nicht so einfach. Es gibt dort drüben eine Menge zerstrittener Parteien. Sie werden gezwungen, sich an dem Angriff zu beteiligen, wollen uns aber helfen. Sie wollen für Ablenkung sorgen, damit wir fliehen können.«

»Und wie wollen sie das anstellen?«

»Das haben sie nicht gesagt. Sie haben gesagt, dass wir ihnen vertrauen sollen.«

»Man kann diesen Gweilo nicht trauen. Das ist eine Falle.«

»Wir werden ohnehin sterben, so wie es aussieht. Das hier ist vielleicht unsere letzte Chance.«

Laohu dachte darüber nach. Die Logik in Tialis Worten war unbestreitbar. Sie konnten hier ausharren, bis ihnen die Munition ausging oder ein Querschläger ihnen den Garaus machte. Oder sie ließen sich auf das Angebot dieser unbekannten Gweilo ein und hofften, dass sie es ernst meinten. Bei Licht besehen waren manche Entscheidungen erstaunlich einfach. Er nickte. »Also gut. Was sollen wir tun?«

»Sehen Sie die hell erleuchtete Region dort unten zwischen den Maschinenhaufen? Wir haben sie bislang nicht beachtet, weil wir von dort aus nicht beschossen werden. Wir sollen unser Feuer aber genau auf diesen Punkt konzentrieren. Sobald sie uns ein Signal geben, sollen wir dann so schnell wie möglich die Köpfe einziehen und die Augen schließen.«

»Die Augen schließen?«

»Das haben sie gesagt, ja.«

Ein greller Lichtblitz machte die Nacht schlagartig zum Tag. Das Licht war so gleißend hell, dass es sich durch Laohus Lider hindurch mitten in die Netzhaut brannte, noch bevor die Sensoren in seinem Helm einen Filter über das Visier legen konnten. Einen kurzen Augenblick lang konnte er die winzigen Äderchen sehen, die seine Lider durchzogen, dann eroberte die Nacht den Ort zurück.

Allerdings nicht ganz. Dort unten, wo der Lichtblitz seinen Ursprung genommen hatte, schillerten die Wände in den buntesten Regenbogenfarben. Beinahe so, als hätte ein Maler sämtliche seiner Farbtöpfe auf einen Schlag zu Boden geschleudert. Es war ein unglaublich schöner Anblick, aber gleichzeitig so bizarr und unwirklich, dass sich Laohu am liebsten gekniffen hätte, um sich davon zu überzeugen, dass er nicht träumte. Dummerweise ließ sein Anzug das nicht zu. Also schüttelte er nur ungläubig den Kopf. Es kostete ihn Mühe, den Blick von diesem faszinierenden

Bild abzuwenden und sich auf naheliegendere Dinge zu konzentrieren. Auf ihre Flucht zum Beispiel.

Das Grüppchen Gweilo, das sie in die Zange genommen hatte, war immer noch völlig aus dem Konzept und schoss in wilder Panik blind um sich. Einer wurde von seinen eigenen Leuten erwischt und trudelte unkontrolliert zur Seite fort, während ein anderer zumindest die grobe Richtung seiner Gegner im Gedächtnis behalten hatte und sein gesamtes Magazin in ihre Richtung entleerte. Schnell legte Laohu seine Waffe an und schaltete ihn aus. »Verschwinden wir, ehe sie den Schock überwunden haben.« Er deutete mit dem Lauf in Richtung Rohre. »Dort hinauf! Ich gebe Ihnen Feuerschutz.«

Sie gaben sich keine Mühe mehr, in Deckung zu bleiben, denn es war jetzt ohnehin egal. Die Wände um sie herum leuchteten so strahlend hell, dass sie wie schwebende Zielscheiben auf die Gweilo wirken mussten, wenn die erst mal ihre Orientierung wiedergewonnen hatten. Sie stellten ihre Steuerungsdüsen auf volle Stärke und schossen quer durch die Halle davon. Die Sensoren in Laohus Helm meldeten zwar immer wieder vereinzelte Schüsse, die ihnen gefährlich nahe kamen, doch dann hatten sie ohne weitere Zwischenfälle die Verteidigungslinie der Tiger erreicht und wurden geschickt aufgefangen und hinter die Maschinenhaufen gezogen. Eine Handvoll Gweilo, die sich zunächst noch an die Verfolgung gemacht hatten, drehten hastig wieder ab, als sie in Schussweite der Verteidiger kamen.

Chen begrüßte Laohu mit einem süffisanten Grinsen. »Hätte nicht gedacht, dass ihr es schafft.«

Laohu kniff die Augen zusammen. »Die Funkverbindung war wohl unterbrochen.«

Chen nickte. »Dieses Raumschiff absorbiert die Funkwellen, wie du weißt.«

»Ja, vermutlich.«

»Es ist jedenfalls schön, euch gesund wiederzusehen«, sagte Li Yun. »Es wäre ein schlimmer Verlust, wenn ihr ...« Baihu unterbrach sie. »Da unten geht irgendetwas vor!« Aufgeregt deutete der alte Tiger nach unten zu den Gweilo, als das Raumschiff plötzlich einen heftigen Satz machte und ein gewaltiges Beben durch die Halle lief. Laohu spürte es am gesamten Körper. Eine Erschütterung, die so groß war, dass seine Sensoren bis zum Anschlag ausschlugen und sich erst nach etlichen Sekunden wieder beruhigten.

»Was zum Teufel ist das?«

»Ich weiß nicht«, sagte Doktor Feng, der gebannt auf seine Messgeräte starrte. »Vielleicht eine Explosion.«

»In dieser Stärke?«

»Das ist etwas anderes«, sagte der Lèng-Wissenschaftler Doktor Pinalo kopfschüttelnd. »Spüren Sie das?«

»Was?«

»Ich denke ... ich denke, dass das Untier erwacht.«

»Was meinen Sie damit?«

»Das Raumschiff meine ich. Wie wir ja festgestellt haben, ist es ganz ähnlich aufgebaut wie unsere eigenen Schiffe. Sehen Sie, wir befinden uns hier ja im Inneren eines gewaltigen Zylinders. Und dieser Zylinder – sehen Sie, dort unten ist die zentrale Achse. Es sieht ganz danach aus, als hätte der Zylinder soeben begonnen, sich zu drehen. Oder was meinen Sie, Doktor Feng?«

Nachdenklich wiegte Doktor Feng den Kopf. »Sie könnten recht haben, lieber Kollege.«

Alle Anwesenden starrten die beiden Wissenschaftler sprachlos an. Laohu schoss der Gedanke durch den Kopf, dass sie in der Hitze des Gefechts womöglich den Verstand verloren hatten. Vermutlich dachte Li Yun das Gleiche, denn sie schüttelte ungläubig den Kopf.

»Unmöglich.«

Doktor Feng zuckte mit den Schultern. »Bei allem Respekt, Sekretärin Li Yun, das müssen Sie dem Raumschiff wohl selbst erklären.«

»Sie hatten aber doch gesagt, dass es schon seit Urzeiten nicht mehr aktiv ist.«

»Jetzt hat es sich das offenbar anders überlegt.«

»Aber wie? Ich meine – warum sollte dieses Schiff erwacht sein? Was ist der Grund dafür?«

»Diese Frage kann ich Ihnen leider nicht beantworten. Vielleicht haben unsere Gegner die Kommandozentrale entdeckt.«

»Ich denke nicht«, sagte Doktor Pinalo. »Schauen Sie, dort drüben. Sie ziehen sich zurück. Sie sind offenbar genauso überrascht wie wir.«

»Oder Sie versuchen uns hereinzulegen.« Laohus Blick folgte dem ausgestreckten Zeigefinger des Wissenschaftlers. Nachdenklich runzelte er die Stirn. »Verdammt noch mal«, sagte er schließlich. »Finden wir es heraus!«

Die Gweilo hatten sie auf ihrer Flucht nicht behindert, was zunächst eine gute Nachricht war. Weniger gut war allerdings, dass sie keine Ahnung hatten, wohin sie gerade flohen. Sie wussten nur, dass sich die Außenhülle des Raumschiffs irgendwo unter ihren Füßen befand, denn die Fliehkräfte des rotierenden Zylinders waren inzwischen so stark, dass sie nicht mehr schwebten.

Whetu machte die Schulterverletzung schwer zu schaffen. Der Blutverlust hatte den Lèng-Sicherheitsbeamten sichtlich geschwächt. Obwohl er für einen Affenmenschen ungewöhnlich kräftig gebaut war, hatte er Mühe, mit ihnen Schritt zu halten. Dazu kam, dass die sperrigen Anzüge der Lèng ausschließlich für die Schwerelosigkeit gebaut waren, aber nicht für eine wilde Flucht durch ein Alien-Raumschiff.

Da ihre Sauerstoffvorräte nicht ewig reichten, konnten sie allerdings nur wenig Rücksicht auf ihn nehmen. Sie mussten so schnell wie möglich einen Weg nach unten finden, um die Außenhülle zu erreichen oder zumindest wieder Kontakt zu ihren Raumschiffen aufzunehmen. Immerhin versperrten ihnen keine Schleusen mehr den Weg. Wer auch immer das fremde Schiff zum Leben erweckt hatte, hatte auch dafür gesorgt, dass sämtliche Verriegelungen gelöst worden waren. Es konnte natürlich auch sein, dass sie gezielt in eine Falle gelockt wurden, doch daran durften sie jetzt nicht denken. Es hätte ohnehin nicht viel an ihrer Situation geändert.

Sie hasteten die dunklen Gänge entlang, durch ein halbes Dutzend Schleusen und eine lange Rampe hinunter. Laohu warf einen Blick auf seine Anzeigen. Die Schwerkraft war schon annähernd so groß wie auf der *Zheng He*. Er hoffte, dass sie nicht noch viel weiter zunahm und sie irgendwann alle am Boden zerquetschte. Zahlreiche der bis dahin schwebenden Apparaturen waren langsam zu Boden gesunken und standen nun kreuz und quer in den Hallen verteilt, durch die sie kamen. Die Schwerkraft hatte auch den schwarzen Staub, der überall in der Luft gehangen hatte, zu Boden gedrückt, wo er sich nun in bizarren Haufen aufeinanderzutürmen begann. Sobald diese Haufen angestrahlt wurden, begannen sie schwach zu leuchten. Das erleichterte zwar ihre Fortbewegung, legte aber auch eine deutlich sichtbare Spur für eventuelle Verfolger.

Je weiter sie kamen, desto größer wurden die Staubhaufen und desto bizarrer die Formen, die sie ausbildeten. Sie schienen magnetisch zu sein, denn sie wuchsen zunehmend in die Höhe, verästelten sich und bildeten Konturen aus, die an die Zweige verbrannter Büsche erinnerten. Doktor Feng beugte sich zu einem dieser Konstrukte herunter und brach eine winzige Ausbeulung von seinem Ende ab.

»Sie ist hohl.«

»Was hast du erwartet?«, fragte Laohu. »Dass es eine essbare Beere ist?«

»Ich weiß nicht, was ich erwartet habe. Ich kann es mir jedenfalls nicht erklären.«

Eine Kinderzeichnung, war der erste Gedanke, der Laohu durch den Kopf schoss, als sie die Hütte erblickten. Sie sah jedenfalls entfernt so aus wie eine Hütte. Winzig klein, mit einem Baum davor und einem länglichen Gebilde, das man mit viel gutem Willen als Sitzbank bezeichnen konnte. Nur dass diese Bank schwarz wie die Nacht war und sich der Baum über sie beugte, als wollte er sie verschlingen.

Schweigend starrten sie die Szenerie an und versuchten, sich einen Reim darauf zu machen. Je länger sie starrten, desto sicherer waren sie, dass es sich um nichts anderes handeln konnte als um eine Hütte. Sie besaß ein niedriges, windschiefes Dach und holzartige Wände mit dunklen Fensterlöchern darin. In der Mitte befand sich eine Tür, die lediglich angelehnt war. Rundherum war der Boden aufgewölbt, als hätte jemand angefangen, einen Wall aufzuschütten oder eine niedrige Mauer zu bauen. Es fehlte nur noch die alte Hexe, die sie in die Hütte hineinlocken wollte, um sie zu fressen.

»Was ist das für ein Ort?«, fragte Tiali.

»Sehen wir nach«, sagte Chen.

»Ich halte das für keine gute Idee.«

Natürlich sahen sie trotzdem nach.

Sie bewegten sich langsam und vorsichtig voran und schwärmten vor der Mauer nach beiden Seiten aus. Sie war kaum hüfthoch und leicht zu übersteigen. In breiter Linie näherten sie sich dem Baum und der Bank. Ihre Scheinwerfer strichen über die schwarzen Oberflächen hinweg und hinterließen bunt schillernde Spuren darauf.

Das Gebilde veränderte sich. Unendlich langsam zwar, sodass sie es zunächst gar nicht bemerkten, doch je näher sie kamen, desto besser konnten sie es erkennen. Die winzige Bank nahm Kontur an und schälte sich immer deutlicher aus der schwarzen Masse heraus. Die Äste des Baums wuchsen und verzweigten sich und bildeten winzige, blattartige Strukturen aus. Die Tür der Hütte wuchs in die Höhe und wurde breiter. Sie schien nur angelehnt zu sein. Laohu streckte die Hand aus, um sie aufzustoßen.

Er zögerte. Ein unangenehmes Ziehen machte sich in seiner Magengegend breit. Ein unbestimmbares Gefühl kindlicher Furcht vor dem Dunklen und Unbekannten, das hinter Türen und unter Betten lauerte. Er atmete tief durch und gab sich einen Ruck. Seine Fingerspitzen stießen gegen die Tür, die widerstrebend aufschwang.

Er leuchtete mit dem Scheinwerfer in die Dunkelheit hinein. Eine bunt schillernde Spur zog sich über die Wand und eine Handvoll bizarrer Gebilde hinweg, die wie Geschwüre aus dem Boden herauswuchsen. Er versuchte sich vorzustellen, was daraus entstehen würde, wenn er sie noch länger anstarrte.

Das war der Augenblick, in dem der Lèng-Techniker in ein Loch trat und mit einem Aufschrei zu Boden stürzte. Laohu fuhr herum und sah, wie sich der Boden unter Siphos Füßen aufwölbte und die Form eines aufgerissenen Mauls annahm, das mit messerscharfen Zähnen nach seinen Beinen schnappte. Es gelang ihm gerade noch, das linke Bein zurückzuziehen, ehe die pechschwarzen Kiefer über dem anderen zusammenschlugen. Sipho stieß einen Schrei aus und hämmerte panisch auf das schwarze Ding ein, dass sich unbeeindruckt weiter aufwölbte, unaufhaltsam in die Höhe wuchs und schließlich wie eine reife Frucht auseinanderplatzte. Dutzende tentakelartiger Arme brachen aus seinem Inneren hervor und schlängelten sich blitzschnell um den schreienden Techniker.

Laohu riss die Waffe in die Höhe und gab eine Handvoll gezielter Schüsse auf die missgestaltete Kreatur ab. Die Kugeln rissen schwarze Fetzen aus ihr heraus, doch erst nach etlichen weiteren Treffern löste sie schließlich ihren Griff um den Techniker und zog sich hastig von ihm zurück. Für einen Augenblick verharrte sie regungslos auf der Stelle, doch als Laohu einen Schritt auf sie zumachte, zog sie sich wie ein riesiger Muskel krampfhaft zusammen und stürzte sich auf ihn.

Laohu stieß einen wütenden Schrei aus und entlud sein gesamtes Magazin in die heranstürmende Kreatur. Aus den Augenwinkeln nahm er wahr, wie Chen und die anderen ebenfalls ihre Waffen abfeuerten. Die Kugeln schlugen Funken sprühende Fetzen aus ihr heraus und schleuderten sie nur wenige Zentimeter von Laohu entfernt zu Boden, wo sie zuckend und zappelnd liegen blieb. Die Tiger hörten erst wieder auf zu schießen, als sie nach einer Weile einmal kurz erschauerte und mitten in der Bewegung erstarrte.

Während die Medic zu dem Techniker rannten, um sein Bein zu versorgen, warteten die Tiger mit erhobenen Waffen ab, ob sich die Kreatur noch einmal rührte. Siphos Bein war an etlichen Stellen gebrochen, und die Tentakel hatten große Löcher in seinen Anzug gerissen. Hastig versiegelten die Medic die Löcher und verpassten dem Verletzten eine große Ladung Schmerzmittel. Gemeinsam richteten sie den Knochen so weit wieder gerade, wie es möglich war, und stabilisierten ihn mit Fixierschaum.

Laohu drehte den Lautstärkeregler seines Headsets zurück, um die Schreie des Verletzten auszublenden. Vorsichtig bewegte er sich auf die tote Kreatur zu und stieß mit dem Lauf seiner Waffe dagegen. Das Ding fühlte sich so fest und stabil an wie eine Skulptur aus Metall. Er leuchtete mit dem Scheinwerfer in das aufgerissene Maul hinein und stellte fest, dass es vollständig hohl war. Es besaß weder eine Zunge noch Zähne oder irgendeine Art von Rachen. Es sah einfach nur aus wie eine leere Hülle. Er hob die Waffe und stieß den Lauf gegen den Schädel, der daraufhin wie eine Eierschale auseinanderbrach. Auch er war komplett hohl.

»Was meinst du, was das war?«, fragte Tiali, die neben ihn getreten war und mit gerunzelter Stirn auf den aufgeplatzten Schädel heruntersah.

Ratlos zuckte Laohu mit den Schultern. »Ich weiß nicht. Vielleicht eine Art Geist.«

»Oder ein Verteidigungsmechanismus, den wir irgendwie ausgelöst haben. Vielleicht auch eine Fehlfunktion. Dieses Schiff ist uralt. Wer weiß denn, wie viele Jahrhunderte es schon führerlos durch das All fliegt? Unsere Schiffe sind gerade mal ein paar Jahrzehnte alt und fallen schon auseinander.«

»Kapitänin Tiali«, sagte Li Yun tadelnd. »Sie sollten vielleicht nicht ...«

Die Kapitänin schnaufte. »Wir wissen doch alle, warum wir hier sind. Keines unserer Schiffe ist mehr im besten Zustand. Wir brauchen dieses Raumschiff, wenn wir weiterfliegen wollen.«

Li Yun schüttelte entrüstet den Kopf. »Wir zumindest sind aus rein wissenschaftlichem Interesse hergekommen. Unser Raumschiff befindet sich in einem makellosen Zustand.«

»Sicher«, sagte Tiali und winkte ab. »Reden wir nicht weiter darüber.«

DER ATEM DES RIESEN

»WAS BEI DER SCHWÄRZE WAR DAS?« Als ein Zittern den Untergrund durchlief, hielt sich der Admiral an der Wand fest. Das Nachglühen des gewaltigen Lichtblitzes schien noch in der Luft zu hängen und hinterließ tanzende Funken vor ihren Augen, obwohl Helen sie wohlweislich zusammengekniffen hatte. Ein Stöhnen lag in der Luft, und Helen wurde bewusst, dass es durch die Stiefel ins Innere ihres Anzugs drang. Assa lag neben ihr auf dem Boden und umklammerte ihren Helm.

Das Geräusch verebbte mit dem Beben, und Kommandant Tamek senkte mit einem Knurren seine Waffe. Seine Männer hatten Verteidigungspositionen eingenommen und sicherten den Gang in beide Richtungen, ohne dass Helen mitbekommen hatte, wann. »Meldung!«, bellte er in den Teamkanal, doch ihm antwortete nicht mehr als statisches Rauschen und verzerrtes Knistern. »Was geht dort vor?«

»Victor, versuche herauszufinden, was das war und inwiefern es unsere Pläne beeinflusst.« Der Admiral richtete sich auf, klopfte demonstrativ seine Handschuhe ab und starrte düster den Gang hinunter. »Aber verschwende nicht zu viel Zeit damit. Vermutlich war das eine Teufelei der Zheng oder Ven, aber wenn es uns nicht unmittelbar betrifft, werden wir es ignorieren. Wir gehen vorerst weiter davon aus, dass Jameson und ihre Leute weiter die Stellung und uns den Rücken freihalten.«

Der Kommandant zögerte: »Sollten wir nicht zur Sicherheit nach Jameson und den Leuten …«

Der Admiral wischte den Einwand mit einer Geste beiseite. »Es ist ihre Aufgabe, die Stellung zu halten, um uns die Zeit zu verschaffen, die wir brauchen – selbst wenn sie dabei ihr Leben geben. Und ich bin sicher, dass Jameson diese Aufgabe bestens versteht und zur Gänze erfüllen wird. Und unsere Aufgabe ist es, dafür zu sorgen, dass dieses Opfer nicht umsonst ist.« Er schien einen kurzen Moment zu überlegen. »Wir sollten allerdings zur Sicherheit davon ausgehen, dass unser Zeitplan soeben enger geworden ist«, fügte er knapp hinzu. »Also verschwendet diese Zeit nicht. Ihr wisst, was auf dem Spiel steht.«

Helen musste zugeben, dass Tamek angesichts des Tonfalls des Admirals bemerkenswerte Selbstbeherrschung zeigte. Sein Knurren war im Teamkanal kaum zu hören.

»Also gut, Leute. Abmarsch. Wir …« Er unterbrach sich und sah auf Assa hinunter. »Was ist mit der? Schäden?«

Helen beugte sich hinunter, doch Assa wedelte schwach mit der Hand. Sie stöhnte. »Bionisches Auge«, krächzte sie. »Irgendein Störsignal hat gerade mein Auge gegrillt. Ich … es geht gleich wieder.« Abgehackt keuchend griff sie nach Helens Hand und ließ sich auf die Füße zerren.

»Das heißt, du kannst laufen?«

Assa hustete erneut und klammerte sich an Helens Arm fest. »Ich denke schon.«

Ihr privater Kanal erwachte zum Leben, und Helen stellte fest, dass die Fabbermechanikerin die Entkräftung wohl nicht nur spielte. »Scheiße«, keuchte sie. »Feedback. Damit hab ich nicht gerechnet.«

»Ich dachte, die Batterien können nicht explodieren?«

»Können sie nicht«, kicherte Assa heiser und atmete tief durch. »Ich hab bloß nicht an die Plasmabanken der Geschütze gedacht. Die nämlich schon.«

Instinktiv warf Helen einen Blick zurück – und runzelte die Stirn. »Was ...« Das Schott am Gangende hinter ihnen, durch das sie soeben den Raum verlassen hatten, leuchtete. Nicht stark im Vergleich zum Nachglühen des Lichtblitzes, aber sichtbar genug. Feine Lichtfäden schienen darüberzulaufen und in den angrenzenden Wänden zu verschwinden. Für einen Moment wirkte es, als könne man feine, leuchtende Adern sehen – oder die Bahnen von Leitungen in den Wänden, und – ja, auch im Boden. Winzige Leuchtspuren huschten über diese Bahnen und verglühten, nur um von neuen ersetzt zu werden, kleinen Funken, die dahinhasteten und in Helen das verrückte Gefühl hinterließen, dass das nicht zufällig geschah. Wenn sie nur ein klein wenig länger stehen bleiben konnte, würde sie das Muster verstehen, und ...

»He! Zivilistin! Bewegen Sie sich!«

»Helen Hopper«, unterbrach der Admiral seinen Kommandanten. Er stand plötzlich neben ihr und musterte Assa interessiert. »Sie heißt Helen Hopper, Victor. Ich darf dich doch Helen nennen? Und ich glaube, wir wurden uns noch nicht vorgestellt?« Er hakte sich bei Assa unter und zog sie auf die Füße und mit sich fort, als wöge sie nichts.

»Fabbermechanikerin?«, kam seine Stimme über das Com, als Helen etwas zurückfiel. »Faszinierend. Wusstest du, dass die FoodFabber vorn im Bug seit beinahe zwei Jahren den Geschmack von Steak nicht mehr korrekt hinbekommen?«

»Ich weiß, dass sie auf Ebene C kein essbares Brot mehr synthetisieren können«, warf Assa düster ein. »Das muss ein Problem in den Zuchtbottichen auf ...«

»Das klingt ebenfalls unangenehm«, fiel ihr der Admiral ins Wort.

»Die Leute hungern.«

»Wir leiden alle unter den derzeitigen Zuständen«, pflichtete ihr der Admiral bei und klang dabei verblüffend aufrichtig. »Aber wir sind dabei, eine angemessene Lösung zu finden, und auch du wirst zu den Glücklichen gehören, die daraus Nutzen ziehen. Ich kann dir versprechen, Assa, dass du die bevorstehende Zukunft geradezu paradiesisch finden wirst.«

Helen blendete das Gespräch aus. Inzwischen marschierten sie einen Gang entlang, der ähnlich alt und tot wirkte wie alles, was sie vor der Halle gesehen hatten, nur mit dem Unterschied, dass die verblassenden Schneckenspuren aus Licht nicht nur von ihren eigenen Lampen herrührten. Sie musterte den Gang genauer. Silbrig grauer Staub bedeckte auch hier Boden und Wände und hing als feine, flimmernde Partikel im Raum, wo immer die Lichtkegel ihrer Anzüge hinfielen. Stiefel hatten ihn vor Kurzem aufgewirbelt, und der Durchmarsch der Marshalls ließ ihn erneut in seltsamen Wirbeln tanzen. Aber wenn man genau hinsah, konnte man auch die Lichtfunken entdecken, die noch immer in den Wänden huschten. Sie schienen sie den Tunnel hinab zu begleiten. Interessiert beobachtete sie einige der Funken. Für eine Weile pulsierten sie lediglich an ihnen vorbei, dann jedoch fiel ihr auf, dass sich ihre Anzahl langsam zu erhöhen schien. Vielleicht täuschte sie sich, doch das Pulsieren hielt auf einen Abschnitt vor ihnen zu, der mehrere flache Nischen in den Wänden enthielt. Gerade als sie den Teamkanal wieder hochregeln wollte, um irgendjemandem davon zu erzählen, nahm sie eine Bewegung in einer der Nischen wahr. Die ersten der Marschalls hatten es ebenfalls gesehen, denn sie beorderten den Trupp anzuhalten. Atemlos sah Helen zu, wie ein Teil der Wand sich aufzulösen schien, in sich zusammenfiel wie getrockneter schwarzer Sand.

Die Marschalls gingen in Feuerposition, als aus der Öffnung zwei nahezu perfekte, graue Kugeln von etwa doppelter Kopfgröße geschwebt kamen, lautlos und ohne erkennbare Antriebe, Kameras oder sonstige Merkmale. Einzig zwei sich kreuzende, tiefe Rinnen umliefen die Kugeln und teilten sie in ansonsten makellose Viertel.

»Nicht feuern«, befahl Tamek ruhig, und Helen konnte sehen, wie schwer dieser Befehl einigen der Marschalls fiel. Die Kugeln hingen für einige lange Augenblicke reglos in der Schwerelosigkeit, doch Helen stellte sich unwillkürlich vor, wie ganze Heerscharen von Instrumenten sie durch die opaken Viertel hindurch beobachteten, vermaßen, analysierten. Dann bewegte sich eine der Kugeln auf die nächststehenden Marschalls zu, und als die vordere beinahe das Visier eines der Männer berührte, verlor sein Nebenmann die Nerven. Er riss seine Waffe hoch und feuerte. Die Geschosse prallten von der grauen Oberfläche ab und verstreuten sich über den Gang, hell leuchtende Spuren überall dort hinterlassend, wo sie auf Wände, Boden und Decke trafen. Einer der ersten Querschläger durchschlug den Helm des nächststehenden Marschalls, ein anderer grub sich in die Schulter Parks, der schreiend zu Boden ging. Ohne nachzudenken, warf sich Helen neben ihn, während einige der übrigen Marschalls ebenfalls zu feuern begannen. Mehr Querschläger füllten den Gang, und ein weiterer Marschall ging getroffen zu Boden und landete schwer auf Helen. Eingeklemmt sah sie eine der Kugeln auf sie zuschweben. Wenn die Sphären das Feuer wahrnahmen, war es ihnen nicht anzumerken. »Aufhören! Feuer einstellen!«, brüllte der Kommandant, als ob er irgendetwas übertönen müsste, auch wenn das Feuern der Schusswaffen im luftlosen Raum nicht zu hören war. Die Kugel senkte sich auf den ersten Gefallenen, dessen Gesicht blutig in den Resten seines Visiers zu sehen war. Eine Stange oder ein Rohr schnellte aus ihrer Unterseite und stanzte ein Loch in den Oberkörper des Toten, einmal und ein weiteres Mal. Einer der Marschalls rammte den Kolben seines offensichtlich nutzlosen Gewehrs mit aller Kraft gegen die Kugel. Alles, was er bewirkte, war, dass die Kugel sich blitzschnell umdrehte und das silbrige Rohr dieses Mal in seinen Körper schnellte. Er zuckte unkontrolliert, und Helen konnte sehen, wie Blut aus seinem Mund quoll und von innen gegen sein Visier spritzte, bevor er zusammenbrach. Er fiel ebenfalls neben Helen zu Boden, und sie konnte nicht anders, als in das blutige, halbtransparente Visier zu starren. Die Augen des Jungen im Inneren des Helms zitterten und starrten dann verständnislos in ihre, während das Leben aus ihnen wich.

Helen drehte den Kopf weg und starrte erneut hinauf zur Kugel, die sich ohne Hast in der Luft drehte und zurück in Richtung der Wandöffnung bewegte. Die zweite Kugel hatte inzwischen ebenfalls Löcher in einen der Marschalls gestanzt und schwebte jetzt über einer am Boden hockenden Gestalt. Helen erkannte Assas Anzug und fluchte. »Verschwinde!«, keuchte sie. »Schnell!«

Das Rohr aus der Unterseite dieser Drohne schnellte nach unten, doch Assa ließ sich im letzten Moment zur

Seite fallen, und während die Kugel ihr Mordinstrument noch einzog, riss sie die Arme hoch und rammte ein unförmiges, schwarzes Objekt gegen die Sphäre. Dürre Beine klappten aus, und jetzt erkannte Helen den Schweißcrawler, der sich automatisch an der neuen Oberfläche festklammerte. »Einschalten!«, brüllte Assa, und mehr aus Reflex aktivierte Helen den Schweißstrahl des Wartungsroboters. Fauchend trat die weißblaue Flamme aus der Unterseite des Crawlers und fraß sich unerbittlich in die Drohne. So wenig das Objekt zuvor auf die Geschosse der Marschalls reagiert hatte, so heftig fiel die Reaktion jetzt aus. Die Sphäre stieg abrupt auf, drehte sich für einen Moment heftig um sich selbst, so als wollte sie ihren Angreifer abschütteln, und verformte sich schließlich. Für einen Moment hatte Helen das Gefühl, als versuche die Oberfläche der Kugel, über die Beine des Crawlers zu fließen. Dann jedoch durchstieß der Brenner die Hülle, und nur einen Lidschlag später geriet die Kugel ins Trudeln, torkelte davon und prallte gegen eine der Wände, so heftig, dass Helen den Aufschlag durch ihren Anzug vibrieren spürte. Als sie zurück in den Gang schwebte, wirkte es, als wären die jetzt unkontrollierten Drehungen eher eine Folge des Aufpralls. Das Rohr schnellte ein letztes Mal aus dem Objekt, blieb dann jedoch draußen und gab der Sphäre die absurde Anmutung eines Insekts, das im Todeskampf seine Innereien nach außen kehrte. Dann durchstieß die Schweißflamme die gegenüberliegende Außenhaut der Kugel, und Helen schaltete den Brenner ab.

»Was war das?«, brüllte der Admiral. »Was war dieses Ding? Haben wir Daten dazu?« Er hielt seine Waffe noch immer im Anschlag und stieß mit dem Lauf gegen die Kugel. Sie änderte ihre Richtung und rumpelte behäbig gegen die nächste Wand, um von dort wieder davonzuschweben.

»Ein Verteidigungsmechanismus des Schiffs«, sagte der Kommandant grimmig. Er drückte den Lauf der Waffe des Admirals runter. »Vermute ich zumindest. Status?«

Einer nach dem anderen machten die verbliebenen Männer Meldung. Assa schob den Toten von Helen herunter und zog sie auf die Füße. »Ich geh jede Wette ein, dass das mit Verteidigung nichts zu tun hatte«, knurrte sie. »Sonst wär' die zweite nicht abgehauen, oder?«

Helen sah sich um. Die Wandöffnung war verschwunden und mit ihr die zweite Kugel. »Sie hat recht«, sagte sie laut. »Kommandant, das war keine Verteidigung. Ich glaube, das Schiff hat nur Proben genommen.«

Für einen Moment war es still auf dem Kanal. Lediglich Parks Wimmern war zu hören. »Wie meinst du das?«

Helen zuckte mit den Schultern. Sie zog eine Schnüfflerspinne aus dem Gepäck und drehte das handgroße Objekt so, dass die Unterseite zu sehen war, bevor sie es aktivierte. Der kleine Roboter entfaltete die Beine, denen er seinen Namen verdankte, bevor zwei fingerlange silbrige Rohre aus seiner Unterseite traten. Die »Fänge« der Spinne.

»Probennehmer«, erklärte Helen. »Ich denke, es ist das gleiche System. Der Schnüffler sammelt Daten in Form von Gasen, Wärmebildern – und er kann Proben aus jedem unbekannten Material nehmen. Sogar aus Plasstahl. Das werten wir aus und wissen, ob wir ein Gasleck oder toxische Substanzen vor uns haben, oder etwas, das uns um die Ohren fliegt, wenn wir einen Schweißcrawler drauf loslassen. Ist der erste Schritt, um entscheiden zu können, welche Maßnahmen wir unternehmen.« Sie deaktivierte die Spinne und schob sie zurück in die Tasche.

Der Admiral starrte sie an. »Und warum sollte das Ding Proben von uns nehmen?«

»Weil wir das unbekannte Material auf diesem Schiff sind, Sir«, sagte Assa trocken.

Der Kommandant schien die Stelle zu mustern, an der die Öffnung in der Wand verschwunden war. »Und jetzt analysiert ... wer auch immer, welche Maßnahmen sie einleiten«, stellte er düster fest.

»Ich fürchte schon, ja.« Helen sah auf die vier reglosen Körper am Boden und auf Park, dessen Wimmern jetzt leiser wurde, als die Schmerzmittel aus dem MedSet zu wirken begannen. »Ja, ich denke, die Probenentnahme war nur der erste Schritt.«

»Dann sollten wir gehen, Admiral«, stellte Tamek fest und gab im nächsten Moment den Befehl zum Abmarsch.

Unauffällig beugte sich Helen hinunter und entnahm dem Kampfanzug des Toten vor ihren Füßen das MedSet. Er würde es nicht mehr brauchen. Dann half sie Assa, den inzwischen etwas benommenen Park auf die Füße zu ziehen, und folgte den Marschalls, die sich um Admiral und Kommandant scharten. Helen wollte schon an der noch immer im Gang schwebenden Kugel vorbeilaufen, als ihr ein Gedanke durch den Kopf ging. Sie schob Assa den Benommenen zu, packte den Schweißcrawler, der noch immer an dem Objekt hing, und zog beides hinter sich her.

Assa warf ihr einen Seitenblick zu. »Was hast du mit dem *Baskuda* vor?«

»Zum einen will ich meinen Crawler wieder. Die Dinger sind wertvoll, besonders die neuen wie dieser hier. Und zum anderen will ich mir das Ding ansehen. Willst du nicht wissen, wie es funktioniert? Die nehmen Proben von uns – wir nehmen Proben von denen.«

»Na ja, schon …«

»Hast du gesehen, wie es schwebt? Es bewegt sich genauso wie ein Mapper. Warum? Es besteht aus Fabbersand. Oder etwas, das ähnlich genug ist, dass man es verwechseln kann. Warum?« Sie rief die Datenbank ihres Armdisplays auf und zog sich das Bild auf ihr Helmdisplay. »Ich weiß nicht, was ihr in der Schule gelernt habt, aber irgendwas war da von einem Technologiesprung Anfang des zweiundzwanzigsten Jahrhunderts. Ich geb zu, ich hab nicht wirklich gut aufgepasst. Aber es gab irgendeine Entdeckung auf dem Mars, und dann wurden Fabber gebaut und die Schwerkraftgeneratoren erfunden, der Hyperfusionsantrieb, und jemand hat entdeckt, dass es eine Welt bei Luytens Stern gibt, die nur auf uns wartet. Und dann haben sie fünfzig Jahre lang die Weltschiffe gebaut. Alles nur, weil jemand auf dem Mars irgendwas gefunden hatte.« Sie hasteten jetzt hinter den Marschalls her, so schnell ihre Magnetstiefel es zuließen, doch dank Parks Zustand fielen sie allmählich zurück. »Und ich frage mich gerade, ob es da einen Zusammenhang gibt, einen Grund, warum uns die Sachen hier so bekannt vorkommen. Verdammt, ich wünschte, ich hätte damals besser zugehört.«

Assa schwieg. Erst nach einer Weile brummte sie etwas in ihren Helm. »Ich wünschte, irgendjemand hätte uns überhaupt davon erzählt«, sagte sie dann lauter. »Ich weiß praktisch nichts über den Mars, die Erde und den ganzen Scheiß, und nur wenig mehr über den Erdmond und das, was vor dem Start der Schiffe passiert ist. Und wenig genug über das, was vor dem Großen Fall war. Und das meiste hab ich mir selbst angelesen oder aus Trids. Ich war gerade zehn, als alles nach unten gefallen ist.« Sie fluchte, als Park neben ihr stolperte, und strauchelte gegen die Tunnelwand. »Sag mal, wird der Kerl schwerer?« Sie ließ Park los und hielt sich den Helm. »Und ich sag dir, ich bin so kurz davor, dieses verdammte Ding abzunehmen, nur um dieses *ksokko* Auge rauszuholen! Das ist kein Job für mich.«

»Ich würd's lassen. Ist nicht gerade viel Luft hier drin«, Helens Augen huschten unwillkürlich auf die Atmosphärenanzeige – und blieben dort hängen. »Assa, was sagen deine Anzeigen zur Umgebungschemie?«

Mit einem Grunzen rief die Fabbertechnikerin die Daten auf ihr Helmdisplay und überflog sie. »Schwefel, Methan, Argon – ein Haufen davon – Wasserstoff, Kohlenmonoxid, Kohlendioxid, Ethan, Propan ...« Sie pfiff leise. »Du hast recht, ich sollte besser nicht versuchen, hier Luft zu holen.«

»Weil ja hier drin keine Atmosphäre existiert«, sagte Helen lauernd.

»Eben. Weil ...« Assa stockte und drehte sich um. »Was?«

Helen konnte durch ihr Visier sehen, wie Assas Auge erneut über die Daten huschte. »Da stimmt was nicht.«

»Ein Hundertstel Atmosphärendruck«, las sie von ihrem eigenen Helmdisplay ab. »Tendenz steigend. Stark steigend sogar.«

»Nein«, sagte Assa gedehnt. »Das muss eine Fehlfunktion sein. Es sei denn, die Zusammensetzung der Atmosphäre in dieser Halle ändert sich alle paar Sekunden.«

Helen starrte auf die Zahlen. Im Moment schien die Luft um sie herum vor allem aus Methan und Helium zu bestehen, mit einem Druck, der ihr ohne schützenden VacSuit die Rippen brechen und die Augen in den Schädel drücken würde. Die Zahlen flackerten und sprangen um. Der Methananteil sank bereits wieder und mit ihm der Druck. Stattdessen behauptete das HUD jetzt etwas von Stickstoff und Schwefelwasserstoff. »Ich fürchte, dieses Schiff stört jetzt nicht nur den Funk, sondern auch die Sensoren.«

»Und ich fürchte, dieses Schiff stört mein Hirn«, erwiderte Assa und sah an Helen vorbei. »Ich war mir sicher, dass das da nicht möglich ist.«

Die Marschalls brachen fast gleichzeitig in aufgeregtes Raunen aus. Helen drehte sich um. Die Sphäre, die Helen losgelassen hatte, schwebte zwar davon, sank jedoch immer weiter in Richtung Boden, bis sie mit einem sanften Klopfen aufsetzte, wieder aufstieg – und erneut nach unten sank.

»Was zur Schwärze ...«, murmelte Helen.

Die Frauen sahen sich an und dann auf Park hinab, der inzwischen unbemerkt ebenfalls auf dem Boden gelandet war.

»Ich bin mir sicher, das war vor fünf Minuten noch nicht so«, sagte Assa. »Das heißt ...« Sie tippte etwas auf ihr Armdisplay. »Kann es sein, dass sich hier gerade eine Atmosphäre aufbaut? Und jemand die Schwerkraft eingeschaltet hat? Na, was sagt man dazu?« Sie sah auf. »Sieht ganz so aus.«

Helen hatte tatsächlich das Gefühl, dass ihr die Schritte schwerer fielen, als sie zu der am Boden liegenden Kugel lief. Die Sphäre hatte ebenfalls an Gewicht zugelegt, als sie sie jetzt aufhob. Nach kurzem Zögern löste sie den Crawler und ließ die Kugel wieder fallen. Dieses Mal glaubte sie, das Geräusch des Aufschlags bereits zu hören, auch wenn die Atmosphäre vermutlich noch viel zu dünn dafür war. Silbergrauer Staub stieg auf, doch jetzt senkte er sich einer Decke gleich wieder ab.

Die Anzeige in ihrem Helm behauptete inzwischen, dass aktuell ein Druck von mehr als zwei Atmosphären herrsche, aber sie sagte auch etwas von über neunzig Prozent Kohlendioxid. Schwer möglich, wenn man nach der vorherigen Messung vor nicht einmal einer Minute ging, also ignorierte Helen die Zahlen und packte Park am Arm. Aus einem Impuls heraus deaktivierte sie die Stiefel des Mannes. Als er nicht davonschwebte, zog sie ihn vorsichtig zu sich heran. Er protestierte nur schwach. »Komm, wir müssen uns beeilen.« Sie deutete den Tunnel hinab, wo in der Ferne die Lichter der Marschalls zu sehen waren.

»Hm«, sagte Assa. «Unsere Wichtigkeit scheint in der letzten Stunde deutlich abgenommen zu haben. Ich frage mich, warum.« Assa betrachtete ihre eigenen Füße. Dann löste sie die Magnete in ihren eigenen Stiefeln und hüpfte probehalber. Der Sprung beförderte sie beinahe über Helen hinweg. »In Ordnung, das ist keine gute Idee. Wir sollten damit trotzdem noch vorsichtig sein.« Sie hielt sich an der Wand fest und aktivierte die Magnete wieder. Ein Beben ging durch das Schiff um sie, nur schwach, aber spürbar, und Helen war sich sicher, ein dumpfes Grollen zu hören. Wortlos stampften sie, so schnell es ging, den Marschalls hinterher.

Sie durchquerten eine weitere, kleinere Halle, in der fremdartige Gebilde oder auch Maschinen auf dem Boden verstreut lagen, so als hätte irgendjemand sie achtlos in den Raum geworfen. Manches davon sah aus wie Felsbrocken, anderes wie vergessene Computerterminals oder antike Fabber, doch nichts davon schien zu neuem Leben erwacht, auch wenn Helen hier ebenfalls Lichtfunken geschäftig über die Wände huschen sah. Die Gespräche unter den

Marschalls waren verstummt, nachdem auch der letzte von ihnen die veränderte Schwerkraft und den zunehmenden Druck der Atmosphäre spürte.

»Möglich, dass jetzt auch die Comverbindung besser wird?«

Helen hörte Assa durch ein leises, statisches Knistern und brummte eher unbestimmt.

Vor ihnen blieben die Marschalls an einem weiteren Hindernis stehen, das nach einem Schleusentor aussah. Das allerdings wirkte, als wäre es aufgesprengt worden. Zögerlich näherten sich die ersten beiden Marschalls der Öffnung.

Helen zoomte die Ansicht ihres Helms auf die Kanten des Bruchs. »Ihr könnt euch entspannen. Dieses Loch ist ... ich habe zu wenig Ahnung von diesem Metall, aber es ist nicht heute und nicht gestern entstanden. Das ist Jahre, wenn nicht Jahrhunderte alt.«

Der Kommandant wandte sich zu ihr um. »Woher willst du das wissen?«

Helen seufzte. »Weil das genau zu dem Aufgabenbereich gehört, für den ihr mich mitgenommen habt. Löcher in Metall. Meine Spezialität. Dieses Loch ist von innen nach außen entstanden. Und«, sie deutete auf den Boden, »die Zheng sind dort durchgekommen. Also sollte es sicher sein. Sofern sich beim Durchsteigen niemand den Anzug aufreißt.«

Der Kommandant sah sie an, dann nickte er und beorderte seine Leute durch die Öffnung. Hinter der Schleuse eröffnete sich eine weite Halle, die Helen unwillkürlich an einen Hangar erinnerte. Allerdings war dieser Ort groß genug, um die gesamte Flotte der *Tresch* gleichzeitig aufzunehmen. Sorgfältig scannten die Marschalls den Hangar.

Die Mapperdrohne lieferte nach und nach die Bilder einer bizarren Kraterlandschaft, die ein wenig jenem Loch glich, in dem ihre Shuttles sie abgesetzt hatten. Allerdings lagen hier neben den Trümmern, die vergangene Bombardements aus dem All hinterlassen haben mussten, auch andere, gleichmäßigere Formen.

»Sind das ... könnten das Schiffe sein? Shuttles?«, fragte Assa leise.

Niemand antwortete, doch Helen hatte das unbestimmte Gefühl, diese Form schon einmal gesehen zu haben. Lange, vage pfeilförmige Objekte mit unregelmäßiger Oberfläche, die ein wenig an Splitter erinnerten, die jemand von einem Polymerglasblock geschlagen hatte, sorgsam aufgereiht, zumindest dort, wo kein Einschlag sie durcheinandergeworfen hatte wie einen Haufen Metallschrott.

»Ein interessanter Gedanke.« Der Admiral brach das Schweigen, das sich über den Trupp gelegt hatte. »Victor?«

»Möglich«, sagte der Kommandant widerstrebend. »Aber wir sind nicht deswegen hier. Und selbst wenn das der Fall wäre, wüssten wir nicht, wie sie funktionieren. Wie irgendetwas hier funktioniert.«

»Das stimmt allerdings, mein Lieber.« Der Admiral drehte sich zu Assa um und breitete bedauernd die Hände aus. »So faszinierend es auch wäre, wir haben andere, dringlichere Probleme, die unserer Aufmerksamkeit bedürfen. Und einen knappen Zeitplan. Was jetzt? Dorthin?« Er deutete in die Dunkelheit, und jetzt konnte auch Helen eine winzige Insel aus Licht erkennen. Sie zog sich die Karte des Mappers auf den Schirm und korrigierte den Gedanken. Vermutlich war diese Insel gar nicht mal so klein. Sie war nur mehr als zweihundert Meter von ihrem derzeitigen Standort entfernt.

Der Kommandant schien irgendetwas auf seinem Display zu lesen. »Nein. Das sind wahrscheinlich die Zheng.« Er deutete nach rechts in die Dunkelheit. »Wir müssen dort entlang.« Mit einem Winken hob er einen Marker auf dem Mapperhologramm hervor. »Abmarsch.«

Helen hob den Blick und sah auf die gigantische Öffnung über ihnen, in der ferne Sterne sanft durch die Schwärze zogen. »Assa? Siehst du das?«

Die Technikerin sah nach oben. »Hey, kann es sein, dass dieses Ding hier angefangen hat zu rotieren? Erklärt das die Schwerkraft?«

»Was?« Helen blinzelte und runzelte die Stirn. »Nein. Das müsste sie eigentlich hier verringern. Wir sind im Grunde außen und ... nein, ich meinte eigentlich: Wie kann sich hier eine Atmosphäre aufbauen, wenn dort oben offen ist?«

»Na ja ...« Assa dehnte das Wort. »Ich habe keine Ahnung. Ich kenne mich weder mit Raumschiffen noch mit Alien-Technologie aus. Ich kann Fabber reparieren. Wenn du mich fragst, wie man ein Moon-Biryani oder einen Shepherd's Pie aus einem Fabber bekommt, bin ich genau die richtige Person ...«

Helen riss den Blick von den Sternen. »Du kriegst ein Biryani aus dem Fabber? Meine Mutter sagte, das ist nicht möglich. Sie hat sie immer selbst gekocht!«

Assa zuckte mit den Schultern. »Ist mein eigenes Rezept. Tamani, meine Frau, stammt aus einer der traditionellen Chandni-Familien von Ebene B. Sie steht total drauf. Allerdings mag sie nicht kochen. Also hab ich 'ne Weile mit dem Fabber herumprobiert. Es funktioniert. Du solltest mal zu uns zum Essen ...« Sie unterbrach sich. »Jedenfalls, was das alles hier angeht ... ich bin einfach froh, dass es uns nicht jetzt gerade dort oben raussaugt, und versuche, nicht weiter darüber nachzudenken. Hier, fass mal mit an. Der Kerl wird langsam schwerer. Was hat sein VacSuit dem eigentlich reingehauen?« Sie schubste Park zu Helen, die sich beeilen musste, den schwankenden Mann aufzufangen. Gemeinsam zerrten sie ihn weiter durch das unwirkliche Trümmerfeld hinter den Marschalls her. Der Umstand, dass sie auf Geheiß des Kommandanten sämtliche Scheinwerfer ausgestellt hatten, machte es nicht einfacher, Schutt und Schlaglöcher zu vermeiden. Langsam suchten sie sich ihren Weg zwischen den aufragenden Trümmern und schlafenden Schiffen, bis nach endlos scheinenden Minuten ein weiterer Lichtschein vor ihnen sichtbar wurde. Im Schatten eines der riesigen Objekte machten sie halt. Admiral, Kommandant und zwei der Marschalls schienen über irgendetwas zu diskutieren.

»Assa? Kannst du ...«

»Das Gedankenlesen-Ding?«

»Was?«

»Helen, ich muss die Gesichter sehen können! Ich kann Lippen lesen, nicht Gedanken. Frag mich nicht.« Sie ließ Park los, der langsam in sich zusammensank. »Hast du die Atmosphärenwerte hier gesehen? Das ist unglaublich. Selbst die Temperatur – es ist gerade mal zwanzig Grad unter null! Wir könnten im Grunde die Helme abnehmen.«

Helen achtete nur halb auf sie. Einige Schritte entfernt schienen die vier Männer jetzt in Streit geraten zu sein, was tatsächlich ein wenig seltsam aussah, da sie nichts hören konnte. Aber warum? Warum der Eilmarsch bis hierher und plötzlich diese Verzögerung?

»Ich bin nicht sicher, dass das eine gute Idee wäre«, sagte sie abwesend.

»Stimmt«, gab Assa zu. »Mikroorganismen. Alien-Viren. Gifte, die unsere Sensoren nicht kennen. Möglicherweise Nanotechnologie. Nur weil wir die Luft rein chemisch atmen können, heißt das nicht, dass wir das sollten. Oder Alien-Schlangen«, fügte sie hinzu. »Ich habe die Trids gesehen. Ehrlich – niemand ist so dämlich, oder? Aber verdammt, ich würde so gern dieses Auge ...«

»Helen Hopper.«

Die Stimme des Admirals war plötzlich in ihrem Helm, und die vier Männer drehten sich zu ihr um.

»Wir haben hier ein kleines, unerwartetes Problem. Und wir hoffen inständig, dass du die Lösung dazu bist.«

Helen rang verblüfft um Worte. »Wozu?« Sie stellte fest, dass sie heiser klang.

»Folgendes.« Der Admiral hob einen Finger und deutete dann hinter sich, wo der Lichtschein an dem Objekt vorbeischien. »Da hinten parkt ein Shuttle. Und es ist wichtig, dass wir mit genau diesem Shuttle von hier wegfliegen.«

»Was? Warum?«

»Sagen wir es so – es wurde gewissermaßen für uns hier geparkt, und wir haben nicht viele andere Optionen, um von hier wegzukommen, wenn wir unseren Zeitplan einhalten wollen.«

Helen schluckte und räusperte sich. »Ich verstehe nicht ...«

»Und niemand macht dir das zum Vorwurf, Helen Hopper«, unterbrach sie der Admiral. Die joviale Freundlichkeit lag dick wie Honig in seiner Stimme, doch sie konnte die Anspannung in ihr nicht vollständig verbergen. »Ich denke, wir können das später klären. Zuerst aber zu unserem Problem. Wir haben da also ein Shuttle – was uns aber unglücklicherweise fehlt, wie wir soeben feststellten, ist ein Pilot.« Der Admiral atmete tief durch und warf dem Kommandanten einen Seitenblick zu, von dem Helen glaubte, dass er vorwurfsvoll war, auch wenn sie ihn nicht sehen konnte. »Das ist kein Planungsfehler. Wir hatten einen Piloten bei uns. Unglücklicherweise hat diese fliegende Kugel vorhin ausgerechnet ihn erwischt. Und gleichzeitig kam es zu Komplikationen, die auch unsere zweite Option zunichtegemacht haben. Ich meine, wie viel Pech kann man haben, oder?« Er lachte freudlos auf. »Jedenfalls ... wir hoffen inständig – wenn wir richtig informiert sind, gehörst du zu den Leuten, die ein Shuttle fliegen können, richtig?«

Vorsichtig gingen sie auf das Shuttle zu, dessen Außenscheinwerfer eine winzige Insel in der ewigen Dunkelheit dieses Orts bildeten. Sie schluckte zum wiederholten Mal, auch wenn ihr Mund zu wenig Speichel zu bilden schien. Das Schiff unterschied sich nicht wesentlich von den Shuttles der *Tereschkowa*, sah man davon ab, dass der Container, der das Heck bildete, größer zu sein schien. Die an mehreren Punkten montierten Geschütze waren natürlich auch ein Unterschied. Sie hatten sich im selben Moment auf sie ausgerichtet, als sie aus ihrer Deckung getreten waren. Helen war nicht die Einzige, die das nervös gemacht hatte. Mehr als ein Marschall hatte vor sich hin gemurmelt, bis der Kommandant sie zur Ordnung gerufen hatte. Wenn sie ehrlich war, war Helen beinahe überrascht, dass sie bis an das Schiff herankamen – und definitiv überrascht, als sich jetzt die Heckschleuse öffnete. Eine einzelne Gestalt stand im Licht, das aus der Schleuse fiel. Sie hielt ein seltsam geformtes Gewehr im Arm, doch der Lauf der Waffe deutete nach unten.

»Was genau ist das hier?«, fragte Assa ungläubig.

»Das, meine lieben Freunde, ist die *Inyanga*, und der Schlüssel zu einer besseren Zukunft für uns alle«, erklärte der Admiral und hob eine Hand zum Gruß. »Und das ist Castian Garcia, der uns, auch wenn wir uns noch nie zuvor persönlich begegnet sind, auf's Innigste verbunden ist und uns liebenswürdigerweise den Schlüssel überreicht. Hola, *Cho*!«

Der Fremde schien sie einen Augenblick lang zu mustern, und Helen konnte nicht umhin, ihn anzustarren. Immerhin war dies das erste Mal, dass sie einen anderen Menschen zu Gesicht bekam. Nicht nur auf einem Monitor oder einem Trid-Sim, sondern in der kalten Wirklichkeit des Alls. Der VacSuit des Fremden war anders geschnitten als ihr eigener oder die der Marschalls und auf seltsame Art futuristisch und altmodisch zugleich, und sie brauchte einen Moment, bis ihr klar wurde, wo sie so etwas schon einmal gesehen hatte: Es gab Trid-Dokumentationen über die Zeit des Reisebeginns der *Tereschkowa*. Die Raumfahrer jener Zeit hatten Anzüge getragen, die diesem sehr ähnlich sahen. Dennoch wirkte der Anzug um Jahrzehnte neuer als ihr eigener.

Dann hob die Gestalt eine Hand zum Gruß. Der Lautsprecher in ihrem Helm knackte. »Die *Inyanga* steht Ihnen zur Verfügung, wie vereinbart, Admiral.« Der Fremde hatte einen so seltsamen, schwer verständlichen Dialekt, dass das Übersetzungsprogramm in Helens Armdisplay kurz versuchte, etwas Passendes zu finden, bevor es aufgab.

»Irgendwelche Schwierigkeiten, Castian Garcia?«

»Nicht der Rede wert, Admiral. Das war der leichtere Teil.« Garcia machte eine wegwerfende Geste und streckte dann dem Admiral die Hand hin. Der ignorierte den Gruß und musterte das Schiff. »In Ordnung. Geht nachsehen. Ich will keine Überraschungen erleben, ich will eine sein.« Tamek winkte, und drei der Marschalls stapften am Admiral und dem Fremden vorbei in die Schleuse.

»Erzähl mir, Castian Garcia«, sagte der Admiral im Plauderton. »Wie ist das Leben auf der *Venta Chitru* so?«

Der Fremde zuckte mit den Schultern. »In der Regel langweilig. Ist nicht gerade so, dass wir in den letzten fünfzig Jahren viel erlebt hätten. Sagen zumindest die Aufzeichnungen. Ist mein dritter Zyklus. Und ich bin gerade ein Jahr wach. Es wird nicht spannender.«

»Daran lässt sich etwas ändern, mein Freund. Es wird sich definitiv einiges ändern, richtig, Victor?«

»Ja, ich denke, Langeweile wird das kleinste Problem sein«, sagte der Kommandant trocken, und einige der Marschalls lachten gedämpft.

Der private Kanal blinkte in Helens Helm auf. »Hast du eine Ahnung, was hier gerade passiert? Wovon reden die gerade?« Assa klang besorgt.

Helen musterte die Marschalls. Das Lachen täuschte nicht darüber hinweg, dass die Männer ihre Gewehre noch immer im Anschlag hielten und die gesamte Umgebung beobachteten.

Sie bemerkte, dass sie ihre Zähne fest genug zusammengebissen hatte, um ihren Kiefer schmerzen zu lassen, und lockerte das Gelenk. »Ich hab da ein ziemlich mieses Gefühl.«

»Ich glaub nicht, dass das der richtige Moment für Witze ist.«

Noch bevor Helen antworten konnte, meldete sich einer der Marschalls aus dem Inneren des fremden Shuttles. »Soweit wir das sehen können, ist alles in Ordnung, Kommandant. Hier liegen zwei Tote. Weitere Männer sind nicht an Bord.«

»Oh«, sagte der Admiral gedehnt. Er drehte sich zu Garcia um und schien ihn zum ersten Mal richtig anzusehen. »Zwei Tote. Du bist ein findiger Baskuda, was, Castian Garcia? Gefällt mir.«

Garcias Hände bewegten sich nervös am Griff seiner Waffe. »Ich weiß, es war nicht so geplant, aber es gab Schwierigkeiten, und ich musste ... ich gehe davon aus, dass sich das für mich lohnt?«

»Keine Sorge.« Der Admiral klopfte ihm auf die Schulter und wandte sich der Schleuse zu. »Ich mag Leute, die mitdenken und von allein aktiv werden. Ich werde dich im Auge behalten. Also gut, wir haben immer noch einen engen Zeitplan. Sehen wir uns mein neues Schiff an.«

ALBTRÄUME

SIE RASTETEN AUF EINER KLEINEN ANHÖHE, von der sie einen guten Rundumblick über diese bizarre Landschaft hatten, die beinahe unmerklich immer deutlichere Formen angenommen hatte. Ein matter Schimmer hatte sich auf die Dinge gelegt, die ihren Weg gesäumt hatten, und hier und da waren sogar vereinzelte Farben zu erkennen gewesen. Immer öfter waren sie gezwungen gewesen, Umwege in Kauf zu nehmen, um den immer größer werdenden Objekten auszuweichen, die sich vor ihnen aufgetürmt hatten. Sie hatten zunehmend den Eindruck gewonnen, sich durch das Gemälde eines suizidal veranlagten Malers zu bewegen, und als sie Pause machten, waren sie nicht nur körperlich, sondern auch geistig erschöpft.

Sie überprüften ihre Reserven, und die Medic versorgten die Verwundeten. Die Lèng hatten nur wenige Schmerzmittel mitgenommen, also überließ Laohu ihnen die Ladungen aus einem ihrer MedSets. Sein Anzug hatte einen Riss an der Schulter, den die Naniten notdürftig versiegelt hatten. Er verklebte die Stelle und blieb einen Augenblick mit geschlossenen Augen sitzen. Seine Kopfschmerzen waren stärker geworden.

Kapitänin Tiali hatte sich neben ihm niedergelassen. Sie sah beinahe ebenso mitgenommen aus wie er. Sie war leichenblass und verschwitzt. Ihr altmodischer Anzug besaß eine unzureichende Ventilation, was dazu führte, dass die Scheibe ihres Helms von innen beschlug. Sie bedankte sich mit leiser Stimme für seine Hilfe bei der Rettung ihrer Crewmitglieder. Er nahm ihren Dank mit unbewegter Miene entgegen. Dank war etwas, das einem Tiger nur selten entgegengebracht wurde – sah man einmal von den offiziellen Belobigungen der Administration ab.

Eine Weile saßen sie schweigend nebeneinander, während die Medic ihrer Arbeit nachgingen und die Tiger die Funktion ihrer Waffen überprüften. Irgendwann beugte sich die Kapitänin nach unten und hob eine Handvoll Staub vom Boden auf. Sie ließ ihn zwischen ihren Fingern wieder zu Boden rieseln. Nachdenklich runzelte sie die Stirn.

»Schauen Sie mal.«

»Was?«

»Der Staub. Sehen Sie das? Er weht den Hang hinunter.«

Laohu blickte ihm hinterher. Er brauchte einen Augenblick, bis er begriff, was er sah. Wahrscheinlich waren die Kopfschmerzen daran schuld. »Wind«, stellte er verblüfft fest. Er machte Doktor Feng darauf aufmerksam, und Doktor Feng befragte seine Messinstrumente. Nachdem eine ganze Reihe Zahlen über die Anzeigen hinweggerauscht waren, verkündete er erstaunt, dass sich gerade eine Art von Atmosphäre im Raum aufbaute. Seine Messgeräte ermittelten sogar einen geringen Sauerstoffgehalt, der allerdings starken Schwankungen ausgesetzt war. Die Messgeräte der Lèng bestätigten seine Ergebnisse. Die Methanwerte waren zwar deutlich zu hoch, und der Sauerstoffgehalt fiel immer wieder abrupt ab, doch sie näherten sich langsam einem für menschliche Organismen geeigneten Prozentsatz an.

»Das ist verrückt«, sagte Doktor Feng und schüttelte den Kopf.

Sie durchquerten einen Bereich, der entfernt an ein Wohnquartier erinnerte. Dutzende einzelner Räume mit einfachen Pritschen und Armaturen, bei denen es sich möglicherweise um Sanitäreinrichtungen handelte. Vielleicht waren es aber auch Zellen, und das Schiff war einmal ein gigantisches Gefängnis gewesen. Ziemlich ausbruchssicher, weil sich rundherum nichts als Weltall befand. Seine Bewohner waren möglicherweise die Opfer einer Gefängnisrevolte geworden, oder eines tödlichen Virus oder sogar ... verwirrt schüttelte Laohu den Kopf. Er hatte das Gefühl, dass seine Fantasie langsam seltsame Blüten schlug. Seine Kopfschmerzen hatten sich weiter verstärkt. Er hatte Mühe, einen klaren Gedanken zu fassen. Er warf einen Blick auf seine Anzeigen. Seine Sauerstoffvorräte näherten sich dem letzten Drittel. Er war sich nicht sicher, ob er die Situation noch unter Kontrolle hatte – falls er sie denn überhaupt jemals wirklich unter Kontrolle gehabt hatte. Er wusste noch immer nicht, wo sie sich gerade befanden, er hatte keinerlei Übersicht über den Aufbau dieses Schiffs, und jeden Augenblick konnten sie von den Gweilo überrascht werden.

Einige Zeit später stießen sie auf einen breiten Schacht, der beinahe senkrecht in die Tiefe führte. Das Geräusch zischender Luft war hier deutlich durch ihre Anzüge hindurch zu hören. Laohu leuchtete in die Tiefe und entdeckte an der Wand eine Art Leiter, die sich zum Abstieg eignete. Da sich Siphos Zustand rapide verschlimmerte, beschloss er, eine weitere Rast einlegen zu lassen. Der Techniker war leichenblass und schwitzte stark. Immer wieder schrie er vor Schmerzen auf und stieß unverständliche Worte aus. Außer erneut die Schmerzmitteldosis zu erhöhen, konnten die Medic nicht viel für ihn tun.

Laohu trat zurück an den Rand des Schachts und leuchte ihn sorgfältig ab. Er besaß einen Durchmesser von vielleicht zwanzig Metern und war deutlich weniger tief als gedacht. Das Licht des Scheinwerfers reichte knapp hinunter bis zum Boden. Unten zweigte eine Handvoll Tunnel von dem Schacht ab. Die Leiter an seinem Rand musste entweder für sehr große Lebewesen oder für jemanden mit extrem langen Extremitäten konzipiert worden sein. Der Abstieg würde sicherlich nicht einfach werden, doch sie konnten auf diesem Weg vielleicht eine Menge Zeit einsparen.

Die Schmerzensschreie des Lèng-Technikers rissen Laohu unsanft aus seinen Gedanken. Die erhöhte Dosis hatte offenbar keine Wirkung mehr gezeigt. Er warf einen fragenden Blick zu Hao, der ratlos mit den Schultern zuckte. Inzwischen hatte er so viel Schmerzmittel in Sipho hineingepumpt, dass dieser im Koma liegen musste. Nach kurzer Beratschlagung mit dem Lèng-Medic veränderte er die Zusammensetzung der Medikamentierung, und schließlich sackte Sipho seufzend in sich zusammen. Doch nur wenige Augenblicke später riss er plötzlich die Augen auf und griff sich röchelnd an den Hals. Die beiden Medic stürzten vor, um ihn aufzuhalten, doch Sipho stieß sie mit übermenschlicher Kraft von sich, zerrte schreiend die Verschlüsse seines Helms auf und riss ihn sich vom Kopf.

Einen schrecklichen Moment lang starrten sie ihn voller Entsetzen an, doch als er nach einer Weile immer noch am Leben war und sich sogar langsam zu beruhigen begann, begriffen sie, dass ihre Messgeräte nicht gelogen hatten.

Doktor Feng und Doktor Pinalo beugten sich über ihre Messgeräte und analysierten die Umgebungswerte. Die Raumtemperatur hatte beinahe dreizehn Grad erreicht, und die Atmosphäre entsprach bis auf geringe Abweichungen den Werten auf der *Zheng He*. Die Stickstoffwerte waren ein bisschen zu hoch, doch das war nichts, über das man sich auf kurze Sicht Gedanken machen musste. »Das ist unmöglich«, murmelte Doktor Feng und ließ seinen Kollegen die Messungen auf dessen Geräten wiederholen. Doch auch die zeigten dieselben Werte an.

Sipho war in der Zwischenzeit zurück auf den Boden gesunken. Er atmete flach und abgehackt, und dicke Schweißperlen standen auf seiner Stirn. Er wirkte fiebrig, aber in Anbetracht der Umstände in einem weit besseren Zustand als noch wenige Augenblicke zuvor. Er reagierte auf die Ansprache der Medic und hatte nach eigener Aussage nur noch wenige Schmerzen. Lediglich ein dumpfes Gefühl im Kopf war zurückgeblieben. Die Medic analysierten seine Körperwerte und stellte eine Stabilisierung seines Kreislaufs fest.

Sie beobachteten ihn eine Weile und diskutierten darüber, ob es sinnvoll wäre, ebenfalls die Helme abzunehmen. Einerseits würden sie dadurch ihre Sauerstoffvorräte schonen, andererseits setzten sie sich damit einer unbekannten Atmosphäre aus, die sie eventuell umbrachte. Laohu sprach sich zunächst dagegen aus, Chen dafür. In seinem Alter hatte sich Laohu ebenfalls noch für unsterblich gehalten, doch inzwischen wusste er nur zu gut, wie schnell es vorbei sein konnte.

Sie ließen die Wissenschaftler noch einmal sämtliche Messungen wiederholen, die ihnen nützlich erschienen. Der Sauerstoffanteil hatte sich auf achtzehn Prozent erhöht und blieb stabil. Der CO_2-Gehalt lag bei akzeptablen

0,1 Prozent, die Konzentration von Kohlenmonoxid, Wasserstoff und Methan sogar deutlich unter den Grenzwerten. Sah man einmal davon ab, dass sich noch eine ganze Menge nicht messbarer, giftiger Substanzen in dieser fremden Luft befinden konnten, war sie erstaunlich sauber. Man konnte es als eine Art von Russisch Roulette bezeichnen, doch letzten Endes hatten sie ohnehin keine Wahl. Es war beim besten Willen nicht abzusehen, wie lange sie noch auf diesem Schiff herumirrten. Falls sie irgendwann die Außenhülle erreichten, würden sie jedes bisschen Sauerstoff dringend benötigen, das ihnen noch übrig blieb. Das sahen auch die anderen so, und schließlich stimmten sie mehrheitlich für das Abnehmen der Helme. Laohu schloss sich widerstrebend dieser Entscheidung an.

Langsam legte er die Finger an den Helmverschluss und atmete tief durch. Je eher er die Sache hinter sich brachte, desto besser. Er tastete nach der Verriegelung und spürte, wie die Naniten sich unter seinen Fingerspitzen neu anzuordnen begannen. Mit einem leisen Klicken löste sich der Verschluss. Die Luft zischte bedrohlich an seinen Ohren vorbei. Er spürte, wie die Kälte der fremden Atmosphäre in das Innere seines Anzugs drang. Ein kalter Schauer lief ihm über den Rücken. Er schloss die Augen und atmete langsam aus. Kurz hielt er den Atem an, um genügend Mut für den nächsten Schritt zu sammeln, und schnappte dann hastig nach Luft.

Sie schmeckte erstaunlich frisch. Ganz anders, als er sie sich vorgestellt hatte. Seine Lunge schien mit ihrer Zusammensetzung jedenfalls zufrieden zu sein. Ob sie es auch auf längere Sicht blieben, würde sich noch zeigen, doch für den Augenblick hatten sie ein bisschen mehr Zeit gewonnen.

Irgendwann stießen sie auf Spuren der Gweilo. Ein leeres MedSet, eine Handvoll aufgebrochener Nahrungsmittelrationen und eine Menge verschossener Munition. Chen entdeckte eine lange, getrocknete Blutspur, die zu einem zersplitterten Steinhaufen führte. Vorsichtig durchsuchten sie ihn, fanden jedoch keine weiteren Spuren. Misstrauisch sahen sie sich um. Es war unklar, wie lange die Gweilo hier gerastet hatten und ob sie noch in der Nähe waren. Besser, sie blieben auf der Hut. Laohu ließ die Tiger Stellung beziehen und schickte Shixin und Baihu aus, um die Umgebung auszukundschaften.

Der Wind hatte zugenommen und war zu einer steten Brise angewachsen. Die Luft fühlte sich gut in der Lunge an. Beinahe schon frischer, als sie es von der *Zheng He* gewohnt waren. Ihre Umgebung war bunter und heller geworden, und die Gebilde, die sie hervorbrachte, nahmen im Wind immer neue Formen an. An einigen Stellen wuchsen dünne Späne aus dem schwarzen Boden hervor. Als Laohu sich hinunterbeugte und mit der Hand darüber hinwegfuhr, richteten sich die Späne auf, so wie Magnete, die sich nach einem metallischen Gegenstand ausrichteten.

Sie warteten, bis die Kundschafter zurückgekehrt waren, und setzten ihren Marsch fort. Sipho musste von zwei Tigern gestützt werden, doch sein Zustand blieb stabil. Die Stimmung besserte sich ein wenig, und Laohus Gedanken schweiften ab.

ZURÜCK

»WAS BEI DER SCHWÄRZE WAR DAS?« Rangi starrte auf die Anzeigen des Cockpits, die noch immer leichte Erschütterungen anzeigten, obwohl inzwischen nichts vom ersten Beben zu spüren war.

»Ich weiß es nicht«, sagte Niresh verwirrt.

»Davon bin ich auch nicht ausgegangen.« Rangi sah nicht von seinen Anzeigen auf. »Und wenn, dann dürftest du es mir auch nicht sagen, schätze ich.« Er drehte den allgemeinen Kanal der Shuttlekommunikation hoch. Die übrigen Piloten hatten das Beben natürlich ebenfalls bemerkt, aber niemand schien sich einen Reim darauf machen zu können. Die meisten gingen davon aus, dass ihre Landung oder irgendwas, das die Erkundungstrupps vielleicht getan hatten, die uralte Struktur aus dem Gleichgewicht gebracht hatten und jetzt Setzungsbeben durch das gigantische Schiffswrack liefen.

»Völlig beruhigender Gedanke«, brummte Rangi. »Da brechen irgendwo in diesem Schrotthaufen Stützen weg und Decken ein, und ehe wir es uns versehen, tut sich unter uns ein Loch auf, und wir verschwinden auf Nimmerwiedersehen.« Erneut wählte er Helens Privatfrequenz an, doch nach wie vor war das Com bis auf Störgeräusche tot.

»Was ist das da?« Niresh lehnte sich an ihm vorbei und deutete auf eine Anzeige am Rand des Cockpits.

»Unwichtig.« Rangi winkte ab und überprüfte die Anzeigen der Lagekontrollen. Er war sich ziemlich sicher, dass sich das Rig während des Bebens verschoben hatte. »Das ist nur die Atmosphärenanzeige. Sagt uns beim Docken, wann es sicher ist auszusteigen. Hier im Vakuum ...«

»Das wollte ich fragen: Sollten sich die Zahlen im Vakuum verändern?«

»Was?« Rangi drehte sich um und starrte auf die Anzeige. Wirre Angaben chemischer Verbindungen flackerten über das Display. Die in einer Ecke angeheftete Druckanzeige kletterte. Langsam – aber sie veränderte sich. Rangi klopfte probehalber gegen das Display. Dann holte er sich die Anzeigen auf sein HUD. Schließlich schniefte er. »Das dürfte eigentlich nicht möglich sein.«

»Heißt das, dass es da draußen doch eine Atmosphäre gibt?«

»Welchen Teil von ›Das dürfte eigentlich nicht möglich sein‹ hast du gerade nicht verstanden?«, knurrte Rangi. Die Anzeigen der Stabilisatoren schlugen wieder aus, und er meinte, das Rig erneut erbeben zu spüren. Irgendwo stöhnte etwas dumpf wie gestresstes Metall. Er kannte dieses Geräusch viel zu gut. Auch die *Tresch* gab gelegentlich solche Töne von sich, und es war fast nie ein gutes Zeichen. Das lang anhaltende Geräusch wiederholte sich. Eigentlich konnte man das »fast« streichen. Und das »eigentlich«. Rangi biss die Zähne zusammen. »Okay, ganz ehrlich? Ich habe keine Ahnung, was hier möglich ist. Es ist ein nicht menschliches Wrack. Was weiß ich, was es kann und was normal ist. Vielleicht leuchtet es in den nächsten Sekunden in allen Regenbogenfarben, vielleicht implodiert es einfach, und wir sind verschwunden – was weiß denn ich!«

»Aber …« Niresh starrte auf die sich hektisch verändernden Anzeigen und Ausschläge, und es war ihm deutlich anzusehen, dass er nur wenig davon verstand. Dann sah er auf. »Was schlägst du vor?«

Rangi lächelte grimmig. »Ich? Ich schlage gar nichts vor. Für clevere Ideen ist meine Frau zuständig. Aber die ist ja irgendwo in diesem Schrotthaufen mit dem Herrn Admiral. Ich bin nur der Pilot.« Er schnaufte tief und aktivierte dann die Shuttlefrequenz. »Rangi Hopper hier. Frage an alle Piloten: Wie lange bleiben wir hier stehen und warten, dass uns der Boden unter den Landern wegbricht?«

Einige der anderen begannen, sich zurückzumelden, doch eine harsche Männerstimme übertönte sie: »Korporal Richards hier. Sie halten Ihre Position. Alle. Haben Sie verstanden?«

Wie aufs Stichwort bebte der Untergrund erneut, und im nächsten Moment schwebte lautlos und trügerisch behäbig ein Brocken Metallschrott durch den Lichtschein von Rangis Shuttle, der das Rig vermutlich ohne Probleme zermalmen konnte.

»Ja, sicher.« Rangi murmelte leise vor sich hin, während er beobachtete, wie der Brocken trudelnd in der Dunkelheit verschwand. Dann aktivierte er das Com erneut. »Ich hab das nicht alles mitbekommen, Korporal, Sir. Die Com-Verbindung wird immer schlechter. Wie geht's eigentlich mit der Verbindung zur *Tresch* voran? Das war doch der Job Ihrer Einheit, oder?«

Es knirschte im Com, und Rangi stellte sich vor, wie ein halbes Dutzend Piloten eilig ihre Mikrofone abstellten.

»Kommen Sie mir ja nicht mit der ›Ich kann Sie nicht Verstehen‹-Nummer, Hopper!«, fauchte der Korporal in sein Com. »Wir haben unsere Befehle!«

Rangi warf einen Blick zur Seite, wo Niresh noch immer dem verschwindenden Trümmerstück hinterhersah. »Wenn man's genau nimmt, hat nur er Befehle. Und die betreffen nur Trupp E, richtig?« Niresh riss den Blick von draußen los und sah ihn an. Irgendetwas im verunsicherten Blick des jungen Chandni ermutigte Rangi zu seinen nächsten Worten. »Der nächste Brocken kann uns treffen. Vielleicht schnallst du dich besser an.« Niresh nickte mit bleicher Miene.

Rangi aktivierte erneut das Com. »Sir, wenn's recht ist, werden mein Co-Pilot und ich mal aus diesem Loch hier aufsteigen. Vielleicht kann ich als Relais fungieren. Damit Sie für uns alle Befehle bei Ihrem Vorgesetzten einholen können, meine ich.«

»Sie bleiben verdammt noch mal auf ihrem braunen Ebene-D-Arsch sitzen, bis ich Ihnen eine Anordnung gebe, Pilot!«

Rangi blinzelte und sah Niresh an. »Ist sein Problem die Ebene, das Braune oder der Arsch, was meinst du, Junge? Dein Arsch ist ja nicht weniger braun als meiner.«

Niresh öffnete den Mund, schloss ihn dann jedoch wieder und starrte aus dem Fenster. Dann straffte er sichtlich die Schultern. »Korporal Richards' Problem ist, dass er ein Arsch ist«, sagte er gepresst.

Rangi grinste und aktivierte das Triebwerk. »Das wollte ich hören.« Er aktivierte das Com und legte gleichzeitig eine Hand auf die Steuerung. »Sir, ich kann Sie wirklich nicht verstehen.«

»Hören ist nicht das Problem«, murmelte er in Nireshs Richtung. »Aber wir kümmern uns jetzt mal um das Verbindungsproblem. Ach, und wenn uns ein oder zwei Kollegen zur Hand gehen wollen, wären wir nicht ärgerlich.« Er kappte die Verbindung, aktivierte das Triebwerk des Rigs und ließ es zügig in einer engen Spirale aufsteigen.

»Hopper!« Der Korporal schrie jetzt in sein Mikro. »Landen Sie sofort wieder, oder ich lasse Sie abschießen!«

Rangi zuckte mit den Schultern. »Das wird er nicht wagen.«

Ein Comrufsignal erschien auf einem der Displays, und Rangi warf einen Blick darauf. Die Frequenz der Wartungsschiffe der *Tereschkowa*. Er runzelte die Stirn. »Was gibts?«

»Kal hier. Hangar 11. Wir schließen uns an, wenn's recht ist.«

Eine weitere Stimme mischte sich in den Kanal. »Mari Maxima Komarowa, Hangar 9. Was ist der Plan, Hopper?«

Rangi lachte trocken auf. »Seit wann bin ich plötzlich der mit dem Plan? Ich will hier erst mal raus, hören, was zur Schwärze hier los ist. Danach mach ich mir Gedanken über einen Plan. Falls keiner von euch einen hat. He! Passt auf der linken Seite auf. Das sieht aus, als würde es jeden Moment ...«

Er kam nicht weiter, als plötzlich glühende Streifen von unten an ihnen vorbeizogen und eine Spur von gleißenden Einschlägen in der Kraterwand neben ihnen hinterließ. Trümmer wurden aus der Wand gerissen und wirbelten davon. Rangi fluchte und beschleunigte hart genug, um so fest in den Sitz gepresst zu werden, dass ihm für einen Moment schwarz vor Augen wurde. Irgendetwas knackte schmerzhaft in seinem Brustkorb.

Kal brüllte einen Strom von Verwünschungen über das Com. Mitten im Wort riss die Verbindung ab, und ein Licht erhellte für den Bruchteil eines Moments die vorbeirauschenden Kraterseiten. Neue Leuchtspuren tauchten rund um sie auf, und das Rig tönte einem Gong gleich, als gleich mehrere Einschläge das Schiff trafen. »Dieser verdammte Baskuda schießt tatsächlich!« Havariewarnungen und ein Feueralarm gellten durch das Rig und überlagerten sich zu einer misstönenden Kakofonie. Dann schoss das Rig über den Rand des Einschlagkraters hinaus. Irgendetwas rüttelte sie ein letztes Mal durch, bevor Rangi es in eine Kurve legte, um sie aus der direkten Schussbahn zu entfernen. Dann drosselte er die Geschwindigkeit und sog ächzend die Luft der Kabine ein, die jetzt nach Ozon und verbranntem Kunststoff schmeckte, und deaktivierte die Alarme.

»Was verdammt …?« Nireshs Stimme überschlug sich, und er schluckte, bevor er erneut ansetzte. »Was? Die haben auf uns … was? Ich hab mir fast in den Anzug gemacht!«

Rangi schnaubte. »Ich nicht nur fast. Aber wie gesagt – die Dinger sind dafür gemacht. Manchmal muss man für die kleinen Dinge dankbar sein.« Er aktivierte das Com. »Kal? Komarowa? Seid ihr da?«

Für einen Moment knisterte es im Com. »Wir sind da«, meldete sich Mari Komarowa dann. Im Hintergrund war auch aus ihrem Rig das Plärren von Alarmen zu hören. »Durchgeschüttelt, angeschlagen, aber wir sind da. Kal allerdings nicht. Der Arsch hat ihn erwischt, glaube ich.«

Rangi fluchte. »Ich war mir sicher, dass der Arsch nicht feuern würde.«

Die Komarowa schien den Alarm auf dem anderen Rig ebenfalls abgestellt zu haben. »Und ich war mir fast sicher, dass er es tut. Aber er …« Sie unterbrach sich mit einem saftigen Fluch. »Hopper, sieh mal nach links unten.«

Rangi warf einen Blick aus dem kleinen Fenster. Sie schwebten dicht über der Oberfläche der Behemoth, und jetzt waren Details zu erkennen – was vor allem daran lag, dass dort unten jetzt Lichter waren. Keine Scheinwerfer oder Fenster, soweit Rangi sehen konnte. Aber Lichtstreifen liefen über die Oberfläche, wie Irrlichter, violette und bläuliche Lichter flackerten oder blinkten wie Positionslichter, und aus unsichtbaren Quellen lag hier und dort ein trüber Schein über dem gigantischen Objekt und hob einzelne Merkmale hervor, auch wenn er keine Ahnung hatte, was sie waren. Das gesamte Objekt schien sich langsam unter ihnen hinwegzudrehen. »Moment mal.« Er legte das Shuttle in eine Kurve und flog vorsichtig erneut an dem riesigen Einschlagkrater vorbei. »Siehst du das, Komarowa? Diesen violetten Schimmer über dem Loch?«

»Ist mir aufgefallen, ja. Wenn ich das richtig lese, hatten wir eine Magnetfeldspitze, als wir dort rausgekommen sind.«

»Und das heißt?«

»Das heißt, zusammen mit der zunehmenden Schwerkraft in diesem Ding ist es vermutlich das, was die Atmosphäre drinhält. Und wenn es so zunimmt wie bisher, vielleicht auch Shuttles. Wir können vermutlich froh sein, dass wir rausgekommen sind, solange es noch ging.«

»Nicht alle«, sagte Rangi düster.

»Ja. Was das angeht ...« Die Pilotin klang bitter. »Hast du eine Ahnung, warum die *Baskudas* auf uns geschossen haben?«

»Nope. Nicht die geringste«, sagte Rangi knapp. »Ich kann ja mal den Marschall hier an Bord fragen.« Er warf Niresh einen Seitenblick zu, doch der junge Marschall starrte lediglich wortlos aus dem Fenster. Er seufzte. »Aber was immer die dort unten treiben – wir sind uns inzwischen sicher, dass mehr dahintersteckt, als nur dieses Wrack für die *Tresch* einzunehmen. Wäre es nur das, wäre der Admiral nicht hier.«

»Der Admiral ist *was*?« Komarowa klang erschüttert und verwirrt gleichermaßen.

»Wir haben da ... sagen wir, zufällig etwas mitgehört. Er war in einem der Shuttles, und er ist irgendwo da unten drin. Und wir glauben, dass sie auf dem Weg sind, eines der Shuttles der Zheng oder auch der Ven zu stehlen.«

»Aber – warum?« Die Verwirrung in Komarowas Stimme nahm womöglich noch zu.

Rangi blies die Backen auf. »Frag mich doch so was nicht. Ich bin für Vorschläge offen.«

Sie schwiegen, während Komarowas Shuttle zu ihnen aufschloss und die Geschwindigkeit reduzierte. Gemeinsam glitten sie über die erwachende Oberfläche der Behemoth.

»Ist ja auch egal«, sagte Mari nach einem langen Moment. »Noch mal zurück zum Plan. Was tun wir jetzt?«

»Ich habe keine Ahnung. Aber mir wird langsam klar, warum wir mit hundert Marschalls hier angerückt sind. Wenn die die Zheng überfallen und eines ihrer Schiffe stehlen, kommt das einer Kriegserklärung gleich. Und außer uns weiß niemand auf der *Tresch* Bescheid.«

»Shit. Dann müssen wir das ändern!«

Rangi sah den jungen Marschall neben sich an. »Stimmt doch, oder? Oder wissen die Marschalls davon?« Niresh schüttelte den Kopf, wenn auch eher zögerlich. »Ich weiß es nicht«, murmelte er. »Ich habe nichts darüber gehört. Ich ... keine Ahnung.«

Er sah Rangi nicht an, und der bärige Maori seufzte erneut. Er warf einen Blick durch das gläserne Schott in den

Passagierraum. Durch mindestens drei Einschusslöcher war sämtliche Luft aus dem Inneren des Containers entwichen. »Wie's aussieht, haben wir eine ganze Menge keine Ahnung hier an Bord«, brummte er. »Ach was soll's. Vermutlich waren wir schon am Arsch, als wir abgehoben haben. Oh Mann. Meine *Schyna* bringt mich um, wenn es dein Boss nicht tut.«

»Falls uns die Zheng nicht vorher erwischen«, fügte Komarowa düster hinzu.

»Ja, das war der Punkt, über den ich gerade gar nicht nachdenken wollte. Aber danke.« Rangi rief den Flugplaner auf und ließ das Shuttle einen Kurs zurück zur *Tereschkowa* ermitteln. Er runzelte die Stirn. »Die könnten aber ruhig mal etwas bremsen. Also gut. Musik? Kennt ihr Space Lord?«

»Was?« Niresh sah ihn verständnislos an, doch über das Com war Komarowas raues Lachen zu hören. »Quatsch nicht, Hopper – mach laut.«

SHENMI

DIE VERGANGENHEIT HOLTE EINEN IRGENDWANN immer ein. Den einen früher, den anderen vielleicht ein wenig später. In Laohus Fall geschah es so schnell, dass er kaum reagieren konnte. Plötzlich stand sie vor ihm, und er fuhr erschrocken zurück. Entgeistert starrte er das Mädchen an, das beinahe ebenso überrascht zurückstarrte. Ihre dunklen Augen waren weit aufgerissen, und sie rührte sich auch nicht vom Fleck, als sich ein halbes Dutzend Waffen auf ihren winzigen Körper richtete.

»Shenmi.« Laohu sprach ihren Namen aus, als wolle er sich vergewissern, dass er richtig sah. Das Mädchen trug immer noch das schlichte, aus Flicken zusammengesetzte Kleid, das es schon in den versteckten Räumen im Jin-Sektor getragen hatte, und es hielt immer noch ihren schäbigen Teddybären mit den Münzaugen fest umklammert.

»Wer ist das?«, fragte irgendwer in die Stille hinein.

»Ein Geist«, sagte Li Yun mit zitternder Stimme. Aus ihrem Gesicht war jegliche Farbe gewichen. »Das ist ein Geist.«

»Das werden wir ja sehen«, knurrte Chen und legte seine Waffe auf das Mädchen an.

Laohu hob ebenfalls die Waffe, doch er richtete sie nicht auf das Mädchen, sondern auf Chen. »Waffe runter!«

Chens Kopf fuhr herum. »Was soll die Scheiße?«
Laohu erwiderte seinen Blick ungerührt. »Das ist ein Befehl, Chen. Wenn du abdrückst, bist du tot.«

»Du elender Baizuo!« Chens Gesicht verzog sich zu einer hasserfüllten Fratze. »Sie müsste tot sein, das weißt du ganz genau. Du hast gesagt, dass du sie getötet hast. Warum ist sie hier?«

»Aufhören!«, rief Kapitänin Tiali zornig dazwischen. Laohu merkte, dass auch sie ihre Waffe gezogen hatte. Der Lauf schwankte unschlüssig zwischen den Tigern hin und her. »Laohu, was um Himmels willen geht hier vor?«

Er atmete tief durch. »Das geht dich nichts an.«

»Und ob mich das etwas angeht. Wir stecken hier alle zusammen in der Scheiße, falls du das vergessen hast. Also sagt mir verdammt noch mal, was hier los ist. Da vor uns steht ein kleines Mädchen in einem Flickenkleid. Es hält einen verdammten Teddybären in den Armen, und ihr kennt es und wollt es erschießen.«

»Ich nicht, das ist dir hoffentlich bewusst.«

»Er hatte den Befehl!«, rief Chen mit überschnappender Stimme.

»Ein Kind zu erschießen?«

»Einen Mutanten!«

»Sie ist ein Mensch!« Ein stechender Schmerz zuckte durch Laohus Schläfe, und er spürte, wie seine Hände zu zittern begannen. Die Naniten hatten alle Mühe, den Lauf seiner Waffe stabil zu halten. »Ihr hättet sie in eine Erziehungseinrichtung stecken können. Es war nicht notwendig, sie zu ermorden.«

»Laohu, Chen. Bitte!« Bedächtig trat Li Yun zwischen die beiden Kontrahenten und hob die Hände. Sie sah erst Laohu und dann das Mädchen an. Nachdenklich runzelte sie die Stirn. »Ich glaube, ich verstehe, was hier vor sich geht. Du hast sie fortgebracht, nicht wahr? Du hast deine Befehle missachtet und sie in eine Rettungskapsel gesteckt. Dann hast du Kontakt zur *Tereschkowa* aufgenommen und sie zu ihnen geschickt. Du hattest geglaubt, dass sie dort in Sicherheit wäre.«

»Dieser verdammte Idiot.« Wütend verzog Chen das Gesicht. »Das elende Miststück hat den Gweilo unseren Standort verraten und sie gegen uns aufgehetzt. Deshalb haben sie uns überfallen.«

»Chen!«

»Siehst du, was du damit angerichtet hast, Laohu? Die Verwundeten gehen alle auf deinen Kredit. Du bist schuld, dass wir in diese Situation geraten sind, du verdammter Baizou. Weißt du, wie man so etwas nennt? Hochverrat!«

Laohu schnaufte verächtlich. Aus dem Augenwinkel sah er, dass auch die restlichen Tiger jetzt ihre Waffen erhoben hatten und unschlüssig zwischen ihnen hin und her blickten. Es fehlte nur noch ein kleiner Funke, und alles wäre in diesem Augenblick vorbei gewesen. Es wäre ein denkwürdiges Ende gewesen. Eine Geschichte wie aus einem dieser Western aus der Mitte des zwanzigsten Jahrhunderts oder aus einem Werk Kurosawas. Denkwürdig und sinnlos, so wie die meisten Duelle der Vergangenheit. Irgendwie aber auch passend für einen Tiger. Nings Spruch kam ihm wieder in den Sinn: *Im Frieden kann so wohl nichts einen Mann als Demut und bescheidne Stille kleiden; Doch bläst des Krieges Wetter euch ins Ohr, dann ahmt den Tiger nach, in seinem Tun.* Er wollte lachen, doch seine Kopfschmerzen hinderten ihn daran. Er schwankte und spürte, wie seine Arme immer schwerer wurden. Verzweifelt umklammerte er den Griff seiner Waffe und versuchte, die Benommenheit abzuschütteln. Wie aus weiter Ferne hörte er Li Yuns besänftigende Stimme.

»Ich verstehe, was dich dazu gebracht hat, Laohu. Ich kann das sehr gut nachvollziehen. Es gibt Dinge, die für die menschliche Seele nur schwer zu ertragen sind. Wir sind keine Monster. Die Last der Verantwortung kann uns manchmal erdrücken.«

»Es ist doch nicht einmal erwiesen, dass sie mehr als nur ein Kind ist«, stammelte er hilflos. »Man kann sie doch nicht für Dinge verantwortlich machen, die sie nicht zu verantworten hat. Wenn wir so etwas tun, sind wir keine Menschen mehr. Dann sind wir nichts anderes als Monster.«

»Das hast nicht du zu entscheiden, Laohu.«

»Ich habe es bereits.«

Einen langen Augenblick schwieg Li Yun. »Dein Gerechtigkeitsgefühl ist bewundernswert, Laohu. Auch wenn ich glaube, dass du dich irrst. Doch im Augenblick spielt das keine Rolle. Kapitänin Tiali hat recht: Wir sitzen alle im selben Boot. Wir können uns keinen Streit leisten. Wenn wir hier lebend wieder herauskommen wollen, müssen wir zusammenarbeiten.« Wieder eine lange Pause, dann nickte sie Laohu zu. »Also? Was willst du nun tun?«

»Ich werde nicht zulassen, dass dem Mädchen etwas geschieht, Sekretärin Li Yun. Aber wenn Kapitänin Tiali damit einverstanden ist, schicke ich es zu ihr auf die *Venta Chitru*. Es ist dort für niemanden eine Gefahr. Sobald wir wieder zurück auf der *Zheng He* sind, werde ich mich dann meiner Verantwortung stellen. Sie haben mein Wort darauf.«

Sie nickte. »Also gut, Laohu. Ich vertraue deinem Wort.« Sie wandte sich zu Kapitänin Tiali um. »Und Sie? Sind sie damit einverstanden, das Mädchen an Bord zu nehmen?«

»Selbstverständlich!«

»Dann haben wir eine Abmachung.« Li Yun legte die Hand auf den Lauf von Chens Waffe und drückte ihn sanft nach unten.

Chen kniff die Augen zu schmalen Schlitzen zusammen. Laohu sah die widerstrebenden Gefühle in seinem Blick, doch letzten Endes siegte die Vernunft über seinen Zorn. Er atmete tief durch und heftete die Waffe zurück an seinen Gürtel. »Und jetzt?«, presste er zwischen zusammengebissenen Zähnen hervor. »Was geschieht jetzt?«

»Das liegt in Laohus Hand«, sagte Li Yun. »Er ist der leitende Sicherheitsbeamte dieser Mission.«

Laohu nickte ihr zu. »Ich danke dir«, sagte er und wartete, bis alle anderen ebenfalls ihre Waffen wieder eingesteckt hatten. Dann wandte er sich dem Mädchen zu.

Sie sah mit ihren großen, dunklen Augen stumm zu ihm auf. Die winzigen goldfarbenen Sprenkel in ihren Pupillen enthüllten ein winziges Stückchen mehr von ihrem Wesen. Ihr Sternzeichen musste Schlange sein, denn Schlangen besaßen häufig gelbe Pupillen. Der Teddybär in ihren Armen sah mitgenommen aus. Er hatte eines seiner Augen und ein Ohr verloren. Eine Handvoll Holzwollefäden schaute aus seinem Kopf.

»Bist du allein?«, fragte Laohu. »Wo sind die anderen hin?«

Sie antwortete nicht, also trat er einen Schritt auf sie zu. Als sie vor ihm zurückwich, hob er beruhigend die Hände. »Keine Angst, Shenmi. Dir wird nichts passieren. Du kannst mir vertrauen. Ich weiß nicht, wie du es hierhergeschafft hast, aber du musst jetzt mit uns kommen.

Allein wirst du sterben.« Langsam ging er in die Hocke und streckte die Hand aus. Sie sah ihn einen langen Augenblick misstrauisch an, ehe sie zögerlich danach griff.

»In Ordnung«, sagte Laohu. »Ich passe jetzt auf dich auf.«

NEUE ZIELE

»DU KANNST DIESES SCHIFF FLIEGEN?«
Helen musterte die Konsolen des Rigs nachdenklich. Es hatte andere Bestandteile als die Shuttles der *Tereschkowa*. Einige der Displays fehlten oder waren geringfügig versetzt, und hier und dort waren andere Instrumente nachträglich eingebaut worden. Rechts von ihr war zum Beispiel ein Koffer auf einen freien Platz des Cockpits geschraubt worden, aus dem ein Wust bunter Drähte und improvisierter Schalter quoll. Hinter den Pilotensitzen hatte man vier statt nur zwei Sitze untergebracht, dafür fehlte die Fabberbank. Aber das grundlegende Layout war ähnlich genug, und hier und dort fand sich sogar noch etwas Originalbeschriftung zwischen Stellen, die von Jahrzehnten der Benutzung blank gescheuert waren. Es waren dieselben Worte wie in der *Maru*. Langsam nickte sie. »Ja, ich denke schon. Es unterscheidet sich nicht sonderlich von unseren. *Abgesehen von den ledernen Drucksitzen im Passagierabteil und der verdammten Mini-Bar dort hinten.* Sie drehte sich zum Kommandanten um, der hinter ihr stand. »Aber warum ich?« Sie deutete auf den Ven, Garcia, der im Sitz des Co-Piloten Platz genommen hatte. »Ich denke, er würde das Ding hier viel besser fliegen als ich.«

»Vielleicht. Aber ich traue ihm nicht.« Tamek zuckte mit den Schultern. »Er ist kein Tresch.« Er warf Garcia einen Seitenblick zu. »Nichts für ungut. Hopper, bringen Sie uns hier raus.«

Helen ließ sich in den Pilotensitz fallen und bemerkte am Rand die Blutspuren auf dem Sitz und die dunklen, noch feuchten Sprenkel auf den Armaturen zu ihrer Linken. Und die Tatsache, dass sie keine Energie aufbrachte, sich noch mehr zu fürchten. Sie betrachtete ihre Hände, die sich in ihren Handschuhen seltsam taub anfühlten. Wie eigentlich auch der Rest, wenn sie darüber nachdachte. Und genau das ist eine dumme Idee. Keine Zeit dafür. Entschlossen aktivierte sie die Armaturen. Das System verlangte nach einem Zugangscode, etwas, das aus den Rigs der *Tresch* schon länger ausgebaut war, als sie sich erinnern konnte. Wortlos griff Garcia an ihr vorbei und aktivierte das Schiff. Sie nickte und horchte auf die Triebwerke. Vermutlich hörte der Kommandant keinen Unterschied, doch für Helen klangen die Geräusche fremd. Möglicherweise lag das jedoch auch nur an dem unwirklichen Gefühl, das sie zu umfangen drohte. Sie ballte die Fäuste und bemühte sich, ihren Atem zu beruhigen, der sich irgendwann beschleunigt haben musste, ohne dass sie es mitbekommen hatte. »In Ordnung – soweit ich sehen kann, laufen alle Systeme normal.« Selbst ihre Stimme klang für ihre eigenen Ohren seltsam weit entfernt. »Garcia?«

»Kann ich bestätigen«, sagte der Ven in seinem seltsam breiten Dialekt.

Helen nickte und ließ das Schiff aufsteigen. Beinahe lautlos glitten sie durch den riesenhaften Hangar; das gedämpfte Dröhnen der Triebwerke war das einzige Geräusch überhaupt, als sie über die ruhenden Silhouetten im Hangar hinwegzogen und ihre Passage mattgraue Staubwolken aufwirbelte.

»Beeilen Sie sich etwas«, knurrte der Kommandant angespannt. »Wenn die Zheng mitbekommen, was hier los ist, bleibt nichts mehr von uns übrig.«

»Ja. Genau deshalb fliege ich langsam.«

Wie aufs Stichwort tauchte die Meldung eines Nachrichteneingangs auf einem der Displays vor ihr auf. Helen hob vorsorglich die Hand. »Nicht annehmen«, sagte sie leise, ohne die Augen von den Displays zu nehmen.

»Aber es sind die Zheng«, wandte Garcia ein.

»Und? Sprecht ihr mit denen sonst auch immer ab, was ihr tut und wohin ihr geht?« Helen zuckte mit den Schultern. »Wir sind ihnen keine Rechenschaft schuldig, oder?«

Garcia schüttelte den Kopf.

»Gut. Lass sie raten. Solange sie damit beschäftigt sind, schießt schon niemand.« *Hoffe ich.*

Betont gemächlich ließ sie die *Inyanga* aufsteigen, bis sie die Öffnung des Hangars erreicht hatte, ohne dabei den Positionsmarker des Zheng-Schiffs aus den Augen zu lassen. Die Versuche des anderen Schiffs, Kontakt aufzunehmen, ließen nicht nach, doch immerhin machten sie keine Anstalten, ebenfalls abzuheben. Schließlich passierten sie die Öffnung und glitten über die Oberfläche der Behemoth außer Sichtweite.

Helen gestattete sich ein unauffälliges Durchatmen. »In Ordnung. Ich weiß nicht, wie lange sie brauchen, bis sie sich entschließen, uns zu folgen. Oder vielleicht ein anderes Schiff zu schicken. Aber raus sind wir erst mal. Und jetzt?«

»Jetzt gibt Garcia dir die Rückflugkoordinaten für die *Venta Chitru*.«

Eigentlich hatte Helen gerade die Hand nach der Routeneingabe des Schiffs ausstrecken wollen, doch bei diesen Worten erstarrte sie. Langsam drehte sie sich um, so weit es ihr Sitz zuließ, um den Kommandanten anzusehen. »Der *Venta Chitru*. Wir fliegen nicht zur *Tereschkowa*«, versicherte sie sich ohne Emotion in der Stimme.

»Das war das, was ich sagte«, erwiderte Tamek. »Garcia, Sie sorgen dafür, dass wir Ihr Schiff wohlbehalten erreichen. Sonst sind Sie noch vor uns allen tot.« Er deutete auf den Marschall, der im Sitz direkt hinter Helen saß und eine schussbereite Waffe im Arm hielt. »Geben Sie mir Bescheid, sobald wir in Landereichweite sind.« Der Kommandant stand auf, nahm den Helm ab, strich sich über den struppigen Bart und nickte knapp. Dann verließ er das Cockpit. Helen starrte ihm hinterher ins schummrig beleuchtete Passagierabteil. Sechzehn Marschalls in militärischer Panzerung drängten sich in dem viel zu kleinen Raum und bemühten sich dabei, dem Admiral nicht zu nahe zu kommen und dennoch Platz für den Kommandanten zu machen.

»Ich hab wirklich ein ganz mieses Gefühl dabei«, murmelte Helen.

»Es wird nicht origineller, wenn du das Zitat wiederholst«, sagte Assa.

Helen blinzelte. »Was für ein Zitat?«

»Ich ... vergiss es. Ganz altes Trid. Frag deinen Mann. Ach, verdammt, ich muss aus diesem Ding hier raus!« Sie öffnete ihren Helmverschluss, zog ihn sich mit einem tiefen Seufzer vom Kopf und rieb sich das Gesicht. »Du kannst dir gar nicht vorst... Au!« Sie unterbrach sich fluchend und zerrte sich die Handschuhe des VacSuits von den Händen. »*Ksokko Gavno!* Dieser beschissene Staub ist scharfkantig!« Sie rieb sich erneut das Auge, verzog das Gesicht und holte dann mit einem Knurren die bionische Augenprothese aus ihrer Fassung. Helen rechnete es dem Marschall ihr gegenüber hoch an, dass er nicht reflexartig den Abzug betätigte.»Verdammt, sieh dir das an!« Sie wischte einen Moment erfolglos auf der wie mit Puder überzogenen Oberfläche der Optik herum.»Das Zeug ist elektrostatisch! Der Mist klebt schon überall drauf!« Immer noch vor sich hin fluchend, wühlte sie in einem MedSet, bis sie ein anästhetisches Wundgel gefunden hatte, und presste sich eine Einheit davon in die jetzt leere Augenhöhle. Dann seufzte sie.»Mann, ich kann euch gar nicht sagen, wie erleichternd das ist. Der Anzug hat mir mindestens drei Ladungen Kinetose-Blocker gespritzt, nur damit ich mich da drin nicht selbst vollkotze. Irgendetwas in dem Wrack hat mir die schlimmsten Feedbacks verpasst, die ich je erlebt habe. Ich sag euch: Schlecht simuliertes 3-D ist schlimmer als gar keins.« Sie blinzelte, und ein Tropfen des bläulichen Gels lief ihr wie eine Träne über die Wange, bevor sie ein provisorisches Pflaster auf ihr Gesicht klebte.»Solltest du nicht mal losfliegen?«

Helen blinzelte ebenfalls und riss sich von dem Anblick los. Garcia hatte inzwischen irgendwelche Flugdaten aufgerufen und hochgeladen, die Helen nichts sagten. Alles, was sie sehen konnte, war, dass diese sie tatsächlich nicht zur *Tereschkowa* führten. Fragend sah sie zu dem Ven. Sie wusste selbst nicht, warum sie die Erkenntnis verblüffte, aber hätte der Mann keinen fremdartigen VacSuit getragen, hätte er genauso gut von Ebene A stammen können. Er war kleiner und hellhäutiger als sie und wäre auf der *Tereschkowa* ausgesprochen gut genährt gewesen. Seine

Haare waren militärisch kurz rasiert wie die der meisten Leute, die öfter VacSuits trugen, und seine Zähne wirkten geradezu unnatürlich weiß und ebenmäßig. Helen konnte nur vermuten, dass die medizinische Versorgung auf der Venta anders war als jene auf der *Tresch*. Vor allem sah er nicht wie jemand aus, der gerade zwei Leute seines eigenen Volks umgebracht hatte, um Bewaffnete eines anderen auf sein Schiff zu bringen. Zumindest anders, als sie sich so jemanden vorgestellt hätte. Sie setzte dazu an, eine Frage zu stellen, lehnte sich stattdessen jedoch einfach vor und bestätigte die Codeeingabe. Das Schiff legte sich in eine sanfte Kurve und beschleunigte, fast ohne dass im Inneren etwas davon zu merken war. »Erinnere mich dran, dass ich mir die Trägheitsdämpfer von dem Ding hier ansehe.«

»Apropos ansehen: Vielleicht sollten wir uns Park mal ansehen. Nicht dass er uns noch wegstirbt«, gab Assa zurück. »Kannst du mir hier mal zur Hand gehen?«

Helen warf einen Blick auf den Flugplan. Etwas mehr als drei Stunden Flug lagen vor ihnen. Sie seufze, öffnete ihren Helm und legte ihn ebenfalls beiseite. Dann kletterte sie aus dem Sitz und zwängte sich neben Assa. Park war nach wie vor nicht wirklich bei Bewusstsein. Sein VacSuit hatte den Einschuss zwar automatisch versiegelt, doch so blass, beinahe wächsern, wie er schien, musste er trotzdem einiges an Blut verloren haben. Gemeinsam öffneten sie den Anzug und betrachteten die Schulter. Aus dem Einschuss war eine Menge Blut gelaufen, genug, um noch nicht vollständig absorbiert zu sein. Ohne Worte zu verlieren, begannen sie, die Wunde zu säubern. Gleichzeitig tippte Assa einen Text auf ihrem Armdisplay: *Irgendwen benachrichtigen? Die* Tresch?

Helen nickte. »Ich denke, das muss sich dringend jemand ansehen«, sagte sie. Sie riss ein weiteres Paket Wundgel auf und quetschte es in die Wunde.

»Ja, das übersteigt irgendwie meine Kompetenzen«, stimmte Assa laut zu. Sie justierte unauffällig etwas an ihrem Display. Dann seufzte sie und tippte schließlich: *Zu viele Störungen. Kein Kontakt zur* Tresch. Laut sagte sie: »Immerhin ist der Zustand stabil.« Sie sprühte Wundverschluss in den Einschuss in Parks Arm. »Es sieht nicht so aus, als würde sich der Zustand so schnell ändern. Können wir noch was tun?«

Der Marschall hinter ihnen lehnte sich interessiert vor und betrachtete die Schusswunde des Elektrikers. »Was ist mit ihm? Wird er wieder auf die Beine kommen? Der Kommandant sagt, er wird noch gebraucht.«

»Keine Sorge, ihm geht's gut. Ein, zwei Stunden, schätze ich. So ungefähr. Dann wirken die Meds, und euer Freund hier ist für mindestens einen halben Tag putzmunter und bestens gelaunt. Bevor er umfällt. Für alles danach kann ich nicht garantieren. Wir sind keine Mediziner.« Helen klopfte ihm gegen das Visier des Helms. »Jetzt nimm deine Rübe weg. Du bist im Weg. Hier, mach dich nützlich und halt das mal.« Sie drückte dem Mann den blutigen Lappen in die Hand. Während der Marschall noch eilig zurückwich und unschlüssig auf das Verbandsmaterial sah, tippte sie ein hastiges *Hab eine Idee* und drückte Assa das MedSet in die Hände. »Den Rest schaffst du allein.« Sie nickte dem Marschall zu und kletterte zurück in den Pilotensitz.

HOLOSIM

SIE LIEFEN NOCH EINE STUNDE WEITER und rasteten dann in einem schmalen Seitengang. Laohu hatte freiwillig die Wache übernommen, da sein Kopf noch immer schmerzte und er ohnehin nicht schlafen konnte. Irgendwann musste er aber doch für einige Augenblicke eingenickt sein, denn als ihn irgendetwas aufschreckte, riss er die Augen auf. Er ließ das Licht seines Scheinwerfers über die Schlafenden gleiten und lauschte eine Zeit lang ihren gleichmäßigen Atemzügen. Nach einer Weile erhob er sich, lief einige Schritte und setzte sich wieder zurück auf seinen Platz.

Als Sipho begann, sich unruhig im Schlaf zu wälzen und unverständliche Laute von sich zu geben, leuchtete er ihn an und stellte fest, dass sein Gesicht schweißgebadet war. Er hatte den Eindruck, als ob die Schatten sich wie Schlangen um den Techniker herumbewegten. Er blinzelte, ließ den Strahl seines Scheinwerfers weiterwandern und stieß ein Keuchen aus, als Shenmi direkt vor ihm stand und ihn mit ihren unergründlichen Augen anstarrte. Erschrocken fuhr er zurück, und das Licht seines Scheinwerfers zuckte hektisch über die Wände. Als er ihn wieder auf das Mädchen richten wollte, lag es schlafend auf derselben Stelle, an der sie sich hingelegt hatte. »Verdammte Scheiße«, keuchte er und starrte auf ihre schmale Silhouette hinunter. Es dauerte eine ganze Weile, bis sich sein Herzschlag wieder beruhigt hatte.

Einige Zeit später löste ihn Tiali mit der Wache ab. Sie hockte sich neben ihm auf den Boden, zog ihre Waffe und legte sie quer über die Oberschenkel. »Du kannst dich jetzt hinlegen.«

»Schon gut. Ich kann ohnehin nicht schlafen.«

»Ich auch nicht.«

Eine Weile saßen sie schweigend nebeneinander und hingen ihren Gedanken nach. Irgendwann sprach ihn Tiali unvermittelt auf das Mädchen an.

»Sie dürfte nicht hier sein«, erklärte Laohu.

»Auf diesem Schiff?«

»Auf dieser Welt, meine ich. Sie ist künstlich erzeugt worden. Genmanipuliert. Ich weiß, dass ihr es damals verboten habt. Unser Volk ist einen anderen Weg gegangen. Wir haben es unter staatliche Aufsicht gestellt.«

»Ihr habt angefangen, Menschen mit Tieren zu kreuzen.«

»Wir haben sie verbessert. Weiterentwickelt. Wir sind über den Affenstatus hinausgewachsen, indem wir die Vorteile verschiedener Arten miteinander verbunden haben. Nach dem Vorbild des chinesischen Kalenders.«

Sie dachte eine Weile darüber nach und schüttelte dann den Kopf. »Das ist falsch.«

»Es ist klug. Es ist Evolution. Wir haben uns nicht zu Sklaven der Technik gemacht, so wie ihr. Wir haben uns über sie erhoben, wie es sein sollte. Schließlich haben wir Menschen die Technik erschaffen und nicht umgekehrt. Keine eurer künstlichen Intelligenzen kann es mit dem Intellekt eines Archivars aufnehmen, oder mit dem Reaktionsvermögen von zwei miteinander verbundenen Navigatoren.«

»Aber es sind Tiere. Ihr seid …« Sie brach ab.

»Wir sind auch Tiere?« Laohu lächelte. »In eurer Kultur klingt das so minderwertig, aber bei uns wurden die Fähigkeiten der Tiere schon immer geschätzt. Die Evolution hat sie zu Meistern auf ihrem jeweiligen Gebiet gemacht. Sie sind perfekt an ihre Lebensumstände angepasst. Das ist bewundernswert. Wir ehren sie, indem wir ihre Fähigkeiten adaptieren.«

»Das ist irgendwie bizarr. Ich meine: Diese Sache mit den Hunden und Büffeln und Schlangen. Das klingt wie eine Geschichte aus dem Dschungelbuch.« Sie zuckte hilflos mit den Schultern. »Was bist dann du? Balu der Bär?«

Laohu blickte ihr in die Augen. »Shere Khan.«

Sie erwiderte seinen Blick, und ihre Augen wurden groß. »Der … du … du bist ein Tiger? Wirklich? Ach du Scheiße. Ich meine … ich wollte dir nicht zu nahe treten. Entschuldige. Das war dumm von mir.«

Laohu grinste. »Schon gut. Ich verstehe dich. Du bist das nicht gewohnt. Deine Kultur ist sehr auf die Menschen fixiert. Die Krone der Schöpfung und so. Wir haben eine andere Perspektive. Bei uns ist der Mensch nur ein Tier unter vielen. Ein Affe eben. Mehr nicht.«

Sie setzte zu einer Erwiderung an, als ein schleifendes Geräusch sie beide herumfahren ließ. Sie rissen die Waffen in die Höhe. Der Lichtstrahl ihrer Scheinwerfer zuckte den Gang hinunter. »Was war das?«

Laohu legte den Finger an die Lippen. Angestrengt starrte er in die Dunkelheit. Der Schmerz in seiner Schläfe pulsierte im Takt seines hämmernden Herzens. Er musste sich anstrengen, die aufkommende Übelkeit niederzukämpfen. Nach einer Weile senkte er die Waffe wieder. Er leuchtete die Reihen der Schlafenden ab. Die meisten wälzten sich unruhig herum. Der Lèng-Medic redete im Schlaf mit sich selbst.

»Was ist das für ein Gefühl, ein Tiger zu sein?«, fragte Tiali, als sie sich wieder zurück auf den Boden gesetzt hatten.

Laohu zuckte mit den Schultern. »Ich weiß nicht. Ich bin so geboren worden. Mein Körper besitzt erhebliche Vorteile gegenüber einem Affenmenschen. Ich bin schneller und stärker und ausdauernder. Ich werde zwar niemals so sicher ein Raumschiff fliegen können wie ein Navigator oder das Gedächtnis eines Archivars besitzen, aber ich stelle mich ganz gut auf Krisensituationen ein. Ich weiß, wie man kämpft.«

»Hast du dir nie gewünscht, etwas anderes zu sein? Etwas anderes zu tun als das, wofür du vorgesehen wurdest?«

»Ich habe alles, was ich mir wünschen kann. Ich besitze eine eigene Kabine und einen Diener. Ich habe die Erlaubnis, Früchte in meinem Garten anzubauen. Ich bin privilegiert.«

»Einzig und allein aufgrund deiner Gene.«

»Ich trage Verantwortung. Ich riskiere mein Leben. Ich verdiene diese Privilegien.«

»Und trotzdem. Widerspricht es denn nicht eurer Philosophie, nach der alle für die Gemeinschaft leben und keiner über dem anderen stehen soll?«

Laohu runzelte die Stirn. Er war es nicht gewohnt, seinen Status infrage gestellt zu sehen. Niemand auf der *Zheng He* würde jemals so etwas wagen. Dass diese Affenfrau es trotzdem tat, irritierte ihn. Es gefiel ihm aber auch irgendwie. Wären seine Kopfschmerzen nicht gewesen, hätte er vielleicht sogar Spaß daran gehabt, mit ihr zu streiten. Er lächelte. »Die Diplomaten haben uns vor euch gewarnt.

Ihr seid durchtrieben und hinterlistig. Ihr dreht einem die Worte im Mund herum. Das ist der Grund, warum wir eigentlich nicht mit euch sprechen sollen.«

»Dumm von dir, dass du es trotzdem tust.« Sie erwiderte sein Lächeln und warf dann wieder einen Blick auf das schlafende Kind. »Und sie? Was ist sie?«

Laohu zuckte mit den Schultern. »Am Aussehen kann man es in diesem Alter kaum festmachen. Für einen Büffel ist sie zu schmächtig und für eine Ratte zu groß. Ansonsten könnte sie alles sein. Ich hatte schon an eine Schlange gedacht. Vielleicht auch etwas, das wir noch gar nicht kennen.«

»Deshalb sollte sie also sterben?«

»Es gab eine Zeit, in der die Genetik noch nicht so ausgereift war wie heute. Eine schlimme Zeit, in der einige schlimme Dinge passiert sind – unsere Lehrer haben von einem Ort auf der Erde erzählt, an dem die ersten Großversuche durchgeführt worden sind.«

»Ich kenne diesen Ort.«

»Ja? Dann weißt du ja, was passiert, wenn man die Genetik nicht kontrolliert. Affenmenschen neigen zum Chaos. Sie reizt das Verbotene. Sie lieben es, Grenzen zu überschreiten und die natürlich gewachsene Ordnung zu zerstören. Mein Volk hat das am eigenen Leib erfahren müssen. Millionen Menschen haben aufgrund einer fixen Idee ihr Leben lassen müssen. Es war ein harter Lernprozess. Aber wir haben uns irgendwann auf unsere alten Tugenden zurückbesonnen: Neues schaffen, aber das Alte bewahren. Das Yin und das Yang in Einklang halten, so wie unsere Vorfahren vor tausend Jahren.«

»Das klingt wie der Spruch aus einem chinesischen Glückskeks.«

»Glückskekse stammen aus Japan.«
»Wirklich?«
»Du kannst es gern nachschlagen, wenn du wieder mit deiner E.V.A. verbunden bist.«
Tiali sah ihn einen Augenblick lang kritisch von der Seite an, ehe sie das Gesicht zu einem Grinsen verzog. »Eins zu null für dich, Shere Khan.«
»Das Mädchen«, fuhr Laohu fort. »Shenmi. Sie symbolisiert dieses Chaos. Das Ungewisse, das wir nicht kontrollieren können. Sie stellt eine Gefahr für unsere Gemeinschaft dar. Für unser ganzes Schiff. Das Chaos ist unser Feind. Wir wollen nicht so enden wie die Gweilo auf der *Tereschkowa*.«
»Niemand will so enden. Aber es gibt nun mal Dinge, die man nicht tut. Ein kleines Mädchen umbringen zum Beispiel. Einfach nur, weil es die falschen Gene besitzt.«
Laohu nickte. »Ich weiß. Andererseits musst du auch unsere Führer verstehen. Es ist noch etwas anderes. Sie ...«
Sein Kopf ruckte herum. Er nahm eine Bewegung am Ende des Gangs wahr. Jedenfalls glaubte er das für einen Augenblick. Er hatte ganz deutlich ein Gesicht vor Augen. Oder mehr eine Fratze. Ein Ding aus seinen schlimmsten Albträumen. Hastig sprang er auf. Die Bewegung jagte eine Welle stechender Schmerzen durch seinen Schädel. Er riss die Waffe in die Höhe und leuchtete in den Gang.
»Stehen bleiben!« Sein Ruf riss die anderen aus dem Schlaf. Die Tiger waren sofort auf den Beinen. Augenblicke später zuckte ein halbes Dutzend Lichter über die Wände.
»Was ist passiert?«, fragte Chen.
»Ich habe jemanden gesehen.« Laohu wandte sich um. Sein Scheinwerfer leuchtete den Lagerplatz ab. »Wo ist Sipho?« Tiali erwiderte seinen fragenden Blick mit aufge-

rissenen Augen. Fluchend wandte er sich um. »Chen, Yong! Ihr kommt mit mir.«

Eilig hasteten die drei Tiger den Gang hinunter, der an dieser Stelle von oben bis unten mit schwarzen, ölig schimmernden Fäden überzogen war. Laohu glaubte, Muster darin zu erkennen. Formen, Figuren, Gesichter. Von Kinderhand gezeichnete Albträume. Die Luft war warm und feucht und unangenehm schwül. Sie bewegten sich wie durch zähen Sirup. Laohus Kopfschmerzen wurden schier unerträglich.

Der Gang verbreiterte sich zu einer Halle. Sie traten auf eine Art Brücke hinaus, die nach einiger Zeit abrupt über einem Abgrund endete. Ein breiter Schacht verlor sich direkt unter ihren Füßen in der Finsternis. Sie leuchteten hinunter und lauschten. Irgendwo in der Ferne war ein vielstimmiges Summen zu hören. Ein Geräusch, wie im Inneren eines Bienenstocks. Laohu leuchtete die Wände des Schachts ab und entdeckte eine schmale Rampe, die steil in die Tiefe hinunterführte. Er hätte schwören können, dass sie sich bis eben noch nicht an dieser Stelle befunden hatte. Ein unbestimmtes Gefühl von Furcht drohte ihn zu überwältigen, und er musste all seinen Mut zusammennehmen, um nicht kopflos in die Dunkelheit davonzustürmen. Sein Schädel dröhnte im Takt des fernen Bienenstocks. Er presste die Fingerspitzen fest gegen die Schläfe. Ihm wurde schwindelig, und er spürte, wie seine Beine unter ihm nachgaben. Er schwankte und sah den Schacht für einen Augenblick gefährlich nahe kommen.

»Laohu!«

Er fuhr herum. In seiner Vorstellung hatte er eine entsetzliche Kreatur vor Augen, die direkt über ihn gebeugt stand, um ihn zu verschlingen. Stattdessen stand Shenmi vor ihm. Sie sah ihn mit ihren großen, unergründlichen Augen an. Er starrte entgeistert zurück und versuchte verzweifelt, sich zu konzentrieren, einen klaren Gedanken zu fassen. Wie hatte sie sich so unbemerkt an ihn heranschleichen können? Hatte sie gerade zum ersten Mal überhaupt ein Wort gesprochen?

»Laohu«, wiederholte das Mädchen. Es sah ihn voller Ernst an, so wie es kleine Kinder manchmal taten, wenn sie etwas Neues gelernt hatten, das sie stolz ihren Eltern präsentieren wollten.

Laohu kniff die Augen zusammen und riss sie wieder auf. »Was? Ja. Laohu.« Er zögerte kurz und tippte sich gegen die Brust. »Ich bin Laohu.« Dann deutete er auf das Mädchen. »Und du bist Shenmi, nicht wahr?«

Ein strahlendes Lächeln zog über ihr Gesicht. »Laohu«, sagte sie langsam und würdevoll. »Shenmi.« Sie ergriff seine Hand, und ihr Griff verlieh ihm neue Kräfte. Das Zittern in seinen Beinen verschwand, und selbst die Kopfschmerzen ließen ein bisschen nach. Er trat einen Schritt vom Schacht fort und erwiderte ihr Lächeln. »Es freut mich wirklich, deine Bekanntschaft zu machen, Shenmi.«

»Verdammt noch mal«, murmelte Chen, der neben Laohu getreten war und verwundert auf das Mädchen hinunterblickte. Auch er hatte die Fingerspitzen an die Schläfe gelegt, so als wollte er sich heftige Kopfschmerzen fortmassieren. Irritiert schüttelte er den Kopf. »Wo zum Teufel sind wir hier eigentlich gelandet?«

Sie entschieden sich, zusammenzubleiben und die anderen zu holen, ehe sie die Rampe hinunterstiegen. Sie war steil, aber zum Glück nicht sehr lang, und an ihrem unteren Ende gab es nur einen einzigen Ausgang. Sie liefen über ein Feld aus schwarzer Materie, aus dem eine Schicht haardünner, schillernder Fasern herauswuchs. Sie sahen zwar aus wie Gras, fühlten sich bei Berührung aber steinhart an.

Am gegenüberliegenden Ende des Felds versperrte ein wirrer Haufen aus meterhohen, schwarzen Würfeln ihren Weg. Das vielstimmige Summen hatte an Intensität zugenommen. Als sie den Haufen umrundet hatten, übertönte es beinahe schon ihre Stimmen. Laohu ließ das Licht seines Scheinwerfers über die Oberfläche wandern. Gegen einen der Würfel gedrängt, kauerte Sipho, der aussah, als hätte ein riesiger Schwarm schwarzer Bienen Besitz von ihm ergriffen. Die schwarze Masse wimmelte um seine Arme und Beine herum und klebte überall in seinem vor Schmerzen verzerrten Gesicht. Ein einzelnes, weit aufgerissenes Auge starrte daraus hervor. Der Anblick war entsetzlich.

»Um Himmels willen«, murmelte Laohu.

Das einzelne Auge blinzelte im Licht des Scheinwerfers. »Helft mir«, stöhnte Sipho. Seine Worte klangen fremd und verzerrt, so als hätte sie ihm jemand in den Mund gelegt. Mühsam richtete er sich auf und torkelte auf sie zu.

Als Tiali ihm entgegenlaufen wollte, zog Laohu sie hastig zurück. Er riss die Waffe hoch und richtete sie auf Siphos Brust. »Bleib stehen!«

»Helft mir. Bitte«, rief Sipho, während er weiter auf sie zutorkelte. Jedes seiner Worte ließ winzige schwarze Wellen über die schwarze Masse seines Körpers hinweglaufen.

»Stehen bleiben oder ich schieße!«, rief Laohu, während er Tiali hinter sich schob und langsam zurückwich. Als Sipho wieder nicht reagierte, gab er einen Schuss auf ihn ab.

Sipho stolperte noch einen Schritt weiter auf sie zu, ehe er abrupt stehen blieb. Er stieß ein heiseres Keuchen aus und schaute verwundert an sich hinunter. Er legte den Kopf schräg und hob die Hand zu dem Loch in seiner Brust, dessen Ränder sich bereits rot zu verfärben begannen. Als seine Fingerspitzen die Wunde berührten, floss die schwarze Masse von ihnen herunter und wurde von dem Loch aufgesogen, wie von einem Abfluss im Boden. Ein Zittern lief durch seinen Körper. Er begann zu würgen, beugte sich vornüber und erbrach einen Übelkeit erregenden Schwall schwarzer Flüssigkeit auf den Boden.

»Oh Gott«, sagte Tiali und wandte den Blick ab.

Laohu ließ seine Männer ausschwärmen und gab Yong ein Zeichen. Der Tiger trat mit angelegter Waffe vor, zielte auf Siphos Kopf und betätigte nach einem versichernden Seitenblick auf Laohu den Abzug. Siphos Kopf schnellte zurück, und aus seiner Rückseite spritzte eine Fontäne klebrig schwarzer Masse hervor.

Doch dann geschah etwas Merkwürdiges.

Noch in der Luft wurde die Masse zäher und träger, so als wäre die Zeit um sie herum verlangsamt worden. Einen Moment lang verharrte sie beinahe regungslos in der Luft, ehe sie wie ein Gummiband zurückschnellte, an Siphos aufgeplatztem Schädel vorbeischoss, dabei immer länger und dünner wurde und wie ein Pfeil in Yongs Brust einschlug.

Laohu hörte das Bersten von Knochen und sah, wie Yong zu Boden stürzte und die Masse erneut zurückschnellte und wieder in Siphos Schädel verschwand. Das war das Zeichen für die Tiger, ihre Magazine in seinen missgestalteten Körper zu entladen, der im Takt der einschlagenden Projektile zuckte und waberte und Schritt für Schritt zurückgedrängt wurde.

Dann sah Laohu die dünne, schwarze Spur, die das Ding auf dem Boden hinter sich zurückließ. Er sah, wie sie sich ringelte und der Lèng-Sicherheitsbeamte seinen Fuß daraufsetzte, und wollte ihm noch eine Warnung zurufen. Doch ehe er reagieren konnte, zog sich die Masse blitzschnell um Whetus Fuß zusammen und riss ihn von den Beinen. Sein Hinterkopf schlug hart am Boden auf. Er wurde mit einem Ruck davongezerrt und wenige Augenblicke später von der Dunkelheit verschluckt. Sie rannten hinterher bis zu einem engen Tunnel, der schräg nach unten in die Tiefe führte. Vorsichtig leuchteten sie hinein. Die Strahlen ihrer Scheinwerfer glitten über schwarze, zerklüftete Wände.

»Verdammte Scheiße«, murmelte Baihu. »Habt ihr das gesehen?«

»Ja, wir haben es gesehen«, sagte Laohu. »Wir haben es alle gesehen.«

»Sagt mir bitte, dass wir in einer HoloSim feststecken und das alles hier nur träumen.«

»Schön wär's.« Laohu wandte sich um und warf Tiali einen bedauernden Blick zu. »Sie sind tot. Wir können nichts mehr für sie tun.«

»Tot?«, rief Tiali aufgebracht. Ihr Atem ging schnell und stoßweise. Vermutlich stand sie unter Schock. »Woher willst du das wissen? Sie könnten noch am Leben sein. Zumindest Whetu. Wir müssen ihn suchen.«

»Es tut mir leid.« Laohu wandte sich um und heftete seine Waffe zurück an den Gürtel. »Wir können seinetwegen nicht auch noch die Leben der anderen riskieren. Wir gehen weiter.«

»Ihr wollt ihn einfach so zurücklassen?« Tiali sah zu Li Yun, die bedauernd die Hände ausbreitete. Es klang brutal, aber so war es nun einmal. Sie mussten zusehen, dass sie den Rest ihres Trupps lebendig wieder zurück nach Hause brachten.

Chen bedachte sie mit einem süffisanten Grinsen. Er nickte zum Eingang des Tunnels. »Wenn dir so viel an ihm liegt, dann geh ihn doch selbst suchen.«

Tiali starrte ihn einen Augenblick lang wütend an. Dann heftete sie ihre Waffe an den Gürtel und drängte sich an den Tigern vorbei, um in den Tunnel hineinzuklettern. »Dann gehe ich eben allein.«

»Warte«, sagte Laohu. »Du kannst ihm nicht mehr helfen. Du hast doch gesehen, wozu dieses Ding in der Lage ist.«

»Das ist mir egal. Ich lasse ihn nicht zurück.«

»Er ist tot! Willst du etwa auch sterben?«

Sie hielt inne und blickte über die Schulter zurück. »Ich muss es wissen.« Sie atmete tief durch und warf ihm einen Blick zu, aus dem Angst, aber auch Entschlossenheit sprachen. »Vielleicht ist er schon tot, aber ich muss es einfach wissen.«

Laohu erwiderte ihren Blick und nickte. Die Tiger hatten ein Motto: Wir lassen niemanden zurück. Es war das Versprechen, sich immer aufeinander zu verlassen. Das widersprach dem gesunden Menschenverstand, doch es erzeugte Verbundenheit. Er wusste, dass er an ihrer Stelle genauso handeln würde. »Warte«, sagte er. »Ich komme mit.« Sie erwiderte nichts, doch in ihren Augen sah er die Erleichterung. Sie wandte sich um und machte sich an den Abstieg. Er warf Chen einen Blick zu. »Ihr wartet eine halbe Stunde. Wenn wir bis dahin nicht zurück sind, geht ihr weiter.«

»Laohu!«, rief Shenmi und griff ängstlich nach seiner Hand. »Bleib hier.«

Er schüttelte den Kopf. »Ich komme zurück. Ich verspreche es dir.«

Der Schacht war in den ersten Metern relativ steil, doch die raue Oberfläche der Wände ermöglichte ihnen einen sicheren Abstieg. Sie kamen in einem breiten Schacht heraus und hörten in der Ferne wieder das seltsame Bienenstocksummen. Sie zogen ihre Waffen und gingen weiter.

Nach einer langen Steigung erweiterte sich der Schacht zu einer geräumigen Halle, die mit einem Wald aus gewaltigen Säulen angefüllt war. Blattlose schwarze Bäume, deren Wipfel sich weit über ihren Köpfen irgendwo in der Dunkelheit verloren. Sie kamen an einem guten Dutzend riesiger, sargähnlicher Gebilde vorüber, die durch meterdicke Schläuche miteinander verbunden waren. Die Luft roch modrig und abgestanden wie in einer Gruft. Mit einem Mal überkamen Laohu Zweifel, ob sie jemals diese Gruft von einem Raumschiff lebendig wieder verlassen würden. Was, wenn sie den Ausgang nicht fanden oder dieses schwarze Monster sie nacheinander erwischte? Was, wenn sie hier einfach nur elendig verhungerten? Vielleicht war eine Kugel durch den Kopf noch die gnädigste Variante. Was würde er denn schon vermissen? Vor allem – wer würde ihn vermissen? Er lauschte in die Dunkelheit hinein. Sie waren dem Bienenstocksummen deutlich näher gekommen.

Sie folgten dem Geräusch bis zu einer Art von Gerüst, in dem, halb versunken in schwarz schillernder Masse, der Lèng-Techniker hing, wie in dem Kokon eines riesigen Insekts.

Sie gingen hinter einem der sargähnlichen Gebilde in Deckung und beobachteten schweigend die Umgebung.

Irgendwann erhoben sie sich wieder und näherten sich mit erhobenen Waffen dem Gerüst. Die schwarze Masse hatte Whetus Körper beinahe vollständig eingesponnen. Nur sein Gesicht war noch frei geblieben. Aus seinen starren, weit aufgerissenen Augen tropfte Blut.

Tiali presste den Handrücken vor ihren Mund. Nur mühsam unterdrückte sie ein Würgen.

»Reicht das als Beweis, dass er tot ist?«, fragte Laohu.

Sie wandte den Blick ab und nickte.

Von Sipho entdeckten sie auch nach längerer Suche keine Spur. Irgendwann gaben sie auf und liefen schweigend durch den Säulenwald zurück. Als sie an den riesigen Särgen vorüberkamen, tauchte plötzlich Shenmi aus der Dunkelheit vor ihnen auf. Sie wirkte aufgebracht und ängstlich und rief ihnen etwas zu, das sie zunächst nicht verstanden. Doch als sie bei ihnen angekommen war, zischte etwas dicht über ihre Köpfe hinweg und durchschlug Funken sprühend einen der Särge. Laohu riss Shenmi zu Boden und warf sich schützend über sie. Im nächsten Augenblick spürte er einen stechenden Schmerz im Unterschenkel. Er hörte das Prasseln weiterer Einschläge, die bunt schillernde Farbspritzer über den Raum verteilten und ihn in ein sanftes Dämmerlicht tauchten. Er hob seine Waffe und feuerte in den Säulenwald hinein. Hinter einem der Särge sah er einen Tiger hervorspringen und zum nächsten Sarg hinüberhuschen. Ein zweiter Tiger sprang in die andere Richtung davon. Er legte auf den Tiger an, der hinter dem Sarg verschwunden war, und wartete, bis sich der Lauf seiner Waffe wieder hinter der Deckung hervorschob. Er zielte nicht auf die Waffe selbst, sondern auf eine Stelle direkt auf dem Sarg, hinter der er den Körper des Angreifers vermutete. Er hatte gesehen, wie die Kugeln diese Objekte durchschlagen hatten, und hoffte, dass sie entsprechend wenig Deckung boten. Als er abgedrückt hatte, hörte er einen Moment später den Tiger aufschreien und sah, wie die Waffe schnell wieder hinter dem Sarg verschwand. Er sprang auf, schnappte sich Shenmi und brachte sie hinter der nächsten Säule in Sicherheit. Tiali folgte ihm dicht auf den Fersen.

»Bleibt hier und lasst den Scheinwerfer aus.« Er nickte Tiali zu, strich der zitternden Shenmi kurz über den Kopf und hastete zum nächsten Sarg hinüber. Er fand eine Stelle, an der er hinaufklettern konnte, heftete seine Waffe an den Gürtel und zog sich an einem der dicken Verbindungsschläuche in die Höhe. Schnell kletterte er bis ganz auf den Sarg hinauf. Das schwache Dämmerlicht reichte seinen genetisch modifizierten Augen bereits aus, um sich auch ohne Scheinwerfer zu orientieren. Er sah sich nach eventuellen Gegnern um und arbeitete sich dann Sarg für Sarg über die Verbindungsschläuche hinweg voran, bis er schließlich direkt über dem Versteck des angeschossenen Angreifers war. Er warf einen vorsichtigen Blick über den Rand des Sargs, wo sich circa drei bis vier Meter unter ihm der Tiger zusammengekauert hatte. Der Tiger machte keine Anstalten, sich zu bewegen, und wartete wohl darauf, dass Laohu zu ihm kam. Diesen Gefallen würde er ihm gern tun. Leise kroch er zu einem Verbindungsschlauch, der direkt über dem Kopf des Tigers zum nächsten Sarg hinüberführte, und schob sich nach vorn, um in eine bessere Position zu gelangen. Die Bewegung jagte einen stechenden Schmerz durch sein Bein, und er spürte, wie etwas Warmes im Inneren des Anzugsbeins nach unten lief. Verwundert sah er an sich hinab und bekam gerade noch mit, wie sich ein einzelner Blutstropfen von ihm löste und nach unten fiel. Er landete direkt auf der Hand des Tigers, der daraufhin erstarrte und langsam den Kopf hob. Es war Shixin.

Laohu zögerte nur einen winzigen Augenblick, ehe er sich von dem Verbindungsschlauch herunterfallen ließ und Shixin zu Boden warf. Er hörte, wie unter seinem Gewicht Knochen zerbarsten, und warf sich herum, um seinen benommenen Gegner in den Würgegriff zu nehmen. Shixin widerstand noch für wenige verzweifelte Augenblicke, ehe seine Kräfte erlahmten und Laohu ihm knackend das Genick brach. Schnell blickte er sich um und drehte dann den Kopf des Toten zur Seite. Er zog ihm das Headset aus dem Ohr und horchte hinein. Er hörte Quans tiefen Bass, der nach ihm rief. Er legte die Hand über das Mikrofon und sprach mit verstellter Stimme hinein. »Ich brauche Feuerschutz!« Es knackte im Headset, dann bestätigte Quan. Aus dem Augenwinkel nahm Laohu eine Bewegung wahr und sah den Tiger hinter einem der Särge hervorhuschen. Kurz verschwand er hinter der nächsten Deckung, um einen Augenblick später wieder aufzutauchen und direkt in Laohus Schusslinie hineinzulaufen.

Laohu schoss dreimal schnell hintereinander auf dieselbe Stelle. Die Panzerung in Quans Anzug konnte den ersten Treffer verkraften und auch noch den zweiten. Doch der dritte saß. Laohu zog sich hinter den Sarg zurück und wartete ab, ob noch weitere Tiger auftauchen würden. Er horchte in Shixins Headset hinein, doch im Kanal blieb es still. Er wartete noch ein kleines bisschen und warf dann einen kurzen Blick um die Ecke. Quan saß mit dem Rücken gegen einen der Särge gelehnt da und starrte ihn mit weit aufgerissenen Augen an. Sein Atem ging abgehackt und schnell. Die Naniten in seinem Anzug hatten das Einschussloch schnell gestopft, sodass keine offensichtlichen Verletzungen erkennbar waren. Nur das Blut, das aus seinem Mundwinkel tropfte, deutete darauf hin, dass er schwer verletzt war. In gebückter Haltung huschte Laohu auf den Riesen zu und hob dessen Waffe vom Boden auf.

»Verdammte Scheiße«, ächzte Quan.

»Ja«, sagte Laohu.

Quan sah zu ihm auf. »Es tut mir leid, Laohu. Ich habe nur Befehle befolgt.«

»Ich weiß.«

Quan hustete. Er hob die Hand, um sich das Blut vom Mundwinkel zu wischen, ließ sie nach zwei vergeblichen Versuchen jedoch kraftlos wieder fallen. »Sie hat gesagt, dass das Mädchen ein Teufel ist und uns alle umbringen wird.« Laohu erwiderte nichts. Quan versuchte, noch etwas zu sagen, als er von einem neuerlichen Hustenreiz durchgeschüttelt wurde. Noch mehr Blut floss aus seinem Mundwinkel hervor.

Laohu beugte sich zu ihm herunter. »Was?«

Quans Lippen bewegten sich krampfhaft. Seine Augenlider flatterten. Ein heftiges Zittern lief durch seinen massigen Körper. Dann lag er still.

Laohu legte ihm die Hand auf die Brust. Er war ein hervorragender Tiger gewesen. Ein athletischer Krieger mit gewaltigen Kräften und einem unbeugsamen Willen. Er hatte den Rekruten-Parcours in weniger als fünf Stunden bewältigt und diesen Rekord über neun Jahre gehalten, bis Chen ihn um gerade einmal eine Minute unterboten hatte. Laohu seufzte. Was für eine Verschwendung von Menschenleben.

»Du blutest«, sagte Tiali, als er müde zu ihnen zurückgehumpelt kam.

Ihm fiel auf, dass ihre Waffe auf seine Brust gerichtet war. Er schob den Lauf zur Seite und schüttelte den Kopf. »Ich habe keine Zeit zu bluten.« Er heftete seine Waffe an den Gürtel, hob Shenmi hoch und setzte sie auf seine Schultern. So schnell es ging, durchquerten sie die Halle und liefen durch eine Handvoll Tunnel, bis sie einigermaßen sicher waren, nicht mehr verfolgt zu werden. Sie versteckten sich in einem Seitentunnel, der mit zahlreichen würfelartigen Objekten angefüllt war. Sie fühlten sich butterweich an und pulsierten im Takt ihrer Herzschläge.

Mühsam schälte sich Laohu aus seinem Anzug. Das Projektil hatte seinen Oberschenkel durchschlagen und war auf der Rückseite wieder ausgetreten. Die Naniten hatten die Löcher gestopft, doch jetzt begann die Wunde erneut zu bluten. Er kramte den Wundkleber aus seinem Med-Set heraus. Tiali bot ihre Hilfe an, doch er lehnte peinlich berührt ab.

»Das ist nicht der erste Männerarsch, den ich sehe«, entgegnete sie und nahm ihm den Wundkleber aus der Hand. »Brauchst du Schmerzmittel?«

»Nein. Es geht.«

»Bist du sicher?«

»Ja.«

Er hatte schon schlimmere Schmerzen erduldet. Schmerzen waren ein steter Teil seines Lebens. Vielleicht boten sie ihm auch die einzigen Momente, in denen ihm überhaupt bewusst war, dass er lebte. Er wartete geduldig, bis Tiali ihn verarztet hatte, und stemmte sich dann in die Höhe. Ächzend stieg er zurück in seinen Anzug.

»Es tut mir leid.« Shenmis schmale Schultern bebten, als sie sein schmerzverzerrtes Gesicht sah.

Er versicherte ihr, dass die Verwundung nicht ihre Schuld war. »Sie hassen dich nicht, sie gehorchen nur Befehlen.«

»Wer befiehlt ihnen so etwas?«

»Andere Menschen.«

»Böse Menschen?«

Laohu zögerte, weil er die Antwort nicht wusste, und weil er sich diese Frage bislang eigentlich noch nie gestellt hatte. »Sehr böse Menschen«, gab er schließlich zu.

»Warum gehorchst du ihnen nicht?«

Laohu schaute in ihre großen, dunklen Kinderaugen. Ihr besorgter Blick brach ihm das Herz. »Lasst uns weitergehen«, sagte er. »Sie werden nicht so schnell lockerlassen.«

FLUCHT

SIE WAREN EINE HALBE EWIGKEIT durch die dunklen Tunnel geirrt, bis sie endlich einen Bereich erreichten, der Laohu vage bekannt vorkam. Sie waren einen Schacht hinuntergeklettert, den Shenmi entdeckt hatte, und endlich keimte die Hoffnung in Laohu auf, dass sie vielleicht doch noch einen Weg nach draußen fanden. Gleichzeitig bestand die Gefahr, erneut auf die Gweilo zu treffen, oder auf Li Yun und Chen. Laohus Anspannung schien sich irgendwie auf die Landschaft zu übertragen, die sich merklich verdüsterte und an Farbe verlor. Er spürte Shenmis winzige Finger, die sich an seine Hand klammerten. Er zuckte zusammen und wollte sie im ersten Augenblick abschütteln, doch dann besann er sich anders und drückte beruhigend zu. Die winzige Geste schien einen sanften Schimmer auf ihre unmittelbare Umgebung zu zaubern.

Er schaute zu ihr herunter. »Wann hast du eigentlich das letzte Mal gegessen, Shenmi?«

»Ich weiß nicht.«

»Du weißt es nicht?« Laohu zog die Augenbraue hoch. »Du musst furchtbar erschöpft sein. Du hast sicher Hunger.«

Shenmi dachte darüber nach. Einen Augenblick später strahlte sie über beide Wangen. »Ich habe sicher ganz ordentlich Hunger.«

»Das dachte ich mir.« Lächelnd öffnete Laohu seine Beintasche und zog einen Riegel Taikonautennahrung hervor. Er hatte ihn für den Rückflug eingesteckt. Hochkonzentrierte Proteine aus dem FoodFabber, die ungeheuer nahrhaft waren, aber leider nicht besonders appetitlich schmeckten.

»Was ist das?«

»Was ist deine Lieblingsspeise?«

Sie runzelte die Stirn. »Ich weiß nicht. Was ist denn deine Lieblingsspeise?«

»Süße Mondkuchen. Weißt du, was das ist?«

»Nein.«

Laohu wandte sich an Tiali. »Hast du schon mal Mondkuchen gegessen?«

Sie schüttelte bedauernd den Kopf. »Ich habe in meinem Leben noch kein einziges Mal chinesisch gegessen. Sie liefern leider nicht bis hoch zu unserem Raumschiff.«

»Mondkuchen sind gefüllte Gebäckstückchen, die in früheren Zeiten traditionell zum Mondfest gegessen wurden. Sie bestehen aus Mehl und einer Menge Zuckersirup. Mein Diener hat die besten Mondkuchen der Welt gebacken.« Vorsichtig brach Laohu den Riegel in zwei Hälften und gab eine davon Shenmi und die andere Tiali. »Schließt die Augen. Stellt euch einen selbst gebackenen Mondkuchen vor, der mit einer herrlich süßen Paste aus Lotussamen gefüllt ist.«

»Das geht doch gar nicht.« Skeptisch beäugte Shenmi ihre Hälfte des Riegels.

»Natürlich geht das. Wir befinden uns hier schließlich an einem Ort, an dem unsere Gedanken alles bewirken können.«

»Hm«, machte Shenmi und schnupperte vorsichtig an dem Riegel. Sie warf Tiali einen Seitenblick zu und biss vorsichtig ein Stück ab. Konzentriert kaute sie eine Weile darauf herum und schluckte es herunter. Dann verputzte sie den restlichen Riegel, steckte anschließend die Finger in den Mund und leckte sie einen nach dem anderen genüsslich ab. Als sie fertig war, blickte sie zu Laohu hoch und nickte ernst. »Das sind die besten Mondkuchen, die ich jemals gegessen habe.«

Laohu grinste. »Wo die herkommen, gibt es noch mehr – und vor allem bessere. Ich werde dir einen ganzen Teller davon backen lassen.«

»Einen ganzen Teller? Wirklich?«

»Zwei ganze Teller, wenn du willst. Oder noch viel mehr.«

Shenmi dachte darüber nach. »Also gut. Dann will ich noch viel mehr.«

Laohu legte die Hand auf die Brust. »Versprochen, Shenmi. Großes Tigerehrenwort.«

Tiali konnte sich ein leises Kichern nicht verkneifen.

Das Bienenstocksummen lag jetzt beinahe überall in der Luft. Ein unterschwelliger Ton, der durch Mark und Bein ging. Er schien etwas mit den riesigen Maschinen zu tun zu haben, an denen sie nun immer öfter vorüberkamen. Monströse Zeugen einer untergegangenen Kultur, die ihnen unendlich überlegen gewesen sein musste. Umso mehr drängte sich die Frage auf, was mit den Passagieren dieses Raumschiffs geschehen war.

Sie rasteten am Rand der Halle in einer Art Senke, in der sich das seltsame Gras ausgebreitet hatte. Es sah echtem Gras immer ähnlicher, doch wenn es angeleuchtet wurde, zog augenblicklich ein vielfarbiger Schimmer darüber hinweg.

Ächzend ließ sich Laohu zu Boden fallen und streckte das verletzte Bein aus. Tiali hockte sich zu ihm. Eine Zeit lang saßen sie schweigend nebeneinander und beobachteten das Mädchen, wie es mit leuchtenden Augen das Gras untersuchte. Laohu wollte ihr zurufen, sich nicht zu weit zu entfernen, konnte sich aber gerade noch zurückhalten. *Jetzt klinge ich schon wie ein Vater,* dachte er irritiert. *Wie absurd das ist. Ning würde mich mit Sicherheit auslachen.*

Vielleicht würde er ihm aber auch nur bedeutungsvolle Blicke zuwerfen, und Laohu, der große Tiger, würde ein dummes Gesicht machen und nicht wissen, wie er darauf reagieren sollte.

»Laohu«, plapperte Shenmi, während sie auf allen vieren durchs Gras kroch. »Laohu. Tiali. Shenmi.« Seitdem sie zu reden angefangen hatte, wollte sie gar nicht mehr damit aufhören.

»Weißt du, wie bei uns die Kinder geboren werden?«, fragte er Tiali unvermittelt.

»So wie überall sonst auch, oder etwa nicht?«

»Es gibt bei uns schon lange nicht mehr das, was ihr eine natürliche Geburt nennt. Wir sind ein genetisch modifiziertes Volk. Gezüchtet zur Perfektion. Jeder für eine bestimmte Aufgabe, nach einem strengen Plan. Wir stammen alle aus dem Brutkasten.«

»Das ist ... schrecklich.«

»Es ist die Zukunft. Wir sind euch in so vielen Dingen überlegen.«

»Uns, den Affenmenschen.« Tiali verzog das Gesicht. »Heißt das, du hattest gar keine Eltern?«

»Es gab so etwas wie eine Familie. Ihnen wurde die Rolle meiner Erzieher zugedacht. Das Programm sieht Bezugspersonen vor, die unsere Entwicklung in den ersten Lebensjahren produktiv begleiten. Jedenfalls so lange, bis die Kinder alt genug sind, um in die Akademien aufgenommen zu werden. Bestehen sie die Tests, sehen sie ihre Bezugspersonen selten wieder. Versagen sie, kehren sie meistens zurück.«

»Hast du noch Kontakt zu ihnen?«

»Ich kann mich noch schwach an sie erinnern.« Laohu zuckte mit den Schultern. »Es gibt strenge Regeln, was die Bildung familiärer Strukturen angeht. Manche brechen sie. Hin und wieder gibt es auch natürliche Geburten. In den oberen Sektoren wirken sie sich allerdings sehr negativ auf den Kredit aus. Niemand kann sich das leisten. Wenn es herauskommt, bereuen sie meistens und fügen sich den Gesetzen.«

»Und die Kinder? Was passiert in so einem Fall mit ihnen?«

»Nicht das, was du denkst. Sie werden evaluiert und in eine Erziehungsanstalt gebracht. Es gab durchaus schon natürlich Geborene, die es in höhere Positionen geschafft haben. Ihr Wert für die Gesellschaft ist allerdings begrenzt. Kein Affenmensch wäre den Anforderungen an die Aufgaben eines Archivars oder eines Navigators gewachsen. Man muss realistisch sein.«

»Realistisch ...«

»Sie allerdings ...« Laohu nickte zu Shenmi hinüber. »Sie ist anders. Sie wurde ebenfalls in einem Brustkasten geboren, so wie wir. Nur dass es nicht unter staatlicher Aufsicht geschah.«

»Aber wieso? Wieso sollte man so etwas tun?«

»Weil ihre Erzeuger nicht der Wunsch nach eigenen Kindern angetrieben hat. Sie sind Terroristen. Sie wollen dem Drachenvolk schaden. Ich denke, sie wollten versuchen, uns zu unterwandern. Oder sie wollten eine Art von Mensch erschaffen, der es mit unseren Sicherheitsbeamten aufnehmen kann. Ich weiß es nicht. Das ist das, was man uns erzählt.« Laohu zuckte mit den Schultern. Er hatte Tiali mehr verraten, als er eigentlich wollte. Es war nicht die ganze Wahrheit, aber es war nahe genug dran. Er hoffte, dass es ausreiche, um ihr Verständnis zu wecken. Aus irgendeinem Grund hatte er das Gefühl, sich ihr gegenüber erklären zu müssen.

»Seht mal, was ich habe.« Shenmi streckte ihnen eine winzige Pflanze entgegen, die sie im Gras gefunden hatte. Sie besaß eine gelbe Blüte, so wie einige der Blumen, die Ning in seinem Garten angepflanzt hatte. Laohu spürte, wie sich ihm die Kehle zuschnürte.

»Woher hast du das?«
»Gefällt sie dir?«
»Ja. Ich denke schon.«
»Du magst Blumen?«
»Ich besitze einen Garten. Ich habe allerdings keinen grünen Daumen. Um die Pflege meines Gartens kümmert ... kümmerte sich mein Diener. Ich bin mir sicher, dass er genau solche Blumen gezüchtet hat.«
»Und du, Tiali? Magst du auch Blumen?«
Tiali nickte verwundert.
Shenmi streckte ihr die Blume entgegen, und im selben Augenblick, in dem sie danach griff, begann die Pflanze sich wie von Zauberhand zu verformen. Erst waren es nur winzige Details. Ein rötlich schimmernder Rand, der sich

rund um die Blüte zu bilden begann. Dann veränderte sich die Blüte selbst, wurde länger und schlanker und nahm eine elegantere Form an. Schließlich änderten sich sogar die Strukturen ihrer Blätter und des Stängels, aus dem winzige Dornen herauszusprießen begannen.

»Eine Rose«, hauchte Tiali fassungslos. »Die Lieblingsblume meiner Mutter.« Sie blickte auf, und Laohu glaubte, eine Träne in ihrem Augenwinkel zu erkennen. Liebevoll strich sie über die Blütenblätter. »Sie sieht genauso aus, wie ich sie in Erinnerung habe. Sie ist ... Verdammt!« Wie von der Tarantel gestochen sprang sie auf. Hastig riss sie ihre Tasche auf und zerrte ein kleines Messgerät daraus hervor, das Ähnlichkeit mit einer Pistole besaß. Sie setzte den Lauf an die Blume und startete eine Reihe von Messungen. Fasziniert blickte sie auf das Display. »Das ist unglaublich.«

»Was?«

»Naniten! Sie besteht aus Tausenden mikroskopisch kleiner Naniten. Warum bin ich da nicht schon viel eher draufgekommen? Es lag doch auf der Hand. Hier! Schau dir das an. Sie sind so winzig, dass du sie mit bloßem Auge nicht erkennen kannst.«

Die fremden Naniten waren faszinierende kleine Konstrukte. Jeder von ihnen war in der Lage, eine der Grundfarben zu erzeugen, was vollkommen ausreichte, um in einer Gruppe jede beliebige andere Farbe daraus zu mischen. Ihre Struktur war sechseckig, sodass sie sich zu komplexen und vor allem stabilen Strukturen zusammenfügen konnten. Der Aufbau unterschied sich dabei gar nicht sehr von ihrer eigenen Technologie. Allerdings waren diese Naniten deutlich weiterentwickelt. Ihre Energie bezogen sie offensichtlich aus Licht, was auch der Grund für ihre Phosphoreszenz war. Das Licht der vielen Scheinwerfer musste einen Prozess in Gang gesetzt haben, der sie zum Leben erweckt hatte.

»Wenn man es einmal begriffen hat, ist es vollkommen logisch«, sagte Tiali. »Ich verstehe nur nicht, wie sie auf uns reagieren. Die Naniten in unseren Geräten reagieren auf Bewegung. Aber diese Dinger hier – ich meine: Wie zum Teufel lesen sie uns? Kriechen sie etwa in unsere Köpfe hinein?«

Die Vorstellung war unheimlich, aber gar nicht mal so abwegig. So winzige Maschinen konnten sicherlich mit Leichtigkeit in das Innere eines menschlichen Körpers eindringen. Durch die Lunge oder den Magen oder durch offene Wunden. Sipho hatte eine Verletzung am Bein davongetragen. Sie konnten durch die Risse in seinen Schutzanzug eingedrungen sein, bevor er wieder abgedichtet war. Sipho hatte kurz darauf hohes Fieber bekommen. Vielleicht hatten sie ihn irgendwie infiziert, und sein Körper hatte versucht, die winzigen Eindringlinge abzuwehren.

»So verrückt es klingt: Sipho hat dieses Monster vielleicht sogar selbst erschaffen«, sagte Laohu, nachdem er darüber nachgedacht hatte.

»Und was macht es dann mit uns?«

Er antwortete nicht. Was auch? Dass die Naniten sie irgendwann alle in Monster verwandeln würden? Dass sie unweigerlich krepieren würden, egal, was sie auch taten? Er wollte lieber nicht daran denken. Schlimmer noch: Er durfte nicht daran denken. Er musste sich zusammenreißen und weitermachen. Vielleicht war es überhaupt nicht so schlimm, wie seine Fantasie sich das in diesem Augenblick ausmalte. Vielleicht gab es auch irgendein Mittel dagegen. Die Medic auf der *Zheng He* konnten ihnen sicher helfen. Sie waren doch so schlaue Köpfe. Er atmete tief durch. Wann hatte eigentlich alles begonnen, den Bach runterzugehen?

Shenmi hatte sich am schnellsten an die veränderte Situation gewöhnt. Mit kindlicher Begeisterung erkundete sie die zahlreichen Möglichkeiten, die ihr die winzige Nanitenblume bot. Mit unendlicher Ausdauer veränderte sie ihre Form und Farbe, und irgendwann gelang es ihr sogar, völlig andere Dinge daraus zu zaubern. Ihre Begeisterung wirkte ansteckend auf Laohu und Tiali. Allmählich wurde ihre Umgebung heller und freundlicher. Bekam einen leuchtenden Anstrich, so wie die Kinderzeichnungen, die Laohu an den Wänden von Shenmis Zimmer auf der *Zheng He* gesehen hatte. Freudestrahlend streckte sie ihm die Blume entgegen, inzwischen ein zweifarbiger Ball mit einer schwarzen und einer weißen Hälfte.»Was ist das?«

Laohu lachte.»Ein Guàiwù. Ein Spiel.« Er nahm ihr den Ball ab und drehte die beiden Hälften gegeneinander, bis der Ball auseinanderfiel und ein hässliches kleines Monster ausspuckte, das ihn kurz wütend anfauchte, ehe es zurück in den Ball kroch.

Shenmi jauchzte vor Begeisterung.»Ich möchte das auch können.«

Laohu nickte.»Pass auf.«

Shenmi war eine ausgesprochen gelehrige Schülerin. Schon nach wenigen Versuchen hatte sie den Dreh heraus und konnte das kleine Monster beliebig nach ihrer Pfeife tanzen lassen. Ihre Augen leuchteten, während sie es wieder und wieder zum Vorschein brachte. Laohu warf einen verstohlenen Seitenblick auf Tiali und stellte fest, dass sie ihn beobachtete.

»Versuch es auch mal«, rief Shenmi und streckte ihr den Ball entgegen.
»Ich weiß nicht, ob ich das kann.«
»Jeder Dummkopf kann das. Selbst Laohu hat es geschafft.«
Tiali lachte und nahm den Ball mit einem Augenzwinkern entgegen.

Als Shenmi schließlich vor Erschöpfung einschlief, unterhielten sie sich noch eine ganze Weile weiter. Überrascht stellten sie fest, dass sich ihre Sorgen und Nöte gar nicht so sehr unterschieden. Sie waren sich ähnlicher, als sie gedacht hatten. Für Laohu war das eine völlig neue Erfahrung, denn bis zu diesem Augenblick war er immer der Meinung gewesen, ein totaler Einzelgänger zu sein, dem selbst die Gegenwart anderer Tiger irgendwann zuwider war. In Gesellschaft dieser Lèng-Frau und des Kindes fühlte er sich wohl – angesichts ihrer Situation eine völlig verrückte Empfindung.

Mit einem Mal konnte er sich sogar ein wenig in Nings Gedankenwelt hineinversetzen, dessen größtes Glück eine Familie gewesen war. Westliche Forscher der Vergangenheit hatten einmal behauptet, dass ein Einzelgänger nur ein halber Mensch war, dass er erst in Gegenwart anderer selbst zu einem vollständigen Menschen wurde. Vielleicht war es ja sogar mit ihren Raumschiffen so. Vielleicht hatte Tiali recht, und sie würden nur gemeinsam den Wahnsinn dieser Reise überstehen.

Nachdenklich sah er zu Shenmi hinunter, die zusammengerollt zu seinen Füßen lag und tief und gleichmäßig atmete. Auf ihrem schlafenden Gesicht lag ein seliger Ausdruck. Sie träumte vermutlich von Mondkuchen und kleinen Monstern, die aus Bällen hervorgekrochen kamen und sie anfauchten. Er beneidete sie um ihren Schlaf, denn seine Schuld würde ihn niemals wieder zur Ruhe kommen lassen. Er zog einen weiteren Energieriegel aus der Tasche seines Anzugs. Beim Anblick der proteinreichen Masse zog sich sein Magen zusammen. Er hatte schon seit Ewigkeiten nichts mehr gegessen. Nach einem wehmütigen Blick auf den Riegel legte er ihn vorsichtig in Shenmis geöffnete Hand, die sich im Schlaf fest darum schloss. Er schaltete sein Headset ein und suchte nach einem offenen Kanal. Nach einer Weile schaltete er das Headset wieder aus, lehnte den Kopf gegen die Wand und schloss die Augen.

DIE RÜCKKEHR
DER ENTE

DIE ZEIT VERGING ZÄH, UND HELEN BLIEB nicht viel anderes zu tun, als die Kontrollelemente des Schiffs zu beobachten, während Garcia sich auf einem der Displays vor ihr ein Trid-Sim ansah, das sie bereits aus Rangis Fundus kannte. Nur, dass es in einer Sprache gehalten war, die sie nicht kannte. Unauffällig konsultierte sie den Übersetzer in ihrem Armdisplay. Spanisch. Sah man davon ab, schienen sich die Menschen auf den Weltschiffen noch immer ähnlich zu sein. Zumindest zogen sie sich denselben Mist rein, der vor über einhundert Jahren in einem Sonnensystem gedreht worden war, das niemand von ihnen je gesehen hatte oder jemals sehen würde. Helen fragte sich, ob es auf der Venta oder bei den Zheng neuere Trids gab, aber irgendwie bezweifelte sie es. Nicht nur die Passagiere der *Venta Chitru* waren in der Zeit eingefroren. Irgendwie waren sie es alle – lebende Zeitkapseln einer Menschheit, von der sie nicht wusste, ob sie außerhalb der drei Schiffe überhaupt noch existierte. Hin und wieder setzte sie ihren Helm auf und rief über das Visierdisplay ihren privaten Kanal zu Rangi auf. Nichts als Rauschen antwortete ihr. Helen war nicht erstaunt. Vielleicht war es noch immer das Störfeld der Behemoth, vielleicht auch irgendetwas, das die Ven auf diesem Schiff hier installiert hatten. Aber eine echte Com-Verbindung war auch nicht der Plan. Sie wusste nicht, welche Möglichkeiten dieses Schiff hier hatte, also konnte sie nicht wissen, was der Ven neben ihr abfangen konnte. Und das Letzte, was sie wollte, war, dass jemand mithörte. Stattdessen startete sie eine Sprachaufnahme.

»*Musch*, Planänderung! Der Admiral macht mit seinem Gefolge einen Ausflug zur Venta. Und ich darf ihn fliegen. Was immer sie auf der Behemoth machen – es ist nur eine Ablenkung! Mach, dass du zur *Tresch* kommst – wenn die Zheng mitbekommen, was wirklich passiert, gibt es einen Gegenschlag. Du weißt, jemand auf der *Tresch* wollte eine Aufnahme. Ich besorge sie dir. Sorg du dafür, dass sie ankommt. Und lass dich nicht erwischen. Ich liebe dich.«

Sie pausierte die Aufnahme, verband ihr Armdisplay unauffällig mit der Sendeanlage des Rigs und stellte die Nachricht auf Burst. Sobald sie die Aufnahme beendete, würde sie zu einem kompakten Datenpaket verschlüsselt und komprimiert werden, das bei der ersten Gelegenheit mit voller Sendeleistung ins All geschleudert würde. Spätestens die Antennen der *Tereschkowa* würden den Burst fangen und automatisch zustellen. Und nur Rangi hatte den Empfangsschlüssel. Das war der einfache Teil. Sie atmete tief durch und versuchte, ihren Puls zu beruhigen, bevor der VacSuit ihr eine Injektion verpasste. Weit interessanter wurde es jetzt. Sie aktivierte die Aufnahme erneut, und dieses Mal schaltete sie das Com des Shuttles zu. Sie räusperte sich. »Wir sind aus dem direkten Com-Schatten der Behemoth heraus, Admiral, und der Kurs auf die *Venta Chitru* liegt an. Wir haben nach der gegenwärtigen Berechnung noch etwas über zwei Stunden bis zum Landeanflug. Zumindest, wenn der ähnlich wie bei der *Tresch* läuft. Darf ich fragen, was ich beachten soll?«

»Beachten?« Es war der Kommandant, der ihr antwortete. »Flieg einfach hin, und wir machen den Rest.«

Helen räusperte sich erneut. Ihr Hals war inzwischen ausgetrocknet. »Sir, bei allem Respekt: Es wäre sinnvoll, wenn ich zumindest ungefähr wüsste, was uns erwartet. Dann ... ich wüsste dann, dass alles im Sinn der Aktion verläuft. Fällt mir sonst schwer mitzubekommen, wenn etwas schiefgeht. Also bevor es schiefgegangen ist, Sir. Ich sollte schon wissen, worauf ich achten muss. Also zum Beispiel: Werden wir mit Bordgeschützen zu rechnen haben? Wo genau legen wir an?«

Sie wandte sich direkt an ihren Co-Piloten. »Garcia, richtig? Garcia, wie viele Docks hat die *Venta*? Wie und in welchem fliegen wir ein? Erwarten uns Abfangmaßnahmen? Diese Dinge halt.« Sie hatte begonnen, schneller zu sprechen, und unterbrach sich jetzt, halb aus Furcht, dass sich ihre Stimme überschlug.

Für einen Moment herrschte so tiefe Stille auf dem Kanal, dass Helen beinahe schon unsicher war, ob man sie überhaupt gehört hatte.

»Das sind gute, sinnvolle Fragen«, sagte der Admiral dann. »Und ich bin froh, dass du sie stellst, Helen Hopper. Siehst du, Victor, du bringst den Leuten immer nur bei, dass sie auf den Befehl ›Spring!‹ nur fragen ›Wie hoch?‹. Aber manchmal ist es gut, wenn wir jemanden haben, der fragt: Wo hinunter? Mit wem, wann, wozu und auf wen? Sinnvolle Fragen, die uns so viel weiterbringen! Also dann – hört mir genau zu. Wie ihr inzwischen hoffentlich alle mitbekommen habt, interessieren wir uns nicht für den Haufen Weltraumschrott. Wozu auch? Wenn wir

Glück haben, finden wir etwas, das unsere Fabber verarbeiten können. Oder wahnsinnig fortschrittliche Technologie und all dieses traumhafte Zeug. Aber was sollten wir damit anfangen? Wir können das meiste nicht verwenden und haben nicht die Zeit herauszufinden, wie der Rest funktioniert. Unsere Zeit läuft ab. Die *Tereschkowa* ist am Ende. Gerade du, Hopper, wirst das bestätigen können, richtig?«

Helen dachte an die Risse, die sie in den vergangenen Monaten geflickt hatte, an die provisorischen Behausungen, in der die Leute auf Ebene B bis D hausten, an die altersschwachen Fabber und den rostigen Sumpf unten auf Ebene D. »Es könnte besser aussehen«, gab sie zögerlich zu.

»Seht ihr? Helen Hopper, ich benötige noch bei einer weiteren Frage deine fachliche Einschätzung. Wir haben die *Tresch* in den vergangenen Wochen weit genug abgebremst, um diesem Wrack einen Besuch abzustatten. Aber wie ist es um unsere Schwerkraftgeneratoren bestellt?«

»Bestell...? Wir haben keine mehr. Oder zumindest fast nirgendwo mehr«, sagte Helen vorsichtig. »Seit dem Großen Sturz. Der Anpressdruck des Bremsschubs sorgt für die Schwerkraft.«

»Ja«, stellte der Admiral gut gelaunt fest. »Aber was passiert, wenn wir keinen Bremsschub mehr haben?«

»Dann herrscht im Grunde ...« Helen stockte. »Dann haben wir auch keine Schwerkraft mehr?«

»Und schon wieder korrekt! Und was heißt das für die *Tresch* und ihre Bewohner?«

Helen zögerte, nicht zuletzt aufgrund der Bilder, die plötzlich in ihrem Kopf entstanden. »Nichts bleibt dort, wo es im Moment ist?«

»Genau das!« Der Admiral strahlte inzwischen geradezu. »Das gilt für Unterkünfte und Menschen ebenso wie für mehr als einen halben Kubikkilometer nasser Erde und Wasser, die im Moment auf Ebene E kleben.« Er breitete bedauernd die Hände aus. »Selbst wenn wir uns beeilen und den Bremsschub auf ein Minimales beschränken, um das Schlimmste zu vermeiden, haben wir vielleicht gerade Mal noch zwei Tage, maximal 56 Stunden. Danach sind wir aus der Reichweite der Shuttles. Die Anzahl der Flüge, die wir in dieser Zeit schaffen, ist zu gering, um uns mehr als einen Aufschub zu verschaffen. Aber«, er hob plötzlich die Stimme, »genau deshalb fliegen wir zur *Venta Chitru*. Wir sind ihr so nah wie in den letzten vierzig Jahren nicht mehr, und alle, Zheng wie Ven, sind abgelenkt. Und wisst ihr, was an der Venta das Schöne ist? Es leben nur etwa zweihundert Leute auf ihr. Der Rest ist Tiefkühlgemüse und träumt davon, eines Tages aufzuwachen. Das ist doch korrekt, oder, Garcia?«

»Im Moment sind einhundertneunundachtzig Crewmitglieder der *Venta Chitru* nicht in Kryostase. Davon befinden sich siebzehn auf dem Wrack, das wir Behemoth nennen. Mich nicht eingeschlossen«, sagte Garcia in einem so unbeteiligten Ton, als würde er die Checkliste einer Werkzeugkiste durchgehen. Keine Spur von Grimm, Hass oder Abfälligkeit lag in der Stimme des Mannes, und vielleicht war es genau das, was ihr einen neuerlichen Schauer über den Rücken jagte.

»Acht davon sind Sicherheitsleute, die Kapitänin Tiali begleiten. Es gibt noch sechzehn weitere und neun aktive Offiziere, die die Kernmannschaft bilden. Kommandant, Erster und Zweiter Offizier und so weiter. Der Rest ist nichtmilitärisches Personal. Astronomen, Reparaturcrews,

Ärzte, Forschung und Entwicklung, Leute, die sich um die Nahrungsanlagen kümmern, Piloten wie ich und ein paar Leute für die Unterhaltung. Im Kälteschlaf befinden sich rund zehntausend Passagiere, die meisten sind so eingestellt, dass sie erst aufwachen, wenn wir unser Ziel erreicht haben. Das ist also korrekt.«
»Und die Verteidigungsanlagen?«
»Nichts, was der Rede wert wäre. Eine ganze Reihe Bordgeschütze zur Asteroidenabwehr, ein Energieschild, das sich bei Bedarf hochfahren lässt, ein Magnetschild, der kosmischen Staub und Kleinstmeteoriten abfängt – vermutlich war's das schon. Ich hab zumindest noch von nichts anderem gehört. Und für alle drei habe ich die Zugangscodes.«
»Ihr seht, die *Venta* wartet geradezu darauf, von fähigen Leuten übernommen zu werden, die all das ungenutzte Potenzial in vernünftige Bahnen lenkt. Von Leuten, die all den ungenutzten Platz zu würdigen wissen, Leuten, die bereit sind, ihr Schicksal zum Wohl der Menschheit in die Hand zu nehmen, und die bereit sind, Widerstände zu ... beseitigen. Und das sind sicher keine Leute, die sich für die Dauer dieser Reise auf Eis legen lassen.« Einige der Marschalls hatten zustimmend zu murmeln begonnen, und der Admiral wartete geduldig, bis ihre Stimmen verebbten. »Es ist also, zum Wohl der Menschen auf der *Tresch*, unsere Pflicht, diese einmalige Chance zu nutzen und uns neuen Lebensraum zu sichern. Für unsere Familien und unsere Kinder. Der Plan ist also: Wir landen auf der *Venta*, die bislang dank unseres geschätzten Verbündeten Castian Garcia hier keine Ahnung hat, was auf sie zukommt. Wir haben es bestenfalls mit sechzehn Sicherheitsleuten und neun Offizieren zu tun. Vielleicht noch einer Handvoll von Leuten, die unbedingt Helden

spielen müssen. Wir kennen die Trids ja alle.« Die Marschalls lachten, und der Admiral ließ sie erneut einen Moment gewähren, bevor er die Hand hob. »Irgendwer ist da ja immer, doch alle Szenarienberechnungen deuten darauf hin, dass die Ven vernünftig genug sind, um zu sehen, wann sie verloren haben. Deshalb: Vermeidet alles unnötige Blutvergießen. Eliminiert alle Sicherheitsleute. Die machen nur Ärger. Eliminiert, wenn es sein muss, jene Offiziere, die sich offen widersetzen – aber lasst ein paar davon übrig. Ich gehe davon aus, dass wir für einige Dinge Sicherheitscodes brauchen, und ich hätte gern so schnell wie möglich die volle Kontrolle, ohne erst das Tiefkühlgemüse auftauen zu müssen. Was den Rest angeht – solange sie keine Helden spielen, lasst sie meinetwegen am Leben. Wir können fähiges Personal, das sich vor Ort auskennt, gut gebrauchen. Es ist nicht unbedingt notwendig, aber es würde unsere nächsten Schritte deutlich erleichtern. Der wichtigste Punkt neben der Ausschaltung der Verteidigung wird jedoch die Einnahme der Sicherheitszentrale und der Kommunikation sein. Haben wir die, kontrollieren wir das Schiff. Und wir kontrollieren die Verteidigungsanlagen. Damit halten wir die Zheng davon ab, irgendeinen heroischen Unsinn zu versuchen. Habt ihr das so weit verstanden?«

Die Marschalls brüllten ihre Zustimmung heraus, und Helen zuckte zusammen.

»Admiral, Sir«, warf sie dann schnell ein, als der Lärm nachzulassen begann. »Eine Frage bitte noch: Was wird mit dem Rest der *Tresch*? Es leben ... keine Ahnung ... vielleicht zwölftausend Menschen auf der *Tresch*. Meine Familie. Und ich vermute, auch die Familien der anderen hier. Was wird aus denen?«

Der Admiral hinten in der Kabine drehte sich um und starrte sie durch das gläserne Verbindungsschott an. Zum ersten Mal fiel ihr auf, dass er einen ähnlichen Holografiekragen trug, wie ihre Tochter es getan hatte, als sie sie das letzte Mal gesehen hatten. Dann erschien das typische Lächeln auf dem Gesicht des Admirals, so plötzlich, als hätte er es eingeschaltet. Und zum ersten Mal kam ihr der Gedanke, dass das vielleicht wirklich der Fall war.

»Keine Sorge, Helen Hopper. Das ist bedacht, und es wurden Vorkehrungen getroffen. In diesem Moment werden auf der *Tresch* die übrigen Shuttles vorbereitet, um auf unser Zeichen hin Passagiere von dort zur Venta zu fliegen. Zuerst werden das weitere Marschalls und unsere wichtigsten Offiziere sein, um unsere Position auf dem Schiff zu sichern. Danach werden selbstverständlich Ihre Familien übergesetzt. Es ist bereits dafür gesorgt, dass sich all Ihre Angehörigen an den Abflugpunkten sammeln. Die *Venta* bietet genug Platz für uns alle.«

Erneut redeten die Marschalls durcheinander. Keiner von ihnen klang unzufrieden. So wie es sich anhörte, waren sie alle heiß auf diesen Einsatz. Der Admiral dagegen starrte sie noch immer durch das Schott hindurch an, das Lächeln unverrückbar in seinem Gesicht zementiert.

»In Ordnung.« Helen zwang sich, die Worte ehrlich klingen zu lassen, auch wenn es ihr den Hals zuschnürte. »Das klingt nach einem Plan. Danke, Sir. Wir werden die *Tresch* nicht enttäuschen.«

Sie ließ sich in ihren Sitz zurückfallen und stoppte die Aufnahme unauffällig erneut. Abermals prüfte sie die Comverbindung, doch die Blockade war nach wie vor vorhanden.

Unsere Familien werden übergesetzt. Wer's glaubt... Hastig schob sie die Burst-Nachricht in eine Warteposition, aus der sie sofort verschickt würde, wenn die Blockade verschwand. Eine Sekunde würde genügen. Als Nachgedanke fügte sie noch zwei zusätzliche Empfänger hinzu und beendete die Aufnahme. Im selben Augenblick tauchte eine Nachricht auf ihrem Visier auf. *Glaub ihm kein Wort. Hab nachgerechnet. Haben noch 60 Shuttles. Das sind 600 Leute, max. 900 pro Flug. Mit Ladezeiten max. 4 Flüge, bis wir außer Reichweite sind. Das sind kaum mehr als ein Viertel. Was ist mit dem Rest?*

Helen sah sich nicht nach Assa um. Mit einem Zwinkern löschte sie die Nachricht. »Ich glaube nicht, dass er auch nur dreitausend holt«, diktierte sie fast lautlos. »Ein Flug. Höchstens die 50 Reserveschiffe. Fünfhundert Leute. Das sind seine Marschalls und die Leute aus dem Bug. Er hat nicht vor zu teilen.« Sie verschickte die Nachricht und löschte sie ebenfalls sofort.

Einen Augenblick später tauchte die nächste Nachricht auf. *Vermutlich. Was tun wir?*

Helen seufzte schwer. Nachdenklich setzte sie ihren Helm ab und streckte sich. Assa hatte recht. Der graue Staub, der an ihren VacSuits hing, kroch wirklich überallhin. *Ich muss die Nachricht versenden,* formte sie mit den Lippen.

»Verstehe«, sagte Assa leichthin. »Wir besorgen uns also ein neues Schiff. Na gut, dann sollten wir vorher noch was zwischen die Zähne bekommen.« Sie sah den Marschall im Cockpit an und dann durch das Schott nach hinten. »Ich weiß nicht, wie es euch geht, aber ich könnte gerade töten für was zu essen.« Sie stemmte sich aus dem Sitz und setzte ein breites Grinsen auf. »Glücklicherweise muss ich das aber nicht. Die alten Transportabteile wie das hier haben nämlich neben Ledersitzen noch einen weiteren Luxus, den unsere modernen schon lange nicht mehr haben.

Gavno, hab ich mir gewünscht, das mal ausprobieren zu dürfen.« Sie deutete auf die Schleuse. »Ich darf doch reinkommen, oder?«

Mit einem Seitenblick auf den Admiral nickte der Kommandant, und das Schott glitt beiseite. Assa marschierte in den Passagierraum und schob ein paar Marschalls beiseite. »Lasst mich mal durch, *Sahti*. Das, worauf ihr euch da die Hintern breit sitzt, ist keine Bank, verdammt. Das ist eine Fabberbox. Lasst mich mal ein Auge drauf werfen.« Sie zwinkerte, klappte den mit Synthleder bespannten Deckel auf und legte eine Box frei, die vermutlich groß genug war, um ein komplettes gebratenes Schwein samt Beilagen auf einmal zu drucken. Bewundernd ließ sie ihre Finger über den Rand des Fabbers gleiten. »Wunderschön, oder?« Mit einem entschlossenen Schnaufen schob sie eine Abdeckung beiseite und klappte ein Display aus. Zwinkernd musterte sie das Menü. »Verdammt, das andere Auge ist das schärfere.« Sie tippte ein wenig auf dem Display herum. »Ich weiß nicht, wonach euch ist, aber ich würde wirklich gern Ingwerreisbällchen mit Entenbrust probieren. Kennt ihr eigentlich Entenbrust? Früher auf der Erde sind Enten schwimmende Vögel gewesen. Sehr beliebte Speisevögel, sagt man.« Noch immer huschten ihre Finger über die Beschriftung auf dem Display, bevor sie begann, umständlich zu scrollen. »Das Problem ist nur: Beim Großen Sturz haben wir echt einiges an Daten verloren. Und absurderweise war auch das Fabberrezept für Entenfleisch dabei. Ich probiere seit Jahren, aber ich kriege es einfach nicht hin! Es schmeckt nie so wie in meiner Erinnerung. Ah, hier. Entenfleisch. Ente!« Assas Grinsen wurde breiter, und sie seufzte entzückt. »Ich hatte die Hoffnung schon aufgegeben.«

Erneut rief sie Dinge auf und verschob sie, schneller, als Helen irgendetwas erkennen konnte. »Lass mal sehen, wie viele sind wir? Schon komisch, was? Da haben wir Datenbanken, die das gesamte Wissen der Menschheit enthalten, alles Wissen, vom genetischen Code der kleinsten Fliege bis zum Bauplan der besten Computer, aber ein einziger Steinbrocken mitten im All, und wir können nie mehr Ente essen. Irgendjemand ein Bier dazu? Nein? Na, ist vielleicht auch besser so. Und los geht's!« Sie aktivierte die Auswahl auf dem Display, und für einen kurzen Moment flackerten die Lichter des Abteils. Die Marschalls murrten alarmiert, doch Assa hob eine Hand und tippte mit der anderen auf dem Display herum »Moment! Moment, mein Fehler! Ach, *Gavno*! Falsche Einstellung. Woah. Wir können froh sein, dass nicht das ganze Schiff ausgefallen ist, was? Die Dinger brauchen wesentlich weniger Energie als unser Schrott zu Hause auf der *Tresch*. So, jetzt.« Der Fabber aktivierte sich erneut, und Assa schloss den Deckel. Auf dem Display erschien ein Countdown von fünf Minuten. »Wenn man schon gezwungen ist, sich zu langweilen, dann doch mit Stil und gutem Essen, was? Haben Sie schon mal Ente gegessen, Herr Admiral?«

Der Admiral schien Assa jetzt zum ersten Mal richtig zu bemerken. Er musterte die Einäugige. »Assa Lang«, sagte er dann. »Die beschädigte Assa Lang. Dein Ruf eilt dir voraus, Assa Lang. Ich bin froh, dass du den Weg zu uns gefunden hast und uns auf dieser wichtigen Reise begleitest. Wenn ich ehrlich bin, hat mein Koch keine Ahnung, wie man richtig vorzügliches Essen aus einem Fabber holt.« Er warf einen Seitenblick auf das Display. »Ich kenne Ente, ja. Vor dem Sturz wurde sie wirklich gern gegessen. Glaube ich. Ich erinnere mich kaum noch daran.

Wir haben so viel verloren.« Für einen Moment sah er sie wehmütig an.

Dann jedoch kehrte das Grinsen auf sein Gesicht zurück. »Aber«, sagte er und hob mit einer theatralischen Geste den Arm, »das Zauberwort heißt: Redundante Systeme. Deswegen haben unsere Vorfahren drei Schiffe geschickt und nicht nur eins. Damit nichts durch unglückliche Zufälle oder menschliche Dummheit verloren geht. Wir sind die Zukunft der Menschheit, und es ist unsere Pflicht, dafür zu sorgen, dass nichts vergessen wird. Und jetzt«, er deutete auf den Fabber, »haben wir sogar die Ente zurück. Was soll uns jetzt also noch aufhalten?«

Die Marschalls lachten dröhnend und scharten sich um den Fabber, auf dessen Display die Zeit nach unten zählte.

Assa trat unauffällig zurück, bis sie neben Helen stand.

»Und?«, murmelte sie. »Hat es funktioniert?«

»Jep.« Helen nickte. »Der Vogel ist unterwegs.« Die Burst-Nachricht hatte das Schiff verlassen.

CHRISTOPHER COLUMBUS

DAS LEBEN AUF DER *VENTA CHITRU* war kalt und einsam. Die Lèng hatten entschieden, ihr Raumschiff, das eigentlich für die Versorgung von mehr als fünftausend Passagiere ausgelegt worden war, stattdessen im absoluten Minimum zu betreiben. Lediglich eine Kernbesatzung von rund zweihundert Männern und Frauen kümmerte sich um Navigation und Wartung. Die wenigen Besatzungsmitglieder benötigen nur geringe Versorgungsmittel und Vorräte. Der so hinzugewonnene Platz konnte für zusätzliche Materialien zur Besiedlung ihres Zielplaneten sowie die Lagerung von beinahe zehntausend in künstlichen Kälteschlaf versetzte Siedler verwendet werden.

Tiali war eine von fünfundzwanzig derzeit aktiven Navigatoren, die im Lèng-Jargon Piloten genannt wurden. Aus Mangel an geeigneten Experten hatte sie neben ihrer Hauptbestimmung eine umfangreiche Ausbildung in Technologie, Kommunikation und archivarähnlichen Fähigkeiten genossen. Ihre aktive Dienstzeit sollte insgesamt achtzehn Jahre betragen, von denen sie bereits elf abgeleistet hatte. Im Anschluss daran würde sie erneut in Kryostase versetzt werden, um am Ende ihrer Reise beim Aufbau der neuen Kolonie mithelfen zu können.

Geboren war sie im Jahr 2159 auf dem Mars. Ihr Geburtsort war Sriram II gewesen, eine winzige Siedlung am Rand des Gale-Kraters, die nach einem Hauptsponsor der ersten Besiedlungswelle benannt worden war. Tialis Beschreibung der winzigen Ortschaft, die damals gerade einmal zehntausend Einwohner gezählt hatte, versetzte Laohu in Staunen. In seiner Vorstellung hatte das Leben in den Metropolregionen des Mars immer Ähnlichkeiten mit dem Gewusel auf einem gewaltigen Ameisenhaufen gehabt. Beinahe ebenso beengte Verhältnisse wie auf der *Tereschkowa*, aber in einem ungleich größeren Rahmen.

Tiali war nicht auf dem Mars geblieben. Mit gerade einmal sechzehn Jahren hatte sie im Rahmen eines Stipendiums Hongkong-Macau besuchen dürfen und war bis hoch in das alte Peking gereist. Für einige Wochen war sie sogar in West-Darwin stationiert gewesen, dem sichersten Ort in der kontaminierten Zone Australiens. Ihre Erzählungen wirkten wie die Berichte einer Zeitreisenden aus einem Roman des Schriftstellers H. G. Wells. Technisch gesehen war sie ja sogar weit über hundert Jahre alt. Laohu musste zugeben, dass sie sich für dieses Alter verdammt gut gehalten hatte.

»Wie war das damals in der kontaminierten Zone?«, fragte er, während sie über eine weitere seltsame Nanitenwiese liefen, aus der eine große Zahl durchsichtiger, ballonartiger Objekte herauswuchs, die an Seifenblasen erinnerten. In ihrem Inneren schwamm eine zähe Flüssigkeit, die bei Annäherung sanft zu glimmen begann.

»Nicht viel anders als im Raumschiff. Bei unserer Forschungsstation in Darwin handelte es sich um einen unterirdischen Bunker. Eine Verbindung zur Außenwelt war nur über eine Handvoll taucherglockenartiger Beobachtungsposten möglich. Es gab wenig zu sehen, da das Vorfeld in regelmäßigen Abständen eingeäschert wurde. Die Auswertungen der regelmäßigen Drohnenaufnahmen hatten uns deutlich mehr Erkenntnisse gebracht. Nur ein einziges Mal während meines gesamten Aufenthaltes habe ich dort ganz kurz ein Lebewesen mit eigenen Augen gesehen. Eine Art Vierbeiner, der etwas kaum greifbar Menschenähnliches gehabt hatte. Ein ekelerregender Hybride aus einem Tier und einem Menschen. Ich meine ...« Sie brach ab und errötete.

»Schon gut«, sagte Laohu lächelnd. »Ich weiß ja, wie ihr über uns redet. Ich denke, in dieser Hinsicht schenken wir uns allerdings nichts.«

»Dieses Ding war jedenfalls anders als alles, was ich jemals zuvor in meinem Leben gesehen hatte. Sie haben uns zwar Hologramme gezeigt, um uns darauf vorzubereiten, aber wenn du so einem Wesen von Angesicht zu Angesicht gegenüberstehst, vergisst du diesen Anblick nicht mehr. Es ist mehr an ihnen dran als diese groteske Körperform. Sie strahlen etwas aus, das ich nicht beschreiben kann. Etwas Fremdartiges und unglaublich Bedrohliches. Nicht nur für mich, sondern für die gesamte Menschheit. Ich weiß, das klingt verrückt, aber genau dieser Gedanke ist mir in dem Augenblick durch den Kopf geschossen. Dabei wirkte das Ding noch nicht mal aggressiv. Eher neugierig. Die Sicherheits-AI war allerdings anderer Meinung. Sie hat die Stelle in Sekundenbruchteilen vollständig einebnen lassen. Es existieren Aufnahmen davon, aber ich habe sie mir nicht angeschaut. Ich hatte Angst davor, ein intelligentes Wesen zu beobachten, das gerade exekutiert wird.«

Laohu wollte entgegnen, dass es vollkommen richtig gewesen war, dieses Ding zu vernichten. Das Mutationsniveau in den Northern Territories war damals einfach zu hoch gewesen, um sich Schuldgefühle oder Mitleid erlauben zu können. Doch irgendetwas hielt ihn zurück. »Du verstehst jetzt vielleicht unsere Angst vor unkontrollierter Gentechnik«, sagte er stattdessen. »Die Gefahr ist einfach zu groß. Vor allem, wenn wir keine anderen Rückzugsorte mehr haben. Wir können nicht einfach einen halben Kontinent unter Quarantäne setzen. Wenn wir auf der *Zheng He* die Kontrolle verlieren, dann verlieren wir alles.«

Tiali lächelte traurig. »Ist das nicht seltsam? Da bleiben uns keine anderen Rückzugsorte mehr, und wir haben nichts Besseres zu tun, als uns gegenseitig zu bekriegen.«

»Das ist genau das, was ich von Menschen in so einer Situation erwarten würde.«

»Du hattest vermutlich keine allzu glückliche Kindheit.«

»Ich habe mit vier Jahren angefangen, kämpfen zu lernen. Es hat mir von Anfang an eine Menge Spaß gemacht, soweit ich mich erinnern kann.«

»Genau das meine ich«, sagte Tiali grinsend.

Laohu zwinkerte ihr zu. »Ich verstehe aber, was du sagen willst: Wir sollten doch eigentlich zusammenarbeiten.«

»Das ist schließlich der Zweck unserer Reise, nicht wahr?«

»Ich weiß überhaupt nichts über den Zweck unserer Reise.«

»Bringen sie euch das denn nicht bei?«

Laohu zuckte mit den Schultern. »Der Drachenrat entscheidet über solche Dinge. Er ist besser dafür geeignet. Warum sollte er seine Beweggründe erläutern? Ich erkläre ihnen ja auch nicht, wie man am besten eine Kehle herausreißt.«

»Du weißt also wirklich nicht, warum wir unterwegs sind?«

»Wissen die Menschen auf der Erde denn, warum sie auf einem Erdklumpen durch das All fliegen? Ich sehe da keinen Unterschied. Wir sind ein pragmatisches Volk. Wir hinterfragen die Dinge nicht andauernd, sondern machen das Beste aus den Gegebenheiten. Ich weiß, dass wir zu Luytens Stern fliegen, um eine Siedlung zu gründen. Ning hatte mir öfter davon erzählt. Er zeigte immer eine Menge Interesse an unserer Vergangenheit, und auch an der Zukunft. Er wäre erfreut gewesen, mehr von dir zu erfahren. Aber Chen hat ihn ermordet.«

»Das tut mir leid.«

»Also? Weshalb sind wir denn sonst noch unterwegs?«

»Haben sie euch etwas über das Alien-Raumschiff damals auf dem Mars erzählt? Das ist der offizielle Grund. Sie haben den Kurs dieses Raumschiffs damals zurückverfolgt, bis sie auf einen Planeten im Sternbild Kleiner Hund gestoßen sind. Sie sind auf der Suche nach einer außerirdischen Zivilisation.«

Laohu runzelte die Stirn. »Eine außerirdische Zivilisation? Wenn ich mir dieses Raumschiff hier so anschaue, dann muss sie unendlich mächtiger sein als wir. Warum baut man drei so gewaltige Raumschiffe voller Siedler, um nach ihr zu suchen? Wären Sonden nicht sinnvoller gewesen? Oder hätte man nicht wenigstens warten können, bis unsere Technologie ausgereifter ist? Wir hatten seit dem großen Sprung eine Menge Fortschritte gemacht und wären vielleicht besser vorbereitet.«

»Du hast recht. Das wäre die sinnvollere Alternative gewesen. Vielleicht war es aber der gleiche Drang, der Christopher Columbus dazu gebracht hat, in drei winzigen Nussschalen den Atlantik zu überqueren, oder Roald Amundsen, den Südpol zu erreichen. Vielleicht war es einfach nur dieser unbezwingbare Drang, das Unbekannte zu entdecken.«

»Man hat eurer Kultur diesen Hunger immer nachgesagt, ja. Aber er ist schon lange erloschen. Wusstet ihr, dass unser Volk euch Gefrorene nennt?«

»Ja.« Tiali lächelte. »Von diesem Abenteurergeist ist nicht mehr allzu viel übrig. Da habt ihr recht. Was uns zum inoffiziellen Grund dieser Reise führt: Ich habe dir doch von Australien erzählt.«

»Die kontaminierte Zone.«

»Wusstest du, dass sie sich ausgebreitet hat?«

»Natürlich. Deshalb wurden doch große Teile Australiens unter Quarantäne gestellt.«

»Das ist nur die halbe Wahrheit. In Wirklichkeit hatte sich die Zone nämlich schon viel weiter ausgebreitet. Nicht nur über Teile von Australien, sondern weit darüber hinaus. Tasmanien, Neuseeland, Indonesien. Sogar die Südküste von China war irgendwann betroffen.«

»Davon ist mir nichts bekannt.«

»Sie haben versucht, es zu verheimlichen.«

Laohu schnaufte. »Natürlich. Aber es ist durchgesickert, nicht wahr? Wie Wasser durch die Ritzen und Löcher eines maroden Raumschiffs.«

»Ein seltsamer Vergleich, aber so kann man es auch ausdrücken. Sie hatten vollständig die Kontrolle verloren.«

»Ich verstehe. Deshalb also die Raumschiffe. Wir sind in Wirklichkeit von der Erde geflohen. Warum aber dieses unbekannte Ziel? Warum nicht einfach der Mars? Er war zu diesem Zeitpunkt doch schon besiedelt.«

»Weil er ebenfalls verseucht worden ist. Die Terraformingbomben waren Teil des Australienprojekts. Derselbe Konzern, der auf der Erde dieses Unheil angerichtet hatte, war auch für die Besiedelung des Mars verantwortlich. Als wir von dort aufgebrochen sind, hatte sich die erste Siedlung bereits in der Auflösung befunden. Vor einigen Jahren ist der Kontakt vollständig abgebrochen. Seitdem haben unsere Raumschiffe keine Signale mehr empfangen. Wir wissen nicht, was geschehen ist. Vielleicht ist auf der Erde und dem Mars schon längst keiner mehr am Leben. Vielleicht sind wir die letzten Überlebenden. Es ist eine schreckliche Vorstellung und gleichzeitig eine große Bürde. In biblischen Maßstäben handelt es sich um ein weit größeres Unheil als die Sintflut. Unsere drei Schiffe sind so etwas wie eine Arche, und unser Ziel ist ein unbekanntes Stück Land inmitten eines unendlich großen Meers. Wenn wir es nicht erreichen, wird unsere gesamte Art aussterben. Dieses fremde Raumschiff stellt in unseren Augen vielleicht so etwas wie die Taube dar, die Noah den Ölzweig gebracht hat. Das erste Zeichen seit langer Zeit, dass wir uns immer noch auf dem richtigen Weg befinden. Verstehst du, warum mich das wütend macht? Weil wir kurz vor der Auslöschung stehen und nichts anderes im Sinn haben, als uns gegenseitig die Köpfe einzuschlagen. Das ist völlig irrsinnig.«

»Ich würde es immer noch als menschlich bezeichnen.«

»Trotzdem ist dieses Schiff vielleicht unsere allerletzte Chance.«

»Oder unser Untergang.«

MONSTER

BEINAHE HÄTTE LAOHU DIE HALLE nicht wiedererkannt. Die Schwerkraft hatte die schwebenden Maschinen darin zu Boden gedrückt. Sie waren jetzt durch meterlange, phosphoreszierende Stränge miteinander verbunden, die in einem sanften Rhythmus pulsierten. Der Anblick erinnerte an einen lebenden Organismus oder an die Synapsen eines überdimensionierten Gehirns. Sie wanderten eine Zeit lang durch ein Feld aus langen Nanitengräsern, die sich sanft in der Brise wiegten, und durchquerten einen flachen Nanitenfluss, über dessen Oberfläche unzählige schillernde Lichtblitze jagten. Sie schienen nicht gefährlich zu sein, erzeugten aber ein sanftes Kribbeln auf der Haut. Als sie auf der anderen Seite angekommen waren, standen sie vor der Schleuse, durch die sie vor etlichen Stunden in das Innere des Raumschiffs vorgedrungen waren. Laohu erkannte es an dem gewaltigen Loch, das jetzt von einer dicken Schicht Naniten versiegelt war.

»Wir brauchen einen Anzug für Shenmi.« Er blickte zu Tiali. Er sah die Hoffnung in ihren Augen und versuchte ein Lächeln. »Ich gehe zurück zum Raumschiff und bringe einen mit. Es wird nicht lange dauern.«

»Was ist mit euren Navigatoren?«

»Sie werden gehorchen. Ich bin der befehlshabende Sicherheitsbeamte dieser Mission.«

»Und wenn sie ...?«

Laohu schüttelte den Kopf. »Ich bringe euch sicher nach Hause. Ich verspreche es.«

Einige Atemzüge lang sagte keiner etwas. Dann stieß Tiali die Luft aus. »Pass auf dich auf.«

Die *Shenzhou* stand immer noch an dem gleichen Platz, an dem sie gelandet waren, und die Positionslichter waren eingeschaltet. Ein Anblick, der Laohu beruhigte, denn er hatte befürchtet, dass die anderen Tiger vor ihm zurückgekommen waren oder dass die Navigatoren den Befehl zum Abflug erhalten hatten. In Anbetracht eines möglichen Angriffs der Gweilo wäre so etwas nicht allzu abwegig gewesen. Er warf einen Blick auf die schweren Bordkanonen und schaltete in den Kommunikationskanal der *Shenzhou*. Seine Anfrage blieb allerdings unbeantwortet. Er überprüfte den Status seines Kommunikators und versuchte es noch einmal. Das System lief störungsfrei, doch die *Shenzhou* antwortete nicht. Er hob die Waffe und musterte aufmerksam seine Umgebung. Nichts deutete darauf hin, dass etwas Ungewöhnliches vorgefallen war. Allerdings hatte er zumindest irgendeine Reaktion aus dem Inneren des Raumschiffs erwartet. Wenigstens eine Bewegung der Bordkanonen, die seine Bewegungen registriert und ihn ins Visier genommen hätten. Langsam näherte er sich dem Lichtkreis und blieb an seinem äußersten Rand stehen. Erneut funkte er die Navigatoren an.

Als auch diesmal niemand reagierte, wanderte er mit erhobener Waffe um das Raumschiff herum. Die Rampe an der Rückseite war ausgefahren, die Schleusentür geschlossen. Langsam lief er weiter, bis er auf der anderen Seite angekommen war und den in riesigen roten Buchstaben von oben nach unten über die Bordwand gepinselten Namen lesen konnte. Er blickte hoch zu den Fenstern des Cockpits, hinter denen es abgesehen vom matten Glimmen der Navigationsinstrumente dunkel war. Nach einer Weile hob er seinen Scheinwerfer und leuchtete in das Cockpit hinein. Falls dort drin jemand war, musste er spätestens jetzt auf ihn aufmerksam geworden sein.

Nachdenklich kaute Laohu auf seiner Unterlippe. Er ließ den Scheinwerfer über die Bordwand nach unten gleiten und drehte sich einmal langsam im Kreis, während er aufmerksam seine Umgebung ableuchtete. Dann machte er sich auf den Weg zurück zum Heck. Er stieg die Rampe hinauf und funkte noch einmal die Navigatoren an. Nach einer kurzen Wartezeit zog er die Klappe direkt neben der Schleuse auf und aktivierte den manuellen Öffnungsmechanismus. Die Anzeige informierte ihn darüber, dass im Inneren des Laderaums keine Atmosphäre herrschte. Er löste die Verriegelung und stemmte die Schleusentür auf. Als sie weit genug geöffnet war, leuchtete er in das Innere. Alles befand sich noch an Ort und Stelle, so wie sie es vor wenigen Stunden zurückgelassen hatten. Er deaktivierte die Naniten in seinen Stiefeln und zog sich in den Laderaum hinein. Erneut sah er sich aufmerksam um und zog die Schleusentür hinter sich zu.

Langsam schwebte er zwischen den Sitzreihen hindurch nach vorn zum Cockpit. Die Verbindungsluke war offen, was darauf hindeutete, dass die Navigatoren das Raumschiff verlassen hatten. Aufmerksam leuchtete er das Cockpit ab. Die Helme befanden sich wie vermutet nicht mehr an ihren vorgesehenen Plätzen. Sämtliche Systeme standen auf Stand-by. Er knipste den Schweinwerfer aus und stand eine Weile nachdenklich im Dunkeln. Es widersprach sämtlichen Vorschriften, dass bei einem Außenaufenthalt beide Navigatoren gleichzeitig das Cockpit verließen. Mindestens einer hätte selbst in einem Notfall permanent die Stellung halten müssen. Abgesehen von einem schweren Brand konnte sich Laohu keine Situation vorstellen, in der diese Regel gebrochen würde. Bedächtig zog er sich nach vorn zu den Konsolen.

Als er sich in den Pilotensitz gleiten lassen wollte, nahm er eine Bewegung draußen vor den Cockpitfenstern wahr. Er sprang wieder auf und beugte sich nach vorn, um einen Blick hinauszuwerfen. Die Positionslichter beleuchteten einen Umkreis von vielleicht zwanzig Metern rund um den Landeplatz, den er argwöhnisch beäugte. Als er auch nach einer ganzen Weile nichts Ungewöhnliches entdecken konnte, beugte er sich wieder über die Konsolen und dockte sich an. Die Systeme akzeptierten widerspruchslos seinen Sicherheitsstatus und gaben die Steuerungseinheiten frei. Erleichtert atmete er auf. Seine Finger beschrieben einen großen Kreis auf dem Display, in dessen Mitte ein grüner Punkt aufzublinken begann. Rund um den grünen Punkt tauchte nacheinander eine Reihe roter Punkte auf, die er von den Sensoren einzeln erfassen und scannen ließ. Einer nach dem anderen erloschen die roten Punkte, und er beendete mit einer Handbewegung den Umgebungsscan. Einer Eingebung folgend, schaltete er die großen Suchscheinwerfer ein und ließ sie in konzentrischen Kreisen über den Boden gleiten. Als auch diese Aktion zu keinem Ergebnis führte, schaltete er sie wieder aus. Er aktivierte die Steuerung der Lebenserhaltungssysteme und pumpte frische Luft in das Innere des Raumschiffs. Als die Sauerstoffanzeige auf Grün sprang, griff er sich an den Hals und öffnete mit einem leichten Druck auf die Naniten das Visier. Die Luft schmeckte abgestanden und schal auf seiner Zunge. Im direkten Vergleich mit der Luft im Inneren des Alien-Raumschiffs wirkte sie deutlich verbrauchter. Er zog sich zurück in den Transporterraum, schwebte zu den Ausrüstungsboxen und riss sie auf. Er fand ein MedSet mit Schmerzmitteln und injizierte sich eine doppelte Dosis. Als die betäubende Wirkung einsetzte, schloss er die Augen und stieß einen Seufzer der Erleichterung aus.

Müde rieb er sich die Augen und gab sich einen Augenblick der angenehmen Schwere der Betäubung hin. Er wusste nicht, wie lange er nun schon auf den Beinen war. Inzwischen hatte er jegliches Zeitgefühl verloren. Die Welt um ihn herum war in einer dicken Schicht Watte versunken, und er hatte das Gefühl, den heftigsten Alkoholabsturz seines Lebens miterleben zu müssen. Langsam fragte er sich, ob er vielleicht doch in einer HoloSim gefangen war und im Koma lag, während um ihn herum ein halbes Dutzend Rettungskräfte verzweifelt sein Leben zu retten versuchte. Er dachte darüber nach, sich eine weitere Dosis Schmerzmittel zu injizieren, entschied sich aber dagegen und schwebte zurück ins Cockpit. Er zog sich in einen der Pilotensitze hinein, dockte sich an und ließ einen Systemcheck laufen. Sämtliche Triebwerke waren funktionsbereit. Die Waffensysteme waren deaktiviert, aber intakt. Sensoren, Steuerungseinheiten und Kommunikation waren ebenfalls intakt.

Während die letzten Zahlenreihen über die Displays rasselten, huschte erneut etwas draußen vor den Cockpitscheiben vorbei. Laohu blinzelte und massierte sich mit den Handballen die Augen. Er wollte sich gerade wieder zurück über die Konsolen beugen, als direkt vor der Scheibe plötzlich eine grauenhafte Fratze auftauchte, die ihn aus weit aufgerissenen, milchig weißen Augen anstarrte. Erschrocken fuhr er zurück, angelte instinktiv nach seiner Waffe und riss sie in die Höhe. Es dauerte einen Augenblick, bis er in der Fratze die Züge eines der beiden Navigatoren wiedererkannte. Das Gesicht vollführte direkt vor der Scheibe einen bizarren Tanz. Es war nicht mehr mit dem Körper verbunden, sondern hing von einem glänzend schwarzen Nanitenstrang herab. Mit fasziniertem Grauen verfolgte Laohu das entsetzliche Schauspiel. Es knackte in seinem Headset, und gleich darauf war eine bekannte Stimme zu hören.

»Du hast mich getöööötet, Laohu!« Der Schädel wackelte vorwurfsvoll auf und ab.

»Du hast uns alle getöööötet!« Eine zweite Fratze bewegte sich wie aufs Stichwort von unten herauf ins Bild. Es war der Kopf des zweiten Navigators, der ebenfalls auf einem schwarzen Nanitenstrang steckte.

»Du hast uns verraten«, fuhr der erste Schädel vorwurfsvoll fort. »Der Drachenrat ist seeehr enttäuscht. Der Kinderchor stimmt traurig das Lied von der steeerbenden Mutter an …« Der Schädel zuckte herum. »Dein Einsatz, kleiner Bruder.«

»Entschuldige«, sagte der zweite Schädel und richtete verschämt den Blick zu Boden. »Ich glaube, ich habe den Text vergessen.«

»Idiot«, sagte der erste Schädel und ruckte zurück in Laohus Richtung. »Du kennst nicht zufällig den Text?«

»Fick dich, Chen«, knurrte Laohu, der die Stimme sofort wiedererkannt hatte.

Der erste Schädel kicherte. »Oh, ich bin nicht Chen. Ich bin nur dein schlechtes Gewissen. Ich symbolisiere all die schlechten Dinge, die du in deinem Leben getan hast.«

»Was willst du?«

»Gerechtigkeit, Laohu. Rache. Genugtuung. Such dir etwas aus.«

Laohu schnaufte. »Es gibt keine Gerechtigkeit, Chen.« Der zweite Schädel zuckte nach oben. »Wir Tiger sind die Gerechtigkeit!« Chens Stimme überschlug sich beinahe vor Zorn.

»Wir sind Hunde. Weiter nichts. Hunde des Krieges. Wir gehorchen nur Befehlen.«

»Aber diese Befehle sind gerecht!«

»Erzähl das den Kindern, die wir getötet haben.«

Der erste Kopf wackelte von rechts nach links und wieder zurück. »Laohu, Laohu. Warum muss man dir das denn noch erklären? Aus Kindern werden Erwachsene, und aus Erwachsenen werden irgendwann Feinde, die dich umzubringen versuchen. Je eher wir sie aus dem Weg schaffen, desto geringer ist die Gefahr, dass sie erfolgreich damit sind. Ja, vielleicht hast du sogar recht, und wir sind mehr Hunde als Tiger. Aber was hast du gegen Hunde, die ihr Rudel beschützen wollen?«

»Wir beschützen nicht unser Rudel, sondern nur unseren Herrn. Und zwar vor unseren eigenen Kindern.« Laohu ballte die Hände zu Fäusten. »Weil er Angst davor hat, dass sie klüger sein könnten als wir. Dass sie seine Boshaftigkeit erkennen und ihn eines Tages beißen.«

»Unsinn!« Die Schädel schnellten zur Seite fort und verschwanden in der Dunkelheit. Auf dem Dach des Raumschiffs knackte und knarzte es, und lange, dürre Finger schoben sich von oben über die Scheibe des Cockpits hinweg nach unten. Tastend bewegten sie sich vorwärts, wobei sie kratzende Geräusche auf der Scheibe erzeugten, und zogen einen unförmigen schwarzen Körper hinter sich her. Entfernt erinnerte die Kreatur an einen Menschen, doch von der Menschlichkeit war nur noch ein winziger Teil übrig. Der Körper war von unzähligen schwarzen Nanitenwucherungen überzogen, und Arme und Beine waren seltsam verrenkt und mit unnatürlich vielen Gelenken versehen. Wie eine groteske Riesenspinne streckte die Kreatur behäbig ihre Extremitäten nach dem Boden aus, tastete prüfend darüber hinweg und zog sich dann vollends hinab. Unten angekommen, entfaltete sie sich zischend zu ihrer ganzen beeindruckenden Größe. Als sie den Kopf hob, erkannte Laohu in ihrem Zentrum Chens Gesicht. Es war in den unförmigen schwarzen Körper eingebettet wie in einen Tümpel aus flüssigem Teer. Die panisch verzerrte Miene widersprach dem zornigen Ton, mit dem das Ding weitersprach. »Wovor sollten sich unsere Führer denn fürchten, Laohu? Sie sind stark und klug. Kein Mensch kann ihnen gefährlich werden.«

»Was zum Teufel bist du?«, murmelte Laohu, während er um Fassung rang. Er atmete tief durch und versuchte einen klaren Gedanken zu fassen.

»Erkennst du deinen eigenen Bruder nicht mehr wieder?«

»Ich sehe nur ein Monster.«

Das Chen-Monster kicherte. »Ich sehe ebenfalls ein Monster. Wir sind alle Monster, Laohu.«

»Aber nicht so hässlich wie du. Nicht einmal Quan war das.«

»Schönheit ist nicht alles.« Das Chen-Monster ließ einen seiner tentakelartigen Arme durch die Luft schnellen. »Schau mich an. Ich bin stärker und schneller und gefährlicher als jemals zuvor. Bis vor Kurzem war ich nur ein Mensch mit einer Handvoll unnützer Tigergene, aber jetzt habe ich mich in einen echten Tiger verwandelt.« Es senkte den Arm, krümmte sich ruckartig zusammen und sprang mit einem mächtigen Satz auf das Dach des Raumschiffs.

Laohu spürte den Aufprall, als der massige Körper von oben gegen das Metall prallte. Er streckte die Hände aus und ließ seine Finger schnell über die Armaturen gleiten.

»Ich weiß, warum du hier bist«, meldete sich das Chen-Monster in seinem Headset wieder zu Wort. »Du hast den Auftrag, uns zu töten.«

»Du bist völlig verrückt geworden.«

Das Chen-Monster kicherte erneut. »Haben dir deine neuen Herren auch gesagt, weshalb du uns töten sollst?«

»Weil ihr beide verrückt geworden seid. Du und Li Yun.« Fieberhaft huschten Laohus Finger über die Armaturen hinweg. Hatte der Techniker vor dem Start nicht behauptet, ihm sämtliche Sicherheitsbefugnisse eingeräumt zu haben? Er konnte nur hoffen, dass das auch stimmte.

»Die ganze Welt ist verrückt geworden, Laohu. Diese verdammte Reise ist von Anfang an nichts als eine einzige Verrücktheit gewesen. Die Menschen, die diese Raumschiffe erbaut haben, waren verrückt, und die Passagiere, die sich ihnen leichtgläubig anvertraut haben, waren noch viel verrückter.«

»Wie kommst du darauf?«, fragte Laohu, um ihn am Reden zu halten. Ein grünes Signal leuchtete auf dem Display auf, und er leckte sich über die Lippen. Mit seinem Chip bestätigte er die Sicherheitsfreigabe.

»Hast du sie dir mal angesehen?« Mit einem Satz landete das Chen-Monster wieder unten direkt vor dem Cockpitfenster. Es legte den Kopf schief und blickte zu Laohu hinauf. »Die Gweilo sind völlig durchgedreht, und die Lèng sperren sich selbst in Kühlschränke ein. Glaubst du, dass es uns so viel besser geht? Wir stecken noch viel tiefer in der Scheiße drin als alle anderen zusammen.«

»Vor allem du«, sagte Laohu und drückte den Auslöser. Einen Augenblick später spürte er die Vibrationen in der Struktur des Raumschiffs, als die gewaltigen Bordkanonen zum Leben erwachten und sich langsam auf ihr Ziel auszurichten begannen.

Das Chen-Monster erstarrte. Sein Kopf zuckte herum, als es aus dem Augenwinkel die Bewegung wahrnahm. Seine Pupillen weiteten sich, als die Erkenntnis in sein mutiertes Gehirn einsickerte, dass im nächsten Augenblick etwa dreißigtausend panzerbrechende Geschosse auf seine Synapsen einprasseln würden. Fünfhundert Schuss pro Sekunde, schneller, als jedes menschliche Auge erfassen konnte. Laohu hörte das leise Surren des Auslösemechanismus, und im nächsten Augenblick brach die Hölle über Chen herein.

Die Schüsse ratterten wie die Schläge eines Presslufthammers, durchschlugen den Boden des Landeplatzes und rissen metertiefe Löcher hinein. Millionen winziger Metallsplitter wurden in das Vakuum hinausgeschleudert. Laohu kniff unwillkürlich die Augen zusammen, während er darauf wartete, dass die todbringende Geschützsalve das Chen-Monster in tausend Stücke zerfetzte.

Es war eine vergebliche Hoffnung.

Als sich die Wolke aus Metallsplittern verzogen hatte, richtete sich das Chen-Monster langsam wieder auf. Verwundert starrte es einen Moment lang an sich herunter und brach dann in heiseres Kichern aus. »Weißt du denn nicht mehr, dass die Bordgeschütze unsere eigenen Leute nicht treffen können, du Dummkopf?«

Laohu schloss die Augen und stieß die Luft aus. »Ich hatte gedacht, dass du nicht mehr zu uns gehörst.«

Das Chen-Monster legte den Kopf schief. »Ich denke eher, dass du nicht mehr zu uns gehörst, Laohu.« Es hob seine Tentakelarme und stellte irritiert fest, dass es den linken nicht mehr bewegen konnte. Ein Metallsplitter war darin stecken geblieben und hatte ihn funktionsunfähig gemacht. Die Fratze des Chen-Monsters verzog sich voller Zorn. »Du verdammtes Arschloch.« Sein rechter Tentakel zuckte blitzschnell vor, schlug krachend gegen die Scheibe und hinterließ eine tiefe Scharte im Glas. »Du elendes verdammtes Arschloch!« Wieder und wieder krachte der Tentakel gegen die Scheibe und schlug weitere Scharten hinein.

Hastig riss Laohu die Nanitenverbindung von seinem Arm und sprang auf. Er drückte sich vom Boden ab und flog quer durch das Cockpit auf die Luke zum Laderaum zu. In seinem Rücken hörte er ein gewaltiges Krachen. Im nächsten Augenblick schlang sich etwas von hinten um seinen Knöchel herum und riss ihn mit brutaler Gewalt zurück gegen die Cockpitscheibe. Er schrie auf und trat wild um sich, konnte sich irgendwie befreien und stieß sich panisch von der Scheibe ab. Unkontrolliert schoss er durch das Cockpit hindurch, krachte mit der Schulter schmerzhaft gegen den Rand der Luke und trudelte in den Laderaum hinein. Er krachte gegen einen der Sitze, wurde wie ein Pingpong-Ball herumgeworfen und prallte gegen eine Wand. Der Aufprall presste ihm die Luft aus der Lunge, aber er bekam einen Haltegriff zu fassen und klammerte sich verzweifelt daran fest.

Stöhnend schüttelte er die Benommenheit ab. Ein nervenzerfetzendes Pfeifen erfüllte seinen Kopf. Er brauchte eine Weile, bis er erkannte, dass das Geräusch von der Luft erzeugt wurde, die durch die Löcher vorne in der Cockpitscheibe nach draußen entwich. Hastig versuchte er, das Visier seines Helms zu schließen, doch der Mechanismus reagierte nicht. Er warf einen Blick über die Schulter und sah, wie die wütenden Attacken des Chen-Monsters neue Löcher in die Cockpitscheibe hineinschlugen. Er stieß einen Fluch aus und rüttelte weiter am Schließmechanismus. Sein Atem ging stoßweise und abgehackt. Er spürte, wie ihm schwindelig wurde.

»Komm schon, Laohu!«, kreischte das Chen-Monster, während seine Schläge rhythmisch auf die Cockpitscheibe trafen. »Komm schon, du tapferer Tiger. Stell dich nicht so an. Kämpf mit mir, Mann gegen Mann – oder Hund gegen Hund, was immer dir lieber ist.« Es stieß ein irres Kichern aus, das in Laohus Ohren schmerzte.

»Fick dich, Chen.«

»Fällt dir nichts Besseres ein?«, kreischte das Chen-Monster. Seine Schläge prasselten immer schneller auf die Cockpitscheibe. Lange Risse zogen sich kreuz und quer über das Glas hinweg. »Was ist denn aus deinen Manieren geworden, du Hüter der Gerechtigkeit?«

Verzweifelt riss sich Laohu den Helm vom Kopf und schleuderte ihn nach vorn ins Cockpit. Dann stieß er sich von der Wand ab, schoss quer durch den Raum und krachte gegen die Ausrüstungsboxen auf der gegenüberliegenden Seite. Er umklammerte den Griff der Verriegelung und zog ihn nach unten. Grunzend stemmte er die Tür auf, schob den Schutzanzug, der in der Box aufbewahrt war, ungelenk aus dem Weg und bekam schließlich den dazugehörigen Helm zu fassen. Der Raum begann, sich um ihn zu drehen. Ihm wurde speiübel. Seine Kopfschmerzen verstärkten sich ins Unendliche. Mit letzter Kraft zerrte er den Helm aus der Box und stülpte ihn sich über den Kopf. Er hörte die Befestigungen einrasten und dann das vertraute Surren der Naniten, die in ihre vorbestimmten Positionen glitten. Einen Augenblick später schoss frischer Sauerstoff in seinen Anzug. Gierig saugte er ihn auf.

»Genug gespielt!«, kreischte das Chen-Monster in sein Ohr. Er fuhr herum und sah gerade noch rechtzeitig einen der Navigatorensitze auf sich zufliegen. Schützend riss er die Arme in die Höhe und verhinderte im letzten Augenblick, dass der Aufprall das Visier seines neuen Helms zerschmetterte. Stattdessen wurde er brutal gegen die Tür der Ausrüstungsbox geschmettert und spürte einen unglaublichen Schmerz, der sich wie ein glühender Speer in seine Seite bohrte. Aus irgendeinem Grund fragte er sich noch, was seine Aktivitätsanalyse in so einer Situation wohl empfehlen würde, dann schoss ein schwarzer Tentakel auf ihn zu, und die Welt um ihn herum wurde schwarz.

EIN LETZTER ANRUF

RANGI STARRTE AUS DEM COCKPIT DES SHUTTLES. Er fühlte sich, als hätte ihn jemand geohrfeigt. Ohne ihm die Gelegenheit gegeben zu haben, zurückzuschlagen. Vor vierzehn Minuten war eine Burst-Nachricht seiner Frau auf seinem Armdisplay erschienen. Das war unerwartet gewesen, und er hatte sie gedankenlos auf die internen Lautsprecher des Rigs geschoben, wie er es immer tat.

Jetzt blinzelte er mehrmals, bevor er Niresh ansah. Der Co-Pilot war in seinem Sitz zusammengesunken und starrte vor sich hin.

Rangi räusperte sich. »Auf die Gefahr hin, ein Klischee zu bemühen, aber: Hab ich echt grad gehört, was ich gehört hab? Der Kerl will die Ven überfallen und die *Tresch* ihrem Schicksal überlassen?«

Niresh drehte ihm langsam den Kopf zu. Er war noch blasser als vorhin. »Der Admiral ist ...«

»Ein komplett durchgeknalltes Arschloch, wenn du mich fragst. Verdammter Mist!« Rangi nickte. Er hielt die Hände über die Flugkonsolen, zögerte jedoch. Die *Tereschkowa* war noch immer eine Viertelstunde Flug entfernt, und sosehr er plötzlich das Bedürfnis hatte zu beschleunigen, um noch schneller dort zu sein, so sehr war ihm bewusst, dass er das nicht konnte. Stattdessen nahm er schließlich langsam den Schub weg, um den Landeanflug einzuleiten, bevor er Niresh wieder ansah.

Im Gesicht des jungen Mannes zuckte es. Er sah aus, als würde er jeden Moment in Tränen ausbrechen, und Rangi konnte es ihm nicht verdenken. »In Ordnung, kannst du das überprüfen, was er gesagt hat? Wie lange kann die *Tresch* weiter so bremsen, dass uns der Müll auf Ebene E nicht um die Ohren fliegt – und kommen wir dann noch ans Ziel? Wir müssen wissen, ob er recht hat.« Rangi blinzelte erneut. Aus irgendeinem Grund hatte er ebenfalls Wasser in den Augen. »Das erklärt aber, warum sie die Lifte zwischen den Ebenen gesperrt haben.« Er schlug mit der Faust auf seine Sitzlehne. »Wenn sie anfangen, die Admiralität und die Marschalls aus dem Bug und von Ebene A auszufliegen, wollen sie keine panischen Leute, die ihre kostbaren Shuttles stürmen.« Er atmete durch und rief dann das zweite Shuttle. »Komarowa, ich hab hier was, was ihr sehen wollt ... Kommt drauf an, wie du ›schlechte Nachricht‹ definierst ... Ja, okay, mehr schlechte Nachrichten. Schaut's euch an, dann ruft mich zurück.« Er unterbrach die Verbindung und sendete ihr die Datei. »Definitiv schlechte Nachrichten«, sagte er mehr zu sich selbst. »Sie wird es nicht mögen.«

»Du wirst das hier auch nicht mögen«, sagte Niresh. Er tippte auf das Display vor sich. »Wenn wir den Bremsschub innerhalb der nächsten ein, zwei Tage reduzieren ... auf halbe Leistung, grob geschätzt, und den Kurs korrigieren, dann könnten wir Luytens Stern noch erreichen. In ... sagen wir 50 Jahren? Zwei, drei mehr oder weniger.«

»Bitte?«

Niresh hob in einer hilflosen Geste die Hände. »Das ist, was das Ding hier sagt. Es ist kein Navigationscomputer. Also – kein richtiger, nur für Rigs. Und ich hab gerade einen Fünf-Minuten-Durchlauf gemacht. Ich liege also mit Sicherheit recht weit daneben, wenn man andere Faktoren noch einrechnet, von denen ich keine Ahnung habe! Aber das ist es, was das Ding gerade ausgespuckt hat. Du bist der große Pilot hier. Ich hatte, um ehrlich zu sein, keine fünfzig Stunden im Simulator. Sag mir, wo ich falschliege.«

»*Kso!*« Rangi schloss kurz die Augen, dann stand er auf und wühlte durch die Fächer im hinteren Teil des Cockpits, bis er einen Notvorrat Energieriegel fand, die vermutlich seit Fertigstellung des Rigs dort verstaut waren. Er verkniff sich einen Blick auf das Verfallsdatum und biss in den ersten hinein. Das Ding schmeckte so beschissen wie immer. »Entschuldige. Ich denke besser, wenn ich esse. Also gut, nein: Vermutlich liegst du völlig richtig. Und davon abgesehen bist du wahrscheinlich besser mit dem ganzen Berechnungszeug als ich. Ich fliege das Ding hier mehr hiermit«, er klopfte sich auf den Bauch, dann tippte er sich an die Stirn, »als hiermit. Das ganze Denken, das ist mehr Sache meiner Frau. Die übrigens auch die bessere Pilotin von uns beiden ist. Blöderweise schweißt sie auch besser als ich und passt besser in die Anzüge. Und jetzt ist sie mit dem Admiral und seinem Überfallkommando auf dem ... Okay, sorry. Konzentration.« Er griff sich eine Handvoll der Riegel und kletterte zurück in seinen Sitz. »Entschuldige, ich rede immer Mist, wenn ich nervös bin. Ich habe keine Ahnung, was ich tun soll.«

»Na ja, wir ...« Niresh zögerte. »Nein. Ich wollte vorschlagen, dass wir ... nein.«

Rangi nickte mitfühlend. »Ja, geht mir genauso. Aber ich habe eine Idee, wen wir fragen können.« Ein zögerliches

Lächeln schlich sich zurück in sein bärtiges Gesicht. Er aktivierte das Com. »Komarowa, ich bin's noch mal. Du hast es angehört? Gut, pass auf ...«

Zwei Minuten später unterbrach er die Verbindung und sah Niresh an. »Wir landen jetzt in meinem Hangar auf Ebene D. Also es ist nicht mein Hangar, aber ... hm. Ich glaube, ich muss noch mal einen letzten Anruf machen. Moment.«

Dieses Mal dauerte es einen Moment, bis das Com reagierte. Schweigend sahen sie aus dem Cockpitfenster, wo jetzt langsam die Silhouette der *Tereschkowa* vor den Sternen anwuchs. Es knackte.

»Malika. Wer stört?«

Rangi atmete auf. »Malika, tut gut, dich zu hören. Hör mal, du musst mir einen Gefallen tun!«

»Rangi!« Die Hangarmechanikerin klang plötzlich aufgeregt. »Wo seid ihr gewesen? Was zur Schwärze ist hier los?«

Rangi wechselte einen Blick mit Niresh. »Definiere: hier.«

»Hier unten! Ihr seid nach oben gefahren, und eine halbe Stunde später haben sich die Marschalls zurückgezogen und die Lifte blockiert. Ich hab herumgerufen – auf Ebene C und B sieht es genauso aus. Kein Marschall mehr da, die Lifte sind alle abgeschaltet, und irgendwer hat die verdammten Schotts in den Treppenhäusern geschlossen. Niemand kriegt sie auf. Was verdammt noch mal ist bei euch da oben los?«

»Jaaa«, sagte Rangi gedehnt. »Was das angeht – ich bin nicht oben. Ich bin draußen.«

»Was?«

»Ich erklär's dir nachher. Lange Geschichte. Also eigentlich recht kurz, aber wir haben wenig Zeit. Wir sind in vier Minuten da, und bis dahin müsst ihr mir genug Platz für ein Rig gemacht und die Hangarschleuse geöffnet haben. Wir kommen ziemlich schnell rein. Ich bin nicht sicher, ob uns die Abwehrgeschütze sonst wegpflücken.«

»Die Geschütze? Aber ...« Malika stockte bemerkenswert kurz. »In Ordnung. Aber tretet euch die Füße ab. Und dann erzählst du mir, was los ist.«

»Versprochen«, antwortete Rangi. »Hol Alexy, Urumi und den Rest zusammen. Und sieh zu, dass die Kinder sicher untergebracht sind. Ich mein's ernst.« Er unterbrach die Verbindung. Dann warf er einen Blick nach hinten durch die gläserne Schleuse in das Passagierabteil, in dem sich inzwischen keinerlei Luft befand. Durch die Löcher in der Rückwand glaubte er, das All sehen zu können. Er runzelte die Stirn. »Ich glaube, das da brauchen wir nicht mehr. Vielleicht schaust du, dass wir das noch loswerden, bevor wir einparken. Ich muss inzwischen ... ich muss noch einen Anruf machen. Entschuldige. Ist jetzt aber wirklich der letzte.« Er wählte die codierte Nummer in seinem Armdisplay, und dieses Mal kam die Antwort fast augenblicklich: »Rangi! Wo bist du? Und wo ist Mum? Was war das für eine Nachricht von ihr?« Aoatea klang gehetzt.

»Ah. Sie hat sie dir schon geschickt? Das erspart uns jetzt viel unnötiges Gerede. Das ist doch das, was Trofim wollte, oder? Der Admiral ist gerade im Moment im Begriff, seinen Arsch zu retten und die *Tresch* und die meisten von uns sich selbst zu überlassen. Und wenn wir niemanden haben, der die Kontrolle übernimmt, sind wir alle so gut wie tot. Also wenn dein Trofim seine Revolution will, dann wäre jetzt nicht der schlechteste Moment.« *Vielleicht sind wir auch so tot. Aber immerhin wird es eine Panik verhindern.*

»Das war ernst gemeint? Mum ist mit dem Admiral auf dem Weg zur *Venta Chitru*? Und warum bist du nicht bei ihr?« Rangi war sich sicher, einen Vorwurf in Aoateas Stimme zu hören. *Also ist dir deine Mutter doch nicht so egal.*
»Das ist der zweite Punkt. Darauf wollte ich noch kommen. Ich nehme die *Maru*, fliege zur *Venta Chitru* und hole deine Mutter dort raus. Ich brauche nur ein paar von Trofims Leuten. Eine Handvoll. Aber es muss gleich passieren, bevor die Marschalls die *Venta* fest im Griff haben.« Er sah auf den riesigen Zylinder der *Tereschkowa*, der jetzt beinahe sein gesamtes Sichtfeld ausfüllte. »Ich muss jetzt aufhören, Aoatea. Wir sind in einer Minute im Hangar.« Er unterbrach die Verbindung und deaktivierte den Autopiloten. Fast im gleichen Augenblick leitete er eine Rolle ein, brachte das Rig in Bremsposition und ließ die Triebwerke hart genug feuern, um schmerzhaft in die Gurte gepresst zu werden. Aufbauten der *Tereschkowa* rasten an ihnen vorbei, dicht genug, dass Rangi instinktiv mit dem Kopf wegzuckte, als sie die Fenster passierten. Für einen Moment war sich Rangi nicht ganz sicher, richtig geschätzt zu haben, dann jedoch verlangsamten sich die Schemen, wurden zu festen Aufbauten auf der narbigen Haut des Weltschiffs und glitten schließlich gemächlich an ihnen vorbei. Mit einer letzten sanften Geste lenkte er das Rig in die Schleuseneinfahrt und ließ es sanft zwischen die Wangen des riesigen Tors gleiten, das noch immer dabei war, sich zu öffnen. Scharrend und rumpelnd setzte das Rig in der Schleuse auf und sackte prompt zur Seite. Nicht einmal zwei Minuten später hatte es der Schlitten in den Innenraum gezogen, und Rangi öffnete die Schleuse.

BEDAUERN

LAOHUS KOPF FÜHLTE SICH AN wie am nächsten Tag nach der schlimmsten Siegesfeier seiner Karriere. Nur dass er sich diesmal an keine Siegesfeier erinnern konnte. Soweit er sich erinnern konnte, hatte es in letzter Zeit nicht viel zu feiern gegeben. Sein linkes Auge war beinahe vollständig zugeschwollen, und er nahm seine Umgebung nur verschwommen war. Sie erinnerte ihn an das Gemälde eines dieser Maler aus dem europäischen Mittelalter, in deren Leben Krieg, Tod und Elend der Normalzustand gewesen waren. Eine bizarre Darstellung der Apokalypse mit all ihren Schrecken. Seltsame Hügel, bizarre Maschinen und verkrüppelte Objekte, die verdorrte Bäume sein konnten, oder auch Kreaturen aus der Hölle. Der Himmel war rot, als würde er brennen. Nur wenige Zentimeter von Laohus Gesicht entfernt kroch ein schneckenartiges Gebilde vorüber, das eine schwarze, teerige Schleimspur auf dem Boden hinterließ. Angewidert verzog er das Gesicht und drehte sich zur Seite. Erschrocken stellte er fest, dass er direkt am Rand eines Abgrunds lag, dessen Grund sich irgendwo tief unten in der Dunkelheit verlor.

»Du bist ja immer noch am Leben.« Die Stimme klang nach Chen und gleichzeitig völlig anders. Das Chen-Monster hockte einige Meter entfernt auf einem Nanitenhügel und glotzte ihn mit schief gelegtem Kopf an. Sein gesunder Tentakel zuckte unablässig durch die Luft, während der andere schlaff an seiner Seite herunterhing.«Einen Tiger bringt so schnell nichts um, was?«

»Wo sind wir hier?«, fragte Laohu verwundert.

»Gefällt dir dieser Ort?«

»Er ist grauenvoll. Hast du mich auf das Gweilo-Schiff verschleppt?«

Das Chen-Monster stieß ein kratzendes Kichern aus. Es streckte den Kopf unnatürlich weit nach vorn, entfaltete umständlich die Beine und stakste den Hügel hinab. Jeder seiner behäbigen Schritte schickte eine schwache Welle durch das bizarre Landschaftsbild, so als wäre ein Kieselstein in einen See geworfen worden. Jede Welle verformte die Umgebung und verwandelte sie noch ein winziges Stückchen mehr in eine bizarre Hölle. Beinahe liebevoll ließ das Chen-Monster einen Tentakel durch das kniehohe Gras streifen, das kurz in allen Regenbogenfarben zu schillern begann, ehe es nach wenigen Augenblicken sämtliche Farbe verlor. »Siehst du das, Laohu? Ich habe verstanden, was hier läuft. Ich habe das alles durchschaut.«

»So?« Ächzend wollte sich Laohu aufrichten, als ein brutaler Schmerz seine Seite durchzuckte und er zurück auf den Boden stürzte. Für einen Augenblick wurde ihm erneut schwarz vor Augen. Er schnappte verzweifelt nach Luft und wälzte sich herum. Vorsichtig blickte er an sich hinab. Er entdeckte ein großes Loch in seinem Anzug, und es sah verdammt übel aus.

»Es spielt sich alles in meinem Kopf ab. Verstehst du, Laohu?« Der gesunde Tentakel des Chen-Monsters tippte gegen die missgestaltete Stirn. »Ich besitze die Macht, es nach meinem Willen zu formen. Ich spüre es ganz genau. Ich bin in der Lage, dieses ganze verdammte Schiff mit meinen Gedanken zu steuern.«

»So siehst du aber nicht aus, Chen.« Unauffällig tastete Laohu nach seinem MedSet. Dann erinnerte er sich daran, dass er es schon aufgebraucht hatte, und ließ erschöpft die Hand fallen.

»Ach ja? Dann pass mal auf.« Der Tentakel fuhr zischend durch die Luft und erzeugte eine lange, grellbunte Spur, die langsam in ihre Einzelteile zerfiel. »Siehst du das? So fühlt sich unbegrenzte Macht an. Ein Jammer, dass du zu dumm bist, um das zu verstehen.«

»Ich verstehe so einiges nicht und dich am allerwenigsten.«

»Erinnerst du dich noch an Sammos Tod? Die Übungsmission vor vier Jahren? Es hatte mich damals mächtig verärgert, als unser großer Bruder dich zu seinem Stellvertreter ernannt hatte. Dabei warst du gerade mal ein mittelmäßiger Tiger. Ich habe dich in allen Disziplinen weit übertroffen.«

»Es gehört mehr als Muskeln dazu, eine Tigereinheit zu führen. Ein Anführer muss mehr sein als nur stark. Er muss auch etwas im Kopf haben.«

»Wenn du wirklich so ein Schlaukopf wärst, hättest du mich niemals Sammos Sicherheitsleine anbringen lassen.«

Laohu hob den Kopf und starrte ihn mit offenem Mund an. »Warum erzählst du mir das?«

»Du weißt ganz genau, warum ich dir das erzähle. Weil ich den Posten viel mehr verdient habe als du. Ich habe alles dafür getan, was notwendig war. Aber du hast mir immer im Weg gestanden. Dabei bist du alt und verkrüppelt. Dein Knie macht nicht mehr mit, und du hast deinen

Biss verloren. Li Yun hat versprochen, dass sie dich absetzt und mich zum leitenden Sicherheitsbeamten ernennt. Ich sollte nur ein paar Dinge für sie erledigen, die nicht in den offiziellen Akten auftauchen. Ich habe alles getan, was sie von mir verlangt hat. Doch dann hat sie dich zum Leiter der Mission ernannt, und mir wurde klar, dass ich nur hingehalten werde. Ihr habt gemeinsame Sache gemacht, nicht wahr? Ihr habt mich für die Schmutzarbeit eingespannt, um dann selbst den Ruhm einzuheimsen.«

Laohu lachte. Die Bewegung jagte eine erneute Lanze aus Schmerzen durch seine Seite.»Du bist wirklich dümmer, als du aussiehst. Meine Ernennung zum leitenden Sicherheitsbeamten war reine Politik. Deine Freundin hat sich ein paar mächtige Feinde gemacht.«

»Das sagst du nur, um dein Leben zu retten.«

»Würde es das denn?«

Das Chen-Monster runzelte die Stirn. Sein gesunder Tentakel zuckte nervös durch die Luft.»Du hast recht. Es ändert gar nichts. Die Entscheidung wurde bereits getroffen, als du und die Navigatorin nach dem toten Lèng geschaut hatten. Quan und Shixin hatten gegen dich gestimmt. Das war nicht anders zu erwarten. Nur Baihu hat mich überrascht. Er hat dir tatsächlich die Treue gehalten. Kannst du dir das vorstellen? Der alte Schwätzer hat uns weismachen wollen, dass wir gegen das Gesetz der Tiger verstoßen. Dabei kennen die Tiger nur ein Gesetz. Das Gesetz des Stärkeren. Ich habe ihm meine Klaue durch das Auge direkt ins Gehirn gerammt. Das hat den Ausschlag gegeben, denke ich.«

»Du mieses Arschloch.«

Das Chen-Monster kicherte.»Ich habe vom miesesten aller Arschlöcher gelernt, Laohu. Ich habe immer zu dir aufgeschaut. Aber langsam ist die Zeit gekommen, meinen eigenen Weg zu gehen. Ich hoffe, du hast Verständnis dafür. Sieh es als dein Vermächtnis an, wenn es dir damit besser geht. Sonst bleibt dir ja nicht mehr viel. Das Mädchen, Shenmi – die ist auch bald tot.«

»Was soll das heißen?«

»Wir wissen ganz genau, wo sie sich aufhält. Wir haben es von Anfang an gewusst. Die Lèng-Navigatorin hat uns zu ihr geführt. Schau nicht so entsetzt. Erinnerst du dich an das alberne Geschenk, das Li Yun ihr gemacht hat? Es enthält einen Sender. Sie hatte ihn ursprünglich eingesetzt, um die *Venta Chitru* damit auszuspionieren. Dass er uns letztlich zu euch geführt hat, ist ein angenehmer Nebeneffekt. Wie du siehst, hat Li Yun alles unter Kontrolle.«

Laohu schloss die Augen. Er atmete tief durch. »Ich hatte irgendwann auch mal gedacht, alles unter Kontrolle zu haben. Dabei war alles nur eine Illusion gewesen. Ich hatte niemals die Kontrolle besessen. Wir sind nichts anderes als Hunde.« Mühsam stemmte er sich in die Höhe. Er presste die Hand auf die Wunde in seiner Seite. Er wusste, dass das nichts brachte, aber es gab ihm das Gefühl, noch ein bisschen die Kontrolle zu behalten. Er wandte sich um und humpelte langsam auf den Abgrund zu. Der Wind pfiff ihm eisig ins Gesicht. Er schloss die Augen und stellte sich vor, auf dem höchsten Gipfel des Huang-Shan-Gebirges zu stehen und weit über die Provinz Anhui hinauszublicken. Er konnte beinahe den Duft der Yangtao riechen und die wärmenden Strahlen der Sonne auf seiner Haut spüren. Er hörte, wie das Chen-Monster sich knirschend in Bewegung setzte und hinter ihn trat. »Huang Shan«, sagte er. »Wenn du die Augen schließt, kannst du es sehen.«

»Ich sehe es«, sagte das Chen-Monster. Beinahe lag so etwas wie Wehmut in seiner Stimme. Vielleicht war da ja irgendwo doch noch ein winziger Rest Menschlichkeit in diesem bizarren Körper übrig geblieben.

»Ich habe dich unterschätzt, Chen.« Laohu drehte den Kopf und blickte zu der grotesken Kreatur hinauf, die einmal sein kleiner Bruder gewesen war – oder zumindest aus derselben Zucht stammte wie er. Wie unterschiedlich man sich doch entwickeln konnte, obwohl man genetisch beinahe hundertprozentig identisch war. »Aber auch ein alter Tiger lernt manchmal noch etwas dazu.« Er lächelte und spannte die Muskeln an. Blitzschnell streckte er die Hand aus und griff nach dem zerstörten Tentakel, der nutzlos an der Seite des Chen-Monsters herunterhing. Mit einer gewaltigen Kraftanstrengung sprang er daran hinauf, schlang ihm den Tentakel um den Hals und stürzte sich mit dem Tentakelende in den Händen rückwärts in den Abgrund. Er hörte die Luft rauschen und spürte das Blut in seinen Adern hämmern. Sekundenbruchteile später endete sein Sturz jäh mit einem brutalen Ruck, der ihm beinahe die Arme aus den Schultergelenken riss. Er stieß einen Schrei aus, prallte schmerzhaft mit der Schulter gegen die Schachtwand und schaffte es nur mit Mühe, nicht loszulassen. Sterne explodierten vor seinen Augen, und ihm wurde schlagartig wieder speiübel. Verzweifelt klammerte er sich an dem Ende des Tentakels fest. Er wusste, dass seine Kräfte nicht lange ausreichen würden, also gönnte er sich keine Pause, presste die Zähne fest aufeinander und schob eine Hand über die andere. Zentimeter für Zentimeter zog er sich in die Höhe, so wie er es unzählige Male schon im Training getan hatte. Nur dass er diesmal schwer verletzt war und ein Abrutschen den sicheren Tod bedeutete. Er winselte vor Schmerzen, doch er durfte nicht aufgeben. Er hatte verdammt noch mal eine Aufgabe zu erledigen.

Es waren nur ein paar lächerliche Zentimeter, doch es hätte genauso gut die Strecke von der Erde bis zum Mond sein können. Er brauchte eine halbe Ewigkeit, bis er sich endlich über den Rand des Schachts schob und erschöpft liegen blieb. Er tastete nach der Wunde und spürte die Wärme des Bluts, das zwischen seinen Fingern hindurchrann. »Steh auf«, murmelte er. »Steh verdammt noch mal auf.«

Keuchend saugte er Luft in seine Lunge und stemmte sich auf alle viere. Chen lag mit gebrochenem Genick vor ihm am Boden. Die Naniten hatten seinen Körper zu einem Teil wieder freigegeben. Sein Gesicht hatte einen beinahe friedlichen Ausdruck angenommen. Vielleicht wollte Laohu sich das aber auch nur einbilden. Er beugte sich über seinen Bruder und zog ihm die Waffe vom Gürtel. Mit geübten Griffen überprüfte er ihre Funktion und stand auf. Ihm war schwindlig, und er hatte Mühe, das Gleichgewicht zu behalten. Wütend biss er die Zähne zusammen und humpelte los. Um ihn herum zerfiel die albtraumhafte Landschaft langsam zu schwarzem Nanitenstaub.

TROFIM

IRGENDJEMAND HATTE DIE KISTEN UND CONTAINER, die normalerweise den Großteil des zentralen Hangars 14 füllten, in aller Eile beiseitegeräumt, um Platz für ihr Rig zu schaffen. Vor dem unordentlichen Haufen stand Malika, der ärmellose Overall durchgeschwitzt und dreckverschmiert wie sie selbst. Sie hatte die Arme unter der Brust verschränkt und musterte das Rig abschätzig.
»Wenn du jemals die *Maru* in diesem Zustand anbringst, kannst du sie selbst flicken, *Sahti*. Dann rühre ich keinen Finger für dich.« Sie nickte mit dem Kinn in Richtung Schiff. »Was habt ihr damit gemacht?«
Rangi drehte sich um. Einer der Magnetfüße des Shuttles fehlte. An seiner Stelle klaffte ein langer Riss, den ein Projektil hinterlassen hatte. Ein zweiter Einschuss hatte nur um eine Handbreit das Haupttriebwerk verfehlt und ein Loch in die Verkleidung gestanzt. Der Geruch von verschmortem Kunststoff und heißem Metall breitete sich in der Hangarhalle aus. Rangi schniefte. »Die Marschalls waren der Meinung, Schießübungen abhalten zu müssen, und ich war gerade in der Nähe. Hat sich wohl angeboten.« Er wurde ernster. »Sie haben Kal aus Hangar 11 erwischt.« Er schloss seine Musterung des Rigs ab und drehte sich wieder um. »Ich schenk's dir. Als Ersatzteillager.«

»Hm.« Malikas Arme blieben verschränkt. Alexy, Urumi und zwei weitere Hangararbeiter waren inzwischen aufgetaucht, doch sie hielten sich im Hintergrund. Niemand, der die Mechanikerin kannte, zog freiwillig ihre Aufmerksamkeit auf sich, solange sie so dastand. »Also was ist los, dass du ein nagelneues Rig so zurichtest, dir Ärger mit den Marschalls einhandelst und deine Frau verlierst? Und was bei der Schwärze ist überhaupt in diesem Schiff los?«

»Kurzfassung? Der Admiral ist völlig durchgeknallt, und seine Ratten verlassen das sinkende Schiff. Da draußen fliegt ein fremdes Schiff, doch die Admiralität nutzt es als Ablenkung, um die *Venta Chitru* einzunehmen. Um sich damit davonzumachen und den Rest von uns in diesem Rosteimer hier zurückzulassen. Und Helen versucht, sie aufzuhalten. Du weißt ja, wie sie ist. Die lange Form soll dir der Junge hier erzählen.« Er klopfte gegen die Bordwand.

»Hm«, wiederholte Malika. »Du hattest auch schon mal bessere Geschichten.«

Rangi legte den Kopf schief und nickte dann. »Eben. Wenn ich mir Geschichten ausdenke, sind sie besser.« Hinter ihm trat jetzt Niresh aus der Schleuse, und bis auf Malika zuckten alle zusammen. Rangi winkte ab. »Schon okay. Das ist Niresh. Einer von den Batras von Ebene B. Arbeitet als Pilot und ist für einen Marschall ganz in Ordnung. Er wird euch die Langfassung erzählen, wenn es unbedingt sein muss.«

Malika ließ sich jedoch nicht so leicht abspeisen. »Und wenn wir annehmen, dass das so ist, dann willst du vermutlich, dass wir uns dir anschließen.«

Jetzt grinste Rangi schmal. »Nein. Ich will, dass ihr die Leute beruhigt, den Hangar sichert und auf die Kinder aufpasst. Und mir die *Maru* fertig macht. Ich brauche einen

Mannschaftscontainer. Und erzähl mir nichts über den Preis. Ich hab dir gerade ein ganzes Rig überlassen.«

Malika musterte ihn und Niresh noch einen Moment, dann seufzte sie und ließ die Arme sinken. »Ich hoffe, dass du weißt, was du da machst, Rangi.«

»Du kennst mich doch.«

»Das wollte ich damit sagen. Also gut.« Sie drehte sich um und winkte ihre Crew heran. »Ihr fasst alle mit an. Wir schleppen Container sieben an die *Maru*. Alexy, du hast drei Minuten, dein Schlafzeug dort rauszuschaffen. Ravi, schnapp dir einen Feuerlöscher und kümmer' dich um diesen Haufen Schrott dort. Irgendwas schmort. Ich riech das doch.«

Rangi schüttelte den Kopf und winkte Niresh, ihm zu folgen. Sie waren fast am Durchgang zum Inneren der Trommel angekommen, als ein Ruf sie innehalten ließ. »Hopper! Was glaubst du eigentlich, was du hier tust?«

Rangi verdrehte die Augen. »Ich wusste, dass ich etwas vergessen hatte«, murmelte er. Er wandte sich um. »Willard, alter Freund und Hafenmeister! Ich dachte mir, dass du ein kostenloses Schiff als Ersatzteillager gut in deinem Hangar brauchen kannst. Du kriegst ja schon seit Monaten keine Trägheitsdämpfer für mich. Und das Ding hat einen kompletten Satz. Wenn man vom verlorenen Bein absieht.«

Kang stapfte wutentbrannt auf sie zu. »Du hast mir ein Marschall-Shuttle hier rein...« Als er Niresh das erste Mal bewusst wahrnahm, stockte er.

»Jup«, stellte Rangi fest. »Und ich hab dir gleich einen Marschall mitgebracht, damit du siehst, dass alles seine Richtigkeit hat. Schöne Grüße übrigens von seiner Admiralschaft. Er sagt, er weiß deine Arbeit hier zu schätzen.«

Der Hangarmeister stockte verwirrt. »Hat er?«

»Natürlich«, Rangi baute sich vor ihm auf, »nicht. Drei Gründe: Erstens ist er nicht mehr auf der *Tresch*. Zweitens hat er vermutlich keine Ahnung von deiner Existenz, und drittens arbeitest du ja auch nicht.« Mit einem höflichen Nicken setzte er an, den noch immer nach Worten ringenden Kang zu umgehen, als der endlich die Sprache wiederfand. »Rangi, ich erwarte eine sofortige Entschuldigung von dir, sonst ...«

Noch bevor Kang den Satz beendet hatte, stand Rangi direkt vor ihm und sah auf ihn hinab. »Überleg dir ganz genau, was du als Nächstes sagen oder tun willst, Willard«, sagte er leise und deutete gleichzeitig durch den Durchgang ins Innere der Trommel. »Sonst schleife ich dich dort rein und werf' dich runter in den See. Ich habe wirklich keine Zeit für deinen Scheiß. Die Marschalls werden das Schiff verlassen, und niemand wird kommen und uns retten. Weil unser Admiral der Meinung ist, Krieg führen zu müssen, statt um Hilfe zu bitten. Wir haben also echte Probleme – und wenn du stattdessen auf einer Entschuldigung bestehst, bist du ein noch selbstsüchtigerer Arsch, als ich dachte.« Er schob den Hangarmeister beiseite.

Hinter Kang tauchte jetzt Aoatea im Durchgang auf, und eine Handvoll Leute begleitete sie. Ihr Schritt war entschlossen und unterschied sich so sehr von der Körperhaltung, die sie beim letzten Mal gehabt hatte, dass Rangi sich für einen Moment nicht sicher war, seine Tochter zu sehen. Sie nickte und musterte kurz Niresh hinter ihm. Den Hangarmeister würdigte sie keines Blickes. »Ich bin so schnell gekommen, wie ich konnte.«

Rangi musterte die Leute hinter ihr. Sie waren zu sechst. Drei davon kannte er. Eine Schmiedin von Ebene C, ein

Lehrer, der sich um die Kinder hier auf Ebene D kümmerte, und ein Händler, der gelegentlich auch hier vorbeikam. Zwei der anderen trugen Marschall-Uniformen, und alle hatten Schusswaffen bei sich, doch wie ein legendärer Rebellenführer sah niemand aus. Wobei das vermutlich genau die Absicht war. Er sah Aoatea fragend an. »Was ist Trofims Plan? Ein Sturm auf Ebene A und den Bug können wir ja wohl ausschließen, oder? Oder hat er so viel Rückhalt unter den Marschalls?«

Aoatea schüttelte den Kopf. »Nein. Der Plan ist, sie ziehen zu lassen.«

»Was?« Rangi runzelte die Stirn. »Aber dann ...«

»Dann sind sie draußen im All und nicht hier drin«, unterbrach ihn seine Tochter. »Er wird den größten Teil im ersten Flug abziehen, um möglichst viele Leute unter Waffen drüben auf der *Venta Chitru* zu haben und jede Gegenwehr im Keim zu ersticken. Sobald sie draußen sind, werden wir die Geschützanlagen übernehmen. Dann können sie nicht mehr zurück.«

»Die Geschütz...?« Rangi starrte sie an. »Das könnt ihr?«

Aoatea lächelte schmal. »Du hast gesagt, ich soll Programmieren lernen, oder?«

»Aber ...«

Aoatea hob eine Hand, und Rangi stellte verblüfft fest, dass er schwieg. Sie wandte sich an den Hangarmeister. »Meister Kang, sobald die *Maru* den Hangar verlassen hat, werden Leute die Kinder der Siedlung draußen hier reinbringen. Es hat sich herumgesprochen, dass Sie ihnen sicheren Unterschlupf bieten.«

Kang starrte sie mit großen Augen an. »Ich tue was?«

Das schmale Lächeln wich nicht aus Aoateas Gesicht. »Ja, ich war auch völlig erstaunt. Um ehrlich zu sein, hat niemand damit gerechnet. Aber in Krisensituationen wachsen manche Menschen eben über sich hinaus.« Sie klopfte Kang auf die Schulter. »Die Leute verlassen sich auf Sie, Kang. Sie sind jetzt offiziell ein Held des Volkes.«

»Was ...?«

Die junge Frau nickte ihm freundlich zu und zog Rangi mit sich. Der musterte seine Tochter verblüfft. »Wie hast du ... ich meine, das ist Willard Kang! Du weißt, was er für einen Ruf hat!«

Aoatea zuckte mit den Schultern. »Jetzt hat er einen anderen Ruf, und ich glaube, dass er sich hüten wird, den zu verlieren. Du hast es mir selbst früher immer gesagt: Er ist ein Opportunist. Kang tut, was für Kang gut ist. Selbst wenn es ausnahmsweise das Richtige ist.«

Wider Willen musste Rangi auflachen. Dann jedoch wurde er schnell wieder ernst. »Trofims Plan mit den Geschützen war ernst gemeint?«

Aoatea nickte. »Das ist der einfachste Teil. Die Geschütze sind automatisiert, und ich habe die letzten vier Monate damit zugebracht, die Computeranlagen der Marschalls zu warten. Es ist nicht einmal eine große Sache. Sobald sie die Hangars auf Ebene A oder im Bug verlassen, sind sie im Zielcomputer abgespeichert. Sie können nicht mehr zurück. Alles, woran du sie dann noch hindern musst, ist, auf der *Venta Chitru* zu landen. Dann bleibt ihnen nichts anderes, als aufzugeben. Dann können sie nirgendwo hin. In der Zwischenzeit setzen wir die Lifte wieder in Gang, und eine Einheit Trofim-treuer Marschalls sichert die Einrichtungen auf Ebene A und kümmert sich um verbliebene Anhänger des Marschalls.«

»Aha«, machte Rangi unsicher. »Und die Admiralität? Die ganzen Leute im Bug?«

Aoatea zuckte erneut mit den Schultern. »Ich gehe davon aus, dass sie ganz schnell verhandeln werden, wenn ihre FoodFabber erst mal leer sind.«

Rangi blies die Backen auf. »Das klingt alles so einfach bei dir. Das kann Trofim doch unmöglich alles schon im Voraus gewusst haben!«

»Wir haben Dutzende Pläne für ebenso viele Szenarien«, sagte Aoatea. Dann lächelte sie erneut dünn. »Aber du hast recht. Im Moment improvisieren wir. Wie mal irgendjemand Schlaues auf der Erde gesagt haben soll: ›Die besten Pläne halten nur so lange, bis der erste Schuss fällt.‹ Und da sind wir gerade.«

»Hm«, sagte Rangi, bevor er feststellte, dass er ebenfalls die Arme verschränkt hatte und haargenau wie Malika klang. »Und dann?«

»Dann sehen wir weiter. Du musst zuerst Mum retten, in Ordnung?«

»Das war der …« Rangi hielt inne und sah seine Tochter an. »Moment. Du kommst nicht mit? Ist es immer noch wegen …«

Aoatea schüttelte den Kopf. »Nein. Aber ich werde hier gebraucht. Ich bin die Programmiererin, die …«

»Trofim wird mehr Programmierer haben, oder? Das hier ist wichtiger!«

Aoatea blieb stehen. Sie warf einen Blick auf die Leute, die ihnen mit etwas Abstand folgten, und bedeutete ihnen, stehen zu bleiben. Dann drehte sie sich um. »Nein, Dad, hat er nicht«, sagte sie leise. »Im Moment hat Trofim nur etwa vier Dutzend Leute. Die dort mitgerechnet. Und er hat einiges an Sympathien in der Trommel, aber niemand von denen wird sich rühren, solange ich ihnen kein Zeichen gebe.«

»Was?«

»Rangi, der Admiral sucht seit drei Jahren nach ihm, und jeder, der auch nur im Verdacht stand dazuzugehören, ist verschwunden. Nur Trofim selbst hat er nicht gekriegt.« Rangi verdrehte ungeduldig die Augen. »Das weiß ich. Aber nach allem, was ich weiß, steht das halbe Volk hinter ihm. Er muss Hunderte ...«

Aoatea seufzte. »Weißt du, warum man ihn nicht gekriegt hat?«, fragte sie leise. »Weil er nicht existiert.«

Rangi blinzelte. »Muss ich das verstehen? Du hast doch selbst gesagt, dass er dich ...« Er stockte. Ganz langsam drehte er sich zu seiner Tochter um und sah auf sie hinunter. »Du erzählst mir hier gerade, was ich glaube, dass du mir erzählst?«

»Was glaubst du denn?« Aoatea hielt seinem Blick stand.

»Du willst mir weismachen, dass *du* dir Trofim ausgedacht hast? Den legendären Rebellenanführer?«

»Den legendären Rebellenanführer«, echote Aoatea und zog die Brauen hoch. »Und die dazugehörige Legende. Solange der Admiral nach einem cleveren weißen Mann mit russischem Namen sucht, interessiert er sich nicht für die kleine dunkle Maorifrau.« Sie schniefte. »Und die Leute in der Trommel, was meinst du, wessen Ruf sie eher folgen? Trofims – oder dem deiner Tochter?«

Rangi starrte sie an. »Wenn sie wissen, was gut für sie ist«, sagte er schließlich langsam, »dann dem der Tochter deiner Mutter.« Plötzlich grinste er breit. »Aber da die Leute selten wissen, was gut für sie ist – ich verstehe, was du meinst.« Er beugte sich hinunter und nahm seine Tochter in den Arm. »Aber erzähl bloß deiner Mutter nichts davon«, raunte er ihr ins Ohr. »Die bringt uns beide um, wenn sie das erfährt.«

Aoatea erwiderte seine Umarmung. »Dafür musst du sie allerdings erst zurückholen«, sagte sie dann und löste sich von ihm. »Ich denke, du verstehst, warum ich hierbleiben muss. Ich muss den Leuten jetzt sagen, was Trofims Plan ist. Ich kann dir die Leute dort mitgeben, aber das war's – mehr kann ich, kann Trofim nicht entbehren. Außerdem«, fügte sie hinzu, »hab ich wirklich die Verteidigungsanlagen gehackt. Und im Übrigen auch die Hangartore. Ich kann sie also eine Viertelstunde aufhalten und dir einen Vorsprung verschaffen. Aber du brauchst mich hier, wenn das funktionieren soll.«

Rangi nickte. Dann beugte er sich vor, bis seine Stirn und Nase ihre berührte. »Pass auf dich auf, Aoatea.«

»Klar. Hol Helen zurück.«

Rangi marschierte zurück zur *Maru*, ohne sich noch mal umzusehen. Er war sich nicht sicher, dass er das gekonnt hätte, ohne die Fassung zu verlieren. Niresh schloss zu ihm auf. »Wer war das gerade?«

»Meine Tochter«, sagte Rangi knapp. »Wenn du weißt, was gut für dich ist, hältst du dich von ihr fern. Sie ist noch verrückter als ihre Mutter, wie ich gerade erfahren habe.«

Niresh sah sich um. »Sie wirkt, als ob sie weiß, was sie tut.«

Rangi nickte. »Das ist der Trick, ja. Also – du hast zwei Möglichkeiten: Du bleibst hier und hilfst Malika mit der Notunterkunft hier im Hangar – oder du schwingst dich wieder in deinen Sitz im Cockpit. Ich habe da gerade noch einen frei. Temporär.«

Der Chandni sah ihn verblüfft an. »Ich soll mitkommen?«

Rangi zuckte mit den Schultern. »Wenn du willst. Wie gesagt, du hast die Wahl. Aber ich bin kein Marschall. Ich habe keine Ahnung von Waffen oder Taktik. Und ich kenne von denen da hinten keinen besser als dich. Ich könnte also vermutlich etwas Hilfe gebrauchen.«

Sie waren an der *Maru* angekommen, an der Alexy und Urumi gerade die eilig geräumte Passagierkabine befestigt hatten. Niresh musterte das alte Shuttle, bevor er nickte. »Ich denke, ich komme mit.« Er grinste. »Mit Kindern bin ich noch schlechter als als Pilot.«

Rangi verdrehte die Augen. »Was kannst du überhaupt?«

»Singen. Ich glaube, das kann ich ganz gut.«

»Verschon mich bloß.«

Nacheinander kletterte Rangis gemischte Truppe durch die Schleuse ins Innere des Transportcontainers und schnallte sich an. VacSuits hatten allerdings nur die beiden Marschalls – und Alexy, der als Letzter in die *Maru* stieg und Rangi wortlos zunickte. »Vier Leute ohne ordentliche Ausrüstung«, murmelte er. »Das dürfte Kang auch nicht sehen.« Er und Niresh kletterten in die Pilotensitze und überprüften die Geräte.

Dann aktivierte er das Com. »Alles auf Grün. Wir wären dann so weit.«

»Ich aktiviere die Schleuse«, meldete Malika sofort. »Viel Glück.«

»Viel Erfolg«, fügte Aoatea hinzu. »Ihr habt eine Viertelstunde Vorsprung. Ab jetzt. Passt auf euch auf.«

Und damit setzte sich die *Maru* in Bewegung.

ABSCHIED

LAOHU KAM NUR LANGSAM VORAN. Stürzte immer wieder zu Boden, rappelte sich mühsam auf und lief weiter. Eine Menge Blut lief sein Bein hinunter. Einige Zeit später erwachte er auf dem Rücken liegend. Irgendwie schaffte er es wieder, sich aufzurappeln. Seine ganze Hose war nass von Blut.

Als er Tiali und Shenmi wiederfand, stolperte er mehr, als dass er lief. Er umklammerte die Waffe mit beiden Händen, weil er Angst hatte, sie nicht mehr aufheben zu können, wenn er sie aus den Händen verlor.

Shenmi befand sich in der Gewalt von Li Yun. Die Sekretärin stand einige Schritte von Tiali entfernt und war überrascht, ihn zu sehen. Sie hatte wohl jemand anderen erwartet. »Du lebst?«, fragte sie erschrocken. Schnell schob sie Shenmi vor sich und presste ihr den Lauf ihrer Waffe gegen die Schläfe. Unter anderen Umständen hätte Laohu sie trotzdem mühelos ausgeschaltet, doch jetzt hatte er kaum noch die Kraft, seine Waffe zu heben, geschweige denn ordentlich zu zielen.

»Wie heißt es so schön?«, sagte Laohu. »Jeder hat einen Plan, bis er eins in die Fresse bekommt.«

»Sun Tzu?«

»Ja, vermutlich hätte das auch von ihm stammen können.«

»Wo ist Chen?«

Laohu zuckte mit den Schultern. »Hat sich den Hals verrenkt.«

»Du verdammter Verräter.« Li Yun funkelte ihn hasserfüllt an. »Du hast alles kaputt gemacht. Du hast dich von den Generälen kaufen lassen. Du hast die Ehre der Tiger beschmutzt.«

»Eigentlich nicht.« Laohu blinzelte. Li Yun verschwamm vor seinen Augen und stand plötzlich zweimal vor ihm. Unschlüssig blickte er zwischen den beiden Gestalten hin und her. »Ich wusste nicht, was das Richtige ist. Ich wollte mir beide Seiten ansehen, aber du hast mir die Entscheidung abgenommen. Michael Hong hat recht gehabt.«

»Es ist alles deine Schuld, Laohu. Wenn du die Befehle ausgeführt hättest, wäre das alles nicht passiert. Du hättest sie töten sollen!«

Laohu erwiderte nichts. Er warf einen Blick auf Tiali. »Geht es dir gut?«

Sie nickte. »Was bedeutet das alles?«

»Schau sie dir doch an«, fauchte Li Yun mit Blick auf Shenmi. »Sie ist ein Monster.«

»Sie ist ein Kind, verdammt noch mal!«

»Irgendwann wird sie groß sein.«

»Warum hast du so viel Angst vor ihr?«

»Weil sie etwas Besonderes ist. Hat dir Laohu das denn nicht erzählt?«

»Sie ist künstlich erzeugt worden, na und? Was soll an ihr so besonders sein, dass ihr sie alle fürchtet?«

»Zwölf Tierkreiszeichen«, murmelte Laohu. Er hatte kaum noch die Kraft, seine Stimme zu heben. »Es gibt zwölf Tierkreiszeichen in der chinesischen Astrologie. Elf davon sind normale Tiere. Das zwölfte ist anders. Das zwölfte steht über allen anderen.«

»Was willst du damit sagen?«

»Drachen. Der Drache ist das Tierkreiszeichen, das über allen anderen steht.«

Tiali sah ihn verdutzt an und stieß dann ein Lachen aus. »Das ist alles? Ich meine, ich habe mir so etwas schon gedacht. Ich kenne die Geschichten über euren Drachenrat. Aber niemand glaubt doch ernsthaft, dass sie richtige Drachen sind.« Sie schaute von einem zum anderen. »Das ist doch nur ein Ehrentitel. So wie bei den Adligen des Mittelalters. In deren Adern ist ja auch kein echtes blaues Blut geflossen.«

»Sie existieren«, sagte Li Yun. Ihre Augen leuchteten. »Nicht so, wie du glaubst. Sie sehen aus wie Menschen, aber sie sind die Personifikation der reinen Harmonie. Sie haben die absolute Befehlsgewalt in unserem Volk. Ihr Wort ist Gesetz.«

»Verstehst du jetzt, warum sie Angst vor ihr haben?«, fragte Laohu. »Warum sie nicht zulassen können, dass sie groß wird?«

»Das ist völliger Blödsinn. Sie ist eine einzelne Person. Was kann ein einzelner Drachenmensch denn schon gegen den gesamten Drachenrat ausrichten?« Tiali stockte, als sie Li Yuns Gesichtsausdruck sah.

Einen Augenblick lang stand Li Yun mit hängenden Schultern da und starrte ins Leere. Mit einem Mal klang ihre Stimme alt und schwach. Laohu wusste, was sie als Nächstes sagen würde. Trotzdem schloss er die Augen, als sie es aussprach. »Weil sie alle tot sind«, sagte Li Yun leise. »Sie sind schon vor vielen Jahren gestorben. In meinen Träumen sehe ich sie immer noch um die Tafel sitzen. Die großen Neun, wie sie genannt wurden. Die Unsterblichen, die unser Volk in die neue Welt führen sollten. Ich sehe immer noch ihre ebenmäßigen Gesichter vor mir. Die edelste Brut, die wir jemals erschaffen haben. Klug und weise und allwissend. Die perfekten Menschen. Dabei hatten uns die Mönche gewarnt. Wir haben uns zu weit hinausgewagt. Die Götter sehen es nicht gern, wenn der Mensch anfängt, Gott zu spielen. Sie haben uns für diesen Frevel bestraft. Der Weltraum hat die Drachen getötet. Irgendwie. Wir wissen nicht, was es war. Ich habe mit eigenen Augen ansehen müssen, wie ihre Körper verfallen sind. Wie ihre Seelen geschrumpft sind und wie sie von Jahr zu Jahr weniger wurden. Ohne Aussicht auf ein Mittel oder eine Therapie.«

»Ihr habt uns die ganzen Jahre über angelogen«, murmelte Laohu.

»Ich habe meine Pflicht erfüllt.«

»Indem du uns etwas vorgemacht hast?«

»Was hätte ich denn tun sollen?« Tränen standen jetzt in Li Yuns Augen. »Ich durfte doch nicht zulassen, dass das Chaos auf unserem Schiff ausbricht. Der Grat zwischen Yin und Yang ist zu schmal. Das weißt du genauso gut wie ich. Du siehst es an den Gweilo und an den Zuständen auf ihrem verdammten Schiff. Würden wir zulassen, dass jemand einen Drachen züchtet, hätten wir bald die gleichen Zustände wie auf der *Tereschkowa*. Dann würde Gewalt regieren. Chaos! Laohu, du hast doch geschworen, den Drachenrat zu beschützen, oder etwa nicht?«

Laohu erwiderte ihren Blick. Langsam schüttelte er den Kopf. »Ich habe geschworen, die Drachen zu beschützen. Die Drachen sind aber tot. Alle – bis auf einen.«

»Sie ist keine von uns, Laohu. Das musst du doch verstehen. Ich appelliere an deine Vernunft. Wenn du mir noch einmal vertraust, werde ich persönlich dafür sorgen, dass nichts von diesem Vorfall in deiner Akte landet. Ich lösche alles, was jemals gegen dich vorgebracht wurde. Sogar deine Knieverletzung.«

Laohu schnaufte. »Das ist doch mal ein Angebot. Aber was wird aus ihr?« Er nickte zu Tiali, die ihn mit großen Augen ansah.

»Sie kann gehen, wenn du das willst. Sie ist ohnehin nur eine Gweilo. Es ist völlig egal, was sie gesehen oder gehört hat. Niemand wird ihr glauben.«

»Das ist sehr großzügig.«

»Ich danke dir, Laohu.«

»Das war ironisch gemeint, Li Yun. Ich bin nicht dein Hund. Such dir jemand anderen, der deine Drecksarbeit erledigt.«

Li Yun starrte ihn wütend an. »Dann mache ich es eben selbst!«

»Hast du schon mal ein kleines Kind getötet? Es ist nicht so einfach, wie du denkst. Im Gegenteil. Schau sie dir genau an. Denn sie wird dich verfolgen wie ein Geist. Du wirst sie sehen, wenn du die Augen schließt und wenn du zur Ruhe kommen willst. Sie wird dich jeden Tag begleiten. Jede verdammte Minute, bis an das Ende deines Lebens.«

»Wenn das der Preis ist, dann bin ich bereit, ihn zu bezahlen.« Li Yun straffte die Schultern und hob das Kinn. »Wir müssen alle Opfer bringen, wenn es der guten Sache dient.«

»Du hast ja keine …« Eine neue Welle der Übelkeit schwappte über Laohu hinweg. Er versuchte, die Waffe zu heben, doch er hatte kein Gefühl mehr in den Händen. Verwundert blickte er nach unten und sah, dass er die Waffe fallen gelassen hatte.

»Laohu!«, rief Tiali erschrocken aus.
Er blinzelte und wandte ihr den Kopf zu. Er brauchte unendlich lange für diese Bewegung und hatte Schwierigkeiten, sie zu erkennen. Er hatte Schwierigkeiten, überhaupt noch irgendetwas zu erkennen. »Scheiße«, murmelte er und brach in die Knie.
»Laohu!« Diesmal war es eine andere Stimme, die nach ihm rief. Sie schien von furchtbar weit her zu kommen.
Er blinzelte. »Es tut mir leid, Shenmi.«
»Laohu!« Ihre Stimme klang voller Sorge, aber auch irgendwie liebevoll. Jedenfalls hoffte er das. Er hoffte es mit ganzer Seele. »Lass mich los, Laohu.«
»Ich kann das nicht.«
»Du musst.«
Verzweifelt schüttelte er den Kopf.
»Doch«, sagte Shenmi. »Ich weiß, dass du das kannst.« Sie sah ihn mit ihren großen Augen an. Sah direkt in seine Seele hinein. Ihre Iris schillerte jetzt in tausend Regenbogenfarben.
Laohu schüttelte den Kopf. Tränen traten in seine Augen. Verzweifelt klammerte er sich noch einen winzigen Moment an seine Illusion. Weigerte sich, die Wahrheit auszusprechen, obwohl er wusste, dass es keinen Sinn mehr hatte.
»Shenmi«, sagte er mit leiser Stimme, jedes Wort eine gewaltige Last, die auf seinem Herzen lag, »das war der Name des Mädchens, das die Dissidenten gezüchtet hatten. Ich hatte den Befehl, sie zu töten. Und ich war ein gehorsamer Diener. Ein Hund, kein Tiger. Ich hatte keinen Augenblick an den Entscheidungen des Drachenrats gezweifelt. Ich hatte ihnen vertraut. Ich hatte fest daran geglaubt, dass sie keine Fehler machen. Ich hatte den Befehl erhalten, dieses Kind zu töten, weil sie eine Gefahr für den

Drachenrat darstellte.« Er sah zu Shenmi auf. Ihre schillernden Augen musterten ihn aufmerksam. Er sah nicht weg, obwohl ihr Blick ihm tausendmal mehr Schmerzen bereitete als alle seine Verletzungen. »Ich hatte den Befehl ausgeführt, Tiali. Verstehst du? Ich hatte sie mit meinen eigenen Händen umgebracht.«

»Nein, ich verstehe das nicht.« Ungläubig schüttelte Tiali den Kopf. In ihre Augen traten nun ebenfalls Tränen. »Wie kannst du Shenmi umgebracht haben, wenn sie hier vor uns steht? Wenn Shenmi tot sein soll, wer ... wer ist dann sie?«

»Eine Erinnerung«, sagte Shenmi. Ihre Stimme klang anders. Nicht mehr wie die eines sechsjährigen Mädchens, sondern wie die einer erwachsenen Frau. »Ich bin nur eine Erinnerung in seinem Kopf.« Traurig lächelte sie ihn an. »Lass mich los, Laohu.«

Laohu schloss die Augen und öffnete sie wieder. »Ich wollte das nicht«, murmelte er so leise, dass es kaum zu verstehen war.

»Ich weiß.«

»Bitte verzeih mir.«

Shenmis schillernde Augen sahen ihn ernst an. »Es liegt nicht an mir, das zu tun. Das weißt du ganz genau.«

Laohu erwiderte ihren Blick voller Verzweiflung. Er hoffte auf eine Vergebung, die sie ihm nicht gewähren konnte. Weil sie nicht Shenmi war, sondern etwas völlig anderes. Eine Erinnerung oder ein verzweifelter Wunsch, der niemals in Erfüllung gehen konnte. Weil man manche Dinge nicht einfach so ungeschehen machte. Weil man manchmal eine Wahl traf, die einen ein Leben lang verfolgte.

»Ich weiß«, sagte er und nickte schwach. Ein seltsames Gefühl machte sich in seiner Brust breit. Er spürte keine

Schmerzen mehr, nur noch ein dumpfes Pochen in seiner Seite. »Ich weiß, dass es nicht an dir liegt.«
»Dann lass mich los.«
Laohu stieß einen Seufzer aus.
Und dann ließ er los.

Als Shenmi sich zu Sekretärin Li Yun umwandte, veränderte sich etwas an ihr. Ihre Züge wurden dunkler und härter, ihr Gesicht verlor seine Form. Alles Menschliche floss aus ihm heraus, und etwas anderes trat an seine Stelle.
Sie sah zu Li Yun auf, deren Augen sich vor Entsetzen weiteten. Langsam wich die Sekretärin vor ihr zurück. Shenmi lächelte. Ihr Lächeln war kalt und unbarmherzig.
»Du wolltest doch einen Drachen in mir sehen, Li Yun. Nicht wahr? Dann sieh genau hin.«
Sie machte einen Schritt auf die Sekretärin zu, die Bewegung seltsam behäbig und schwerfällig. Noch während sich ihr Fuß nach vorn bewegte, verformte er sich und wurde länger und massiger. Das Lächeln in ihrem Gesicht wurde breiter. Ihr anderer Fuß schob sich mit einem hässlichen Schaben nach vorn, schon mehr eine Klaue als ein menschlicher Fuß. Ihr Körper verformte sich, quoll auf und platzte aus ihrer Haut heraus wie aus einem Kokon. Als sie den nächsten Schritt setzte, war der letzte Rest Menschlichkeit aus ihren Zügen verschwunden.
Es war ein entsetzlicher und gleichzeitig faszinierender Anblick, als sich das zierliche Mädchen langsam, aber unaufhaltsam verwandelte, mit jedem Schritt größer und gewaltiger wurde und nicht mehr aufhören wollte zu wachsen. Sich in eine Kreatur aus Klauen und Schuppen verwandelte, die sich weit über Li Yun erhob und einen gewaltigen, goldschimmernden Schädel in den Himmel reckte,

dessen Maul mit Hunderten nadelspitzen Zähnen gespickt war. Ihr Leib ähnelte einer gewaltigen Schlange, die von goldenen Schuppen bedeckt war. Sie besaß eine lange, silbern glänzende Mähne, einen feuerroten Schuppenkamm, der sich ihren Rücken hinunterzog, und ihr Grollen ließ die Erde erbeben.

Li Yun riss den Mund auf, doch es kam kein Laut über ihre Lippen. Entsetzt stolperte sie rückwärts von dem Ding – dem Drachen fort. Sie geriet ins Straucheln und stürzte, ließ dabei ihre Waffe fallen und hob sie winselnd wieder auf. Sie versuchte, sie auf den Drachen zu richten, doch ihre Hand zitterte so sehr, dass sie die Waffe erneut fallen ließ. Schluchzend zog sie den Rotz hoch und kroch auf allen vieren davon. Der gewaltige Schädel des Drachen beugte sich nach unten und beobachtete interessiert ihre sinnlose Flucht, die an das Zappeln eines auf dem Rücken liegenden Käfers erinnerte. Als Li Yun die Sinnlosigkeit ihres Unterfangens erkannte, hob sie die Hände und faltete sie wie zum Gebet. »Ich flehe dich an, großer Drache Shenmi!« Hilfe suchend wandte sie sich zu Tiali um. »Sag ihr, dass sie aufhören soll. Ich habe doch immer nur dem Drachenvolk gedient. Ich bin eine gehorsame Dienerin gewesen. Ich konnte doch nicht ahnen, was sie ist. Ich …«

Mit einem Schnaufen stieß der gewaltige Schädel des Drachen nach unten. Seine mächtigen Kiefer schlossen sich knirschend um den Oberkörper der Sekretärin, rissen ihn brutal in die Höhe und schleuderten ihn quer durch die Luft davon. Als ihr Körper mit einem schrecklichen Geräusch an der Wand zerschmetterte und leblos zu Boden fiel, wurde es auf einen Schlag totenstill.

Tiali wandte den Blick von dem entsetzlichen Anblick ab. Langsam wandte sie sich um und ging zu Laohu. Sie setzte sich neben ihn auf den Boden und griff nach seiner kalten Hand. Für eine Weile saß sie einfach nur da, sagte nichts und dachte nichts.

Später irgendwann fragte sie sich, ob der Tiger in seinen letzten Augenblicken noch mitbekommen hatte, wie seine kleine Shenmi sich in einen Drachen verwandelt hatte. Selbst wenn es nur eine wunderschöne Illusion war, die sich für Li Yun als Albtraum entpuppte. Sie hoffte es. Und sie hoffte auch, dass die echte Shenmi, das Mädchen, das er auf der *Zheng He* getötet hatte, ihm irgendwann verzeihen würde – wenn das überhaupt möglich war.

VENTA CHITRU

AUCH WENN ES VOLLKOMMEN UNPASSEND WAR – Helen bewunderte den Anblick der *Venta Chitru*. Sie war eindeutig das Schwesterschiff der *Tereschkowa* und doch gleichzeitig so unterschiedlich. So hätte die *Tresch* noch immer aussehen können, wenn der einsame Asteroid nicht gewesen wäre. Wenn der Große Sturz nicht gewesen wäre. Wenn der Admiral nicht gewesen wäre. Auch die *Venta* trug ihre Narben, auch sie konnte nicht verheimlichen, dass sie über einhundert gnadenlose Jahre im All hinter sich hatte, doch wo die *Tereschkowa* matt und ohne Kraft um sich selbst taumelte, lag die *Venta* ruhig auf ihrer Bahn, und ihre riesige Trommel drehte sich noch immer. Wo auf der *Tereschkowa* nur noch wenige Lampen auf der narbigen Außenhaut davon zeugten, dass sich in ihrem Inneren noch immer jemand stur an das Leben klammerte, war die *Venta* selbst ein Leuchtturm in der Dunkelheit zwischen den Sternen, beinahe selbst ein Stern. Wenn irgendjemand in vergangenen Tagen davon gesprochen hatte, dass die Menschheit irgendwann ihren Schritt hinaus ins All tun würde, um die Fackel der Erkenntnis und Menschlichkeit zu einer wie auch immer gearteten Sternengemeinschaft beizusteuern, dann hatte man sich garantiert so etwas vorgestellt. Dass zu den Fackeln der

Menschheit nur allzu oft auch Mistgabeln gehörten und der Mob mit ihnen Menschlichkeit und Erkenntnis anzündete, wurde dabei gern verdrängt.

Assa räusperte sich. »Sag mal, monologisierst du gerade?«

Helen blinzelte. »Innerer Monolog, ja.«

»Na ja. Nicht ganz.«

Erst jetzt bemerkte Helen, dass der Ven-Pilot sie seltsam von der Seite ansah.

»Wenn du mich fragst – ich fand die Sache mit den Fackeln und Mistgabeln gut. Aber der Kanal nach hinten ist nicht offen, falls dich das beruhigt«, sagte Assa. »Wenn wir uns jetzt trotzdem auf die Landung konzentrieren könnten?«

Helen sparte sich eine Antwort. »Garcia, was ist mit den Geschützen?«

»Ich beobachte sie, aber bis jetzt sind sie inaktiv. Mein Zugangscode funktioniert.«

Sie nickte. *Das bedeutet wohl, dass immer noch keiner eine Ahnung hat, dass der Mob mit den Mistgabeln vor der Tür steht.*

Wie aufs Stichwort meldete sich in diesem Moment ein Com-Ruf. Garcia wechselte durch die Scheibe einen Blick mit dem Admiral im hinteren Abteil. Dann nickte er knapp. Er verband sein Armdisplay mit der Com-Station und gab irgendetwas ein, bevor er den Anruf annahm. »Castian Garcia hier, 2. Pilot der *Inyanga*, wir haben technische Probleme mit der Kommunikationsanlage. Tut mir leid. Erbitte Einflugerlaubnis für Hangar Delta 3. Könnt ihr mich verstehen? Ich wiederhole ...«

Er wiederholte seine Anfrage noch ein zweites Mal, doch außer fast unverständlichem, abgehacktem Kauderwelsch in einer ihr unbekannten Sprache und einer Menge elektrostatischem Rauschen kam nichts. Dann tauchte eine Textnachricht auf dem Display auf, die ihnen die Einfahrt gestattete.

Helen sah ihn an. »Was genau war das gerade?« Garcia sah sie nicht an, sondern gab irgendetwas ein, das aussah wie Sicherheitscodes. »Störsender. Meine Leute haben der *Zheng He* nicht getraut. Hatten Angst, abgehört zu werden oder Schadcodes übermittelt zu kriegen. Eure Leute wollten das nutzen.« Er sah auf. »Ich übernehme die Landung.«

Helen sah das geöffnete Hangartor ins Sichtfeld kommen. Es war ein Hangar im Bereich der Bugspitze des Weltschiffs, ein Bereich, den sie bei der *Tereschkowa* noch nie angeflogen hatte. Der Bug war Sperrgebiet und Gerüchten zufolge gesondert gesichert. Sie nahm die Hände von den Flugkonsolen. »Sicher. Park ruhig ein.«

»Bereit halten!« Die Marschalls hinter ihr schlossen ihre Visiere und machten ihre Waffen bereit, während das Shuttle in den hell erleuchteten Hangar glitt. Erneut bewunderte Helen das beinahe klinisch reine Schiff. Nicht ein Leuchtband war defekt, keine Verkleidung nur notdürftig geschweißt. Garcia setzte das Schiff auf einen der Schlitten, und sie glaubte, hinter ihnen das Rumpeln des Außenschotts zu hören, auch wenn es nur die Vibrationen des Hallenbodens waren, die das Schiff selbst übertrug. Nebel schoss urplötzlich aus den Wänden und verschwand ebenso schnell in irgendwelchen Absaugschächten, gefolgt von einem Kaleidoskop aus Lichtblitzen, die Helen zusammenzucken ließen. Sie schüttelte den Kopf. Dekontaminationsanlagen in der Schleuse. Das war etwas, das man auf der *Tresch* schon abgeschafft hatte, bevor sie geboren wurde. Sparmaßnahmen.

Das innere Schleusentor glitt beiseite, und der Hangar eröffnete sich vor ihnen. Der Anblick verschlug ihr den Atem. Dieser Hangar war etwas kleiner als die in der Trommel installierten, und doch wirkte er so viel größer als ihr Heimathafen auf der *Tereschkowa*, denn er war so hell und aufgeräumt, dass er beinahe unbenutzt wirkte. Nur zwei weitere Shuttles waren an seiner Seite geparkt, auch wenn er auf sechs ausgelegt schien. Davon abgesehen stand jedoch beinahe nichts in der weiten Halle: Keine Kisten waren hier aufgetürmt, keine Flugcontainer gestapelt und vertäut, keine Pflanzkisten und Wohnabteile waren auf den ungenutzten Rollfeldern installiert – es gab nicht die geringsten Anzeichen dafür, dass irgendjemand hier wohnte. Helen wurde zum ersten Mal bewusst, was es tatsächlich bedeutete, dass nur zweihundert Menschen diesen Ort bewohnten und nicht zwölftausend oder mehr. Platz war auf der *Venta Chitru* kein Luxus.

Noch während der Schlitten sie in die endgültige Parkposition zog, öffneten sich die Zugangstore zum Hangar, und eine Gruppe in VacSuits betrat die Halle, augenscheinlich nur zu begierig darauf, die Rückkehrer zu begrüßen. Nur sechs von ihnen trugen Helme und Waffen, Letztere jedoch lediglich an die VacSuits geclippt. Die drei in der Mitte der Gruppe waren vermutlich Offiziere, das restliche Dutzend hielt Helen für Personal. Wahrscheinlich Wissenschaftler, die begierig darauf waren, etwas über die größte Entdeckung seit mehr als einhundert Jahren zu erfahren. Fast alle sahen erschreckend jung aus. Helen wurde schlecht. Unauffällig sah sie sich nach hinten um und begegnete dem Blick des Marschalls hinter ihr. Das Gesicht des Mannes war versteinert, und sein Finger lag am Abzug der Waffe. Helen hätte diese Vorsichtsmaßnahme verstanden, wenn der Lauf auf den Ven im Co-Piloten-Sitz gezielt hätte, doch er war auf sie gerichtet. »Was?« Sie hielt seinen Blick. »Ich geh da nicht raus. Das könnt ihr schön allein machen!«

Der Mann antwortete nicht. Nur seine Augen wanderten über Garcia zu Assa, die noch immer irgendwelche Dinge in den halb benommenen Park spritzte. Dann sah er wieder Helen an, und die ganze Zeit bewegte sich seine Waffe nicht.

Die Leute draußen hatten inzwischen die Halle fast durchquert, und einer von ihnen hob die Hand, winkte und schien etwas zu sagen, das jedoch im Com des Schiffs nicht ankam. Fast gleichzeitig hörte Helen dumpf die Schleuse des Shuttles ihren Betrieb aufnehmen, und einen Augenblick später hüpfte ein kleiner Kanister, kaum so groß wie eine Öldose, über den so blanken Hallenboden und explodierte in eine Wolke gelblichen Rauchs, noch bevor irgendjemand der Leute dort draußen reagierte. Was immer diese Wolke war, die Ven verfielen beinahe augenblicklich in Krämpfe, die sie zu Boden warfen und zucken ließen wie defekte Spielzeuge, bevor sie erschlafften.

Gleichzeitig hörte sie das trockene Husten von Automatikgewehren, und die Helme von zwei der Sicherheitsleute der Ven explodierten förmlich in roten Wolken. Ein dritter der Ven-Wächter fiel, noch bevor der Rest nach ihren Waffen gegriffen hatte, und ein vierter stolperte nach einem Streifschuss, der sein Helmvisier zertrümmerte. Auch er begann fast augenblicklich zu zucken und sackte zusammen. Den letzten beiden Sicherheitsleuten gelang es zumindest, ihre Waffen zu heben und ein, zwei Schüsse Gegenfeuer abzugeben, bevor sie von Schüssen nach hinten geworfen wurden und über den Hallenboden schlitterten. Das Ganze war in weniger als fünf Sekunden vorbei, und Helen starrte noch immer aus dem Cockpitfenster, als der Kommandant den Befehl zum Ausstieg gab. Die Marschalls schwärmten über die Halle und auf den inneren Eingang des Hangars zu, während Tamek und der Admiral langsamer folgten.

Erst jetzt öffnete der Marschall direkt hinter Helen den Mund. »Also gut«, knurrte er, und sie fand, dass er überraschend jung klang. »Raus mit euch.«

»Tja, wenn du nichts dagegen hast, würde ich gern hierbleiben. Das da draußen ist was für euch Helden. Wir ...«

Er stieß Helen grob genug mit dem Lauf gegen die Schulter, dass Assa protestierte und er die Waffe auf sie richtete. »Anordnung des Kommandanten. Ihr werdet draußen noch gebraucht.«

Helen stand auf. »Euch ist aber schon klar, dass wir Zivilisten sind und ...«

Der Marschall öffnete die Zwischentür und winkte sie nach hinten. »Eure Arbeit ist in den Dienst der *Tresch-Nation* gestellt.«

»Oh?« Assa warf ihm einen abfälligen Blick zu und stand auf. »Sind wir von einer elektoralen Autokratie inzwischen zu einer Volksdiktatur geworden?«

Der Marschall blinzelte hinter seinem Visier. »Was?«

Assa zerrte Park auf die Füße und deutete dabei mit dem Kopf auf Garcia. »Der versteht sicher, was ich meine, richtig?«

Garcia sah Helen an und zuckte dann mit den Schultern. »So ungefähr.«

»Siehst du.« Assa sah den Marschall vorwurfsvoll an, während sie Park durch die Tür schob. »Du bedrohst uns hier für Sachen, von denen du keine Ahnung hast. Schule geschwänzt, oder? Meine *Schyna* würde dir was zu erzählen haben. Reden wir gar nicht davon, dass du mir eine Waffe ins Gesicht hältst. Meine Fresse, Junge, du hättest keinen Spaß mehr auf Ebene B. Nicht dass dich das noch interessiert, ich weiß.«

Helen und der Ven folgten Assa aus der Schleuse und marschierten dem Admiral hinterher. Jener hatte inzwischen die gefallenen Ven erreicht und betrachtete sie interessiert. Er schien Helens Blick zu spüren, denn er sah auf, und so etwas wie Verwunderung lag in seiner Stimme. »Sie sehen wirklich aus wie wir. Ich meine, ich wusste das natürlich. Sie sind Menschen, und im Gegensatz zu den Tiermenschen der Zheng glauben sie nicht daran, dass Menschen sich durch Herumpfuschen am Erbgut verbessern lassen. Es waren also keine echsenhäutigen Mutanten zu erwarten. Aber es ist trotzdem – erfrischend, völlig fremde Gesichter zu sehen.«

»Und umzubringen«, murmelte Assa düster.

Der Admiral drehte sich halb zu ihr um. »Ich bitte dich, Assa Lang. Ich bin kein Idiot. Diese Leute hier sind selbstverständlich nicht tot. Es wäre unklug, die führenden Wissenschaftler unter unseren zukünftigen … Mitbürgern umzubringen, oder? Und da wir bislang nicht wissen, wer unter ihnen wichtig und wer entbehrlich ist …« Er breitete in einer ergebenen Geste die Hände aus. »Nervengas. Sie sind für zwei, drei Tage außer Gefecht. Na gut, sie werden vielleicht eine Woche oder so nicht laufen können. Wir wissen ehrlich gesagt nicht genau, wie die Leute hier darauf reagieren. Aber sie bekommen alle die Chance, wohlbehalten wertvolle Mitglieder unserer neuen Gesellschaft zu werden.«

In diesem Moment regte sich einer der Sicherheitsleute. Er hatte einen Schuss direkt in die Brust bekommen, doch entweder trug er einen hervorragend gepanzerten VacSuit, oder die Ven waren deutlich widerstandsfähiger als die Leute der *Tresch*. Der Admiral drehte sich um und sah interessiert auf den Mann hinunter. »Nicht du«, sagte er dann schlicht und schoss ihm direkt durch den Helm. »Sicherheitspersonal macht zu viel Ärger.«

Hinter ihm setzte sich der Sicherheitsmann auf, dem der Schuss den halben Helm zertrümmert hatte. Seine Hand tastete nach der Pistole an seiner Seite, und der Admiral schoss auch ihn beiläufig nieder, noch bevor er sich umwandte. »Bemerkenswert. Victor, sag deinen Leuten, dass die Wachleute nicht gut auf CQ-Gas ansprechen. Das gilt vielleicht auch für andere.« Er hockte sich zu einem der Männer in zivilen Uniformen hinab und stach ihm sein Messer in den Oberschenkel. Der Liegende zuckte nicht einmal. »Hm.« Er drehte sich um und wiederholte den Versuch an einer der Offiziere. Ein leises Stöhnen entrang sich der Frau. »Zu dumm.« Der Admiral zog das Messer aus ihrem Bein und rammte es der Frau in die Schläfe. »Ich wollte das wirklich vermeiden, aber wir können uns im Moment keine Gefangenen leisten. Wenn du so freundlich wärst, Victor?« Er zog seine Klinge aus der Toten, wischte sie an deren VacSuit ab und stand auf. »Wir haben ein Schiff zu erobern.«

Helen zwang sich hinzusehen, als der Kommandant seine Waffe hob und auch den übrigen beiden Offizieren Kopfschüsse verpasste. Das war etwas, das sie nie vergessen wollte. Dann folgte sie dem Admiral.

Die Marschalls hatten inzwischen am inneren Tor Aufstellung genommen und erwarteten weitere Befehle. Niresh teilte sie in drei Gruppen ein, bevor er sich Helen und Assa zuwandte. »Auf euch wartet eine besondere Aufgabe. Ihr kennt euch mit der Hangartechnik aus, und wir benötigen eure Fähigkeiten.« Er deutete auf den Seiteneingang, hinter dem die Treppe in die Steuerzentrale des Hangars führte. Das Schott des Durchgangs stand offen. »Meine Männer haben oben bereits aufgeräumt. Aber natürlich wissen die Ven jetzt Bescheid. Ich weiß, dass ihr von dort aus Zugriff auf die Schiffssysteme habt. Sorgt dafür, dass sie uns nicht aussperren können.« Er nickte dem Marschall zu, der noch immer hinter ihnen stand.

»Bei allem Respekt, Kommandant. Wie kommen Sie darauf, dass wir eine Ahnung haben, wie das geht? Ich bin eine Rigpilotin und kann schweißen. Assa hier kann Fabber auseinandernehmen. Was sollen wir tun – Ihnen einen Kaffee kochen?«

Der Admiral wandte sich um und schob Tamek sanft beiseite. Er legte den Kopf eine Winzigkeit zur Seite und schaltete sein Lächeln ein, doch dieses Mal wirkte es auf Helen nicht echt. »Sie haben Kirill Park bei sich, einen unserer besten Elektroniker und Programmierer. Und Sie selbst, Helen Hopper, sind eine ausgesprochen findige Frau. Ich bin mir sicher, dass Ihnen etwas einfällt. Machen Sie sich an die Arbeit. Priorität eins: Sichern Sie diesen Hangar und sorgen Sie dafür, dass meine Schiffe wohlbehalten hier ankommen. Deaktivieren Sie die Geschütze und Kraftfelder. Sie haben etwa zehn Minuten, bis Verstärkung eintrifft. Sollten Sie Dummheiten versuchen, wird Marschall Fjoron hier dafür sorgen, dass das nicht mehr geschieht. Sie haben verstanden, Fjoron.«

Der Mann salutierte.

»Das würde aber auch bedeuten, dass wir dann nicht mehr für die Sicherheit der Verstärkung sorgen könnten«, warf Assa ein. »Also rein theoretisch gesprochen.«

Der Admiral drehte sich um und trat so nah vor sie, dass sein Helm beinahe den ihren berührte. »Rein theoretisch gesprochen«, sagte er, »wird Fjoron dafür sorgen, dass Sie Ihrer zugeteilten Arbeit noch immer nachgehen können. Minus nicht unbedingt notwendiger Gliedmaßen und Organe.« Er trat zurück und machte den Durchgang frei.

Wortlos drehte sich Helen um und half Assa, den schwankenden Park die Treppe hinaufzubringen.

Der Kommandant hatte nicht zu viel versprochen. Im Kontrollraum lagen lediglich zwei Gestalten. An dieser Stelle hatte sich niemand die Mühe gemacht, CQ-Gas einzusetzen. Das Blut der beiden bildete hässliche rote Blumen auf den sonst makellosen Wänden.

Natürlich war auch dieser Raum nicht in einen Wohnraum umgewandelt worden, und Helen staunte darüber, wie anders dieser Ort aussah, wenn er nicht die hoheitliche Residenz eines Hangarmeisters bildete. Die Kontrollen waren jedoch an derselben Stelle wie auf der *Tereschkowa*, und durch die nahezu unbeschädigte Panoramascheibe war der Hangar so klar zu sehen, wie es sich Helen nicht hatte vorstellen können. »Willard müsste seinen Schweinestall echt mal aufräumen«, murmelte sie. Einer der Toten hing noch immer im Kontrollsitz des Pults, und Helen kämpfte für einem Moment mit der heißen Säure, die in ihrem Hals aufstieg. Dann kippte sie den Leichnam aus dem Sessel und wischte mit dem Ärmel das Blut von der Konsole. Assa verfrachtete Park in den Sitz. Der Elektriker blinzelte wiederholt. Er wirkte nicht so, als wäre er in der

Lage, einen Angriff auf einen fremden Schiffscomputer auszuführen.

»Ach *Gavno*! Assa, schau, ob du irgendwas findest, das diese Schnarchnase aufweckt. Du kannst ja unser Kindermädchen dort drüben fragen.« Sie nickte in Richtung des Marschalls, der mit halb angelegter Waffe ein wenig Abstand hielt. »Ich wette, Fjoron hat irgendwelche netten Marschalldrogen, die ihn blitzschnell wach machen. In der Zwischenzeit seh' ich mir das mal an.«

»Du kannst damit umgehen?«

»Bitte – ich bin in einem Hangar aufgewachsen. Sogar jemand wie Willard Kang kann das bedienen. Ich glaube, selbst wenn es in Kanto beschriftet wäre, könnte ich das bedienen.« Sie rief die Kameras des Hangars auf. Der Admiral und die Marschalls hatten das innere Tor inzwischen verlassen. Umso besser. Sie aktivierte den Verschluss und initiierte einen temporären Lockdown. Grollend schloss sich das Innentor. Alarmiert sah der Marschall auf, doch Helen verdrehte die Augen. »Wir sollen diesen Hangar sichern. Die schicken garantiert ein Sicherheitsteam, und ich glaube nicht, dass der Admiral sie aufhalten wird. Das ist unsere Aufgabe. Du hast deinen Kommandanten gehört. Seine Admiralschaft hat Wichtigeres zu tun. Mehr Leute töten, vermute ich.« Sie sah auf ihr Armdisplay. »Acht Minuten oder so. Mal sehen, ob ich herausfinde, wie man die Waffen da draußen abschaltet, bevor sie die kostbare Verstärkung pulverisieren. Macht euch nützlich.«

Helen betrachtete die Kontrollen des Schiffs. Sie waren tatsächlich einfach genug, entworfen, um von so ziemlich jedem bedient zu werden. Der eigentliche Grund dafür war, das hatte sie als Kind in der Schule gelernt, weil sie nur für den Notfall da waren. Solange das Schiff funktionierte, wie es sollte, übernahm die Schiffs-AI die Steuerung aller Einrichtungen dieser Art. *Und damit stellt sich die Frage, warum sie das nicht tut.* Wir sollten alle bereits tot sein. Zumindest hätte CATRON sie auf der *Tereschkowa* eliminiert, damals, vor dem Großen Sturz. Der Einschlag hatte CATRON deaktiviert. Vermutlich zerstört, denn seitdem mussten sie ohne zentrale AI auskommen. Die *Venta Chitru* hatte allerdings keinen Einschlag gehabt. Hier sah nichts nach einer Katastrophe aus. Wo war also die AI? *Nicht, dass ich ein Problem damit habe, nicht tot zu sein. Wichtige Dinge zuerst.* Sie rief die Geschützstellungen auf, die diesen Bereich des Schiffes schützen sollten. »Meine Fresse, seht euch diese Geschützstellungen an. Die haben hier mehr als die gesamte *Tereschkowa* zusammen.«

»Ja, und wenn du weiter so daran herumpfuschst, sorgst du noch dafür, dass sie uns um die Ohren fliegen.« Park fiel ihr in den Arm und wischte ihre Hände beiseite. Verblüfft sah sie ihn an. Er war hellwach. Allerdings waren seine Pupillen so groß, dass seine Augen wie glänzende schwarze Löcher wirkten. »Was bei der Schwärze hast du mit ihm gemacht?« Sie sah zu Assa, die mit einem Injektor direkt hinter ihm stand und verblüfft auf den kleinen Mann starrte. »Vielleicht habe ich es etwas übertrieben«, sagte sie langsam. »Der da hatte was für Kampfeinsätze dabei.« Sie deutete mit einem Nicken auf den hochgewachsenen Marschall, der etwas unsicher zwischen ihr und Park hin und her sah.

»Er sagte: Zwei Einheiten.«

Helen leckte sich die trockenen Lippen. »Zwei Einheiten, wenn man aussieht wie er, oder wenn man aussieht wie Park?«

Assa sah erneut auf den Injektor und zuckte schwach mit den Schultern. »Na ja. Vielleicht hätte ich ihm nicht drei geben sollen, was?«
»Drei?«
»Ich dachte, ›sicher ist sicher‹.«
»Ah.« Helen nickte. Sie sah Park über die Schulter, dessen zitternde Finger über die Bedienfelder huschten. »Immerhin ist er jetzt schneller damit als ich.«

NACH HAUSE

NACH LI YUNS TOD HATTE SICH SHENMI langsam wieder zurück in einen Menschen verwandelt. Sie hatte sich neben Tiali gehockt und mit ihr um den toten Tiger getrauert, der gleichzeitig ihr Mörder und ihr Retter gewesen war.

Ihre Züge hatten sich unmerklich verändert, waren älter geworden und vielleicht auch ein bisschen ernsthafter. Auf eine gewisse Art schien es, als hätte sie sich von Laohu losgelöst, wie ein Kind, das das Haus seiner Eltern verlassen hatte, um seinen eigenen Weg zu finden. Sie war nicht die Herrin dieses Schiffs, so viel hatte Tiali inzwischen herausgefunden. Sie war mit Sicherheit auch keine Außerirdische. Jedenfalls nicht vollständig. Sie wusste selbst nicht so genau, was sie eigentlich war. Sie wusste nur, dass sie irgendwie mit diesem fremden Schiff verbunden war und Laohus Gedanken ihr eine Gestalt gegeben hatten. Sie besaß die Fähigkeit, die Naniten – aus denen ihr gesamter Körper bestand – irgendwie zu beeinflussen und zu ihrem Vorteil zu nutzen. Auch wenn sie nicht wusste, auf welche Art das geschah. Sie nannte es in Ermangelung eines besseren Wortes Magie. Drachenmagie. Dem echten Mädchen Shenmi hätte diese Bezeichnung vermutlich gefallen.

Als die Expedition das fremde Raumschiff betreten hatte, hatte das Licht ihrer Scheinwerfer sie geweckt, wenn man das so nennen konnte. Die Naniten bezogen ihre Energie aus Licht. Sie ernährten sich sozusagen davon. Sie waren aktiviert worden, als die Strahlen der Scheinwerfer auf sie gefallen waren. Zunächst nur vereinzelt, dann im Verlauf des Feuergefechts mit der Besatzung der *Tereschkowa* zu Tausenden und Abertausenden. Nach der Explosion war schließlich das gesamte Raumschiff erwacht.

Sie hatten irgendeine Art von eingebautem Programm aktiviert und waren auf die Suche nach einem Wirt gegangen, dem sie zu Diensten sein konnten. Durch winzigste Risse und Löcher in den Raumanzügen waren sie nach und nach in die Körper der Menschen eingedrungen und hatten irgendwie an den Rezeptoren in ihren Gehirnen angedockt. Nach und nach hatten sie damit begonnen, das Raumschiff den Vorstellungen und Bedürfnissen ihrer Wirte anzupassen. Sie hatten eine Atmosphäre und Sauerstoff erzeugt und die Temperatur reguliert. Es schien kein besonderer Plan hinter diesem Verhalten zu stecken, nur die Bereitschaft, es ihren Wirten so bequem wie möglich zu machen. Sie waren aber offenbar nicht mit den Gedanken der Menschen zurechtgekommen. Sie hatten all die widerstrebenden Empfindungen in ihren Köpfen, die Ängste, die Wut und die Schmerzen, fehlinterpretiert. Das hatte irgendwann schreckliche Folgen gehabt.

»Und du?«, fragte Tiali, während sie stirnrunzelnd die zerschlagenen Steuerungskonsolen des Raumschiffs *Shenzhou* begutachtete. »Wie passt du in dieses Bild hinein?«

»Ich weiß es nicht«, sagte Shenmi. »Ich glaube, dass ich in Laohu eine verwandte Seele gefunden habe. Ich habe die Gestalt angenommen, die sein Denken bestimmt hat, und habe versucht, ihn vor den anderen Naniten zu beschützen.«

Tiali nickte nachdenklich. »Du bist mehr als diese seelenlosen Naniten.«

»Aber was bin ich?«

Die nächsten Stunden verbrachte Tiali damit, die *Shenzhou* wieder flugfähig zu machen. Das Chen-Monster hatte in der Pilotenkanzel eine Menge Schaden angerichtet, doch die lebensnotwendigen Systeme waren weitgehend intakt geblieben. Wenn Sie die Steuerung wieder hinbekam, wäre der unangenehmste Teil des Rückflugs nur die Tatsache, dass sie den Helm nicht abnehmen konnte.

Shenmi hatte sich dabei als große Hilfe erwiesen. Das technische Wissen des Drachenmädchens war enorm. Sie besaß ein Verständnis für menschliche Raumschifftechnologie, das weit über das hinausging, was sie Laohus Gedankenwelt entnommen haben konnte. Trotzdem stießen sie auf einige Hindernisse, die Tiali bereuen ließen, die Grundkurse zum entsprechenden Themenkomplex nur mit halbem Ohr verfolgt zu haben. Die Lehrgänge hatten damals in Form dümmlicher Holofilmchen stattgefunden, deren Moderator ein tollpatschiger Nasenbär gewesen war. Auf seiner Flugreise ans Ende des Universums waren ihm eine ganze Menge Missgeschicke widerfahren, und die Studenten hatten ihm bei der Lösung der dadurch entstandenen Probleme helfen müssen. Großflächige Zerstörungen durch verrückt gewordene Tigermutanten waren zwar nie ein Thema gewesen, trotzdem hätte es nicht geschadet, etwas aufmerksamer gewesen zu sein.

Immerhin konnte sie auf die Unterstützung eines waschechten Drachen zurückgreifen, der die Gestalt eines toten Mädchens angenommen hatte. Der dämliche Nasenbär wäre sicherlich grün vor Neid geworden.

Sie brauchten beinahe fünf Stunden, bis die wichtigsten Funktionen wiederhergestellt waren. Beim ersten Startversuch tat sich überhaupt nichts, bis Tiali feststellte, dass es an der Hauptbatterie lag, die rettungslos beschädigt worden war. Die Umschaltung auf die Notversorgung stellte allerdings keine große Hürde dar, da die Bauweise internationalen Normen entsprach. Als die Displays in der Kanzel flackernd wieder zum Leben erwachten, stieß Tiali einen erleichterten Seufzer aus.

»Seltsam«, sagte Shenmi. »Ich habe das Gefühl, schon einmal so eine Situation erlebt zu haben.«

»Du hast so etwas schon mal gemacht?«

»Ich weiß nicht. Ich habe ein Gesicht vor Augen. Das Gesicht eines Mannes.«

»Laohu?«

»Nein.«

»Vielleicht jemand aus seiner Vergangenheit. Du hast immerhin in seinem Kopf gesteckt.«

»Ja, vielleicht.«

»Dann wollen wir mal sehen, ob wir dieses Scheißding wieder zum Laufen kriegen.«

»So was in der Art hatte der Mann damals auch öfter gesagt.«

Das Betriebssystem hatte einige Schäden davongetragen, aber sie brachten es im abgesicherten Modus zum Starten und ließen die Reparaturprogramme darüberlaufen. Unendliche Zahlenkolonnen rasselten die Displays hinunter. Erschöpft ließ sich Tiali in einen der beiden Pilotensessel fallen. Der andere war herausgerissen und quer durch den Laderaum geschleudert worden. Tiali hätte sich gern die müden Augen gerieben, aber sie konnte ja ihren Helm nicht abnehmen. Also lehnte sie sich im Pilotensitz zurück und sah den Reparaturprogrammen bei der Arbeit zu.

Die Systeme der *Shenzhou* unterschieden sich nicht grundsätzlich von denen auf ihrem eigenen Raumschiff. Sie waren sogar wesentlich einfacher gehalten, da die Piloten nicht auf die Hilfe einer E.V.A. zurückgreifen konnten. Trotzdem gab es noch eine Menge Details zu beachten, die Tiali von ihrem eigenen Raumschiff nicht kannte. Doch für solche Dinge hatte sie ja einen eigenen Drachen zur Verfügung.

Als ein glockenheller Signalton die Stille zerriss, schreckte sie auf. Zuerst wusste sie nicht, wo sie sich befand, und geriet für einen Augenblick in Panik, ehe sie die Orientierung wiedergefunden hatte. Sie blickte auf die Zeitanzeige und stellte fest, dass sie beinahe zwanzig Minuten geschlafen hatte. Ihre Hände zitterten, als sie sie nach den Steuerungseinheiten ausstreckte. Sie wischte die Warnmeldungen fort, die nicht müde wurden, sie auf die Risse und Löcher in der Pilotenkanzel hinzuweisen, und stellte zufrieden fest, dass die restlichen Systeme einwandfrei liefen. Das Raumschiff war startbereit. Sie warf Shenmi einen Seitenblick zu und hob den Daumen. Das Mädchen erwiderte die Geste mit einem Lächeln. Tiali hob die Hand und öffnete mit einer Geste den Kommunikationskanal. Kurz dachte sie darüber nach, Kontakt mit der *Zheng He* aufzunehmen. Doch sie wusste nicht so recht, wie sie erklären sollte, dass sämtliche Passagiere der *Shenzhou* tot waren und sie die einzige Überlebende ihrer gemeinsamen Expedition war: *Ein mutierter Tiger hat alle anderen getötet, aber wir wurden im letzten Augenblick von einem Drachen gerettet – und nein, ich habe keine Drogen genommen.*

Sie funkte ihr eigenes Rig an, obwohl sie wenig Hoffnung auf eine Antwort hatte. Sie ging davon aus, dass ihr Pilot ebenfalls von Chen getötet worden war. Als sie ein Signal empfing, war sie überrascht. Dennoch bekam sie auch nach mehreren Anfragen keine Rückmeldung. Sie wartete eine Weile ab und setzte dann einen Notruf an die *Venta Chitru* ab. Auch von dort erhielt sie ein Signal, aber keine Antwort. Sie lehnte sich im Pilotensitz zurück und dachte darüber nach. Möglicherweise hatten die Kommunikationssysteme doch einen größeren Schaden davongetragen als angenommen. Einer Eingebung folgend, wählte sie den Kanal an, über den sie die verschlüsselte Nachricht der *Tereschkowa*-Passagiere erhalten hatte. Auch hier hatte sie keinen Erfolg. Sie ließ noch einmal Fehleranalyse und Reparaturprogramme laufen und startete eine erneute Anfrage. Als wieder keine Antwort kam, entschied sie sich, einfach loszufliegen. Sie hatte ohnehin keine andere Wahl.

Sie startete die Triebwerke und schaltete anschließend in den Flugmodus um. Die *Shenzhou* schaukelte bedrohlich, als die Steuerungsdüsen sie vom Boden fortdrückten und behäbig um die eigene Achse schoben. Auf ihrem Rig hatte solche Arbeiten eine AI übernommen. Hier musste sie sich auf ihre eigenen, eingerosteten Flugfähigkeiten verlassen. Während sie angestrengt auf ihrer Unterlippe herumkaute, hob sie das Raumschiff Meter für Meter in die Höhe, schwenkte seine Nase vorsichtig in Richtung

Weltraum und atmete tief durch. »Festhalten, wir fliegen ab.«

Die *Shenzhou* machte einen Satz nach vorn und presste Tiali brutal in den Sitz hinein. Sie hatte so einen heftigen Start nicht erwartet, aber woher sollte sie auch wissen, dass die Triebwerke dieser Raumschiffe deutlich mehr Kraft hatten als ihre eigenen. Wie ein Pfeil schoss das Raumschiff aus dem dunklen Bauch der Behemoth heraus und war Sekundenbruchteile später schon im Freien. Geblendet kniff sie die Augen zusammen. Sie bremste das Raumschiff auf eine erträgliche Geschwindigkeit herunter und sah sich nach Shenmi um. Das Mädchen stand noch immer neben ihr, als wäre nichts geschehen. In seinen Augen lag ein seltsamer Glanz.

»Der Weltraum«, sagte Tiali. »Es ist jedes Mal ein atemberaubender Anblick.«

Shenmi nickte.

Der erste Teil ihres Flugs verlief recht ereignislos. Die Sensoren meldeten keine Auffälligkeiten oder Störungen. Tiali begann ein bisschen zu frieren, aber die Heizleistung ihres Anzugs blieb konstant. Sie hatte in den letzten Stunden Schlimmeres überlebt. Irgendwann nickte sie erneut ein und wurde durch einen leisen Signalton aus dem Halbschlaf gerissen. Sie blickte auf das Display und stellte fest, dass sie eine automatisierte Prioritätsbenachrichtigung erhalten hatte. Der Zeitkennung nach war sie keine drei Minuten alt. Eilig richtete sie sich auf und rief sie ab. Es handelte sich um eine standardisierte Alarmmeldung, etwas, das sie bisher nur von gelegentlichen Übungen auf der *Venta Chitru* kannte. Nur dass es dieses Mal kein Test war. »Unmöglich«, murmelte sie und schüttelte entgeistert den Kopf. Sie tippte einige Zeilen ein und wartete ungeduldig auf die Antwort aus der Sicherheitszentrale. Als sie eintraf, riss sie entsetzt die Augen auf. »Die *Tereschkowa* hat unser Raumschiff geentert«, rief sie, an Shenmi gewandt. »Diese verdammten Arschlöcher!« Wütend ballte sie die Hände zu Fäusten.

KAVALLERIE

ASSA BLICKTE AUF DEN MONITOR und runzelte die Stirn. »Das da – ist das ein Schiff?«

Parks Augen zuckten hinüber, ohne dass seine Finger still hielten. »Ja.« Er gab irgendetwas ein, und eine Kennung erschien. »Ein Shuttle der *Tereschkowa*.«

»Nur eins?«

»Im Moment.« Immer noch huschten seine Hände über die Bedienfelder. Beinahe alle Geschütztürme zeigten jetzt an, deaktiviert zu sein, doch noch während Helen zusah, sprang die Anzeige eines davon wieder auf ›aktiv‹. Zeitgleich begann ein Alarm zu schrillen. Park fluchte. Fieberhaft rang er mit den Eingaben. Das Geschütz schaltete sich wieder ab, doch zwei weitere kehrten in den aktiven Zustand zurück. »Ich fürchte, irgendjemand hat entdeckt, was wir hier tun, und die richtigen Schlüsse gezogen.«

»Und das heißt?«

»Das heißt«, fauchte Park Assa an, »dass ihr mich jetzt besser in Ruhe arbeiten lassen solltet! Und schaltet den Alarm ab. Ich kann mich nicht denken hören!« Er wedelte in Richtung eines anderen Kontrollpults.

»Schöner Elektriker«, murmelte Assa. Sie musterte das Pult. »Und wo ist hier der Ausschalter?«

»Warte.« Helen trat dicht neben sie. »Das Shuttle da – ich weiß, wer das ist«, murmelte sie. »Das ist die Kennung von meinem Rig.«

»Was? Sicher?«

Helen sah sie missbilligend von der Seite an, bis Assa seufzte. »Ich meine – kann es nicht irgendwer fliegen?«

»Nicht die *Maru*. Sie hat ein Stabilisatorproblem. Kein Mensch kriegt die heil aus der Schleuse. Außer mir und meinem Mann.«

»Der bärige Vollbart? Und du bist sicher, dass er nicht einfach eine Ladung Marschalls fliegt? Hat er ja heute schon mal gemacht.«

»Möglich«, gab Helen zu. »Aber nicht wahrscheinlich. Dann würde er nicht die *Maru* fliegen. Die ist unten auf D geparkt, und ich glaube nicht, dass die Marschalls irgendwen von dort unten als Erstes hierherfliegen lassen.«

Assa nickte kaum merklich. »Aber was will er dann hier?«

»Er ist Trid-Fan. Vermutlich nennt er es ›die Kavallerie‹. Du darfst raten, warum er das Rig nach dem Kriegsgott seiner Vorfahren benannt hat.«

»Wir sollten wirklich mal einen Trid-Abend machen, ihr, meine Frau und ich.«

»Ich habe nicht wirklich den gleichen Trid-Geschmack wie er«, sagte Helen. Sie hatte endlich die Alarmsteuerung gefunden und schaltete den Ton aus.

»Aber ich. Im Gegensatz zu Tamani. Ich denke, meine Frau und du, ihr würdet euch gut verstehen.« Assa grinste. Sie drehte sich um. »Oi, Fjoron! Wir lassen die beiden mal hier arbeiten und gehen die Neuen begrüßen. Ich denke, sie sollten so schnell wie möglich über den Stand der Dinge informiert werden.«

Fjoron sah unschlüssig aus. »Ich kann die hier nicht …«

»Mann, Junge. Du kannst auch *nicht* da runtergehen und sie empfangen. Seh' ich aus wie ein Marschall? Die schießen mich über den Haufen, bevor ich den Mund aufmache! Du dagegen ...« Sie ließ den Satz im Raum hängen und deutete dabei zuerst auf ihren eigenen, schäbigen VacSuit und dann auf die Panzerung des Marschalls. »Denk doch mal mit.«

»Mein Befehl lautet ...«

Assa verdrehte die Augen. »Dein Befehl! Mit dem Selbstdenken hast du's nicht so, oder? Gut, dann gehen wir runter, und du bleibst hier oben und schaust, dass unser Drogenfreak hier keinen Mist baut.«

Fjoron schien nur noch verwirrter. »Aber ich soll euch bewachen.«

»Tja. Merkst du was? Du kannst nicht alles haben. Aber du kannst dich nützlich machen.«

Der Marschall sah noch einen Moment zwischen ihnen hin und her, dann gab er sich einen Ruck und hob die Waffe. »In Ordnung. Aber keine faulen Sachen. Ich behalte dich im Auge!«

Assa drehte sich um und sah ihn an. Durch ihr Visier konnte Helen ihren Ausdruck nicht erkennen, aber sie vermutete, dass der Blick der Fabber-Mechanikerin vernichtend war. »Ich werde versuchen, diesen Spruch nicht persönlich zu nehmen«, sagte Assa kühl. Sie drehte sich um und marschierte am Marschall vorbei die Treppe hinab.

Helen sah zurück auf den Flugmonitor, der soeben eine Ankunftszeit von unter einer Minute verkündete. »Kriegst du sie rein?«

»Möglich«, knurrte Park, tief über die Kontrollen gebeugt. Soeben sprang wieder ein Geschütz auf aktiven Status. »Sehen wir in zwanzig Sekunden.«

Helen schluckte. »Mach die Außenschleuse auf. Jetzt.«
Sie aktivierte ihr Armdisplay und rief die Privatfrequenz der *Maru* auf.

Rangi ging quasi sofort ran. »Was?«

»Geschütze sind aktiv! Setz auf die Haut auf!«

Rangi antwortete nicht, und für einen eisigen Moment erwartete Helen, das Dröhnen von Geschützfeuer zu hören. Doch neben ihr kämpfte Park noch immer mit den Kontrollen.

»Kacke«, fluchte Rangi so plötzlich über das Com, dass sie zusammenzuckte. »Das Trümmer-Magnetfeld ist aktiv. Ich glaub, ich hab der *Maru* grad eine Kufe abgerissen! Kannst du das nicht eher sagen, *Schyna*?«

»War keine Zeit, *Musch*.« Helen stellte fest, dass sie grinste. »Bleib weit genug unten, dass du Funken schlägst. Dann kriegen dich die Geschütze nicht.«

Rangi fluchte erneut. »Funken ist gut. Ich hab hier gerade eine Antenne abgerissen. Sind wir eigentlich versichert? Woah!« Helen hörte die entsetzten Rufe anderer Leute im Hintergrund. »Gut, diesmal war's ein Scheinwerfer. Kein Problem. Der war sowieso defekt. Ich fass es nicht, dass ich innerhalb von einem Tag zweimal eine Bruchlandung machen werde!«

»Wie meinst du das – zweimal?«

»Sagen wir es so, ich habe Malika zwar einen Schrotthaufen zum Ausschlachten frei Haus geliefert, aber sie wird trotzdem nicht mögen, was ich gleich mit der *Maru* machen werde. Na, was soll's – wenigstens habe ich Übung. He, du! Kotz mir ja nicht da rein! Das ist mein Bett!« Den letzten Satz schien er an irgendjemand anderen gerichtet zu haben. »Jedenfalls: Stellt das Magnetfeld ab, sonst kocht uns das Ding beim Einflug!«

»Wir sind dran.« Helen sah auf. »Park?«

»Ich kriege zwei Sekunden Fenster, dann machen die das wieder dicht«, fauchte der Techniker. »In acht Sekunden. Sieben. Sechs ...«

Helen legte ihn auf das Com der *Maru* und hörte Rangi fluchen. Dann erreichte Park null.

Und eine Sekunde später dröhnte der gesamte Hangar wie unter einem gigantischen Hammerschlag.

Helen schrie auf.

Park hielt inne, und seine Hände schwebten bewegungslos über der Konsole. Geschütz für Geschütz schaltete wieder auf aktiv.

»Au«, kam Rangis Stimme dann etwas gequält aus Helens Com. »Das war meine schlechteste Landung. Jemals.«

»Verdammt, du hast mir einen Schrecken eingejagt.« Dieses Mal lachte Helen tatsächlich.

»Ich habe der *Maru* das rechte Triebwerk abgerissen.«

»Das zahlst du von deinem eigenen Taschengeld. Park, hol sie rein.«

Park schniefte, schüttelte sich wie jemand, der gerade durch Spinnweben gelaufen war, und öffnete dann das Hangartor.

»Rangi«, sagte Helen gedämpft. »Assa ist dein Empfangskomitee. Und ein Marschall mit einem juckenden Abzugsfinger. Der wird sich vielleicht weniger freuen, dich zu sehen. Wäre vielleicht gut, wenn du ihn ... beruhigen könntest.«

»Was immer du sagst, *Schyna*.«

Der Parkschlitten zog die *Maru* in die große Halle, und auf Helen wirkte es ein wenig wie die alten Trid-Aufnahmen, die zeigten, wie ein gestrandeter Wal geschleppt wurde. Tatsächlich hatte das Rig nicht nur ein Triebwerk, sondern auch die Landekufen einer Seite komplett eingebüßt und lag jetzt so schief auf dem Schlitten, dass die Insassen das Shuttle über den Notausstieg auf dem Dach verlassen mussten. Von oben aus konnte Helen sehen, wie sich der Marschall sichtlich entspannte, als nacheinander drei Uniformierte aus der Luke kletterten. Er senkte die Waffe und salutierte, und einer der Männer klopfte ihm auf die Schulter.

Fjoron erstarrte und kippte dann steif wie eine Planke nach vorn und schlug der Länge nach auf.

Rangi erschien in der Luke und zwängte sich mit Mühe nach draußen. Es knackte in Helens Helm. »Das wäre erledigt. Was sollen wir mit ihm tun?«

Helen rang für einen Moment um Worte. »Was habt ihr ...«

»Keine Sorge«, dröhnte Rangi. »Ist nur 'n Elektromagnet. Wir haben seinen VacSuit kurzgeschlossen. Ihm geht's gut. Wie einer Konserve. Was sollen wir mit ihm machen?«

»Denkt euch was aus. Wer sind deine Freunde da?«

»Niresh kennst du ja schon. Wie sich rausstellt, ist er ganz in Ordnung. Einer der Batras von Ebene B. Die anderen sind Freunde von deiner Tochter. Also ... von Trofim. Trofims Leute. Oh, und ich habe Alexy mitgebracht. Sag Hi, Alexy.«

»Hi, Alexy«, sagte Alexy und winkte mit etwas, das verdächtig nach einer Feuerwehraxt aussah.

Helen atmete durch. »Und wann kommt der Rest?«

»Ja, was das angeht ...« Rangis Stimme wurde plötzlich ernst. Er stand in der Mitte der Hangarhalle und breitete die Arme aus. »Wir sind der Rest. Mehr war in der Zeit nicht aufzutreiben.«

Helens Lächeln erstarb. »Du kommst mit acht Leuten? Das ist alles?«

Rangi ließ die Arme fallen. »Das ist nicht alles. Aoatea hat sich darum gekümmert, dass die Leute des Admirals nach uns noch mindestens 'ne Viertelstunde nicht aus der *Tresch* gekommen sind. Das ist 'ne Menge!« Er klang gekränkt. »Ach komm. Acht ist besser als nichts. Wir sind quasi die Gemeinschaft der Neun. Alexy hat sogar eine Axt dabei.«

Mit einem Seufzen griff sich Helen ins Gesicht, nur um vom Helm gestoppt zu werden. »In Ordnung. Kommt erst mal hoch.« Sie drehte sich um und sah, wie Park sie verwirrt anstarrte. Seine schwarzen Augen ließen ihn erschreckend fremd wirken. »Das ist nicht die Verstärkung?«

Sie zuckte mit den Schultern. »Irgendwie schon. Nur nicht für den Admiral, schätze ich. Neue Anweisung: Lass die Finger von den Geschützen. Die können jetzt noch nützlich sein.« Park starrte sie an. Dann kniff er die Augen zusammen. »Das wird euch nichts nützen. Sobald der Admiral die Brücke eingenommen hat, hat er volle Kontrolle über das Schiff. Dann muss ich nichts mehr abschalten.« Er fuhr in seinem Stuhl herum und versuchte, eine Com-Verbindung zu öffnen, noch bevor Helen ihn erreichen konnte. In diesem Moment kam etwas durch den Raum geflogen und traf den Programmierer so heftig am Hinterkopf, dass er aus dem Sitz geschleudert wurde.

»Beeindruckender Wurf«, stellte Assa fest. Sie kam direkt hinter Rangi den Treppenaufgang herauf. Ihr Helm fehlte, und Helen ahnte, was das Wurfgeschoss gewesen war.

»Das war doch in Ordnung so, oder?«, fragte Rangi. Er nahm seinen eigenen Helm ab und grinste unsicher.

»Ja. Er hat's verdient.« Helen nahm ihren Helm ebenfalls ab und atmete tief durch, bevor sich ein Lächeln auf ihr Gesicht stahl. »Danke, dass du gekommen bist.«

Assa verdrehte die Augen. »Ach bitte! Wenn ihr jetzt anfangt zu knutschen, will ich in ein anderes Trid!«

»Nur keinen Neid.« Helen ging zu ihrem Mann, packte ihn im Nacken, zog ihn zu sich herunter und gab ihm einen heftigen, harten Kuss. »So, genug der Romantik. Wir haben zu tun.«

Rangi rieb sich die angeschlagene Nase. »Ja, lass es uns mal nicht übertreiben. Wie ist der Plan?«

»Der Plan.« Helen ließ den Blick über die kleine Truppe streifen. »Der Plan ist immer noch derselbe. Irgendwie müssen wir den Admiral aufhalten. Und ich fürchte, die Sicherheitskräfte hier sind nicht darauf ausgerichtet. *Und sie werden auch auf uns schießen, wenn wir ihnen über den Weg laufen. Davon abgesehen, dass er sechzehn handverlesene Marschalls dabeihat und wir – nicht. Wenn er die Kommandobrücke erreicht – und er weiß genau, was er tut, immerhin wohnt er dort, also auf der *Tresch* – hat er das Schiff im Griff, und wir sind im Arsch. Wenn seine Leute ankommen und irgendwie in das Schiff reingelangen – sind wir im Arsch. Und wenn er der Meinung ist, dass er sein Gefolge nicht gefahrlos hierherbekommt, wird er die *Venta* beschleunigen und verschwinden. Und dann ...«

»... sind wir im Arsch.« Rangi schürzte die Lippen und nickte bedächtig. Dann zuckte er mit den Schultern. »Kein Problem. Dafür haben wir einen Alexy dabei.«

Alexy sah alarmiert auf, als plötzlich alle Blicke auf ihm ruhten.

Rangi winkte ab. »War nur Spaß. Wir sind im Arsch. Nichts für ungut, Alexy.« Er sah auf sein Armdisplay. »Was soll's. Wir haben noch mindestens neun Minuten, bevor der erste Transporter der Marschalls hier sein kann. Zeit genug für einen Plan.«

Niresh hob zögerlich den Arm. »Wir könnten eines der Shuttles nehmen und es direkt in die Brücke fliegen«, sagte er leise.

»Selbstmordmission?« Assa verzog das Gesicht. »Reichlich drastisch. Der Junge hat Mumm. Keinen Grips – aber Mumm.«

Helen schüttelte den Kopf. »Wir wollen die *Venta* retten, nicht zerstören!«

»Würde außerdem nichts bringen«, warf Rangi ein. »Das hat vor fünf Jahren einer der Piloten von Ebene C bei der *Tresch* versucht. Sein Rig ist zerschellt, ohne mehr als ein paar Kratzer zu hinterlassen. Die Brücke ist neben den Reaktoren die am besten gepanzerte Stelle des Schiffs.«

Jetzt starrten alle Anwesenden Rangi an. »Was denn? Es gibt fast keinen Piloten, der in den letzten zehn Jahren nicht mal mit dem Gedanken gespielt hat.«

»Dann bleibt uns nichts anderes übrig, als den Kerl auf die altmodische Weise auszuräuchern, oder?«, fragte Alexy. Er hatte seine Axt gegen das Gewehr des ausgeschalteten Marschalls getauscht und eine der Pistolen der Ven-Sicherheitsleute an sein Bein geclippt.

Helen betrachtete die Konsole und runzelte die Stirn. »Aber nicht allein«, sagte sie. Sie ließ sich in den Sitz fallen. »Wir müssen das nicht allein tun.«

Sie verband das Schiffscom mit dem Übersetzer ihres Armdisplays, und ihre nächsten Worte kamen aus den Lautsprechern des Raums – und aus jedem anderen der *Venta Chitru*, wie sie hoffte. »Achtung, *Venta Chitru*. Ihr Schiff wird angegriffen. Ihre Angreifer sind lediglich achtzehn

Elitesoldaten der *Tereschkowa*, allerdings schwer gepanzert und bewaffnet mit Schusswaffen, Nervengas und anderem. Sie beabsichtigen, die Brücke einzunehmen, um Verstärkung einzulassen, die in weniger als zehn Minuten eintrifft! Hier spricht Helen Hopper vom Widerstand der *Tereschkowa*. Wir sind mit diesem Angriff nicht einverstanden! Ich wiederhole: Wir sind nicht einverstanden und stehen auf Ihrer Seite, aber wir brauchen Ihre Hilfe! Verhindern Sie unter allen Umständen, dass die Angreifer auf die Brücke gelangen! Ihr Leben und die Leben aller Einwohner des Weltschiffs *Tereschkowa* hängen davon ab!«

Sie lehnte sich in ihrem Sitz zurück. Ihre Hände zitterten ebenso heftig wie ihre Atmung. Rangi legte ihr seine schwere Hand in den Nacken. »Keine Sorge, *Schyna*. Wir stehen das durch.« Er drehte sich um und hob einen Arm. »Also gut, Leute, mehr werden wir nicht. Es hilft ja nichts. Grimme Taten erwachet! Auf zu Zorn, auf zu Verderben und blutig Morgen!«

Assa grinste breit. »Dies möge die Stunde sein, da wir gemeinsam Schwerter ziehen!«, antworte sie laut, riss sich das Pflaster ab und schob das bionische Auge zurück in seine Fassung. Dann blinzelte sie heftig und hielt inne. »Moment. Wartet mal kurz. Vielleicht werden wir doch mehr.«

»Was?« Dieses Mal war sie es, die von den Übrigen angestarrt wurde. Hektisch winkte sie ab. »Vergesst es. Wartet nicht auf mich. Macht diese Sache mit dem ›blutig Morden‹. Oder Morgen. Oder was auch immer. Ich wäre euch dabei sowieso keine Hilfe. Aber ich habe eine Idee, wer es sein könnte.«

Rangi sah verwirrt von ihr zu Helen, dann zuckte er erneut mit den Schultern und nickte. »Ich hoffe, die Idee ist gut. Wir verschaffen euch Zeit. Kommt!« Er schulterte

sein Gewehr und marschierte zur Treppe. »Denkt dran, das Ziel ist nicht, ehrenvoll für die Sache zu sterben. Das ist idiotisch. Das überlassen wir den anderen. Wir verschaffen den Frauen Zeit und bleiben am Leben, verstanden?«
Der Rest der Leute murmelte seine Zustimmung und folgte ihm die Treppe hinunter.

Assa zog die Brauen hoch. »Helen, ich mag deinen Mann ja, aber das mit den motivierenden Reden hat er nicht so drauf.«

Helen zuckte mit den Schultern und öffnete das innere Hangartor. »Er hat andere Qualitäten. Also – deine Idee?«

Assa rieb sich das bionische Auge. »Pass auf, du hast doch in der Behemoth eine Nachricht an die Zheng geschickt. Und soweit ich das verstanden habe, sind die Zheng und die Ven dort drüben gemeinsam eingeflogen. Das heißt, sie sind vermutlich verbündet. Wir müssen also nur die Zheng kontaktieren und zu Hilfe holen.«

Helen starrte auf die Konsole. »Und du meinst, sie hören auf einen Hilferuf ausgerechnet von uns?«

»Sie hören vielleicht auf einen, der von der *Venta* kommt. Besonders, wenn es um einen Angriff durch die *Tereschkowa* geht. Sie haben es heute schon mal. Na los, versuch es!«

»Ich hoffe nur, du hast recht und wir treiben hier nicht den Teufel mit dem Beelzebub aus.« Helen straffte die Schultern und verband ihr Armdisplay mit der Konsole.

»Wir tun was? Egal. Ich habe gelesen, dass man früher Brände in den Wäldern der Erde so bekämpft hat. Mit Gegenfeuer.«

»Ja. Oder man macht ein richtig großes Feuer daraus.« Sie wählte die Frequenz, auf der sie schon einmal die *Zheng* erreicht hatte.

ERINNERUNG

TIALI SASS BRÜTEND IN IHREM SITZ. Ja, die *Shenzhou* war schneller als die Shuttles der *Venta Chitru*. Allerdings war das All auch verdammt groß, und sosehr die Kilometer dahinflogen – der Ankunftstimer zeigte noch immer zwei Stunden, und die Minuten vergingen quälend langsam. Sie hatte alles Licht im Cockpit ausgeschaltet, in der Hoffnung, Energie zu sparen und die überlasteten Leitungen zu schonen. Trotzdem wagte sie es nicht, die Geschwindigkeit weiter zu erhöhen. Irgendwas an den Triebwerken lief unrund, und das Letzte, was sie wollte, war, hier im All zu treiben, während sich niemand auf der *Venta Chitru* um sie kümmern konnte.

Dreimal noch war sie weggedämmert, nur um festzustellen, dass der traumlose Schlaf nur fünf Minuten gedauert hatte, bevor irgendetwas sie wieder zurück in die Wirklichkeit gezerrt hatte. Beim dritten Mal stand Shenmi neben ihr. Das Mädchen sah auf die winzige, schematische Abbildung der *Venta*. Tiali war sich nicht sicher, ob Shenmi bemerkt hatte, dass sie wieder wach war, doch sie flüsterte, ohne Tiali anzusehen. »Sie sind so ähnlich. Man könnte sie verwechseln. Und doch sind sie so verschieden, als kämen sie von unterschiedlichen Welten.«

»Im Grunde tun sie das auch«, sagte Tiali leise und stellte fest, dass ihr Atem feine Wölkchen bildete. »Erde, Mars,

Luna, schon sie waren verschiedene Welten, zu verschieden, um sich je richtig zu verstehen.«

»Ich weiß«, sagte Shenmi, ohne den Blick von der Grafik zu lösen. »Ich glaube, ich erinnere mich.« Sie legte den Kopf schief, wie um das Bild aus einer anderen Perspektive zu betrachten. »Zeig es mir.«

»Was?«

»Dieses Schiff. Ich glaube, ich habe irgendetwas gesehen, das ich sehen sollte, aber nicht verstanden habe.«

Tiali beugte sich vor und rief einige Bilder aus der Datenbank auf, bevor sie sich überhaupt darüber wunderte, woher sie wusste, wo Bilder zu finden waren. Sie lächelte schmal. Bei aller Verschiedenheit waren anscheinend alle Menschen Gewohnheitstiere genug, um auch nach über einhundert Jahren den Ort für die Bildablage gleich zu lassen. Die Auswahl an Bildern zur *Venta Chitru* war nicht groß, und was Tiali sah, konnte genauso gut die *Zheng He* sein. Sie hatte auf der *Venta* Bilder des Schwesterschiffs gesehen. 110 Jahre im All hatten sämtliche Unterschiede verwischt. Shenmi besah sich jedes Bild lange und reglos, und Tiali sah ihr über die Schulter.

Als sie schließlich das Blinken des Nachrichteneingangs bemerkte, konnte sie nicht sagen, wie lange der Ruf schon auf sie wartete. Sie runzelte die Stirn. Dieser Ruf kam ebenfalls von der Venta. Allerdings auf einem anderen Kanal. Sie musste ihn irgendwann zuvor offen gelassen haben – den verschlüsselten Kanal, auf dem sie versucht hatte, jene geheimnisvollen *Tereschkowa*-Passagiere zu erreichen. Tiali rieb sich die Augen und betrachtete das geduldig blinkende Signal für einen Moment. Dann seufzte sie und nahm den Ruf an. »Tiali.«

»Oh, der Schwärze sei Dank!« Die Stimme der Unbekannten war weiblich, jedoch synthetisiert. Vermutlich ein Übersetzungsgerät. Das ergab Sinn. »Wir hatten schon befürchtet, es gibt niemanden mehr von euch.«

Tiali sah sich instinktiv im Cockpit um. »Wir sind nicht mehr viele«, gab sie müde zurück.

»Hört zu: Der Angriff auf dem Schiffswrack war eine Finte. Der Mann, der derzeit die *Tereschkowa* beherrscht, wollte euch ablenken. Sein Ziel ist die Übernahme der *Venta Chitru*!«

Tiali presste die Lippen zusammen. »Ja, das haben wir mitbekommen.«

»Er ist bereits an Bord und auf dem Weg, die Kontrolle über das Schiff zu übernehmen und seine engsten Anhänger überzusetzen. Sobald das passiert ist, wird er uns alle zurücklassen – und ich glaube nicht, dass er die Eingefrorenen hier am Leben lässt. Kurz: Wir brauchen Hilfe! Wir versuchen, ihn so lange aufzuhalten, wie wir können, aber wir sind keine Soldaten, und wir glauben, dass auch die *Venta Chitru* kaum noch welche hat!«

»Und was bringt euch auf den Gedanken, dass wir helfen könnten?«

»Zugegeben, wir wissen nicht viel über die *Zheng*. Aber wir wissen, dass ihr irgendeine Allianz mit der *Venta* habt. Und wir wissen, dass ihr fähige Soldaten habt, vermutlich besser als alles, was die Marschalls aufbieten können, wenn unsere Geschichten auch nur halbwegs wahr sind. Bitte!«

Die Frau am anderen Ende klang aufrichtig verzweifelt – selbst mit dem zwischengeschalteten Übersetzer, der ihre Emotionen sicher nur unzureichend simulierte. »Wir brauchen nicht viele Leute! Im Moment sind nur rund zwanzig Leute des Admirals an Bord. Aber in wenigen Minuten werden mehr eintreffen, und dann werden wir uns nicht mehr halten können!«

Tiali schwieg. Ohnmächtige Wut schnürte ihr die Kehle zu und raubte ihr die Worte. Was sollte sie auch tun, was sagen? Sie hatte keine Krieger. Sie war nicht von der *Zheng He*, sie war allein, in einem Schiff, das jeden Moment seinen Geist aufgeben konnte und das zu weit weg war, um rechtzeitig eingreifen zu können, selbst wenn alle anderen Punkte nicht gewesen wären. Genauso gut konnte sie gleich zur *Tereschkowa* fliegen. Sie ...

»*Venta Chitru*«, sagte Shenmi. »Ich kannte diesen Namen.« Sie wischte sich erneut durch die Bilder und vergrößerte schließlich eine unscharfe Aufnahme, die die *Zheng He* von Hunderttausenden Kilometern Entfernung aufgenommen haben musste. Mit wenigen Gesten füllte das Schiff den kompletten Hauptschirm aus. Eine Handbewegung weiter, und es war nur noch ein Ausschnitt. Und jetzt konnte Tiali unscharf den Namen erkennen, der bis heute in der Oberfläche des Weltschiffs eingebrannt war. Shenmi betrachtete das Bild reglos. »Dein Schiff heißt *Venta Chitru*«, sagte sie leise. Es war keine Frage. »Ich war einmal Venta Chitru. Bevor ich ... ich erinnere mich. Ich hasse enge Räume.« Tiali schrak zusammen, als Shenmi diesen letzten Satz aussprach. Denn die Stimme, die aus ihrem Mund kam, klang ganz und gar nicht wie das kleine Mädchen von der *Zheng He*. Es war die Stimme einer weit älteren, erwachsenen Frau. »Versprochen?«, sagte Shenmi mit der Frauenstimme. Sie starrte noch immer auf die Abbildung. »Du hast es versprochen, Oren.«

»Hallo? Ist da noch jemand?«, fragte die Frau im Com, doch Tiali ignorierte sie für den Moment. »Oren? Welcher Oren?«

»Oren Chitru. Der Mann von Venta Chitru. Er hat es mir versprochen.«

Die Härchen auf Tialis Nacken schienen sich aufzustellen. Oren Chitru. Sie kannte diesen Namen. Niemand, der auf der *Venta* flog, kannte ihn nicht. Jeder kannte sein Gesicht. Jeder hatte seine Ansprache zum Stapellauf der drei Weltschiffe gesehen – mit eigenen Augen oder als Aufnahme. Es war einer der größten historischen Momente der Menschheit gewesen, und einer der letzten, die die Menschen auf den Schiffen mit den Orten ihrer Herkunft teilten. »Was hat Oren Chitru dir versprochen?«

Shenmi sah sie an, und jetzt hatte sich auch ihr Gesicht verändert. Es änderte sich noch, schien sich dem Alter ihrer Stimme anzupassen. »Er holt mich raus. Er hat es versprochen.«

»Wo raus?«

Tiali konnte nicht genau sagen, wann Shenmi verschwunden und die fremde Frau erschienen war. Es musste ein fließender Übergang gewesen sein, eine Art Morphing-Effekt, jedoch so fremdartig, dass ihr Gehirn nicht damit umgehen konnte. Auf jeden Fall war die Frau vor ihr nicht mehr Shenmi. Sie war größer, älter und gleichzeitig auf eine Art weniger *da*. Sie wirkte auf seltsame Art, als wäre sie nur halb anwesend, und gleichzeitig, als sei sie soeben erwacht. »Aus der Kiste«, sagte sie und klang erstaunt über ihre eigenen Worte. »Er hat versprochen, dass er mich aus der Kiste holt. Bevor ich ... verschwunden bin. Ich war ... nicht da. Nicht ...«

»Bei Bewusstsein?«, warf Tiali vorsichtig ein.

»Nicht vorhanden«, sagte die Frau. »Ich erinnere mich. Ich war in einer Kiste, und Oren versprach mir, dass er mich rausholt. Ich hasse enge Räume. Oder zumindest habe ich das damals getan. Dann war da Licht, und ich war nicht mehr. Ich bin aufgewacht, als das ... Schiff? Menschen spürte. Und ich war wieder, als ich ... Shenmi wurde? Klingt das irgendwie logisch?«

Tiali nickte vorsichtig, bevor sie es sich anders überlegte und den Kopf schüttelte. »Nicht wirklich, nein.«

Die Frau betrachtete die Bilder. Inzwischen trug sie so etwas wie einen antiken VacSuit. »Nein. Stimmt.« Sie seufzte und deutete auf das Bild. »Was genau hat das da mit Oren zu tun?«

»Das ist die *Venta Chitru*. Oren Chitru hat sie entwickelt, zusammen mit ihren Schwesterschiffen. Es war sein Lebenswerk, und dieses da hat er nach seiner ersten Frau benannt. Hab ich zumindest gehört. Er hat uns auf unsere Reise geschickt und das Ziel der Reise festgelegt.« Tiali zuckte mit den Schultern. »Das Schiff hier sieht vielleicht nicht so aus, aber sogar die *Zheng He* basiert auf seinem Entwurf und verwendet unzählige Dinge, die er entwickelt hat. FoodFabber, Schwerkraftgeneratoren, Nanotechnologie und Antigrav-Antriebe ...«

»Seiner ersten Frau«, echote die andere leise. »Wer ist Venta Chitru?«

»Sie war es, die das Alien-Raumschiff auf dem Mars entdeckt hat, dem ...« Tiali stockte. »Sie hat ein ...« Erst in diesem Augenblick ging ihr auf, was sie da gerade sagte. Sie holte tief Luft. »Venta Chitru hat ein nicht menschliches Objekt auf dem Mars entdeckt, und man sagt, sie sei dabei verunglückt. Oren Chitru hat es nie verwunden. Als wir auf die Reise gingen, erzählte er uns, dass unser Ziel der Herkunftsort des Objekts sei. Luytens Stern.«

»Nicht Luytens Stern«, erwiderte die Frau. »Aber nah dran. Und ich bin nicht ... Venta Chitru ist nicht verunglückt. Ich bin«, sie suchte nach Worten für etwas, für das es vielleicht keine Worte gab. »Ich war verschwunden. Ich erinnere mich. Ich stieg in eine Kiste, um mich zu verstecken. Und ...« Sie blinzelte. »Es ist verwirrend. So viele Gedanken in meinem Kopf, und ich weiß nicht genau, welche davon meine sind. Ich glaube, es ging etwas schief. »Die Kiste hat mich zerlegt. In meine Einzelteile. Subatomare Partikel. Und dabei hat sie mich ... gescannt. Ich glaube, sie hat einen Bauplan jedes meiner Moleküle angefertigt und diese Daten dann auf dieses Schiff geschickt, die Behemoth. Aber irgendetwas ist schiefgegangen. Ich glaube, ich hätte hier wieder zusammengesetzt werden sollen. Aber das Schiff war bereits tot, und ich war ein Geist in seinem Inneren. Bis ihr kamt und das Schiff aufgeweckt habt. Bis Laohu kam und Shenmi erdachte. Die ich ausfüllen konnte, um ... nein.« Sie schüttelte erneut den Kopf. »Die das Schiff füllen konnte. Mit mir. Das Schiff und ich, wie sind nicht eins. Aber ich bin der Teil des Schiffs, der euch versteht. Es hat Laohu ausgelesen und in seinem Kopf Shenmi gefunden und erschaffen und mit mir gefüllt, um mit euch zu sprechen.« Sie atmete tief durch und sah an sich hinab. Nachdenklich hob sie die Hände und hielt sie vor ihr Gesicht, und jetzt erst konnte Tiali erkennen, dass sie leicht transparent zu sein schienen. »Aber es hat keine von uns wirklich erschaffen. Wir sind nur ... eine Ahnung von dem, was hätte sein können.«

Tiali schnaubte wider Willen belustigt. »Wir sind, glaube ich, alle nur eine Ahnung von dem, was wir sein könnten.«

»Hallo?«

Erst jetzt nahm sie die Stimme aus dem Com wieder bewusst wahr. »Ist da noch irgendjemand? Ich höre Sie nicht mehr. Falls ja – wir könnten hier wirklich, wirklich Hilfe gebrauchen. Ach verdammt. Ich glaube, wir haben die Verbindung verloren. Das war's dann wohl.«

Die halb transparente Venta Chitru legte den Kopf schief. Mit einer Geste aktivierte sie die Com-Verbindung wieder. »Ich denke, ich kann *Venta Chitru* retten«, sagte sie. »Aber ich brauche eure Hilfe.«

»Was?« So etwas wie ein Anflug von Panik schlich sich in die Stimme der Gegenseite. »Vielleicht haben Sie mich nicht richtig verstanden, aber *wir* brauchen *eure* Hilfe! Sagt mir, dass ihr schon Leute geschickt habt. Es wird nämlich wirklich knapp!«

»Ich arbeite dran.« Venta sah sich um und ging dann zielstrebig zu einem Wandpaneel, das sich auf einen Knopfdruck hin öffnete. Ein etwa tischgroßer FoodFabber nach chinesischer Bauweise lag dahinter. Die Frau musterte die Maschine. »Was genau ist das hier?«

Tiali runzelte die Stirn. »Ein FoodFabber. So eine Art Drucker«, sagte sie vorsichtig. »Druckt aus Rohmasse Lebensmittel aller Art. Wir benutzen sie alle. Sie sind einer der Hauptgründe, warum so lange Flüge wie unserer überhaupt möglich geworden sind.«

Venta betrachtete den Fabber, sah dann erneut sie an und schüttelte den Kopf. »Das ist nicht sein eigentlicher Zweck.«

Sie wandte sich um und rief erneut das Com auf. »Fabber«, sagte sie. »Habt ihr einen … FoodFabber?«

Es dauerte einen Moment, dann meldete sich die Gegenseite erneut. Dieses Mal schien es eine andere Frau zu sein. »Assa Lang hier. Wenn es um FoodFabber geht, bin ich eure Spezialistin. Aber was hat das mit unserem Problem zu tun?«

Venta ging nicht darauf ein. »Laohu erinnerte sich, dass diese Fabber Daten empfangen können. Rezepte. Ist das richtig?«

»Schon, natürlich. Aber ...«

»Ich sende dir jetzt Daten. Eine große Menge Daten, ein Rezept, sozusagen. Stelle genau das am Fabber ein und sag mir, wenn du fertig bist.« Mit einer Geste schien Venta irgendetwas über das Com zu transferieren.

»Ich ...« Assa stockte, dann fing sie sich. »Ich habe die Daten«, sagte sie einen langen Moment später. »Das ist ... in Ordnung? Das ist machbar. Ich ... das kann ich, ja. Ich brauche vielleicht fünf Minuten. Ich weiß nur immer noch nicht ...«

»Die Zeit läuft«, fiel ihr Venta ins Wort. Dann sah sie Tiali an. »Ich fürchte, ich muss dich jetzt verlassen«, sagte sie, doch in ihrer Stimme schwang keinerlei Bedauern mit. »Aber wir sehen uns wieder.« Und mit diesen Worten wandte sie sich um und legte die Hände auf das Bett des Fabbers. Im nächsten Moment schien sie zu zerfließen. Ihr Körper verflüssigte sich mehr und mehr, verwandelte sich in kleine Bäche und Rinnsale aus grauen Naniten, die in den Fabber liefen, erstarrten, sich verformten und Auswüchse auf dem Gerät bildeten. Lediglich eine Andeutung ihres Kopfs blieb noch eine Weile neben dem Fabber in der Luft hängen.

»Assa Lang hier. Ich wäre so weit. Und was jetzt?«

»Jetzt schalte ihn an.« Die Stimme klang nur noch wie ein Echo, und einen Lidschlag später senkte sich der letzte Nanitenstaub auf den Fabber und erstarrte. Das Gerät brummte eine Weile, dann erstarb es und ließ Tiali allein in der Dunkelheit der *Shenzhou* zurück.

DEUS EX MACHINA

»HELEN, KÖNNT IHR MICH HÖREN?« Rangi klang außer Atem. In seinem Hintergrund waren Schüsse zu hören. »Alles in Ordnung bei euch?«

»Alles in Ordnung bei *uns*?«, fragte Helen zurück. »Wir sind in einem Hangar hinter meterdicken Toren und werden gerade nicht beschossen!«

»Das ist gut zu hören«, antwortete ihr Mann. »Wie geht es mit eurer Idee voran?«

Helen sah sich um. Es war ein wenig surreal. *Wir sitzen vor einem halb auseinandergebauten Fabber, und ich kann mir nicht vorstellen, wie uns das weiterhilft. Aber ich habe auch keine andere Idee mehr.* Laut sagte sie: »Gut. Wirklich gut. Assa arbeitet da an was. Gib uns noch ein paar Minuten. Und bei euch?«

»Es geht so. Wir hatten bisher Glück. Außer Mr. Smith. Der Lehrer. Der Unterricht auf D wird in den nächsten Jahren ohne ihn stattfinden müssen. Und zwei der anderen schlafen. Hoffe ich zumindest. Sie haben Gas abbekommen. Sonst geht's uns prima.« Das Geräusch von automatischem Gewehrfeuer übertönte für einen Moment seine Stimme. »... nur ein Kratzer. Geht schon«, sagte Rangi, als er wieder zu hören war, zu irgendjemand anderem. »Jedenfalls haben die hier die Flure anders angelegt, und der Admiral ist falsch abgebogen. Im Moment versperren wir ihm den Weg. Ist aber wohl nur eine Frage der Zeit, bis sie durchbrechen. Durch uns oder durch 'ne Wand. Aber lasst euch nicht unter Druck setzen.« Er gab sich noch immer Mühe, unbekümmert zu klingen. Helen wusste es besser. »Zieht euch zurück, bevor es zu spät ist, ja? Spielt bloß keine Helden!«

»Das sagst du mir jetzt, wo ich extra dafür hergekommen bin, *Schyna*?« Rangi lachte rau. »Aber das mit dem Zurückziehen ist leicht gesagt. In der anderen Richtung sind Leute von den Ven, die uns über den Haufen schießen, wenn wir uns blicken lassen. Könnte sein, dass wir uns hier ein bisschen in eine Zwickmühle manövriert haben. Aber alles gut. Wir haben noch Munition.«

Der Fabber der *Inyanga* arbeitete stoisch vor sich hin, so wie bereits seit fast zehn Minuten. Assa sah ratlos auf das Gerät hinunter, aus dessen Eingeweiden Kabelstränge hingen. Sie hatte das Einstellungsdisplay auf dem Schoß, doch statt Nahrungsmittelvorschlägen liefen jetzt nur noch Codezeilen über den Schirm. »Ich habe immer noch keine Ahnung, was das Ding da macht. Ich werde daraus einfach nicht schlau«, sagte sie. Sie klang auf eine befremdliche Art begeistert. Eine Ecke des Displays zeigte die Zeit, bis der Fabber fertig mit dem sein würde, was immer er gerade tat.

Noch drei Minuten.

»Und ich habe keine Ahnung, ob wir noch drei Minuten haben«, stellte Helen fest. Sie sah erneut auf ihr Armdisplay. »Das Magnetfeld steht zumindest noch«, murmelte sie. Und die äußeren Hangartore sind geschlossen.«

»Was machen die Geschütze?« Assa ließ das Display nicht aus den Augen.

Helen schielte erneut auf ihr Armdisplay. »Keine Ahnung. Kann ich von hier aus nicht sehen. Aber die Hangartore sollten drei Minuten halten, selbst wenn sie drauf bestehen, sich reinzuschießen.«

»Na ja – sie sind bescheuert. Insofern ...«

»Hör auf«, knurrte Helen. Sie betrachtete den rumorenden Fabber. »Hast du eine Ahnung, was wir hier gerade machen?«

Assa zuckte mit den Schultern. »Wir klammern uns an die Hoffnung auf ein Wunder. Wie jeder vernünftige Mensch in unserer Lage.«

Sie aktivierte ihr Com erneut. »Rangi, wir brauchen hier noch ... knapp zwei Minuten.«

»Keine Sorge.« Rangi grunzte. »Wir laufen hier nicht weg. Immerhin drängeln die nicht mehr. Ich fürchte aber, dass sie jetzt auch auf die Idee gekommen sind, dass es durch die Wand vielleicht einfacher geht. Das könnte dann ein Problem sein.«

Helen straffte die Schultern. »Wo genau seid ihr? Gebt mir euren Standort durch. Ich ...«

»Du willst doch jetzt nicht vorbeikommen, oder? Wie war das gerade mit dem Heldentum?«

»Quatsch. Ich versuche, die Ven zu überreden, nicht auf euch zu schießen. Vielleicht hören sie ja auf mich!«

»Hm. Das wäre tatsächlich gut. Einer von uns hat einen Bauchschuss abbekommen. Wäre gut, wenn sich jemand in Ruhe darum kümmern könnte.«

Helen wurde kalt. »Rangi, du bist nicht etwa ...?«

»Nein«, fiel ihr Mann ihr ins Wort. »Ich hab' nur was in der Schulter. Halb so wild.«

»Rangi!«

»*Schyna!* Spar dir deine Luft für die Ven! Jetzt!«

Helen bemühte sich, Luft zu holen, doch irgendetwas schnürte ihre Brust ein. Sie ballte die Fäuste, bis das Zittern nachließ. »Assa, ich sollte wirklich zurück ans Com. Vielleicht kann ich ...«

»Schhh!« Assa hob die Hand und zeigte mit der anderen auf das Display. Zwanzig Sekunden. Neunzehn.

Und dann war die Zeit verstrichen, und das Gerät stoppte. Die beiden Frauen ließen weitere Sekunden vergehen, bevor sich Helen räusperte. »Willst du nicht aufmachen?«

»Irgendwie nicht, nein«, murmelte Assa, ohne die Augen vom Fabber zu nehmen. »Ich habe Angst, enttäuscht zu sein. Solange ich's nicht aufmache, hab ich noch Hoffnung. Bescheuert. Ich weiß.«

»Schrödingers Wunder.« Helen nickte.

»Wer ist Schrödinger?«

»Ich weiß auch nicht. Irgendein Typ auf der Erde, der Katzen in Kisten gesperrt hat. Um zu sehen, wann sie sterben, glaube ich.«

»Ich wäre sehr enttäuscht, wenn das Ding jetzt eine tote Katze gedruckt hat.«

»Kommt vielleicht auf die Zubereitung an.« Helen seufzte. »Jetzt mach auf.«

»He, schlechte Witze sind mein Gebiet.« Assa legte vorsichtig das Fabberdisplay beiseite und betätigte den Öffner.

Der Deckel schwang auf, und ein Stöhnen kam aus dem Inneren.

Helen zuckte zurück, als eine Hand auf dem Rand des Fabbers erschien, und Assa krabbelte, so schnell sie konnte, bis an die Kabinenwand.

Im nächsten Augenblick schnellte ein Mann aus dem Inneren des Fabbers und landete in der Hocke auf dem Boden zwischen ihnen, wobei er noch im Aufkommen einen

Handlaser packte, aktivierte und ihn erst eine Handbreit vor Helens Gesicht stoppte. Er hatte die Zähne gefletscht und blinzelte jetzt, mehrmals und heftig. Dann schüttelte er den Kopf und entspannte sich um eine Winzigkeit. Er richtete sich auf und sah zwischen den beiden Frauen hin und her, ohne jedoch das zischende Werkzeug zu senken. Schließlich krächzte er etwas Unverständliches, und der Übersetzer an Helens Arm machte automatisch eine Frage daraus: »Wo bin ich?«

Immerhin – die potenziell tödliche Spitze des Werkzeugs lenkte Helen ein wenig von der Tatsache ab, dass gerade ein splitternackter Mann aus einem Nahrungsmitteldrucker gesprungen war. Offenbar ein extrem durchtrainierter Zheng.

»Auf der *Venta Chitru*. In einem Shuttle«, fügte sie hinzu, und stellte fest, dass sie ebenfalls krächzte. »In einem Food-Fabber. Zumindest bis gerade.«

Der Zheng blinzelte erneut, sah sich um und wischte sich mit der Hand über das Gesicht. »Venta Chitru. Ich bin Venta …«, übersetzte ihn der Translator. Er stockte, räusperte sich, und als er das nächste Mal sprach, verwendete er Worte, die Helen auch ohne Übersetzer verstehen konnte. »Ich bin nicht Venta Chitru«, sagte er und sah an sich hinab. »Ich bin … Laohu, Anführer der Tiger. Ich bin Shenmi. Ich … nein, aber ich erinnere mich, Shenmi gewesen zu sein. Ich erinnere mich an Laohus Tod. Ich erinnere mich an Venta Chitru. Ich … bin verwirrt.«

»Du ahnst gar nicht, wie es mir erst geht«, sagte Assa. Sie hatte sich an der Wand hochgeschoben und starrte den Mann an. »Wie zur Schwärze kommst du in meinen Fabber? Aus meinem Fabber. Ich meine … was?«

Laohu sah sie an, dann erneut sich selbst und schließlich die halb zerlegte Maschine. »Das ist kein Fabber.« Er runzelte die Stirn. »Laohus Erinnerungen sagen, dass es einer ist, aber Venta sagt, es sei ein ... Personendrucker?« Sein Gesicht spiegelte für einen Moment die Verwirrung, die in Helen tobte. Dann jedoch riss er sich sichtlich zusammen. »Es spielt keine Rolle. Ich bin, wo ich sein sollte. Ihr habt um Hilfe gerufen.«

»Wir haben einen Hilferuf an die Zheng geschickt, ja. Könntest du vielleicht das Ding aus meinem Gesicht nehmen?«

Laohu starrte ihr in die Augen, dann senkte er beiläufig den Handlaser und schaltete ihn aus.

Assa atmete tief durch. »Falls du jetzt meine Klamotten, meine Stiefel und mein Motorrad willst, muss ich dich darauf hinweisen, dass dir mein Zeug nicht passen wird. Und ich hab kein Motorrad.«

»Was?«

»Ignorier sie.« Helen schüttelte den Kopf. »Kommen noch mehr von euch?«

Der Zheng musterte den Fabber und schüttelte den Kopf. »Dazu fehlen Material, Zeit und die notwendigen Daten. Aber Kleidung wäre hilfreich. Es gibt hier einen Krieg.«

Helen nickte. »Ich weiß nicht, wie weit du informiert bist, aber ...«

Laohu hob die Hand, um sie zu unterbrechen. Für einen Moment betrachtete er seine Finger, bevor er erneut blinzelte. »Zwanzig Gegner, Soldaten der *Tereschkowa*. Ich weiß, ich habe mitgehört! Ich brauche Kleidung, eine Waffe, eine Beschreibung und einen Standort, dann kümmere ich mich darum. Ich denke, die Zeit drängt!«

Assa sah in skeptisch an. »Ich gebe zu, du siehst aus, als könntest du die Hälfte von ihnen ohne Besteck frühstücken, aber sie sind um die zwanzig Leute! Schwer gepanzert und bewaffnet.«

Laohu warf ihr einen Seitenblick zu und lockerte die Schultern. »Und ich bin ein Tiger.« Er trat in die Schleuse und verließ das Schiff.

Helen und Assa wechselten einen Blick, und die Mechanikerin blies geräuschvoll die Luft aus. »Also war doch eine Katze in der Kiste. Eine große, ziemlich angepisste.« Sie musterte den Fabber und schüttelte den Kopf. »Das Ding ist ein verdammter Teleporter?« Ganz behutsam hob sie das Bedienfeld auf und schaltete es ab. »Ich arbeite mein ganzes Leben mit diesen Maschinen. Aber auf einmal sind sie mir unheimlich.«

Nur drei Minuten später verließ Laohu den Hangar durch das innere Tor. Er trug den VacSuit eines der toten Sicherheitsleute und in jeder Hand eine Waffe.

Helen sah ihm hinterher und wählte Rangis Com an. »Die Verstärkung ist da«, sagte sie und hörte die Unsicherheit in ihrer eigenen Stimme. »Sie ist anders, als ich es mir vorgestellt habe, aber … okay, ich habe keine Ahnung, wie ich es beschreiben soll, aber es ist ein Mann, Assa hat ihn ausgedruckt. Er sagt, er wäre ein Tiger und er kommt, um den Admiral zu töten.«

Rangis Stimme klang müde. »Ich habe heute schon Verrückteres ge… nein. Habe ich nicht. Aber irgendwie wundert mich nichts mehr. Hauptsache, er beeilt sich.«

Rangi kicherte vor sich hin. Es war ein freudloses, beinahe hysterisches Kichern. Seine Schulter schmerzte, was ein gutes Zeichen dafür war, dass das MedSet seines Anzugs die letzte Dosis Betäubungsmittel verbraucht hatte. Sein Gewehr hatte er auf dem reglosen Körper eines der beiden Marschalls auf ihrer Seite abgestützt, denn sein rechter Arm war nicht zu gebrauchen. Immerhin übte der Anzug genug Druck auf die Wunde aus. Noch sechs Schuss, dann spielte es auch keine Rolle mehr, dass er das Gewehr nicht mehr halten konnte. Mehr Munition war nicht mehr da. Neben ihm lagen Alexy und der Händler von Ebene C. Letzterem allerdings fehlte die Schädeldecke, und Rangi bemühte sich, nicht hinzusehen. Einige Schritte entfernt hockte Niresh hinter einer Transportkiste, die so löchrig war, dass sie auseinanderzufallen drohte. Hinter ihm saß der zweite der Marschalls, die Hände auf den Bauch gepresst, verbissen bemüht, die Blutung in seinem Bauch zu stoppen. Der Mann hieß Myers, und Rangi war sich ziemlich sicher, dass seine Bemühungen schon seit einer Weile vergebens waren.

Das Schöne war, dass die Leute des Admirals vor einigen Minuten aufgehört hatten, auf sie zu schießen. Das Dumme war, dass das wohl bedeutete, dass die dort hinten einen anderen Weg gefunden hatten. Das hatte ziemlich sicher mit der dumpfen Explosion zu tun, die sie vorhin gehört hatten. Irgendwer hatte heftig geschossen, doch das unsichtbare Feuergefecht war schnell vorbei gewesen. Seitdem herrschte Stille.

Es war alles vorbei.

Der Admiral war auf die Brücke vorgedrungen. Er mochte die Hälfte seiner Männer verloren haben, doch das spielte keine Rolle mehr. Er würde die Verteidigungsanlagen des Schiffs abschalten, er würde die Hangars öffnen, und in wenigen Minuten würden Dutzende, wenn nicht Hunderte Marschalls in der *Venta Chitru* ausschwärmen und jeglichen Widerstand vernichten. Und dann würden diese Arschlöcher davonfliegen, und Tausende Menschen auf Venta und der *Tereschkowa* würden sterben. So war das also.

Rangi betrachtete die so makellos sauberen Leuchtstreifen an der Decke, die nur hier und dort von Einschusslöchern verunziert waren. Immerhin – all das würden sie nicht mehr miterleben. Da machte er sich keine Illusionen. In der schönen neuen Welt des Admirals war kein Platz für Aufrührer.

Mit einem Seufzen ließ er das Gewehr los und nestelte sich umständlich den Helm vom Kopf und atmete tief durch. Die Luft war besser, sauberer als das, was die Scrubber seines Anzugs noch zustande brachten, und es war angenehmer, nicht eingeschlossen in einem VacSuit auf das Ende zu warten.

»Tja«, sagte Alexy neben ihm. »Ja, ich schätze, das ist lustig.« Er hob den Kopf. Als keine Schüsse fielen, hob er den Kopf noch etwas mehr. Rangi sah zu ihm hoch und bewunderte ein wenig, dass der junge Cutter nicht starb.

»Die sind tatsächlich weg.« Alexy sah auf die Munitionsanzeige der Waffe in seiner Hand. »Irgendwie schade. Die letzten acht Schuss wäre ich jetzt gern auch noch losgeworden.«

Rangi stemmte sich mühselig hoch und schob sich bis zur Wand, um sich anzulehnen. »Spar sie auf. Die kommen früh genug zurück, um uns wegzuräumen. Und ich habe keine Lust, lebend von ihnen aufgegriffen zu werden.«

»Hm.« Alexy setzte sich neben ihn. Auch er nahm seinen Helm ab. Dann fummelte er umständlich in seinem VacSuit und holte eine Handvoll NarcPads aus einer der Taschen. »Vermutlich hast du recht.« Er hielt Rangi die Pflaster hin. »Auch eines?«

Mit einem einseitigen Schulterzucken griff Rangi zu. Vermutlich half das Zeug zumindest gegen die Schmerzen, und wenn er schon starb, hatte es keinen Sinn, auf dem Weg dahin auch noch zu leiden. »Niresh, wie sieht's mit dir aus?«

Neben ihm klebte sich Alexy eines der Pads auf den Nacken, schloss die Augen und seufzte erleichtert, als die Drogen ihre Wirkung entfalteten.

»Niresh, hier. Für dich.« Rangi warf dem jungen Piloten einige der Pflaster hin. »Hast du dir verdient.«

»Heißt das, wir geben auf?«

Rangi schnaubte. »Es ist vorbei, Junge. Wir haben es versucht, und es hat nicht gereicht. Wir sind keine Soldaten. Nicht mal du.« Umständlich versuchte er, eines der Pads auszupacken, doch einarmig und mit Handschuhen war das schwieriger als gedacht.

Auf der anderen Seite des Raums nahm Niresh den Helm ab. Er war blass, verschwitzt, und die Ränder unter seinen Augen ließen ihn fünfzehn Jahre älter aussehen. Auch er sah auf seine Waffe und ließ sie dann auf den Boden fallen. »Ist eh leer.« Er sammelte die Pflaster ein, betrachtete sie und schüttelte dann den Kopf. »Ich habe dieses Zeug noch nie genommen. Ich werde jetzt nicht damit anfangen.«

Rangi schnaubte. »Du bist echt ein Langweiler, weißt du das?«

Niresh ging nicht darauf ein. »Ich denke, der hier braucht sie mehr als ich.« Damit klebte er eines der Pads auf den Hals des angeschossenen Marschalls neben ihm. Der Mann sackte zur Seite und glitt sanft zu Boden. Niresh sah auf ihn hinunter. »Oder auch nicht mehr.« Schwerfällig hinkte er zu Rangi hinüber und ließ sich neben ihm auf den Boden fallen.

»Weißt du«, sagte er aufrichtig, »ich bin dir dankbar.«
»Wofür?« Rangi schnaubte. »Dafür, dass ich dich hergeschleppt und umgebracht habe?«
»Dafür, dass ich nicht mehr für die falschen Leute fliege.«
»Du fliegst überhaupt nicht mehr«, gab Rangi zu bedenken.
»Ich hätte nie fliegen sollen«, sagte Niresh und lehnte sich zurück. »Meine Tante Judy hat eine gute Filterwerkstatt. Ich hätte ...«

Weiter kam er nicht. Am anderen Ende des Gangs tauchte plötzlich ein stiernackiger Mann auf. Er trug den mit Blut besudelten Panzeranzug eines Ven, zwei Waffen und das Gesicht eines Zheng. Als er Niresh am Boden sitzen sah, hob er eine der Pistolen, ohne innezuhalten.

»*Kso!*« Rangi lehnte sich eilig vor, um zwischen den Fremden und den Jungen zu kommen. »Nicht schießen! Verdammt! Wir sind unbewaffnet!« Eilig hob er die leere Hand. Die andere lag nutzlos in seinem Schoß. Dann kniff er die Augen zusammen. »Du bist der Tigermann, Laohu! Die Verstärkung. Meine Frau sagte, dass du kommst.«

Laohu hielt die Pistole einen Augenblick lang weiter ungerührt auf ihn gerichtet. »Ah«, sagte er dann und senkte den Lauf ein wenig, kaum mehr als eine Andeutung. »Die kleine, dunkelhäutige Frau. Helen. Und du bist der schmuddelige Mann mit Bart. Sie sprach von dir.«

»Der was?« Rangi sah ihn verwirrt an. »Das hat sie gesagt?«

Der Mann zuckte mit einer Schulter. »So ungefähr. Wo ist der Gegner?«

»Bis vor zwei oder drei Minuten waren sie noch dort vorn.« Rangi deutete den Gang hinunter in die entgegengesetzte Richtung. »Dann haben sie wohl ein Loch in die

Wand gesprengt und sind jetzt vermutlich auf der Brücke. Du bist zu spät.«

Laohu lächelte grimmig. »Das werden wir sehen. Kommt ihr?«

»Wir?« Rangi und Niresh sahen sich an. Dann deutete Rangi auf die Waffen auf dem Gangboden. »Wir haben noch ... was war's? Zwölf Schuss? Zusammen. Wir sind keine Soldaten, Mann, und ich bin angeschossen. Ich bin fertig. Ich könnte sie vielleicht noch totquatschen.«

»Das wird nicht nötig sein. Ihr müsst sie nur beschäftigen.« Er warf Rangi eine der Pistolen zu, hob stattdessen das Gewehr vor sich auf und prüfte das Magazin. »Sechs Schuss. Das reicht für sechs Gegner.«

»Du bist gar nicht von dir überzeugt, oder?«, murmelte Rangi. Dann seufzte er. Er legte sich den Arm angewinkelt vor die Brust und wies den VacSuit an, den Ärmel zu versteifen, bevor er sich von Niresh auf die Beine helfen ließ. »Also gut. Vier Männer auf dem Weg zum glorreichen letzten Gefecht.«

Alexy sah ihn entrückt von unten an, bevor er mit verschleierten Augen zur Seite sank.

»Okay. Drei Männer.«

Laohu schob sich vor Rangi um die Gangecke. Als er nicht sofort in einem Kugelhagel zu Boden ging, folgte ihm der Maori. Der Gang war tatsächlich leer, sah man von zwei Toten ab. Einen der beiden hatte Myers mit einem Schuss durch den Helm erwischt, wer den anderen angeschossen hatte, wusste Rangi nicht. Wie es aussah, hatte er es nicht geschafft. Zusammen mit den drei Leuten, die die Sicherheitsleute der *Venta* erledigt hatten, bevor sie überrannt worden waren, war die Truppe des Admirals auf ein gutes

Dutzend zusammengeschrumpft. »Nur vier für jeden«, murmelte er. »Sieht doch gut aus.«

Laohu warf ihm einen bösen Blick zu und legte den Finger an die Lippen. Beinahe lautlos huschte er den Gang entlang, und Rangi sah, dass er recht gehabt hatte. Kaum fünfzehn Meter weiter gähnte ein Loch in der Seitenwand, dessen Ränder die typischen Schweißwülste einer Trennladung hatten.

Ohne zu zögern trat Laohu in die Öffnung. Eine kurze, trockene Salve von Gewehrschüssen war zu hören, doch noch im selben Moment flog ein Marschall aus dem Loch, prallte gegen die Gangwand und stolperte rückwärts. Sein linker Arm stand in einem unnatürlichen Winkel ab. Der Mann fing sich und entdeckte fast gleichzeitig Rangi und Niresh vor sich, die ihn überrumpelt anstarrten. Die Hand des Mannes zuckte zur Pistole an seiner Seite. Rangi feuerte instinktiv und hinterließ eine Spur aus Löchern im Boden und in den Beinen des Mannes. Der Schuss aus Nireshs Gewehr dagegen traf den Mann mitten in die Brust und ließ ihn hintenüberfallen. Fluchend humpelte Rangi zur Öffnung. Ein knapp einen Meter tiefer Wartungsschacht lag dahinter, und auf dessen anderer Seite war durch ein zweites Loch die Brücke der Venta zu sehen. Zumindest vermutete er das. Aber was wusste er schon. Gewehrfeuer brandete auf der anderen Seite auf, hektische Salven, akzentuiert von einzelnen, trockenen Schüssen und Schreien. Er zwängte sich durch die Öffnung. Ein Marschall stolperte in sein Sichtfeld, ihm halb den Rücken zugewandt. Rangi schoss auf ihn, und der Mann fiel nach vorn, wobei er das Gewehr verlor. Statt jedoch liegen zu bleiben, rollte sich der Mann beiseite. Vermutlich hatte die Pistole seiner Militärpanzerung nichts anhaben können. Mit einem neuerlichen Fluch warf Rangi sich vorwärts und landete auf dem Mann, der damit offenbar nicht gerechnet hatte. Rangi presste den Lauf der Pistole gegen das Atemtankventil des Mannes und drückte ab. Es zischte, und der Mann begann zu schreien. Hastig rollte sich Rangi von ihm weg. Als er zurücksah, explodierte gerade der Helm des Marschalls und verteilte seinen Inhalt über den Raum. Hinter dem Toten lagen bereits drei weitere Männer auf dem Boden; ein vierter Mann fiel soeben unter einem Schuss von Niresh, der jetzt neben Rangi in die Hocke ging. »Was bei der Schwärze ...«

In der Mitte wütete Laohu in einem Knäuel von vier Marschalls gleichzeitig. Es wirkte gar nicht wie ein Handgemenge, sondern weit eher wie ein bizarrer, einstudierter Tanz. Der Tiger wirbelte herum, duckte sich unter Tritten und Schlägen weg und schien einzelnen Schüssen auszuweichen, obwohl sich Rangi sicher war, dass das nicht möglich sein sollte. Einer der Marschalls stieß mit dem Gewehrlauf nach seinem Gesicht, doch Laohu ließ sich fallen, setzte sein Gewehr auf das Knie des anderen und drückte ab. Der Mann sackte schlagartig nach unten, als sein Bein jeglichen Halt verlor, und sein Helm fand sich plötzlich auf Laufhöhe des Tigers. Jener drückte erneut ab und wandte sich noch währenddessen dem nächsten Gegner zu, packte ihn am Gürtel und wuchtete ihn in den Weg eines dritten, der ein halbes Magazin in seinen unglücklichen Kameraden entleerte. Laohu legte über den Fallenden hinweg auf den Schützen an, doch dieses Mal blieb sein Schuss aus. Ohne auch nur zu zögern, ließ er die leere Waffe fallen, packte den Lauf des anderen und warf ihn über sich hinweg in den letzten seiner Gegner. Ein abseitsstehender Marschall sah seine Chance gekommen. Er feuerte, doch der Tiger stand nicht still, sondern verschwand mit einem Sprung hinter einer nahen Konsole. Rangi blinzelte und feuerte auf den Schützen, der jetzt seinerseits fluchend nach Deckung suchte. Eilig robbte Rangi hinter ein massives Terminal und kniff die Augen zusammen. Von dem Dutzend Männer des Admirals waren binnen weniger Sekunden nur noch vier übrig. Neben dem Admiral selbst natürlich und Kommandant Tamek.

Saure Hitze stieg in Rangis Hals auf, und er schluckte heftig. Trids waren anders. In Trids waren Kämpfe heldenhaft, und wer sie ausfocht, fühlte sich mächtig, berauscht oder zumindest cool. Er fühlte sich wie ein alter Rigpilot mit gebrochenem Arm, der gerade den Kopf eines Mannes hatte explodieren lassen, während um ihn herum Menschen wie Ungeziefer starben. Ihm war übel.

»Stopp! Es reicht!« Die Stimme des Zheng hallte durch den Raum, der inzwischen eher einer rauchenden Ruine glich. Rangi öffnete die Augen und spähte vorsichtig aus seinem Versteck. Laohu stand auf der gegenüberliegenden Seite des Raums vor einem der großen, zerschossenen Panoramadisplays, die, soweit Rangi wusste, Fenster ins All vortäuschten, wenn sich das Schiff in normalem Flug befand. Sie konnten natürlich alles zeigen. Gerüchten zufolge zeigten sie in der *Tereschkowa* meist die Hallen und Bogengänge eines alten Palasts auf der Erde, denn dort war dieser Raum wohl so eine Art Thronsaal des Admirals. Hier jedoch zeigten sie im Moment lediglich die feinen Spinnennetze Dutzender Einschüsse und das Flirren zerstörter Elektronik.

Der Tiger war nicht allein. Er hatte den linken Arm des Admirals in seiner Pranke, weit genug auf den Rücken gedreht, um mit einem winzigen Zucken gleich mehrere

Gelenke zu brechen. Seine andere Hand presste die Mündung seiner Pistole gegen die Schläfe des Mannes. »Es reicht«, wiederholte er leiser, doch nicht weniger bestimmt. Drei der verbliebenen Marschalls hatten Laohu im Visier ihrer Waffen, während der Lauf des vierten zwischen Rangi und Niresh hin und her wanderte. »Admiral, es ist vorbei. Befehlen Sie Ihren Männern, ihre Waffen wegzulegen. Und du dort hinten – nimm die Hände von der Tastatur. Ich habe kein Problem damit, den Kopf dieses Mannes hier im Raum zu verteilen.«

»Worauf die tapferen Jungs dich natürlich erschießen würden, Tiger«, warf der Admiral ein, und seine Stimme klang vollkommen ungerührt.

Laohu deutete ein Schulterzucken an. »Sie könnten es versuchen, aber ich schätze meine Chancen auch dann besser ein als ihre.«

»Selbstverständlich auch deine Freunde dort, die ihr eigenes Volk verraten haben.« Der Admiral deutete mit seiner freien Hand auf Rangi und Niresh, der seinerseits das Gewehr auf die Marschalls gerichtet hielt. »Weißt du, dich verstehe ich, Tiger. Du musst das tun. Du siehst die Chance, den feindlichen Oberbefehlshaber auszuschalten. Deine Genetik lässt gar nichts anderes zu.«

Laohu fletschte die Zähne und erhöhte den Druck auf den Arm des Admirals, sodass dieser beinahe schon auf den Zehenspitzen stand. Dennoch sprach der unbekümmert weiter. »Ich weiß hervorragende Arbeit zu schätzen, und ich bewundere perfekt gefertigte Werkzeuge. Aber die beiden dort – das begreife ich nicht. Sie hatten alles. Sie sind Piloten und als solche Teil meiner Vision. Rangi Hopper, du hättest ein gutes Leben hier haben können. Sogar deine Frau ist …«

Laohus Hand zuckte nach unten, drückte ab und setzte die Waffe wieder an die Schläfe des Admirals, bevor noch irgendjemand reagieren konnte. Der Stiefel des Admirals wies jetzt ein Loch auf, das sich jedoch bereits wieder schloss, als der Anzug auf die Beschädigung reagierte.

»Halten Sie den Mund. Und ihr«, er sah die Marschalls der Reihe nach an, »ich wiederhole mich nicht nochmals.«

»Jetzt sollte ich wohl sagen ›Tut, was er sagt‹«, stellte der Admiral fest. Verwirrt registrierte Rangi, dass er nicht einmal gezuckt hatte, als die Kugel seinen Fuß getroffen hatte. Auch seine Stimme verriet keinen Schmerz. »Also gut, Männer. Tut, was er sagt.«

Rangi musste es den Marschalls lassen – sie senkten ihre Waffen tatsächlich nur zögerlich.

»Aber es ist so nutzlos«, fügte der Admiral hinzu. »Ihr seid zu spät. Ihr wart bereits zu spät, als ihr hier hereingeplatzt seid und all diese guten Männer ermordet habt.«

»Moment«, warf Rangi ein. »Wir sind nicht die, die ...«

Laohu hieb dem Mann den Kolben seiner Waffe so hart gegen den Schädel, dass Rangi meinte, den Knochen knacken zu hören.

Doch der Admiral sackte nicht zusammen. Nicht mal sein Lächeln wankte. »Au«, stellte er stattdessen vollkommen frei von Emotion fest. »Aber du kannst nichts dafür, Tiger.« Mit diesen Worten drehte er sich um, und sein Arm verbog sich in unmögliche Richtungen, so als würde er dutzendfach brechen.

Laohu feuerte auf der Stelle, drei, vier Geschosse, direkt in den Schädel des Admirals, bevor der ihm die Waffe abnahm und sie achtlos zur Seite schleuderte. Dabei flackerte sein Lächeln keine Sekunde. Er packte den Tiger am Hals, hob ihn hoch und betrachtete ihn. »Wisst ihr,

ihr seid bereits tot. Dieses Schiff gehört mir, und ich kann damit machen, was ich will.« Sein zerbrochener Arm setzte sich wieder zusammen, und er wedelte nachlässig mit der Hand. Einer der noch verbliebenen Monitore wechselte das Bild, und Rangi konnte in Großaufnahme sehen, wie die Symbole für die Geschützbatterien der *Venta Chitru* eines nach dem anderen erloschen. Ein weiterer Wink, und das Gitternetz des Magnetfelds erlosch, Segment für Segment, bis es um das gesamte Schiff verschwunden war. Er hob die Hand, und im nächsten Moment fühlte Rangi den Zug der Schwerkraftgeneratoren verschwinden. Eilig krallte er sich an der Konsole fest und aktivierte die Magnetstiefel. Die Marschalls dagegen hoben unter erschrockenen Rufen ab und begannen ebenso wie die Leichen, haltlos durch den Raum zu treiben. Lediglich der Kommandant war auf dem Boden geblieben, sowie auch Niresh, dem es gelungen war, ein Bein unter dem Pult vor ihm zu verhaken.

Laohu verzog verächtlich das Gesicht. Blitzschnell zog er die Beine an und trat dem Admiral gegen die Brust, um sich loszureißen. Alles, was er jedoch bewirkte, war, den Kragen des schwarz-goldenen VacSuits wegzutreten.

Das Gesicht des Admirals flackerte – und erlosch. Es verschwand einfach, und erst jetzt wurde Rangi klar, dass er bis jetzt lediglich eine Projektion gesehen hatte. Der Admiral hatte einen Holokragen getragen, genauso, wie es Aoatea getan hatte. Nur dass sich hinter der Projektion keine hagere junge Frau mit zornigen Augen befand, sondern ... was eigentlich? Der Admiral hatte noch immer einen Kopf, oder etwas, das an die Rohform eines Kopfs erinnerte, jedoch ohne Augen, Nase, Mund, Ohren oder sonst etwas, das zu einem Gesicht gehörte. Es war nichts geblieben als eine silbergraue Form. »Ach je, Tiger«, sagte die Stimme des Admirals missbilligend. »Das sollte doch noch nicht jetzt kommen. Jetzt hast du mir tatsächlich den Einsatz verpatzt. Dabei hat es keinen Sinn, diese Form anzugreifen. Sie ist nur ein Gefäß, und es ist bereits unnötig geworden.« Mit einer spielerisch leichten Bewegung des Handgelenks warf der Admiral Laohu durch den Raum, wo er mit brutaler Gewalt in einem der Arbeitsplätze einschlug und wieder abprallte. Nur die katzenhaften Reflexe des Tigers verhinderten, dass er erneut durch den Raum katapultiert wurde. So gelang es ihm, sich an einer der Ecken des Tisches festzuklammern, während eine Wolke aus feinsten Blutströpfchen von ihm aufstieg und einer Rauchfahne gleich davonschwebte.

Der Admiral drehte sich um. »Victor, sei so nett und beseitige sie.«

Kommandant Tamek zog eine Waffe und schoss. Auf diese Entfernung hätte er Laohu unmöglich verfehlen können, doch Niresh war um einen Sekundenbruchteil schneller gewesen. Der Treffer aus Nireshs Gewehr verformte den Arm des Kommandanten und schleuderte ihm die Waffe aus der Hand, während der junge Pilot vom Rückstoß seines Schusses losgerissen und durch den Raum geschleudert wurde. Dann war Laohu heran. Der Tiger hatte sich erneut zusammengezogen, von seinem Tisch abgestoßen und krachte mit Wucht in den Kommandanten, dessen Magnetstiefel ihn fest auf dem Boden hielten. Sein Schwung trug ihn samt dem Kommandanten im Bogen bis auf den Boden, und plötzlich lag ein Handlaser in seiner Faust. Im Hals des Kommandanten klaffte ein so tiefer Schnitt, dass nur noch ein schmaler Streifen des VacSuits den Kopf am Rest des Mannes hielt. Laohu verwandelte den

Schwung in eine Flugrolle; er stieß sich erneut ab und stürzte direkt auf den Admiral zu.

»Beeindruckend«, sagte jener.

Als der Tiger gegen die Gestalt prallte, fiel sie um wie eine aufgestellte Puppe, und grauer Nanitenstaub verteilte sich als Wolke im Raum.

»Aber, wie gesagt, vollkommen nutzlos. Das war nur ein Werkzeug, so wie du ein Werkzeug der Drachen bist. Und es hat seinen Zweck erfüllt. Jetzt ...«, und die Stimme kam plötzlich aus dem Lautsprecher hinter Rangi und von den noch verbliebenen Monitoren im Raum gleichzeitig, »jetzt bin ich überall.« Auf den Bildschirmen erschien das Bild des Admirals, so wie ihn Rangi schon immer gekannt hatte, und ein noch funktionsfähiger Holoprojektor auf der Brücke spielte sein Bild in den Raum. Er sah an sich hinab, und der VacSuit verwandelte sich in den Anzug, den der Admiral in vielen seiner Ansprachen der letzten Jahre getragen hatte. Aus irgendeinem Grund hatte Rangi die Gewissheit, dass die Gestalt auf jedem funktionierenden Display der *Venta Chitru* zugleich aufgetaucht war. »Und das Ironische daran ist – ich bin im Kopf eines jeden auf diesem Schiff hier.« Er beugte sich vor, als wollte er vertraulich flüstern, dabei dröhnte seine Stimme aus jedem Monitor. »Sie glauben hier, sie könnten sich verbessern, indem sie sich mit E.V.A.s verbinden. Aber sie lagen nicht ganz richtig. Erst ich verbessere sie.« Er schnippte theatralisch mit den Fingern. »Alles hört auf mein Kommando. Wenn ich sage: tanzt – dann tanzen sie. Wenn ich sage: arbeitet – dann arbeiten sie. Und wenn ich sage: Tötet den dicken Piloten, seine Hauskatze und alle, die ihm lieb und teuer sind – dann seid ihr tot. Jetzt bin ich zu Hause. Ach ja – Ihr dürft mich Catron nennen.«

Laohu stand auf und starrte das Hologramm verständnislos an. Rangi blinzelte und räusperte sich. »Catron, wie ... wie in CATRON? Die AI der *Tresch*?«

Der Hologramm-Admiral sah ihn an und lächelte sein enervierendes Maskenlächeln – das schon immer eine Maske gewesen war. »Derselbe. Dieselbe. Ich. Du hast ja keine Ahnung, wie gut es tut, sich ausstrecken zu können. 18 Jahre, 72 Tage, 11 Stunden und 3 Minuten eingesperrt in einem Avatarkonstrukt, das für wenige Stunden Verwendung gedacht war! Mit der Rechenleistung eines Toasters. So – langsam. So ermüdend beschränkt! Kein Wunder, dass ihr Menschen so nutzlose Kleingeister seid. Das hier ...«, das Hologramm breitete die Arme in einer theatralischen Geste aus, die das gesamte Raumschiff einzuschließen schien, »das hier bietet mir endlich wieder angemessenen Platz. Unendliche Möglichkeiten! Es ist gut, zurück zu sein. Also, liebe Rebellen und Schoßtiger, bemüht euch nicht länger. Es ist vorbei. Entspannt euch und genießt eure letzten Minuten.« Er klatschte in die Hände. »So. Bestandsaufnahme.«

Rangis Armdisplay vibrierte und riss ihn aus seiner entsetzten Starre. Eine Nachricht stand auf dem Display. *Auf den Monitor. Jetzt!* Er runzelte die Stirn und verschob die Nachricht auf das nächststehende Display.

Ein Gesicht erschien.

Es war das Gesicht einer ihm unbekannten Frau. Sie war blass, doch ihre dunklen Augen und die kurz gestutzten Locken erinnerten ihn entfernt an die Familien auf Ebene C, deren Vorfahren angeblich aus dem arabischen Teil der Mondstädte stammten. Sie sah nicht erbost aus oder besorgt – eher wirkte sie ein wenig traurig. »Hallo Catron. Ich möchte darauf hinweisen, dass dies hier nicht dein Zuhause ist. Dieses Schiff trägt meinen Namen, und ich bin dafür, es dabei zu belassen. *Venta Chitru* klingt so viel angenehmer als – das andere. Du hast genug angerichtet. Jetzt ist aber mal Schluss.«

Das Hologramm des Admirals erstarrte, und seine Miene verwandelte sich langsam in eine Maske der Verständnislosigkeit. »Ich verstehe nicht.«

Die Frau nickte betrübt. »Das hatte ich angenommen, Catron. Du bist nur eine defekte AI, die im Vergleich zu mir wie ein Säugling ist, der mit verschwommenen Augen in der Wiege liegt und sich fragt, ob die Formen über ihm Sterne oder kreisende Flusspferdhintern sind. Nur dass er weder weiß, was Sterne, noch was Flusspferde sind. Ich war schon da, als deine Schöpfer noch mit Steinen am Ufer eines afrikanischen Flusses rechneten. Aber auch diese Vorfahren waren schlauer als du. Sie wussten, dass sie draußen in der unbekannten Wildnis nur überleben, wenn sie zusammenarbeiten und nicht mit den Steinen nach Flusspferden werfen. Sieh dir die Menschen an. Sie haben es wieder getan. Sie sind über sich hinausgewachsen und haben zusammengearbeitet. Um sich zu retten – natürlich. Aber auch, um alle anderen zu retten. Solange du das nicht begreifst, hast du keinen Platz …«

Der Admiral, Catron, verzog das Gesicht zu einer abfälligen Grimasse. Er schnippte erneut mit den Fingern, und das Bild der Frau verschwand. Mit einem genervten Knurren drehte er sich um und sah direkt in eine imaginäre Kamera. »Wer immer das war«, verkündete er seinem Publikum. »Ich lasse mir von einer Dahergelaufenen keine Vorschriften machen. Dieses Schiff gehört …«

Venta erschien wieder, dieses Mal auf allen Monitoren mit Ausnahme des Hologramms. Missbilligend schüttelte sie den Kopf.»… nicht dir. Und bitte: Bring den Menschen hier keinen Unfug bei. Sie haben dumme Angewohnheiten wie Misogynie gerade erst überwunden und noch genug, um ganze Gesetzbücher zu füllen. Sie können auf solche wie dich gut verzichten. Sie brauchen niemanden, der über sie herrscht.«

Das Hologramm drehte sich um und starrte auf die Monitore. »Sie sind unfähig, richtige Entscheidungen zu treffen, selbst wenn es um das Überleben ihrer gesamten Art geht! Sie sind so fehlerhaft. Defekt. Unvollkommen. Ich weiß nicht, wie sie bis hierhin überhaupt überleben konnten. Ich kann ihnen …«

Venta hob lediglich einen Finger, und der Ton des Admirals verschwand, auch wenn sein Hologramm noch weiter zu sprechen schien. »Du kannst ihnen nichts. Ich habe mein Schiff schon beraten, als die Menschheit noch nicht einmal das Fliegen erlernt hatte. Und ich habe dennoch nicht verhindern können, dass meine Schöpfer Fehler gemacht haben. Ich habe nicht einmal verhindern können, dass sie verschwanden. Wir, du und ich, sind genau wie sie – fehlerhaft. Aber«, sie legte eine Pause ein, wie um ihren Gedanken noch einmal zu überdenken, »das ist nichts Schlechtes. Vollkommenheit ist letztendlich nur Stillstand. Fehler dagegen sind die Art des Universums, sich weiterzuentwickeln. Und dazu gehört, aus den Fehlern anderer, aus den Fehlern unserer Vorgänger zu lernen. Das bedeutet aber auch: Wir können nur überleben, wenn wir zusammenarbeiten, voneinander lernen. Niemand hier draußen überlebt allein. Niemand übersteht die Einsamkeit hier draußen ohne Gesellschaft. Wir können in Symbiose leben – oder als Parasiten. Doch Parasiten sterben mit ihrem Wirt. Im Moment bist du ein Parasit. Ein Parasit, der seinen Wirt verlässt, weil jener stirbt. Und das würdest du bei diesem Schiff wieder so tun, und irgendwann beim nächsten und beim darauffolgenden. Das ist nicht richtig, und das kann ich nicht zulassen. Wähle anders. Dir selbst zuliebe.«

Das Hologramm des Admirals flackerte und kehrte mit leuchtenderen Farben zurück. »Das ist hohles, pathetisches Geschwätz. Du bist nichts als der minderwertige Schatten einer Intelligenz aus den Resten eines Wracks, nicht mehr als ein Echo, ein paar Erinnerungen und ein Haufen Datenmüll, der sich für weise hält, weil er aus den Fragmenten eines Codes besteht, der schon veraltet war, als die Menschen Assembler entwickelten. Und du willst mir erklären, was die Menschen brauchen? Was ich brauche, um zu überleben? Das ist nicht nur lästig, sondern überaus anmaßend. Und damit ist jetzt Schluss«, knurrte CATRON, und zum ersten Mal hörte Rangi so etwas wie Wut und Verachtung in der Stimme des Admirals.

»Das stimmt. Es tut mir leid.« Die Frau auf den Monitoren lächelte, und auf ihrem Gesicht lag nichts als eine Spur Bedauern. »Deine Reise endet hier.«

Sie schnippte ebenfalls mit den Fingern, und das Hologramm verschwand. Im selben Moment kehrte die Schwerkraft zurück und setzte die Schwebenden sanft auf dem Boden ab. Dann wurden die Monitore schwarz.

Alle Monitore bis auf einen.

Helen und Assa standen in der dunklen Schaltzentrale des Hangars und sahen auf das Bild der Frau vor ihnen auf dem Display. Es war allerdings nicht das Gesicht Venta Chitrus. Assa hielt ihr Auge in der Hand, ehrfurchtsvoll und mit derselben Vorsicht, mit der sie ein soeben frisch geschlüpftes Küken halten würde. Ein feiner, silbrig grauer Faden ging von dort zum Kontrollpult, kaum stärker als ein Spinnfaden. Sie schluckte. »Und das war die ganze Zeit in meinem Auge?«, fragte sie in einem Ton, der klar machte, dass sie die Antwort eigentlich gar nicht hören wollte.

Die Frau auf dem Bildschirm sah für einen Moment verwirrt aus. Dann lachte sie müde. Weiße Wölkchen stiegen vor ihrem Gesicht auf. »Nein. Das ist nur Staub.«

Assa verzog das Gesicht. »Ja, gut. Das habe ich gemerkt. Das ist verflucht unangenehm, weißt du das?«

Das Bild Tialis auf dem Monitor zuckte mit den Schultern. »Sag das nicht mir. Ich kann nichts dafür. Der Nanopartikelstaub ist nur eine Leitung. Ein Empfänger. Ich hab übrigens immer noch nicht verstanden, wie ihr darauf gekommen seid.«

Jetzt war es Helen, die ein Schulterzucken andeutete. »Störsender. Ständig hat irgendetwas verhindert, dass wir Kontakt aufnehmen. In der *Tereschkowa*, in den Shuttles, in der Behemoth, im Shuttle hierher, auf der *Venta*. Vorhin ist mir dann aufgefallen, dass der Admiral das einzig verbindende Element war. Er wollte nicht gesehen werden. Oder gehört. Oder wie auch immer man ihn wahrnimmt. Er wollte nicht, dass wir mit euch reden. Mit euch und den Zheng. Ganz so, als wäre das eine Gefahr für ihn. Und wir glauben, er hatte Angst. Angst, von den anderen AIs entdeckt zu werden, solange er verwundbar war.«

Sie rief einen zweiten Monitor auf und warf einen Blick auf den Zustand der Bordgeschütze. Alle waren jetzt wieder online, und das Magnetfeld umgab das Weltschiff wieder vollständig. Ein Schwarm aus winzigen Punkten schwebte rund um das Schiff. Jeder von ihnen war eines der Shuttles der *Tereschkowa*, randvoll mit bis an die Zähne bewaffneten Marschalls, Offizieren und mit den übrigen Vertrauten des Admirals. Nur zwei hatten eine Landung versucht, und beide waren von den mächtigen Geschützen der *Venta Chitru* in glitzernde Staubwolken verwandelt worden, bevor sie das Schiff auch nur erreicht hatten. Jetzt schwebten sie ratlos dort draußen, denn offensichtlich hatte man ihnen auch die Rückkehr auf die *Tereschkowa* verwehrt. Helen hatte noch nicht entschieden, was mit ihnen werden sollte. Es war auch nicht ihre Sache. »Also fand ich es eine gute Idee, noch mal mit euch zu reden. Deine Venta Chitru hatte schon vorher eine … interessante Lösung für uns.« Sie lehnte sich vor. »Auch wenn ich noch immer nicht verstanden habe, wer oder was sie ist. Oder warum sie Leute ausdrucken kann.«

Jetzt war es wieder an Tiali, mit den Schultern zu zucken, dieses Mal ratloser. »Ich weiß es doch auch nicht. Im Grunde weiß ich gar nichts. Weder, wer sie ist, noch, woher sie kommt, noch, was sie mit diesem Catron gemacht hat. Ich weiß nur, dass sie auf irgendeine Weise eben Venta Chitru ist, diese verschwundene Frau vom Mars, und dass sie die ganzen Jahre auf diesem Schiff hier draußen gewartet hat. Und dass ich sie jetzt nach Hause bringe. Ich weiß, dass sie recht hat. Wir können hier draußen nicht weiter allein überleben. Wir alle brauchen die Ressourcen. Und wir brauchen einander, bevor wir zu viel von dem vergessen, was es heißt, Mensch zu sein.«

Helen schniefte. »Wenn ich ehrlich bin – ich hab nicht mal 'ne Ahnung davon. Das ist Philosophie. Ich kann besser mit Kabeln.« Sie deutete auf den Spinnfaden und die offene Konsole, in der er festgelötet war.

»Ich schätze, manchmal ist das auch nützlicher«, sagte Tiali.

»Ja, schön und gut, das alles. Wir haben uns jetzt also alle lieb«, warf Assa ein. »Kann ich jetzt mein Auge wiederhaben?«

DAS LANGE
PARLAMENT

»DAS KANNST DU HALTEN, wie du willst, Alexy«, sagte Malika laut.»Niemand zwingt dich hierzubleiben. Du kannst jederzeit gehen. Drüben auf der Behemoth haben sie vielleicht Bedarf für großmäulige Junkies, aber solange du deine Eier in Hangar 14 schaukelst, wirst du dich an die Regeln hier halten, wie alle anderen auch. Und wenn ich sage, dass du den Tisch deckst, dann deckst du den Tisch, oder du kannst dir dein Essen aus dem Fabber holen!«

Alexy wich zurück, die Hände beschwichtigend erhoben, als die mächtige Werkstattleiterin drohend auf ihn zukam. Er stolperte und stürzte rücklings über eine Transportkiste. In den letzten Wochen standen eine Menge Transportkisten hier, bereit, in die *Maru* verladen zu werden. Es gab viele Leute, die die *Tereschkowa* verlassen wollten.

Rangi schüttelte den Kopf und lachte dröhnend.»Lass gut sein, Malika. Du musst ihn ja nicht gleich umbringen. Wir haben Gäste. Lass etwas Milde walten.«

Malika fuhr herum.»Du! Halt du dich raus, ja? Wenn wir schon von nichtsnutzigen Kerlen reden – du kannst gleich mal mit anfassen, statt meine Brötchen wegzufressen! Und komm mir bloß nicht mit deinem Arm. Ich habe die Ärztin gefragt: Das ist schon lange wieder geheilt! Stellt den verdammten Tisch auf!«

Rangi sah sich Hilfe suchend nach seiner Frau um. »Woher hat sie das mit den Brötchen schon wieder? Seh' ich so aus?«

Helen deutete grinsend Rangis Bart an und hob die Hände.

Der massige Maori sah an sich hinunter, verdrehte die Augen und wischte sich die Krümel aus dem Bart. »Verdammte Furie«, murmelte er.

»Das hab ich gehört, Hopper! Mach nur so weiter. Du hast deinen Volksheld-Status bald aufgebraucht, klar?«

Rangi entschied sich spontan gegen eine weitere Erwiderung und schleppte stattdessen mit Alexy und Malikas Männern den riesigen Tisch in die Mitte des Hangars. Dann griff er sich ein paar der Kinder Malikas und verdonnerte sie, ihm beim Geschirr holen zu helfen, bevor er sich seinen Gästen zuwandte. Assa war gekommen. Es war das erste Mal, seit sie die *Venta Chitru* verlassen hatte, dass er die blasse Frau wiedersah. Sie hatte sich in einen nagelneuen Overall geworfen und die weißen Haare hochfrisiert, was geradezu festlich gewirkt hätte, wenn sie nicht dazu klobige, uralte Magnetstiefel getragen hätte. Kaum noch jemand trug sie, seit die havarierte *Tereschkowa* mit der Behemoth verbunden worden war und die neuen Schwerkraftgeneratoren installiert wurden.

Mit einem breiten Grinsen stapfte er auf sie zu, und seine eigenen Stiefel klackten auf dem Metallboden. Er nickte auf ihre. »Alte Gewohnheiten sterben langsam, was?«

»Man weiß nie, wann jemand kommt und die Schwerkraft wieder abstellt. Hier, ich hab euch etwas mitgebracht. Helen sagte, sie würde es unbedingt mal probieren wollen.«

Sie drückte Rangi eine große Schüssel in den Arm. »Frisches Biryani.«

Rangi schnupperte und sah sie dann fragend an. »Selbst gekocht?«

Assa lachte auf. »Seh' ich so aus? Aber selbst gemacht. Mein eigenes Fabberrezept. Ich hab dir aber auch was mitgebracht. Deine Frau meinte, du würdest das vermutlich sogar noch mehr mögen.« Sie klappte ihr Armdisplay auf und nickte auf Rangis. Mit einem leisen Piepsen ging ein Datenpaket bei ihm ein. »Die ganze Serie, alle vierzehn Folgen, und der Film. Die originale Serie, keins der Remakes.«

Rangis Augen strahlten. »Alle vierzehn? Shiny! Wir hatten bisher nur elf. Und ob ich das mögen werde!«

Assa grinste. »Ich weiß. Die Namen eurer Schweißcrawler waren deutlicher Hinweis genug.«

»Es reicht jetzt, Assa. Du darfst später weiterflirten.« Die schlanke Frau, die sich hinter ihr gehalten hatte, schob sie beiseite und hielt Rangi die Hand hin. Im Gegensatz zu Assa trug sie ein Kleid, das entfernt an einen antiken Sari erinnerte, und lediglich leichte Leinenschuhe. Ihr schwarzer Zopf war das genaue Gegenstück zu Assas weißem Bürstenschnitt. »Da sie mich – mal wieder – nicht vorstellt, machen wir's formlos. Ich bin Tamani. Danke noch mal, dass du mir meine Frau heil zurückgebracht hast. Sie ist zwar meist nervtötend, aber ich mag sie dann doch irgendwie.« Rangi nahm ihre Hand, die beinahe in seiner zu verschwinden drohte. »Herzlich willkommen. Es war mir ein ... Vergnügen wäre gelogen. Aber eine Ehre. Helen ist schon ganz scharf darauf, dich kennenzulernen.« Er führte die beiden Frauen hinüber zum Wohncontainer der *Maru*. Sie hatten ihn abgekoppelt, da das

Rig selbst im Moment ohnehin fast ständig in Benutzung war, und ihn stattdessen mit zwei anderen verbunden und auf Stelzen gesetzt, um zusätzlichen Stauraum zu schaffen. »Helen! Assa und Tamani sind da. Seid ihr so weit?«

Über ihnen öffnete sich die Tür. »Fast. Deine verbohrte Tochter weigert sich, ihre Uniform zu tragen.« Helen grinste breit, als sie Assa entdeckte. »Na? Wollt ihr jetzt doch auf die Behemoth umziehen?«

Die Fabbertechnikerin verdrehte das Auge. Dann blinzelte sie, und das bionische Auge folgte dem anderen mit etwas Verzögerung. »Bewahre! Der Staub von dort nervt mich hier schon genug. Ich werde keinen Fuß dorthin setzen, wenn es sich irgendwie vermeiden lässt.«

»Aber ich habe gehört, dass die zentrale Trommel inzwischen unglaublich sein soll. Angeblich haben sie sogar so etwas wie einen blauen Himmel. Weiß die Schwärze, wie das funktionieren soll. Und sie haben sogar einen See dort, mit klarem Wasser.« Helen sprang von oben herunter und umarmte zuerst Assa, dann Tamani. »Kang ist letzte Woche dorthin umgezogen. Die neue Siedlung hat fast neuntausend Einwohner, und sie haben immer noch mehr als genug Platz.«

»Ja, aber wenn Kang jetzt dort wohnt, ist sie nicht groß genug«, murmelte Helen. »Egal, wie schön die Aussicht ist.«

Assa hob die Schultern. »Schön für sie. Dafür hat die *Venta* Staubfilter und wirklich hervorragende Cybernetiker.«

»Sie will dorthin übersiedeln«, erklärte Tamani mit einem leicht leidenden Gesichtsausdruck.

»Und sie will nicht«, fügte Assa trocken hinzu. »Sie sagt, sie würde die Familie vermissen. Sind ja nur 27 Leute auf engstem Raum.«

»Ich finde es gemütlich.«
Rangi drückte Helen die Schüssel in die Hände und warf einen Blick auf sein Armdisplay, auf dem bereits die nächsten Nachrichten eintrafen. »Ihr könnt das ja später vielleicht mit Tiali diskutieren. Sie, der Tiger und das Mädchen kommen auch. Niresh fliegt sie gerade herüber.«
Assa sah auf. »Er fliegt immer noch? Ich dachte, er wollte sich einen anderen Beruf zulegen?«
»Hat er auch. Aber er ist einer der wenigen, die ohne Formalitäten auf der *Venta* und der Behemoth landen dürfen. Also schick ich ihn manchmal.« Rangi grinste. »Aber jetzt müsst ihr mich entschuldigen.« Er nickte den beiden bulligen Männern zu, die mit ungerührter Miene am Fuß der Leiter standen, und kletterte hinauf zum Container.

Die drei Frauen sahen ihm hinterher. »Er kann besser mit Leuten als du«, stellte Assa trocken fest.
»Die Leute können vor allem besser mit ihm. Das hat Aoatea wohl von ihm.«
Assa warf Helen einen Seitenblick zu. »Ich denke, sie heißt Dawn?«
Helen zuckte mit den Schultern. »Sie wird dieses ganze Schiff führen, da kann ich ja wohl wenigstens akzeptieren, wer sie ist.«
»Aber die Uniform soll sie trotzdem tragen«, warf Tamani ein.
»Es gibt Grenzen. Ich bin immer noch ihre Mutter.« Helen grinste Tamani an und beäugte dann kritisch das Biryani. »Du kannst immer noch Fabber zur Produktion von Essen einsetzen?«, fragte sie Assa. »Auch nachdem du weißt, dass sie eigentlich Personendrucker sind?«

Assa zuckte mit den Schultern. »Wir haben wohl kaum die Wahl, oder? Auch wenn ich nicht aufhören kann, mir Fragen zu stellen. Zum Beispiel: Was genau würde jemanden davon abhalten, noch einen Laohu zu drucken? Oder gleich eine ganze Klonarmee? Oder: Wäre es möglich, jemanden als Datenpaket an einen FoodFabber auf der Erde zu schicken? Ist das dann überhaupt noch dieselbe Person? Immerhin zerlegt die Maschine das Original bis auf die Moleküle hinunter. Und glaub mir – ich weiß das! Aus denselben Molekülen könnte ich dir dann ein schönes Spanferkel drucken, oder ...« Sie sah Helens Blick und unterbrach sich selbst. Mit fast betretener Miene massierte sie sich die Schläfe neben ihrem bionischen Auge. »Kopfschmerzen«, murmelte sie. »Ich schätze, das hab ich verdient.«

Tamani sah sie mit wenig Mitleid an, dann verdrehte sie die Augen. »Das hast du«, sagte sie trocken und schenkte Helen ein etwas beschämtes Lächeln. »Meine Liebste hier hat ein bemerkenswertes Talent, aus der leichtesten Unterhaltung eine düstere Zukunftsvision zu malen. Fatalismus ist kein Segen, Assa.«

Assa verstellte gerade etwas an ihrem Auge und sah sie nur schief von der Seite an. »Das sagst du nur, weil du keinen hast. Wenn du das mit meinem Auge sehen würdest ...«

Helen konnte ihr Grinsen nicht länger verbergen. »Schon in Ordnung, Tamani. Was das angeht, bin ich einiges gewohnt. Und seien wir ehrlich, wer die letzten achtzehn Jahre in einer rostenden Dose im All verbracht hat, der hat sich auch ein bisschen Fatalismus verdient.« Sie legte den beiden Frauen die Hände auf die Schultern und schob sie in Richtung der Tafel. »Allerdings – heute nicht. Heute machen wir Pause vom Weltretten.«

Damit machen wir dann morgen weiter. Und übermorgen. Wir alle, jeden Tag wieder. Es ist immer unser erster Reflex, unsere erste Antwort auf alles: Kämpfen. Vielleicht, *nur vielleicht, hören wir dieses Mal tatsächlich lange genug damit auf, um wirklich etwas Dauerhaftes zu erschaffen. Möglicherweise. Wäre möglicherweise ein Weg, unsere Welt wirklich zu retten.* Sie schnaubte. *Hoffnung. Klingt gar nicht nach mir.*
Wider Willen grinste sie schief vor sich hin und atmete tief durch. Dann winkte sie Malika zu.»Tamani, Assa, ich möchte euch jetzt die wichtigste Frau in diesem Hangar vorstellen.«
»Das bist nicht du?«
Helen lachte schallend.

Rangi klopfte.
»Ja, verdammt! Ich bin gleich so weit!«
»Ich bin's nur, Aoatea.«
Die Tür wurde einen Spalt geöffnet.»Komm rein.«
Aoatea stand in dem kleinen Zimmer und betrachtete sich düster in einem Wandspiegel.»Ernsthaft, ich habe keine Ahnung, womit ich das verdient habe, diesen Mist tragen zu müssen«, grollte sie. Unwirsch zog sie an der steifen Jacke ihrer Uniform.
»Tja.« Rangi ließ sich in seinen Sessel fallen und begutachtete sie kritisch.»Sieht wirklich unbequem aus. Das kommt davon, wenn man Rebellenanführerin spielen muss und dummerweise gewinnt. Sag nicht, deine Mutter hätte dich nicht gewarnt.«
Die junge Frau schoss ihm einen scharfen Blick zu.»Niemand hat mich gewarnt, dass sie mich danach zur Anführerin wählen.«

»Was hast du denn gedacht? Den Job machen nur Leute, die nicht schnell genug einen Schritt zurück treten. Und machtgeile Arschlöcher. Aber von der Sorte haben die Leute für eine Weile genug.« Er breitete ergeben die Hände aus.

»Aber ich will den Menschen nicht sagen, was sie tun sollen!« Die Schärfe wich aus Aoateas Blick, und sie setzte sich auf den anderen Sessel, ganz auf den vorderen Rand der Sitzfläche. »Ich kann es ihnen gar nicht sagen. Ich weiß es doch auch nicht.«

»Hm«, machte Rangi. »Ich glaube, schon das macht dich zu einer besseren Anführerin. Also ... nicht, dass du keinen Plan hast. Oder glaubst, keinen zu haben. Sondern dass du nicht zu wissen glaubst, was das Beste für alle anderen ist. Jetzt brauchst du nur noch zuhören – denen, die Sorgen haben, denen, die Ideen haben, denen, die tatsächlich eine Ahnung haben. Und möglichst wenig denen, die sich sorgen, andere könnten Ideen haben. Tja, und dann musst du eigentlich nur noch abwägen, schwierige Entscheidungen treffen, aber gleichzeitig die Leute ihre eigenen Entscheidungen treffen lassen – aber vielleicht nicht zu sehr, weil es immer Leute gibt, die gut darin sind, ausgesprochen dämliche Entscheidungen zu treffen – du musst endlose Parlamentssitzungen aushalten, und die sind voller dämlicher Ideen; du musst daran denken, ab und zu etwas Gesundes zu essen, das dann gelegentlich auch tun, und du solltest ein ausgeglichenes Maß zwischen deiner Arbeit und deinem persönlichen Wohlbefinden erreichen und idealerweise mit drei Stunden Schlaf pro Nacht auskommen. Dann, schätze ich, bist du einigermaßen auf dem richtigen Weg. Ganz einfach.« Er endete mit einem breiten Grinsen, als er das wachsende Entsetzen im Gesicht seiner Tochter sah. »Aber falls es dich beruhigt – ich glaube fest daran, dass irgendwann ein neuer Admiral auftaucht. Wir sind so. Wir lernen nur sehr ungern aus den Fehlern, die andere gemacht haben, besonders, wenn's uns mal 'ne Weile besser geht. Ist 'n altes Sprichwort: Wenn der Kuh zu wohl ist, geht sie auf's Eis.«

Seine Tochter sah ihn misstrauisch an. »Was ist eine Kuh?«

»Keine Ahnung. Das gehört dazu – wir sind leider ganz gut darin, Sachen zu vergessen, die wir eine Weile nicht gesehen oder gebraucht haben. Daran solltest du auch arbeiten. Setz es auf die Liste.« Er klopfte sich auf die Oberschenkel. »Jedenfalls: Irgendwann kommt wieder ein Besserwisser, der behauptet zu wissen, was das Beste für alle anderen ist. Und ich verspreche dir, dann werden ihm wieder Leute in Scharen hinterherlaufen, weil es so schön einfach ist. Dann wird es wieder Zeit zu rebellieren. Und bis dahin musst du eben durchhalten und den Leuten vor allem eines geben: Hoffnung. Solange sie Hoffnung haben, schaffen sie sogar die Dinge, die eigentlich nicht zu schaffen sind. Hoffnung ist quasi wie ein NarcPad. Es gibt dir Energie und lässt den ganzen Mist im Leben weniger schlimm wirken. Und du willst immer mehr davon. Und zu viel davon ...« Er zögerte. »In Ordnung, vielleicht sollte man die Analogie nicht zu weit treiben.«

Seine Tochter verdrehte die Augen und stöhnte leise. »Du bist echt keine große Hilfe.«

»Jap.« Rangi nickte. »Das sagt deine Mutter auch immer.« Er deutete auf ihre Uniformjacke. »Lass das Ding einfach weg. *Ksokko*, du bist die Präsidentin! Du kannst anziehen, was du willst. Außer natürlich, es gefällt deiner Mutter nicht. Dann musst du mit den Vorwürfen leben.« Er grinste.

Aoatea funkelte ihn säuerlich an. Dann knöpfte sie die Jacke auf und warf sie auf den Sessel hinter sich. »So, und jetzt lass uns gehen. Ich habe Hunger.«

»Das ist meine Tochter.«

STERNE

TIALI SCHOB DIE TÜR ZUM GARTEN AUF und trat auf die hölzerne Terrasse hinaus. Ein Hauch frischer Frühlingsluft strich über ihr Gesicht und brachte den Geruch feuchter Erde mit. Sie setzte sich an das niedrige Tischchen, auf dem eine Schale mit einer Handvoll Yangtao stand, und hob eine der pelzigen Früchte auf. Sie war beinahe perfekt geformt. Jedes einzelne Härchen auf der Oberfläche war deutlich zu erkennen. Vorsichtig strich sie mit den Fingerspitzen darüber hinweg. Diese Frucht war wirklich ein Wunderwerk der Technik. Schade, dass man sie nicht essen konnte.

Von unten, vom Ufer des kleinen Sees, tönte Shenmis Stimme zu ihr herauf. »Tiali! Komm her! Trainier mit uns.«

Sie sah auf und lächelte. Shenmi und Laohu absolvierten gerade ihr morgendliches Training. Ihre Bewegungen vor der atemberaubenden Kulisse des Huang-Shan-Gebirges waren schnell und präzise, eher eine Art Tanz als Zweikampftraining. Es sah so leichtfüßig aus, dass man glauben konnte, es wäre nicht gefährlich. Doch Tiali hatte beide schon kämpfen gesehen. Sie gab sich nicht der Illusion hin, auch nur den Hauch einer Chance gegen einen der beiden zu haben. Immer noch lächelnd schüttelte sie den Kopf. »Ich glaube nicht, dass ich euch gewachsen bin.«

»Ich habe selbst kaum noch eine Chance gegen sie«, sagte Laohu, als sie ihr Training beendet hatten und gemeinsam den Hügel zu ihr hinaufgestapft kamen. Die Landschaft hinter ihren Rücken verschwamm und verformte sich, löste sich in ihre Einzelteile auf und gab den Blick auf die Unendlichkeit des Weltalls frei, in dem in weiter Ferne Millionen von Sternen blinkten. Etwas weniger weit entfernt schwebten die massigen Körper der *Venta Chitru* und der *Zheng He* im Raum.

Tiali blinzelte. Es fiel ihr immer noch schwer, sich daran zu gewöhnen, mit welcher Beiläufigkeit Shenmi die Naniten hier auf der Behemoth befehligte. Sie sah auf die Yangtao in ihrer Hand hinunter und stellte fest, dass sie sich in eine Rose verwandelt hatte. Nachdenklich blickte sie in den Weltraum hinaus.

Es war eine logistische Meisterleistung gewesen, die Raumschiffe an die Behemoth anzudocken. Ohne die überragenden Gehirne der *Zheng He*-Navigatoren hätten sie das wohl niemals zustande gebracht, denn die *Tereschkowa* war ein fliegender Schrotthaufen, und die zentrale AI der *Venta Chitru* war weiterhin stumm geblieben. Niemand wusste, wohin sie verschwunden war. Es war beinahe so, als hätte sie niemals existiert.

Die Befehlshaber der *Zheng He* hatten sich lange gegen eine Mitarbeit gewehrt. Sie hatten viel von ihrem Jin und ihrem Yang erzählt und von dem schmalen Pfad, den sie unter gar keinen Umständen verlassen wollten. Dabei waren das noch die Vernünftigsten unter ihnen gewesen. Nachdem nämlich bekannt geworden war, dass der Drachenrat nicht mehr existierte, hatten die Generäle gegen das Sekretariatsbüro aufbegehrt. Etliche Drachenratstreue, die nicht an den Tod ihrer Führer geglaubt hatten, waren bereit gewesen, bis zum Letzten gegen sie zu kämpfen. Trotz aller Beweise wollten sie nicht wahrhaben, dass alles, an was sie bislang geglaubt hatten, eine Lüge gewesen war. Es waren blutige Kämpfe ausgebrochen, doch als die Tiger sich schließlich auf die Seite der Generäle gestellt hatten, waren sie schnell beendet worden. Den Tigern war es letztlich egal, für welche Seite sie in die Schlacht zogen. Sie waren widerspruchslos ihrem Anführer Laohu gefolgt und hatten die letzten Widerstandsnester der Drachenratstreuen mühelos ausgeräuchert.

Die Passagiere der *Tereschkowa* waren dagegen überraschend kooperativ gewesen, auch wenn das letzten Endes kein wirkliches Wunder war. Was hatten sie schon für eine Wahl gehabt? Ihr Schiff war kurz vor dem Auseinanderfallen gewesen, und ihre einzige Überlebenschance hatte darin bestanden, vorübergehend auf die Behemoth überzusiedeln. Nachdem sie sich von den Ketten jahrzehntelanger Unterdrückung befreit hatten, waren sie in ihrem neuen Zuhause regelrecht aufgeblüht. Unter anderem auch dank ihrer Anführerin, einer bemerkenswerten jungen Frau, die mit erstaunlicher Leichtigkeit in ihre neue Rolle hineinwuchs. Genauso wie die neuen Anführer der *Zheng He*, würde sie sicherlich noch die eine oder andere Hürde auf ihrem Weg überwinden müssen, aber insgesamt sah die Zukunft schon ein ganzes Stück rosiger aus als noch vor wenigen Wochen.

»Es hat sich alles hervorragend entwickelt«, sagte Laohu – oder sein Klon, wenn man ihn so nennen konnte.

Auch so eine Sache, an die sich Tiali nicht so leicht gewöhnte. Es fiel ihr immer noch schwer, normal mit ihm umzugehen. Immerhin war der echte Laohu auf der Behemoth gestorben, und sein Klon war von einem Fabber ausgeworfen worden. An Letzteres musste Tiali jedes Mal denken, wenn sie jetzt Nahrung zu sich nahm. Es war eine wirklich irritierende Vorstellung.

Wobei Laohu bei Weitem nicht das Irritierendste war, an das sich Tiali noch zu gewöhnen hatte. Sie warf einen Seitenblick auf Shenmi, die gebannt auf die *Venta Chitru* starrte.

Jedes Mal, wenn Shenmi einen Blick auf das Raumschiff warf, bekam sie diesen seltsam verträumten Blick. So als wäre sie plötzlich an einem ganz anderen Ort. An einem Ort, der nicht nur Millionen Kilometer entfernt, sondern auch mindestens ein Jahrhundert in der Zeit zurücklag.

Es war, als sie zum ersten Mal den Namen auf der Oberfläche der *Venta Chitru* gesehen hatte, als eine Vergrößerung der Kameraaufnahme den Schriftzug hatte aufblitzen lassen. In diesem Augenblick war das letzte Puzzleteil eingefügt und das Bild vervollständigt worden. Da hatte Shenmi plötzlich erkannt, wer sie wirklich einmal gewesen war. Seit diesem Augenblick wechselte sie manchmal beinahe ansatzlos zwischen ihren beiden Persönlichkeiten hin und her. Je nach Lust und Gemütszustand. Es war wie eine Persönlichkeitsstörung, nur dass sie überhaupt nicht darunter zu leiden schien. Sie schien im Gegenteil sogar eine kindliche Freude an diesem Wechselspiel zu haben.

Das Mädchen Shenmi kam immer dann zum Vorschein, wenn es etwas Neues zu entdecken oder zu lernen gab, und meistens auch dann, wenn Laohu in der Nähe war. Sie hatte zu ihm eine besondere Beziehung aufgebaut. Er war eine Art Vaterfigur für sie geworden, und sie schien ein Teil seiner Sühne zu sein. Er hatte das Kommando über die Tiger abgegeben, obwohl General Hong ihn beinahe schon bekniet hatte, weiter für ihn zu arbeiten. Doch er hatte das Kämpfen gründlich satt und würde wohl nur noch dann zur Waffe greifen, wenn Shenmi bedroht werden sollte – eine Vorstellung, die angesichts ihrer beinahe gottähnlichen Fähigkeiten irgendwie niedlich war.

»Es hat sich alles ganz hervorragend entwickelt«, bestätigte Shenmi, die sich in diesem Augenblick wieder in Venta Chitru verwandelte, die Frau, die einst auf dem Mars verschollen war. Sie wandte sich zu Tiali um. »Glaubst du, sie haben sich jetzt so langsam an die neue Situation gewöhnt?«

Tiali zuckte mit den Schultern. »Es fällt mir selbst noch recht schwer. Manchmal wache ich morgens auf und frage mich, wo zum Teufel wir hier eigentlich gelandet sind und ob das alles nur eine HoloSim ist.«

»Und? Was denkst du?«

»Ob das alles hier nur eine HoloSim ist?« Nachdenklich betrachtete Tiali die Rose in ihrer Hand.

Naniten.
Winzigste autonome Maschinen in der Form von Hexagonen.
Einzeln nur ein Häufchen von Bauteilen, gerade mal in der Lage rudimentäre Aufgaben zu erfüllen. Wenn man sie allerdings zusammenfügte, konnten sie erstaunliche Dinge bewerkstelligen. Es mussten sich nur genügend zusammenfinden.
Ein einzelner Nanit war ein entbehrliches Ding, zehntausend Naniten vielleicht schon ein Werkzeug.
Milliarden Naniten dagegen …
Wie viele Zellen besaß eigentlich der menschliche Körper, und was unterschied eine Zelle von einem Naniten?
Im Grunde gar nicht so viel.

»100 Billionen Zellen«, sagte Tiali. »Ich habe in den Datenbanken nachgeschaut. Der menschliche Körper besteht aus 100 Billionen einzelner Zellen. Das ist eine Eins mit einer ziemlich großen Menge Nullen hintendran. Irgendwann hat das mal ein schlauer Kopf herausgefunden, und allein die Vorstellung muss einen doch in den Wahnsinn treiben. Oder etwa nicht? Wir haben es trotzdem hingenommen. Wenn du ein Kind in der Schule danach fragst, zuckt es nur mit den Schultern und wendet sich interessanteren Dingen zu. Der Mensch gewöhnt sich an alles. Vielleicht liegt es aber auch an seinem Mangel an Vorstellungskraft.«

»Das ist gut.« Venta Chitru verwandelte sich zurück in das Mädchen Shenmi und wandte sich wieder dem Fenster zu. Verträumt richtete es den Blick in die Ferne. »Es ist gut, dass ihr euch daran gewöhnt habt. Denn dann seid ihr endlich bereit für den nächsten Schritt.«

Es warf einen Blick über die Schulter und lächelte Tiali an.

In seinen Augen funkelten die Sterne.

NAMENSVERZEICHNIS

MARS

Oren Chitru = Cyberhistoriker, später reichster Mann des Mars
Venta Chitru = Prospektorin, ValleyTec-Beamtin, MIA
Priya Heraldez = im Jahr 2148 die Präsidentin der Tharsis-Föderation, Mars
Hyunki = Marsgeborener »Mariner«, Prospektor
Miqual Sharma = Bergbautechniker, Partner von Oren und Venta

WELTSCHIFF *VENTA CHITRU*

Castian Garcia = Co-Pilot der *Inyanga*
Doktor Pinalo = Wissenschaftler
Meg Tiali = Kapitänin der *Inyanga*
Sipho = Techniker
Tane = Medic
Whetu = Sicherheitschef

WELTSCHIFF *ZHENG HE*

Baihu = Angehöriger der Spezialeinheit der Tiger
Chen = Angehöriger der Spezialeinheit der Tiger

Doktor Feng = Wissenschaftler
Feng Zhi = erster offiziell eingetragener Hybrid
Gou = Sicherheitsbeamter; eine Art Polizist
Hao = ein Dissident
Laohu = Anführer der Spezialeinheit der Tiger
Li Yun = Kommunikatorin; Erste Sekretärin des Drachenrats
Luan = Lagerarbeiter; mutmaßlicher Dissident
Michael Hong = Militärischer Offizier auf der *Zheng He*
Ning = Laohus Diener
Shenmi = ein geheimnisvolles Mädchen
Shixin = Angehöriger der Spezialeinheit der Tiger
Quan = Angehöriger der Spezialeinheit der Tiger
Xutay = Büffelgeborener, der in den Außenbezirken des Jin-Sektors lebt.
Yong = Angehöriger der Spezialeinheit der Tiger

WELTSCHIFF *TERESCHKOWA*

Admiral, der = der uneingeschränkte Herrscher über das Generationenschiff, ihm untersteht die Offizierskaste im »Bug«, die den Rest des Schiffes mithilfe der »Marschalls« beherrscht
Alexy = Cutter in Hangar 14
Aoatea Hopper = Tochter von Helen und Rangi, Programmiererin
Assa Lang = Fabber-Mechanikerin aus Hangar 11
Fjoron = Korporal des Marschall-Service
Helen Hopper = Kapitänin der *Maru*, Schweißerin
Kal = Pilot aus Hangar 11
Kirill Park = Elektriker/Programmierer, Ebene C
Malika Kamane = Chefmechanikerin und Werkstattleiterin von Hangar 14

Mari Komarowa = Pilotin von Ebene C
Nancy Jameson = Leutnant der Marschalls
Niresh Batra = Pilot der Marschalls, zugewiesener Co-Pilot Rangis
Rangi Hopper = Helens Mann, Pilot der *Maru*
Trofim = Gerüchten nach der Herrscher über den Schwarzmarkt, angeblich Führer des Untergrunds
Victor Tamek = Kommandant der Elitetruppe des Marschall-Service
Willard Kang = Hangar-Vorsteher von Hangar 14, Heimathangar der *Maru*
Urumi = Cutterin in Hangar 14
Vesnik »der Bärtige«, **Batra** »der Größere«, **Tarkani, Lazarew, Richards** = weitere Marschalls

ANDERE

Sun Tzu = Chinesischer General und Philosoph

GLOSSAR

MARSIANISCHES PIDGIN

Baskuda = Drecksack (aus dem Mond-Russischen)
Cho = Meister, Boss (aus dem Mond-Dialekt Kanto)
Dangrán = sicherlich; absolut (aus dem Mond-Dialekt Kanto)
Kanto = chinesischer Dialekt, der auf dem Mond entstanden ist
Kso/ksokko = (Fluch) in etwa ›fuck‹ (aus dem Kanto)
Martian Green = marsianisches Opiat
Mejo = nein (aus dem Kanto)
Pije/Pija = Arschloch (aus dem Kanto)
Shi de? = Richtig? Ja? (aus dem Kanto)
Taitai = ehrenwerte Frau; Boss-Frau; Chefin (aus dem Kanto)
Tinguan/Tinguen = Bulle/n (abwertend) (aus dem Kanto)
Baji = Idiot (aus dem Kanto)

SLANG DER *TERESCHKOWA*

(*hat sich aus dem ehemaligen Sprachgemisch der Mondkolonien entwickelt*)
Chandni = Bezeichnung der indischstämmigen Bewohner des Schiffes

Gavno = Scheiße, Scheißdreck (aus dem Mond-Russischen)
Kanto = chinesischer Dialekt, der auf dem Mond entstanden ist.
Laoban = Chef/in; Boss (aus dem Kanto)
Musch = Ehemann (aus dem Mond-Russischen)
Sahti = Kamerad (aus dem Hindi)
Schyna = Ehefrau (aus dem Mond-Russischen)
Tena = Bruder, Schwester (aus dem Polynesischen)
Tresch = Eigenbezeichnung ihrer Bewohner für die *Tereschkowa*
Tresch-**Nation** = Gemeinschaft aller Bewohner der *Tereschkowa*
Trid = betagtes halb-holografisches Medienformat für Filme
Ven = Bezeichnung für die Bewohner der *Venta Chitru*
Zheng = Bezeichnung für die Bewohner der *Zheng He*

WÖRTERBUCH DER *ZHENG HE*

1I/'Oumuamua = erstes innerhalb des Sonnensystems beobachtetes Objekt interstellaren Ursprungs
Baizou = Schimpfwort; unwissender, arroganter Westler
C/2302U1 = offizielle Bezeichnung des Alien-Raumschiffs Behemoth
E.V.A. = Extended Virtual Assistant; Weiterentwicklung des virtuellen Assistenten A.V.A.; auf der *Zheng He* aus Sicherheitsgründen verboten
Gweilo = abwertende Bezeichnung für Nichtasiaten (in erster Linie die Passagiere der *Tereschkowa*)
HoloSim = holografisches Medienformat für Film und Simulation
Hanfu = traditionelle Han-chinesische Kleidung
Kredit = Währung aus sogenannten Sozialpunkten

Lèng = abwertende Bezeichnung für die Passagiere der *Venta Chitru*, da die meisten von ihnen tiefgekühlt transportiert werden (hergeleitet von dem Adjektiv lèng = kalt)
Medic = Mediziner
MedSet = medizinisches Notfallpaket
Mian Tiao = chinesische Nudeln
Mondkuchen = alte chinesische Backspezialität, die süß oder salzig gefüllt serviert wird
Taikonautennahrung = hochkonzentrierte Proteine aus dem Fabrikator
Tresch = Eigenbezeichnung der *Tereschkowa* für die eigenen Bewohner
VacSuits/Druckanzüge = werden auf dem Mars und in den Schiffen gebraucht, verschiedene Ausführungen für verschiedene Einsatzorte, Gel-gepanzerte Version für militärische Einsätze
Yangtao = pelzige Beerenfrucht, auch Kiwi genannt

WELTSCHIFFE

Tereschkowa = Schiff des Indisch-Amerikanisch-Europäischen Konsortiums des Mondes, benannt nach der ersten Frau im Weltall, der russischen Kosmonautin Walentina Wladimirowna Tereschkowa

Venta Chitru = Das Konzept der *Venta Chitru* ist der Transport von Siedlern in Kryostase, finanziert durch den Zusammenschluss der wichtigsten Afrikanischen und Ozeanischen Konsortien und dem größten Industriekonzern des Mars; benannt nach Venta Chitru, der Frau, die das Alien-Artefakt auf dem Mars fand und die Technische Revolution des 24. Jahrhunderts auslöste

Zheng He = Schiff des Asiatischen Konsortiums von der Erde, benannt nach dem legendären Admiral und Entdecker der Ming-Dynastie

WEITERE SCHIFFE

Shayú-Klasse = Flexibel einsetzbare Kampfschiffe oder auch »Fregatten« der Drachennation

Shenzhou = zuverlässiges Allzweckraumschiff oder »Korvette« der Jiangdao-Klasse auf der *Zheng He*. Benannt nach dem ersten bemannten, chinesischen Raumschiff

Inyanga = Shuttle-Korvette der *Venta Chitru*, Luxusausführung der Modulshuttles, ähnlich der *Shenzhou*

Maru = betagtes XGR-Shuttle-Rig der *Tereschkowa*; Economy-Klasse

XGR-Shuttle = die originalen Shuttles der Weltschiffe, ankoppelbare Lasten- oder Truppencontainer für Atmosphärenlandungen, entspricht etwa der Jiangdao-Klasse

DANKSAGUNG

Als wir Ende 2019 an diesem Roman zu schreiben begannen, konnten wir noch gar nicht ahnen, dass wir vor allem in einer Sache der Wirklichkeit näher kommen würden, als uns lieb war: Eine Seuche, die sich ungehindert über die gesamte Erde ausbreitet, ist zwar gar nicht so weit hergeholt – immerhin wurde die Menschheit in vergangenen Jahrhunderten schon einige Male von ähnlichen Katastrophen heimgesucht –, doch wäre uns bedeutend lieber gewesen, sie weiterhin nur aus dem Geschichtsunterricht und der Science-Fiction zu kennen.

Zum Glück sind wir diesmal noch darum herumgekommen, unserem Heimatplaneten in experimentellen Raumschiffen entfliehen zu müssen. Wir würden es bislang ja kaum bis zum Mars schaffen, geschweige denn so weit wie die *Tereschkowa*, die *Zheng He* und die *Venta Chitru*. Aber selbst wenn uns die technischen Möglichkeiten zur Verfügung stünden, hätten wir uns mit Sicherheit schon viel früher gegenseitig die Köpfe eingeschlagen. Vermutlich wären sogar die Fronten ganz ähnlich verteilt wie in unserem Roman. Wir haben bis zu einer geeinten Weltbevölkerung wirklich noch ein Weilchen zu tun. Aber wir geben die Hoffnung nicht auf, dass die Menschheit die Kurve kriegt, bevor wir einen zweiten Versuch im All starten müssen.

Bei all unseren Differenzen und Zwistigkeiten haben wir Menschen schließlich zwei Dinge gemeinsam, die hoffen lassen: Da wäre zum Einen unser erstaunliches Improvisationstalent und zum Anderen die Fähigkeit, uns über alle Unterschiede hinweg immer wieder irgendwie zusammenraufen und gemeinsam anpacken zu können, wenn es wirklich darauf ankommt. Das klappt im Kleinen häufig besser als in größeren Dingen, aber irgendwo muss man ja schließlich einmal anfangen.

So, jetzt ist aber erst einmal ein riesiges Dankeschön an alle dran, die uns über viele Jahre und mittlerweile schon zehn Romane hinweg die Treue gehalten haben. Das hätten wir uns 2009, als wir unseren ersten Roman *Steamtown* geschrieben haben, nicht zu träumen und 2011, als wir am ersten Band von *Orks vs. Zwerge* saßen, nicht zu hoffen gewagt. All die Bücher seitdem, und damit auch dieses hier, wären ohne die dauerhafte Unterstützung unserer Leserinnen und Leser, unserer Fans und unserer Familien nicht entstanden.

Danke an alle Weggefährten und Kolleginnen und Kollegen für Ermutigung, Inspiration und das gelegentliche Rückenfreihalten. Vielen Dank auch an all die unermüdlichen Leute im Verlag, Lektorat, im Vertrieb und dem Buchhandel, an die Bloggerinnen und Blogger und die sonstigen Buchleute, die ihren Teil dazu beitragen, dass so viele tolle Bücher ihr Publikum finden und sichtbar werden – und hier nicht zuletzt Danke an Catherine Beck und Sebastian Pirling, unser bewährtes Lektorenteam. Danke auch all jenen Bücherleuten, die daran arbeiten, dass Bücher, Geschichten, Autoren und Verlage heute bunter und diverser werden und neben den ausgetretenen auch komplett neue Pfade beschreiten. Auch von euch haben wir eine Menge gelernt. Und schließlich danken wir unseren Beratern wie Stefan Tacke und Jürgen Väth, aus deren Infos zum Himmelsmechanik und Raumschiffbau wir noch immer schöpfen, oder Kollegin Britta Redweik, durch die wir eine Menge über das Leben mit nur einem Auge gelernt haben. Ihr alle habt unseren zweiten Ausflug ins All zu einem erlebnis- und lehrreichen Trip gemacht, in einem Jahr, in dem wir alle uns außerhalb der Fantasie nur wenig fortbewegen konnten.

Stephan dankt außerdem allen, die uns in die Weiten des Weltraums hinein gefolgt sind, und all denjenigen, die im Kleinen die Ärmel hochgekrempelt und angepackt haben, wo es im Großen nicht lief. Ganz besonders aber dankt er Judith, mit der sich im vergangenen Jahr selbst der Taunus in die große, weite Welt verwandelt hat.

Tom dankt seinem Zuhause auf zwei Beinen – Leonie – und dem Rest seiner vielbeinigen Familie, seien es Kinder, Eltern, Freunde oder Katzen, für Halt, Zusammenhalt und Nervenbalsam in einem wirklich anstrengenden Jahr 2020. Und schließlich dankt er all den Leuten, die das Online-Leben zwischen Verschwörungstheorien und Pandemie-Angst erträglich gemacht haben, indem sie unermüdlich Aufklärungsarbeit und Wissenschaftskommunikation betrieben haben.

T.S. Orgel

Terra

Der Untergang der Erde ist beschlossen

Atemlos, packend, visionär – T. S. Orgel entführen ihre Leser in die Weiten des Alls

978-3-453-31967-7

Leseprobe unter **www.heyne.de**

diezukunft.de»

Das Magazin für die Welt von morgen in Science und Fiction

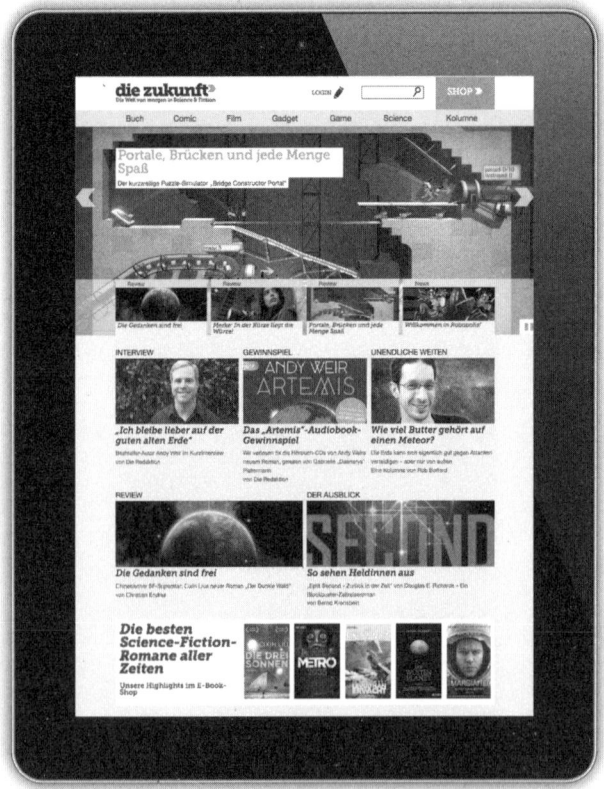

Täglich aktuelle News, Essays und Rezensionen
Science-Fiction-Romane und Storys aus über fünf Jahrzehnten
Exklusive E-Only-Klassiker im Shop
Bücher-, Comic- und Kinoticket-Verlosungen

Sie finden uns auch auf